BASTEI LÜBBE

Von Uschi Zietsch sind bei Bastei Lübbe Taschenbücher lieferbar:

DIE WALDSEE-CHRONIKEN:
28 517 Bd. 1: Dämonenblut

In Vorbereitung:
28 520 Bd. 2: Nachtfeuer
28 522 Bd. 3: Perlmond

Über die Autorin:

Uschi Zietsch wurde 1961 in München geboren. Nach ihrem Studium der Rechtswissenschaft, Theaterwissenschaft, Geschichte und Politik machte sie ihren kaufmännischen Abschluss an der IHK. Bis Mitte 1996 war sie neben dem Schreiben hauptberuflich im Marketing/Vertrieb tätig. Seither ist sie freischaffende Schriftstellerin. 1986 veröffentlichte sie ihren ersten Fantasy-Roman »Sternwolke und Eiszauber«. Bis heute folgten über 100 weitere Publikationen. Uschi Zietsch lebt mit ihrem Ehemann, diversen Tieren, Autos und Motorrädern im bayerischen Unterallgäu.

Uschi Zietsch

DÄMONENBLUT

BASTEI
LÜBBE

BASTEI LÜBBE TASCHENBUCH
Band 28 517

1. + 2. Auflage: Mai 2008

Vollständige Taschenbuchausgabe

Bastei Lübbe Taschenbücher in der Verlagsgruppe Lübbe

Originalausgabe

Titelillustration: Daniel Ernle, Berkheim
Textredaktion: Alexander Lohmann
Lektorat: Ruggero Leò
Umschlaggestaltung: Tanja Østlyngen
Satz: Urban SatzKonzept, Düsseldorf
Druck und Verarbeitung: CPI – Ebner & Spiegel, Ulm
Printed in Germany
ISBN 978-3-404-28517-4

Inhalt

ERSTER TEIL

Inniu

1.

Blutspur

Rowarn schlief und wusste noch nicht.

Der Morgen war unschuldig und rein. Behutsam tastete der erste Sonnenstrahl über den Horizont und kündigte einen strahlenden Tag an. Die Sterne schwanden im aufdämmernden Licht, und ein zartrosa Streifen breitete sich am Rand der Welt aus. Leises Piepsen drang aus den Büschen, als die Jungvögel erwachten. Ihre Eltern plusterten das Gefieder auf und schüttelten sich, bevor sie sich ausgiebig putzten und auf die anstrengende Futtersuche vorbereiteten. Der letzte Nachtjäger schlich müde in den Wald, ohne sich noch einmal umzudrehen. Frühnebel kroch über die zartgrünen Wiesen, und tauglänzende Blüten öffneten sich und gaben ihr süß duftendes Inneres der Sonne preis.

Rowarn drehte sich selig lächelnd im Gras um. *Anini* . . ., seufzte er im Traum, der so wirklich schien. Einem Traum, der schon am Vorabend mit dem Fest angefangen hatte.

Die Lobpreisung des wachsenden Korns war voll gewesen von Ausgelassenheit und Frohsinn. Rowarn hatte sich die ganze Zeit am Rand der Feier gehalten, hatte geschwiegen und sich beinahe unsichtbar gemacht. Er war nur aus einem Grund hier und hatte auch nur Augen für die eine: *Anini, Schönste der Stadt.*

So wurde sie genannt, und so flüsterte Rowarn ihren Namen auch heimlich für sich, kostete jede einzelne Silbe wie einen süßen Honigtropfen. Während die anderen aßen und tranken, während köstliche Düfte seine Nase umschmeichelten, verspürte Rowarn kein Verlangen nach saftigem Braten, gewürzt mit den ersten Frühlingskräutern, nach dampfendem Brot aus dem Holzofen und schwerem Honigbier. Anini war für ihn Nahrung genug, die seine Augen sättigte, und der Magen musste schweigen.

An diesem Abend strahlte sie heller als der Mond, mit kupferrotem, blumenumkränztem Haar und Augen wie Kornblumen, und mit roten Lippen, die entweder fröhlich lachten oder weich küssten – vielleicht einen jungen Verehrer, oft genug ein rotwangiges Kind. Anini konnte wählerisch sein, mit wem sie tanzte, doch während des langen Abends erwählte sie viele, unter dem Schein der Öllampen und Kerzen in bunten Gläsern, die ein zauberisches Licht verströmten.

Mit fortschreitender Dunkelheit wechselte die Stimmung zusehends zu trunkener Heiterkeit, viele Gesichter glänzten, Nasenspitzen wurden rot von Bier und Wein. Das neue Frühjahr musste ausgiebig gefeiert werden, damit es eine gute Ernte gab. Und die Vorzeichen waren gut: Das Wetter war klar, die Luft mild und voller Blütenduft.

Als es allmählich auf Mitternacht zuging, die Musiker erschöpft zu langsameren Weisen übergingen und der Kreis sich lichtete, kam Anini plötzlich auf Rowarn zu, der den ganzen Abend hindurch seinen Platz auf der Bank am Rande des Lichtscheins nicht verlassen hatte. Er konnte kaum glauben, dass sie tatsächlich zu ihm wollte. Erfreut, aber auch unsicher, sah er ihr entgegen. (War dies noch Traum? Oder schon Erinnerung? Oder ... Wirklichkeit?)

Sie blieb vor ihm stehen, die Hände in die Seiten gestemmt. »Nun, Rowarn«, begann sie mit strenger Stimme. »Was sitzt du stundenlang hier herum und starrst mich fortwährend an? Missfalle ich dir so sehr?«

Er machte ein erschrockenes Gesicht und schüttelte betreten den Kopf. »G-ganz im Gegenteil, ich, ähm, finde dich w-wunderschön«, brachte er ungelenk heraus.

»So?« Ihre Augen blitzten auf. »Und warum hast du mich dann nie zum Tanzen aufgefordert? Den ganzen Abend habe ich darauf gewartet!«

Er blinzelte überrascht. »Ich hätte nie gewagt ...«

Da lachte sie. »Rowarn, du bist ein Tölpel. Hattest du so viel Angst, ich könnte dich abweisen, dass du es gar nicht erst versuchen wolltest? Du musst noch viel lernen! Du solltest dich mehr in menschlicher Gesellschaft aufhalten, wo du hingehörst, anstatt bei deinen hufbeinigen Muhmen. Die haben dich ja mehr wie einen der Ihren aufgezogen, und nicht wie einen Menschen.«

»Es – es tut mir leid«, stammelte er. »Ich wusste nicht, ob ich willkommen bin, nach all dem Schrecklichen, was in letzter Zeit –«

»Sch-scht.« Anini legte ihm einen Finger an den Mund. »Lass die anderen doch reden, sie sind nur neidisch. Und sie fürchten sich vor dem, was sie nicht kennen. Aber ich weiß, dass du ein gutes Herz hast. Ich kann es in deinen Augen sehen.« Sie hielt ihm die Hand hin. »Dann komm, versäumen wir nicht noch mehr von dieser wundervollen Nacht.«

Er nahm ihre Hand und stand auf. »Aber ... wohin?«, murmelte er verstört, und sie lachte perlend.

»Sag bloß, du warst noch nie mit einem Mädchen bei Nacht draußen?«

»Oh ...«, sagte er und verstand. Nein, es war nicht das erste Mal. Da war Rubin gewesen, des Köhlers Tochter. Und ... Malani, die Tochter des Fischers. Aber das war nicht ungewöhnlich; mit ihnen war er sozusagen aufgewachsen, denn ihre Eltern lebten wie Rowarns Muhmen auf einsamen Höfen abseits der Siedlung. Eines Tages, als sie entdeckten, dass sie keine Kinder mehr waren, hatten sie unschuldige und scheue Küsse getauscht, und vielleicht auch ein wenig mehr, als sie älter wurden und dazulernten.

Aber Rowarn hätte nie zu hoffen gewagt, dass ein Stadtmädchen, noch dazu Anini, sich jemals für ihn interessieren würde. Vorsichtig sah er sich um, aber niemand beachtete sie. Aninis Vater hatte den schweren Kopf auf die Tischplatte fallen lassen und schnarchte so fürchterlich, dass die Bäume zitternd ihre Blätter einrollten. Zu Beginn des Festes hatte der eine oder andere Stadtrat Rowarn mit verengten Augen angeblickt, als er sich vorsichtig bis an den Rand der Festlichkeit gewagt hatte. Doch als er die ganze Zeit über nur still auf der Bank saß, hatten sie ihn nicht mehr beachtet und schließlich vergessen.

Die beiden jungen Menschen verließen das Fest und traten Hand in Hand in das nächtliche Land hinaus. Der Mond bot ausreichend

Licht, als Anini abseits aller Wege über die Hügel eilte, Rowarn immer im Schlepptau. Barfuß lief sie über das feuchte, junge Gras, beschwingt und leise kichernd. Schließlich, schon nahe beim Wald, blieb das Mädchen stehen und fasste Rowarn an beiden Händen. Einen langen Moment schaute sie ihn schweigend, aus glänzenden Augen an. »Wenn du dich nur sehen könntest …«, wisperte sie fast andächtig.

Das hatten auch Rubin und Malani schon zu ihm gesagt, unabhängig voneinander und in Nächten wie dieser. Und von da an hatten sie ihn am liebsten bei Vollmond draußen getroffen.

Rowarns Augen, klarblau wie ein alter, sehr reiner Gletscher in der Sonne, leuchteten in der Dunkelheit matt wie ein ferner Stern. Seine Haare waren blond wie eine Kornähre im Schnee und so hell, dass er sich des Nachts nicht ungesehen an jemanden heranschleichen könnte. Und seine Haut, so glatt und bleich wie Marmor, schimmerte im Mondlicht wie Perlmutt …

»Du übertreibst«, unterbrach Rowarn verlegen.

»Kein bisschen«, widersprach Anini schnurrend. »Genau deswegen bin ich mit dir hier.« Sie ließ sich ins Gras fallen, Rowarn mit sich ziehend. Und dann küsste sie ihn …

Noch immer im Traum gefangen, drehte Rowarn sich erneut und tastete neben sich, wo er Wärme fühlte, die Nähe seiner Liebsten …

Nein. Dies war kein Traum mehr, angefüllt mit seligen Wonnen.

Kälte war es, eisige Starre, die er fühlte, die seine Finger hinaufkroch, sich rasend schnell in seinem Körper ausbreitete, und Rowarn weckte.

Mit einem erstickten Laut fuhr er hoch, während das letzte Traumbild in ihm zerstob. Noch schlaftrunken betrachtete er seine Hände, die voll Blut waren, und seine Kleidung, und dann … sah er …

Nicht schreien. Nicht schreien! Rowarn biss sich auf die Knöchel, um zurückzudrängen, was aus ihm herauswollte, dieses abgrundtiefe Grauen, gesammelt in einem einzigen Wort, weil es sonst keines gab für das, was er sah.

Nein . . .

Anini war tot. Ihre einst so sprühenden Augen starrten milchblau in den heller werdenden Himmel. Das Mieder war in Fetzen, ihre Brust aufgerissen, die Rippen aufgebrochen, das Herz geraubt. Und überall Blut . . .

Dies war, was Rowarn sah, was er begriff, aber nicht . . . erklären konnte.

Rowarns Augen brannten, der trommelnde Herzschlag sprengte ihm fast die Brust. Ein unterdrücktes Wimmern entrang sich seiner zugeschnürten Kehle. Dann sprang er auf und rannte kopflos über die Wiese in den Wald hinein.

Rowarn liebte den Wald, seit er laufen konnte. Das Spiel von Licht und Schatten, die Würde der alten Bäume, das huschende, zwitschernde und brummende Leben, heimlich und nur selten zu sehen. Die Luft war hier kühler und reich an Gerüchen, nach Moos und feuchtem Stein, Erde und Pilzen, Honig und Blüten. Wann immer er Kummer hatte, ging er in den Wald und wurde getröstet. Er kannte die Pfade vieler Waldtiere, und sie wussten es zu schätzen, dass er sich wie einer von ihnen verhielt – still und unauffällig.

Doch nicht heute, an diesem Tag des Blutes. Wie ein ungeschickter Städter rannte er den Karrenweg entlang, trampelnd und stampfend. Schließlich schlug er sich blindlings in die Büsche und scheuchte allerlei Getier auf, das zeternd und fauchend weichen musste. Er störte den Hochzeitsgesang der Vögel, stolperte über Wurzeln, unter denen Ameisen und Käfer lebten, und veranstaltete einen solchen Lärm, bis der ganze Wald in Aufruhr war und die Häher schrill pfeifend Alarm schlugen.

Blut! Blut!, hörte Rowarn sie rufen, und sie verfolgten ihn den ganzen Weg entlang, kreuz und quer durch den Wald. *Was ist geschehen?*

»Ich weiß es nicht!«, schluchzte er mit heiserer Stimme. »Ich habe geschlafen . . .«

Und das Blut? Und das Blut? Hände, Kleidung, Gesicht und Haare . . .

Rowarn presste sich die Hände auf die Ohren. »Nein! Nein! Nein! O Götter, steht mir bei! Ich war es nicht ... Anini, Anini ... warum wurde dir das angetan ...«

Schließlich konnte er nicht mehr weiter. Rowarn blieb stehen, keuchend, die Augen blind von Tränen. Sein Atem pfiff. Rowarn war schweißüberströmt, und dazu überall das Blut an ihm, vermischt mit aufgewühlter Erde: Genauso, erinnerte er sich verstört, hatte einst Hegen der Mörder ausgesehen, als er krank am Geist aus dem Wald gebrochen war und wirr stammelnd berichtete, was er seiner Frau angetan hatte.

Rowarn hatte damals trotz allen Abscheus Mitleid mit dem Mann empfunden, der den Grund für seine Tat nicht nennen konnte und wenig später gebrochen starb, noch bevor die Stadtväter über ihn zu Gericht sitzen konnten.

Und nun sah er selbst ganz genauso aus, konnte nicht erklären, was geschehen war, hoffte verzweifelt, dass er unschuldig war. Aber wer würde, wer *konnte* ihm glauben? Was sollte er tun? Wo sollte er hin?

Nach Hause konnte er jedenfalls nicht. Schon von weitem würden seine Eltern alles riechen: den abscheulichen Gestank nach Blut und Schuld, nach Feigheit und Flucht.

Er hatte alles falsch gemacht. Er hätte gleich in die Stadt zurückkehren müssen, um Aninis Vater zu sagen, dass seine Tochter tot auf der Wiese lag, grausam ermordet. Dann hätte man sie geholt, gesalbt und würdevoll aufgebahrt, und sie würde nicht einsam dort draußen im nassen Gras liegen, an diesem sonnenklaren Morgen.

»Sie hätten mir nicht geglaubt, dass ich unschuldig bin ...«, verteidigte Rowarn sich vor sich selbst. »Sie hätten mich gefangen, gefesselt und wahrscheinlich erschlagen oder erhängt, noch bevor meine Eltern davon erfahren hätten ...«

Am besten machte er sich aus dem Staub, jetzt gleich, und für immer. Natürlich würden seine Muhmen voller Kummer sein und vielleicht an ihm zweifeln. Aber er konnte ihnen wenigstens nicht mehr schaden und sie nicht in Verruf oder sogar Gefahr bringen. Irgendwann wäre dies alles vergessen, und sie könnten weiterleben wie zuvor.

Rowarn zuckte zusammen, als er die Richtung wechseln wollte und plötzlich in ein Paar große, braune Augen blickte. Es war ein junger Elenki, ein schmales Böckchen noch, scheu und ängstlich. Er fing gerade an, die ersten, zarten Geweihknospen auszubilden, die hellen Tupfen in seinem Jugendkleid waren kaum mehr zu sehen.

Rowarn schluckte. »Du solltest besser gehen, damit du niemals die Schrecken kennenlernst, die ich schon erlebt habe«, flüsterte er.

Der junge Elenki legte den Kopf leicht schief, ohne die Augen von Rowarn zu wenden. Seine großen, mit flauschigem Fell bewachsenen Ohren gingen vor und zurück.

»Was machst du hier?«, fragte Rowarn verzweifelt. »Hast du nicht gehört, dass die Häher mich bereits schuldig gesprochen haben?«

Der kleine Bock reichte Rowarn gerade bis an die Hüfte. Einem ausgewachsenen Hirsch könnte Rowarn nicht über die Schulter blicken. Das Jungtier versuchte vergeblich, den rechten Hinterlauf hochzuziehen. Es hatte sich im Gestrüpp verheddert und konnte sich aus eigener Kraft nicht mehr befreien.

»Warum bist du so ungeschickt?«, stieß Rowarn hervor. »Hast du nicht aufgepasst, was deine Eltern dir beigebracht haben? Da, nimm meine Witterung auf, ich stinke nach Gewalt und Tod! Begreife, was dich in Gefahr bringt, was du immer meiden musst! Wenn du je erwachsen werden willst, darfst du keinen Fehler machen!«

Der Elenki reckte den Hals und stupste Rowarn leicht an. Die zuckende braune Nase war feucht, die Augen groß und sanft. Rowarn liefen die Tränen über die Wangen. Dieses junge Wesen glaubte an seine Unschuld. Es vertraute darauf, dass Rowarn ihm helfen würde.

Er ging einen Schritt auf das Böckchen zu, bückte sich und berührte vorsichtig den von Schlingpflanzen gefesselten Lauf. »Halte ein wenig still«, flüsterte er. »Da hast du wirklich ordentliche Arbeit geleistet … leichte Beute für jedes Raubtier, und für den Jäger …«

Das Jungtier hielt ganz still, während Rowarn sich abmühte, den Lauf aus dem Gewirr zu befreien. Schließlich zog es den zierlichen Spalthuf mit einem Ruck hoch und war frei.

Rowarn fuhr zusammen, als er in diesem Augenblick ein tiefes

Röhren hörte, und dann schob sich der mächtige, geweihtragende Kopf eines ausgewachsenen Elenki durch das Gebüsch. Seine ausladenden Schaufeln mit den tödlichen Spitzen maßen mehr als doppelte Mannslänge. Neben ihm erschien die zierlichere Gestalt einer Hindin, die ein nur wenige Tage altes Kalb an der Seite führte.

Der junge Mann erstarrte. Elenki, vor allem die Hirsche, gehörten zu den gefährlichsten Geschöpfen des Waldes. Sie waren angriffslustig, schnell und tödlich. Nur ein erfahrener, sehr hungriger Panther würde sich jemals an einen ausgewachsenen Bullen heranwagen.

Der junge Bock stieß einen hohen, quäkenden Laut aus, dann sprang er zu seinen Eltern. Ohne Rowarn weiter zu beachten, verschwand die Familie im Gebüsch.

Rowarn stieß den angehaltenen Atem aus und wischte sich übers Gesicht, verschmierte dabei Schweiß, Blut und Dreck. Diese Ablenkung hatte ihn zur Vernunft gebracht, und er war dankbar dafür. Weglaufen war keine Lösung, solange er sich selbst seiner Unschuld nicht sicher sein konnte. Er musste herausfinden, was geschehen war, und seinen Eltern ebenso wie den Stadtmenschen beweisen, dass er kein Mörder war. »Ja, ich sollte nach Hause gehen«, murmelte er. »Aber zuvor ... muss ich mich wenigstens säubern ...«

Eine Stimme in seinem Inneren drängte ihn weiterhin, stattdessen in die andere Richtung zu laufen, so schnell und so weit er vermochte, bis niemand ihn mehr einholen und er anderswo ein neues Leben beginnen konnte. Aber Rowarn sah immer noch die braunen Augen des jungen Elenki vor sich, die ihm Mut zuzusprechen schienen, und ihn davor warnten, etwas Dummes, Endgültiges zu tun. Die Familie ließ einen niemals im Stich.

Wenn jemand für ihn Verständnis aufbrachte, dann Rowarns Eltern. Sie würden alles für ihn tun, obwohl – oder gerade weil – er nicht ihr leiblicher Sohn war. Sie würden wissen, was zu tun war.

Gewiss machten sie sich längst Sorgen, weil er immer noch nicht zu Hause war. Vielleicht hatten sie sogar schon von Aninis Tod erfahren ...

Rowarn sprang auf und schlug den Weg zum See ein, der nicht weit von seinem Zuhause lag. Dort konnte er sich reinigen. Es zog ihn jetzt eilig dorthin, nun, da er seine Entscheidung getroffen hatte. Der Wald tröstete ihn stets in seinem Kummer, aber das Wasser bot Schutz. So hatte er es schon immer empfunden.

Im See ruhte eine Reinheit und Klarheit, wie Rowarn sie an Land nie erlebte. Die Beschränkungen, sich nur schwerfällig auf dem Boden fortbewegen zu können, waren aufgehoben. Alles, was dort unten lebte, war viel vertrauter miteinander, und sich noch dazu auf eine einzigartige Weise nahe, wenn nicht vereint.

Schon als Kind hatte Rowarn viel Zeit im See verbracht. Er konnte schwimmen wie ein Otter und länger als jeder andere Landbewohner unter Wasser ausharren. Doch er hatte nie den Wunsch verspürt, für immer dort zu bleiben, wie Malani eines Frühlingsmorgens scherzhaft bemerkt hatte, als sie blau gefroren die Wärme der Sonne suchte, während Rowarn immer noch planschte.

So wohl er sich im Wasser fühlte, er gehörte doch nicht dorthin. Das war eine seltsame Empfindung, die er nicht erklären konnte, und die ihn stets nur bis zu einer gewissen Grenze gehen ließ, niemals darüber hinaus.

Jetzt aber sehnte er sich danach, einzutauchen und all den Schmutz und die Schuld von sich abzuwaschen, um gereinigt, vielleicht geläutert unter die Augen seiner Eltern treten zu können.

Rowarn seufzte, als er endlich den See erreichte. Die Sonne war gerade erst voll aufgegangen und übergoss die glitzernde Oberfläche mit einem silbernen Schein. Ohne zu verharren, sprang Rowarn ins Wasser und tauchte ein. Nach kurzer Unruhe wurde die Oberfläche wieder still und glatt.

Das Wasser färbte sich schwarz.

Sämtliche Ehrenwerten der Stadt, allen voran Aninis Vater, ein grauhaariger, vierschrötiger Mann namens Daru, ließen sich von Pferdewagen nach Weideling bringen, dem Heim der beiden Velerii. Seit langer Zeit lebten Rowarns Zieheltern in Inniu, fern ihrem Volk, als Hüter von Weideling. Ein staubiger Pfad, gerade breit genug für ein Fuhrwerk, zweigte vom gut befestigten Karrenweg ab, der zu den bedeutendsten Handelsstraßen Valias führte.

Schon von weitem war der Zug durch die aufgewirbelte Staubwolke sichtbar, die ihn aufplusternd einhüllte.

Neben Daru saß die weinende Hallim, Aninis Mutter, das Gesicht in einem großen Tuch verborgen. Daru blickte grimmig nach vorn; während der ganzen Fahrt wurde kein Wort gesprochen. Versteckt hustete er, wenn der Staub seine Kehle zu sehr reizte, und wischte sich gelegentlich die Augen.

Die Haustür von Weideling öffnete sich, als der Zug am Ende des Weges zum Stillstand kam. Daru und Hallim stiegen vom Wagen herab, die zahlreichen Begleiter blieben noch sitzen.

Schattenläufer trat ins helle Licht des Vormittags. Sein dunkles, markantes Gesicht drückte Freundlichkeit aus, und er hob die Hand. »Ich grüße Euch, Daru der Starke, an diesem strahlenden Frühlingstag, nach einem, wie ich hoffe, großen Fest.« Dann bemerkte er das von Leid und Tränen geschwollene Gesicht Hallims und stutzte. Seine breite Stirn legte sich in besorgte Falten. »Ich glaube, ich war zu voreilig mit meinem Gruß. Ich bitte Euch um Verzeihung, Hallim die Kluge. Was ist geschehen?«

»Anini wurde ermordet!«, entfuhr es Daru, und nun verlor auch er die Fassung und brach in Tränen aus. »Unser Sohn Rayem fand sie heute Morgen auf der Wiese, grausam entstellt! Das Herz wurde ihr bei lebendigem Leib aus der Brust gerissen, könnt Ihr Euch das vorstellen? Nur ein Tier kann so etwas Entsetzliches tun!«

Die pechschwarze Mähne Schattenläufers wallte über seinen menschlichen Rücken bis zum Widerrist des Pferdekörpers hinab, als er den Blick wandern ließ und in vorwurfsvolle, wenn nicht anklagende Augen sah. Sein langer Schweif peitschte einmal um seine blauschwarz glänzenden Flanken. Er strich sich den Bart und setzte einen Huf nach vorn. »Nun, ich bin kein Tier«, sagte er ruhig mit tiefer Stimme. In seinen großen dunklen Augen lag nunmehr Trauer.

»Wo ist Rowarn?«, rief Aninis Bruder Rayem vom Wagen herab.

Ein Licht schien aufzuglühen, als Schneemond in diesem Moment an Schattenläufers Seite trat. Ihr Fell schimmerte fast silbrig im Sonnenschein, die seidige Mähne kräuselte sich leicht in der sanften Brise. Schneemonds bernsteinfarbene Augen blitzten. Sie war keineswegs so sanftmütig wie ihr Gemahl. »Auch Rowarn ist kein Tier«, sprach sie mit glockenheller Stimme, aber mit drohendem Nachhall.

»Woher wissen wir das so genau?«, rief jemand, und mehrere Stadtbewohner stimmten dem Einwand lautstark zu.

Der Stadtälteste, Larkim der Strenge, kletterte steifbeinig vom Wagen und stakste auf einen Stock gestützt auf die Velerii zu. Allerdings hielt er genau wie Daru respektvollen Abstand. Der Widerrist von Schneemond und Schattenläufer reichte den meisten Menschen bis an die Stirn; mit ihrem menschlichen Oberkörper und dem Haupt überragten sie jeden anderen Anwesenden um eine halbe Mannslänge. Bei allem Zorn vergaßen die Menschen nie, mit wem sie es zu tun hatten.

»Es mag sein«, sprach der Greis mit erstaunlich kraftvoller, tragender Stimme, »dass Rowarn aussieht wie wir und einer gefälligen Sprache mächtig ist. Aber Ihr scheint zu vergessen, wie unbeherrscht er ist, wie schnell er in blindwütige Raserei gerät! Oder stimmt es nicht, Öndur?«

Der aufgerufene Junge sprang vom Wagen und zeigte den Velerii die hässliche weiße Narbe an der rechten Halsseite. Nacheinander wurden junge Männer, alle ungefähr in Rowarns Alter, aufgefordert, Narben vorzuzeigen, die Schattenläufers Zögling ihnen zugefügt hatte.

Hallim, die niemals jemandem etwas Böses wünschte, nicht einmal in dieser schrecklichen Stunde, warf allerdings zitternd ein: »Uns ist bekannt, dass Rowarn dies nicht willentlich tut. Etwas anderes ergreift in solchen Momenten Besitz von ihm, denn er ist danach jedes Mal reumütig und zerknirscht, und er gibt sich viel Mühe, damit es nicht zu solchen Ausbrüchen kommt. Aber wie wollt Ihr uns beweisen, dass er es nicht war? Er wurde heute Nacht gesehen, als er zusammen mit Anini das Fest verließ. Er war der Letzte, der meine Tochter ...« Sie schluchzte und konnte für einige Momente nicht weitersprechen. Niemand wagte eine Äußerung, alle warteten schweigend und betreten, die Augen zu Boden gerichtet. Schließlich hatte sie sich so weit gefasst, dass sie fortfahren konnte: »Er war als Letzter mit ihr zusammen. Das ist erwiesen.«

Daru ballte die Hand zur Faust. »Wahrscheinlich hat er sie schänden wollen, und sie setzte sich zur Wehr, sodass er in tollwütige Raserei geriet und ...«

»Ihr sagtet, Anini wurde das Herz herausgerissen«, unterbrach Schneemond mit eisklirrender Stimme. Ihr helles, liebevolles Gesicht war zur weißen Maske erstarrt. »Auf dieselbe Weise wie den drei anderen Mädchen, die wir in den letzten Wochen fanden. Wollt Ihr behaupten, auch dies wäre Rowarns Werk gewesen?«

»Ja!«, schrie Rayem, und einige weitere stimmten aufgestachelt zu. Die Stimmung heizte sich zusehends auf, und der eine oder andere hielt plötzlich ein Messer in der Hand.

Schattenläufers Gesicht verdüsterte sich bei diesem Anblick. Sein Schweif schlug erregt, und er stampfte einmal mit dem Huf auf.

Schneemond starrte zuerst auf Daru, dann auf Hallim herab. »Ist das wirklich eure Meinung?«

Die beiden trauernden Menschen wichen ihrem Blick aus und schwiegen. Fassungslos hob Schneemond den Kopf. »Wisst ihr auch, was ihr da sagt?«, rief sie. Aller Zorn war verflogen, Schmerz und Kummer verzerrten ihre zarten Züge. »Rowarn ist unter euch aufgewachsen. Er hat unsere Lehren empfangen, und vor allem Liebe! Er ist kaum erwachsen und auf dem besten Wege, sich im Leben zu bewähren! Wie könnt ihr nur annehmen, dass er so grausame Taten vollbringen könnte und gleichzeitig weiterleben, als wäre nichts geschehen?«

Ihr glühender Blick schweifte über die jungen Männer. »Ja, er hat euch Leid zugefügt, und ja, er ist von ungezügeltem Temperament, das ihn manchmal zu heftigen Ausbrüchen verleitet! Aber er hat noch nie jemanden lebensgefährlich verletzt, und oft genug hatte er Gründe, sich gegen euch zur Wehr zu setzen, nicht wahr? Und noch etwas: Wie oft war er für euch da? Hat euch aus der Klemme geholfen? Hat Prügel für eure Taten bezogen, damit ihr ungeschoren davonkommt und er eure Achtung erringt?«

Sie hob die Arme. »Gewiss, wir haben Rowarn davor gewarnt, sich zu viel mit den Menschen abzugeben. Aber nicht, um euch vor ihm zu beschützen, sondern umgekehrt!«

Schattenläufer fügte an: »Wir wissen wohl, dass wir nur geduldet sind, solange wir in euren Augen von Nutzen sind. Gern nehmt ihr unsere Dienste für Heilung und Schutz in Anspruch, doch hinter verschlossenen Türen sprecht ihr andere Worte, die keineswegs freundlich sind. Und seit wir Rowarn aufnahmen, finden eure wilden Spekulationen kein Ende, und ihr habt ihn nie in eurer Mitte willkommen geheißen! Aus genau diesem und keinem anderen Grund nehmen wir an keinem eurer Feste teil und halten uns von euch fern! Aber wie soll Rowarn das jemals verstehen, ein junger Mann, der genauso aussieht wie ihr?«

Eine ganze Weile herrschte tiefes Schweigen. Einige blickten nun deutlich verunsichert, andere weiterhin wütend, sogar angriffslustig. Hallim weinte leise und flüsterte den Namen ihrer Tochter, eingebunden in ein Gebet.

Deutlich ruhiger hob Schneemond noch einmal die Hände, aber in friedlicher Geste: »Wir alle sind aufgebracht, weil nun schon das vierte Mädchen auf so schreckliche Weise ermordet wurde. Wir wissen nicht, weshalb, und wer eine solch unvorstellbare Tat begehen könnte. Aber das darf uns den Blick nicht trüben, während wir nach dem Mörder suchen – *gemeinsam.*«

Daru stieß hervor: »Es begann alles an dem Tag, als der Weiße Falke nicht kam. Es war ein schlechtes Omen, und wir haben es nicht beachtet! Wir hätten dieses Fest niemals ausrichten dürfen, und ich hätte Anini niemals ...« Seine restlichen Worte gingen in Schluchzen unter.

»Es wird Zeit, dass etwas geschieht!«, schrie einer der Stadtväter. »So weit hätte es nie kommen dürfen! Rowarn soll beweisen, dass er es nicht war. Dann werden wir abziehen und weiter besprechen, wie wir unsere Töchter schützen und den Mörder stellen wollen!«

»Wenn er unschuldig ist, warum ist er dann nicht hier?«, schlug Rayem angriffslustig in dieselbe Kerbe.

»Ich bin hier«, erklang in diesem Augenblick Rowarns Stimme, und er trat mutig vor seine Eltern.

Für einen Augenblick herrschte überraschtes, teils verlegenes Schweigen.

Larkim der Strenge maß ihn aus verengten Augen. »Wie viel hast du gehört?«, schnarrte er.

»Genug«, antwortete Rowarn.

Hallim konnte es nicht mehr ertragen. Weinend rannte sie zum Wagen, und Daru half ihr hinauf. Er setzte sich neben sie und hielt sie hilflos im Arm.

Rayem baute sich drohend vor Rowarn auf. »Was hast du mit meiner Schwester gemacht?«

»Ich habe ihr nichts angetan«, antwortete Rowarn. »Ich war auf dem Heimweg, und sie wollte mich unbedingt ein Stück begleiten. Das ist alles.«

»Du lügst«, zischte Rayem mit geballten Fäusten.

»Solange ich wach war und die Augen offen hatte, hat sie gelebt«, erwiderte Rowarn. »Ich habe ihr nichts getan, und ich weiß nicht, was geschehen ist.«

Als Rayem auf Rowarn losgehen wollte, schlug Larkim ihm mit dem Stock vor die Brust und hielt ihn auf. »Reiß dich zusammen!«, fuhr er den jungen Mann an. »Hat dieser Tag nicht blutig genug begonnen? Sollen die Velerii Recht haben mit ihrem Vorwurf, dass wir zu voreilig sind mit unserem Urteil und sie nur ausnutzen? Willst du uns demütigen?«

»Es ist besser, wenn ihr jetzt geht«, sagte Schneemond langsam und deutlich. »Ihr habt Rowarn gehört, und es gibt keinen Grund, an seinen Worten zu zweifeln. Und bedenkt eines wohl: Es kann *jeder* gewesen sein, der nicht beweisen kann, wo er heute Nacht gewesen ist. Also hütet euch vor weiteren Anschuldigungen. Wir werden euch helfen, wenn ihr euch ernsthaft auf die Suche nach dem Mörder macht. Aber jetzt solltet ihr erst Anini die letzten Ehren zuteilwerden lassen und ihr so gedenken, wie es ihr gebührt.«

Die Menschen zögerten. Larkim wandte sich nach einem kurzen Augenduell mit der Velerii um und hob den Stock. »Fahren wir!

Die ehrenwerte Schneemond hat Recht. Ein anderer Tag der Vergeltung und Sühne wird kommen. Jetzt müssen wir der Lebenden gedenken, die voller Kummer sind, und ihnen helfen, und die Toten ehren.«

Niemand wagte zu widersprechen. Die Angriffslust wich unter Larkims Autorität. Schweigend, ohne die Velerii und Rowarn noch eines Blickes zu würdigen, kehrten die Menschen um und fuhren in ihre Stadt zurück.

»Komm ins Haus«, forderte Schneemond ihren Ziehsohn auf, und Rowarn gehorchte eilig. Unsicher blieb er in der Mitte des Raumes stehen und wagte nicht, zu seiner Mutter hochzublicken.

Sie verschränkte die Arme vor der Brust und sah funkelnd auf ihn herab. »Was ist letzte Nacht geschehen?«

Rowarn schluckte trocken. »Was ich gesagt habe.«

Gleich darauf fand er sich auf dem Boden wieder und hielt sich die brennende Wange. Für einen Moment fühlte er nur Schmerz und begriff nicht, was geschehen war. Entsetzt schaute er zu Schneemond auf. Zum ersten Mal in seinem Leben hatte sie ihn geschlagen. Nie zuvor hatte sie auch nur die Hand erhoben. Doch er sah, dass dies nicht allein aus Zorn geschehen war. Angst und Sorge malten sich auf ihren fein gemeißelten Zügen.

»Ich habe dich nicht dazu erzogen, zu lügen!«, herrschte sie ihn an. »Wie kannst du es wagen, mir eine solche Schande zu bereiten?«

Rowarns Augen füllten sich mit Tränen. »Weil die Wahrheit nur Schmerzen bereitet«, flüsterte er.

Er brachte sich eilig auf allen vieren vor ihren ausschlagenden Hufen in Sicherheit. »Wir haben dich aufgezogen, Rowarn!«, rief sie schrill. »Willst du alles Lügen strafen, was wir dich je lehrten? Misstraust du uns so sehr, *missachtest* du uns?«

Er schüttelte stumm den Kopf und erhob sich langsam. Ergeben, gesenkten Hauptes stand er da und erwartete die weitere Strafe.

Schattenläufer trat plötzlich dazwischen und ergriff Schneemonds

Schultern. »Beruhige dich, Liebste«, sagte er sanft. »Der Kummer überwältigt dich, und du weißt nicht mehr, was du redest.« Er wandte sich Rowarn zu. »Warte hier, bis wir zurückkommen, Junge. Dann reden wir. Versprichst du mir das?«

Rowarn nickte. »Ich verspreche es«, flüsterte er mit versagender Stimme.

Schattenläufer lächelte ihm kurz zu. Dann schob er Schneemond ohne ersichtliche Kraftanstrengung aus dem Haus. Kurz darauf stoben sie über die Wiese davon, galoppierten den Hügel hinauf und rasten den Kamm entlang.

Es war nicht das erste Mal, dass Rowarn sie so sah, und auf seltsame Weise tröstete es ihn. Noch nie in seinem jungen Leben hatte er schönere, vollkommenere Gestalten gesehen als diese beiden. Ihre Hufe schienen kaum den Boden zu berühren, die Pferdeleiber glänzten silbrig und blauschwarz. Schneemonds Bluse, im Sonnenlicht verschiedenfarbig schimmernd, flatterte im Wind; darunter trug sie ein mit Kreuzbändern gehaltenes Leibhemd in der Farbe ihrer Mähne.

Schattenläufer hingegen trug ein schwarzes Hemd mit einer schwarzen Lederweste darüber, die bis auf die Pferdebrust herabreichte. Natürlich war die Kleidung im Rücken verschnürt, um der Mähne freien Schwung zu lassen.

Wie Licht und Schatten, in harmonischer Anmut, jagten sie über die Wiesen. Es war schwer zu sagen, wer von beiden schneller wäre. Schattenläufer war schwer und muskulös, Schneemond zierlicher, aber vielleicht ausdauernder.

So verschaffte ihre Art sich bei großer Erregung Luft, denn ihr Blut war heiß, und sie waren unberechenbar, trotz ihrer Sanftmut gefährlich. Kein Wunder, dass das Volk Velerii genannt wurde, »Schnell wie der Wind«, und es war auch beinahe so alt wie der erste Wind, der vor Äonen über die Weiten der gerade geborenen Welt gestrichen war, eines der ersten Völker Waldsees, langlebig, weise und voller geheimnisvoller Kräfte.

So, wie Rowarn den Menschen manchmal fremd und unheimlich war, waren ihm seine Zieheltern immer unverständlich geblieben, trotz der aufopfernden Liebe und Offenheit, die sie ihm entgegenbrachten. Er empfand großen Respekt, manchmal auch Ehrfurcht. Er hätte niemals gewagt, ihnen zu widersprechen.

Geduldig, ohne sich zu rühren, wartete der junge Mann, bis seine Eltern den wilden Lauf beendet hatten und mit schweißnassen Flanken, deutlich gelassener, zu ihm zurückkehrten.

2.

Der Weiße Falke

Die Velerii kauerten sich in der ihnen eigenen Eleganz auf die Halbliegen: Der Pferdeleib lag auf einem weichen, ausladenden Samtkissen, der menschliche Oberkörper ruhte an der bequem hochragenden, fein geschwungenen und ebenfalls gepolsterten Lehne. So schliefen sie auch, Kopf an Kopf; Schneemond auf der linken, Schattenläufer auf der rechten Seite.

Rowarn verkroch sich in dem niedrigen, mit demselben Stoff überzogenen, großen Sessel. Auf dem Tisch vor ihm stand eine Schale mit getrockneten Früchten und Nüssen, aber er rührte nichts an. Der Tag war längst fortgeschritten, seit gestern Nachmittag hatte er nichts mehr gegessen, doch er verspürte keinen Hunger. Sein Magen war wie ein Stein, hart und verkrampft.

»Erzähl uns, was geschehen ist«, forderte sein Ziehvater ihn auf.

Rowarn hatte Vorwürfe erwartet. Es war ihm verboten worden, zum Fest zu gehen, und erst recht, die ganze Nacht fortzubleiben. Oft genug hatten die Muhmen ihn davor gewarnt, in die Stadt zu gehen; vor allem seit dem ersten Mord. »Du bist keiner der Ihren«, hatte Schneemond gesagt. »Ein Schuldiger ist dann schnell gefunden.«

Niemand hatte bis heute einen Verdacht gegen ihn ausgesprochen, aber Rowarn hatte durchaus gespürt, dass er seit einiger Zeit mit anderen Augen betrachtet wurde. Daher hätte er den Eltern normalerweise gehorcht, aber … er wollte unbedingt Anini sehen …

Er schloss die Augen und hörte den Ruf der Häher schrill in seinen Gedanken. *Blut! Blut!*

Er wusste, dass seine Eltern die Feuchtigkeit des Sees noch an ihm riechen konnten; trotz der kräftigen Frühlingssonne und des schnellen Laufs nach Hause war die Kleidung nicht ganz trocken.

»Sage uns«, fügte Schneemond auch prompt hinzu, als hätte sie seine Gedanken gelesen, »wieso du mit deiner Kleidung in den See springen und dich reinigen musstest, bevor du dich nach Hause und unter unsere Augen wagtest.«

Rowarn rieb sich über das Gesicht. »Das Wasser wurde schwarz, und ich bin fast erstickt«, flüsterte er. »Für einen Moment glaubte ich zu ertrinken, bis endlich das Blut abgewaschen war. Vielleicht bin ich es ja doch gewesen. Denn ich weiß nicht, was geschah ...«

»Der Reihe nach«, unterbrach Schattenläufer. »Sag uns alles, was du weißt, Rowarn. Wir hören dir zu.«

Rowarn seufzte und atmete einmal tief ein und aus. Dann berichtete er, woran er sich erinnerte, ohne etwas auszulassen, auch wenn es ihm schwerfiel und er schließlich einen hochroten Kopf bekam. Aber ihm war ohnehin klar, dass seine Eltern längst durchschauten, was er und Anini in der Nacht getan hatten.

»Dann weiß ich nichts mehr«, kam er schließlich dem schrecklichen Augenblick näher. »Ich erinnere mich, dass ich träumte ... und dann erwachte ich, und ... und ...« Als Rowarn den Moment heraufbeschwor, wo er Anini in ihrem Blut daliegen sah, mit aufgerissener Brust und fehlendem Herzen, war es mit seiner Beherrschung vorbei. Würgend sprang er auf und rannte nach draußen, wo er schluchzend in die Knie brach und sich übergab, wieder und wieder würgte, obwohl sein Magen nichts mehr hergeben konnte. Jetzt endlich, nach all den Stunden der Angst und Verwirrung, entließ er den Schrei, der immer noch in seiner Brust eingesperrt gewesen war. Er schrie mit sich überschlagender Stimme, bis er heiser war, und dann würgte er erneut, doch es war nichts mehr in ihm.

Wimmernd lag er draußen in der Sonne, wo die Vögel lärmend in den Zweigen hüpften und Schmetterlinge gaukelnd tanzten, und hatte das Gefühl zu sterben. Wie konnte die Welt so lieblich und unschuldig sein, so fröhlich und unbeschwert, an diesem Tag, der sein Leben zertrümmert hatte und nichts als Zweifel zurückließ?

Rowarn zuckte zusammen, als er eine zarte Berührung auf der Schulter spürte. Schneemond beugte sich über ihn und hielt ihm eine dampfende Schale hin. »Trink das«, sagte sie sanft.

»Ich ... ich kann nicht«, schniefte er, wischte Rotz und Tränen aus seinem Gesicht und schämte sich. Für alles, was er war, was er getan hatte. Dafür, dass er diesen Ort des Friedens und diesen Tag befleckte wie das Wasser des Sees. Wäre er doch fortgelaufen! Nun war alles nur noch schlimmer geworden. *Ich habe es dir doch gesagt*, stichelte die Stimme giftig in ihm. *Wie kannst du glauben, nach den Lehren der Velerii leben zu können?*

»Du musst es trinken«, verlangte seine Mutter. »Oder dein Herz wird so schwarz wie das Wasser: Das war eine Warnung. Lass dir helfen, Sohn.«

Gehorsam trank Rowarn, und tatsächlich brachte er das völlig geschmacklose, heiße Getränk hinunter und behielt es bei sich. Wohltuende Wärme breitete sich in ihm aus und dämpfte Angst und Schmerz.

Schattenläufer bückte sich und hob ihn auf seine starken Arme, genau wie früher, als Rowarn noch ein Kind gewesen war. Rowarn schämte sich dafür, wagte aber nicht, sich zu rühren. Und ... es war ihm ein Trost, noch immer behütet zu sein. Sacht trug Schattenläufer ihn zurück ins Haus und setzte ihn auf dem Sessel ab. Dann ließ der Pferdmann sich wieder auf seinem Platz nieder, mit Schneemond an der Seite.

Für eine Weile herrschte düstere Stille.

»Und wenn ich es war?«, flüsterte Rowarn schließlich verzagt. »Die Leute haben Recht, ich bin unbeherrscht und manchmal blindwütig vor Raserei. Dann bin ich nicht ich selbst und kann mich hinterher kaum erinnern ...«

»Ich kann keine Schuld an dir riechen«, sagte Schneemond.

»Weil ich mir meiner Schuld nicht bewusst bin«, erwiderte der junge Mann. »Aber ich war in der letzten Zeit oft nachts im Land unterwegs. Ich konnte nicht schlafen, und es trieb mich hinaus ... Manchmal erwachte ich an fremden Orten, und ich konnte mich nicht erinnern, wie ich dorthin gekommen war ...«

Leise beharrte seine Muhme: »Das glaube ich niemals.«

Rowarn fuhr sich durch die wirren Haare. »Woher willst du das wissen, ehrwürdige Mutter?«, bemerkte er müde. »Was wisst ihr beide denn schon über mich? Eine Frau brachte mich zu euch, als ich noch ein Säugling war. Und sie starb, bevor sie etwas über meine Herkunft verraten konnte.«

»Mehr können wir dir nicht über deine Vergangenheit verraten«, sagte Schattenläufer ruhig. »Aber wir sehen dein gutes Herz, und deine reine Seele.«

»Womöglich bin ich besessen«, versetzte Rowarn. »Es gibt genug Dunkles in mir, was euch Sorgen macht, ich weiß es genau. Ich merke doch, wie ihr mich manchmal anseht. Wenn ich unbeherrscht bin ... das versteht ihr nicht, genauso wenig wie ich, und ihr könnt es nicht vermeiden. Jetzt bin ich zwanzig Jahre alt und eurer Obhut entwachsen. Wer weiß, was alles erwacht ist in mir!«

Schattenläufer hob eine Hand. »Du bist nicht fortgelaufen, Rowarn, wie es vielleicht jeder andere Mensch getan hätte, sondern du bist zu uns gekommen. Das zeigt, dass du unsere Lehren nicht nur empfangen, sondern auch begriffen hast. Und es zeigt uns, du bist unschuldig, und wir werden es beweisen.«

»Aber wie?« Rowarn lehnte sich erschöpft zurück. Die Wirkung des Mittels setzte zusehends ein. Bald würde er sich nicht mehr wach halten können.

»Wir werden einen Weg finden«, sagte sein Muhme fest. »Wir *müssen*, denn der Frieden in diesem Tal ist bedroht. Schneemond und ich lassen nicht zu, dass Inniu, das zu unserer Heimat wurde, in die Finsternis eintaucht.«

»Ich wünschte, ihr hättet Recht«, wisperte Rowarn niedergeschlagen. »Und ich danke euch, dass ihr mir immer noch vertraut, obwohl ich euch so viel Kummer bereite. Aber ich traue mir selbst nicht mehr, und ich halte es für möglich, dass ich ... schuldig ...« Sein Kopf sank zur Seite, und er war eingeschlafen, ohne den Satz vollenden zu können.

Die Tage vergingen, und der Frühling schritt voran. Anini war feierlich beigesetzt worden, und Daru hatte an ihrem frisch aufgeworfenen Grab geschworen, den Mörder nicht ungeschoren davonkommen zu lassen.

Die Menschen gingen wie gewohnt ihrer Arbeit nach, doch nachts waren alle Wege und Straßen ausgestorben und still. Niemand durfte mehr ohne offizielle Erlaubnis nach Einbruch der Dunkelheit herumschweifen, und schon gar nicht ohne Begleitung.

Die Stadtväter hatten einen Suchtrupp losgeschickt, um nach Spuren des Täters zu suchen. Die Velerii unterstützten sie dabei wie versprochen. Niemand erhob mehr öffentlich Vorwürfe gegen Rowarn, aber er wusste, dass viele ihn für schuldig hielten und nur auf den geeigneten Moment warteten, um ihn zur Rechenschaft zu ziehen. Er blieb der Stadt fern und verließ auch Weideling kaum, weil er sich nur dort sicher fühlte – und weil er befürchtete, ansonsten Dummheiten anzustellen.

Die meiste Zeit hockte er brütend in seinem Zimmer und grübelte darüber nach, wie er seine Unschuld beweisen konnte. Er beobachtete sich dabei die ganze Zeit selbst, schreckte nachts oft hoch und blickte in den Spiegel, ob er sich noch erkannte. Vielleicht war er wirklich besessen, von der Macht eines Dämons oder einem anderen finsteren Wesen übernommen, und hatte die Tat unwissentlich in fremdem Auftrag ausgeführt. Das sprach ihn natürlich nicht frei von Schuld, aber es würde erklären, warum er sich nicht daran erinnern konnte, was in der Nacht geschehen war. So sehr er sich auch den Kopf zerbrach, es blieb ein schwarzes Loch in seinem Verstand. Es gab nur schöne Erinnerungen, nichts sonst.

Die einzige Hoffnung sah Rowarn schließlich im Weißen Falken.

Schon als kleiner Junge war Rowarn an einem bestimmten Tag, wenn die Luft zum ersten Mal mild war und einen besonderen Blütenduft mit sich brachte, auf die höchste Erhebung um das Tal von Weideling gestiegen, um dort auf einen großen, alten Borkenbaum zu klettern. Ein Riese aus alter Zeit, schon halb versteinert, aber immer noch belaubt. Die Rinde bot guten Halt, um sich auf den ersten knorrigen Ast zu hangeln. Von dort ging es Ast um Ast hinauf, fast bis in den Himmel, so schien es, in die weit ausladende Krone, von der aus unzählige zierliche Ästchen mit fleischigen, dunkelgrünen Blättern abzweigten.

Der Baum war so alt, dass er im Herbst nie ganz das Laub verlor, sodass sich im Frühjahr neben jungem Grün oft noch ein verschrumpeltes, ausgedörrtes Blatt von den Jahren davor hartnäckig an den Zweig klammerte. Die verbliebenen Blätter des Vorjahres waren sogar noch fast lebendig, hauchfein wie Papier. Sie leuchteten rot, gelb und orange im Sonnenlicht, sodass man dem alten Riesen den Namen »der Vielfarbige« verliehen hatte.

Der Ausblick von hier oben reichte bis zum schroffen Gebirge Fûr Garí, »Kalter Fels«, das ganz Inniu wie eine unüberwindbare Mauer umschloss. Rowarn blickte auf das weite Grünland, von vielen mäandernden Bächen durchzogen, und auf den Ackerboden rund um menschliche Siedlungen und Behausungen. Rowarn musste bei seinem Rundblick die lichtempfindlichen Augen beschatten, denn die Sonne stach von einem wolkenlosen Himmel herab, was für ihn je nach Stand peinigend war. Dafür sah er nachts besser als jeder Mensch, sogar als seine Muhmen.

Kleine, schilfbewachsene Weiher und verträumte Seen glitzerten im Frühlingslicht. Obstbäume zogen sich rund um die Felder und bis zu entfernten Hügeln, prall und schwer von Knospen; sie standen kurz vor dem Öffnen. Bald würde die Luft unvergleichlich süß duften, und es würde violette, rote, weiße und gelbe Blütenblätter regnen, wohin man auch ging. Alte, dunkle Wälder und lichte Haine wechselten sich gen Horizont ab. Karrenwege führten hindurch, deren schlängelnde braune Einschnitte von hier aus immer noch gut sichtbar waren.

Nur sehr selten einmal verirrte sich ein Wanderer in dieses abgeschiedene, friedliche Tal, in dem es leidlich fruchtbaren Boden, aber keine Erze oder sonstige Schätze gab. Inniu lag abseits des lebhaften Treibens des Landes Valia, jenseits des Gebirges – einem Reich, das Rowarn lediglich aus Erzählungen kannte.

Hier im Tal gab es nur wenige menschliche Siedlungen. Die größte von allen war die Stadt Madin, direkt an der Handelsstraße gelegen, in der alle Karrenwege Innius mündeten. Der Markt war stets gut besucht und diente zum gegenseitigen Austausch von Neuigkeiten. Etwa alle fünf Jahre kam außerdem eine Handelskarawane aus Valia, die einem Menschen namens Erun der Erbe gehörte; jeder männliche Nachkomme der Familie, der die Karawane übernahm, erhielt diesen Namen, und das schon seit über eintausend Jahren. Ein uralter Vertrag zwischen den Stadtvätern Madins und der Familie Eruns regelte den Warenaustausch alle fünf Jahre. Ein gutes Geschäft für beide Seiten: Vieh, Pferde, Heilkräuter, Früchte, Mehl und vieles mehr an Nahrungsmitteln aus dem Tal wurde gegen Stoffe, Handwerkszeug, Geschirr und anderes getauscht. Das war der einzige Kontakt nach draußen, ansonsten dämmerte Inniu in träger Idylle friedlich dahin.

Rowarn war immer der Erste gewesen, der den Weißen Falken erblickte. Seinen Platz in dem alten Baumriesen hatte ihm noch nie einer streitig gemacht – weil die Stadtmenschen nicht rechtzeitig erkannten, wann der richtige Tag war.

Jedes Jahr, so lange Rowarn zurückdenken konnte, war der Vogel von Osten her, mit der aufgehenden Sonne, im Tal erschienen und mit einem pfeifenden Schrei über den knorrigen Vielfarbigen gezogen. Sein Gefieder war schneeweiß, an den Flügeln von schwarzen Tupfen durchzogen. Sein scharfer Falkenschnabel war gelb, die großen, runden Augen dunkel und wild.

Jahr um Jahr hatte Rowarn gehofft, dass sich der majestätische Vogel einmal, wenigstens für ein paar Herzschläge, in seiner Nähe auf einem Ast niederlassen würde. Er fühlte sich diesem Vogel verbunden, und jedes Mal flog ein Stück von seinem Herzen mit ihm, wenn er weiterzog, ohne jemals innegehalten zu haben. Der Weiße Falke kreiste zweimal über Weideling und pfiff hoch und einsam, bevor er über Madin glitt, und dann tiefer in das Tal hineinflog, bis er in einem großen Bogen Inniu wieder Richtung Osten verließ.

Doch nach dem letzten Winter war der Frühlingsbote nicht erschienen, zum ersten Mal seit zwanzig Jahren. Rowarn hatte an sich gezweifelt und angenommen, er hätte sich im Tag geirrt. Eine Woche lang hatte er jeden Morgen auf dem Baum ausgeharrt und dem eisigen Wind getrotzt, und platschenden Regengüssen, die noch mit Schnee durchmischt waren. Und mit jedem Tag wuchs seine Sorge.

Vielleicht war der Weiße Falke zu alt geworden und gestorben? Immerhin war er schon sehr lange unterwegs. Aber Rowarn konnte sich kaum damit trösten. Er hatte von Anfang an gespürt, dass dies kein normaler Vogel war, sondern ein magisches Wesen, für das andere Gesetze der Sterblichkeit galten.

Mit dem Ausbleiben des Weißen Falken endete der Frieden von Inniu, denn bald darauf geschah der erste Mord.

Rowarn erinnerte sich, wie schockiert alle gewesen waren. Ein so grauenvolles Verbrechen war noch nie zuvor geschehen. Keiner hatte gewusst, was jetzt zu tun war, wie sie damit umgehen sollten. Bis das zweite Mädchen auf dieselbe grausame Weise ermordet aufgefunden wurde. Und dann ... das dritte.

Trotzdem, oder vielleicht gerade deswegen, wurde das erste Frühlingsfest zur Lobpreisung des wachsenden Korns ausgerufen. Manche glaubten, damit die schlechten Vorzeichen abwenden zu können, vielleicht auch den Weißen Falken herbeizulocken.

Tief in seinem Inneren wusste Rowarn, wie sinnlos es war, seinen einsamen Posten zu beziehen und auf den Weißen Falken zu warten. Aber was konnte er sonst tun? Er durfte nicht in die Nähe der Menschen, und seine Eltern hatten ihm verboten, sich an der Suche zu beteiligen, erst recht auf eigene Faust. Im Augenblick gehorchte Rowarn ihnen noch, aber er wusste jetzt schon, dass er etwas unternehmen würde, wenn die Suche noch länger dauerte und keinen Erfolg brachte.

Denn eines Tages, wenn auch die Menschen die Geduld verloren, würden sie zurückkehren nach Weideling, und diesmal mit Fackeln und Waffen in den Händen, dessen war er sicher.

Also harrte er hier oben aus und betete zu den Göttern Waldsees (alle, die ihm einfielen, das konnte nicht schaden), dass der Weiße Falke doch noch eintreffen möge und alles wieder gut würde.

Er wollte die Hoffnung nicht aufgeben. Vielleicht kam ihm hier oben auch endlich der rettende Gedanke, wie er die Gräueltaten aufklären konnte.

Plötzlich flatterte ein Schwarm Gelbrückiger Korbflechter von einem Schirmbaum auf, und Rowarn hörte weit entfernt Richtung Osten den Häher rufen. Sofort war er alarmiert und blickte sich suchend um.

Die Korbflechter kehrten auf ihren Baum zurück, aber Rowarn sah zwei Häher aus einer anderen Krone aufsteigen, und dann geriet der östliche Wald selbst in Aufruhr. Krähen flatterten kreischend davon, und er entdeckte heftige Bewegung in den Büschen. Eilige Schatten huschten durch vereinzelte Sonnenstrahlen, und ein paar Ducker überquerten schnell eine Lichtung, um eine Schutzhöhle aufzusuchen, die abseits der Wohnhöhle lag.

Rowarn richtete sich auf und spähte angestrengt hinab. Was ging hier vor? Zeigte sich plötzlich der unbekannte Feind? Gab es neues Unheil?

Und dann brachen sie aus dem Wald hervor, fünfzehn, nein, zwanzig Reiter, in voller Rüstung und schwerer Bewaffnung, die Gesichter von Helmen mit geschlossenen Visieren verdeckt, mit flatternden Fahnen, die in den Rückenbefestigungen steckten. Rowarn sah nur ein Zeichen – den weißen Kopf eines ihm unbekannten Fabeltiers auf blauem Grund.

Fieberhaft überlegte er, was er tun sollte. Um den Baum zu verlassen und nach Weideling zu laufen, war es zu spät. Die Reiter würden ihn bemerken und rasch einholen, denn auf dem Weg gab es so gut wie keine Deckung. Also hielt er sich am besten hier oben versteckt und machte sich möglichst unsichtbar, bis die Krieger vorbeigeritten waren. Dann konnte er schleunigst nach Madin laufen und die Menschen dort warnen.

Er verkroch sich tief im Astgewirr, wohin kein Sonnenstrahl mehr gelangte, und atmete so flach und ruhig wie möglich. Rowarn zuckte mit keiner Wimper, als eine fette, schwarze Spinne sich zu ihm herabseilte und seelenruhig anfing, ein Netz zwischen seinen Haaren und dem erhobenen Arm zu spinnen.

Die Reiter hatten keine Eile, und es kümmerte sie offensichtlich nicht im mindesten, welchen Aufruhr sie in dem friedlichen Tal verursachten. Einer ritt ein wenig voraus, studierte unterwegs eine Karte und deutete nach vorne. Stolz trabten die gerüsteten Pferde unter Rowarns Baum vorbei und schlugen den Pfad zum Karrenweg nach Weideling ein.

Achtzehn waren schon vorbei, fehlten nur noch zwei Nachzügler, die gemütlich hinterherzottelten. Sie unterhielten sich leise, aber angeregt. Rowarn stockte der Atem, als sie den Vielfarbigen erreichten. Sogar die Spinne hielt in ihrem Netzbau inne; als hätte sie begriffen, wie ernst es war.

Und dann ... parierte einer der Reiter, ein kleiner, aber sehr schwerer Mann, genau unter dem Baum sein Pferd durch und hielt an. Er sog die Luft scharf und geräuschvoll durch die Nasenschlitze des Visiers ein. »Was rieche ich denn da?«, sprach er mit grollender Stimme, in einem für Rowarn seltsam klingenden Akzent. »Mich deucht, in diesem Baum gibt es nicht nur Würmer und Käfer, sondern zudem eine ganz besondere Art von Schädling, der sonst nur in gewissen Gegenden anzutreffen ist!«

»Scheint mir auch so«, stimmte der andere Mann mit leicht rauer Stimme zu. Er hatte überhaupt keinen Akzent, sondern drückte sich sorgfältig betont wie in der Schriftsprache aus, mit weicher, rollender Aussprache.

»Soll ich den Schädling ausräuchern? Wäre doch schade um den schönen Baum.«

Rowarn konnte den Atem nicht mehr lange anhalten. Auf seiner Stirn bildeten sich schon feine Schweißperlen, und die Spinne war von seinem zitternden Arm gefallen und baumelte an einem Seidenfaden herab, mit langen, borstigen Beinen nach einem Zweig hangelnd.

Der größere Mann lachte kurz, meinte jedoch: »Eher wäre es schade um den schönen Baum, wenn du dich darum kümmern würdest.« Dann hob er den Kopf und schien Rowarn direkt anzublicken. »Du solltest besser schleunigst atmen, Junge, wenn du nicht jämmerlich ersticken willst. Und dann komm herunter! Wir haben deinen hellen Schopf schon von weitem leuchten sehen, dein ganzes Versteckspiel war also sinnlos. Keine Sorge, wir kommen in Frieden, auch wenn wir nicht so aussehen.«

Rowarn zögerte. Dann atmete er heftig aus und wieder ein und kletterte langsam den Stamm hinab. »Bisher konnte ich mich immer gut verborgen halten«, sagte er, während er auf dem letzten Ast über den beiden Reitern verhielt.

»Er kann die Hochsprache! Wenngleich auch verunstaltet und mit seltsamer Betonung, aber immerhin!«, rief der kleinere erfreut.

»Bisher hast du dich wohl nur vor blinden Maulwürfen versteckt«, meinte der größere Mann freundlich und hob die Hand zum Gruß. »Ich wiederhole es: Wir kommen nicht als Feinde. Deshalb würde ich dich liebenswürdigerweise um eine Auskunft bitten, denn natürlich sind wir nicht ohne Grund in dieses schöne, gleichwohl sehr abgeschiedene Tal gereist.«

»Durch unwegsames Gelände, über stürmische und abweisende Gebirgspässe, mit den letzten Winterfrösten, und ohne jeglichen Komfort, wenn ich das mal so bemerken darf«, brummte sein Begleiter. »Ohne ein gemütliches Gasthaus mit weichen Betten und feinen Daunenkissen. Nicht einmal ein Strohlager war in dieser gottverlassenen Gegend zu finden!«

Rowarn sah, dass der Tross inzwischen angehalten hatte und wartete. Er blickte den größeren Mann ruhig an. »Womit kann ich Euch zu Diensten sein, mein Herr?«

Der Krieger öffnete den Helm und nahm ihn ab. Rowarn blickte in das von vielen Erfahrungen geprägte Antlitz eines Mannes von etwa Mitte vierzig. Er hatte richtig vermutet: Dies war kein einfacher Bauer, Handwerker oder Händler, sondern ein Mann hohen Geblüts und ein Anführer, dessen Befehl man gehorchte. In seine schulterlangen, dunkelblonden Haare schlichen sich vereinzelt graue Fäden, ebenso in den kurz geschnittenen Bart. Seine Augen, so klar wie Glas und so grün wie ein Birkenblatt, lächelten. »Ich bin erfreut über die Gastfreundlichkeit dieses Tales, die den wenigen Geschichten über Inniu entspricht, die man verstreut in Valia findet. Ich bin Noïrun, genannt Fürst Ohneland, denn ich verlor mein Reich vor Jahren, und es gelang mir bisher nicht, es zurückzugewinnen. Und dies hier ...«, er stieß seinen Begleiter an, der sich daraufhin bequemte, ebenfalls den Helm abzunehmen.

»Ich bin Olrig«, übernahm der kleinere mit polternder Stimme selbst die Vorstellung, »Kriegskönig der Zwerge aus dem Stamm der Kúpir von Valia.« Sein langes, zotteliges Haar war nahezu vollständig ergraut, und sein Gesicht verschwand fast in einem wuchernden dunklen Bart. Zwei stahlblaue Augen stachen unter buschigen Brauen hervor. »Und wenn du dich fragst, mein Junge, warum ein Mann wie ich im fortgeschrittenen Alter von zweihundertachtunddreißig Jahren noch so dumm ist, auf eine Fahrt zu gehen, bei der man sich bestenfalls Gliederreißen und Muskelkrämpfe holt, so lass dir gesagt sein, dass ich keine Wahl hatte. Mein Volk erachtet mich als den Besten in den Belangen der Kriegskunst, und auch, wenn ich darüber nur lachen kann, musste ich dennoch mein Pferd satteln.«

»Stimmt, im Grunde seines Herzens ist er stets ein unbeachteter Poet geblieben, schwatzhaft wie eine Elster und launisch obendrein«, bemerkte der Fürst und lachte. »Und mit wem haben wir die Ehre?«

»Ich bin Rowarn.«

»Rowarn, und ...?«, hakte Olrig nach.

»Nichts weiter. Einfach nur Rowarn.«

Der Zwergenkönig stieß ein schnarrendes Geräusch aus. »Nun denn, Einfach-nur Rowarn Nichts-Weiter, wäre es wohl möglich, dass du uns die Richtung weist?«

Fürst Noïrun schüttelte den Kopf. »Nun ist es aber genug, alter Freund. Es ziemt sich nicht, in fremdem Land derartige Scherze zu treiben. Was soll man denn von uns denken!«

»Nichts Gutes, wie überall«, brummte Olrig.

Noïrun blickte zu Rowarn auf und sagte freundlich: »Wir sind auf der Suche nach Weideling, der Heimstatt zweier bestimmter Velerii, nämlich Schattenläufer und Schneemond.«

»In welcher Angelegenheit?«, fragte Rowarn.

»Holla!«, rief Olrig. »So viel Misstrauen in diesem süß schlummernden Tal, das anscheinend selbst die Wolken meiden, um das Licht nicht zu trüben?«

Rowarn wandte den Kopf ab. »Ihr ahnt ja nicht ...«, flüsterte er.

In den grünen Augen des Fürsten blitzte etwas auf. »Der Kummer trieb dich also hierher an diesen einsamen Ort, ist es so?«

Rowarn fuhr sich durchs Haar und verlagerte leicht seine Sitzhaltung, als wollte er den Baum wieder hinaufklettern. »Ihr habt meine Frage nicht beantwortet.«

»Richtig. Ich bitte um Verzeihung.« Noïrun lächelte zuvorkommend. »Wir bringen Kunde, die für die Velerii von großem Interesse ist, und leider keine gute. Gleichzeitig sind wir auf der Suche nach Verstärkung. Kurz gesagt: Wir kommen, um Rat und Hilfe zu ersuchen.«

Rowarn betrachtete ihn prüfend. In Gedanken wog er ab, ob er das Risiko eingehen durfte, diese Schar zum Heim seiner Eltern zu führen. Immerhin spürte er keine Gefahr. Und ... die Velerii waren starke und mächtige Geschöpfe. Sie konnten es notfalls mit einer Hundertschaft dieser Soldaten aufnehmen. »Ich werde vorausgehen und Euch anmelden«, meinte er.

Das Lächeln des Fürsten vertiefte sich. »Du kennst sie gut.«

Das konnte er zugeben. »Sie sind meine Muhmen.«

Olrig blinzelte erstaunt. »Und da nennst du Baumäffchen dich ›Nichts-Weiter‹?«, stieß er verblüfft hervor. »Hat man so etwas schon gehört! Junger Rowarn, du musst etwas ganz Besonderes sein!«

»Deine Vorsicht spricht für dich«, sagte Noïrun, »jedoch sind wir leicht in der Lage, dir zu folgen, und könnten dich notfalls mühelos überholen, sobald wir das Ziel erkennen. Ich bitte dich als Mann von Ehre um dein Vertrauen, was dir zugleich eine bequemere Fortbewegungsmöglichkeit böte.«

Rowarn überlegte. Der Fürst hatte in wenigen Augenblicken ihrer Bekanntschaft schon tiefer in seine Seele geblickt als jemals ein Stadtvater von Madin, der ihn von klein auf kannte. Er verspürte tatsächlich Vertrauen zu diesem Mann; mehr, als er je zu einem anderen Menschen empfunden hatte. »Ich werde Euch führen«, stimmte er schließlich zu. »Es ist nicht mehr weit. Ihr hättet es schon in weniger als einer halben Stunde selbst gefunden.«

»Was sagt man dazu«, lächelte der Fürst Ohneland scheinbar überrascht. Aber Rowarn ahnte, dass er genau dies schon die ganze Zeit über gewusst hatte.

»Kannst du reiten, Junge?«, fragte Olrig.

»Macht Ihr Scherze?« Rowarn musste lachen, zum ersten Mal seit der verhängnisvollen Nacht. »Wisst Ihr nicht, wer die Velerii sind, die mich aufzogen?«

»Na, dann sitz hinter mir auf, Baumäffchen, und halt dich gut fest!«, lud der Kriegskönig ihn mit ausholender Geste ein.

Rowarn hangelte sich vom Ast und landete zielsicher auf dem breit ausladenden Pferdehintern. Das Pferd zuckte nicht einmal mit einem Muskel, als das zusätzliche Gewicht es belastete, was auch Olrig zu der Bemerkung veranlasste: »Sitzt du denn schon, du halbe Portion? Doppelt so groß wie ich, aber vermutlich nicht mal halb so schwer!« Er lachte dröhnend und gab dem Pferd die Sporen.

Noïrun und Olrig setzten sich an die Spitze der Schar, und Rowarn wies ihnen den kürzesten Weg, quer über die zart blühenden Wiesen, durch Schwärme von Jungfliegen, begleitet von den trillernden Lauten der Schnäpper, die über sie hinwegflatterten. Über einen Hügel und den nächsten, bis er auf dem dritten anhalten ließ und hinabdeutete.

»Weideling«, sagte er stolz und betrachtete voller Vergnügen das erwartete Staunen auf den Gesichtern der hartgesottenen Krieger, die sicher schon viel gesehen hatten auf ihren Reisen.

Die Heimstatt der Velerii war einzigartig. Das Gebäude war Teil einer uralten, mehrtausendjährigen Königsweide, deren vielfach verdrehter Stamm von mindestens fünfzehn Männern umfasst werden musste, wenn man einmal herumkommen wollte. Ihre weit ausladenden, hängenden Äste umspannten einen ganzen Acker. Die faserige Rinde teilte sich hundertfach in senkrechte, verschnörkelte und ineinander verknüpfte Striemen. Die hängenden Äste waren dicht besetzt von langen, schmalen, tiefgrünen Blättern, die hochragenden Äste von breiten, lichtgrünen. Der Schatten, den diese Königsweide warf, war größer als zwei Äcker, aber nicht düster, und von vielen spielenden Lichtpunkten durchsetzt. Jetzt, im Frühling, war sie die Erste, die in voller Blüte erstrahlte, blendend weiß und von berauschendem Duft.

So weit die Äste reichten, teilweise fast bis zum Boden herabfallend, wuchs kein Gras, sondern weiches, fettes Moos, das vom blauen Schimmer winziger Sternblüten überzogen war. Der grüne Wipfel war sicher wie das Dach eines Hauses und bot Schutz selbst vor dem schlimmsten Unwetter.

Die Hälfte des Baumes war zu einem Haus geformt worden, der Heimstatt der Velerii. Das mächtige Geäst hatte man zu Wänden verflochten, mit Fenstereinfassungen, in die fein geschnitzte Rahmen mit klaren Glasscheiben kunstvoll eingepasst waren. Die eng geflochtenen Wände waren zusätzlich mit Lehm und kleinen Steinen abgedichtet, sodass kein Wind hindurchblasen konnte. Sie lebten aber noch und trieben nach außen kleine Zweige und Blätter.

An der äußeren Seite sorgte ein Kamin für Rauchabzug, wenn im Winter die Kälte vertrieben werden musste. Die Schräglage des Daches sorgte für guten Abfluss bei Regen und hielt auch das Gewicht des Schnees. Es war undurchlässig und mit großen Blättern gedeckt, die wie die Schuppen eines Fisches angeordnet waren. Die Höhe maß etwa drei Mannslängen, doch das Weidenhaus besaß nur ein einziges Stockwerk, weswegen seine Fläche entsprechend ausladend war. Schließlich mussten zwei sehr große Geschöpfe beherbergt werden.

Ein Karrenweg führte bis zum Moosteppich. Nach Westen zu glitzerte der See in der Ferne, und nicht weit davon entfernt der Wald, der Weideling von Madin trennte und um den die Handelsstraße bis zum abzweigenden Karrenweg herumführte.

Das lebende Haus war so in den Baum eingepasst, dass die höheren Äste noch darüber hinausragten und es auf den ersten Blick gut verbargen. Um zum Eingang zu gelangen, musste man erst einen Blättervorhang beiseiteschieben. Die Tür selbst war erstaunlicherweise eher bescheiden, kaum breiter als eine normale Tür zu einem Menschenhaus, und kaum höher.

»Möchtest du uns jetzt anmelden?«, fragte der Fürst.

»Sie wissen es bereits«, erwiderte Rowarn. »Aber lasst die Pferde besser nicht traben, sondern geht Schritt. Und nehmt sie gut am Zügel, denn es könnte sein, dass sie scheuen. Lasst sie unter keinen Umständen durchgehen!«

»Was befürchtest du, Junge?«, fragte Olrig.

Rowarn rutschte vom Pferderücken. »Eure Pferde haben noch nie Velerii gesehen, und umgekehrt sehen meine Eltern nie fremde Pferde, die sie nicht selbst gezüchtet und aufgezogen haben. Es könnte sein, dass sie außer Fassung geraten.«

»Wer?«

»Alle, ehrenwerter Kriegskönig. Unterschätzt nie einen Velerii. So sanftmütiger Wesensart sie auch sein mögen, durch ihre Adern strömt kochendes Blut.«

Olrig schnaubte ungläubig durch die Nase und behauptete, sein braves Pferd sei von ihm aufgezogen worden und daher wie ein Teil von ihm. Auch habe es schon viele Schlachten durchgemacht und schreckliche Gemetzel, und dabei nie die Ruhe verloren. »Ich kenne es besser als mich selbst.«

Rowarn zuckte die Achseln und ging voran.

Der Fürst gab der Schar deutliche Anweisung, die Pferde am Zügel zu halten und sofort Paraden zu geben, sollte sich Nervosität bemerkbar machen. Er nahm seinen kupferfarbenen Hengst deutlich zurück, Olrig hingegen ließ seinen Schimmel fleißigen Schrittes auf Rowarns Spuren folgen.

»Vater! Mutter!«, rief Rowarn, als er den Fuß des Hügels fast erreicht hatte und ihn nur noch wenige Speerwürfe von Weideling trennten. »Wir haben Gäste, von sehr weit her! Aus Valia!«

Er verharrte und gab ein Zeichen nach hinten, dass die Schar ebenfalls anhalten sollte. Olrig zügelte sein Pferd neben Rowarn.

»Und was passiert jetzt?«

»Wir warten.«

»Wie lange wird das dauern?«

»Sie sind nicht im Haus. Und vielleicht wollen sie keine Gäste empfangen, ich weiß es nicht. Manchmal sind sie dazu nicht in der Stimmung.«

Der Zwerg brummte etwas in seinen Bart, fügte sich aber.

Es dauerte allerdings nicht lange.

Rowarn hatte davor gewarnt, und wer darauf gehört hatte, konnte sein Pferd gerade noch im Zaum halten. Die anderen aber, die nachlässig und unkonzentriert gewesen waren, bereuten es, nicht auf einen scheinbar unerfahrenen Jungen gehört zu haben.

Schlagartig kam Unruhe in die Schar. Einige Pferde wieherten und tänzelten oder drehten sich im Kreis. Andere, die nicht fest genug gehalten wurden, steckten sich gegenseitig mit ihrer Aufregung an. Sie bäumten sich auf, buckelten oder rasten los. Olrigs Schimmel stieg mit schmetterndem Wiehern. Der Zwerg, unaufmerksam und abgelenkt, hatte keinen ausreichend guten Sitz im Sattel und verlor dadurch schnell das Gleichgewicht. Mit einem wütenden Fluch auf den Lippen stürzte er ab, während der Schimmel bockspringend und nach hinten auskeilend davonrannte.

Rowarn drehte sich um und hob die Hände. »Ruhe, Ruhe!«, rief er mit gelassener Stimme, aber betont und deutlich. »Ho-ho, es ist alles gut, beruhigt euch wieder!« Er blickte den Fürsten verzweifelt an, dessen Hengst schnaubte und wild die Augen rollte, aber kontrolliert blieb. »Versucht, sie schnell zu beruhigen, ich bitte Euch!«

Noïrun nickte und trieb seinen Hengst an, der sofort begriff, was sein Herr von ihm wollte, und sich auf seine Aufgabe konzentrierte. Er stieß ein donnerndes Wiehern aus, und dann umkreiste er die Schar, trieb die Wallache zusammen und brachte sie zur Ruhe. Olrig und einige andere humpelten zu Fuß hinter ihren durchgehenden Pferden her, fluchend und schimpfend. Der Fürst vergrößerte den Kreis, und die kopflosen Tiere, die nicht wussten wohin, waren dankbar, die kräftige Stimme des Leitpferdes zu hören, das ihnen den Weg wies, und kehrten um.

Während Reiter und Pferde mit dem Chaos beschäftigt waren, tauchten auf dem anderen Hügel hinter Weideling zwei mächtige, schimmernde Gestalten auf, verharrten kurz und galoppierten dann die Anhöhe hinunter.

»Sie kommen!«, rief Rowarn. »Macht jetzt keinen Fehler!«

Noïrun kam an seine Seite. »Ich gehe mit dir, Junge.« Er wandte sich dem Zwergenkönig zu, der endlich seinen Schimmel eingefangen hatte. »Olrig, komm mit, aber halte Abstand ein, bei den Vulkanen Manurs! Wenn du dein Pferd nicht beherrschst, geh zu Fuß!«

»Ich schaffe das!«, schnaubte der Kriegskönig wütend und fuhr den Mann neben sich an: »Ihr, packt euch und reitet ein Stück zurück. Dort wartet auf uns – und haltet die Pferde im Zaum!«

Rowarn konnte sich ein Grinsen nicht verkneifen, als Olrig dann mit dem Schimmel am Zügel zu Fuß hinterherkam, wütend stampfend, aber immerhin schweigend. Vergnügt blickte er zum Fürsten auf, der neben ihm ritt, mit undurchdringlicher Miene, den Blick starr nach vorn gerichtet – auf die beiden Velerii, die am Rand des Moosteppichs vor ihrer Heimstatt warteten. Rowarn hätte gern eine Bemerkung gemacht, aber er hielt sich lieber zurück. Allerdings hatte er sehr wohl das leichte Zucken im Mundwinkel des Fürsten gesehen.

Er hob die Hand und winkte seinen Eltern zu, die den Gruß erwiderten. »Das ist ein gutes Zeichen«, wisperte er. »Sie heißen Euch willkommen.«

Der Hengst war sehr nervös und trippelte in Piaffen vorwärts. Auch der Schimmel war hektisch, Brust und Flanken schweißnass, aber er ließ sich brav am Zügel führen. Die Nüstern beider Pferde waren weit gebläht, sie schnaubten und prusteten und versuchten zu verstehen, was sie sahen, und was sie rochen.

Dann beruhigten sie sich plötzlich. Ihre Köpfe sanken herab, die Ohren fingen an zu spielen und sie kauten auf den Gebissen. Das war genau der Zeitpunkt, auf den Rowarn gewartet hatte, und er blieb stehen. »Lasst eure Pferde jetzt hier«, sagte er zu den beiden Männern. »Sie werden nicht weglaufen, sondern auf euch warten.«

Fürst Noïrun stieg aus dem Sattel und band den Zügel am Horn fest, damit der Hengst in Ruhe grasen konnte, ohne sich zu verheddern.

Rowarn war überrascht, dass der ältere Mann fast eine halbe Handspanne kleiner war als er, wohingegen Olrig ungewöhnlich groß wirkte, vor allem durch seine Schultern, die fast doppelt so breit wie die eines Menschen waren. Zwerge als »kleinwüchsig« zu bezeichnen konnte nur ein Gerücht sein; Rowarn hatte schon kleinere Menschen in Madin gesehen.

Sie folgten dem jungen Mann in wenigen Schritten Abstand.

»Mutter, Vater, das sind Fürst Noïrun Ohneland und Kriegskönig Olrig von den Kúpir, aus Valia«, übernahm Rowarn die Vorstellung und wandte sich an die Gäste: »Dies sind die Velerii Schneemond und Schattenläufer, die Wächter von Weideling, meine Eltern.«

Fürst Noïrun trat nach vorn und verneigte sich. »Ehrenwerte Schneemond, geehrter Schattenläufer, ich bringe Kunde aus Ardig Hall.«

Rowarn sah ein Zucken in Schneemonds Gesicht, und auf Schattenläufers Stirn bildete sich eine Furche.

»Seid willkommen und tretet ein«, sagte er mit tiefer Stimme und einladender Geste. Die beiden Velerii wendeten anmutig auf der Hinterhand und verschwanden voraus in der Heimstatt Weideling.

3.

Die Nauraka

Dies war immer ein besonders schöner Moment, der Rowarn stets noch aus der tiefsten Niedergeschlagenheit riss. Behutsam öffnete er den Laubvorhang, der schwer mit weißen, süß und sinnlich duftenden Blüten besetzt war. Tausende Bienen, Hummeln und Schillervögelchen schwirrten zwischen den Blüten herum und schlürften gierig den kostbaren Nektar – einem der wenigen Schätze Innius, von dem vor allem Heiler und Magier wussten, aber auch Kurpfuscher und Fälscher.

Reiner Nektar wurde nach Tropfen bezahlt, der Honig nach Fingerhüten. Das Blütenöl der Königsweide wurde nach Federgewicht bemessen. Es gab kein stärkeres Heilmittel, und man konnte es bei nahezu allen Krankheiten und Verwundungen einsetzen sowie zur Verstärkung von Magie. Die Königsweide war Lúvenors heiliger Baum, sein Geschenk an Waldsee. Auf der ganzen Welt gab es wahrscheinlich nur noch zwanzig Stück, und jeder einzelne Baum wurde von einem Wächter aus einem der Alten Völker gut behütet und vor den Augen anderer verborgen.

Seit Rowarn dies wusste, hatte er jedes Mal ein Gefühl von Erhabenheit und Stolz, wenn er Weideling betrat. Er war auserwählt, hier im Schutz des Baumes leben zu dürfen, so nahe dem alten Schöpfergott. Und auch das war eine Hoffnung, an die er sich trotz aller Selbstzweifel nach dem schrecklichen Mord an Anini stets geklammert hatte – dass die Königsweide seine Schuld erkennen und ihm keinen Zutritt mehr erlauben würde, oder auf irgendeine Weise ihre Ablehnung zeigte. Doch das war bisher nicht geschehen.

Er atmete tief durch, als er den Vorhang durchschritt, den weichen Moosteppich unter den Stiefeln fühlte.

»Die-diese Stechviecher da«, begann Olrig misstrauisch hinter ihm, und Rowarn lachte leise.

»Geht einfach nur hindurch, schlagt nicht um Euch und verharrt nicht, dann wird Euch nichts geschehen. Die Stechviecher, wie Ihr sie nennt, wollen süßen Honigseim, keinen strohigen grauen Bart, der vor Trockenheit knistert.«

»Bist ein mutiger Junge, so mit mir zu reden«, brummte Olrig, aber seine Stimme klang eher amüsiert als gereizt.

»Und du bist ein kluger Mann, wenn du diesmal auf ihn hörst«, meinte Fürst Noïrun.

Da erreichten sie bereits den Vorplatz, wo Rowarn die beiden Männer anwies, ihre Stiefel zu reinigen. Sie brauchten eine Weile, denn sie betrachteten fasziniert die beiden Velerii, die geschickt ihre Hufe auskratzten.

Schattenläufer öffnete die Tür und ließ Schneemond vor sich eintreten. Sie zogen die Köpfe ein, und die Menschen folgten eilig nach.

Drinnen sahen sich die Gäste staunend um, denn auch da war es grün gesprenkelt mit Blättern, hell wie in einem lichten Wald und angenehm warm. Sie standen auf dem festgestampften Boden eines großen Wohnraums, der zugleich eine Kochstelle mit Kamin barg. Zwei große Halbliegen, mit dunkelgrünem Samt bezogen, standen an einer Wand, daneben ein sehr niedriger, im selben Stoff bezogener Sessel.

Auf einem kaum eine Handspanne hohen Tisch standen edle Porzellanschalen mit Trockenfrüchten, Nüssen und getrockneten Pilzen mit Kräutern. In Kandelabern an den Wänden und auf dem Tisch steckten Kerzen aus Bienenwachs. Fein geschnitzte, liebevoll bis ins Detail ausgearbeitete, lebensechte Holzfiguren standen überall herum, auf dem Boden oder auf Podesten, von klein bis fast lebensgroß: Drachen, Einhörner, Kometenrösser und Flammenmähren, Panther, Sternwölfe, Echsen und Schlangen, aber auch mystische Gestalten, Götter, Unsterbliche, und einige Symbole des Träumenden Universums, die Kurzlebigen kaum bekannt waren.

Die beiden Krieger waren voller Bewunderung, während sie die Figuren betrachteten. »Wer beherrscht diese große Kunst?«, fragte Olrig fast andächtig.

Schattenläufer lächelte. »Lebt man lange genug, lernt man das eine oder andere«, gab er sich zu erkennen.

Fürst Noïrun strich sacht über die anmutige weibliche Gestalt eines Sternenkindes, die trotz des schweren Holzes ätherisch wirkte. »Ich habe schon solche Figuren auf meinen Reisen gesehen«, bekannte er. »In den Thronhallen von Burgen und Schlössern, mit Ketten gesichert.«

»Ersatz ist schnell beschafft«, meinte der Pferdmann leichthin. »Es sind nur Figuren, mehr nicht.«

»Hohe Kunst ist das!«, schnaubte Olrig. »Perfekt und wunderschön. Ihr braucht nicht bescheiden zu sein, edler Schattenläufer! Ich bin sicher, andere verdienen ihr Auskommen allein durch den Handel mit Euren Werken.«

Rowarns Muhme lachte, während er zwei dicke Sitzteppiche am Tisch verteilte. »Wir haben leider nur einen Sessel, aber ich bin sicher, ihr werdet es auch so bequem haben.«

Schon wieder staunten die Gäste und betrachteten ausgiebig die Teppiche. Diese waren auf der Oberseite mit Seide fein geknüpft und glänzend, an der angefügten Unterseite aber mit Flachs oder Wolle weich geknotet. Die Oberseite zeigte farbenfrohe, ineinander verschlungene, mystisch anmutende Muster.

»Das ist doch zu schade zum Sitzen!«, protestierte Olrig.

Nun war es an Schneemond, zu lachen. »Sie halten eine Menge aus, denn sie sind aus feiner Spinnenseide, nahezu unzerstörbar, und selbst die Farben bleichen kaum. Macht euch keine Umstände, ihr Herren, diese Teppiche werden von mir geknüpft, und ich habe stapelweise davon. Auf Bestellung von Adligen fertige ich auch Wandbehänge mit Szenen aus Legenden. Diese erachte ich dann selbst als wertvoll. Doch die hier sind nur für den Gebrauch gedacht.«

»Haben die Muster eine magische Bedeutung?«, fragte Noïrun. Er versuchte, sich auf einem Sitzteppich niederzulassen, stellte fest, dass ihm das Schwert dabei im Weg war, und sprang beschämt wieder auf. »Olrig, wo bleiben unsere Manieren! Wir sind in voller Bewaffnung hier hereingetrampelt, wie Soldatentölpel niedersten Ranges, die nie eine gute Erziehung genossen haben!«

Der Kriegskönig reagierte ähnlich hastig und murmelte eine Entschuldigung. Dann legten sie ihre gesamte Bewaffnung neben der Eingangstür ab.

»Macht Euch keine Gedanken, wir fühlen uns nicht beleidigt«, beruhigte Schneemond die Gäste. »Um Eure Frage zu beantworten, Fürst Noïrun: Diese Muster gefallen mir, das ist alles. Keine weitere Bedeutung.«

Endlich saßen sie und ließen sich zwei Kelche mit gewürztem Honigwein reichen. Schattenläufer verteilte noch drei weitere Kelche und setzte den vollen Krug ab, bevor er sich auf seiner Liege niederließ und den Oberkörper anlehnte. Er hob seinen Pokal. »Auf Eure Gesundheit.«

»Auf unsere Gastgeber«, antworteten Noïrun und Olrig im Chor und tranken. Zuerst vorsichtig, dann mit zunehmender Begeisterung.

»Bevor wir zum Grund eurer Anwesenheit kommen«, begann Schattenläufer, »sollten wir zuerst die Frage eurer Unterkunft regeln.« Er wies auf Schneemond. »Meine Gemahlin begleitet Euch nachher nach Madin, wo Ihr und Eure Männer ein Euch genehmes Gasthaus finden werdet. Dort erhaltet Ihr auch die Speisen, die Ihr vermutlich bevorzugt.«

»Offen gestanden, gegen einen knusprigen Braten wäre nichts einzuwenden«, bemerkte Olrig und griff zuerst in die Schale mit den Trockenfrüchten, dann zu den Nüssen. »Dies sind wahrhaftig wundervolle Genüsse, aber ein Zwerg braucht hin und wieder etwas Deftiges.«

Schneemond lächelte. »Dann werdet Ihr in Madin gut aufgehoben sein. Dort wissen sie eine ausgezeichnete Küche zu schätzen und geben sich entsprechend Mühe.«

Der Zwerg probierte nun auch von den Kräuterpilzen und wandte sich Rowarn zu, der in seinem Sessel hockte. »Wie hältst du das aus, Junge?«, fragte er unverblümt.

Rowarn errötete leicht. Über das Essen zu sprechen, war für ihn eine Art Tabu. Er wusste, dass seine Eltern niemals etwas vom Tier zu sich nahmen, was es auch sein mochte. Trotzdem brachten sie ungewöhnliche, erlesene Sachen auf den Tisch, sodass er weder Mangel an Abwechslung litt noch eine Einbuße an Geschmack hinnehmen musste. Aber manchmal überkam es ihn eben doch, und es gelüstete ihn vor allem nach Fisch. Dann hatte er stets um Erlaubnis gebeten, ein oder zwei Tage beim Fischer oder Köhler verbringen und dort übernachten zu dürfen, bis er seinen Heißhunger gestillt hatte. Im Gegenzug half er dort bei der Arbeit, doch war er bei den einsam gelegenen Nachbarn auch so stets willkommen.

»Er lebt seinen Bedürfnissen entsprechend«, antwortete Schneemond ruhig an seiner Stelle.

»Ich meine ja nur, weil er doch ziemlich hochgewachsen ist, wenngleich von etwas schmaler Statur«, meinte Olrig munter kauend und spülte mit Honigwein nach.

Fürst Noïrun, offensichtlich peinlich berührt, schwenkte zum Thema zurück: »Ich komme selbstverständlich für mich und meine Leute auf.«

Schneemond lachte. »Ich denke, das Verhandeln übernehme besser ich, mein lieber Fürst. Inniu mag ein abgelegenes Tal sein, aber die Bürger von Madin wissen sehr wohl die klingende Münze zu schätzen.«

Schattenläufer wandte sich an Noïrun. »Erklärt Ihr mir Euren Beinamen?«

»Aber natürlich«, antwortete der Fürst. »Vor etwa zweihundert Jahren gründeten meine Vorfahren Lingvern als Fürstentum, fast an der Grenze zu Dalim gelegen. Vor etwa sechs Jahren begab es sich, dass die Truppe eines unbedeutenden Burgherrn aus Dalim mein Fürstentum überfiel. Zu meiner Schande muss ich gestehen, dass ich völlig überrumpelt wurde und mein Schloss schneller verlor, als ich es überhaupt begreifen konnte. Diese Bande war sehr gut organisiert und hatte alles von langer Hand geplant, und ich war ahnungslos. Natürlich versuchte ich, mein Land zurückzubekommen. Aber bisher scheiterte das am Truppenaufwand und dem Gold, das ich dafür benötige.«

»Also hat der Fürst sich in den Dienst des Heermeisters von Ardig Hall gestellt und leistet gute Arbeit«, bemerkte Olrig, dem der

Honigwein offensichtlich ausgezeichnet schmeckte. Er schenkte sich gerade zum dritten Mal nach, und seine Nasenspitze bekam einen rosigen Schimmer.

Da war es wieder, dieses Wort: Ardig Hall. Rowarn, der alles still beobachtete, sah deutlich, wie seine Eltern ein zweites Mal zusammenzuckten. Und er erinnerte sich an die Worte des Fürsten bei der Begrüßung, dass er keine guten Nachrichten brachte. Also ahnten sie es bereits. Wahrscheinlich konnten sie es wittern.

Schattenläufer schüttelte seine Mähne. »Dann sollten wir zum Grund Eurer Anwesenheit kommen.«

Noïrun nickte. Olrig deutete mit dem Daumen auf Rowarn. »Darf er es hören?«

»Er muss es hören«, antwortete Schneemond.

Rowarns Herz pochte plötzlich laut und heftig.

Das Gesicht von Fürst Noïrun verdüsterte sich. Auch aus Olrigs Augen war jede Heiterkeit gewichen, und er saß still, den Blick auf seinen Kelch gerichtet. »Ich wurde mit der Last einer schlechten Nachricht ausgesandt«, begann der Fürst in förmlichem Tonfall. »In Valia herrscht Krieg. Femris ist zurückgekehrt.«

Schneemonds Hand fuhr vor den Mund. Ihre bernsteinfarbenen Augen waren weit geöffnet, und Rowarn sah Entsetzen darin, zum ersten Mal, so lange er sich erinnern konnte.

»Femris«, stieß Schattenläufer zwischen zusammengebissenen Zähnen hervor. »Wir glaubten ihn endlich überwunden, nachdem er so lange Ruhe bewahrte.«

»Er ist mit seinem Heer nach Ardig Hall marschiert, und seitdem kämpfen wir.« Müdigkeit zeichnete sich auf Noïruns Gesicht. »Seit nahezu einem Jahr.«

»Aber warum? Wie kann er ...«, flüsterte Schneemond.

Olrig kratzte sich den Bart. »In den Freien Häusern spricht man davon, dass der Ewige Krieg sich dem Höhepunkt nähert und es bald eine Entscheidung geben wird. Es geht um Regenbogen und Finsternis, ehrenwerte Schneemond. Beide Mächte haben sich dazu entschlossen, Waldsee zu ihrer jeweiligen Bastion zu machen. Wer diese Welt besitzt, hat den Sieg in der Tasche.«

»Unter den Göttern ist ebenfalls Krieg ausgebrochen«, fuhr der Fürst fort. »Sie haben Fronten errichtet, es gibt keine Einigung mehr, und die Übereinkunft des friedlichen Miteinanders gilt nicht länger.«

»Wo ist Lúvenor, Schützer von Waldsee, der dies zur Bedingung machte, dass andere Götter und Völker sich hier niederlassen dürfen?«, fragte Schattenläufer.

»Das weiß niemand, zumindest ist in den Freien Häusern nichts über seinen Verbleib bekannt«, antwortete der Kriegskönig. »Es steht fest: Wer den Sieg über Valia erringt, der erringt den Sieg über ganz Waldsee, und dann wird diese Welt untergehen, egal zu welcher Seite sie gehören wird. All das, wofür sie seit Äonen stand, wird verloren sein, und mit ihr alle mächtigen Artefakte, die hier ruhen.«

»Das Träumende Universum ist in Gefahr, wenn das Gleichgewicht so sehr gestört wird«, flüsterte Schneemond. »Die Schlafende Schlange wird erwachen …«

Ein kurzer Moment bedrückter Stille folgte. Niemand regte sich. Das Licht wanderte langsam die linke Hausseite hinunter. Draußen zwitscherten und flatterten die Vögel, drin schien es dunkler geworden zu sein.

Noïrun sagte nach einer Weile: »Der Ewige Krieg findet nun auch auf Waldsee, in Valia statt, denn unser Feind Femris kämpft für die Finsternis, und er ist auf der Suche nach Macht. Wir haben unser Bestes getan, ehrenwerte Velerii, aber Ardig Hall ist gefallen, und Königin Ylwa mit ihm.«

Rowarn sah, wie sein Vater den Atem anhielt, und wie Tränen in die Augen seiner Mutter schossen. So hatte er seine Muhmen noch nie erlebt, und mehr und mehr fürchtete er sich.

»Ylwa … tot?«, stieß Schneemond erstickt hervor und machte keinen Versuch, die Tränen aufzuhalten, die über ihre Wangen rollten. »Das darf nicht wahr sein … sie war die Letzte der Nauraka … und meine herznahe Freundin …«

»Wie ist das geschehen?«, fragte Schattenläufer gepresst.

»Wir kamen zu spät«, antwortete Fürst Noïrun rau. »Es heißt, dass es der Dämon Nachtfeuer gewesen sei. Ich habe keinen Grund, daran zu zweifeln, denn Königin Ylwa war mächtig. Kein anderer hätte ihr so nahe kommen können und sie vor allem angreifen.«

»Nachtfeuer? Ich habe nie von ihm gehört«, sagte Schattenläufer.

»Von den meisten Dämonen hörten wir bisher wenig«, versetzte Olrig. »Femris hat sich einige verpflichtet, und diesen besonderen Auftrag soll wohl Nachtfeuer übernommen haben, obwohl ihn niemand gesehen hat. Es heißt, er verfüge über außergewöhnliche Kräfte.«

»Ein Zwielichtgänger«, stieß Schneemond hervor. »Das würde erklären, wie er Ardig Hall betreten konnte ...«

»Als wir davon hörten, haben wir das Schloss sofort gestürmt. Aber wir kamen zu spät«, berichtete der Fürst weiter. »Königin Ylwa atmete nicht mehr, wir fanden sie in ihrem Blut.«

Schattenläufer richtete sich auf. »Und das ist noch immer nicht alles, richtig?«

Sowohl Olrig als auch Noïrun schlugen die Augen nieder.

Schneemond sprang erregt auf, ihr rechter Vorderhuf donnerte auf den Boden. »Redet!«

Rowarn war jetzt so erschrocken und eingeschüchtert, dass er sich in seinen Sessel verkroch. Er kannte seine Muhmen nicht mehr wieder, und er fürchtete um die Sicherheit der Gäste. Aber er wusste nicht, was er tun sollte.

»Femris hat den dritten Splitter«, gestand der Fürst schließlich leise, mit gebrochener Stimme. »Die Schlacht um Ardig Hall ist noch nicht ganz beendet, verehrte Schneemond, denn wir haben seinen Abzug verhindert. Bisher konnten wir immerhin die Stellung halten.

Derzeit belauern wir uns gegenseitig. Es kommt immer wieder zu kleinen Scharmützeln, doch keiner gewinnt einen Fußbreit Boden. Aber es ist nur eine Frage der Zeit, bis Femris der Durchbruch gelingen wird. Und dann müssen wir bereit sein, ihm den Splitter abzunehmen.«

»Wann wird das sein?«

»Unserer Schätzung zufolge haben wir noch etwa ein halbes Jahr Frist, um ausreichend Verstärkung für die letzte Schlacht zu sammeln. Solange können wir uns in der jetzigen Aufstellung halten. Aber Femris bereitet sich natürlich ebenfalls vor.«

»Und das ist der nächste Grund für unsere Reise«, fuhr Olrig fort. »Boten wurden in alle Teile des Landes gesandt, um alle verfügbaren Anhänger des Regenbogens herbeizurufen, die eine Waffe halten können. Wir müssen den Splitter zurückerobern, und wir werden Femris ein für alle Mal vom Antlitz dieser Welt fegen.«

Noïrun nickte. »Es heißt, dass hier vor den Augen der Welt verborgen ein altes Kriegergeschlecht lebt, welches schon im ersten Kampf gegen Femris ruhmreich gekämpft hat und sich dann zurückzog, aber mit dem Versprechen, in der Zeit der größten Not zurückzukehren.«

Schneemond und Schattenläufer wechselten Blicke. Dann sagte der Pferdmann langsam: »Wir leben hier seit tausend Jahren, Fürst. Wir kennen jeden Baum, jedes Getier und jedes Wesen von Intelligenz in Inniu, und alle Geschichten. Ein Kriegergeschlecht, wie Ihr es beschreibt, hat es hier nie gegeben.«

Den beiden Gästen blieb der Mund offen stehen. Selbst der Vogellärm draußen war verstummt, als hätten es alle gehört und wären davon betroffen.

»Aber ... aber ...«, fing Olrig stotternd an. »Dann sind wir einem üblen Scherz aufgesessen?«

Schattenläufer schüttelte das schwere Haupt, dass seine Mähne flog. »Einem Märchen, werter Kriegskönig. Vermutlich von den ersten Menschen erfunden, die sich hier ansiedelten, um künftig sicher vor Räubern und Dieben zu sein und in Frieden zu leben.«

»Das kann ich nicht glauben«, flüsterte der Fürst niedergeschmettert. »Wir haben so sehr gehofft ...«

Schneemond kauerte sich wieder hin. »Es tut mir leid, edler Fürst, Euch eine solche Enttäuschung bereiten zu müssen.«

»Dann werden wir ...«, setzte Olrig an, doch Noïrun unterbrach ihn:

»Schweig! Dies ist nur ein Fehlschlag mehr, ein weiteres Hindernis auf unserem dornigen Weg. Aber deswegen geben wir nicht auf und haben noch lange nicht verloren! Unser Weg hätte uns auch ohne diese Legende hierher geführt. Ihr, die ehrenwerten Velerii, solltet unverzüglich und persönlich in Kenntnis gesetzt werden. Das war Ylwas letzter Wille, von ihrer Leibdienerin in Form eines versiegelten Briefes an uns getragen.«

»Ihr habt wohl getan.« Schattenläufer beugte sich vor und löschte mit seiner großen, schweren Hand nacheinander die Kerzen.

Der düstere Augenblick war vorüber, erkannte Rowarn. Seltsamerweise schien es wieder heller im Raum zu werden, und die Vögel draußen setzten ihr Konzert fort. Durch das Fenster sah Rowarn die Insekten durch den Baum schwirren, Tausende winziger, bunter Punkte. Hinter dem lichten Laubvorhang, der spielerisch in der sanften Brise auf und zu schwang und abwechselnd Streifen goldenen Lichts durchließ, lagen die ausgedehnten, hügeligen Wiesen, wie ein Bild im Rahmen eingefasst von Alleen, Hainen und den Ausläufern des Waldes, dessen geschwungener Saum bis Madin reichte.

Zu dieser Zeit zeigten sich viele Waldtiere ohne Scheu am helllichten Tag und genossen die Frühlingswärme auf ihrem Fell. Viele führten bereits Jungtiere, oder waren ins Liebesspiel versunken. Andere stürzten sich hungrig auf das fleißig sprießende, saftige Gras, die ersten Kräuter und Blumen.

Raubtiere brauchten sie kaum zu fürchten, denn die waren mit dem eigenen Nachwuchs und der Werbung beschäftigt und fanden zumeist erst nachts ein paar Stunden zur Jagd. Sollte sich doch tagsüber ein Jäger zeigen, hielten alle Beutetiere zusammen; eines war immer wachsam und meldete rechtzeitig Alarm.

Die Tiere dort draußen wussten nichts vom Ausbleiben des Weißen Falken und dem folgenden Unglück. Rowarn hegte keinen Zweifel mehr, dass dies alles zusammenhing. Einmal mehr hatte er ein schlechtes Gewissen, weil er seinen Muhmen so viel Kummer bereitete. Als ob es nichts anderes gäbe! Die Mitteilung vom Tod der Königin von Ardig Hall hatte sie beide tief getroffen. Bestimmt hätten sie es leichter verkraftet, wäre die Sache mit Anini nicht gewesen. Und Rowarn nicht darin verwickelt.

Er biss die Zähne zusammen und starrte auf den Tisch. Er lebte hier in diesem idyllischen Tal, obwohl er vielleicht ein Mörder war, und hinter den Bergen herrschte Krieg, Elend und Zerstörung. Unschuldige Menschenleben wurden vernichtet. War das Gerechtigkeit?

Gewiss nicht. Rowarn hätte gern mehr über das Volk der Nauraka erfahren, dem die Königin angehört hatte, über die genaue Bedeutung von Ardig Hall und weshalb die Erwähnung des »dritten Splitters« die Velerii in größte Aufregung versetzt hatte. Anscheinend vergaßen sie sogar ihren Kummer, nur weil dieser Femris – wer das auch sein mochte – ihn gestohlen hatte … Aber natürlich stellte Rowarn keine Fragen, denn das gehörte sich nicht. Noch nicht.

Jedenfalls stand eines fest: Sein Leben würde nie mehr dasselbe sein, selbst wenn sich seine Unschuld herausstellte. Diese beiden Krieger hatten die Welt von draußen mit sich gebracht und Rowarn gezeigt, dass es da mehr, sehr viel mehr gab, und dass der Platz hier ihm bald zu eng werden würde.

Schattenläufer erhob seinen schweren, muskulösen Körper mit jener unvergleichlichen Anmut, die Teil der Einzigartigkeit der Velerii war. Auch wenn Rowarn noch nicht viel von der Welt gesehen hatte, so war er sicher, dass diese Geschöpfe Lúvenors zu den vollkommensten der Welt gehörten, und dass sie einen Hauch seines Lichtes in ihrem glänzenden Fell mit sich trugen.

»Es ist von größter Bedeutung, dass Ihr die Botschaft gebracht habt«, sagte der Pferdmann. »Auch, wenn wir Euch wegen des alten Kriegergeschlechts enttäuschen mussten, so bin ich sicher, dass der eine oder andere waffenfähige junge Mensch Euch begleiten wird. Ich werde Nachrichten über ganz Inniu verbreiten, und Ihr werdet Ort und Zeit bestimmen, wann die Willigen zu Euch stoßen sollen. Und was wir Euch sonst noch geben können für den Kampf, sollt Ihr erhalten.«

Er blickte zu Schneemond. »Wir sind hier gebunden und können Euch daher nicht begleiten. Ich fürchte, um unsere Kampfkunst wäre es ohnehin nicht sonderlich gut bestellt.«

»Darum hätte ich auch nie gebeten«, erwiderte Fürst Noïrun verlegen. »Allein Euch zu begegnen, ist eine große Ehre für mich. Kein Weg, keine Strapaze wäre dafür zu viel gewesen.«

»Dies ist auch das Wort der Zwerge hierzu«, sagte Olrig und hob den Becher. »Den letzten Schluck auf Euch, ehrenwerte Velerii, und dann wollen wir unsere ungeduldig wartende Schar nach Madin führen und Quartier beziehen.«

Schattenläufer nickte. »Wir sollten morgen alles Weitere besprechen, edle Herren, denn Ihr habt Ruhe und Erholung nötig, und wir müssen uns beraten. Ich verspreche Euch, Euer Aufenthalt wird nicht zu lange dauern, damit Ihr so schnell wie möglich nach Ardig Hall zurückkehren könnt.« Er hob leicht die Hand, als Schneemond sich erheben wollte. »Teuerste, ich werde an deiner Stelle die Herren nach Madin begleiten. Ylwas Tod hat dich hart getroffen, und du solltest dich nicht zusätzlich belasten. Ich werde bald zurückkehren.«

»Darf ich Euch begleiten?«, rief Rowarn aufgeregt und sprang auf.

Aber Schattenläufer sah ihn streng an. »Du bleibst hier.«

Rowarn zog den Kopf ein und die Schultern hoch. Er wusste, dass es ihm verboten war, nach Madin zu gehen, aber er hatte gehofft, in Begleitung der Schar und seines Muhmen …

»Ja, Vater«, murmelte er gehorsam. Er verneigte sich leicht vor den Gästen. »Wenn Ihr mich entschuldigt …« Dann drehte er auf dem Absatz um und ging in sein Zimmer. Er schmetterte die Tür nicht zu. Er ließ sie offen und tat so, als wäre er Luft, wohingegen er selbst trotzdem alles im Auge behielt, so weit es möglich war.

Fürst Noïrun und Kriegskönig Olrig erhoben und verneigten sich. »Wir danken sehr für Eure Gastfreundschaft und Euer freundliches Willkommen, trotz der schlechten Umstände.«

Gemeinsam mit Schattenläufer verließen sie das Haus, und Rowarn sah gerade noch am äußersten Rand seines Fensters, wie sie auf ihre Pferde zugingen, die ihnen freudig wiehernd entgegenliefen. Die beiden saßen auf, und dann galoppierten sie zu dritt auf die wartende

Schar zu. Nun war alles in Ordnung, die Pferde gerieten nicht mehr in Panik.

Unschlüssig, mit den Händen in den Hosentaschen, stand Rowarn da und überlegte, was er nun tun sollte. Am liebsten wäre er der Schar heimlich gefolgt, denn er wollte das Staunen der Städter nicht verpassen, wenn sie die bewaffneten Krieger sahen, dazu die beiden edlen Männer und Schattenläufer selbst, der Madin schon seit Monden nicht mehr betreten hatte.

Doch Schneemond nahm ihm die Entscheidung ab, als sie tief gebückt zur Tür hereinschaute.

»Komm, Rowarn«, sagte sie ernst. »Wir haben etwas zu besprechen.«

Und nach Rowarns Herz griff plötzlich eine eiskalte Hand.

4.

Wahrheit und Legende

Schneemond kauerte sich auf ihre Liege und streckte Rowarn die Arme entgegen. »Komm her, Sohn«, sagte sie leise. Es lag eine so traurige Zärtlichkeit in ihrer Stimme, dass Rowarn augenblicklich folgte. Schneemond drückte ihn an sich, und er spürte ein Zittern ihres menschlichen Oberkörpers, als sie unterdrückt schluchzte.

»Verzeih mir«, fuhr sie fort. »Ich habe dich geschlagen. Das hätte ich niemals tun dürfen. Aber ich war so außer mir vor Angst und Sorge . . .«

Rowarn war völlig verstört. Er erwiderte die Umarmung und murmelte: »Du musst mich niemals um Verzeihung bitten, ehrwürdige Mutter. Du hattest einen guten Grund. Ich habe immer nur Liebe und Sanftmut von euch erfahren, und das ist eine Vergünstigung, wie sie nicht allen zuteilwird.«

Er löste sich von ihr und sah sie ernst an. »Dies alles hat etwas mit mir zu tun, nicht wahr?«, fragte er langsam. »Du musst mir einiges erklären, und deshalb ist Vater an deiner statt mit den Männern gegangen, ist es so?« Diese Erkenntnis war ihm in dem Moment gedämmert, da er seine Muhme so außer sich erlebte.

Sie nickte. »Ja, Rowarn. Und auch dafür muss ich dich um Verzeihung bitten.«

»Und es hat etwas mit dem Weißen Falken zu tun, der dieses Jahr nicht erschien?«

»Wir haben ihn sehnsüchtig erwartet, nicht minder als du, wie jedes Jahr. Wir befürchteten bereits das Schlimmste, als er nicht kam. Und wir ahnten es schon, als du die Fremden brachtest. Doch ich . . . wollte es nicht glauben . . . weil ich Ylwa liebte . . .«

»Ylwa . . .?«, echote Rowarn erstaunt.

Schneemond nickte. »Es war *ihr* Falke, der jedes Jahr kam. Durch sein Erscheinen meldete er uns, dass in Ardig Hall alles gut geregelt ist – und umgekehrt meldete er seiner Herrin, dass mit dir alles in Ordnung ist.«

»Oh«, machte Rowarn und griff sich an die Brust. »Ich glaube, jetzt muss ich mich setzen.« Er taumelte zu seinem Sessel und verkroch sich darin, wie so oft in den letzten Tagen.

Schneemond seufzte. »Nun höre gut zu, Rowarn, denn diese Geschichte reicht weit zurück. Wahrheit ist darin mit Legende verwoben, und selbst wir begreifen die Hintergründe nicht vollends.«

Rowarn nickte und blickte sie aufmerksam an.

Die Geschichte des Tabernakels

»Seit langer Zeit leben in der Umschließenden See die Nauraka, die man das Volk vom Meer nennt. Wie wir auch gehören sie zu den Alten Völkern und wurden in der Frühzeit der Welt von Lúvenor erschaffen. Sie sind sterblich, aber sehr langlebig. Ich muss gestehen, dass ich ihre ursprüngliche Gestalt nicht kenne, da ich nie am Meer gewesen bin, geschweige denn mich einmal ans Tauchen gewagt hätte, wie du sicher verstehen kannst. – Zurück zur Geschichte.

Irgendwann einmal waren ein paar Jugendliche der Nauraka neugierig. So etwas geschieht nicht selten, doch diese waren besonders ausdauernd, und sie entdeckten in der Tiefe, wo es angeblich nichts gab und kein Leben mehr möglich sein sollte, ein kleines Kuppelgebäude, das wie ein Tempel aussah. Ihre Neugier wurde umso mehr angestachelt, und sie brachen den Tempel auf und fanden darin ein Artefakt.

Das wäre verzeihlich gewesen, wenn sie es dabei belassen hätten. Aber sie bargen es und brachten es zur Großen Korallenstadt und legten es den Weisen vor, weil sie erwarteten, dafür höchste Ehrung zu erhalten. Die Weisen jedoch erkannten sofort, was sie da in Händen hielten. Sie schalten die närrischen Kinder und verlangten, dass sie das Artefakt sofort an seinen Ort zurückbrächten, denn nicht ohne Grund war es bisher so gut verborgen gewesen. Und so geschah es angeblich auch.

Jedoch gehorchte einer der Jugendlichen nicht. Er wartete, bis der Tempel wieder verschlossen war, und dann holte er sich das Artefakt wieder und versteckte es bei sich zu Hause. Er hatte die gewaltige Macht gespürt, die von dem Ding ausging, und konnte nicht mehr von ihm lassen. Als seine Familie dahinterkam, war es bereits zu spät. Sie wagten nun selbst nicht mehr zuzugeben, dass ihr Jüngster ungehorsam gewesen war.

Doch das erwies sich als großer Fehler.

Anhänger der Finsternis hatten bereits herausgefunden, was geschehen war. Sie überfielen das Volk vom Meer und suchten nach dem Artefakt, und auf welche Weise sie das taten, brauche ich sicher nicht ausführlich zu erklären. Tod und Verwüstung kam über die Nauraka, und sie bezahlten einen hohen Preis für die Neugier eines Jünglings.

Ich sehe dir an, du möchtest wissen, was für ein geheimnisvolles Artefakt diesen Blutzoll forderte. Wir nennen es ›Tabernakel‹, nach dem Behältnis, in dem es gefunden wurde, und weil das im Dialekt der Nauraka zudem ›Geheimnis‹ bedeutet. Das Artefakt sah unscheinbar aus, nicht mehr als eine Scheibe aus Ton, im Durchmesser etwa zwei Handspannen und ein kleines Fingerglied dick. Die Scheibe war, so heißt es, in drei Kreise unterteilt, die mit Stegen verbunden waren: Der äußere Ring war mit den Symbolen der Ersten verziert, der mittlere mit den Symbolen von Sonnen, Welten, Nebeln und vielem mehr. Der innere Ring, sagt man, symbolisierte das Zentrum des Universums, Ishtrus schlafendes Auge.

Doch das schlichte Tabernakel birgt gewaltige Kräfte. Sein Schöpfer ist Erenatar, der Erste Gedanke, der auch Waldsee formte, bevor er die Welt Lúvenor zum Geschenk machte. Erenatar hatte nach Beginn des Ewigen Krieges das Tabernakel zu einem nur ihm bekannten Zweck tief im Meer verborgen, von wo es dereinst, zu einem vorherbestimmten Zeitpunkt, geborgen und benutzt werden sollte. Erenatars Befehl war eindeutig: Weder Regenbogen noch Finsternis durften jemals davon erfahren und in den Besitz des Tabernakels gelangen!

Durch die neugierigen Jugendlichen jedoch wurde das mächtige

Artefakt vor der bestimmten Zeit gefunden und seine Existenz beiden Mächten bekannt.

In ihrer Verzweiflung, das Volk zu retten, versuchten die Weisen der Nauraka, das Tabernakel zu aktivieren und es gegen die finsteren Angreifer einzusetzen. Aber sie konnten es nicht nutzen, denn in seiner Weisheit hatte Erenatar eine weitere Hürde eingebaut: Nur der Zwiegespaltene kann das Tabernakel dereinst seinem bestimmten Zweck zuführen!

So war das Artefakt also seinem Aufbewahrungsort entrissen, aber nutzlos, denn niemand wusste, wer der Zwiegespaltene sein mochte.

Den Anhängern der Finsternis war dies gleich. Sie wollten zuerst das Tabernakel an sich bringen, und dann dieses Rätsel lösen. Also fingen sie an, das Volk der Nauraka auszurotten.

Als die Familie des unglücklichen Jünglings erkannte, dass sie schuldhaft das eigene Volk in den Untergang stürzte, traf sie eine folgenschwere Entscheidung. Die ganze Sippe verließ mit dem Tabernakel ihr Volk und sogar das Meer und wählte das Exil an Land, um zu büßen und gleichzeitig die Hüter des Ursprungs allen Unglücks zu sein. So sollte Erenatars Wille weiterhin erfüllt werden und das Tabernakel weder Regenbogen noch Finsternis zugänglich sein.

Wie du dir denken kannst, waren es Ylwas Vorfahren, die das Meer verließen. Den stolzen Namen ihres Volkes, Nauraka, behielten sie jedoch bei. Sie bündelten ihre magischen Kräfte und gründeten Ardig Hall, das Schloss des Friedens, um fortan als Hüter des Tabernakels zu dienen. Obwohl sie sich eindeutig zum Regenbogen bekannten, befolgten sie Erenatars Befehl und hielten es vor den Mächten fern. Bis eines Tages der Zwiegespaltene käme, wie es vorherbestimmt war, um die Macht des Tabernakels zu erwecken und zu nutzen.

Immer wieder entbrannten Kriege um das Tabernakel, doch über lange Zeit hinweg konnten sich die Hüter behaupten. Bis eines Tages Femris, ein großer Unsterblicher auf Seiten der Finsternis, Ardig Hall zum ersten Mal eroberte.

Damals war Ylwas Mutter Königin und Hüterin des Tabernakels, und es gab nur noch sie und Ylwa. Das lange Leben war ihnen nach dem Verlassen des Meeres erhalten geblieben, nicht aber die Fruchtbarkeit. Mit der Zeit waren die Nauraka immer weniger geworden, und zuletzt blieben nur noch Ylwa und ihre Mutter. Eine schwere Bürde für Mutter und Tochter gleichermaßen.

Bereits dem Tode nah, sah die Königin keinen Ausweg mehr. Bevor Femris danach greifen konnte, zerschmetterte sie vor seinen Augen das tönerne Tabernakel, das daraufhin in sieben Teile zerbrach.

Einen Splitter konnte Femris noch an sich nehmen, bevor er in dem gewaltigen magischen Sturm, der auf die Zerstörung des Tabernakels folgte, das Bewusstsein verlor. Vier weitere Teile wurden durch den Sturm in alle Windrichtungen verstreut. Es war ein Sturm, der heute noch in allen Chroniken der Völker verzeichnet ist, denn einen vergleichbaren hatte es nie zuvor gegeben. Sieben Tage lang schien die Welt dem Untergang nahe, und es gab weit reichende Verwüstungen. Die Magie war völlig außer Kontrolle geraten und stürzte ganz Waldsee ins Chaos, und niemand, auch nicht der größte Mächtige, konnte etwas dagegen unternehmen.

Die sterbende Königin kroch zu ihrer Tochter Ylwa, die damals noch ein Kind war, und übergab ihr das sechste Bruchstück.

Die vier verstreuten Splitter wurden später von anderen Hütern gefunden.

Der siebte Splitter aber ging verloren.

Danach hauchte die Königin ihr Leben aus, und ihre Tochter Ylwa, auf die sich ihre Macht übertrug, versteckte sich in Ardig Hall zusammen mit dem Splitter.

Femris überlebte den Sturm. Aber als er in der Stille am achten Tag, als der Sturm ebenso plötzlich endete, wie er begonnen hatte, zu sich kam, war er nahezu aller Kräfte beraubt. Er konnte nicht mehr nach dem Kind und dem Bruchstück suchen, und er konnte auch das eroberte Ardig Hall nicht halten. Schwer angeschlagen musste er sich auf seine Burg zurückziehen.

Doch kaum waren seine Kräfte zurückgekehrt, machte er sich auf die Suche nach den übrigen Splittern. Im Lauf der Zeit gelang es ihm, einen weiteren ausfindig zu machen und an sich zu bringen.

An Ardig Hall, in dem inzwischen Ylwa herrschte, die Letzte ihrer Sippe, wagte er sich seither nicht mehr heran – bis heute.«

Schweigen herrschte, als Schneemond zum Ende kam. Der Nachhall ihrer Stimme verklang in den verschlungenen Ästen der Hauswände und wurde dort eingewoben. Die Blätter zitterten leise.

Rowarn brauchte eine Weile, um das Gehörte zu verdauen. Schließlich fragte er: »Wann zerbarst das Tabernakel?«

»Vor vielen tausend Jahren verließ Ylwas Sippe das Meer. Das Tabernakel brach erst vor achthundert Jahren«, antwortete Schneemond. »Ylwa ... war für eine Langlebige noch sehr jung, als Femris sie ermorden ließ.«

»Femris fühlt sich also jetzt wieder stark genug – und mit Recht«, fuhr der junge Mann fort. Seine rechte Hand strich über den grünen Samt der Armlehne. »Er besitzt nunmehr drei Splitter von sieben, schon fast die Hälfte. Macht ihn das mächtiger?«

»Nein. Aber uns mutloser.«

Rowarn nickte. Er überlegte weiter: »Der Dämon Nachtfeuer ... hat die Königin in Femris' Auftrag ermordet.«

»So wurde es uns soeben berichtet. Du warst dabei.«

Rowarn schwieg erneut. Er wusste längst, was er sagen sollte, aber er brachte es nicht über die Lippen. Alles fügte sich zusammen, und das Bindeglied war der Weiße Falke. Ihm wurde so schwer ums Herz, dass es ihn tief in den Sitz hineinpresste, und er konnte kaum mehr atmen.

Er bemühte sich, nicht zu Schneemond zu blicken, die ebenfalls nichts sagte. Rowarn hatte geglaubt, sein Leben läge in Trümmern, seit er neben Aninis verstümmeltem Leichnam aufgewacht war. Was für ein ahnungsloses, unschuldiges Kind war er da noch gewesen!

Er hätte nie für möglich gehalten, dass es noch schlimmer kommen könnte. Doch nun waren die Trümmer auch noch zu feinem Staub zerrieben worden, zwischen den Mahlsteinen einer Mühle, und anschließend vom Wind fortgetragen und verweht.

Nichts lag mehr vor ihm.

Und sein bisheriges Leben blieb entrückt weit hinter ihm zurück, als wäre es kein Teil mehr von ihm.

Rowarn setzte zum Sprechen an, stockte, räusperte sich und versuchte es erneut. »Und …«

Nun verirrte sich sein Blick doch zu Schneemond, die geisterhaft bleich auf ihrer Liege ruhte, die Augen auf ihn gerichtet. Ihre Miene war völlig versteinert. Sie ermunterte ihn nicht, fortzufahren, sie gebot ihm auch nicht Einhalt. Sie schwieg und wartete.

»Und …«, versuchte er es ein zweites Mal, bevor ihm wieder die Stimme versagte.

Er fühlte sich so hilflos, verzweifelt und allein. Alles hing nur von einem einzigen Wort ab, das er hören würde, sobald er endlich die Frage ausgesprochen hatte. Schneemond verlangte von ihm, dass er seine eigene Schlussfolgerung aussprach, damit er die ganze Tragweite begriff, damit sie sich festbrannte in seinem tobenden Verstand.

Ein einziges, kleines Wort, mehr nicht. Nur eine von zwei Möglichkeiten. Welche war die bessere von beiden? Welche Antwort sollte er sich wünschen? Sollte er nicht alles gleichermaßen verfluchen und weglaufen, jetzt sofort, alles hinter sich lassen und irgendwo ein neues Leben beginnen? Hätte er das schon tun sollen, als er Aninis Leichnam und das Blut an seinen Händen entdeckte?

Ich habe es dir gesagt, wisperte die giftige kleine Stimme in ihm, höhnisch klirrend. *Du wolltest nicht auf mich hören. Alles wäre viel einfacher jetzt. Du müsstest zwar mit einem unbestimmten Schuldgefühl leben, aber das gibt sich nach einer Weile, und irgendwann hast du es vergessen. Aber nun ist es zu spät, für immer und ewig. Du bist hier, gefangen und gefesselt. Du kannst nie mehr entkommen. Es ist vorbei.*

Rowarn stieß ein Keuchen aus und griff sich an die zugeschnürte Kehle. Es musste heraus! Es gab keinen Ausweg, auch keine Hoffnung. Von diesem Punkt aus gab es nur noch eine Richtung.

Erneut räusperte er sich und setzte von vorne an: »Und … Ylwa …«

Aber dann konnte er endgültig nicht weiter. Das war alles, was er herausbrachte. Nun musste Schneemond ihm helfen. Flehend, bittend, verzweifelt sah er sie an. Hob leicht die Hand in einer hilfesuchenden Geste.

Schneemond schlug die Augen nieder und seufzte schwer.

»Ja«, sprach sie dann klar und deutlich jenes unheilvolle Wort aus und besiegelte endgültig Rowarns Schicksal. »Ylwa war deine Mutter.«

Rowarn saß auf dem Hügel unter dem Vielfarbigen und schaute über das Land. Er bewegte nicht den Kopf, als leiser Hufschlag herankam und schließlich neben ihm versiegte.

»Können wir reden?«, erklang Schattenläufers tiefe, ruhige Stimme über ihm.

Rowarn zuckte die Achseln. Dann nickte er.

Der Pferdmann kauerte sich hin und versammelte die Beine unter dem großen, schweren Leib. Eine Weile betrachteten sie still, wie die Sonne im Westen ihrem Bett entgegensank. Der Himmel um den glühenden Ball färbte sich rot. Über ihnen wurde es rasch dunkler, und die ersten Sterne blinkten durch wabernde Milchschleier.

Rowarn betrachtete einen Zug Ameisen, die Blattstücke und gespleißte Grasfäden zu ihrem Nest unter der Borke einer Seitenwurzel des Stamms transportierten. Langsam fragte er: »Wer ist mein Vater?«

»Das wissen wir nicht«, antwortete Schattenläufer. »Ylwa hat es uns nie verraten. Möglicherweise hat sie sich mit einem Nauraka verbunden. Du hast sehr viele Nauraka-Züge.«

»Gibt es das Volk denn noch?«

»Wer weiß? Es ist möglich, dass einige damals entkamen. Die Umschließende See ist sehr groß. Vielleicht hat die Finsternis von der Verfolgung auch abgesehen, nachdem das Tabernakel fort war.«

»Ihr wisst es also nicht.« Rowarn zählte die Grashalme zu seinen Füßen, dann hieb er mit der geballten Faust darauf, schlug sie völlig platt. »Warum?«, zischte er. »Warum habt ihr mir nie die Wahrheit gesagt?«

»Weil es Ylwas Wunsch war«, antwortete Schattenläufer. »Du

solltest das alles erst zu deinem einundzwanzigsten Geburtstag erfahren. Wir hätten uns dem nie widersetzt. *Haben* es nicht. Bis heute, da wir die Nachricht von ihrem Tod erhielten und die Dinge sich nunmehr beschleunigen.«

Rowarn blickte zu Schattenläufer auf. »Erzähle es mir. Alles.«

Schattenläufer legte Rowarn eine Hand auf die Schulter. Sein dunkles Gesicht war voller Kummer. Die Mähne kräuselte sich leicht im Wind, doch ohne die gewohnte Heiterkeit und Leichtigkeit.

»Wir waren schon annähernd tausend Jahre die Hüter von Weideling«, begann er, »als Ylwa vor etwas mehr als zwanzig Jahren an unsere Pforte klopfte. Wir kannten ihre Mutter, denn früher sind wir noch öfter nach Valia gereist und haben Ardig Hall unsere Aufwartung gemacht.

Als Femris damals vor achthundert Jahren das erste Mal Ardig Hall überrannte, galoppierten wir sofort los und waren nahezu pausenlos, Tag und Nacht hindurch unterwegs. Aber als wir ankamen, war es zu spät. Das Tabernakel war zerstört. Wenigstens war Femris geschlagen und Ylwa noch am Leben – im Besitz eines Splitters.

Sie erzählte uns, was geschehen war. Wir wollten bleiben, um ihr zu helfen, aber sie lehnte ab und verlangte, dass wir unsere Aufgabe als Hüter nicht vernachlässigten, so wie sie die ihre nun wahrnehmen würde. Dieses Kind! Doch in ihren Augen lag etwas, das keinen Widerspruch zuließ. Wir blieben über die Jahrhunderte in freundschaftlicher Verbindung.«

»Bis sie eines Tages dann hierherkam, wie du sagtest.«

»Ja, vor über zwanzig Jahren. Als sie ankam, war sie bereits hochschwanger. Sie bat uns, ihr zu helfen. Natürlich nahmen wir sie auf, und schließlich gebar sie dich. Du hast dich als ein gesunder, wohlgestalter Junge erwiesen. Ylwa war glücklich. Wir alle waren es.«

Schattenläufer unterbrach sich für einen Moment und fuhr sich durch den Bart. Sein Blick verlor sich im Abendhimmel, der alle Farben stärker und zugleich weicher machte. Ein roter Schein überflutete den Hügel, und der Vielfarbige erstrahlte in allen Farben der Jahreszeiten: Grün, Purpur, Gold, Braun und geflecktes Weiß. Die Schattenfinger der Äste krochen Richtung Osten, den Hügel hinab, strebten bis zum Horizont, um dort auf die aufgehende Sonne des neuen Tages zu warten.

Leise fuhr er fort: »Sie sagte, sie könne dich nicht behalten, weil du bei ihr niemals sicher wärst. Sie hatte Angst, dich nicht schützen zu können, und sie hatte Angst, dadurch ihre Pflichten als Hüterin zu vernachlässigen und die Mauern von Ardig Hall angreifbar zu machen. Sie sagte, es dürfe niemand je erfahren, dass sie keine Jungfrau mehr sei und ein Kind geboren habe. Sie weinte, als sie dies sagte. Ich glaube, an diesem Tag hörte sie für immer auf zu lachen.«

Rowarn versuchte, den dicken Kloß in seinem Hals hinunterzuschlucken. Ihm war, als erinnere er sich plötzlich an zwei warme, weiche Arme, die ihn zärtlich umfingen. An … eine Brust, die ihn nährte, satt und zufrieden machte. Und an einen Duft, wie ein tiefes Wasser, knapp an der Grenze zum Sonnenlicht, warm und kühl, frisch und süß wie salzig. Er versuchte, ein Bild vor seinem geistigen Auge entstehen zu lassen, aber es gelang ihm nicht. »Ist sie das?«, flüsterte er. »Kann ich sie fühlen?«

Schattenläufer legte seine große Hand auf Rowarns Stirn und schloss die Augen. »Ja«, antwortete er ebenso leise. »Ja, das ist es, was sie dir mitgab, woran du dich erinnern solltest, um zu wissen, dass sie dich liebte. Sie hat dich aufgegeben, um dich zu schützen, um dich frei und unbeschwert aufwachsen zu lassen.«

Er seufzte. »Deswegen wies sie uns streng an, dir deine Herkunft zu verschweigen, bis du einundzwanzig wärst. Erst dann hielt sie dich für alt genug, alles zu verkraften, und für stark genug, nach Ardig Hall zu gehen, um Hüter an ihrer Seite zu werden. Ylwa machte sich nichts vor. Sie wusste, dass Femris eines Tages zurückkehren würde, mächtiger denn je. Dann solltest du sie unterstützen.«

»Und nun hat sich alles beschleunigt«, stellte Rowarn bitter fest.

»Ja, Rowarn«, sagte Schattenläufer sanft. »Aber bedenke, Ylwas Plan ging trotzdem auf. Femris hat zwar den Splitter, aber er weiß nichts von dir. Er glaubt, dass das Erbe der Hüter nun ausgelöscht ist. Aber solange noch ein Nauraka lebt, ist Ardig Hall nicht endgültig gefallen.«

»Du denkst, auf mich wartet eine Aufgabe?«, fragte Rowarn. Dann nickte er, und sein Gesicht wurde düster. In seine Augen trat ein unheilvolles Glühen, das die Klarheit darin trübte. »So ist es«, zischte er. »Nachtfeuer wird dafür bezahlen, was er meiner Mutter antat. Dies ist eine Blutrache, Vater, die ich hier und jetzt schwöre.« Wild blickte er auf und hob die Faust zum Schwur. »Ich werde nicht ruhen, bis ich den Tod meiner Mutter gerächt habe, bis der Dämon Nachtfeuer dafür bezahlt hat!«

Trauer lag in Schattenläufers Augen. »Ich wünschte, du hättest dies nicht getan.«

»Ich werde sie rächen!«, bekräftigte Rowarn. »*Dies* ist meine Aufgabe!« Er blickte seinem Muhmen starr in die Augen. »Und ihr werdet mich nicht daran hindern.«

Eine Weile lang lastete das Schweigen schwer zwischen ihnen. Dann stand Schattenläufer auf und schüttelte die lange schwarze Mähne. Er beugte sich vor und hielt Rowarn die Hand hin. »Auf meinen Rücken, Junge. Wir sollten nach Hause gehen. Es wird bald dunkel, und Schneemond macht sich bestimmt Sorgen.«

Nach kurzem Zögern ergriff Rowarn die dargebotene Hand, und Schattenläufer zog ihn mit kräftigem Schwung auf seinen breiten Rücken, ohne die andere Hand zu Hilfe zu nehmen. Kurz darauf galoppierten sie über die Hügel auf Weideling zu.

Schneemond hatte das Abendessen vorbereitet, die Kerzen entzündet und erwartete sie vor dem großen, alten Baum. Sie wirkte wie eine hell schimmernde Statue vor dem schwarzblauen Himmel.

Das Abendessen verging schweigsam. Rowarn brauchte Zeit, um zu verstehen, was er heute erfahren hatte, und um sich darüber klar zu werden, was er in einer Aufwallung von Wut und Verzweiflung als Schwur geleistet hatte. Nun wusste er wenigstens, weshalb er manchmal so sehr nach Fisch gierte, oder nach Fleisch. Aber es erklärte immer noch nicht, wieso er so schreckliche Wutanfälle bekam, und weshalb er oft vergaß, was er dabei getan hatte. Er war verwirrter denn je, und nicht minder verstört.

Seine Muhmen sagten nichts, als er das Essen auf seinem Teller herumschob, ohne etwas zu sich zu nehmen. Er brachte nichts hinunter.

Konnte er den Velerii glauben? Warum hatte seine Mutter ihn hiergelassen? Möglicherweise, um ihn zu schützen. Möglicherweise aber auch, um ihn nicht sehen zu müssen! Sicher, vielleicht hatte sie gelernt, ihn zu lieben, als er sich in ihrem Leib bewegte. Aber was war mit seinem Vater? Hatte sie ihn auch geliebt? Oder ... gehasst? Warum hatte sie nicht über ihn gesprochen?

Und: Hatten seine Muhmen diesmal die Wahrheit gesagt, oder wieder etwas verschwiegen, um ihn zu schonen? Doch es war sinnlos, ihnen jetzt weitere Fragen zu stellen. Selbst wenn die Velerii mehr wüssten, würden sie es ihm in diesem Moment nicht sagen. Sie hatten manchmal eine schwer verständliche Vorstellung von dem, was sie preisgaben, und zu welchem Zeitpunkt – selbst, wenn es um etwas so Wichtiges ging wie Rowarns Herkunft.

Genug der Gedanken, entschied er schließlich. Das führte zu nichts, nicht mehr heute. Am besten ging er schlafen. Morgen würde er vielleicht manches klarer sehen. Er zuckte zusammen, als er merkte, dass Schneemond ihn beobachtete.

»Unsere Lehren waren nicht vergebens«, sprach sie.

Rowarn nickte gehorsam. Er bezähmte sich und ließ nicht zu, dass der Sturm in ihm die Oberhand gewann. »Ja. Ihr habt mich gut unterrichtet.« Er stand auf. »Ich will jetzt allein sein, das versteht ihr sicher.« Ohne eine Antwort oder die Erlaubnis abzuwarten, ging er auf sein Zimmer und verschloss leise die Tür hinter sich.

Als er allein war, legte Rowarn sich flach mit dem Rücken auf den Boden, atmete zweimal tief durch, schloss dann die Augen und ließ die Gedanken frei durch seinen Verstand toben. Obwohl kein Laut über seine zusammengepressten Lippen drang, war immer noch genug Lärm in seinen Ohren.

Schließlich, als sie sich zu oft wiederholten und abnutzten und ihren Sinn verloren, zerfaserten die Sätze zu einzelnen Versatzstücken, und dann zu Wortfetzen, die lautlos ertranken in der Gischt seines Blutes, die sich donnernd in seinen Ohren brach.

An diesem Punkt angekommen, fing Rowarn bewusst an zu atmen, durch die Nase ein, den Mund aus, ausgestreckt und ruhig. Sein Bauch hob und senkte sich. Noch ein paar letzte Silben zerbröselten und versanken in der zurückgehenden Flut. Zurück blieb nur Dunkelheit, und Leere. Rowarn sank tiefer in sich hinein, fern aller bewussten Gedanken, und ließ sich treiben.

Sein rasender Herzschlag wurde ruhiger. Die zitternden Glieder entspannten sich. Er versank im Trost der Tiefen Ruhe, die ihn wie ein schützender Mantel umgab.

Es war beinahe so, als wäre er in den geliebten See gesprungen und hinabgetaucht, an die Grenze von Licht und Tiefe, umgeben von einer schwerelosen Welt, in der jede Richtung möglich war.

Als Rowarn die Augen wieder öffnete, war es bereits dunkel. Eine Weile lag er nur und lauschte. Im Haus war alles still. Langsam bewegte er Arme und Beine, brachte das Blut wieder zum Zirkulieren, stand auf und trat ans Fenster.

Auch dort draußen regte sich nichts, und es war sehr dunkel. Die Sterne konnten das Blätterdach kaum durchdringen, und der Mond war derzeit zu dünn, um hierher zu reichen.

Er öffnete das Fenster weit und saugte die nächtliche Luft tief in seine Lungen. Dies war eine ganze andere Luft als am Tage. Sie kannte kein Licht, und ihre Gerüche, die sie überall einsammelte und mit sich nahm, waren intensiver und unverfälschter. Eine einzelne Träne rollte über Rowarns Wangen; er bemerkte es nicht. Lange stand er da und blickte hinaus.

Nachdem seine Augen sich an die Dunkelheit gewöhnt hatten, konnte er allmählich leichte Konturen ausmachen. Blätter, die sich sacht bewegten und hie und da für kurze Zeit einen hauchdünnen Strahl hindurchließen. Es war kaum mehr als ein Staubglitzern der fernen Sterne, doch Rowarn reichte es aus, um den schmalen Schatten einer Ginsterkatze zu entdecken, die unter dem Laubvorhang entlangschnürte, auf der Suche nach unvorsichtigen Mäusen.

Während er so still verharrte, hörte er auch bald das zarte Knistern und Knuspern der Schmetterlingsraupen, die sich gierig über das junge Grün hermachten. Auf einem kleinen Ast knackte es, dort bekämpften sich zwei Hirschkäfer mit ihren mächtigen Geweihzangen. Sie waren so hitzig und vertieft, dass sie den Halt verloren und ineinander verklammert auf den Boden herabstürzten, wo sie sich ohne Verzögerung heftig weiter duellierten.

Flinkhörnchen huschten sich gegenseitig jagend den riesigen Baumstamm entlang; zwischendurch, wenn eines »gefangen« wurde, gab es einen keckernden Laut von sich, halb erzürnt, halb erleichtert. Gleich darauf ging die wilde Jagd weiter.

Noch vor wenigen Nächten, als der Mond sich füllte und das Fest vorbereitet wurde, hatte Rowarn auch hier gestanden und in romantischen Träumen versunken dem munteren Frühlingstreiben zugesehen. Seufzend hatte er sich gefragt, ob Anini, die er schon lange bewunderte, ihn eines Tages erhören würde. Oder vielleicht auch nur bemerken.

Das schien nun weit entfernt in einem anderen Leben geschehen zu sein. Damals war Rowarn noch ein unschuldiger, ja naiver junger Mann gewesen, der seinen Herzkummer für das schlimmste aller Probleme gehalten hatte. Damals war ihm nicht bewusst gewesen, wie wahrhaftig glücklich er gewesen war, weil er noch nicht wusste.

Doch diese Zeit war vergangen, für immer. Er hatte eine Schwelle überschritten, und die Tür war hinter ihm zugefallen und hatte sich aufgelöst. Nun träumte er nicht mehr von Abenteuer- und Heldengeschichten. Er war mittendrin.

Die ganze Nacht stand Rowarn am Fenster und dachte nach. Erst, als sich schon das erste fahle Licht am Himmel zeigte, fand er endlich den Weg ins Bett. Allerdings war er auch sofort eingeschlafen und versank in tiefem, traumlosem Schlummer, kaum dass er die Augen geschlossen hatte.

Die Entscheidung war gefallen.

5.

Blutschuld

Als Rowarn erwachte, war der Vormittag bereits vorangeschritten. Er fand im Wohnraum eine kleine Mahlzeit bereitgestellt; von seinen Muhmen keine Spur. Sie waren wahrscheinlich auf den Weiden unterwegs, um nach neugeborenen Fohlen zu sehen.

Umso besser. Rowarn war dankbar dafür, denn er wollte noch nicht mit ihnen reden. Im Augenblick stand vieles zwischen ihnen, was er erst verarbeiten musste, wie beispielsweise ein Nauraka zu sein, Nachkomme eines im Meer lebenden Volkes. Und er wollte nicht beeinflusst werden in seiner Entscheidung. Oder daran gehindert werden, nach Madin zu gehen, was er heute vorhatte. Verbot hin oder her.

Er verspeiste sein Morgenmahl und machte sich auf den Weg, nahm die Abkürzung am See entlang und direkt durch den Wald, dann über die Wiesen. Allerdings machte er einen Bogen um den Hügel, wo Anini gestorben war. Bald sah Rowarn die dünn rauchenden Kamine der Stadt vor sich.

Auf der Handelsstraße herrschte geschäftiges Treiben, und Rowarn mischte sich einfach darunter. So würde es nicht auffallen, wenn er Madin betrat. Es gab hier keine Befestigungsmauer, daher auch kein Tor und keine Wachen. Jeder konnte ungehindert hinein und hinaus. Das abgeschiedene Tal Inniu hatte keine Feinde, es gab erst recht keine innere Bedrohung für Madin, solange es unter dem Schutz von Weideling stand.

Die Straßen verzweigten sich vom Handelsweg wie ein krummes Netz, die Häuser waren völlig uneinheitlich. Jeder hatte so gebaut, wie es ihm gefiel. Es gab auch einstöckige Gebäude, aber mehrgeschossige herrschten vor, zumeist windschief und oft ein wenig zu schmal angelegt, als wäre man sich anfangs nicht sicher gewesen, wie viel Platz benötigt wurde.

Ebenerdig fanden sich in jeder Straße Werkstätten und kleine Läden, deren Inhaber mit Familien und Gesinde meistens darüber im ersten und zweiten Stock wohnten. Zentrum war wie überall der Marktplatz, wo die Händler allerlei Waren unter lauten Lobpreisungen anboten. Die Tische und Stände waren rund um den Volksbrunnen und die Schmiede herum aufgebaut.

Die Luft war erfüllt von menschlichem Stimmengeschwirr und Tierlauten aus den Gehegen, wo Schafe, Zwergrinder, Hühner und Schweine zum Verkauf ausgestellt waren. Dazu vielerlei Vogelstimmen von eingefangenen Sängern, die in kleinen Holzkäfigen feilgeboten wurden.

Rowarn streunte nicht herum, wie er es sonst gerne tat. Kaufen konnte er nie etwas, weil er kein Geld besaß, aber das lebhafte, bunte Treiben hatte ihm immer gefallen. Doch heute hatte er ein bestimmtes Ziel: Den *Goldenen Baum*, das Gasthaus mit der einzigen Herberge Madins. Ein großes, mehrstöckiges Gebäude, das sich über eine halbe Straße erstreckte, mit angrenzenden Stallungen für die Pferde und Unterstellmöglichkeiten für Kutschen und Karren. Es gehörte Daru und Hallim, Aninis Eltern, und Rowarn war sich im Klaren darüber, worauf er sich womöglich einließ, als er es wagte, die Türschwelle zu überschreiten.

Wie er es gehofft hatte, fand er Fürst Noïrun und seine Schar in der voll besetzten Gaststube, wo sie es sich wohl sein ließen. Der Zwergenkönig genoss bereits ein schäumendes Bier und hob den Krug, als er Rowarn entdeckte.

»Seht, wer uns besuchen kommt!«, rief er. »Komm her, Baumäffchen!«

Rowarn presste die Lippen zusammen: Es gefiel ihm nicht, in der Öffentlichkeit so tituliert zu werden, schon gar nicht hier in Madin. Olrig schien es zu bemerken, denn er fügte hinzu: »Verzeihung, das gehört sich wohl nicht in dieser Umgebung: Sei willkommen, Rowarn von Weideling, an unserem Tisch!«

Rowarn machte eine abwehrende Geste. Diese Art Aufsehen wollte er erst recht nicht erregen, nachdem bisher alles gut gegangen war.

Doch zu spät. Schon kam, wie aus dem Nichts herbeigerufen, Rayem angeschossen, Aninis Bruder, und verstellte ihm den Weg. Er hatte ein Messer in der Hand, seine Schürze war blutig von frisch geschlachtetem Huhn; feine Daunenfedern klebten an den rotglänzenden Flecken.

»Du wagst es, hierherzukommen?«, zischte er. »Pack dich, ehe ich vergesse, welches Versprechen ich meiner Mutter gab!«

»Ich habe einen Auftrag«, entgegnete Rowarn kühl, aber er wich einen Schritt zurück. Er war unbewaffnet und körperlich dem grobschlächtigen Rayem unterlegen. Außerdem wollte er jede Gewalt vermeiden, die alles nur noch schlimmer machen würde.

»Raus hier, Bastard!«, schrie Rayem.

Rowarn schluckte. Sein Stolz verbot es ihm, sich umzudrehen und zu gehen.

Da erklang plötzlich die Stimme des Fürsten hinter Rayem. »Gibt es hier irgendein Problem?«

Rayem wandte sich ihm halb zu, ohne Rowarn aus den Augen zu lassen. Die Hand mit dem Messer war immer noch drohend erhoben. »Nichts, was Euch betrifft, edler Herr«, stieß er hervor. »Dies ist nur eine Angelegenheit unter uns.«

»Ich kenne Rowarn«, sagte Noïrun ruhig. »Er ist mein Gast.«

»Nein!« Rayem konnte sich nicht beherrschen, und er fuhr zu dem Fürsten herum. »Das geht nicht, versteht Ihr? Er hat meine Schwester umgebracht! Wir dulden keine Mörder unter uns!«

Rowarn merkte, wie sein Herz schwer wurde und immer tiefer sank. Wahrscheinlich war es doch besser, wenn er jetzt ging. Tiefer konnte er in der Achtung der Leute Madins kaum noch sinken. Vielleicht konnte er dem Fürsten später alles erklären.

Der Fürst richtete seine grünen Augen für einen Moment auf ihn, und Rowarn hatte das Gefühl, als würde er bis auf den Grund seiner Seele blicken. Dann fragte er Rayem: »Ist dies erwiesen? Wenn ja, warum ist er dann nicht in Haft?«

Aninis Bruder knirschte mit den Zähnen. Die Hand mit dem Messer zitterte. »Erwiesen ist es nicht«, presste er zwischen zusammengebissenen Zähnen hervor.

»Nun also«, sagte Noïrun freundlich, legte Rowarn einen Arm um die Schultern und zog ihn mit sich.

»Aber jeder weiß, dass er es war!«, rief Rayem verzweifelt und so laut, dass nunmehr sämtliche Gespräche in der Stube verstummten und sich die Gesichter Rowarn zuwandten. Anklagend deutete Anis Bruder mit der Messerhand auf ihn. »Es gibt überhaupt keinen Zweifel, dass er der Mörder meiner Schwester ist und nur deswegen keine Gerechtigkeit walten darf, weil die Stadtväter Angst vor der Rache der Velerii haben! Ich sage, Schande über jeden, der ihm Freundschaft entgegenbringt, mag es auch ein Fremder sein! Solche Leute sind hier nicht willkommen. Sie sind nicht besser als dahergelaufener Abschaum!«

Fürst Noïrun ließ den Arm von Rowarns Schultern gleiten und verharrte.

Es wurde schlagartig still. Niemand regte sich.

Auch die Schar hatte innegehalten, und einige Soldaten hielten plötzlich Messer in der Hand. Wartend wie ein Pfeil auf der gespannten Bogensehne beobachteten sie ihren Fürsten.

Rayem stockte erschrocken. Zu spät bemerkte er, dass er zu weit gegangen war. Seine Augen weiteten sich, als der Fürst sich langsam zu ihm umdrehte, und er sank sichtlich in sich zusammen, als er den Blick dieser strengen Augen auf sich gerichtet fühlte, aus denen jede Freundlichkeit gewichen war. Das Messer fiel ihm aus der Hand und landete leise klirrend auf dem Boden, aber er bemerkte es nicht. Er starrte Noïrun an wie ein Kaninchen die Schlange, unfähig, auch nur mit einem Muskel zu zucken.

Der Fürst setzte zu einem Schritt an, während seine Hand zum Gürtel glitt. Aber in diesem Moment war plötzlich Olrig neben ihm. Er berührte Noïrun kurz am Arm, ging dann weiter zu Rayem, packte ihn und schob ihn grob Richtung Küche. »Der Schmerz über den Verlust deiner Schwester mag dir diese Worte in den Mund gelegt haben, junger Wirtssohn«, sagte er laut und vernehmlich, »und der edle Fürst verzeiht dir diese unstandesgemäße Respektlosigkeit mit der ihm eigenen Großmut, weil er weiß, wie töricht und unwissend Jugend ist. Nun geh und widme dich deiner Arbeit, bevor du von deinem Vater eine verdiente Rüge erhältst, die schmerzvoll sein dürfte und sollte.«

Er versetzte ihm einen Stoß, der Rayem bis zur Tür schleuderte, wandte sich um und sagte betont fröhlich: »Nun denn, lasst uns etwas trinken und ein gutes Gespräch führen, wie es sich geziemt unter Leuten von Stand!« Dazu machte er mit einer Geste deutlich, dass der Streit vorüber war und jeder Gast sich wieder seinen eigenen Angelegenheiten widmen sollte.

Augenblicklich kamen die Bewohner von Madin der Aufforderung nach, wandten sich ab und vertieften sich hastig in Gespräche über Handel, Aussaat und Ernten. Die Soldaten entspannten sich und ließen die Messer sinken.

Rowarn, der immer noch wie erstarrt war, sah zu, wie Olrig dem Fürsten auf die Schulter klopfte. »Er ist der Mühe nicht wert, mein Freund, und gewiss wäre es keine Ruhmestat, die Schärfe deines Schwertes an seinem ungewaschenen Nacken zu prüfen.« Er zwinkerte Rowarn zu. »Komm, Junge, setz dich an unseren Tisch und nimm einen Schluck von meinem Bier.«

Rowarn folgte ihm. Seine Knie zitterten immer noch, und er bemühte sich, nicht zu Fürst Noïrun zu blicken, als dieser schweigend an seinen Platz zurückkehrte. Schon war Daru zur Stelle, mit einer Schankmaid hinter sich, die eine Menge Bierkrüge heranschleppte, und mit einem Schankdiener, der ein Tablett voller wohlduftender Genüsse trug: frisches Brot, heißen Schinken, würzigen Käse, sämigen Honig. Aninis Vater war leichenblass, als er sich vor Noïrun verneigte, während Krüge und Tablett auf dem Tisch abgestellt wurden. Die Soldaten griffen sofort begeistert zu, ohne sich noch weiter um das zu kümmern, was am anderen Ende des Tisches vor sich ging.

»Ich bitte tausendmal um Vergebung, edler Herr ...«, fing Daru an und blickte den Kriegskönig hilfeheischend an. Doch Olrig wandte sich ebenfalls der großzügigen Spende zu und stieß mit einem neuen Krug krachend an die erhobenen Humpen der Soldaten.

Rowarn hatte noch nie Angst in den Augen des vierschrötigen, schweren Mannes gesehen, der sonst wegen seiner Stärke gefürchtet war. Plötzlich tat Daru ihm leid, und er war zornig auf sich selbst.

Wieder war er schuld daran! Litt Daru nicht schon genug unter Anis Tod? Nun hätte auch noch Rayem beinahe sein Leben verloren!

Rowarns Kehle war trocken, und er wünschte sich, er könnte etwas tun – oder etwas sagen, das Richtige, mit guten Worten, um dies zu beenden.

»Mein Sohn ist nicht mehr derselbe, seit seine Schwester starb«, fuhr der Schankwirt fort. »Ich weiß nicht, wie …«

»Genug«, unterbrach ihn der Fürst ungehalten. »Eure Entschuldigungen können die Worte Eures Sohnes nicht ungeschehen machen.« Er richtete seine Augen auf den Wirt. »Aber ich nehme sie dennoch an«, fügte er hinzu. »Und Eure Gabe zur Wiedergutmachung.« Er wies auf den vollen Tisch. »Damit ist die Angelegenheit beendet. Entfernt Euch jetzt, es gibt einiges zu bereden.«

Daru verneigte sich, Dankesbezeigungen stammelnd, und entfernte sich rückwärts gehend. Kurz bevor er sich umdrehte, warf er einen Blick auf Rowarn, der den jungen Mann schlucken ließ. Der Blick verriet eine Vielfalt von Gefühlen – Wut, Hass, aber auch Unsicherheit und Angst.

Noïrun wandte sich Rowarn zu. Seine Miene war jetzt völlig entspannt, das Grün seiner Augen glich einem Wald in der späten Nachmittagsruhe eines Sommertags. Seine Stimme jedoch drückte unmissverständlich aus, dass er Antworten wünschte und keine belanglose Unterhaltung. »Also. Wofür habe ich mich beleidigen lassen?«

Olrig, eine dampfende Scheibe Schinken in der einen, ein Stück Brot in der anderen Hand, drehte sich ebenfalls zu Rowarn und nickte auffordernd, während er abwechselnd von jedem ein Stück abbiss und ausgiebig kaute. Finger und Lippen waren fettig, im Schnauzbart hatten sich ein paar Tropfen Honig verfangen, die kurz darauf mit der Zunge ertastet und gepflückt wurden.

Unwillkürlich sprang Rowarn eine Entschuldigung auf die Zunge, aber er hielt sie gerade noch zurück und schluckte sie hinunter. Er wollte den Fürsten nicht noch mehr verärgern.

Er atmete einmal tief durch und fasste sich ein Herz. In der Hoffnung, dass seine Stimme fest und ruhig klang, fing er an: »Deswegen bin ich zu Euch gekommen.« Und dann erzählte er alles und war nicht einmal erstaunt, wie leicht es ihm diesmal fiel. Fast schon gefühllos berichtete er vom Ausbleiben des Weißen Falken und dem Beginn der Morde an den Stadtmädchen, bis zu Anini.

An diesem Punkt angelangt, musste er doch einmal kurz innehalten, weil sich das Bild des Grauens wieder in seine Gedanken drängte. Aber diesmal wollte er sich nicht davon überwältigen lassen. Er hatte die ganze Nacht Zeit gehabt, nachzudenken und sich vorzubereiten. Nun gingen ihm die Worte flüssig über die Lippen, und er würde es zu Ende bringen.

Noïrun und Olrig hörten aufmerksam zu, ohne ihn zu unterbrechen. Ihre Mienen blieben ausdruckslos. »Wenn ich das richtig verstehe«, sagte der Kriegskönig, nachdem Rowarn zum Schluss gekommen war und er selbst einen kräftigen Zug aus dem Krug genommen hatte, »bist du trotz des Verbots deiner Muhmen hierhergekommen, um uns um Hilfe zu bitten?«

Rowarn nickte. »An wen sollte ich mich sonst wenden?«, fragte er leise. »Hier in der Stadt glauben alle an meine Schuld. Und ich kann es ihnen nicht verdenken, denn ich selbst habe keine Erinnerung mehr an das, was geschehen ist, und zweifle an mir. Meine Muhmen haben versprochen, bei der Suche nach dem Täter zu helfen, aber ich kann nicht tatenlos herumsitzen und zusehen.« Er sah den Fürst flehend an. »Ich weiß, es ist vermessen von mir, Euch um Hilfe zu bitten. Immerhin seid Ihr gekommen, weil Ihr von uns Unterstützung erwartet habt. Aber versteht Ihr, diese Mädchen ... es wird nicht aufhören. Der Friede in Inniu wäre für immer dahin, und ich sehe außerdem eine Bedrohung für Weideling, weil die Bürger von Madin meinen Muhmen nicht mehr trauen. Ich wusste mir keinen anderen Ausweg.«

»Hm.« Der Fürst nahm seinen Krug und trank bedächtig einen Schluck. »Was bietest du mir, wenn ich dir meine Unterstützung zusage?«

Rowarn war beschämt. »Mich, Herr. Ich besitze sonst gar nichts.«

»Was kannst du denn, Junge?«, fragte Olrig, während er der Schankmaid winkte, die ihm einen neuen Krug brachte.

»Nichts«, musste Rowarn zugeben. »Weder kämpfen noch Fährten lesen, ich verstehe nichts von Waffen, und ich habe kein Handwerk erlernt.« Er blickte den Fürsten verzweifelt an. »Aber ich kann lesen und schreiben, und mit Pferden umgehen. Und ich kann lernen. Ich bin nicht dumm, und ich bin gesund und kräftig.«

»Und stolz und ungehorsam.« Olrig lachte in seinen Krug. »Niemand, der bei Verstand wäre, würde dich als Diener, geschweige denn als Knappen in seine Dienste nehmen.« Er betrachtete Rowarn aus funkelnden blauen Augen. »Ich habe keine Ahnung, welcher Abstammung du bist, Baumäffchen, aber du bist kein einfacher Bursche, so wie der junge Kerl vorhin. Ich bin mir nicht mal sicher, ob du überhaupt ein Mensch bist. Zugegeben, deine Geschichte klingt gut. Aber einer wie du ist zu unberechenbar und macht nur Ärger.« Er deutete mit dem Daumen Richtung Küche und fügte spöttisch hinzu: »Wie du uns vorhin vor Augen geführt hast.«

Rowarn schluckte. Er hielt es für besser, nichts darauf zu sagen.

Noïrun überlegte schweigend. »Na schön«, sagte er schließlich. Er sah Rowarn an. »Ich nehme den Handel an.«

Olrig verschluckte sich und prustete in seinen Krug. »Du tust – *was?*«, keuchte er halb erstickt. Entgeistert starrte er seinen Freund an.

»Wir müssen auf die neuen Rekruten warten«, versetzte der Fürst. »Selbst wenn es nur drei Tage dauern sollte, ist die Schar bis dahin bis zur Haube betrunken und aufgeschwemmt von fettem Essen, faul und träge. Um unsere Männer zu beschäftigen, müssen wir an unserer Kampfkraft arbeiten. Und wenn wir ihnen ein Ziel bieten, lassen sie sich leichter anspornen.«

Er stand auf, ging an die untere Seite des Tisches, wo die Soldaten es sich wohl ergehen ließen, und schlug mit der geballten Faust auf die Platte. »Disziplin!«, donnerte er, sodass augenblicklich alles, wirklich jedermann in der Gaststube, zusammenfuhr und unwillkürlich Haltung annahm. »An die Waffen und aufgesessen! Wir sind hier nicht zur Erholung!«

Sofort ließen die Soldaten alles fallen, sprangen auf und verließen eilig die Stube, teilweise noch kauend, um den ordentlichen Sitz der Kleidung bemüht.

Rowarn saß völlig verdattert da. Olrig lachte brüllend und schlug sich vor Vergnügen auf den Schenkel. Er wischte sich die Lachtränen von der haarigen Wange und klopfte dem jungen Nauraka auf die Schulter. »Mein armer Junge, du hast keine Ahnung, worauf du dich eingelassen hast! Das wirst du noch bitter bereuen, glaube mir!«

»Fasle nicht«, schnarrte Noïrun streng aus dem Hintergrund. »Kümmere dich lieber darum, dass dieser missratene, lahme Haufen in Bewegung kommt!«

»Ay, zu Befehl, mein Fürst«, stieß Olrig kichernd hervor, aber er stand ohne Verzögerung auf, schnippte Brotkrumen von seinem umfangreichen Bauch und stampfte zur Tür Richtung Ställe.

»Nun, worauf wartest du, Junge?« Noïrun näherte sich ihm.

»Ich – ich hätte nicht gedacht, dass Ihr so schnell …«, stotterte Rowarn.

Der Fürst hob eine Braue. »Gewöhne dich besser gleich daran. Ich habe angenommen, damit bist du ab sofort mein Knappe. Und jetzt geh zu Olrig hinaus und hilf ihm bei den Pferden. Du kannst dann mit ihm reiten.«

Rowarn sprang auf. Sein Gesicht glühte vor Aufregung. »Ja, Herr.«

Er wollte gehen, aber Noïrun sagte noch etwas. »Er hat recht, weißt du. Olrig, meine ich.«

Rowarn schluckte. Es war zu spät für Reue. »Gewiss, Herr.« Er beeilte sich, zu den Ställen zu kommen.

Eine Stunde später brach die Schar auf. Die Bürger Madins, einschließlich der Stadtältesten, beobachteten sie dabei. Wie ein Lauffeuer hatte sich die Kunde verbreitet, dass sie nach dem Mörder Aninis suchen wollten, und fast die ganze Stadt war zusammengekommen.

Fürst Noïrun hatte eine kurze Unterredung mit Larkim dem Strengen gehabt und ihr Vorhaben dargelegt. Der alte Mann schien einerseits erleichtert, diese schreckliche Sache aus der Hand geben zu können, andererseits sah er darin eine Einmischung in etwas, womit Madin selbst fertig werden wollte.

»Wir tun dies in Euren Diensten«, erklärte der Fürst ruhig. »Bei allem Respekt, ehrenwerter Larkim: Die Bürger Madins sind keine Soldaten und in diesen Dingen nicht ausgebildet. Es ist unsere Aufgabe, uns um solche Angelegenheiten zu kümmern.«

»Aber der Junge ...«

»Wenn er schuldig ist, ist er bei uns am besten aufgehoben.«

»Ihr versteht nicht«, sagte Larkim düster. »Er ist gefährlich. Wenn er die Kontrolle verliert, braucht es mehr als Eure Hand voll, um ihn aufzuhalten.«

Der Fürst lächelte nachsichtig. »Nicht bei dieser Hand voll, guter Mann, das dürft Ihr mir glauben.«

Und nun ging es also los. Rowarn saß hinter Olrig auf dem Schimmel, beherrscht von einem Wirrwarr an Gefühlen. Um sich abzulenken, richtete er eine Frage an den Zwerg: »Dieses Wappentier ... was ist das?« Der weiße Kopf eines Fabeltiers auf blauem Grund: Eine längliche Schnauze mit vielen Reißzähnen, ovale Augen, Hörner und viele Barteln. Ein Geschöpf, dessen erschreckende Schönheit in wenigen, schnörkellosen Strichen eingefangen war.

»Es ist das Wappen von Ardig Hall, das wir tragen, denn wir stehen in seinen Diensten«, antwortete Olrig. »Der Seedrache, das Wahrzeichen der Nauraka. Ein mächtiges Geschöpf aus der Frühzeit der Welt.«

»Gibt es ihn noch?«, fragte Rowarn aufgeregt.

»Wer weiß? Ich war nie an der See.«

»Und was ist mit den Nauraka, die das Wahrzeichen schufen?«

»Auch über die Nauraka ist mir nichts weiter bekannt. Königin Ylwa hat sich seit über achtzig Jahren niemandem mehr gezeigt, sodass sich nicht einmal mein Freund Noïrun ein Bild von ihr machen konnte.« Olrig schüttelte sich. »Ich lege auch keinen Wert darauf, mehr herauszufinden, Baumäffchen. Wasser ist mir unheimlich, ich ziehe festen Boden und hartes Gestein vor. Das ist etwas, das ich greifen kann, und verändern.«

Noïrun kam an ihre Seite. »Rowarn, beschreibe uns ganz genau die Stelle, wo du und Anini gewesen seid.«

»Es ist nicht weit, Herr.« Rowarn deutete vor sich. »Noch über diesen Hügel, und dann gleich dahinter, schon kurz vor dem Wald.«

Seit dem Vorfall war er nicht mehr an diesem Ort gewesen, und er fürchtete sich davor. Aber er musste sich der Angst stellen, wenn er jemals die Wahrheit herausfinden wollte.

Vor allem über sich.

Nachdem sie den Hügel überwunden hatten, ließ der Fürst anhalten. »Rowarn, Olrig, ihr kommt mit mir. Und der Fährtenleser!«, rief er nach hinten.

Sie saßen ab und stiegen zu viert den verhängnisvollen Hügel hinauf. Rowarn hatte das Gefühl, als wären seine Beine schwer wie Blei. Die Luft wurde ihm abgeschnürt, je näher sie dem Platz kamen. Das Gras stand inzwischen höher, saftig und grün, und überall blühten Blumen, zwischen denen vielerlei Insekten umherschwirrten. Doch der Tag verlor an sonniger Fröhlichkeit, je weiter Rowarn voranschritt. Die anderen folgten ihm in kurzem Abstand.

Am Fuß des Hügels wartete der Rest der Schar, worüber die Pferde begeistert waren, denn sie standen inmitten des Überflusses. Sämtliche Köpfe waren gesenkt, und die Rupf- und Kaugeräusche waren bis hier oben zu hören, auch das selige Seufzen und Schnauben.

Rowarn schluckte. Die Befürchtung, die genaue Stelle womöglich nicht mehr wiederzufinden, war töricht gewesen. Der Platz war dürr und braun. Nichts wuchs hier mehr, und überall klebte getrocknetes Blut, deutlich sichtbar vor allem an verwelkten, gelben Grasstängeln.

Auch Olrig und Noïrun stockten kurz, als sie zu Rowarn aufholten. »Bei Lugdurs glühenden Essen«, stieß der Kriegskönig betroffen hervor. »Als ob ein Massaker stattgefunden hätte …«

Rowarn merkte, wie sich sein Magen umdrehte, als Aninis Anblick sich vor dieses schreckliche Bild schob.

»Olrig, schnell, bring ihn weg«, sagte Noïrun hastig. »Er soll keine Spuren verwischen …«

Der Zwerg packte Rowarn und zog ihn ein Stück abseits, wo das Gras unschuldig und frisch aussah, was es allerdings im nächsten Augenblick bereuen musste, als der junge Nauraka sich nicht mehr beherrschen konnte. Mitleidig strich Olrig über Rowarns hellen Schopf, als er zitternd und würgend im Gras kauerte. »Armer Junge«, murmelte er. »Vielleicht solltest du dir das mit deinem Angebot noch einmal überlegen, denn bald müssen dir solche Anblicke nur allzu vertraut sein.«

»Ich b-bin eine V-verpflichtung eingegangen«, stotterte Rowarn. »Und ich stehe das durch, irgendwann muss ich es ja.« Er war beschämt und wütend auf sich selbst, weil er sich nicht in der Gewalt hatte.

»Wie geht es ihm?«, rief der Fürst herüber.

»Besser!«, antwortete Rowarn schnell, bevor Olrig etwas sagen konnte. »Alles in Ordnung.«

»Dann komm her und sieh Morwen bei der Arbeit zu. Wir haben schon interessante Sachen gefunden.«

Olrig stützte ihn, als er noch ein wenig wacklig aufstand, und sie kehrten zurück.

Der Fährtensucher war nur wenig kleiner als Rowarn, schmal wie ein Knabe gebaut, dem der erste Bartflaum noch nicht gesprossen war. Er trug die Kleidung eines Waldläufers, Hosen und Stiefel aus Leder, darüber ein grob gewebtes, dunkles Hemd mit angenähter Kapuze und ein Lederwams mit vielen kleinen Taschen und Zierschnüren. An dem breiten Gürtel um die schmale Taille waren mehrere Schlaufen angebracht für verschiedene Messer, die für unterschiedliche Zwecke benutzt werden konnten. Die Hände trugen dünne, an den Fingern abgeschnittene Lederhandschuhe. Sein Kopf war bisher von einem Lederhelm bedeckt gewesen, dessen Gesichtsschutz weitgehend das Antlitz verbarg. Umso verblüffter war Rowarn, als der Fährtensucher den Helm nun öffnete und abnahm, und mit einer schüttelnden Bewegung langes, dunkelbraunes Haar befreite.

»Eine ... eine Frau ...«, stammelte er verdattert.

»Die Beste von allen«, bemerkte der Fürst mit zufriedener Miene.

Morwen musterte ihn belustigt aus lebhaften, klaren, nussbraunen Augen. Sie mochte etwa fünfundzwanzig Jahre alt sein. »Glaubst du, es gibt nur männliche Soldaten?« Sie hatte eine überraschend weiche Stimme; aber Rowarn zweifelte nicht daran, dass sie auch schneidend scharf klingen konnte.

»Ich-ich dachte es«, stotterte er verwirrt und errötete, als er bemerkte, wie sich alle über ihn amüsierten. »Und der Name …«

»Passt auf beides, ich weiß«, unterbrach die junge Frau. »Meistens ein Vorteil.« Dann widmete sie sich wieder mit aller Ernsthaftigkeit ihrer Aufgabe. Sie arbeitete sich von innen nach außen vor, schien jeden einzelnen Grashalm mit den Augen abzutasten und genau zu prüfen. Manchmal nahm sie die Finger zu Hilfe, oder eines der Messer. Bald wurde der Kreis größer, und sie stieß in unbefleckte Bereiche vor – nach Rowarns Ansicht.

»Ist denn nach dieser Zeit noch irgendetwas zu finden?«, flüsterte er Olrig zu.

»Das ist doch wohl selbst für unsere trüben Augen deutlich ersichtlich«, brummte der Zwerg. »Aber Morwen ist wirklich die Beste. Sie kann sogar lange vergangene Spuren entdecken, die schon mit neuen Schichten bedeckt wurden. Ihr entgeht nichts.«

Der Fürst regte sich die ganze Zeit über nicht und ließ Morwen keinen Augenblick aus den Augen.

Schließlich kam sie zurück. »Leider haben die Spuren derjenigen, die das Mädchen holten, einiges verwischt. Aber das Übrige muss eben genügen. Eines kann ich jedenfalls schon mit Bestimmtheit sagen«, begann sie ihren Bericht und blickte Rowarn an. »Dies ist keinesfalls dein Werk, Rowarn. Du bist unschuldig.«

»Na also!«, bemerkte Olrig und klopfte Rowarn auf die Schulter. Auch der Fürst nickte mit einem kurzen Lächeln.

Rowarn empfand große Erleichterung, doch er war noch nicht gänzlich überzeugt. »Wie kannst du dessen so sicher sein?«

»Das war nicht das Werk eines Einzelnen«, antwortete Morwen. Sie deutete auf den am schlimmsten verwüsteten Platz in der Mitte. »Hier habt ihr gelegen, Arm in Arm, nachdem ihr eingeschlafen seid. Dann sind sie gekommen.« Sie deutete zum Wald, aber nicht Richtung Weideling, sondern nördlich. »Von dort. Um Verwirrung zu stiften, gingen sie hintereinander, einer in der Spur des anderen.«

»Um nicht die wahre Kampfstärke zu zeigen«, warf der Fürst ein.

»Sie sind keine Krieger, mein Fürst. Sie taten dies, um Spuren zu verwischen, denn der Erste und der Letzte trugen Schuhe; große, schwere Halbschuhe. Die in der Mitte aber nicht. Ich zeige es Euch.« Morwen winkte ihn näher heran, und deutete auf einen Abdruck im Boden, der bisher unter dem frisch gewachsenen Gras verborgen gewesen war.

Rowarn hatte noch nie einen so merkwürdigen Abdruck gesehen. Ein Teil war glatt und verwischt, mit einer Absatzrinne, wie ein Schuh eben. Aber über die Ränder hinaus trat etwas, das aussah wie ... »Krallen?«, flüsterte er und wurde bleich.

Morwen nickte. »Der Abdrucktiefe nach zu urteilen, waren es wahrscheinlich fünf – das ist allerdings nur eine grobe Schätzung, solange ich nicht mehr weiß. Ich kann nicht sagen, wer die echten Spuren hinterließ: Derjenige, der Schuhe trug, oder derjenige, der Pfotenabzeichen in den Boden drückte. Vielleicht ist alles eine Lüge, denn die Schuhe sind sehr groß – größer als die eines normalen Menschen oder, sagen wir, jemand, dessen Größe dem entspricht, was wir als normal oder durchschnittlich empfinden. Andererseits lässt die Spurentiefe jeweils auf ein beträchtliches Gewicht schließen.«

»Also keinesfalls Menschen«, murmelte Noïrun.

Morwen nickte. »Das nehme ich an. Das Einzige, was ich mit Sicherheit sagen kann: Es sind Zweifüßer, die nicht nur gelegentlich, sondern immer auf zwei Beinen gehen.«

»Dämonen«, brummte Olrig, und Rowarn merkte, wie sein Herz ein Stück hinabsank.

Morwen hob eine Hand. »Geschöpfe der Finsternis, zweifellos. Aber Dämonen würden niemals einer in die Spur des anderen treten. Sie verbergen nur selten ihre Natur, und wenn – verwandeln sie einfach ihre Spuren. Wir suchen nach etwas anderem ... nach *Bestien.*«

Rowarn schluckte. Bestien war der Sammelbegriff für tierhaft aussehende Wesen von leidlicher Intelligenz und geringfügiger magischer Kräfte, die von unstillbarer Gier nach Blut und Gewalt getrieben wurden. Es gab sie überall auf Waldsee. Sie hatten schon ganze Landstriche verwüstet, bevor ihnen der Garaus gemacht werden konnte. Manchmal standen sie auch im Dienst einer höheren

Macht. Er rieb sich verzweifelt die Stirn. »Aber wieso haben sie mich am Leben gelassen? Und warum habe ich es nicht bemerkt?«

»Sind die anderen Mädchen auf dieselbe Weise ermordet worden?«, fragte Morwen. »Fehlte ihnen das Herz?«

»Ja.«

»Da haben wir die Erklärung. Sie sind momentan aus einem bestimmten Grund nur an jungen Mädchenherzen interessiert.«

»Dem stimme ich zu«, sagte Olrig. »Bei Geschöpfen, die der Magie in gewisser Weise mächtig sind, sind die Herzen junger Mädchen und Frauen sehr begehrt. Bei richtiger Anwendung verstärken sie die magischen Fähigkeiten, die Fruchtbarkeit und wirken einige Zeit sogar verjüngend. So kann jemand auf vergleichsweise leichte Art und zunächst verborgen und in aller Stille Macht sammeln, übrigens auch Menschen, nicht nur Bestien.«

Fürst Noïruns Miene entgleiste. »Ist das dein Ernst?«

»Aber ja«, versicherte der Kriegskönig. »Je mehr Mädchen sie erwischen, umso mehr Aussicht auf Erfolg gibt es. Das heißt, es ist noch lange nicht zu Ende. Mindestens drei weitere Mädchen müssen noch sterben, erst dann wird er ausreichend Macht und Kraft gesammelt haben. Es kann natürlich auch sein, dass er immer weiter morden wird, weil ihn danach giert, wie einen Süchtigen nach Alkohol oder Rauschkräutern.«

»Er?«

»Ich denke, wir haben es vor allem mit dem Anführer zu tun. Die anderen sind nur seine Handlanger.«

Rowarn merkte, wie ihm eiskalt wurde. »Und was bezweckt er?«

»Worum es immer geht: Herrschaft«, antwortete Morwen mit einem spöttischen Unterton. »Er will sich hier niederlassen, sich von Furcht und Menschenfleisch nähren und jede Menge neue kleine Bestien in die Welt setzen. Wahrscheinlich wird er regelmäßig Mädchenopfer verlangen und dafür seinen *Schutz* anbieten, wovor auch immer.«

Der Fürst überlegte düster: »Femris' Rückkehr hat den Anhängern der Finsternis Mut gemacht. Und ein eher schwächerer Anhänger will nun Inniu, weil er sich jetzt noch ungestört festsetzen kann, bevor ihm ein anderer das Tal streitig macht.«

»Aber der Schutz von Weideling sollte das nicht zulassen!«, rief Rowarn.

»Hauptsächlich war es die Macht von Ardig Hall mit dem Weißen Falken, der Inniu vor der Welt verbarg«, erwiderte Olrig. »Weidelings Schutz ist auf diesen Streifen Land begrenzt, er gilt nicht für ganz Inniu. Ich vermute zwar, dass sich die Bestien nicht auf Dauer hier halten können. Aber bis dahin kostet es weitere Menschenopfer, die deine Muhmen nicht verhindern können, solange sie nicht wissen, mit wem sie es zu tun haben.«

Rowarn schüttelte den Kopf und sah zu Boden. »Das erklärt immer noch nicht, warum ich nichts bemerkt habe – und warum ich noch am Leben bin.«

»Das kann ich dir beantworten«, sagte Noïrun. »Noch will sich die Bestie nicht zu erkennen geben und sorgt für Ablenkung von sich, indem sie mindestens einen Verdächtigen schafft. Und weshalb du nichts bemerkt hast ...«

Morwen trat dicht zu Rowarn, und er atmete ihren frischen Duft nach einem tiefen Tannenwald und schwerem Honig ein, der ihn fast schwindlig machte. Gespannt sah er sie an, dann wusste er nichts mehr.

Als Rowarn wieder zu sich kam, lag er auf dem Boden und blickte verdutzt zu den anderen hoch. »Was ist passiert?«

Morwen hielt ihm ihre Hand hin, er ergriff sie und ließ sich hochziehen. Sie berührte mit zwei Fingern seinen Hals, seitlich an der Kehle, den Daumen an derselben Stelle auf der anderen Seite. »Hauptnerv und Schlagader. Jedes Raubtier weiß das«, sagte sie. »Ein bestimmter Druck an der richtigen Stelle, und du wirst ohnmächtig. Stärkerer und andauernder Druck tötet dich. Hinterlässt bei kurzem Druck nicht einmal Spuren. Dies ist eine Gnade, bevor das Opfer zerrissen wird.«

Rowarn schluckte und rieb sich den Hals. »So ist es also geschehen ...«

»Ja«, sagte Fürst Noïrun. »Und wünschen wir dem bedauernswerten Mädchen, dass ihm dasselbe widerfuhr, bevor es so grausam zugerichtet wurde. Nun müssen wir denjenigen stellen, der das getan hat, und seine Handlanger. Kehren wir zur Schar zurück, der Tag schreitet voran.«

Kurz darauf waren sie wieder unterwegs. Morwen hatte die Spitze übernommen, allerdings nicht zu Pferde. Sie lief voraus und führte die Schar in den nördlichen Teil des Waldes, der sich bis in ein felsiges Gebiet erstreckte, wo es feuchter, kühler und dunkler wurde.

»Dort gibt es viele Verstecke«, sagte Rowarn. »Ich weiß, dass die Leute von Madin und meine Muhmen hier schon nach Spuren gesucht haben.«

Morwen kam zurück. »Da hinten gibt es kein Durchkommen für die Pferde mehr«, berichtete sie. »Ich habe viele Spuren gefunden, aber nichts Schlüssiges. Hier gibt es eine Menge Tiere, und natürlich hat auch der Suchtrupp jede Menge Zerstörung mit sich gebracht. Wie die Stampftrommler sind sie auf breiter Bahn hier durchgekommen, es ist nicht zu fassen! Aber wie Rowarn sagt, werden die Bestien hier irgendwo sein.«

Der Fürst dachte nach. »Möglich wäre auch, dass sie sich inzwischen zu sehr gestört fühlen und anderswo ihr Unwesen treiben.«

»Ihr wollt aufgeben?«, entfuhr es Rowarn. Verlegen wandte er den Blick ab, als Noïrun seine strengen Augen auf ihn richtete.

»Wir werden jetzt umkehren und das weitere Vorgehen mit den Stadtvätern planen«, sagte er. »Und deine Muhmen müssen es auch erfahren. Du solltest froh sein, dass wir so schnell deine Unschuld nachgewiesen haben.«

»Verzeihung, Herr«, murmelte Rowarn. »Es ist nur ...«

»Natürlich bist du ungeduldig, und du willst Anini rächen«, sagte Olrig gutmütig. »Es ist eine Sache von Ehre, wie eine Blutschuld. Und du wirst Gelegenheit dazu bekommen, Rowarn, wenngleich ich mich frage, wie du das anstellen willst, wo du doch vom Kämpfen keine Ahnung hast.«

»Es findet sich immer ein Weg«, sagte Rowarn störrisch.

6.

Die Bestien

Die Versammlung fand noch am selben Abend statt, auf dem geräumten Marktplatz, damit auch die Velerii dabei sein konnten. Ihre mächtigen Leiber hätten in kein Haus gepasst.

Fast die ganze Stadt war versammelt, sodass dichtes Gedränge herrschte. Daru, trotz seiner Trauer um Anini immer noch aufs Geld bedacht, sorgte für ausreichende Bewirtung mit Speck, Brot und Bier zum immerhin vergünstigten Preis. Auch seine Frau Hallim war anwesend, bleich und abgezehrt, doch sie ließ sich sonst nichts anmerken.

Im Zentrum des Platzes waren Stühle aufgestellt. Larkim der Strenge bekam den Ehrensitz mit hoher Lehne in der Mitte des Rundes, zu beiden Seiten saßen die Stadtväter sowie die Familien der anderen ermordeten Mädchen. Fürst Noïrun stand vor ihnen. Hinter ihm hatten sich Schneemond und Schattenläufer niedergelassen, zusammen mit Rowarn, Olrig und Morwen. Die übrige Schar stand verteilt in der Menge.

Die Dämmerung setzte bereits ein, und Fackeln und Öllampen wurden entzündet. Der Abend war mild, aber in der Ferne rückten langsam Wolken heran, die nahenden Regen ankündigten. Und das wurde auch Zeit, wie ein Bauer bemerkte, die Aussaat benötigte dringend Wasser. Der Boden war trocken, an einigen Stellen hatten sich schon Risse gebildet.

In der Menge brodelte eine ständige Bewegung. Manche schoben sich weiter nach vorn, um eine bessere Sicht zu bekommen; andere, die sich lange nicht gesehen hatten und zufällig erblickten, drängelten sich in Wiedersehensfreude rücksichtslos aufeinander zu. Namen wurden wie Bälle über die Köpfe geworfen und weitergegeben, prallten von den Häuserwänden ab, bis sie den richtigen Empfänger fanden.

Mehrere junge Leute nutzten den Moment, um sich in dunkle Winkel der angrenzenden Gassen zurückzuziehen, für flüsternde Zwiesprache und heimliche Küsse. Auch vorwitzige Kinder ergriffen die Gelegenheit und wuselten zwischen den Beinen der Erwachsenen hindurch, um Fangen zu spielen oder sich zu kleinen Tauschgeschäften außerhalb der strengen Augen der Eltern zu treffen. Lautstarke Beschwerden machten die Runde, als aus einem angrenzenden Gatter eine Muttersau mit ihren fünfzehn quirligen, fröhlich quiekenden Ferkeln ausbrach, was wiederum in mehreren Hunden die Wolfsnatur weckte. Lärmendes Chaos war die Folge, bis einige Soldaten aus Fürst Noïruns Schar unter Gelächter eingriffen und der Jagd ein schnelles Ende bereiteten.

Dies alles geschah jedoch eher am Rande. Zur Mitte hin wurde es ruhiger, fast bis zum Stillstand.

Die Häuser erhoben sich in unverrückbarer Ruhe gegen den trüber werdenden Himmel. Außerhalb des Lichtscheins der Lampen und Fackeln warfen die Bauwerke lange Schatten, die jedoch nichts Bedrohliches hatten, sondern die tagsichtigen Menschen allmählich zum Innehalten brachten. Die Blicke richteten sich zusehends aufmerksam zur hell erleuchteten Mitte des Platzes, und der Ausschank wurde eingestellt.

Rowarn spürte fast körperlich die merkwürdige Stimmung, die nun über der Stadt lag. Nur sehr selten kamen alle Bürger Madins, die Einwohner von Weideling und auch der Fischer und der Köhler samt Familienangehörigen auf diese Weise zusammen. Dementsprechend verunsichert waren die Menschen. Was von dieser Versammlung zu halten war, wusste niemand so recht, und was zu erwarten war, noch weniger.

Die Blicke, die man dem Fürsten zuwarf, waren größtenteils misstrauisch und besorgt. Immerhin kam es nicht alle Tage vor, dass eine schlagkräftige Kriegerschar hier auftauchte und plötzlich die Dinge in die Hand nahm. Und nicht nur das: Überall war die Kunde verbreitet worden, dass Rekruten gesucht wurden, um als Streiter für den Regenbogen im Land Valia zu dienen.

Lediglich die beiden Velerii wirkten so entspannt wie immer. Aber das war auch kein Wunder. Nach dem Wenigen, was Rowarn mit der Zeit über sie erfahren hatte, mussten sie annähernd zweitausend Jahre alt sein, wenn nicht mehr. In einer derart langen Zeitspanne hatten sie so viel erlebt, dass sie vermutlich nichts mehr überraschen konnte, geschweige denn aus dem Gleichgewicht bringen.

Und wahrscheinlich hatten sie sich vor dem Aufbruch hierher einige Zeit im gestreckten Galopp über die Hügel ausgetobt.

Rowarn suchte und fand Rubin und Malani in der Menge. Einen kurzen Moment zögerten alle drei, dann winkten sie sich gegenseitig, und die beiden Mädchen lächelten dazu. Rowarn spürte, wie ihm ein Stein vom Herzen fiel. Diese beiden glaubten nach wie vor an ihn. Auf einmal fühlte er sich fast befreit.

Morwen, die neben ihm stand, stieß ihn leicht in die Seite. »Schwerenöter«, zischelte sie leise, über beide Ohren grinsend.

»Mumpitz«, gab Rowarn errötend zurück. »Außerdem geht dich das gar nichts an.«

»Dem stimme ich zu. Was sollte ich mit einem um so viel jüngeren Grünling wie dir auch anfangen?«

»Klappe.«

»He, ihr zwei«, fauchte Olrig dazwischen, »Schluss mit dem Geplänkel, hier geht es um ernste Dinge.«

Morwen zuckte die Achseln, verschränkte die Arme vor der Brust und richtete ihre Aufmerksamkeit auf den Fürsten. Rowarn wich Olrigs funkelndem Blick aus und tat es ihr gleich.

Fürst Noïrun begann eine allgemein gehaltene Ansprache, in der er sich für die Gastfreundschaft bedankte und für die Neuigkeit, dass die ersten Rekruten bereits hierher unterwegs waren. Um die Versammelten von vornherein zu beruhigen, kündigte er an, schon in wenigen Tagen wieder abzureisen. Sollte später noch jemand beschließen, nach Valia zu gehen, würde er der Schar folgen müssen. Ardig Hall war kaum zu verfehlen, denn es lag fast im Zentrum von Valia.

Tatsächlich zeigte sich Erleichterung auf einigen Gesichtern. Sollte der Krieg dort bleiben, wo er hingehörte: möglichst weit weg von Inniu. Rowarn konnte es den Leuten nicht verdenken; dies war einer der Gründe, warum sie in diesem abgeschiedenen Tal lebten, von dem kaum jemand wusste.

Doch ganz verschließen durfte man die Augen auch nicht. Das hatte sich deutlich gezeigt, als der Weiße Falke ausgeblieben war und das Unglück begonnen hatte.

Rowarn zuckte zusammen, als er plötzlich seinen Namen hörte. Der Fürst hatte sich ihm zugewandt und winkte ihm. »Komm her, Rowarn.«

Er beeilte sich, der Aufforderung nachzukommen, und fühlte viele Blicke auf sich gerichtet, als er neben den Fürsten trat, der ihm die Hand auf die Schulter legte.

»Ich weiß, was die braven Bürger Madins in den letzten Wochen durchgemacht haben«, sprach Noïrun laut und vernehmlich in die Runde, wobei er sich leicht drehte. »Und ich weiß auch, dass man einen Schuldigen am ehesten unter denjenigen sucht, die man am wenigsten kennt, und die unter geheimnisvollen Umständen ein Teil der Gemeinschaft geworden sind.«

Gemurmel kam auf, Unwilligkeit zeigte sich auf vielen Gesichtern. Andere zeigten deutlich, dass sie Rowarn für schuldig hielten, auch wenn nun ein Fremder für ihn eintrat.

Rowarn blickte Rayem fest ins Gesicht. In den Augen des Wirtssohnes loderte der Hass, doch der junge Nauraka hatte alle Furcht und Unsicherheit verloren. Er wusste jetzt, dass er unschuldig war, und er würde sich von niemandem mehr beschuldigen lassen. Außerdem sah er keinen Grund, sich vor Aninis Bruder zu rechtfertigen, da sie selbst ihre eigene Entscheidung getroffen hatte. Natürlich fühlte Rowarn sich nach wie vor verantwortlich für ihren Tod. Diese Selbstvorwürfe konnten nicht so schnell ausgemerzt werden, auch wenn die Vernunft ihm sagte, dass er es niemals hätte verhindern können. Aber er hatte die Tat nicht mit eigenen Händen begangen, und wäre er bei Bewusstsein gewesen, hätte er es auch nicht zugelassen.

»Wir haben uns die Spuren genau angesehen«, fuhr Fürst Noïrun fort. »Und es gibt überhaupt keinen Zweifel, dass Rowarn unschuldig ist!«

Daraufhin erstarben alle Geräusche, nicht einmal mehr ein Kind plärrte, und es zeigte sich Staunen, Widerwillen und Unglauben auf den Gesichtern.

Rayem, dem diese Offenbarung wahrscheinlich am wenigsten gefiel, rief laut: »Könnt Ihr das beweisen?«

Zustimmung wurde laut, doch das anschwellende Geschwätz erstarb schnell, als der Fürst die rechte Hand hob. Die linke ruhte nach wie vor auf Rowarns Schulter, der plötzlich innerlich zu zittern anfing, als ihm klar wurde, dass hier ein fremder Mann des Hochadels, ein Herrscher, für ihn eintrat, ohne ihn und vor allem ohne seine Herkunft zu kennen.

»Ja«, sagte Noïrun ruhig. »Indem wir euch die wahren Schuldigen bringen.«

Als erneut Unruhe aufkam, zischte Larkim der Strenge und pochte mit seinem Gehstock auf den Boden. Kurz darauf herrschte wieder respektvolles Schweigen. »Kühne Worte«, erhob der Älteste seine Stimme. »Ihr, Fürst Noïrun, wollt an einem Nachmittag erreicht haben, was uns in den vergangenen Wochen und Tagen nicht gelang? Trotz der Hilfe der Velerii?«

»Weiser Larkim, wir haben Euch bereits auf die vielen fremden Spuren hingewiesen und unsere Vermutungen geäußert, doch Ihr habt dies als leeren Verdacht von Euch gewiesen. Ihr habt Euch geweigert, uns zuzuhören, obwohl Ihr uns vorher um Hilfe gebeten hattet«, warf Schneemond ein, wohl wissend, dass sie den alten Mann damit vor aller Augen lächerlich machte. Doch die Pferdfrau nahm bei solchen Gelegenheiten nie ein Blatt vor den Mund, es wusste jeder; das war mit ein Grund, warum sie ebenso gefürchtet war wie ihre Heilkunst geschätzt.

»Wir sind zu dem Schluss gekommen, dass es sich um ein Ritual handelt«, sagte Noïrun. »Durchgeführt von Wesen, die daraus Lebenskraft ziehen wollen: Bestien sind in Inniu eingefallen und wollen sich hier niederlassen.«

Rowarn sah, wie angespannt Daru und Hallim waren. Und doch … auf dem Gesicht von Aninis Mutter lag zum ersten Mal seit dem Tod der Tochter ein zaghafter Hoffnungsschimmer. Als sie Rowarns Blick bemerkte, nickte sie ihm zu und lächelte leicht. Er schluckte trocken und neigte den Kopf.

Der Fürst hatte inzwischen weitergesprochen: »Noch wissen wir nicht, um welche Bestien es sich handelt, aber ohne jeden Zweifel wollen sie das Tal für sich beanspruchen. Vielleicht haben sie sogar den Auftrag, einen Stützpunkt für die Anhänger der Finsternis zu schaffen. Um das zu erreichen, und weil sie in der Minderzahl sind, führen sie ein magisches Ritual durch, das seine Fortsetzung finden wird, sobald der Mond sich wieder gefüllt hat.«

»Ich glaube Euch kein Wort!«, schrie Rayem verzweifelt.

»Halt den Mund, Dummkopf!«, herrschte sein Vater ihn an und hob die Hand, als wolle er ihn schlagen. »Hast du nicht schon genug Unheil angerichtet? Wie oft willst du die Großzügigkeit dieses hohen Edelmannes noch herausfordern?«

»Es ist nur meinetwegen«, hörte Rowarn sich zu seiner eigenen Überraschung sagen. Entsetzt wollte er sich zum Schweigen bringen, aber zu spät. »Rayem hasst mich, weil Anini mit mir redete«, fuhr er tapfer fort und sah ihren Eltern ohne Scheu ins Gesicht. »Und ich, das habe ich Euch bereits gesagt, hätte ihr niemals etwas antun können. Anini war eine wunderschöne junge Frau, klug und bodenständig. Sie wusste, was sie tat, und sie war vielen überlegen – auch mir. Ich habe sie in Ehren gehalten.«

»Wärst du bereit, dafür zu kämpfen?«, fauchte Rayem, bevor sein Vater ihm erneut Einhalt gebieten konnte.

»Ich habe einen besseren Vorschlag«, gab Rowarn kühl zurück. »Du wirst mit mir zusammen auf die Jagd nach den Bestien gehen, und wir werden gemeinsam Aninis Tod an ihnen rächen.«

»Wir können jede Unterstützung brauchen, selbst einen hirnlosen Hitzkopf wie diesen«, sprach der Fürst trocken dazwischen und wies auf Rayem. »Wenn Rowarn bereit ist, für ihn einzustehen, dass er uns nicht im Weg ist und tut, was man ihm sagt, und wenn Rowarn uns ferner zusichert, dass Rayem kein Feigling ist, so mag er willkommen sein in der Schar und morgen früh bei Tagesanbruch mit auf die Jagd gehen.«

Daru erhob sich. »Das wird er, bei Lúvenors Güte«, erklärte er fast feierlich. »Ich stehe tief in Eurer Schuld, mein Fürst, und niemand will den Tod meiner Tochter schneller aufgeklärt und gerächt haben als ihre Eltern.«

»Gut, wir sind uns also einig«, sagte Noïrun zufrieden. »Dann lasst uns klären, wer sich noch an der Jagd beteiligen wird, und wie wir vorgehen werden.«

Später, als die Versammlung aufgelöst war, verließ Rowarn neben Noïrun den Platz. Inzwischen herrschte tiefe, wolkenverhangene Dunkelheit außerhalb der erleuchteten Straßen, Gassen und Häuser. Am auffälligsten lockte Darus Gasthaus mit dem großen, ausgestanzten und gold lackierten Metallschild eines Baumes, in dessen Zweigen brennende Fackeln steckten, mit einem rauchenden Kamin, dessen Düfte von frischem Braten kündeten, sowie vielen erleuchteten Fenstern. »Ich danke Euch«, sagte er leise.

»Ich bin eine Verpflichtung eingegangen, und die muss ich erfüllen«, winkte der Fürst ab. »Als mein Knappe stehst du unter meinem Schutz. Und danke mir nicht mit leeren Worten, sondern mit Gehorsam, Fleiß und deiner Hände Arbeit, damit ist mir mehr gedient.«

»Na-natürlich, Herr«, murmelte Rowarn eingeschüchtert.

»Sei pünktlich morgen«, befahl Noïrun. »Und sorge dafür, dass dieser Hohlkopf von Wirtssohn nicht aus der Reihe tanzt.« Ohne eine Antwort abzuwarten, beschleunigte er seinen Schritt auf den *Goldenen Baum* zu.

»Habe ich es dir nicht gesagt?«, gluckste Olrig hinter Rowarn.

»Ja«, sagte Rowarn begeistert und blieb plötzlich stehen, als er merkte, dass er in die verkehrte Richtung ging. Er war einfach zuerst dem Fürsten, dann der großen Masse gefolgt, die zum Wirtshaus strebte, um bei Bier und Wein über die Versammlung und die vielen unerhörten Geschehnisse zu reden, die ganz Madin in Atem hielten. Doch das war nicht sein Weg, hier gehörte er nicht her.

»Ach du lieber Himmel«, rief Morwen, die gerade von irgendwoher auftauchte, und verdrehte die Augen. »Er genießt es auch noch!« Kopfschüttelnd hakte sie sich bei dem Zwerg unter. »Komm, wir haben einen anständigen Schluck verdient, bevor wir uns morgen im Schlamm wälzen und ich Spuren suchen muss, die unter Massen von Wasser und Dreck vergraben sind.«

»Lass uns um die erste Runde würfeln!«, schlug Olrig vor. Seine weiteren Worte verloren sich bald auf dem Weg, da sie sich schnell entfernten, um noch einen guten Platz zu bekommen.

Ja, ich genieße es, dachte Rowarn glücklich. *Ich bin unschuldig, Aninis Tod wird gerächt, und Fürst Noïrun hat mich in seine Dienste genommen. Und nicht nur das, er ist für mich eingetreten. Ich habe nun einen Platz, wo ich hingehöre, wo ich lernen und mich beweisen kann.*

Er drehte sich um und schlug den Weg zu seinen Muhmen ein, die ihn auf der anderen Seite des Platzes geduldig erwarteten. Schneemond lächelte ihm zu, doch sie konnte die Trauer in ihren Augen nicht verbergen.

In der Nacht kam Regen auf und rauschte auch am Morgen noch unvermindert aus grauem Himmel herab. Die Bäche schwollen an, Wege und Wiesen verwandelten sich in wenigen Stunden in Matsch. Die Luft kühlte rasch aus.

Kein Tier ließ sich blicken oder auch nur hören, als Rowarn aus der Tür trat. Er trug über den normalen Sachen einen weiten Ledermantel mit Kapuze, der vorn am Saum herab mit Schlingen und Knebeln geschlossen werden konnte, und an dem weite Ärmel angenäht waren. Die Stiefel hatte er fest verschnürt und mit einem Lederschutz versehen, damit sie nicht so schnell durchweichten. Im Taillengürtel steckte ein langes Jagdmesser, das Rowarn manchmal beim Fischer oder Köhler benutzt hatte, wenn sie frisches Wildbret oder Fisch auf den Tisch bringen wollten. Sonst besaß er keine Waffe. Er hatte den Umgang damit auch nicht gelernt.

Seine Muhmen erwarteten ihn vor dem Astvorhang. Die Krone der Königsweide war so dicht, dass der Moosteppich hier trotz des pausenlos strömenden Regens gerade mal feucht geworden war. Aber die ersten Tropfen stahlen sich bereits zwischen den Blättern hindurch und rollten über die Zweige hinab. Die Tiere, die sich in den

Schutz des Baumes geflüchtet hatten, mussten sich bald Höhlen suchen – oder das Unwetter in stoischer Duldsamkeit ertragen und von sonnigen Tagen träumen.

»Bist du bereit?«, fragte Schattenläufer.

Rowarn nickte. »Ich finde den Tag sehr passend«, sagte er. »Im heiteren Frühlingssonnenschein sollten solche Dinge nicht erledigt werden.«

»Da gebe ich dir Recht.« Schneemond prüfte den Sitz seiner Kleidung, eine überaus mütterliche Geste, aus der Rowarn längst herausgewachsen war. »Rowarn ...«, fuhr sie dann zögernd fort. »Ich wünschte mir, du würdest nur mitgehen, weil du helfen möchtest, und nicht aus Rachedurst. Die unweigerliche Gewalt, die das mit sich bringen wird, gefällt mir nicht. Du bist zu jung dafür.«

»Ich weiß.« Er wusste auch, wie seine Zieheltern zu Waffen und Töten standen. Er schämte sich, weil er sie in dieser Hinsicht enttäuschte, denn er fühlte sehr wohl den Drang zu töten. Aninis Mörder musste bestraft werden, und es gab nur ein Urteil dafür. »Ich werde auf mich aufpassen und nicht allein handeln, das verspreche ich.« Er schwang sich auf Schattenläufers Rücken und zog den Kopf ein, als ihn ein fallender Tropfen traf. Hastig streifte er die Kapuze über, schlug den Kragen nach oben und verschloss ihn an den Schlaufen. Nun konnten ihm weder Wind noch Regen etwas anhaben. »Ich bin so weit.«

Seine Muhmen trugen ebenfalls schützende Lederkleidung an ihren menschlichen Oberkörpern. Die Mähnen hatten sie geflochten und unter den Jacken verstaut. Allerdings trugen sie keine Kapuzen. Die dichte Kopfmähne sollte ausreichend Schutz sein, wie sie fanden: Ein wenig Regen habe noch niemandem geschadet. »Dann lasst uns aufbrechen. Der Fürst wird uns schon erwarten«, sagte Schneemond, und sie trabten über die Hügel zum nördlichen Wald, wo der vereinbarte Treffpunkt lag.

»Erstaunlich«, stellte Schattenläufer beeindruckt fest, als sie vom Hügel herabblickten. »Ich hätte nicht gedacht, dass bei diesem Wetter so viele kommen.«

Die Schar von Ardig Hall war bereits anwesend, und aus Madin strömten fast ununterbrochen dick vermummte Bürger herbei, manche mit Forke, Sense und Heugabel bewaffnet, andere mit langen Messern, Äxten, Beilen und sogar Schwertern. Diesmal waren sie zu allem entschlossen. Rowarns Herz pochte laut. »Das hat der Fürst bewirkt«, stieß er aufgeregt hervor. »Wir werden sie kriegen!«

Sie galoppierten hinunter und begrüßten den Fürsten, der bereits die Einteilung der Gruppen vornahm. Eine solche Treibjagd sollte Inniu zum ersten Mal erleben, und damit rechneten sicherlich auch die Bestien nicht.

»Was für ein Glücksfall, dass Ihr gerade jetzt eingetroffen seid«, bemerkte jemand, und die Erleichterung, dass jemand die Verantwortung übernahm, der sich in diesen Dingen auskannte, war deutlich zu hören.

»Das wird sich noch herausstellen«, meinte der Fürst. »Wo ist dieser junge Tölpel mit dem vorlauten Mundwerk?«

Eine tropfnasse, kräftige und große Gestalt trat heran. »Ich bin hier, Herr, und mein Name lautet Rayem.«

»Wie auch immer. Du hältst dich an Rowarn, er hat die Verantwortung für dich übernommen. Rowarn, du schließt dich Morwen und den Treibern an. Ihr habt den Auftrag, die Bestien aufzuscheuchen, aber den Kampf überlasst ihr uns, verstanden?« Noïrun fixierte die junge Frau mit strengem Blick. »Das gilt *auch und vor allem* für dich!«

»Hab verstanden«, sagte Morwen und nahm Haltung an.

»Das genügt mir nicht.« Der Fürst hob auffordernd die Hand.

»Ich verspreche, mein Fürst und Kriegsherr, dass ich nur nach Befehl handeln werde«, fügte sie förmlich hinzu.

»Gut«, brummte er deutlich zufriedener und wandte sich an Rayem. »Deine hauptsächliche Aufgabe ist es, den Rücken der Fährtensucher und Treiber zu decken und auf Angriffe aus dem Hinterhalt zu achten. Du bist kräftig, und du kannst ein Messer zumindest richtig herum halten.«

Dann blickte er in die Runde und erhob die Stimme, damit sie ihn alle hören konnten. »Das gilt für euch alle: Nehmt dies nicht als Spiel! Wir haben es mit sehr gefährlichen, starken Wesen zu tun, die blutgierig sind, keine Gnade kennen und nicht zögern zu töten, selbst wenn sie dabei auch umkommen. Sie werden bis zum letzten Atemzug kämpfen. Deshalb ist Töten unsere einzige Möglichkeit – und wir müssen dabei gründlich und schnell sein, denn sie sind nicht so leicht umzubringen.

Solange wir nicht wissen, welche Bestien es sind, kennen wir ihre Schwachstellen nicht. Also seid ständig auf der Hut, und fangt nicht an, laut pfeifend umherzuspazieren, weil ihr eine Pause für nötig haltet!«

Gemurmel antwortete ihm, das im Regenrauschen unterging. Rowarn hatte den Eindruck, als ob der Fürst seufzte. Dann hob er beide Arme. »Also, die Jagd beginnt! Jede Gruppe hat einen Hornbläser bei sich, der umgehend Signal gibt, sobald der Feind gestellt ist. Und jetzt los, verteilt euch, die Späher zuerst!«

»Er meint uns«, sagte Morwen und stieß Rowarn an. Leichtfüßig lief sie los, ihre Füße schienen kaum im Matsch zu versinken, und nur wenig Schlamm spritzte auf. Bald war sie hinter dem dichten Regenvorhang verschwunden, und Rowarn beeilte sich, ihr zu folgen. »Komm schon!«, rief er Rayem zu.

Die übrigen Fährtensucher und der Hornbläser hatten sie inzwischen ebenfalls überholt. Die beiden jungen Männer passten sich dem schnellen Trab an und tauchten im nassen Blättervorhang des Waldes unter.

Rowarn verharrte einen Augenblick und lauschte dem Prasseln und Plätschern des Regens, der hier heftiger klang, obwohl die Baumdächer einiges davon abhielten. »Das ist gut«, stellte er leise fest. »So hören sie uns nicht so schnell kommen.«

»Umgekehrt genauso«, bemerkte Morwen, die sich gründlich umsah und dann die Richtung bestimmte.

Und weiter ging es, immer tiefer in den Wald hinein. Rayem ging bald der Atem aus. Er schnaufte und prustete, und Rowarn musste immer öfter auf ihn warten, was ihn zutiefst verärgerte. Er war froh, als Morwen auf einer Lichtung anhalten ließ. »Hier entscheidet es sich«, sagte sie. »Rowarn, wohin führen diese Wege?«

Es waren keine Karrenwege mehr, sondern Wanderpfade, die auch von Tieren gern benutzt wurden. Vier führten von der Lichtung aus weiter. »Alle gehen tiefer in den Wald, größtenteils in nördlicher Richtung«, antwortete er. »Diesen ganz rechts können wir allerdings ausschließen, denn er trifft mit einem Weg aus Osten zusammen, der zu nah an Weidelings Machtbereich vorbeiführt.«

»Bleiben noch drei.« Morwen inspizierte die Pfade nacheinander. Sie führten wie schmale Gassen durch wild wuchernden Wald und konnten nicht weit eingesehen werden.

»Ich bin keinem davon weit genug gefolgt, um sagen zu können, wo genau sie hinführen.« Rowarn schritt ebenfalls die Abzweigungen der Reihe nach ab. Der Boden war hier weich, von verrottendem Laub bedeckt, auf das schwere Tropfen herabplatschten. Er untersuchte die Äste.

»Was ist, wenn sie nicht auf den Wegen gehen?«, warf ein Späher ein.

Morwen schüttelte den Kopf. »Zu anstrengend. Das sind große, schwere Geschöpfe, die sich nicht so leicht durch Dickicht schlagen können.«

»Morwen!« Rowarn winkte sie heran und deutete auf einen gerade daumengroßen Abdruck am Rand des Weges, zwischen beiseitegeschobenen Blättern verborgen. »Wofür hältst du das?«

Morwen schob die Blätter weiter auseinander, doch mehr war nicht zu sehen. »Sag du es mir«, forderte sie ihn auf.

»Eine Kralle, die nicht eingezogen werden kann«, antwortete Rowarn. »Also keine Katze. Der Größe nach würde ich sagen, von einem Hinterfuß – und der Tiefe nach, denke ich, von einem Zweibeiner. Einer von denen, die keine Schuhe zur Tarnung tragen. Oder sie haben sie hier drin alle ausgezogen, weil sie schneller vorankommen wollten und das ihre natürliche Bewegungsweise ist. Die Schuhe dienten also der Verstellung.«

Morwen bedachte ihn mit einem langen, kritischen Blick. »Du kannst Fährten lesen«, sagte sie schließlich.

»Nur ein bisschen.« Rowarn hob die Schultern. »Als Junge habe ich mir einen Spaß daraus gemacht, die Spuren von Tieren zu erraten. Eine ähnliche wie diese habe ich erst einmal gesehen, nämlich gestern, und meine Schlüsse ziehe ich aus dem, was du auf dem Hügel gesagt hast.«

»Du lernst schnell, und du hast ein scharfes Auge.« Täuschte er sich, oder klang so etwas wie Anerkennung in ihrer Stimme? Morwen wandte sich um. »Also gut, dies ist der Weg. Tarro, gib ein kurzes Signal, wenn wir außer Sicht sind, und hinterlasse ein Zeichen für die anderen, dann folge uns.«

Rowarn ging zu Rayem, der bisher vornübergebeugt dagestanden hatte, die Hände auf die Oberschenkel gestützt und nach Luft schnappend. »Vielleicht ist es besser, wenn du hier auf die anderen wartest«, schlug er vor.

Rayem funkelte ihn wütend an. »Das könnte dir so passen«, zischte er.

Rowarn zuckte gleichgültig die Achseln. »Ich meinte ja nur.« Er schloss zu Morwen auf, die gerade loslief, und Rayem blieb nichts anders übrig, als hastig hinterherzukeuchen.

Je weiter sie vordrangen, desto düsterer wurde der Wald. Nadelgehölz übernahm die Herrschaft. Die Wege waren mit abgestorbenen Nadeln statt mit Blättern bedeckt, der Boden war weich und nachgiebig und weniger rutschig. Dafür sanken sie tiefer ein. Morwen entdeckte bald weitere verräterische Spuren. »Sie haben sich zusehends sicherer gefühlt und sind nachlässig geworden«, merkte sie Rowarn gegenüber an.

»Mich wundert, dass sie ihre Spuren überhaupt so gut verwischen konnten«, versetzte er. »Hast du schon eine Vorstellung, um welche Bestien es sich handelt?«

»Es gibt mehrere Möglichkeiten«, sagte Morwen ausweichend. »Und was denkst du?«

»Ich habe keine Ahnung«, gab er aufrichtig zu. »Solche Geschichten haben mir meine Muhmen nie erzählt. Ich wusste nicht einmal, dass es so etwas wie Bestien gibt.«

»Unschuldiges, glückliches Kind, du«, murmelte sie, und er hörte Neid in ihrer Stimme.

In diesem Moment vernahm Rowarn einen nur allzu vertrauten Laut und fasste Morwen am Arm. »Still!«, zischte er und bedeutete dem Rest der Gruppe, stehen zu bleiben. »Elenki!«

Es war nur ein kurzer, dumpfer Ton gewesen, aber einem jungen Mann, der als unbedarftes Kind beinahe von dem Geweih eines Riesenhirsches aufgespießt worden wäre, nur zu beängstigend in Erinnerung.

Ausnahmsweise begriff und akzeptierte Rayem sofort den Ernst der Lage und zückte sein Messer, während er rings um sich spähte.

Die Fährtensucher und Morwen wirkten erstaunt, doch sie waren gut ausgebildet und stellten keine unnötigen Fragen, wenn akute Gefahr angekündigt wurde.

Und gleich darauf begriffen sie Rowarns Vorsicht.

Um sie herum röhrten die Hirsche, dass es durch Mark und Bein ging, und dumpfes Trommeln auf dem weichen Waldboden, splitterndes Krachen, Prasseln und Bersten von Holz kündigten eine ganze Gruppe der Riesenhirsche an. Rowarn deutete nach rechts, wo die ersten braunen Leiber in einer wogenden Masse schon sichtbar wurden. Es war rätselhaft, wie sie es schafften, in der Enge eines Waldes mit den weit ausladenden Schaufelgeweihen so schnell und elegant durchs Unterholz zu springen.

Unwillkürlich rückten die Menschen auf dem Weg zusammen, als links und rechts um sie die Elenki aus dem Unterholz hervorbrachen, um sie herumströmten und den Weg entlangdonnerten. Aus der entgegengesetzten Richtung erklang nur noch ein einziger, röhrender Schrei, der weit durch den Wald schallte.

Dann tauchte der Herrscher des Waldes auf, der größte Elenki, den Rowarn je gesehen hatte, größer noch als seine Muhmen und mindestens genauso schwer. Er hatte einen langen grauen Bart; seine Halsmähne wallte an ihm herab, und das Rückenfell glänzte in einem silbernen Streifen. Er konnte sich nicht mehr schnell bewegen, nicht bei der Größe des gewaltigen Geweihs, mit dem er zehn nebeneinanderstehende Männer gleichzeitig hätte angehen können. Aber er musste auch nicht schnell sein. Seine dunklen Augen glühten in einem wilden Feuer, als er auf den Weg trat, mit dem Körper fast dessen ganze Breite einnahm und sich selbstbewusst der Menschengruppe näherte.

»Rayem, tu dein Messer weg, tritt dicht ans Dickicht beiseite und rühr dich nicht mehr!«, zischte Rowarn. »Das gilt für euch alle: Macht bloß keine Dummheit!«

Sie alle kamen umgehend der Aufforderung nach und stellten sich in einer Reihe auf, wie zu einer Parade. Langsam kam der alte Riesenhirsch heran. Sein Atem dampfte, als er ihn schnaubend aus den Nüstern blies. Rowarn schluckte und fühlte dieselbe Todesangst wie einst als Kind.

Er stellte sich dem Elenki entgegen und streckte die leere Hand aus. Die Augen zu Boden gerichtet, sang er leise eine Melodie, die er von seinen Muhmen gelernt hatte, um wild gewordene, zum Angriff entschlossene Hengste zu beruhigen. Eigentlich war es ein Schlaflied, das Mütter am Abend für ihre Kleinen sangen, doch es verfehlte seine Wirkung auch auf Tiere nicht.

»Sei nur ruhig, mein kleiner Schatz,
dein Vater kommt bald heim.
Dunkel wird der Himmel schon,
die Hütte glänzt im Kerzenschein.
Denk an mich, die ganze Nacht,
ich sing für dich und halte Wacht.
Weine nicht, mein kleiner Schatz,
die Jagd war gut, der Beutel voll,
dein Vater kommt bald heim.
Keine Angst, mein kleiner Schatz,
siehst du dort den ersten Stern?
Das Mondlicht scheint ihm seinen Weg,
der Vater ist nicht fern.
Schließ die Äuglein, träume fein,
der Tisch wird reich gedeckt uns sein.«

Der Elenki verharrte. Er wirkte unschlüssig, sein Kopf mit den auf die Menschen gerichteten Geweihspitzen hob sich leicht.

»Ehrwürdiger Alter«, flüsterte Rowarn. »Verzeih, dass wir deinen Weg vertraten. Wir sind nur Gäste, die um freien Durchgang bitten, eine kleine Weile nur, dann verlassen wir dein Reich wieder.«

Seine linke Hand kramte in einer Tasche unter dem Mantel, dann förderte sie zwischen den Fingerspitzen etwas zutage, das er auf die nach wie vor ausgestreckte rechte Hand legte. Er wagte einen Schritt auf den Hirsch zu.

Die schmale, dunkle Lippe zuckte. Der alte Elenki machte zwei Schritte auf den jungen Mann zu, reckte den Hals und leckte schließlich mit langer Zunge die Hand aus. Dann schritt er würdevoll und hoch erhobenen Hauptes an den Menschen vorüber, ohne sie weiter zu beachten, und verschwand bald darauf im trüben Nass des Waldes.

Rowarn wandte sich aufatmend Morwen zu. Auf seiner Stirn glänzten feine Schweißperlen. »Das war knapp«, stieß er hervor. »Ich habe keine Ahnung, was wir von Bestien zu erwarten haben – aber hier im Wald ist der Elenki das mächtigste und gefährlichste Geschöpf, das selbst große Katzen meiden.«

Morwen nickte. Sie war ein wenig blass geworden. »Ich habe bisher nur von den Elenki gehört, und es ist etwas anderes, ihnen leibhaftig zu begegnen. Was hast du dem Platzhirsch gegeben?«

»Salz. Habe ich immer bei mir. Allerdings nicht mehr lange, wenn es weiter so regnet.«

»Bei den Feuern in meines Vaters Küche«, seufzte Rayem. »Was wäre das für ein Braten gewesen!«

»Ein zäher und stinkender, zweifelsohne«, bemerkte der Hornbläser trocken. »Mir steht der Sinn mehr nach zartem Kalb, wenn du mich fragst.« Unwillkürlich schmatzte er.

»Vergiss das ganz schnell wieder«, sagte Morwen streng. »Los, weiter, der Tag zieht sich für uns nicht in die Länge.« Unterwegs bemerkte sie zu Rowarn: »Das war gut.«

Er grinste erfreut. Wie es aussah, war er doch nicht ganz nutzlos und musste sich vielleicht nicht allzu sehr schämen, seine Dienste dem Fürsten angeboten zu haben.

Sie erreichten den Felsenwald gegen Mittag, immer auf den Spuren der Bestien, von denen es inzwischen genug gab. Kurze Hornsignale aus der Entfernung gaben Aufschluss, dass der Rest der Truppe inzwischen auf breiter Front heranrückte und langsam den Ring um das ausgewählte Gebiet enger zog.

»Denkt ihr, dass wir sie bald aufgestöbert haben?«, richtete Rowarn eine Frage in die Runde.

»Es kann nicht mehr lange dauern«, versetzte Morwen. Sie verhielt vor den sich zusehends auftürmenden Felsen. »Sind hier die Höhlen?«

»Ja. Sehr unübersichtliches Gelände. Schwer zum Anschleichen, gut zum Verteidigen«, antwortete Rowarn. »Ich bin mal über einen anderen Weg hierhergekommen, in einem größeren Bogen über die Wiesen, als ich ... ähm ... von zu Hause weggelaufen war.«

»Tut das nicht jeder irgendwann einmal?«, murmelte Morwen abwesend, während sie alles genau untersuchte.

»Ich hatte vor, mich hier niederzulassen und ab sofort mein eigenes Leben zu führen«, fuhr Rowarn fort. »Hier sind jede Menge Höhlen, die einiges in dieser Hinsicht zu bieten haben.«

»Und wie alt warst du?«

»Erwachsene fünf. Oder vielleicht auch schon sechs.« Rowarn grinste. »Ich habe einen halben Tag gebraucht, um den Entschluss zu bereuen, und den Rest und einen weiteren Tag, bis ich endlich heimgefunden hatte.«

»Eine weite Strecke für ein Kind. Furchtlos bist du, das muss man dir lassen.«

»Ganz im Gegenteil. Ich kann nur einfach nicht aufhören, egal wie viel Angst ich habe.«

Er fing einen Blick Rayems auf, der die Augen verdrehte. Nachdem Aninis Bruder einen Großteil des Weges genug damit zu tun gehabt hatte, bei der Gruppe zu bleiben und nach Luft zu schnappen, erholte er sich nun zusehends.

»Also, was machen wir jetzt?«, fragte der Hornbläser.

»Die Felsen sind zu kahl, und der Regen dauert schon zu lange. Ich kann keine Spuren entdecken, die uns weiterhelfen können«, sagte

Morwen. »Es sind zu viele. Alte und neue, sie verteilen sich hier überall, keine eindeutige Richtung. Wir müssen ausschwärmen, eine Kette bilden und auf Rufweite bleiben. Keine Alleingänge, verstanden? Achtet gegenseitig auf euch und bleibt immer in Deckung. Den Kampf überlassen wir den anderen, die bald zu uns stoßen werden. Rowarn, du nimmst mit Rayem den westlichen Weg, den du damals als Kind gelaufen bist. Da findest du dich am leichtesten zurecht.«

Morwen teilte den Rest ein, hinterließ für die nachrückenden Truppen entsprechende Markierungen mit Ästen und Zweigen, und dann bildeten sie eine Kette, um den Bestien keine Durchschlupfmöglichkeiten zu bieten. Die Wesen hatten die Wahl: Entweder griffen sie an, oder sie zogen sich weiter zurück.

»Das ist doch alles Zeitverschwendung«, maulte Rayem unterwegs. »Wir werden hier gar nichts finden!« Und so ging es die ganze Zeit weiter. Es war ihm zu nass – was Rowarn ihm einigermaßen nachfühlen konnte, denn inzwischen weichte auch bei ihm alles durch, seine Finger waren klamm, und ihn fröstelte. Und es stimmte auch, dass die Felsen glitschig und kalt waren. Sie waren beide schon einige Male abgerutscht und hatten sich Prellungen und Abschürfungen geholt. Die Höhlen waren dunkel, zugig und feucht, manchmal stank es auch bestialisch, wenn sie ein altes Bärenlager aufstöberten.

Der Tag schritt voran, und sie fanden keine Spur der Bestien. Auch die anderen hatten nichts Neues zu berichten, immer nur hieß es durch das gleichmäßige Rauschen des Regens hindurch: »Imrick, klar! – Glattfus, klar!«, bis die ganze Kette durch war. Im unübersichtlichen Gelände hatten sie längst keinen Sichtkontakt mehr, abgesehen von sich bewegenden Ästen oder einem Stein, der von einem Felsen herabrollte. Bei jedem Ruf wartete Rowarn hoffnungsvoll auf eine wichtige Fährte, und musste dann enttäuscht »Rowarn und Rayem, klar!« antworten, was vermutlich für die anderen ebenfalls entmutigend war.

Von den nachfolgenden Truppen war nichts mehr zu vernehmen. Die Bestien sollten ja nicht wissen, mit wie vielen Gegnern sie es zu tun hatten, und von woher diese sich anschlichen. Morwen hatte einmal kurz bemerkt, dass notfalls sofort Hilfe da wäre, aber jeder trotzdem umgehend in Deckung gehen sollte, sobald ein Angriff erfolgte. Mit dem ewig nörgelnden Rayem im Schlepptau hatte Rowarn gar keine Zeit, über die Gefahr nachzudenken,.

Die Tiere, die sie vielleicht aus geschützten Löchern und Nestern beobachteten, schütteten sich wahrscheinlich aus vor Lachen über die dummen Menschen, die mit unzureichendem Schutz und ohne Fell bei diesem Wetter draußen herumstapften.

Rayem hatte Hunger, oder Durst, und er war müde, alles tat ihm weh. Er fand an allem und jedem etwas auszusetzen, angefangen bei dem Fürsten, über Morwen bis hin zu Rowarn.

Endlich platzte Rowarn der Kragen. Er blieb stehen und drehte sich zu Aninis Bruder um.

»Sag mal, was willst du eigentlich?«, fuhr er Rayem wütend an. »Ich dachte, wir sind hier, um Anini zu rächen! Wie hast du dir das denn vorgestellt? Wolltest du in der Kaminstube am behaglichen Feuer sitzen, bis der Mörder hereinkommt und demütig sein Haupt neigt, damit du es ihm abschlagen kannst?«

»Als ob du wüsstest, was Arbeit ist!«, gab Rayem gereizt zurück.

Rowarn stieß einen verächtlichen Laut aus. »Es ist wahr, ich bin behütet und sorglos aufgewachsen. Aber im Gegensatz zu dir *weiß* ich, dass dies eine Gnade war, und dass ich keinerlei Anspruch auf irgendwelche Vergünstigungen habe! Du aber hast nur eine große Klappe, ansonsten bist du ein Drückeberger! Das Einzige, was du kannst, ist Federn rupfen!«

»So lasse ich mich nicht ...«

»Ich bin noch nicht fertig! Du jammerst wie ein verzogenes kleines Mädchen, dem man die Puppe weggenommen hat! Ich habe deine ständige Übellaunigkeit satt, und noch mehr dein Gemaule, und ich frage mich ernsthaft, wen von uns beiden der Fürst mehr bestrafen wollte, als er uns zusammen losschickte!« Er stieß den um einiges kräftigeren Burschen beiseite. »Und jetzt geh mir aus dem Weg! Ich lasse mir irgendeine Ausrede für den Fürsten einfallen, dann verlieren wir beide wenigstens nicht das Gesicht. Geh heim,

Rayem, wärm dich am Feuer und lass dir von deiner Mutter einen Becher heiße Milch bringen. Ich kann keine Fährte suchen und gleichzeitig auf dich aufpassen.« Damit ließ er Rayem stehen und ging weiter.

Als er eine Bewegung hinter seinem Rücken spürte, sagte er, ohne sich umzudrehen: »Nicht mal du kannst so dumm sein, Rayem. Jeder weiß, dass wir zusammen unterwegs sind, und wenn mir was passiert, bist du dran. Der Fürst hat ohnehin schon genug Grund, dich zu töten. Geschweige denn, was meine Muhmen mit dir machen würden. Das willst du besser nicht wissen.«

»Ich könnte sagen, dass es eine Bestie war«, erklang Rayems verbissene Stimme.

Rowarn lachte. »Klar, mit einem Messer. Und kannst du die Bestie auch wahrheitsgemäß beschreiben?« Kopfschüttelnd setzte er den Weg fort. Er krallte seine Finger in die nächste Felswand und zog sich auf einen Überhang, um von dort aus über einen schmalen Pfad die nächste Höhle zu erreichen. Sich anzuschleichen war sinnlos, den Streit hatte man vermutlich durch den halben Wald gehört. Wahrscheinlich würden die Bestien jeden Moment über sie herfallen. Aber das war Rowarn in diesem Moment völlig egal, so aufgebracht war er.

Nach einer Weile holte Rayem zu ihm auf, und sie setzten den Weg schweigend fort.

Immerhin riss Aninis Bruder sich nun so weit zusammen, dass er Rowarn endlich unterstützte. Er suchte nach Spuren, beobachtete immer wieder die Umgegend und schlug mit stummen Gesten vor, wohin sie als Nächstes gehen sollten.

Ungefähr eine Stunde später, als sie nach der letzten Rufmeldung eine kurze Verschnaufpause einlegten, flüsterte Rayem: »Sind wir vom Weg abgekommen? Ist verflixt still hier.« Sie befanden sich mitten zwischen Geröll und Felsungetümen; selbst von hier oben hatten sie kaum einen Überblick. Schwarz und spitz ragten die Nadelbäume um sie herum auf, mit langen, nach unten gebogenen Ästen, deren dicht bewachsene Zweige wie Vorhänge herabhingen. Der Himmel hing bleiern über ihnen, alles war grau und nass.

Rowarn nickte. Er zog aus einer Innentasche seines Mantels einen kleinen Beutel mit Brot und Speck und bot Rayem davon an. Der zögerte erst, stürzte sich dann aber mit aufleuchtenden Augen darauf und kaute mit halb geschlossenen Augen. Olrig hatte Rowarn den Beutel heute Morgen mit einem Augenzwinkern gegeben, wohlweislich in ausreichender Entfernung zu den Velerii: »Damit du unterwegs was Anständiges zu essen hast, Junge, und bei Kräften bleibst.«

Es stimmte, es *war* äußerst still. Immer noch regnete es, aber längst nicht mehr so stark. Das Rauschen war zu einem leisen Säuseln herabgesunken, ansonsten gab es kein Geräusch, nicht ein leises Knacken oder das Rascheln eines Astes. Es war völlig windstill, der Regen fiel senkrecht herunter. Die Rufe der anderen klangen wie aus weiter Ferne, und Rowarn hatte beim Antworten das Gefühl, seine Stimme würde von den Felsen verschluckt.

»Irgendwie unheimlich«, bemerkte er leise. »Alle Tiere haben sich verzogen. Das ist nicht normal. So viele Stunden, wie hier schon hundert Menschen herumstapfen, hätten sie sich längst daran gewöhnt. Tiere begreifen schnell, wenn die Jagd nicht ihnen gilt, und gehen dann ihrer üblichen Beschäftigung nach.«

Rayem unterbrach plötzlich das Kauen und starrte Rowarn an. »Denkst du ... denkst du ... die Bestien ...«

Rowarn hob unbehaglich die Schultern. »Ich hoffe doch, dass die Häher sie rechtzeitig melden. Sie fliegen normalerweise bei jedem Zucken eines Raubtiers auf und zetern, und das bekommt man sehr weit mit.«

Rayem schluckte hörbar unter Schwierigkeiten. »Leg es mir als Genörgel aus, aber ich habe allmählich ein ganz mieses Gefühl.«

Rowarn wollte sich nicht davon anstecken lassen, aber er konnte nichts dagegen machen. Er musste Rayem Recht geben. Irgendetwas stimmte hier ganz und gar nicht. In einer plötzlichen Eingebung sagte er: »Komm.«

»Was? Was ist jetzt schon wieder los?« Rayem blickte ihm entgeistert nach, als Rowarn den Weg zurückeilte, den sie gerade zurückgelegt hatten, und sich anschickte, wieder hinunterzuklettern. »Du bist irre, weißt du das? Wirklich wahr. Wie hat meine Schwester es nur mit dir ausgehalten?«

»Sie hat es nicht mit mir ausgehalten«, erwiderte Rowarn und klammerte sich ächzend fest, als seine Füße auf dem glatten Gestein wegrutschten und er abzustürzen drohte. Seine Fingerknöchel traten weiß hervor, während er sich in den Felsen krallte und seine strampelnden Beine einen neuen Halt suchten. Schließlich fand eine Stiefelspitze Widerstand, und er entspannte sich etwas und atmete keuchend. Sein anderer Fuß tastete nach dem nächsten Halt, und dann setzte er den Abstieg fort.

»Was?«, rief Rayem.

Rowarn verdrehte die Augen. »*Was? Was?* Schlimmer als ein Spottvogel! Sind das alle Worte, die du gelernt hast?«, gab er nach oben zurück. Er war fast unten, übersprang die letzten zwei Meter und stemmte die Arme in die Seiten. »Jetzt komm schon, du Watfüßer!«

Rayem kam endlich unten an, völlig außer Atem und erschöpft, seine Hände zitterten, und er war blass. »Ich habe gefragt ...«

»Ich weiß, was du gefragt hast«, unterbrach Rowarn. Er atmete einmal tief durch, dann fuhr er fort: »In Ordnung. Reden wir darüber, hier und jetzt, und dann ist die Sache erledigt, ein für alle Mal. Einverstanden?«

Rayem verschränkte die Arme vor der Brust. »Einverstanden«, sagte er mit finsterem Gesicht.

»Also gut. Damit du es weißt: Deine Schwester und ich, wir waren nur ein einziges Mal zusammen, in jener furchtbaren Nacht. Ich war auf dem Fest, aber ich habe mich immer ganz am Rand gehalten. Doch irgendwann, die meisten waren schon gegangen, kam sie zu mir, und sie begleitete mich Richtung Weideling. Ich wusste nicht, warum sie das tat, ich hätte nie von mir aus gewagt, mich ihr zu nähern. Aber ich war glücklich darüber und habe nicht einen einzigen Gedanken daran verschwendet, sie abzuweisen. Niemand, der bei Verstand gewesen wäre, hätte das an meiner Stelle getan.«

»Habt ihr auch ...«

»Was bedeutet das jetzt noch?« Rowarn winkte errötend ab und fuhr hastig fort: »Dann kamen die Bestien und betäubten mich. Ich kam neben ihr zu mir, als es vorbei war. Ich hatte keine Erinnerung mehr, und fast … glaubte ich, dass es meine Tat war, bis Morwen anhand der Spuren die richtigen Schlüsse zog. Und das ist alles, verstanden? Ich habe ihr keine Schande bereitet. Anini ist zu mir gekommen, und auch, wenn ich mir immer Vorwürfe deswegen machen werde, so trage ich keine unmittelbare Schuld an ihrem Tod. Nur in der Hinsicht, dass ich kein ausgebildeter Kämpfer bin und nicht mit einem Angriff von Bestien rechnete.

Ich habe sie nicht ausreichend beschützt, das ist wahr. Aber deswegen bin ich hier, um diese Schuld jetzt gutzumachen, und um dadurch wenigstens ihren Tod zu ehren.« Er machte eine abschließende Geste. »Ende der Geschichte und Erklärungen.« Er nickte Rayem kurz zu und lief dann über einen schmalen Tierpfad Richtung Waldrand, ohne weiter auf ihn zu achten.

Wie zuvor auch, kam Rayem nach, und er schwieg. Vermutlich musste er erst einmal über Rowarns Worte nachdenken, um sie richtig zu verstehen. Er war nicht dumm, aber sein Verstand ungeübt und dementsprechend träge. Rayem stampfte ungelenk durch den Matsch und fluchte leise, als der Dreck bis zu seinem Gesicht hochspritzte. Allmählich schien er es gründlich sattzuhaben.

»Bist du sicher, dass wir hier richtig sind? Ich kann die anderen nicht mehr hören. Was hast du vor?«, fragte er, als Rowarn scheinbar ziellos am Buschwerk entlanglief, immer wieder innehielt, Äste und Boden untersuchte und den Weg fortsetzte.

»Nur so ein blöder Gedanke«, antwortete Rowarn. »Was ist, wenn die Bestien längst wussten, dass wir kommen? Wenn sie uns schon seit Tagen beobachtet und nur auf diesen Moment gewartet haben?«

»Um was zu tun?«, fragte Rayem verständnislos. Dann dämmerte es ihm, und er starrte Rowarn erschrocken ins Gesicht. »Götter«, stieß er bleich hervor. »Du meinst, sie …«

Rowarn nickte heftig. Er schien auf dem richtigen Weg zu sein, wenn selbst Rayem so schnell begriff. »Madin ist nahezu ungeschützt, die meisten sind auf der Jagd unterwegs. Die Bestien können den Weg über die Wiesen genommen haben, wie ich damals. Vielleicht schon gestern Nacht, und sie haben am Morgen in Ruhe abgewartet, bis alle abgezogen waren.«

»Sie haben uns reingelegt ...«, flüsterte Aninis Bruder. Er packte Rowarns Arm. »Aber das würde bedeuten ... meine Mutter ... Vater ...«

»Ich weiß nicht, es ist nur ein Gedanke«, meinte Rowarn. »Ich finde hier keine Spuren, deshalb sollten wir ...«

»Nein!«, unterbrach Rayem ihn panisch. »Nein, wir haben schon genug Zeit vergeudet! Bleib hier oder komm mit, aber ich muss sofort nach Hause!« Und damit rannte er los, alle Erschöpfung und Atemlosigkeit vergessend.

Diesmal folgte Rowarn ihm ohne weitere Einwände. Er achtete nicht mehr auf das Wetter und dachte auch nicht mehr an Morwens strenge Ermahnung, sich nicht ohne Rücksprache zu entfernen. Ohne Pause rannten die beiden jungen Männer über die matschigen, rutschigen Wiesenhügel Richtung Madin, von wachsender Sorge getrieben.

In Madin war es still, die Straßen völlig ausgestorben. Nur der Rauch aus den Kaminen, der umgehend vom Regen zersprengt wurde, zeugte davon, dass sich Bewohner in den Häusern aufhielten.

Die beiden jungen Männer schlichen sich von hinten an den *Goldenen Baum* heran und nahmen einen Seiteneingang in den langen, leeren Stall, in dem sich nicht ein einziges Pferd aufhielt.

»Wir sollten uns ein bisschen besser bewaffnen«, wisperte Rayem und griff nach einer Sense. Rowarn suchte sich eine Heugabel mit langen Zinken aus, die gut in der Hand lag.

Im trüben Licht huschten sie zum Hauseingang, drückten die Ohren an die Tür und lauschten mit angehaltenem Atem.

Rowarn merkte, dass er in eine Pfütze getreten war, und wich zurück. Dann besah er sich den dunklen Fleck genauer und musste mehrmals schlucken. Er stieß Rayem leicht an, legte den Finger an die Lippen und deutete auf das Blutrinnsal, das unter der Tür herausgetreten war und sich hier zu einer Lache gesammelt hatte.

Sie starrten einander an. Beide waren leichenblass geworden. Rowarn hatte Recht gehabt. Die Bestien waren *hier*. Was sollten sie nun tun?

Rowarn sah die Angst auf Rayems Gesicht, aber nicht um sich, sondern um seine Eltern. War es vielleicht seines Vaters Blut, das …? Er legte eine Hand auf Rayems Arm und sah ihn bittend an, nichts Voreiliges zu tun. Er spürte die kräftigen Muskeln unter seinen Fingern, die sich steinhart angespannt hatten, und befürchtete das Schlimmste. Doch dann stieß Rayem den angehaltenen Atem aus und nickte langsam. Er bedeutete Rowarn, sich zu ducken und leicht in die Knie zu gehen, so wie er selbst, und die Heugabel bereitzuhalten. Dann öffnete er langsam und vorsichtig die Tür.

Sie zuckten beide zurück, als sie dabei eine Leiche beiseiteschoben – ein für ihn Unbekannter, wie Rowarn in schuldbewusster Erleichterung erkannte. Dann erhaschten sie einen Blick auf den Innenraum der Gaststube. Rowarn entdeckte Rayems Vater Daru in der Nähe des Tresens, und nicht weit von ihm entfernt einige ängstlich zusammengedrängte Menschen: zwei Greise, ein kleiner Junge und eine ältere Frau.

Und dann sah er Hallim, in den Klauen eines … *Wesens*. Es hatte den Rücken zum Stall gewandt, was ein Glück für die beiden war. *Ein Bär*, dachte Rowarn zuerst. Das Wesen stand aufrecht, und es hatte die Statur, die Größe und die Masse eines ausgewachsenen Braunbärs, allerdings längere, stämmige Beine, die ein dauerhaft aufrechtes Gehen erlaubten.

Rayem schlüpfte durch den Türspalt und suchte rechts Deckung hinter einem Fass neben dem Tresen. Rowarn folgte ihm nach einer Weile, versteckte sich jedoch auf der anderen Seite hinter einem umgestürzten Tisch.

Der ganze Raum war verwüstet. Zersplitterte Stühle, Tische, Krüge und Teller waren durcheinandergeworfen, und dazwischen lagen blutüberströmte, entstellte Leichen.

Die Bestie hielt Hallim mit einer krallenbewehrten Klaue am Hals fest und zischte Daru heiser an, mit schrecklich fremder und kaum verständlicher Stimme, wobei sie die Silben seltsam betonte: »Wän duu veernünpftig biist, wirrd iher nichttss geschehhenn … nochh nichtt.«

»Tu – es – nicht …«, stieß Hallim abgehackt hervor und rang pfeifend nach Luft. »Sie … töten uns … sowieso alle …«

»Lass sie frei!«, flehte Daru. »Ich tue alles, was du verlangst, aber verschone sie!«

Rowarn hatte genug gehört, und er erinnerte sich nur zu deutlich an die warnenden Worte des Fürsten. Er warf einen Blick zu Rayem, der bereits zu ihm herüberblickte, und war erstaunt, ihn völlig verändert zu sehen. Die stumpfsinnige Angriffslust war wie weggewischt, die Augen blitzten klar und zornig, seine Miene zeigte Entschlossenheit. Er bewegte leicht den Kopf Richtung Bestie und zeigte Rowarn mit Gesten an, dass sie gemeinsam angreifen sollten.

Rowarn nickte, und Rayem hob drei Finger. Seine Lippen formten stumm die Zahlen, als er einen Finger knickte, dann den zweiten, den dritten …

Unter lautem Gebrüll stürmten sie von zwei Seiten auf die Bestie zu. Rayem schwang die Sense, und Rowarn hielt die Heugabel wie eine Lanze vor sich.

Die Bestie ließ Hallim los und fuhr zu ihnen herum, und Rowarn hätte beinahe gestockt. Dies war nicht der Kopf eines Bären, oder überhaupt eines Tieres. Das flache, breite Gesicht war vollkommen haarlos. Starke Brauen wölbten sich über zwei überproportional großen, rotbraunen Augen mit geschlitzten Pupillen; die Nase war stumpf und breit wie bei einer Katze, und das Maul … reichte fast von einem Ohr zum anderen, besetzt mit drei Reihen messerscharfer, spitzer Zähne.

Die Bestie stieß ein donnerndes Gebrüll aus und hob die fellbedeckten, muskulösen langen Arme, doch in diesem Moment waren die beiden jungen Männer schon bei ihr. Ohne nachzudenken, rammte Rowarn ihr, immer noch schreiend, die drei Zinken der Gabel in den Bauch, während Rayem ihr von der anderen Seite, nicht minder brüllend, die Sense in die Lende trieb.

Die Wucht des Aufpralls riss Rowarn von den Beinen, ebenso Rayem, der die Sense loslassen musste. Blut spritzte aus den Wunden hervor, und Rowarn war sicher, dass die Bestie damit dem Ende nahe war.

Doch weit gefehlt. Der Fürst hatte sie nicht umsonst eindringlich gewarnt. Die Bestie stieß einen knurrenden, schmerzlichen Laut aus und schüttelte sich unwillig. Dann packte sie Heugabel und Sense und riss sie aus sich heraus, ohne auf die klaffenden Wunden zu achten, die unter dem durchlöcherten Fell sichtbar wurden. Rowarn hatte gerade noch Zeit, sich hinter einen Tisch zu flüchten, als der hölzerne Stab der Heugabel krachend auf den Boden schlug und zersplitterte, während die Sense gleichzeitig um Haaresbreite über Rayems Kopf hinwegsauste. Aninis Bruder sprang auf und hechtete hinter den Tresen zu seinem Vater.

Rowarn hatte nicht vor, hinter dem Tisch zu sterben. Er kroch unter den zupackenden Armen der Bestie hindurch, packte den Stumpf mit der Heugabel und stieß ein zweites Mal zu, verfehlte diesmal aber. Die Bestie war beängstigend schnell, wich seinem Stoß aus, kam dabei jedoch dem Tresen näher. Rowarn hatte Daru und Rayem genug Zeit verschafft, sich mit mächtigen Schlachtermessern zu bewaffnen. Gemeinsam sprangen sie über die Holzplatte und trieben die scharfen Klingen in die Schultern des Wesens.

Diesmal brüllte die Bestie vor Schmerz und Wut auf, wirbelte herum und fegte die beiden Menschen mit einem einzigen Armschlenkern quer durch den Raum bis zur Wand, wo sie ächzend aufprallten und übereinander zu Boden stürzten.

Rowarn war jedoch noch da, und er rannte, den Stumpf der Gabel immer noch wie eine Lanze angelegt, seitlich in die Bestie hinein. Diesmal schaffte er es, mit aller Kraft zuzustoßen, bevor auch ihn ein gewaltiger Hieb wie ein welkes Blatt durch die Luft schleuderte. Er krachte in eine zusammengestürzte Tischgruppe, schlug sich den Kopf an einer Kante und blieb benommen auf dem Rücken liegen.

Die Bestie war deutlich langsamer geworden, was bei den schweren Verletzungen kein Wunder war. Aber noch brach sie nicht zusammen. Das Blut strömte ihr aus vielen Wunden, und blutiger Schaum quoll aus ihrem Maul. Doch dazwischen blitzten scharfe Zähne, als sie auf Rowarn zuwalzte.

Der junge Nauraka versuchte, sich zu bewegen, sich irgendwie hinter den Trümmern zu verkriechen, aber ihm schwindelte zu sehr, und er konnte seine Arme und Beine nicht sortieren. Hilflos blieb er liegen und starrte auf den herannahenden Tod.

Da zerriss ein polterndes Bersten und Krachen die lähmende Stille. Rowarn sah verschwommen, wie die große, massive und schwere Gasthaustür aus den Angeln flog, als hätte jemand mit dem Finger ein Staubkorn weggeschnippt. Er bemerkte ein Paar wirbelnde, schwarze Hufe, während ein Ruf ertönte, und dann sah er etwas durch die Luft kreiseln.

Die Bestie blieb abrupt stehen, als wäre sie gegen eine Wand gerannt. Genau zwischen den Augen steckte mehr als fingertief eine funkelnde Kriegsaxt. Ein Stöhnen drang aus der Kehle des Wesens, dann kippte es wie ein gefällter Baum auf den Rücken, riss dabei einen weiteren Tisch um und regte sich nicht mehr.

Ein großes Durcheinander brach um ihn herum aus, doch Rowarn nahm alles nur wie durch Watte und Nebel wahr. Er sah, wie Hallim zu Daru und Rayem stürzte und hörte sie weinend nach ihnen rufen. Eine Menge Menschen strömten herein, und alle redeten oder schrien durcheinander, fingen an, die Trümmer beiseitezuschieben und die Leichen aufzusammeln.

Dann beugte sich jemand über Rowarn, und er erkannte das bärtige, ergrauende Haupt von Olrig, dessen blaue Augen erfreut aufleuchteten. »Na also, Junge, du bist ja doch noch bei uns«, brummte er, und Rowarn musste sich anstrengen, um ihn zu verstehen. Er wollte etwas sagen, aber seine Zunge gehorchte nicht. Der Zwerg berührte seine Haare, betrachtete dann besorgt seine Finger, lächelte in gütiger Hast. »Das kriegen wir schnell wieder hin, Kleiner.«

Rowarn merkte, wie Olrig die Arme unter ihn schob und ihn dann mühelos hochhob, sorgfältig und behutsam, wie er mit einem vollen Bierkrug umzugehen pflegte. Der Kriegskönig trug ihn nach draußen auf die Straße, wo im Gegensatz zu vorher lebhaftes Treiben herrschte. Dann erblickte Rowarn Schneemonds lichtes Gesicht, als sie sich über ihn beugte, und gleich darauf lag er in ihren starken Armen, wie einst als Kind, völlig geborgen.

Endlich gehorchte ihm auch seine Zunge. »Der … der Regen hat aufgehört«, stieß er hervor.

Schneemond lächelte. »Ja«, sagte sie. »Das ist mir auch schon aufgefallen.«

Rowarn grinste sie an. Ihre Mähne war tropfnass und hing in Strähnen an ihr herunter, und ein heller Lichterkranz erstrahlte um ihr Haupt, als die untergehende Sonne hinter ihr durch die Wolken brach. »Schön …«, murmelte er.

»Das war gut, Junge«, sagte Olrig neben ihm und tätschelte seinen Arm. »Wirklich, verdammt gut gemacht. Aber jetzt darfst du in Ohnmacht fallen, ich werd's auch keinem verraten.«

Rowarn gehorchte. Er konnte gar nicht mehr anders.

Als Rowarn zu sich kam, war es immer noch Tag, wenngleich später. Sonnenlicht fiel in schrägen Strahlen durch feine Lücken und Spalten im Dach und den Wänden und verbreitete eine tröstliche Atmosphäre. Er fand sich auf einem Strohlager im Stall des *Goldenen Baums* wieder. Vorsichtig richtete er sich leicht auf und tastete nach seinem Hinterkopf, in dem jemand dumpf auf Trommeln einzuschlagen schien.

Rowarn trug einen Verband, und auf der Kopfwunde hinten waren Blätter und eine Salbe aufgetragen. Er fühlte die lindernde Kühle, und als er langsam den Kopf zur Seite bewegte, ließ der Schwindel rasch nach. Neben ihm lag Rayem, dann dessen Vater, gefolgt von weiteren Verletzten. Hallim kauerte zwischen ihrem Sohn und ihrem Ehemann. Sie hatte aufgehört zu weinen und hielt die Augen geschlossen, in ein stilles Gebet versunken.

Rayem schlug die Augen auf, als Rowarn ihn leicht anstieß, und zeigte dann ein ungewohnt schüchternes Lächeln. »He«, wisperte er.

»He«, gab Rowarn flüsternd zurück. »Geht's wieder?«

»Mhmm. Und du?«

»Ein bisschen Kopfweh. Und meine Muskeln fühlen sich an, als hätte einer mit einem Hammer daraufgehauen.«

»Geht mir ähnlich.«

Sie setzten sich auf und erblickten Schneemonds hell schimmernde Gestalt, die langsam die Reihen abschritt und sorgfältig alles kontrollierte. Als sie merkte, dass die beiden jungen Männer bei Bewusstsein waren, kam sie rasch näher. »Wie fühlt ihr euch?«

»Bestens«, sagte Rowarn.

»Wie neugeboren«, meinte Rayem.

Die Heilerin musterte sie prüfend; ihrem scharfen Blick konnte man nichts vormachen. Aber sie nickte lächelnd. »Was ihr jetzt noch spürt, kann ich euch nicht nehmen. Das ist der Tribut, den ihr für Überanstrengung zahlen müsst. Aber ihr könnt aufstehen, wenn ihr wollt. Die anderen warten draußen schon auf euch. Und ihr wollt sicher wissen, was passiert ist.«

»Allerdings«, stimmte Rowarn zu und fühlte sich gleich viel besser.

»Kann's kaum erwarten«, bestätigte Rayem.

Ächzend und sich gegenseitig stützend kämpften sie sich auf die Beine und stolperten zum Ausgang. Unterwegs stieß Rayem Rowarn leicht an und sagte: »Das macht uns aber noch lange nicht zu Freunden, klar?«

»Freunde, wir? Niemals!«, wehrte Rowarn entsetzt ab.

»Gut, dann sind wir uns ja einig«, brummte Aninis Bruder. »Wollte ich nur geklärt haben.«

»Das war gut so. Dann gibt's später kein Missverständnis.«

Draußen stand Kriegskönig Olrig, auf eine mächtige Streitaxt gestützt. Sein Gesicht hellte sich auf, als er Rowarn sah. »Hast du dich wieder erholt?«

»Einigermaßen.« Rowarn drückte die Hand des Zwerges.

»Dann kommt, ihr sollt alles erfahren«, forderte Olrig sie auf, und sie schlugen den kurzen Weg zum Marktplatz ein. Unterwegs erklärte er: »Der Fürst kam auf einmal auf den Gedanken, dass die Bestien den Spieß umdrehen könnten. Ich bin mit Schneemond, Schattenläufer und der Hälfte der Leute umgekehrt, aber wie es scheint, wart ihr beide schon vor uns hier und habt gerade rechtzeitig eingegriffen.«

»Eher seid Ihr noch im rechten Moment gekommen, denn dieses

Mistvieh wollte einfach nicht verrecken«, warf Rayem ein. »Es war dabei, *uns* fertigzumachen, nicht umgekehrt.«

»Wer weiß.« Olrig schmunzelte vergnügt. »Um es kurz zu machen: Es waren fünf, wie Morwen vermutet hatte. In Madin waren drei von ihnen, die wir alle nahezu gleichzeitig erledigt haben. Das Weibchen mit den Jungen hat Noïrun in ihrer Höhle erwischt, und vor etwa einer Stunde hat Schattenläufer den Anführer gefunden.«

»Was sind das nur für Wesen ...«, fragte Rowarn.

»Grimwari, mein junger Freund«, antwortete Olrig. »Und dort«, er streckte die Hand aus und deutete auf die Mitte des Platzes, »ist Grimwar selbst.«

Die halbe Stadt war versammelt. Rowarn entdeckte die Schar, die mit erhobenen Waffen den Fürsten umringte. Ihre angespannte Haltung zeigte deutlich, dass sie auf alles gefasst waren und sofort handeln würden.

Der Grund dafür stand in der Mitte des Kreises, und Rowarn lief ein kalter Schauer den Rücken hinunter, als er die riesige Bestie sah. Noch größer als das Untier im *Goldenen Baum*, noch mehr Masse, und das grausame Gesicht ... voller Wut und Hass, gleichzeitig voller ungezügelter Wildheit und ... noch mehr, viel mehr. Rotbraune Augen, die voller Leben waren, wissend, hellwach und alt. *Uralt*. Dieses Wesen war mehr als nur eine Bestie, erkannte Rowarn erschrocken. Es gehörte zu den Alten Völkern.

Die Bestie war in mächtige Ketten gewickelt, mit schweren Ringen und Schlössern gesichert; sie konnte sich kaum rühren.

»Bei Lúvenors Licht«, flüsterte Rowarn. »Das ... hätte ich nie erwartet. Was wird der Fürst mit ihm tun?«

»Komm«, sagte Olrig. Er bahnte sich seinen Weg auf den Fürsten zu, und die beiden jungen Männer folgten dem Kriegskönig. Sie wurden aufgehalten, als Morwen sie entdeckte und sich zu ihnen durchdrängelte.

»Rowarn! Rayem! Das war wirklich gut!« Sie klopfte beiden auf die Schulter. »Hätte ich nicht gedacht, wirklich. Hat sogar dem Fürsten so was wie ein Lächeln abgerungen, nachdem er sich wieder beruhigt hatte.«

»Beruhigt?«

Sie grinste. »Er war ziemlich außer sich, dass ich nicht besser auf euch aufgepasst habe, weil ihr auf einmal nicht mehr auffindbar wart, und ... nun ja, den Rest weißt du besser als ich.« Sie winkte Rayem. »Komm besser mit mir. Der Fürst ist immer noch nicht sonderlich gut auf dich zu sprechen. Zumindest hat er mir gesagt, dass er nur Rowarn sehen will.«

Rowarn verzog keine Miene, als er sich Olrig wieder anschloss. Dieser führte ihn durch den Kreis zu Noïrun und hielt dabei respektvollen Abstand zur Bestie. Larkim der Strenge kauerte, flankiert von zwei Stadtvätern, auf einem wackligen Stuhl neben ihm.

»Noïrun, schau, wen ich dir bringe«, verkündete Olrig. »Gesund und munter.«

Der Fürst wandte sich ihnen zu, und für einen Moment ruhten seine Augen auf Rowarn, mit einem Ausdruck, den der junge Nauraka nicht deuten konnte. »Sieh ihn dir an«, sagte er und wies auf die Bestie. »Die Ursache deines Leids – und des Leids, das über diesen Ort hereingebrochen ist.«

Rowarn zögerte, er wollte diesem Untier nicht zu nahe kommen.

»Keine Sorge, er ist gut bewacht.« Noïrun wies auf Schattenläufer, der nicht weit entfernt mit vor der Brust verschränkten Armen stand und den Rowarn erst jetzt bemerkte. »Stelle dich ihm, denn dies war es doch, wonach du verlangtest.«

Langsam näherte sich der junge Nauraka der Bestie, bis zu dem Punkt, wo er sich noch weit genug entfernt glaubte, um sicher zu sein, es aber trotzdem schien, als wären sie beide allein und unter sich.

Das Geschöpf überragte ihn um mehr als zwei Haupteslängen. Sein Fell war von einem dunklen Goldbraun, an den Rändern um sein Gesicht jedoch wies es einen Kranz grauer Haare auf.

»Du warst es also ...«, flüsterte Rowarn. Er konnte dessen schreckliche Aura spüren, und plötzlich bemerkte er etwas an seinem Hals, einen kurzen Druck. Seine Hand zuckte hoch, hielt jedoch mitten in der Bewegung inne, als ihm bewusst wurde, dass es nur eine Erinnerung war.

»Der Junge. Du.« Die Stimme der Bestie klang rau und heiser, von einem tiefen, grollenden Unterton begleitet. »Das Leuchten in der Nacht. Ich verschonte dich. Du wirst es nicht zulassen.«

»Wer bist du?«, fuhr Rowarn leise fort.

»Ich bin Grimwar«, antwortete die Bestie. »Der Mondwandler.«

Rowarn verstand. »Deshalb konnte ich euch nicht bemerken. Ihr seid nicht mehr als flüchtige Schemen, die zwischen Licht und Schatten fließen.«

Er wollte sich abwenden, da fragte Grimwar: »Sie sind tot, nicht wahr?«

Rowarn blickte zu dem Fürsten. Er wusste, wen Grimwar meinte. Nicht die Grimwari, seine plumpen Anhänger. Auch Noïrun begriff es, denn er nickte Rowarn bestätigend zu. Wieder sah der junge Nauraka dem monströsen Geschöpf in die uralten, klugen Augen. »Ja.«

Ein Laut entfuhr Grimwar, wie ein tiefer Schmerz, und er ließ das riesige, schwere Haupt sinken. »Blattwisper war meine Gefährtin seit über zehntausend Jahren«, keuchte er. »Dies war unsere erste Brut seit langer Zeit.«

Rowarn ballte die Fäuste und näherte sich der Bestie. Die Brut war nur deswegen möglich gewesen, weil Grimwar die Mädchenherzen verschlungen hatte. Er war alt und verzweifelt, das war deutlich zu erkennen, hatte keinen anderen Ausweg gesehen, um wieder zu Nachkommen und Macht zu gelangen, aber … »Nicht zu diesem Preis«, stieß Rowarn hasserfüllt hervor. »Dafür kann es niemals eine Rechtfertigung geben, noch kann es durch Reue oder Bedauern gutgemacht werden. Ihr habt bekommen, was ihr verdient habt.«

»Hältst du dies für gerecht?«

»Du wagst es, das zu fragen?« Rowarn konnte sich kaum mehr zurückhalten. Er wandte sich erneut ab, und der Fürst gab ein Zeichen, woraufhin die Schar ihre Waffen bereit machten.

Rowarn hörte, wie sein Muhme scharf einatmete. Für einen Augenblick kam ihm dieses Geschehen sehr unwirklich vor, wie ein Nebel ferner Vergangenheit. Die Sonne war fast untergegangen und schickte ihre letzten Strahlen über den Platz. Die feuchte Luft flirrte, und die regennassen Dächer glitzerten und glänzten. Vor dem tiefen Lichtstrahl hoben sich nur noch Schatten ab, gesichtslose Schemen, keine Menschen mehr, die er kannte.

Aber Grimwar war *wirklich*, wie er dort stand, von rotem Licht übergossen, die Fratze wieder stolz erhoben, dennoch in Ketten gebunden. Ein Geschöpf Lúvenors.

»Nein!«, rief Rowarn.

Die Soldaten hielten verblüfft inne. Fürst Noïrun legte den Kopf leicht schief, die Lider schlossen sich halb über das tiefe Grün.

»Nein«, wiederholte Rowarn. »Er hat Recht, ich werde es nicht zulassen.« Sein Hass war verschwunden, Mitleid erfüllte ihn stattdessen. Und er begriff, was diese beiden Geschöpfe der Alten Völker miteinander verband.

Er drehte den Kopf zu dem Velerii, dessen Blick unverwandt auf Grimwar gerichtet war. »Grimwar ist einer der Alten«, fuhr Rowarn fort und wies auf Schattenläufer. »Er ist wie mein Vater. Nur Schattenläufer hat das Recht, über ihn zu urteilen und ihn zu bestrafen. Wir können es nicht tun.«

Mutig stellte er sich erst dem eisklirrenden Blick Larkims, dann dem Fürsten. »Wir dürfen es nicht tun. Er ist gebrochen, und er ist allein. Vielleicht ist er sogar der Letzte, wer weiß? Er ist alt, seht Ihr das nicht? Er kann uns nicht mehr schaden. Deshalb kam er hierher in dieses Tal, weil es keinen anderen Platz mehr für ihn gibt. Er träumte von einem neuen Anfang.«

Rowarn versuchte, seine Gedanken in die richtigen Worte zu fassen. »Was Grimwar tat, war unvergleichlich grausam. Doch es kann nicht durch seinen gewaltsamen Tod gesühnt werden. Wir können durch seine Hinrichtung diese schrecklichen Untaten nicht ungeschehen machen oder vergelten. Er ist einer der Alten, und wir ... sollten Gnade erweisen. Schickt ihn ins Exil, in die einsame Verbannung für den Rest seines Lebens, wo er jeden Tag und jede Nacht daran erinnert wird, was er getan und was er verloren hat.

Wir haben schon ein Blutgericht gehalten, indem wir seine Frau und seine Kinder getötet haben. Nun muss Grimwar denselben Schmerz durchleiden wie wir. Das mag eine schlimmere Strafe sein als der Tod, der für ihn wahrscheinlich eher Erlösung wäre. Wir aber sollten Großmut zeigen und uns damit zufriedengeben.«

Rowarn blickte den Fürsten bittend an. »Und ... er verschonte mich. Das ... schulde ich ihm: mein Leben für seines.« Es war eine Sache der Kriegerehre, und gerade deswegen sollte der Fürst das verstehen, auch wenn Grimwar in seinen Augen vermutlich keine Ehre besaß und Rowarn gewiss kein Krieger war. Aber das änderte nichts an der Ehre selbst, die *war* oder *nicht*. So hatten es ihn seine Muhmen gelehrt.

Der Fürst musterte Rowarn durchbohrend. Dann blickte er zu Schattenläufer, der ihn ansah und auf dessen Gesicht eine stumme Bitte lag. Noïruns Augenbrauen zogen sich finster zusammen, und er rieb sich den Bart, während er nachdachte.

»Nehmt ihn«, sagte er schließlich zu Schattenläufer. »Unter der Bedingung, dass er niemals mehr anderen Schaden zufügen kann, und er darf auch nie wieder frei durch die Lande ziehen. Er muss an einem sicheren Ort in Inniu verwahrt werden, wo ihn niemand finden kann, wo er sein Dasein bis zu seinem Ende alleine und völlig abgeschieden fristen soll. Das müsst Ihr mir schwören.«

»Bei allen Kindern Lúvenors, das schwöre ich bei meinem Leben«, antwortete Schattenläufer, und die Erleichterung in seiner Stimme war deutlich zu hören. Er öffnete die Arme und zog an dem Ende der Kette, das er die ganze Zeit in der Hand gehalten hatte, ohne dass es jemandem aufgefallen war. »Gehen wir, alter Mann, und schnell, denn die Kurzlebigen haben keine Geduld, und ich kann sie in diesem Fall verstehen.«

Grimwar sprach kein Wort mehr. Widerstandslos folgte er dem Pferdmann in mühsamen, hoppelnden Schritten, unter dem demütigenden Hohngelächter der Stadtleute, die auf diese Weise ihre Angst und die Anspannung verloren.

Madin war von einem bösen Fluch befreit, und sonnigere Tage sollten folgen, ohne den düsteren Schatten einer Erinnerung voller Angst und Schrecken.

Ohne auf die enttäuschten und verständnislosen Gesichter seiner Schar zu achten, rief der Fürst: »Ein gutes Ende für diesen Tag, und

Lúvenor selbst schickt uns sein Wohlwollen durch sein sanftes Licht nach all der Nässe! Dies soll gefeiert werden, und auch wenn die Gaststube heute nicht mehr so gemütlich sein mag wie gestern noch, so sollen doch alle einen Platz darin finden! Wirtssohn, wo steckst du?«

Rayem schob sich mit besorgter Miene nach vorn. »Ich bin Rayem, Herr«, sagte er und versuchte, seine arg mitgenommene Kleidung in Ordnung zu bringen und einigermaßen Haltung anzunehmen.

»Wie auch immer«, sagte Noïrun. »Sorge dafür, dass die Leute irgendwie sitzen können, schenke Bier aus und verteile Brot und Speck. Die ganze Stadt war heute beteiligt, und alle waren gleichermaßen tapfer und standen treu zueinander. Wenn dein Vater die Hälfte übernimmt, so trage ich mit Freuden die andere Hälfte der Zeche. Denn dies haben sich alle verdient, und der Schrecken sollte mit einer Feier beendet werden, ein für alle Mal!«

Ein vielfacher Jubelschrei folgte dieser Ansprache, und Rayem beeilte sich, dass er ins Gasthaus kam, um die Anweisungen zu befolgen und seinerseits Anordnungen zu geben. Innerhalb weniger Augenblicke war der Platz leer, auch die Schar war in den *Goldenen Baum* gestürmt. Larkim wurde von den beiden Stadtvätern langsam hinterhergeführt. Er würdigte weder Rowarn noch Noïrun eines Blickes, murmelte aber etwas von einem Krug Bier, den er sich durchaus verdient hätte, auf Kosten des Fürsten.

Lediglich Olrig wartete noch, die Hand auf dem Axtgriff ruhend.

Rowarn blieb stehen, schüchtern und mit hochgezogenen Schultern, als sich der Fürst ihm näherte, den Blick jedoch nicht auf ihn, sondern in weite Ferne gerichtet.

»Je mehr ich dich kennenlerne, junger Rowarn«, sagte er langsam, »umso weniger weiß ich, was ich von dir zu halten habe.«

»Ich bitte um Vergebung, mein Herr«, murmelte Rowarn und starrte auf seine Stiefelspitzen. Aus dem Gasthaus drang Gesang und fröhliches Gelächter, was Rowarn so fern lag wie ein Stern am Himmel.

Der Fürst fuhr fort: »Ich erhielt Kunde, dass ab morgen neue Rekruten hier eintreffen. In zwei Tagen werden wir aufbrechen. Bis dahin entscheide dich, und bedenke wohl: Danach gibt es kein Zurück mehr, egal was du wählst.«

Ohne auf eine Antwort zu warten, wandte er sich ab und steuerte auf das Gasthaus zu. Olrig beobachtete Rowarn, der unruhig verharrte.

»Kommst du mit, Junge?«, fragte der Zwerg freundlich.

Rowarn dachte an Schattenläufer und Grimwar, die irgendwo zwischen den Hügeln unterwegs waren, Angehörige der Alten Völker, wie es nicht mehr viele gab auf dieser Welt. Sie alle trugen eine schwere Last auf den Schultern. Er beneidete seinen Muhmen nicht um das, was er entscheiden musste, und er wusste, er würde niemals fragen, wie Schattenläufer letztendlich mit der Bestie verfahren war. Ob lebend oder tot, von Grimwar würde niemand mehr etwas erfahren, so viel jedenfalls war sicher.

Und er dachte an Schneemond, die im Stall mit der Kraft der Alten die Wunden heilte, und an seine eigene Entscheidung, die neu zu fällen ihm der Fürst gewährt hatte, aus welchem Grund auch immer.

Er schüttelte den Kopf. »Geht nur«, antwortete er. »Ich werde meiner Mutter helfen, sie wartet bestimmt schon auf mich.«

Olrig strich sich den Bart. »Sicher«, sagte er. »Ich wünsche dir eine ruhige Nacht ohne Träume, Rowarn, und Frieden mit dir selbst. Wir sehen uns morgen.«

Rowarn sah ihm nach, bis Olrig durch die zerbrochene Tür getreten war, und hörte das laute Hallo zu seinem Empfang.

Dann machte er sich auf den Weg zum Stall.

ZWEITER TEIL

Reise nach Valia

7.

Entscheidungen und Abschiede

Der Abend war bereits vorangeschritten, als Schattenläufer zurückkehrte. Er war schweißnass, und sein Atem ging schnell; er musste eine lange Strecke hindurchgaloppiert sein.

Schneemond und Rowarn waren ebenfalls noch nicht zurück. Die meisten Verletzten hatten inzwischen das Krankenlager verlassen können, die Übrigen hatte die Velerii von Verwandten abholen lassen. Dann hatten sie gemeinsam den Stall geräumt, während die Knechte sich endlich um die seit Stunden draußen angebundenen Pferde kümmern konnten, sie absattelten, striegelten, fütterten und tränkten.

Die Aufräumarbeiten in der Stadt gingen auch schnell voran. Auf einem Feld außerhalb war ein Scheiterhaufen errichtet worden, auf dem die Grimwari verbrannt wurden, und es wurden Vorbereitungen für das Leichenbegängnis der Opfer getroffen. Der mit Musik unterlegte Lärm aus dem Gasthaus verlieh selbst dem bestialischen Gestank der brennenden Grimwari, der sich wie ein Pesthauch überall verbreitete, auf bizarre Weise noch etwas Tröstliches.

Als sie fertig waren, sagte Schneemond zu Rowarn: »Geh ruhig hinein, du hast es dir nicht minder verdient als die anderen.«

Er schüttelte den Kopf, was er jedoch schnell bereute. Ächzend tastete er nach dem Verband. »Mir ist nicht nach Feiern zumute. Ich kann es immer noch nicht recht fassen, dass jetzt alles vorbei sein soll. Da ist so viel in meinem Kopf, was ich erst ordentlich sortieren und dann aufräumen muss. Damit will ich mich den Rest der Nacht beschäftigen. In aller Stille.«

Sie legte die Hand zart auf sein Haar über dem Verband. »Du solltest unbeschwerter sein, Rowarn. Du bist noch so jung …«

»Ich kann nicht«, flüsterte er. »Dazu ist zu viel geschehen. Es ist, als ob ich erwacht wäre und mich in der neuen Welt erst zurechtfinden muss.«

»Das verstehe ich natürlich. Dann komm mit mir nach Weideling, und wir werden etwas Gutes essen und Lúvenors Güte in einem Lied lobpreisen. Dann kannst du dich entspannen und wirst dich bestimmt bald besser fühlen.« Sie musterte prüfend sein Gesicht. »Was macht dein Kopfbrummen?«

»Fast vorbei«, antwortete er wahrheitsgemäß. »Dank dir, ehrwürdige Muhme. Und wenn ich ehrlich bin, ich komme bald um vor Hunger ...«

Sie lachte, und allein dieser Klang war ihm schon reinere Musik als jedes Lied und ein Trost seit seiner Kindheit. Er sprang auf ihren Rücken und genoss den Wind auf seinem Gesicht, als sie aus der Stadt über die verschlammten Wege nach Weideling galoppierte.

Schneemond hatte eine ganz andere Art zu laufen als Schattenläufer, und Rowarn wusste nicht, was er mehr liebte: ihre elegante, leichtfüßige, ausgeglichene Schnelligkeit, knapp über dem Boden fliegend, aber ihm doch nahe; oder Schattenläufers kraftvolle, raumgreifende Sprünge wie von Wolke zu Wolke.

Sie waren beim Essen, als Schattenläufer hereinkam, nachdem er sich draußen gesäubert und geschüttelt hatte. Sein Pferdekörper dampfte, als er sich auf seinem Platz niederließ. Schweigend aß er eine Weile. Rowarn bemühte sich, nicht an Grimwar zu denken, er wollte den ganzen Tag hinter sich lassen. Diese Angelegenheit war nun beendet, und es gab keine Fragen mehr zu stellen, weil die Antworten ihm nicht mehr von Nutzen waren. Zudem wartete bereits das nächste Abenteuer vor der Tür: der baldige Aufbruch nach Ardig Hall. Das bedeutete, sich mit dem Abschied vertraut zu machen, und viel Zeit blieb ihm dazu nicht mehr.

»Ich ... werde Fürst Noïrun begleiten«, platzte er heraus, noch bevor er zu Ende gedacht hatte. »Ich habe ihn um Hilfe wegen der Überfälle gebeten, und im Gegenzug bot ich ihm meine Dienste an.«

»Wir dachten uns bereits, dass du Inniu verlassen willst ... und uns.« Schneemonds Stimme klang leise. »Natürlich überrascht es uns nicht, denn eines Tages musste es dazu kommen.«

»Es ist dein gutes Recht«, sagte Schattenläufer. »Ob reinblütig oder nicht, du bist der Erbe deiner Mutter und damit Herr von Ardig Hall.«

»Nein!« Rowarn wehrte entschieden ab. »Nein, das bin ich nicht. Die Tradition, für die das Haus steht, kann ich nicht aufrechterhalten. Ich weiß nichts über das Volk meiner Mutter und über das, was sie tat.«

»Dann soll Ardig Hall für immer gefallen sein?«, fragte Schneemond.

»Ich weiß es nicht«, antwortete Rowarn aufrichtig, ohne Bedauern oder Unsicherheit. Er hatte sich damit noch nicht ausreichend befasst und stand dem Schloss gleichgültig gegenüber. Bisher hatte es keine Bedeutung für ihn gehabt, und das würde sich, wenn überhaupt, erst dann ändern, wenn er eines Tages dorthin kam und sich mit der Vergangenheit auseinandersetzte. Sofern dort überhaupt noch etwas zu finden war außer geborstenen Steinen, die nur für diejenigen Erinnerungen bieten konnten, die sich zuvor dort aufgehalten hatten.

»Ich kann das nicht entscheiden, nicht jetzt«, fuhr er fort. »Es ist schwierig genug für mich, diesen Schritt fort von Weideling zu tun. Der Fürst hat mich sogar von meinem Versprechen entbunden, damit ich meine Entscheidung neu überdenken kann. Aber das werde ich nicht. Ich muss gehen, und sei es auch nur, um meinen Vater zu finden. Oder ... den Dämon Nachtfeuer. Und nach all dem, was geschehen ist, habe ich hier ohnehin keinen Platz mehr. Ich gehöre nicht nach Madin, und ich habe auch keine Aufgabe in Weideling zu erfüllen. Im Augenblick weiß ich gar nicht, wo mein Platz ist, oder wer ich selbst überhaupt bin. Ich muss noch viel lernen, bis ich meinen Weg gefunden habe, und das kann ich am besten beim Fürsten. Erst dann kann ich entscheiden, was mit mir oder Ardig Hall geschehen soll.«

Schattenläufer rieb sich den Bart. »Du hast Recht«, stimmte er dann zu. »Die Dinge sollten nicht überstürzt werden. Vor allem solltest du nicht preisgeben, wer du bist. Bewahre dieses Geheimnis, denn sonst bist du ständig in großer Gefahr und nirgends vor Femris sicher. Er würde dich gnadenlos verfolgen lassen. Vertraue dich daher niemandem an, Rowarn, auch nicht dem Fürsten oder dem Kriegskönig. Ich weiß, du betrachtest sie bereits als deine Freunde, aber sie dürfen es zu ihrem eigenen Schutz nicht erfahren – noch nicht. Du wirst selbst den Zeitpunkt wählen, wenn es angebracht ist.«

Rowarn nickte. Das wäre nicht das einzige Geheimnis, das er mit sich herumtragen müsste. Etwas anderes quälte ihn schon seit dem Moment, da er die Geschichte über das Tabernakel erfahren hatte. Nur eine vage Vermutung zwar, aber trotzdem etwas, wovor er sich fürchtete und das er noch nicht annehmen konnte. Dennoch sollte er es jetzt klären, in diesen Stunden des Abschieds.

Er gab sich einen Ruck und sprudelte heraus: »Sagt mir – bin ich der Zwiegespaltene? Habt ihr mir deswegen alles erzählt?«

Die beiden Velerii wechselten einen überraschten Blick. Dann schüttelte Schneemond den Kopf. »Nein, Rowarn, du bist es nicht«, antwortete sie.

Die Worte waren längst verhallt, bis Rowarn sie endlich begriff. »... nicht?«, wiederholte er verblüfft. Damit hätte er als Allerletztes gerechnet! Aber Velerii logen niemals. Seine Muhmen mussten davon überzeugt sein.

»Die Nauraka machten es sich zur Aufgabe, das Tabernakel zu hüten, bis es dem Zwiegespaltenen dienen sollte«, erklärte Schattenläufer. »Sie waren niemals dafür bestimmt, das Artefakt zu nutzen, und du bist Ylwas Sohn, ein Nauraka. Zumindest zur Hälfte.«

»Ich glaube, ich sollte erleichtert sein, aber ich bin noch viel zu durcheinander«, gestand Rowarn.

»Deine Vermutung lag nahe, und ich muss mich dafür entschuldigen, dass ich das nicht vorhergesehen habe«, sagte Schneemond. »Ich hätte von vorneherein erwähnen sollen, dass du nicht dafür ausersehen bist. Der Zwiegespaltene wird ein Geschöpf von großer Macht sein. Er ist noch nicht in Erscheinung getreten. Möglicherweise wäre seine Zeit bereits vor Jahrhunderten gekommen, wenn das Tabernakel nicht zerbrochen wäre. Vielleicht kann er erst erwachen, wenn alle Teile wieder zusammengefügt sind.«

Rowarn war zu verwirrt, um etwas zu sagen. Wie es aussah, war und blieb sein Ziel der Dämon. Er musste Nachtfeuer finden und von ihm Rechenschaft fordern, nur so konnte er Antworten finden.

Als hätte Schattenläufer seine Gedanken gelesen, bemerkte er: »Zu Beginn war ich von Sorge erfüllt wegen deines Racheschwurs, denn ich befürchtete, er würde dich voll und ganz beherrschen. Aber was du heute getan hast, hat Größe und Weitblick gezeigt. Und dass du deine persönlichen Interessen nicht über alles andere stellst, obwohl du in diesem Fall jeden Grund und auch eine gewisse Berechtigung dazu gehabt hättest. Deine Mutter wäre stolz auf dich gewesen.«

»So wie wir«, fügte Schneemond hinzu.

»Das liegt nur an eurer Erziehung.« Rowarn verteidigte sich fast. »Ich habe durch euch mehr gelernt und erfahren als alle anderen zusammen. Ich würde euch Schande bereiten, wenn ich nichts davon beherzigen würde.«

Schneemond sah ihn liebevoll an. »Wir können dich unbesorgt ziehen lassen. Und wenn ich das sagen darf ... es kann gar keinen Zweifel geben, wessen Sohn du bist, wenn man deine Mutter kannte. Ich wünsche dir, dass du noch etwas in Ardig Hall finden wirst, um zu erfahren, wer sie war, und wer die Nauraka sind, deren Blut immer noch in deinen Adern kreist. Vielleicht reicht das, damit du bereit bist, das Erbe anzutreten.«

In dieser Nacht schlief Rowarn völlig ruhig und traumlos, und er erwachte erholt am nächsten Morgen. Mit seinem Kopf war alles wieder in Ordnung und er konnte den Verband abnehmen. Die Wunde hatte sich geschlossen und war nur noch berührungsempfindlich.

Aber der Rest seines Körpers! Jeder einzelne Muskel tat ihm weh, und er quälte sich jammernd und wehklagend aus dem Bett. *So wird es von nun an sein, bis mein Körper sich an Strapazen gewöhnt hat,* dachte er. *Dies ist erst der Anfang.*

Er humpelte bis zum See und warf sich hinein. Nach dem Regen gestern war das Wasser eiskalt, aber das tat ihm nur gut. Zuerst träge, dann zusehends zügiger schwamm er quer hindurch, und wieder zurück, und zog weiter seine Bahnen, bis er sich vollends erfrischt und gestärkt fühlte.

Der Himmel zeigte sich wieder von seiner besten Seite. Nur gelegentlich schoben sich bauschige Wolken vor die Sonne und schufen ein Wechselspiel auf dem Erdboden, wo die Schatten dem Licht nachjagten, wiederum vom Licht verfolgt.

Sein letzter Tag in Inniu, denn morgen schon wollte der Fürst abreisen. Was würde Rowarn heute tun? Was erwarteten die Muhmen von ihm?

Aber sie waren gar nicht da, als er tropfnass zurückkam, sondern bereits bei ihrem gewohnten Tagewerk. Schneemond hatte ihm einen Teller mit frischem Nussbrot und Honig hingestellt, dazu einen Krug Wasser mit einem winzigen, betörend duftenden Tropfen Lindennektar. Das, wusste Rowarn, würde ihm wohl am meisten fehlen – der Verzicht auf diese erlesenen Genüsse, die es nur hier gab. Dieser Krug Nektarwasser würde ihn auf Tage hinaus stärken und ihm Gesundheit verleihen. Die Muskelschmerzen waren bald vergessen, und Rowarn brach nach Madin auf, nachdem er alles bis auf den letzten Rest vertilgt und getrunken hatte.

Die Luft war sauber und frisch, das Feuer auf dem Feld an der anderen Seite der Stadt in der Nacht heruntergebrannt und gelöscht. Nach der Trauerzeremonie würde es keine äußeren Spuren der schrecklichen Ereignisse mehr geben.

Das normale Leben war in Madin bereits wieder eingekehrt, die Händler boten ihre Waren feil, Handwerker fertigten Schuhe, Schmuck und Gebrauchsgegenstände. Frauen hielten ihr Schwätzchen, wenn sie sich auf der Straße begegneten, und Kinder liefen spielend durch die Gassen.

Vor und im *Goldenen Baum* wurde eifrig gearbeitet. Daru, dessen linker Arm in einer Schlinge steckte, beaufsichtigte alles und scheuchte die Leute umher. Er nickte Rowarn kurz zu, als er ihn erblickte, beachtete ihn aber nicht weiter. Doch für Rowarn war es mehr, als er je erwartet hätte.

Es war ein merkwürdiges Gefühl, plötzlich so frei zu sein. Er brauchte sich keine Gedanken mehr zu machen, was die anderen über ihn dachten, und er musste sich auch nicht unsichtbar stellen, um Ärger zu vermeiden. Der Kampf gegen die Grimwari hatte alles verändert.

Und nicht nur für ihn, wie er bald darauf verwirrt feststellte, als er Rayem begegnete. Er hätte ihn beinahe nicht wiedererkannt. Dies war nicht der aggressive, nörgelnde Bruder von Anini, grobschlächtig und stumpf, mit dem er in der Kindheit nicht selten gerauft hatte. Sein Schritt war federnd, seine Augen hatten Glanz gewonnen, und er nahm seine Umgebung aufmerksam wahr. Er trug auch nicht mehr die üblichen schlampigen Sachen und die ewig blutige Schürze.

»Tag, Rowarn«, sagte er und deutete mit dem Daumen über seine Schulter. »Der Fürst sitzt hinten in der Nische. Ein Bier?«

»Ja, danke«, erwiderte Rowarn verdutzt. Das war überhaupt noch nie vorgekommen.

Rayem verschwand hinter dem Tresen, wo seine Mutter Hallim stand und Bier zapfte. Auch sie war völlig verändert. Einige Zeit hatte es so ausgesehen, als würde sie den Tod von Anini nicht lange überleben, aber nun war sie wie ausgewechselt. Sie lächelte und winkte Rowarn zu.

»Nun, junger Freund, dein Gesicht verrät einiges Staunen!«, bemerkte Olrig, als Rowarn an den Tisch trat, wo der Fürst, der Zwerg, Morwen und noch ein oder zwei von der Schar saßen. Morwen zwinkerte kurz, wandte sich dann aber wieder den Soldaten zu. Olrig lächelte Rowarn an, rückte ein wenig zur Seite und wies einladend auf den geschaffenen Platz zwischen sich und Noïrun.

»Alles hat sich verändert«, entgegnete Rowarn, während er sich setzte und sein Bier von Rayem in Empfang nahm. »Ich erkenne nichts mehr wieder.«

»Ja, es hat einiges bewirkt«, stimmte der Kriegskönig zu. »Eigenartig, nicht wahr? So furchtbare, grausame Geschöpfe haben etwas zum Guten gewendet und die Menschen darauf aufmerksam gemacht, dass mehr in ihnen steckt und jeder Tag es wert ist, aufmerksam begangen zu werden.« Er stieß mit Rowarn an. »Umso mehr bewundere ich dich für deine mutige Entscheidung gestern, für Grimwar einzustehen. Du hast da etwas erkannt, was viele Weise manchmal nie herausfinden.«

»Sie sind anders als wir«, murmelte Rowarn. »Für Grimwar war es keine grausame Handlung, sondern etwas, das zu seinem Leben gehörte. Viele Alte Völker haben so oder ähnlich gelebt, bevor die Menschen und auch die Zwerge auftraten. Sie sehen die Dinge anders als wir, sie bewerten sie anders, und sie … denken anders als wir.«

»Die Lehren deiner Muhmen sind auf fruchtbaren Boden gefallen«, bemerkte Olrig anerkennend.

»Das haben wir bereits bei unserer ersten Begegnung festgestellt«, sprach der Fürst, der bis dahin schweigend dagesessen hatte. Er wandte sich Rowarn zu. »Wie geht es dir?«

»Ausgezeichnet, Herr«, konnte Rowarn ehrlich antworten. »Die Heilkünste meiner ehrenwerten Mutter sind unübertrefflich. Wann werden wir morgen aufbrechen?«

»Du bist also weiterhin fest entschlossen?«

»Ja, Herr, wenn Ihr mich noch wollt.«

Noïrun lächelte. »Was für eine Frage. Aber sag mir, junger Rowarn, was genau ist der Grund für diese Entscheidung?«

»Wir hatten einen Handel vereinbart«, meinte Rowarn verunsichert.

»Von dem ich dich gestern entbunden habe, was du sehr wohl begriffen hast. Also weiche mir nicht aus.«

»Es sind eine Menge Gründe, edler Herr. Und hier gehöre ich nicht mehr her. Ich will Euch folgen. Ich will wissen, was da draußen geschieht. Und … ich will nach meinen Eltern suchen.«

»Das sollte uns genügen, meinst du nicht, Noïrun?«, mischte sich Olrig ein.

Über den nach wie vor brennenden Wunsch nach Rache wollte Rowarn jetzt nicht reden, so wie gestern nicht mit seinen Muhmen. Denn dies war trotz allem sein hauptsächlicher Beweggrund: Den Dämon Nachtfeuer zu finden und zu töten.

Der Fürst verzog keine Miene. Rowarn war sicher, dass er seine Zweifel hatte, doch er akzeptierte. »Du wirst mir dienen«, sagte Noïrun ernst, »als mein Knappe. Und ich werde dich im Kriegshandwerk ausbilden. Du hast gestern gezeigt, dass du Mut und Talent dafür hast, und wir können jede Verstärkung brauchen. Wenn es an der Zeit ist, wirst du dich entscheiden, ob du in die Dienste von Ardig

Hall treten willst. Deinen Eid wirst du dem Heermeister leisten und daran gebunden sein, bis dieser Krieg um den verlorenen Splitter beendet ist. Es wird eine lange Reise, und wahrscheinlich wirst du deine Entscheidung oft bereuen.«

»Nein«, widersprach Rowarn nachdrücklich. »Das werde ich nicht. Ich bin nicht wankelmütig, und ich stehe zu dem, was ich wähle. Und ich stehe treu zu Euch und Olrig, Herr, nichts anderes wünsche ich mir.«

Der Zwerg brummte in seinen Bart: »Wohl gesprochen.«

»Vertrauen gegen Vertrauen.« Fürst Noïrun hielt ihm die Hand hin. »Sei willkommen in meiner Schar und an meiner Seite.«

Den Rest des Tages nahm Olrig Rowarn unter seine Fittiche und klärte ihn über seine Pflichten auf. Rowarn war auch dabei, als der Fürst die neuen Rekruten aufstellen ließ und jeden genau anschaute und befragte. Er nahm nicht alle, einige schickte er wieder fort.

Rowarn war verblüfft, als er plötzlich Rayem in der Reihe entdeckte. »Was denn ...«, begann er.

»Gestern ist irgendwas mit mir passiert«, brummte Aninis Bruder. »Meine Sachen passen mir nicht mehr, und ich habe keine Lust, noch länger Hühner zu erwürgen und Federn zu rupfen. Das ist alles nur deine Schuld!«

»Wessen auch sonst.« Rowarn grinste. »Du weißt hoffentlich, worauf du dich einlässt?«

»Ich bleibe so lange dabei, bis der Fürst sich endlich meinen Namen merkt«, sagte Rayem störrisch.

»Und was ist mit deinen Eltern? Werden sie nicht sehr traurig sein, auch das zweite Kind zu verlieren? Immerhin solltest du das Gasthaus erben.«

»Die schaffen das auch ohne mich, und soweit ich weiß, laufen noch ein oder zwei jüngere Halbbrüder von mir in Madin herum, die sozusagen zur Familie gehören.«

Rowarn pfiff leise. Natürlich hatte er solche Gerüchte über Rayems Vater gehört. Diese Art Geschwätz drang stets noch bis in die entferntesten und abgelegensten Winkel vor, ungehindert und unaufhaltsam wie der Steuereintreiber des Stadtrats von Madin. »Es stimmt also doch ...«

»Klar.« Rayem zeigte die Zähne. »Wie auch immer, ich glaube, sie sind sogar ein bisschen stolz auf mich. Der Fürst hat ihnen gestern ziemlich imponiert. Na ja, vorausgesetzt natürlich, dass er mich nimmt.«

»Das wird er, keine Sorge«, ertönte Olrigs Stimme, der gerade hinzukam. »Kräftige, gesunde junge Kerle wie dich können wir immer brauchen, solange sie willig und gehorsam sind. Und wenn du mit dem Schwert so umgehen kannst wie mit der Sense, wirst du den Feind das Fürchten lehren.«

Was für ein interessanter Tag, dachte Rowarn vergnügt bei sich.

»Geh besser nicht zu spät nach Hause«, sagte Morwen in diesem Augenblick hinter Rowarn. »Du wirst sehr lange nicht mehr zurückkehren, und nichts ist schlimmer als ein unvollendeter Abschied.«

Das machte es nicht leichter, und Rowarn befand sich vollends im Zwiespalt seiner Gefühle. »Ja. Ein paar Sachen muss ich auch noch packen. Das heißt, wenn ich gehen darf, Herr Olrig.«

»Natürlich, wir sind so weit fertig. Morgen holen wir dich ab.« Der Zwergenkönig nickte ihm kurz zu und wandte sich dann wieder an die Rekruten.

Die junge Frau hielt plötzlich Rowarns Arm fest, und er spürte den festen Griff ihrer kräftigen Finger. Sie trat dicht an ihn heran und sagte leise: »Du stehst immer einen Schritt seitlich hinter dem Fürsten, niemals als Gleichgestellter neben ihm, das ist die erste wichtige Regel.«

»Verstanden«, erwiderte er.

»Auf der *rechten* Seite. Merke dir das gut! Noïrun ist Rechtshänder, diese Seite muss nicht geschützt werden. Der Ehrenplatz ist deshalb an seiner linken Seite, wo immer Olrig neben ihm steht. Und wenn *ich* dabei bin, gibt es noch eine zweite Regel: Du stehst einen Schritt seitlich hinter *mir*, und zwar rechts von mir.« Ihre Stimme nahm einen eindringlichen und scharfen Tonfall an. Rowarn hatte richtig vermutet, dass sie auch sehr energisch werden konnte.

»Egal, wie viele Vertraute und Befehlshaber um ihn sind«, fuhr Morwen fort, »dein Platz ist immer an der letzten Stelle rechts, einen Schritt dahinter. Wenn du das beherzigst, kommen wir uns nicht ins Gehege, und du wirst auch mit den anderen keinen Ärger kriegen. Ansonsten wird es nicht nur in der üblichen Weise schwer für dich, Kleiner. Sondern *sehr* schwer. Auch wenn du des Fürsten persönlicher Knappe sein magst, oder eigentlich gerade deswegen, musst du dir unsere Anerkennung erst verdienen. Vor allem die der Garde, zu der auch ich gehöre – was eine große Ehre für uns ist, für die wir hart gearbeitet und gekämpft haben!«

»Glaubst du, ich will dir deinen Rang streitig machen, von dem ich bisher überhaupt keine Ahnung hatte, von allem anderen mal ganz abgesehen?«, gab sich Rowarn mutiger, als er in diesem Moment war.

»Ich glaube gar nichts«, sagte Morwen kühl. »Ich wollte dir nur helfen. Denn gestern waren wir beinahe Freunde, und in Erinnerung daran warne ich dich: Dass du jetzt bei uns bist, ändert alles. Und von Rang kann bei dir keine Rede sein, du hast keinen. Du fängst ganz unten an, genau wie die Rekruten, nur mit dem Unterschied, dass du vom Fürsten persönlich gefördert wirst und damit unter ständiger Beobachtung stehst. Also mach besser keine Fehler.«

Rowarn schluckte. »Verstanden«, wiederholte er.

»Gut.« Sie ließ ihn los. »Bis morgen.« Brüsk drehte sie sich um und ließ ihn stehen.

Dies waren also die letzten Stunden in Freiheit. Rowarn stromerte durch die Gassen von Madin, und dann langsam über die allmählich trocknenden Wiesen, durch den Wald und am See vorbei nach Weideling. Im Stillen nahm er Abschied von allem, in melancholischer Vorfreude auf das, was vor ihm liegen mochte.

Er genoss dieses schmerzliche Gefühl, das sein Herz in zwei Teile zu zerreißen schien. Er dehnte es aus, indem er möglichst lange an seinen Lieblingsplätzen verweilte und sich in Gedanken an seinen Erinnerungen ergötzte.

Als er an der Königsweide eintraf, machte sich die Sonne bereits auf den Weg hinter den Horizont und seine Muhmen waren zu Hause.

Schneemond hatte alle Lieblingsspeisen zubereitet, die zu dieser Jahreszeit schon möglich waren – eine scharfe Wurzel-Kräutersuppe mit kandiertem Ingwer und Süßgemüse, dazu Würzfladen mit aromatischem Herbstsirup und noch vieles mehr. Rowarn hatte geglaubt, nichts hinunterbringen zu können, aber diesen lockend duftenden Versuchungen konnte er nicht widerstehen.

Während er voller Genuss zugriff, erzählte er von seinem Tag, und unter Gelächter auch von Rayem. Die launige Stimmung des Nachmittags setzte sich fort, und sie redeten viel, lachten und waren manchmal auch schwermütig. Es war ein langer Abschied. Schließlich ging Rowarn satt, mit gleichermaßen vollem Magen wie Kopf, zu Bett.

Er schlummerte schon eine Weile, als ihn plötzlich ein leises Klappern störte und seinen Traum durcheinanderbrachte. Also entschloss er sich, aufzuwachen. Und lauschte in die Dunkelheit.

Da war es wieder, ein feines Knistern und Trommeln ... am Fenster! Rowarn spürte, wie sich sein Herzschlag beschleunigte. Er verließ das Bett und schlich zum Fenster. Wieder dieses Prasseln – und nun wusste er es genau: Kieselsteinchen. Jemand wollte seine Aufmerksamkeit erregen, aber keinesfalls die der Velerii!

Niemand, der Böses im Sinn hatte, würde sich auf diese Weise anmelden. Außerdem war Weideling gegen solche Angriffe geschützt. Rowarn öffnete das Fenster und schaute hinaus, als ein Kieselhagel auf ihn niederprasselte.

»Autsch, verdammt!«, fluchte er. Er schüttelte die Haare mit den Händen aus und wischte sich die Stirn.

»Sch-scht!«, zischte es zurück. »Willst du deine Eltern aufwecken?«

Rowarn blinzelte und rieb sich die immer noch schlafmüden Augen. Zwei Gestalten standen draußen im Blättervorhang, von vereinzelten Strahlen der wachsenden Mondsichel angeleuchtet. Rubin, die Tochter des Köhlers, und Malani, die Tochter des Fischers.

Die beiden Mädchen winkten ihn eifrig zu sich. Rowarn biss sich auf die Unterlippe. Was konnten sie von ihm wollen – zu dieser Stunde, und alle beide? Sie gestikulierten und formten lautlose Worte, ohne einen Schritt näher zu kommen. Er konnte es nur herausfinden, indem er nach draußen ging. Nach kurzem Zögern öffnete Rowarn die Fensterflügel weit, zog sich rasch Hemd und Hose über, schlüpfte in die halblangen, weichen Lederstiefel und sprang hinaus.

Die beiden Mädchen erwarteten ihn hinter dem Laubvorhang, mit den Schatten verschmolzen und für die meisten erst aus unmittelbarer Nähe erkennbar; aber Rowarn fand sie problemlos.

Die üppige, langmähnige Rubin mit den prächtigen Hüften, auf die sie ihre Hände stemmte, und die langbeinige, fast knabenhafte Malani mit den vollen Lippen und den Katzenaugen. Rowarn starrte sie an. »Was tut ihr denn hier?«, flüsterte er.

»Stimmt es, dass du fortgehst?«, fragte Malani.

Sie blickten ihn beide geradezu herausfordernd an.

Rowarn spürte seine Kehle eng werden. »Ja«, gestand er ohne Umschweife. Mehr hätte er sowieso nicht herausgebracht.

»Und wie lange?«, forschte Malani weiter.

»Ich weiß es nicht.« Rowarn wand sich. Er wusste, er konnte ihnen nichts vormachen. »Wahrscheinlich Jahre.«

Langsam fragte Rubin: »Das heißt, du kehrst möglicherweise ... nie mehr wieder?«

Rowarn fühlte sich auf einmal elend. »Ich weiß es wirklich nicht. Es wird ...«

»Gefährlich?« Rubin holte Luft für eine Rede. Wenn sie erst mal in Fahrt gekommen war, war sie kaum mehr zu bremsen. Geschweige denn, dass sie irgendeine Unterbrechung oder Widerspruch zuließ. »*Natürlich* ist es gefährlich, warum sonst sollte ein junger Kerl, der das beste Leben der Welt führt, einfach abhauen! Aber hast du dir schon überlegt, dass so eine Hals-über-Kopf-Geschichte dein Leben verdammt kurz machen kann? Willst du das? Nein, das sehe ich dir doch an. Dann bleib hier!«

»Das geht nicht. Ich muss fort.«

»Du *musst?* Warum?«

»Eine … persönliche Sache.«

»Ach ja?« Malani stellte sich vor ihn. »Dann erlaube uns, dir dazu eine *persönliche* Frage zu stellen.«

Rowarn schluckte hörbar. »Natürlich.«

»Schön.« Malani und Rubin wechselten Blicke. Die Fischerstochter fuhr fort: »Stimmt es, dass du mit Anini zusammen warst, in der Nacht, als sie starb? Und ich meine unzweideutig *zusammen.*«

Er wünschte sich, er hätte das Fenster nicht geöffnet. Er wünschte sich, er würde noch schlafen, tief und fest und unschuldig. »Ich … ich …«, fing er stotternd an, um Zeit zu schinden, auf der verzweifelten Suche nach einem Ausweg.

Doch da hatten sie ihm beide schon links und rechts jeweils eine schallende Ohrfeige verpasst. Er wagte ein leises »Au«, aber nicht mehr, und erst recht keine Bewegung.

»Mach uns nichts vor!«, zischte Malani. »Das Mondlicht ist für einen wie dich ausreichend, bei deiner hellen Haut kannst du nichts verbergen: Du bist rot wie ein Flusskrebs im heißen Wasser!«

Von den Ohrfeigen, dachte Rowarn verzweifelt, obwohl er genau wusste, dass das nur zum Teil stimmte, und er fürchtete sich vor den nächsten Backpfeifen.

»Mit diesem rothaarigen eitlen Stadthuhn!«, fauchte Rubin. »Dass du dich nicht schämst!«

Das allerdings tat er nicht im Geringsten. »Hört mal, ich …«, fing er an, kam jedoch wieder nicht weiter.

»Und jetzt willst du ohne Abschied verschwinden, vielleicht für immer, einfach so?«, schnappte Malani. »Nachdem wir alle miteinander aufgewachsen sind, du oft bei uns zu Gast warst? Sind wir denn keine Freunde?«

Er zog die Schultern hoch und versuchte, seinen Kopf dazwischen zu verstecken. »Das sind wir«, sagte er tief beschämt. »Bitte verzeiht …«

Malani winkte ab. »Spar dir das, damit ist uns nicht gedient.«

Verblüfft riss Rowarn die Augen auf. Worauf wollten sie nur hinaus? »Aber …« Doch in dieser Nacht sollte er wohl überhaupt keinen Satz mehr beenden.

Rubin bohrte ihren Zeigefinger in seine Brust. »So leicht kommst du uns nicht davon!«

Rowarn wurde blass. Er beschloss, alles mit sich geschehen zu lassen. Eine Wahl blieb ihm ohnehin nicht. So oder so machte er sich wahrscheinlich zum Gespött.

Jede von ihnen griff ohne weitere Erklärungen nach einer Hand, und sie zogen ihn mit sich, hinaus ins freie Land, auf der Nordseite den Hügel hinunter.

Nach ein paar zögernden, furchtsamen Schritten sah Rowarn, dass sie auf den lieblichen kleinen Weiher in der Senke unten zuhielten, direkt am nördlichen Ausläufer des Waldes. Ein Platz, an dem sie schon als Kinder am liebsten gespielt hatten. Endlich begriff er. Das Herz schlug ihm auf einmal bis zum Hals, und er ließ sich von nun an willig und in aufkeimender Vorfreude führen.

Am nächsten Morgen lag neue Kleidung vor Rowarns Tür: dunkelblaue Hosen, fast kniehohe Schnürstiefel, ein Gürtel mit Befestigungsmöglichkeiten für kleine Beutel und Waffen, ein graues Schnürhemd, ein blaugraues Wams und ein schwarzblauer Umhang mit Kapuze, der vorn von einer silbernen Schließe mit dem stilisierten Abbild eines Velerii geschlossen wurde.

Rowarns Herz wurde schwer und traurig, als er die Sachen anlegte. Sie passten perfekt, und er erkannte sich selbst kaum wieder, als er sich im Spiegel musterte. Er drehte sich um und betrachtete ein letztes Mal sein Zimmer, in dem sich im Lauf der Jahre eine Menge Dinge angesammelt hatten, die er als Kind gehortet und nie aussortiert hatte. Jedes einzelne Stück barg eine Erinnerung.

Kurz entschlossen öffnete er die Tür und trat in den Wohnraum, wo seine Eltern bereits mit dem Morgenmahl auf ihn warteten.

»Guten Morgen«, sagte er scheu, als sie aufblickten. »Die … Sachen sind wunderschön. Vielen Dank …«

»Ich hatte sie ursprünglich für nächstes Jahr zu deinem einundzwanzigsten Geburtstag geplant«, erklärte Schneemond. »Nun ist der Moment eben etwas früher gekommen.«

»Es ist immer ein besonderer Augenblick, wenn ein Fohlen selbstständig wird«, sagte Schattenläufer fast feierlich.

Sie nahmen die Mahlzeit in ausgeglichener Laune und lebhafter Unterhaltung zu sich. Der Abschied war bereits vollendet, es gab nichts mehr zu sagen.

Als der Fürst und der Kriegskönig eintrafen, war Rowarn bereit für die Abreise. Schattenläufer hatte ihm Windstürmer geschenkt, einen starken, lebhaften jungen Falben mit Stehmähne und schwarzem Aalstrich, den der junge Nauraka mit aufgezogen und ausgebildet hatte.

»Grüße aus Madin«, sagte Olrig. »Man war sehr erleichtert über unseren Aufbruch und bedauerte daher ganz besonders laut unsere Abreise, und natürlich auch deine, Rowarn. Wenn du bereit bist, lass uns losreiten. Die Schar erwartet uns bereits an der Wegkreuzung.«

Rowarn nickte. Er schwang sich auf Windstürmer, und Olrig fragte verdutzt: »Kein Sattel, kein Zaumzeug?«

»Wozu sollte das gut sein?«, gab Rowarn erstaunt zurück. Normalerweise ritt er auf dem blanken Rücken, aber bei der weiten Reise brauchte er noch Ausrüstung. Deswegen war eine Schabracke mit einem Riemen befestigt, an dem außerdem eine Schlafdecke, Ersatzkleidung und ein kleiner Beutel mit Vorräten und Heilmitteln hingen.

Die Velerii amüsierten sich über den verdutzten Zwerg, der schließlich einsah, dass jemand, der bei Pferdmenschen aufgewachsen war, wahrscheinlich seit dem zartesten Alter auf einem Pferderücken ausharren konnte und den Umgang mit den Tieren beherrschte.

Sie winkten zum Abschied, und dann ging es schon los. Rowarn blickte nicht zurück.

Olrig, der an Rowarns Seite ritt, musterte ihn kritisch. »Du siehst reichlich übernächtigt aus, Baumäffchen.«

»Könnt Ihr Euch vorstellen, dass ich keine besonders gute Nacht hatte?«, meinte Rowarn.

»Sieht mir eher nach einer viel zu guten Nacht aus, die jede Menge Kräfte erforderte«, bemerkte Olrig und lachte brüllend über Rowarns verlegenes Gesicht. »Recht so, mein Junge, immer das Beste draus machen und den Abschied so leicht wie möglich.«

So leicht war es gar nicht gewesen. Die Mädchen hatten geweint, als er bei nahender Dämmerung plötzlich erschrocken aufgesprungen war. Da blieb nur noch Zeit für eine letzte, hastige Umarmung und ein tröstendes Wort. Aber was sollte er auch viel sagen? Sie mussten sich trennen, er konnte nicht bleiben. Sie rannten mit ihm bis zum letzten Hügel vor Weideling, und dort hatten sie noch lange gestanden und ihm nachgewunken, bis er den Laubvorhang schon fast erreicht hatte.

Obwohl er es nicht wollte, hatte er sich noch einmal umgedreht, und es hatte ihm fast das Herz zerrissen, ihre schmalen Silhouetten gegen den ersten Morgendämmer zu sehen, wie ängstliche Kinder Hand in Hand.

»Gibt es denn einen leichten Abschied?«, fragte Rowarn.

»Natürlich nicht. Sonst würde man sich gar nicht erst verabschieden«, meinte Olrig gutmütig.

Rowarn nickte. An Madin verschwendete er bereits keinen Gedanken mehr. »Und für wen ist es leichter?«

»Für den, der geht, gewiss. Auf ihn wartet Veränderung. Wer zurückbleibt, findet überall nur Lücken im Vertrauten, die er schwer auffüllen kann.«

Noïrun zügelte seinen Hengst und kam an die andere Seite von Rowarn. »Hatten deine Muhmen eigentlich auch eigene Kinder?«

»Nicht hier in Inniu«, antwortete er. »Aber sie erzählten mir, dass sie früher einige Fohlen aufgezogen hätten, zu denen sie keinen Kontakt mehr haben. Es ist bei den Velerii nicht üblich, Familienbande allzu eng zu halten, sobald der Nachwuchs erwachsen ist.«

»Vielleicht werden sie die Lücke, die du hinterlässt, trotzdem auffüllen wollen«, meinte der Fürst nachdenklich.

»Sprichst du da von Rowarns oder deiner Familie?«, meinte Olrig boshaft.

»Nicht so wichtig«, winkte Noïrun ab. »Lasst uns etwas Geschwindigkeit zulegen, die Schar wartet.«

8.

Der erste Pfad

Kurze Zeit später erreichten sie die Hauptkreuzung, von der aus ein Karrenweg Richtung Fûr Garí, dem kalten Gebirge, führte.

Auf einem kahlen Feld wartete die Schar – und viele Rekruten. Die meisten waren zu Fuß, aber einige hatten wie Rowarn ein Pferd dabei. Am Rande des Trupps entdeckte Rowarn Rayem, auf einem plumpen Karrengaul. Der Wirtssohn war kein besonders guter Reiter, ihm fehlte die Übung. Aber vermutlich war er auf diese Weise immer noch besser unterwegs als zu Fuß.

»Wie viele sind es?«, fragte Rowarn staunend.

»Einhundertfünfzig«, antwortete Olrig stolz. »Kein schlechtes Ergebnis, was? Etwa zwanzig davon sind Frauen, talentiert im Bogenschießen, mit den Messern oder als Späher.«

»Mal sehen, wie viele am Ende übrig bleiben«, brummte der Fürst.

»Gib ihnen ein wenig Zeit«, meinte der Kriegskönig. »Ich glaube, sie werden sich alle gut entwickeln, aber das geht nicht von heute auf morgen.«

»Wir haben keine Zeit, mein Freund, und das weißt du genau«, erwiderte Noïrun. Er warf einen prüfenden Blick zum Himmel. »Sonniges, klares Wetter, frische Luft, ein gut befestigter Weg. Das ist leicht genug für den Beginn. Außerdem werden die Tage schon länger, wir können noch gut acht Stunden unterwegs sein. Eine ordentliche Tagesstrecke ist da zu schaffen.«

Rowarn verspürte Mitleid mit den Rekruten, die kein Pferd hatten. Sie würden wahrscheinlich bald jeden Fluch ausstoßen, den sie kannten.

Sie erreichten die Schar, und Rowarn fing einen Blick von Morwen auf, der spöttisch und mitleidig zugleich wirkte. Verunsichert zog er die Schultern hoch. Was hatte das zu bedeuten?

Fürst Noïrun lenkte den Kupferfuchs in die Mitte des Rekrutenhaufens und richtete sich leicht auf. »Könnt ihr mich alle gut verstehen?«, fragte er in die Runde, und allgemeine Zustimmung folgte. Rowarn stellte sich auf Windstürmer so nahe wie möglich an den Rand. Rayem hatte Mühe, seinen Gaul still zu halten, der ständig auf die Wiese nebenan laufen wollte, um dort zu fressen.

»Dann hört mir jetzt zu, denn ich sage dies nur einmal!«, fuhr der Fürst mit weit tragender Stimme fort. Eine derartige Ansprache hielt er nicht zum ersten Mal.

»Ich danke euch, dass ihr euch freiwillig und so zahlreich gemeldet habt«, begann er seine Rede. »Ihr habt euch einer großen Sache verpflichtet, die nicht nur über das Schicksal von Valia, sondern über ganz Waldsee entscheiden wird. Deshalb möchte ich jeden warnen, der sich nur aus Abenteuerlust angeschlossen hat, ohne richtig nachzudenken. Es wird meine einzige Warnung bleiben.«

Der Fürst ließ seine Blicke schweifen, bevor er mit strenger Stimme fortfuhr: »Dies ist kein Spiel oder Spaß und auch keine Gelegenheit, der elterlichen Zucht oder einer unliebsamen Heirat zu entkommen! Mit diesem Schritt lasst ihr eure Vergangenheit hinter euch. Wer von euch wegen eines Vergehens auf der Flucht ist, dem sei hiermit verziehen. Er ist frei von Schuld, solange er unserer Sache treu und aufrichtig dient, Befehle willig befolgt und sich ganz in den Dienst Ardig Halls stellt. Ihr seid von jetzt an Soldaten und zur Treue verpflichtet.

Wer seine Entscheidung ohne den nötigen, heiligen Ernst getroffen hat, sollte dies besser hier und jetzt noch einmal überdenken und in Frieden den Kreis verlassen. Wenn wir aufgebrochen sind, wird jedes Verlassen der Einheit ohne besondere Erlaubnis als Fahnenflucht geahndet und mit dem Tode bestraft. Wer bleibt, hat keine Wahl mehr. Er marschiert, wohin es ihm befohlen wird, und er wird erst anhalten, wenn man es ihm sagt.

Ich dulde kein irgendwie geartetes Verhältnis, mit Ausnahme der soldatischen Kameradschaft. Das bedeutet, sollte sich hier bereits ein Liebespaar befinden, das sich gemeinsam ins große Abenteuer stürzen will, wird es sich damit abfinden müssen, ab sofort getrennt voneinander zu schlafen und zu essen. Geteilt wird nichts außer Kampf und Leid. Ihr verpflichtet euch, füreinander da zu sein, aber ihr werdet euch nicht für einen anderen aus Edelmut aufgeben, denn wenn ihr beide sterbt, wäre das Verschwendung kostbaren Materials. Habt ihr mich bis hierher verstanden?«

Schweigen folgte.

»Der Fürst hat euch nicht gehört!«, brüllte Olrig so laut, dass die meisten erschrocken zusammenzuckten und hastig ein »Ja!« murmelten.

Aber dem Kriegskönig genügte das noch lange nicht. »Ihr verlotterter Sauhaufen!«, schrie er wütend. »Ihr habt überhaupt nichts kapiert! Hier spricht Fürst Noïrun zu euch, euer Befehlshaber, also *was?*«

»Ja, Herr!«, entfuhr es Rowarn, bevor er recht nachgedacht hatte. Er blinzelte erschrocken über sich selbst, während fast alle anderen, bis auf unbelehrbar langsam Denkende, sofort einfielen und ebenfalls »Ja, Herr!« schmetterten.

Damit gab sich der Fürst fürs Erste zufrieden. »Nun denn, wer also gehen will, der soll jetzt gehen. Für die anderen gilt: kein Zurück mehr. Auf Gedeih und Verderb für Ardig Hall!«

»Auf Gedeih und Verderb für Ardig Hall!«, wiederholte Olrig und hob den Arm mit der Kriegsaxt. Diesmal fielen alle in den Chor ein.

Danach herrschte für einen langen Moment Stille. Niemand regte sich, keiner verließ den Kreis und gab sich der Schande preis.

Rowarn sah Morwen, die höhnisch grinste, aber immer noch mit demselben mitleidigen Ausdruck in den Augen. Er fühlte ein nervöses Zucken in der Magengrube. Aber um nichts in der Welt wäre er jetzt davongelaufen, obwohl er ahnte, dass er sich wahrscheinlich wie jeder andere Rekrut völlig falsche Vorstellungen von dem machte, worauf er sich eingelassen hatte. Aber andererseits, Morwen und die anderen der Schar hatten bestimmt dasselbe durchgemacht und es auch geschafft. Also wurde nichts Unmögliches verlangt.

Und von nun an nicht mehr frei zu sein, störte Rowarn nicht weiter. Er wollte ohnehin beim Fürsten bleiben, solange es ging.

»Also gut!«, setzte Noïrun seine Rede fort. »Um ein fähiger Soldat zu werden, braucht es Jahre. Diese Zeit haben wir aber nicht. Deswegen werdet ihr mit doppelter Aufmerksamkeit und dreifachem Einsatz allem folgen, was während eurer Ausbildung, die hier und jetzt beginnt, geschieht. Ihr müsst innerhalb kürzester Zeit so gut werden wie jeder Soldat Ardig Halls, und das wird euch alles abverlangen. Deshalb habe ich euch gestern sehr sorgfältig und streng ausgewählt. Der armselige Haufen von euch, der noch übrig ist, kann es schaffen – wenn ihr euch anstrengt und den nötigen Willen aufbringt! Ich weiß, es ist ein hohes Risiko, das ich eingehe, aber ich glaube nun einmal an das Gute im Menschen.«

»Vergesst das nie!«, röhrte Olrig dazwischen. »Der Fürst glaubt an euch. Enttäuscht ihn nicht!«

Weiter ging es: »Sobald wir unser erstes größeres Ziel erreicht haben, erhaltet ihr euren ersten Sold, auch wenn ihr noch nichts dafür getan habt. Aber es soll ein Anreiz sein, damit ihr wisst: Es gibt nichts umsonst. Sobald ihr Soldaten seid, werdet ihr wie jeder andere Gleichrangige besoldet und habt ein gutes Auskommen. Wir sorgen für eure Verpflegung, ein Dach über dem Kopf und Ausrüstung.

Wer sich nun fragt, wovon dies alles bezahlt werden soll: Ardig Hall war reich, und es ist uns gelungen, das meiste Gold in Sicherheit zu bringen, bevor Femris alles besetzte. Und wenn wir das Schloss zurückerobert haben, bekommen wir auch den Rest zurück, denn Femris ist nicht interessiert an diesen weltlichen Dingen, er besitzt selbst genug. Er will nur eines: das Tabernakel in seine finsteren Hände bekommen, und es ist unsere Aufgabe, das zu verhindern.

Deshalb wurdet ihr angeheuert: Um den Splitter zurückzuerobern, den er der sterbenden Königin Ylwa entrissen hat. Das ist seit Beginn der Kriege um das Tabernakel die größte Herausforderung, an der ihr teilnehmen werdet, vergesst das nie!«

Olrig sah sich auffordernd um.

»Wir vergessen es nie!«, rief der Erste, und die anderen wiederholten seine Worte.

»Solange wir unterwegs sind, untersteht ihr meinem Befehl«, fuhr Fürst Noïrun fort. »Ich bin der Herr über Leben und Tod eines jeden von euch. Meine Anordnungen werden weder in Frage gestellt noch kommentiert oder gar diskutiert. Jedes meiner Worte ist Gesetz, deshalb werdet ihr von mir nicht allzu viel hören außer Befehlen. Wenn wir Ardig Hall erreicht haben, werdet ihr dem Heermeister euren Eid leisten. Der Heermeister ist der Oberbefehlshaber des Heeres von Ardig Hall. Stellt keine Fragen über ihn, ihr werdet ihn sehen, wenn es an der Zeit ist.«

Er machte nochmals eine kurze Pause und ließ seinen strengen Blick über die Runde schweifen. »Was unseren Feind betrifft, so ist Femris ein mächtiger Unsterblicher, der seit Jahrhunderten versucht, das Tabernakel in seinen Besitz zu bekommen. Seitdem das Artefakt zerbrochen ist, gewinnt er immer mehr Boden. Drei von sieben Splittern besitzt er bereits. Wenn es ihm gelingt, alle sieben Teile zusammenzusetzen, wird die Finsternis über Waldsee fallen und die Welt zu ihrer Bastion machen. Das darf niemals geschehen!«

Die Stimme des Fürsten nahm einen leidenschaftlichen Klang an, und er hob halb die behandschuhte Faust. »Er ist uns mit seinen Heerscharen dreifach, vielleicht sogar vierfach überlegen, und das Verhältnis wird sich nicht ändern, außer wenn ein Wunder geschieht. Wir haben nun hundertfünfzig von euch gewonnen, doch er hat in derselben Zeit wahrscheinlich vierhundert dazubekommen. Versteht ihr nun, wie wichtig das ist, was wir tun? Wie notwendig die Ernsthaftigkeit ist? Wie bedeutsam der Wille jedes Einzelnen, diese Übermacht durch den Einsatz aller persönlichen Kräfte auszugleichen und besser zu sein als drei von Femris' Kriegern auf einmal?«

Darauf folgte angespanntes Schweigen. Niemand rührte sich mehr, alle starrten den Fürsten gebannt an.

Der riss den Arm ganz in die Höhe. »Und es *kann* uns gelingen, was aussichtslos scheint! Seit einem Jahr halten wir die Stellung und bieten einer gewaltigen Übermacht die Stirn! Femris ist es bis zum heutigen Tag nicht gelungen, mit dem Splitter zu entkommen, und ihr und ich, wir werden im nächsten Schritt dafür sorgen, dass er *mindestens* seine Beute verliert!«

Langsam ließ er den Arm sinken. Über einhundertsiebzig Augenpaare folgten ihm, als der Kupferfuchs sich in Bewegung setzte und seinen Herrn behutsam aus dem Kreis trug. Rowarn wurde erst nach einer Weile bewusst, dass er immer noch den Atem anhielt. Er war völlig aufgewühlt, und der Herzschlag dröhnte ihm in den Ohren.

»Also gut!«, erklang schließlich Olrigs kräftiger Bass. »Und hier sind eure Befehle …«

Rowarn erwartete den Fürsten, der den Hengst auf ihn zulenkte. Er wagte es nicht, etwas zu sagen, obwohl ihm eine Menge auf der Zunge lag.

Verdutzt schaute er auf ein Halfter, das Noïrun ihm hinhielt. »Runter vom Pferd«, befahl er. »Leg ihm das an.«

»Aber das ist er nicht gewohnt …«, wandte er verstört ein, stieg allerdings ab.

»Nun, dann wird er ebenfalls seine Ausbildung zum Kriegspferd beginnen«, versetzte der Fürst ungerührt. »Seine fröhlichen Tage sind gezählt, nun muss er lernen, Kampfgeschrei, Gedränge und Blutgeruch zu ertragen. Und er muss lernen, auf Befehl draufloszustürmen und alles niederzutrampeln, was sich ihm in den Weg stellt, ob es nun eine Waffe trägt oder nicht. Er darf weder zaudern noch scheuen. Gib ihn Olrig, der wird sich seiner annehmen.«

»Und ich?«, fragte Rowarn verblüfft und mit durchaus dümmlichem Gesichtsausdruck.

»Du brauchst ihn jetzt nicht. Nimm dein Gepäck und reihe dich beim übrigen Fußvolk ein.« Noïrun wies in die Ferne, Richtung Südosten. »Siehst du die beiden winzigen Punkte dort hinten, zwischen den Hügeln?«

»Ja, Herr«, antwortete Rowarn. »Dies sind Wegmarkierungen, denn dort verzweigen sich alle Handelsstraßen durch Inniu. Zwei Baumstämme ohne Äste und Blätter, mit zwei großen Öllampen auf der Spitze, die alle fünf Jahre entzündet werden, wenn die Händler aus Valia erwartet werden.«

»Das ist das Ziel unserer heutigen Tagesreise«, sagte Noïrun.

Rowarn wurde schreckensbleich. »Aber … aber … ich war zwar noch nie so weit fort, doch es heißt, dass sie annähernd zwei Tagesreisen entfernt sein sollen!«

»Dann solltest du dich besser beeilen, damit du den Anschluss morgen früh nicht verpasst«, meinte der Fürst gelassen. »In wenigen Tagen will ich im Gebirge sein. Wir haben genug Zeit vertrödelt.« Er wendete den Kupferfuchs und sah Olrig entgegen, der gerade herantrabte.

»Alles geregelt, Noïrun«, sagte der Kriegskönig. »Wir können los, wenn du willst.«

»Ausgezeichnet.« Ohne sich noch einmal umzublicken, trieb der Fürst seinen Hengst an, und bald war von den beiden Männern nur noch eine Staubwolke zu sehen, der bald der gesamte Rest der Schar folgte. Rowarn fing noch einen letzten boshaften Blick von Morwen auf, bevor auch sie davongaloppierte.

Das letzte Staubkörnchen war herniedergesunken. Der letzte Hufschlag verklungen. Eine Lerche stieg jubilierend von der Wiese nebenan auf, und die kreisenden Häher zogen ab, als es nichts mehr von Bedeutung gab, um sich darüber aufzuregen, weil inzwischen wieder Stille herrschte.

Gelähmte Stille.

Irgendwann regte sich jemand. »Das … hat er das ernst gemeint?«

»Wonach sieht's denn aus, Flachkopf? Natürlich hat er das ernst gemeint!« Eine junge Frau fuhr sich durch die Haare und stemmte die Arme in die Seiten. »So also sieht das aus!«

»Besser, wenn wir loslaufen«, bemerkte ein hochgeschossener, magerer Jüngling mit Sommersprossen auf der Nase. »Die Zeit wird sonst viel zu knapp.« Er schulterte seinen Beutel und lief im langsamen Trab los.

Rowarn erhielt einen Stoß in die Seite. »Na, nun bist du tief gefallen, was, Zuckerpüppchen?« Rayem grinste ihn breit an. »Allein dies ist mir das Seitenstechen schon wert, das ich bald kriegen werde. Keine Frage, ich werde wahrscheinlich einer der Letzten sein, die eintreffen. Aber sei gewiss, ich *werde* es. Und sei es auch nur, um zu erleben, wie dreckig es dir bald als Knappe ergeht.«

Der junge Wirtssohn lief los, während Rowarn weiterhin stehen blieb. Er war immer noch fassungslos über das, was soeben vorgefallen war.

Nacheinander setzten sich alle in Bewegung, und bald zeigten sich lauter kleine Staubwölkchen den Weg entlang. Mehr und mehr entwickelte es sich zu einem Wettrennen, denn nun packte jeden der Ehrgeiz, als Erster einzutreffen und dem Fürsten zu imponieren.

Rowarn schüttelte den Kopf und scharrte mit den Füßen im Staub. Keiner von ihnen schien begriffen zu haben, wie schnell sie sein mussten, wenn sie den Weg in acht Stunden schaffen wollten. Wie sie dafür die Kräfte einteilen mussten.

Die anderen waren längst nicht mehr zu sehen, da stand Rowarn immer noch und dachte nach. Eine Prüfung also. Jeder Tag würde nun so verlaufen. Natürlich verspürte auch Rowarn den brennenden Wunsch, den Fürsten zu beeindrucken, ihm zu zeigen, dass er sich nicht so schnell unterkriegen ließ. Dass er jede Herausforderung und jedes Vertrauen wert war.

Aber darum ging es jetzt nicht, das war nur persönliche Eitelkeit, die den Fürsten nicht im mindesten interessierte. Er hatte gesagt, dass er eine Ausbildung von Jahren in wenigen Wochen durchpeitschen musste. Verzweiflung trieb ihn also an, und die Hoffnung, dass es ein hinreichender Anteil der Rekruten schließlich doch schaffen würde.

Wie sie alle losstürmten, überstand die Hälfte wahrscheinlich nicht einmal den ersten Tag. Es musste also anders gehen. Sie mussten lernen, zuzuhören. Genau das tun, was man ihnen sagte. Den kürzesten, schnellsten und am wenigsten kräfteraubenden Weg dafür finden, um danach bereit zu sein für weitere Aufgaben. Es ging nicht darum, sich großartig darzustellen, schon gar nicht am ersten Tag.

Heute, das begriff Rowarn, kam es dem Fürsten nur darauf an, dass sie überhaupt alle ankamen, egal wann, solange es vor dem Morgengrauen war. Dann hatten sie vielleicht die erste Hürde genommen und begriffen, dass es wirklich kein Spiel war, dass es kein Lob dafür geben würde, oder eine Belohnung, und erst recht keine Ruhepause. Sie waren im Krieg, und auch wenn hier keine unmittelbare Gefahr drohte, so konnte sie schnell auf sie zukommen. Die Grimwari waren vielleicht wirklich nur die Vorhut gewesen.

Also gehen wir es an.

An diesem Punkt seiner Überlegungen angekommen, setzte Rowarn sich langsam in Bewegung, fiel bald in einen gleichmäßigen, leichten Trab, achtete auf seine Atmung und seine Haltung. Schon in der ersten Senke verließ er die Handelsstraße und lief quer über die Wiesen, immer einer bestimmten Richtung folgend.

Der Boden war gut, nicht zu hart und nicht zu weich, denn der letzte Regenfall lag nicht lange zurück, und die Austrocknung war noch nicht vollendet. Federnd ging es dahin, immer in derselben gleichmäßigen Geschwindigkeit, die langsam wirkte, und doch ließ der junge Mann zügig einen Hügel nach dem anderen hinter sich.

Kurz vor dem Mittag erblickte Rowarn von einer Anhöhe aus ungefähr zwanzig Rekruten, die die Handelsstraße entlangliefen. Eine gute halbe Stunde hinter ihnen war der größte Pulk unterwegs; ein paar bildeten vermutlich schon das Schlusslicht und waren mindestens eine Stunde hintendran. Gelassen schlug Rowarn den Weg zur Straße ein und kam kurz vor der Hauptmasse dort an.

Die Läufer, unter ihnen befand sich zu Rowarns Überraschung auch Rayem, wurden langsamer und hielten schließlich verblüfft inne.

»Wie … wie ist das möglich?«, stieß Rayem atemlos hervor. Sein Gesicht war krebsrot, seine muskulöse Brust hob und senkte sich in heftigen Atemstößen, und er war schweißnass. »Du bist doch erst viel später losgelaufen!«

Die anderen umringten ihn mit wütenden Gesichtern. Wenn sie noch Kraft gehabt hätten, hätten sie ihn möglicherweise aus frustriertem Neid geschlagen.

»Zwei Dinge«, antwortete Rowarn, der nicht einmal ansatzweise außer Atem war. »Erstens: Ich habe seit meiner Kindheit meinen Muhmen bei den Pferden geholfen. Ich bin das Laufen gewohnt und weiß, wie es geht. Zweitens: Ich habe nachgedacht und einfach eine Abkürzung genommen. Der Fürst hat nicht gesagt, dass wir die Straße nicht verlassen dürfen. Er sagte nur, wohin wir müssen.«

Nun hob Rayem doch seine geballte Faust. »Du eingebildeter, überheblicher …«

Eine junge Frau hielt seinen Arm fest. Rowarn erkannte sie wieder, kurz vor dem Aufbruch hatte sie einen anderen zurechtgewiesen, der den Befehl des Fürsten für einen Scherz gehalten hatte. »Hirnloser Tropf!«, fuhr sie ihn an. »Er kann uns nützlich sein.« Sie blickte Rowarn fest an. »Ich bin Jelim«, sagte sie.

»Rowarn«, antwortete er.

»Also gut, Rowarn. Du kennst dich hier aus, wie es scheint. Zeig uns, wie es geht.«

Nicht alle waren Jelims Ansicht und liefen einfach weiter. Vier oder fünf entschieden sich für eine Pause, sie konnten nicht mehr. Rayem gehörte zwar zu ihnen, aber er war viel zu wütend, um das zuzugeben.

»Kommt«, forderte Rowarn die Übrigen auf. »Wenn wir uns ranhalten, haben wir die Spitze bald eingeholt.« Ihm war aufgefallen, dass sich hier nur noch wenige Frauen aufhielten. Die meisten waren sicher an der Spitze unterwegs, was ihn nicht weiter verwunderte. Sie waren leichter und hatten ihre Kräfte von Beginn an besser eingeteilt, weil sie keinen Wettkampf mit den anderen bestreiten wollten, sondern nur beweisen, dass sie es schaffen konnten. Dadurch waren sie nach und nach an die Spitze gerückt.

Er trabte los, folgte an der nächsten Kurve nicht der Straße, sondern lief wieder querfeldein durch ein in sanfter Brise wogendes Blütenmeer, umschwirrt von Myriaden Insekten, halb betäubt vom intensiven Blütenduft. Unterwegs gab er Anweisung, wie sie laufen sollten, und nach einer Weile musste sogar Rayem zugeben, dass es besser ging.

Sie orientierten sich von Hügel zu Hügel, und nach einer weiteren halben Stunde hatten sie tatsächlich die Spitze eingeholt. Denen war inzwischen die Kraft ausgegangen, und sie kauerten verschwitzt und staubverschmiert neben der Straße. Sie konnten es kaum fassen, als sie den ganzen Pulk, den sie längst hinter sich gelassen glaubten, plötzlich näher kommen sahen.

Rowarn hielt bei ihnen an, worüber der Rest der Truppe nur allzu dankbar war.

Inzwischen war es Mittag, und die Frühlingssonne brannte kraftvoll herab. Keiner von ihnen hatte Wasser dabei, und sie waren größtenteils bereits bis zum Äußersten erschöpft.

»Wenn ich das geahnt hätte …«, stieß einer hervor. Ein Mädchen kauerte abseits und weinte still vor sich hin.

»Was habt ihr denn erwartet?«, fragte Rowarn in die Runde.

»Es ist der erste Tag!«, rief Rayem. »Jede Abhärtung braucht ihre Zeit.«

»Hast du nicht zugehört?«, fuhr Jelim ihn an. »Wir haben keine Zeit. Unsere Schuld, dass wir uns romantische Vorstellungen von Rittern, Ehre und Krieg gemacht haben!«

Der sommersprossige Junge stieß einen trockenen Laut aus. Wie Rowarn auch war er noch weitgehend munter und hatte bisher an der Spitze gelegen. »Falls wir überhaupt je zum Ritter geschlagen werden. Die meisten von uns sind doch nur als gemeine Soldaten gedacht.«

»Und wenn schon«, sagte Rowarn leise. »Der Soldat ist der dritte Arm des Ritters.«

»Gut gesprochen, Knappe«, spottete Rayem.

Das weinende Mädchen sprang plötzlich auf. »Das ist mir alles egal!«, stieß sie aufgebracht hervor. »Ich habe genug, das lasse ich mir nicht bieten! So geht das nicht. Ich habe nicht alles aufgegeben, um jetzt wie Dreck behandelt zu werden! Ich lasse mir nicht befehlen, nicht so!«

Bevor die anderen etwas einwenden konnten, rannte sie los, auf einen Wald zu; vermutlich, um von dort aus auf stillem, kühlem Pfade zurückzulaufen.

Rowarn hielt Jelim auf, die ihr nachrennen wollte. »Spart eure Kräfte!«, rief er. »Ihr könnt sie nicht aufhalten, wenn sie es nicht will. Und dann seid ihr ganz umsonst vom Weg abgewichen!«

Das Mädchen hatte inzwischen den Wald erreicht und verschwand hinter den ersten Bäumen. Kurz darauf erklang ein lauter Schrei, voller Schmerz und Grauen, und alle zuckten zusammen.

»Wir müssen ihr …«, begann der sommersprossige Jüngling, doch in diesem Moment brach ein Reiter aus dem Wald hervor und galoppierte in voller Geschwindigkeit auf die Rekruten zu. Das schreiende Mädchen hatte er quer vor sich über den Sattel geworfen.

Rowarn erkannte das Wappen. »Einer von der Schar«, flüsterte er.

Der Ritter hatte das Helmvisier geschlossen, als er das Pferd vor der Truppe durchparierte, dass Gras und Erdbrocken davonspritzten. Er warf das Mädchen vom Sattel herunter und stieg ab.

»Lass mich!«, kreischte das Mädchen. »Du hast kein Recht, mich ...« Sie verstummte, als er ihr mit der gepanzerten Faust ins Gesicht schlug. Ihr Kopf ruckte herum, sie taumelte und stürzte ins Gras, wo sie halb ohnmächtig liegenblieb. Ihre getroffene Wange verfärbte sich sofort blau und schwoll an.

Keiner der Rekruten rührte sich. Leichenblass und starr vor Schrecken und Entsetzen glotzten sie den Ritter an, als er das schluchzende Mädchen grob an den Haaren packte und zu ihnen schleifte.

»Der Nächste von euch«, sprach er mit grollender Stimme, »der das versucht, ist tot. Dies hier ist die einzige Warnung, die es gibt, und ihr solltet dankbar dafür sein. Der Feind wäre nicht so gnädig.« Er wies Richtung Südosten. »Beinahe vier Stunden sind vergangen, und ihr habt noch nicht einmal die Hälfte geschafft. Denkt besser darüber nach, anstatt euch im Selbstmitleid zu ertränken, ihr jämmerlichen Waschlappen.«

Ohne ein weiteres Wort zu verlieren, drehte er sich um, stieg auf das Pferd und galoppierte über die Wiese Richtung Wald davon.

Lange Zeit sprach niemand ein Wort. Jelim kniete bei dem Mädchen nieder und tupfte ihr mit einem Tuch notdürftig Blut und Schmutz aus dem misshandelten Gesicht. Das Auge war schon beinahe zugeschwollen, die Lippe aufgeplatzt, und ein Zahn war ausgebrochen.

Immer noch waren alle wie gelähmt. Dann flüsterte der sommersprossige Jüngling: »Sie sind überall ...«

Rowarn, der es endlich schaffte, den trockenen Kloß in seiner Kehle hinunterzuwürgen, nickte. »Genau wie der Feind.«

»Denkst du, er meint es ernst?«, stieß Rayem hervor, dem nunmehr der Angstschweiß auf der Stirn stand.

»Dass der Nächste von uns, der abhaut, stirbt?« Rowarn lachte freudlos. »Natürlich. Du hast gehört, wie dem Gesetz nach mit Fahnenflüchtigen verfahren wird.« Er ging zu dem verletzten Mädchen, griff ihr unter die Achsel und zerrte sie hoch. »Hör endlich auf zu heulen!«, fuhr er sie an. Grob stieß er sie nach vorne. »Los, weiter! Wir haben noch viel zu viel Weg vor uns!«

Er trabte los, ohne weiter auf die anderen zu achten. Nach einer Weile kam Jelim an seine Seite. »Mit Pferden aufgewachsen also«, sagte sie. »Du hast wohl die Hengste gut beobachtet, wie man die Herde beisammen hält, oder?«

»Ja«, sagte er einsilbig.

»Warum tust du das? Ich meine, wir können dir doch völlig egal sein.«

»Du kapierst es nicht, oder? Keiner von euch hat es kapiert. Hier geht es nicht darum, der Beste zu sein, sondern dass so viele wie möglich durchkommen! Der Heermeister von Ardig Hall braucht jeden einzelnen Mann und jede einzelne Frau, die irgendeine Waffe in der Hand halten können und wenigstens eine Schlacht gegen eine dreifache Übermacht durchhalten. Und ich will verdammt sein, wenn wir nicht alle dorthin kommen und denen in Valia zeigen, dass Inniu kein schlafendes Tal ist, über das man sich ungestraft lustig macht!«

»Nicht schlecht«, grinste Jelim. »Das muss ich glatt den anderen erzählen, wird sie bestimmt anspornen.«

Und so liefen sie weiter, Stunde um Stunde. Nachdem sie den Schrecken überwunden hatten, galt es, keine Worte mehr zu verlieren. Endlich hatten sie den Ernst der Lage begriffen.

Nach und nach fiel der Pulk wieder auseinander. Manche suchten abenteuerliche Abkürzungen, andere verringerten die Geschwindigkeit oder wurden im Gegenteil schneller. Rowarn geriet bald ins Mittelfeld, aber das machte ihm nichts aus. Er hatte von Anfang an nicht daran geglaubt, dass diese gewaltige Entfernung in einem Tag zu schaffen war. Doch allmählich fing er sogar an, Hoffnung zu schöpfen.

Die Sonne schickte sich an, hinter die Hügel zu tauchen. Die beiden hohen Bäume waren inzwischen gut in Sichtweite gerückt, und Rowarn wusste, dass er es tatsächlich schaffen würde. Vor ihm waren sicherlich schon über fünfzig der Rekruten eingetroffen, und weitere überholten ihn nahezu ständig, doch er hatte keine Eile. Es war kein Wettrennen, es gab keinen Sieger, man musste nur ankommen. Und wann das war, konnte er inzwischen selbst entscheiden: in frühestens einer halben Stunde, und höchstens in zwei Stunden, wenn es schon dunkel war. Dies war seine ganz persönliche Freiheit, die er noch besaß, und er würde sie ausnutzen. Zumindest würde er nicht am Ende seiner Kräfte ankommen.

Schließlich blieb er stehen und wartete auf den winzigen Punkt hinter ihm auf der Straße, der langsam, stolpernd näher kam.

»Spinnst du?«, keuchte Rayem, als er Rowarn erreicht hatte. »Wieso bleibst du stehen? Willst du unbedingt der Letzte werden?«

»Ich warte auf dich«, sagte Rowarn.

»Wieso das denn?«

»Rayem, du blöder Idiot, wir sind jetzt in einer Truppe. Wir werden irgendwann Seite an Seite in der Schlacht kämpfen. Denkst du nicht, dass es langsam Zeit wird, an die Zukunft zu denken? Wir müssen füreinander da sein. Ich finde es enorm, dass du es überhaupt so weit geschafft hast, obwohl du noch nie in deinem Leben eine solche Strecke gelaufen bist. Ich glaube, vor zwei Tagen bei der Suche nach den Grimwari hast du dich zum ersten Mal überhaupt länger als eine halbe Stunde am Stück bewegt. Wir haben an dem Tag gut zusammengearbeitet, warum sollten wir jetzt damit aufhören?«

»Weil wir uns nicht leiden können, beispielsweise?«

»Du bist wirklich unverbesserlich.« Rowarn packte Rayems Arm, legte ihn sich über die Schultern, und schleppte den Wirtssohn mit sich, mehr tragend als ziehend. Rayem war viel zu erschöpft, um sich zur Wehr zu setzen.

Kurz nach Einbruch der Dunkelheit trafen sie am Lager ein. Ein Feuer brannte, ein Braten drehte sich am Spieß, und Wasser war aus dem Brunnen in der Nähe der Kreuzung geschöpft worden. Die Schar war bereits beim Essen, und für sie gab es auch eine Aufbesserung des Wassers aus Weinschläuchen.

Die Rekruten lagerten irgendwie durcheinander und behandelten ihre wundgelaufenen Füße. Einige hatten nicht einmal Schuhe gehabt, andere hatten die Sohlen durchgelaufen. Sie waren völlig erschöpft und zu kaum einem Wort mehr fähig.

Rowarn setzte Rayem irgendwo ab und machte sich auf den Weg zum Fürsten, den er in dem einzigen Zelt am Platz vermutete. Kurz nach ihm trafen die restlichen Ritter mit den letzten Läufern ein, die unterwegs zusammengebrochen waren. Damit waren es wieder hundertfünfzig, mehr oder weniger am Leben. Rowarn entdeckte auch das Mädchen mit dem geschwollenen Gesicht und nickte ihr zu. Sie lächelte zaghaft und verzerrt, und es bereitete ihr Schmerzen, aber sie wollte sich die Freude nicht verderben lassen, es tatsächlich geschafft zu haben.

»Ah, Rowarn«, begrüßte ihn Olrig, der vor dem Zelt saß und eine Pfeife rauchte. »Geh nur rein, er erwartet dich schon lange.«

Langsam trat er in das Zelt, das gerade Platz für einen Stuhl, einen kleinen Tisch und ein Felllager bot. Am Rand hatte gerade noch eine Reisetruhe Platz. Der Fürst saß am Tisch und schrieb mit kratzender Feder auf ein Stück Pergament. Vor ihm standen ein Pokal aus Metall und ein Weinschlauch in einer klappbaren Holzhalterung.

»Rowarn«, sagte er, ohne aufzusehen. »Bring mir etwas zu essen, versorge die Pferde und säubere dann meine Sachen.«

»Ja, Herr.«

Noïrun blickte nun doch auf. »Du siehst recht munter aus«, stellte er fest.

»Das täuscht, Herr«, erwiderte Rowarn. »Aber der Weg war doch kürzer, als ich dachte. Vielleicht ist man damals von der Geschwindigkeit eines Ochsenkarrens ausgegangen.«

»So wird es sein. Beeil dich, ich habe Hunger und noch viel zu tun. Frag Olrig, ob er auch etwas möchte.«

Rowarn verließ das Zelt, aber Olrig winkte bereits ab. »Ich hab schon gegessen, danke. Aber du könntest auch meine Sachen säubern, sie können es vertragen.«

Rowarn nickte. Er ließ sich zeigen, wo ein Teller zu finden war, belud ihn mit Fleisch, Lagergemüse und frischem Zehrbrot und brachte ihn ins Zelt. Unterwegs knurrte sein Magen, und die Zunge klebte ihm am Gaumen, aber er widerstand jeglicher Versuchung.

Während der Rest der Rekruten endlich essen und trinken durfte, ging er der ihm aufgetragenen Arbeit nach; dies war das Los des Knappen. Aber er wollte sich nicht beklagen, nicht schon am ersten Abend. Er hatte gewusst, dass sein verwöhntes Dasein beendet war, sobald er einen Fuß außerhalb des Machtbereichs von Weideling setzte.

Aber eines hatte er noch vor den Pferden zu erledigen. Und Glück hatte er auch noch, denn Jelim kam gerade aus der Dunkelheit und steuerte auf das Feuer zu, als er sie abpasste.

»Rowarn«, sagte sie überrascht, als er ihr den Weg vertrat. Im nächsten Augenblick lag sie auf dem Boden, umgeworfen von der schallenden Ohrfeige, die er ihr verpasst hatte. Wie ein wütender Racheengel stand er über ihr und drohte ihr mit ausgestrecktem Finger. »Ich mag es nicht, manipuliert zu werden«, stieß er hervor. »Du bist ein Spitzel und gehörst zur Schar! Ich habe genau gezählt, wie viele aufgebrochen sind, und du warst nicht dabei. Du bist erst später dazugekommen!«

Sie rieb sich die Wange. Dann grinste sie breit. »Kluger Junge«, bemerkte sie. »Die meisten kommen erst nach fünf oder sechs Tagen drauf, und du schon nach wenigen Stunden.« Sie streckte die Hand aus. »Jetzt hilf mir auf.«

Unwillkürlich kam er der Aufforderung nach und lag im nächsten Moment selbst auf dem Boden, hilflos in ihrem Schwitzkasten japsend. »Hältst dich für einen ganz Schlauen, was, mein kleiner Grünschnabel? Aber Jelim legt man nicht so leicht aufs Kreuz, und wenn du noch mal die Hand gegen mich erhebst, schlage ich dich grün und blau, versprochen.«

»Verstanden«, ächzte Rowarn. Sie ließ ihn los, und er stand taumelnd auf. »Ich verrate dich nicht, unter einer Bedingung«, sagte er.

Jelim verharrte. »Bist du verrückt? Du kannst mir keine Bedingungen stellen.«

»Ich nehme an, dass du Unruhe stiften sollst, um die Moral der Rekruten zu prüfen. Um sie zusammenwachsen zu lassen, ihre Talente zu sortieren und gleichzeitig die Störenfriede herauszufinden, damit jeder später an den richtigen Platz kommt. Ist es so?«

»Na und?«

»Ich sag's Noïrun nicht, dass du aufgeflogen bist, und auch den anderen nicht, dass du dich auf ihre Kosten amüsierst, und dafür bringst du mir das da bei.« Er deutete auf ihre Arme. »Diesen Schulterwurf und all das. Du musst verdammt gut sein, wenn der Fürst dich für so etwas einsetzt.«

Jelim verharrte einen Moment. Dann lachte sie heiser. »Morwen hat mich vor dir gewarnt, mein Hübscher.« Sie hielt ihm die senkrecht und seitlich erhobene Hand hin, wie zum Armdrücken. »Einverstanden.«

Rowarn zögerte nicht, seine Hand an die ihre zu drücken; diesmal würde er keine böse Überraschung erleben, das wusste er. »Jede Nacht eine Stunde, in Ordnung? Wenn es keiner merkt, also die meisten schon schlafen.«

»Das kriegen wir schon hin. Und jetzt pack dich besser, bevor der Fürst ungeduldig wird. Sonst kommst du heute zu überhaupt keinem Schlaf mehr, und das kannst selbst du nicht lange durchhalten.«

Windstürmer wieherte Rowarn leise zu. Er sah erschöpft und niedergeschlagen aus, und das Halfter hatte deutliche Spuren hinterlassen. Offensichtlich hatte er sich lange Zeit dagegen gewehrt. Nun aber stand er brav angebunden wie alle anderen. Rowarn gab ihm, dem Kupferfuchs und dem Schimmel Wasser, Heu und Hafer und striegelte sie, kratzte die Hufe aus und tastete sie ab. Alle waren in bester Verfassung. Windstürmer stupste seinen Herrn unglücklich an und stieß ein klägliches Geräusch aus.

»Ja, das ist jetzt so«, wisperte Rowarn und streichelte seine Samtnüstern. »Die verspielten Tage sind vorüber, mein Kleiner. Nun stehen wir in Diensten. Aber du schaffst das schon, du bist zäh und kräftig, und ausgeglichen zudem. Dich kann so leicht nichts erschrecken.

Bald wirst du Zaumzeug und Sattel tragen, und das Gewicht einer Rüstung. Ich verlasse mich auf dich.«

Der kleine Falbe prustete in sein Ohr. Dann widmete er sich seiner Mahlzeit.

Kurz vor Mitternacht war Rowarn mit allen Aufgaben fertig, und er ging noch einmal in Noïruns Zelt. Der Fürst arbeitete immer noch im Schein der Fackeln.

»Braucht Ihr noch Wein, Herr?«

»Nein, ich bin ohnehin schon halb betrunken.« Der Fürst legte die Feder ab und presste Daumen und Zeigefinger an die Nasenwurzel. »Hast du gegessen, Rowarn?«

»Irgendwann zwischendurch, Herr.«

»Hol dir noch etwas. Und dann geh schlafen. Wir brechen morgen zur zweiten Stunde des Tages auf. Sei frühzeitig auf, damit du uns das Frühstück bringen kannst und die Pferde vorbereiten. Vor dem Aufbruch hilfst du beim Aufräumen des Lagers und baust mein Zelt ab.«

Rowarn verneigte sich. »Ja, Herr. Gute Nacht.«

Die Rekruten schlummerten schon längst. Um das herunterbrennende Feuer saßen nur noch vier aus der Schar, darunter Jelim. Auch Olrig hatte sich irgendwohin zurückgezogen. Rowarn holte sich den Rest vom Wildbret, einen großen Kanten Brot und einen Krug Wasser. Gierig schlang er alles in sich hinein. Den Hunger konnte er stillen, aber der Durst würde nach diesem Tag wohl nie mehr vergehen, selbst wenn er das Wasser wie ein Pferd eimerweise in sich hineinsoff. Er sehnte sich nach einem Sprung in den See.

Als der Teller leer war, versuchte er Jelim durch Zeichen auf sich aufmerksam zu machen. Schließlich nahm sie ihn wahr, erhob sich und verabschiedete sich von den anderen. Am Rand des Lagers, in tiefer Dunkelheit, ging sie zu Rowarn.

»Irgendwie bist du besonders auffällig in der Nacht«, bemerkte sie. »Man sieht dich sofort.«

»Ich weiß.« Rowarn nahm sich vor, des Nachts zukünftig nur noch mit Umhang und Kapuze unterwegs zu sein.

»Woher kommt das?«

»Weiß nicht. Unwichtig. Können wir anfangen?«

»Jetzt?« Jelims Stimme klang verblüfft. »Es ist stockfinster, bereits Mitternacht, und du kannst dich vor Erschöpfung kaum noch auf den Beinen halten.«

»Das macht nichts. Bitte.«

Jelim gab zögernd nach, aber sie bedachte ihn mit seltsamen Blicken. Doch Rowarn reagierte nicht darauf. Sie brauchte nicht zu wissen, dass er sich ohne Schwierigkeiten in der Dunkelheit zurechtfand.

Eine knappe Stunde später taumelte Rowarn zu Windstürmer, nahm seine Decke und wickelte sich dicht bei seinem Pferd ein.

Jelim war beeindruckt gewesen, wie schnell er lernte, und hatte ihn schonungslos rangenommen. »Was treibt dich an?«, hatte sie ihn am Ende gefragt. »Wieso bist du so ehrgeizig? Als wolltest du gegen einen Dämon antreten …«

»Du hast's erfasst«, brummte Rowarn.

»Wie bitte?«

»Nichts. Ich danke dir. Gute Nacht.«

Windstürmer legte sich ebenfalls hin und schmiegte den Kopf an Rowarns Schulter. Es tat beiden gut, sich gegenseitig zu wärmen und zu trösten, und so schlummerten sie bald tief und fest.

Rowarn hätte sicherlich verschlafen, aber er konnte darauf vertrauen, dass die Pferde pünktlich munter wurden und nach Futter verlangten. Kurz vor dem ersten schwachen Dämmerschein, als der letzte Ruf der Eule erklang, sprang er auf und machte sich an die Arbeit.

Er fühlte sich völlig zerschlagen und so erschöpft, dass er sich zwischendurch übergeben musste. Er war das Laufen zwar einigermaßen gewohnt, aber nicht über so viele Stunden hinweg, und neben all den anderen Pflichten. Doch er ließ sich nicht entmutigen. Er wusste, mit der Zeit würde er sich daran gewöhnen, und dann würde alles leichter.

Falls er so lange überlebte, hieß das.

Morwen tauchte auf, als er versuchte, das Feuer wieder in Gang zu bekommen, und half ihm mit dem Frühstück. Während er mit einem beladenen Tablett zum Zelt des Fürsten schwankte, ging sie durchs Lager und weckte die Rekruten mit Fußtritten. »Auf, ihr Faulpelze! Waschen und Anziehen, dann gibt es Essen! Ein neuer, wundervoller Tag bricht an, mit herrlicher körperlicher Ertüchtigung an der frischen Luft dieses gesunden Tales!«

Noïrun und Olrig waren ebenfalls wach und saßen zusammen in dem kleinen Zelt. »Du siehst furchtbar aus«, bemerkte der Zwerg und nahm Rowarn das Tablett ab. »Sieh zu, dass du ordentlich isst, denn mit Klappergestellen, die der Wind umbläst, ist uns nicht gedient.«

»Die Pferde sind bereit, Herr«, sagte Rowarn zu dem Fürsten. Er zuckte innerlich zusammen, als er plötzlich die grünen Augen auf sich gerichtet fühlte und für einen kurzen Moment glaubte, etwas wie ... Anerkennung darin zu sehen.

»Geh dich waschen und frühstücken«, befahl Noïrun. »Wenn du fertig bist, baue das Zelt ab und mach dich bereit für den Aufbruch.«

Rowarn nickte und verließ das Zelt. So leicht war das nicht mit dem Frühstück. Er hoffte, dass er es bei sich behielt.

Morwen gab ihm einen Teller heißer Suppe und frisches Zehrbrot. »Du bist mir einer«, sagte sie und grinste. »Wir haben bereits Wetten abgeschlossen.«

»Ihr werdet alle verlieren«, brummte er. »Ich tue nur das, was mir aufgetragen wird, kein bisschen mehr.«

Sie hob ihre Brauen. »Sei kein Dummkopf, Rowarn. Er testet deine Grenzen. Er wird immer mehr von dir fordern, bis du nicht mehr kannst.«

»Ich werde nicht aufgeben«, stieß er störrisch hervor. »Niemals.« Er brachte schwankend den Teller zu Rayem und setzte sich neben ihn. Die Nähe des Feuers tat gut; die Luft war sehr frisch und feucht. Besser zum Laufen, auf alle Fälle.

»Du bist wirklich verrückt«, brummte Rayem. »Wem willst du was beweisen?«

»Keinem«, antwortete Rowarn aufrichtig. »Ich schaffe es, weil ich es will. Und weil ich es muss, denn ich habe einen Schwur geleistet, den ich erfüllen werde. Das kann ich nur, wenn ich schnell und viel lerne und über meine Grenzen hinausgehe.«

»Meiner Ansicht nach hast du sie bereits zu weit überschritten. Dir geht es schlechter als mir.« Rayems Stimme klang fast mitleidig.

Rowarn schüttelte eisern den Kopf. »So weit bin ich noch lange nicht.« Er sah Rayem an. »Und du hältst auch durch. Jeder von euch wird das. Wir müssen gestählt sein, wenn wir auf die anderen Soldaten und Rekruten treffen, denn sie werden uns das Leben schwer machen wollen, weil wir aus Inniu kommen. Schau dir doch nur die Schar an, wie mitleidig sie alle auf uns herabblicken und sich über uns lustig machen. Die da draußen lachen genauso über uns, sie halten uns für Bauern und ungebildete Halbwilde, die kein Messer richtig herum anfassen können.«

Rayem seufzte. »Also willst du denen was beweisen?«

»Ihr wollt das, nicht ich. Und du allen voran, ich kenne dich doch. Ich sagte es schon, ich habe ein anderes Ziel.«

»Rowarn, du bist völlig irre. Aber gut, ich mache mit. Der Fürst weiß immer noch nicht meinen Namen, und er hält mich in der Tat für einen dummen Tropf. Ich werde ihm zeigen, dass ich mehr kann. Und die andern prügle ich schon dazu.«

Die Rekruten waren bereits unterwegs, als Rowarn erst fertig war mit dem Abbau des Zeltes und dem Verstauen aller Sachen auf den Packpferden, wozu auch Rayems gutmütiger dicker Gaul herhalten musste. Noïrun und Olrig nahmen Windstürmer wieder mit sich. Der Falbe wehrte sich längst nicht mehr so heftig und verzichtete auf seine Bocksprünge, sondern lief brav mit. Er hatte begriffen, dass der Wille der anderen stärker war als seiner, und dass Mitlaufen weniger kräftezehrend war. Inzwischen spitzten sich sogar seine feinen, leicht geschwungenen Öhrchen zwischen der dichten Kopfmähne.

Immerhin war der heutige Weg nicht so weit wie gestern. Diesmal sollten sie einen Brunnen erreichen, der in einer flachen Ebene erbaut worden war, an einer uralten Krüppeleiche, die als Wegmarkierung diente. Dereinst, so hieß es, habe hier Lúvenor gerastet, nachdem er Inniu erschaffen hatte, und der Baum habe ihm damals Schatten vor der heißen Sommersonne gespendet, und eine Quelle sei aus dem Boden getreten, um ihm den Durst zu lindern.

Rowarn brauchte allerdings länger, bis er die anderen eingeholt hatte. Er blieb auf der Straße, denn in dieser Gegend kannte er sich längst nicht mehr aus, und es gab zu wenige Hügel, auf denen man sich orientieren konnte. Immer wieder nickte er im Laufen ein. Der Schmerz war Teil seines Daseins geworden; Rowarn hatte längst eine Grenze überschritten und lief ohne Willen und Bewusstsein dahin, einfach immer der Straße nach. Kurz vor Mittag erreichte er endlich die anderen, die gerade eine Pause einlegten, und ließ sich erschöpft gleich neben dem Weg ins Gras fallen.

»Ich kann dich ein Stück schleppen«, sagte Rayem und gab ihm aus einem Wasserschlauch zu trinken. »Das schulde ich dir, wegen gestern. Außerdem hast du mir beigebracht, richtig zu laufen, es geht jetzt schon viel besser.«

Rowarn schüttelte den Kopf. »Mach dir um mich keine Sorgen«, versicherte er. »Es geht mir besser, als es den Anschein hat. Laufen kann ich immer, wenn schon sonst nichts.«

»Wie du willst.« Rayem zog sich zurück.

Wie er es versprochen hatte, verriet Rowarn Jelim nicht. Er beobachtete aus der Ferne, wie sie anfing, die Spreu vom Weizen zu trennen. Sie stachelte die Rekruten an, forderte sie immer wieder neu heraus, geschickt und unauffällig. Mit ihren schulterlangen, glatten hellblonden Haaren und dem eher weichen, stupsnasigen Gesicht war sie so ganz anders als Morwen. Sie sah hübsch, harmlos und fast ein wenig einfältig aus. Kein Wunder, dass keiner der anderen merkte, dass sie längst keine Rekrutin mehr, sondern voll ausgebildete Kriegerin war.

Rowarn erkannte es an ihren geschmeidigen Bewegungen. Sie war in jedem Augenblick beherrscht und stets wachsam. Immer wieder verirrte sich ihr Blick, nur für die Dauer eines Lidschlags, in die Umgebung, oder zum Himmel. Dies wiederum erinnerte ihn an Morwen. Die Aufmerksamkeit war ihr in Fleisch und Blut übergegangen, denn der Kampf endete nie.

In Gedanken wiederholte Rowarn, was sie ihm gestern gezeigt hatte. Natürlich würde er sehr lange brauchen, um auch nur annähernd so schnell zu werden wie sie und jemanden zu werfen. Aber darauf kam es nicht an, das konnte er durch Ausdauer und Übung erreichen. Wichtig war, dass er überhaupt wusste, wie es ging.

Rowarn ließ sich ächzend zurücksinken, genoss den Geruch von Gras und Erde und blickte in den veilchenblauen Himmel. Immerhin gab es gutes Wetter. Obwohl auch Regen vermutlich kaum einen Unterschied gemacht hätte. An dem herrlichen Wetter konnte er sich wenig erfreuen, denn es lud zur Trägheit ein, zu kleinen Schwimmrunden am See und anschließendem Bauchwärmen in der Sonne. Ein kurzer Sprint über eine Wiese, um dann in die raue Kühle des Waldes einzutauchen, oder in den duftenden weißen Blütenwolken eines Apfelbaums zu versinken.

Jetzt die Augen schließen und schlafen, bis zum nächsten Morgen. Eingelullt vom Gesang der Vögel, die ständig zwischen den Wiesen und den Bäumen hin und her wechselten, mit Nistzeug, Würmern und Käfern beladen. Unermüdlich und geschäftig, und stets ein fröhliches Lied in der Kehle. Tagaus, tagein, ohne Ruhepause.

Rowarn fuhr hoch, als er merkte, dass er tatsächlich beinahe eingeschlafen wäre, und schüttelte den Kopf. Er stand auf, streckte sich und dehnte die steifen Arme und Beine, massierte die schmerzenden Muskeln und trabte los, vor den verblüfften Augen der anderen.

»Aber wir haben doch schon über die Hälfte des Weges geschafft!«, rief der sommersprossige Junge ihm nach.

»Ich weiß«, gab Rowarn über die Schulter zurück. »Aber ihr habt schon wieder nicht zugehört. Gestern mussten wir die Entfernung schaffen, heute die Zeit! Wir haben nur noch eine Stunde, danach gibt es Strafarbeiten.«

Für einen Moment verharrten alle verdutzt. Dann brach eine gewaltige Hektik aus, und Rowarn hörte eine Menge Flüche, gegenseitige Beschuldigungen und Vorwürfe, und er konnte sich das Schubsen und Drängeln vorstellen, wenn jeder als Erster loswollte und den anderen jeden Vorsprung missgönnte. Das verschaffte ihm Aufschwung, und er kicherte vor sich hin, während er rasch über eine Kuppe lief, eine Abkürzung quer über die Wiese entdeckte und beschleunigte. Er winkte einem Reiherpärchen zu, das am Waldrand entlangstakste und mit dem langen, spitzen Schnabel das Erdreich abstocherte.

Das Lager war bereits in der Nähe des Waldes aufgeschlagen, und die Läufer wurden von Speck, Teigfladen und Dünnbier erwartet.

Rowarn ging zu Olrig, der wie immer vor Noïruns Zelt saß und gemütlich Pfeife rauchte. »Ihr habt das genau geplant, richtig?«, sagte er. »Irgendjemand bringt die ganzen Vorräte zum verabredeten Platz, denn mit so viel Gepäck sind wir gar nicht aufgebrochen.«

»Natürlich«, grinste der Zwerg. »Und glaub mir, Daru lässt sich gut dafür bezahlen. Doch ab jetzt müssen wir alles mitführen. Trotzdem haben wir noch reichlich.« Ernst fügte er hinzu: »Es ist wichtig, dass ihr kräftige Nahrung zu euch nehmt. Wir wollen euch aufbauen, nicht umbringen.« Er musterte Rowarn aus funkelnden blauen Augen. »Du bist ein erstaunlicher junger Mann mit einem bemerkenswert sturen Schädel. Mach weiter so, und der Fürst wird dich bald persönlich an der Waffe ausbilden, was eine große Ehre ist, wie ich hinzufügen möchte.«

»Danke.« Rowarn durchfuhr es heiß vor Freude, denn genau das war sein Wunsch. Auch wenn er Noïruns Knappe war, konnte er nicht erwarten, dass sein Herr sich selbst mit seiner Waffenausbildung befasste.

Während sie im Kreis saßen und eifrig aßen, kam Morwen in die Mitte. »Aufgepasst!«, sagte sie. »Wir haben heute eine kürzere Etappe hinter uns gebracht, da wir am Nachmittag mit der Grundausbildung beginnen. Die ist für euch alle gleich; ihr lernt die ersten Schritte mit dem Schwert, denn auch wenn ihr künftig Fährtenleser oder Hornbläser seid, müsst ihr in der Lage sein, euch zu verteidigen oder notfalls für die Schlacht aufgestellt zu werden. Zunächst werden wir euch die Schritte zeigen, und wenn ihr euch nicht zu dumm anstellt, können die ersten Übungen Mann gegen Mann beginnen.« Sie deutete auf einen großen Stapel Stöcke. »Das sind eure Übungswerkzeuge.«

»Und wann kriegen wir richtige Waffen?«, rief jemand vorlaut, und Gelächter machte sich breit.

»Sobald ihr wisst, an welcher Stelle man sich schneidet«, antwortete Morwen ungerührt. »Ihr sollt euch nicht gegenseitig umbringen, was bei eurer mangelnden Geschicklichkeit unweigerlich der Fall wäre.«

Sie winkte Rowarn zu sich und warf ihm einen Stock zu. »Auch ein Stock kann in geübten Händen eine gefährliche, tödliche Waffe sein.« Ohne weitere Vorwarnung griff sie Rowarn an, und nach nur zwei Bewegungen lag er am Boden und musste einen Hagel Schläge einstecken. Morwen war nicht zimperlich, und die eine oder andere Stelle würde wahrscheinlich bald so blauschwarz und geschwollen sein wie das Gesicht des Mädchens von gestern. Endlich ließ sie von ihm ab und klopfte mit dem Stab auf den Boden. »Esst zu Ende und nehmt dann Aufstellung auf dem abgesteckten Feld da hinten!« Sie deutete auf ein Viereck am Rande des Waldes.

Rowarn rappelte sich leise stöhnend auf. »Das hat dir Spaß gemacht, was?«

»Ich habe dich gewarnt, Zuckerpüppchen«, grinste sie. »Ich will meine Wette nicht verlieren.«

Und so begann schon der nächste Teil der Ausbildung. Während die Luft kühler und feuchter wurde, das Gelände anstieg, die Laubbäume den Nadelgehölzen wichen, wurden die Wege schwieriger und steiniger. Das Gebirge rückte langsam näher, kalt, grau und drohend mit schroffen Felskanten und Bergen, fast so hoch wie der Himmel. Hier hatte der Frühling kaum Einzug gehalten. Stellenweise klammerte sich noch verkrusteter Schnee an den halbgefrorenen Boden. Die Büsche zeigten gerade die ersten schüchternen Knospen, die es sich noch tagelang überlegen würden, ob sie es wagen konnten, aufzubrechen.

Sonne gab es hier nur zeitweise, wenn sie sich einmal zwischen zwei düsteren Baumwipfeln oder zwischen Scharten in den Hängen hindurch ihren Weg bahnen konnte. Nachts drängten sich alle schlotternd aneinander, und morgens herrschte nicht selten noch Frost, brachte klamme Decken und eine dünne Eisschicht auf dem Wassereimer. Die Pferde hatten Raureif im Fell, der Atem dampfte aus ihren Nüstern, und sie wurden zusehends lebhaft, um die Kälte abzuschütteln. Statt lieblicher Frühlingsklänge schallten misstönende Krähenschreie durch die Wälder und brachen sich an den Felswänden.

Die Zeit verging schnell, keiner hatte Muße, einmal innezuhalten und nachzudenken. Wenn sie nicht liefen, hatten sie Waffenübungen, die nicht weniger anstrengend waren. Aber keiner beklagte sich. Allmählich wurde ihre Haltung straffer, sie gingen aufrechter, federnder, entwickelten Muskeln und Ausdauer. Abgesehen von Prellungen und kleineren Verletzungen sahen alle gut aus, auch ihre Augen gewannen zusehends an Glanz. Abends tauschten sie ihre Eindrücke und Scherze, wagten auch schon mal den einen oder anderen Gesang, und sie fingen an, ihre Umgebung anders wahrzunehmen. Sie hörten dem Fürsten besser zu und reagierten schneller. Der eine oder andere ging nun mit auf die Jagd, und Morwen begann dabei mit der Ausbildung zum Fährtenlesen.

Die Wette gegen Rowarn würden sie wohl alle verlieren, wie er es sich versprochen hatte; doch es war hart. Einige Male war er nahe daran, aufzugeben, denn je mehr er bewältigte, desto mehr wurde ihm aufgetragen. Die Aufgaben wurden schwieriger und mühsamer, der Schlaf immer weniger.

Einmal, im Zelt des Fürsten, stand er kurz davor, in Tränen auszubrechen. Er wandte sich rasch ab und konzentrierte sich darauf, die Sachen ordentlich zu verstauen. Nur beschäftigen, ablenken, nicht an sich selbst denken.

Da sprach ihn der Fürst zum ersten Mal an. Seit dem Aufbruch hatte er außer Befehlen keine anderen Worte für ihn gehabt.

»Setz dich, Rowarn«, forderte Noïrun ihn auf und wies auf einen kleinen Feldschemel mit Ledersitz, der zusammengeklappt werden konnte. Der Fürst hatte sich nach dem Essen eine Pfeife angezündet und bisher schweigend zur Lektüre eines Buches geraucht, während Rowarn seine Dienste verrichtete.

Rowarn setzte sich mit klopfendem Herzen. Er wagte es nicht, den Fürsten anzublicken, weil er Angst hatte, doch noch die Beherrschung zu verlieren. Er wusste selbst nicht, was mit ihm los war. Je besser es den anderen ging, desto mehr baute er selbst ab. Alles misslang ihm, bei den Kampfübungen bezog er nur Prügel, und er hatte keine Kraft und Ausdauer mehr. Ängstlich wartete er ab, was nun folgen mochte.

Noïrun ließ sich Zeit. Er zerbröselte ein Tabakblatt zwischen den Fingern, streute die Krümel auf die Glut in der Pfeife, zog ein paar Mal fest an und blies duftende Rauchwölkchen in die Luft. Im ganzen Zelt breitete sich ein aromatischer, würziger Geruch aus, der zusammen mit dem Fackelschein und den Kerzen das Gefühl wohliger Behaglichkeit vermittelte, während draußen der Wind kalt von den Bergen herabblies.

Schließlich fixierte er Rowarns Augen. »Für wen tust du das?«, fragte er ruhig.

Rowarn wollte gern sagen »Ich verstehe nicht«, oder »Ich weiß nicht, was Ihr meint«, irgendeine ausweichende Ausrede eben. Aber er war klug genug, das nicht zu tun. Er schwieg und sah den Fürsten unruhig an.

»Warum antwortest du mir nicht?«, fuhr Noïrun fort. »Fürchtest du, mir würde deine Antwort nicht gefallen?«

Rowarns Finger verknoteten sich nervös ineinander. Er wagte es nicht einmal, zu nicken.

Das tat dafür Noïrun. »Es stimmt, die Antwort gefällt mir nicht.« Er sog zwei-, dreimal an der Pfeife und beobachtete die kleinen Rauchwölkchen, die über den Tisch schwebten und dann rasch zerfaserten.

Rowarn schluckte die erneut aufsteigenden Tränen hinunter. Er schämte sich, und er war niedergeschlagen, weil er den Fürsten enttäuschte. Es nutzte nichts, fleißig zu sein, wenn man sich nicht wie ein Knappe verhielt. Noïrun erwartete etwas ganz anderes von ihm, und das mit Recht. Hatte Rowarn ernsthaft geglaubt, es würde einem erfahrenen Mann wie Noïrun nicht auffallen? Oder es wäre ihm gleich, solange es keinen Widerspruch gab und seine Stiefel jeden Morgen sauber waren?

Schließlich brachte er doch ein paar Worte heraus. »W-werdet Ihr mich aus Euren Diensten entlassen?« Seine Stimme klang dünn und zitternd.

»Ich sollte es tun.« Noïrun legte die Pfeife ab und stand auf, dann zuckte er zusammen und stöhnte. »Ah, verdammt, dieses feuchtkalte Wetter! Olrig hat ganz Recht: Wenn wir erst einmal angefangen haben, für vergangene Tage zu büßen, sind wir zu alt für so was.« Er streckte den Arm aus und winkte Rowarn. »Hilf mir, mich zu entkleiden, meine Schulter will heute einfach nicht.«

Rowarn beeilte sich, zu seinem Herrn zu kommen, öffnete den Lederpanzer, Wams und Hemd und zog die Sachen behutsam aus, danach Stiefel und Beinkleider, bis auf das Lendentuch. Zum ersten Mal sah er den Fürsten nahezu unbekleidet, und er war erstaunt über dessen straffen, muskulösen Körper, gesund und kraftstrotzend wie ein Dreißigjähriger, so kam es Rowarn vor, ohne jegliches Anzeichen erschlaffender Haut oder Fettansatz. Sein Adel zeigte sich dadurch noch deutlicher, alles an ihm war ebenmäßig und wie modelliert, die leicht getönte Haut von einer besonderen Reinheit. Aber Rowarn sah auch die Narben an den Schenkeln, Armen und Bauch, und vor allem den Grund für die Schmerzen in der linken Schulter, die einmal nahezu zertrümmert worden sein musste.

Noïrun rieb sich die verwachsene Narbe mit schmerzlicher Miene. »Sag Olrig, er soll mit seinem kostbaren *Ushkany* vorbeikommen. Ich muss meinen Schmerz betäuben, sonst mache ich heute Nacht kein Auge zu.«

Rowarn half ihm, das Nachtgewand überzustreifen. Als er gehen wollte, legte der Fürst ihm die Hand auf die Schulter. Er war kleiner als der hochgewachsene Rowarn, aber seine Ausstrahlung füllte das ganze Zelt, ob mit Rüstung oder ohne. »Das ist der Unterschied zwischen uns beiden«, sagte er leise. »Alles, was ich mit mir herumtrage, habe ich nicht für mich empfangen, sondern für Ardig Hall.« Er ließ ihn los und wandte sich ab, sich die Schulter massierend. »Denk darüber nach.«

9.

Am Goldenen Pass

Fürst Noïrun ließ den Tross auf der Hochebene an der Straße anhalten, die direkt in die Berge hineinführte, auf einen Pass zu, der durch einen schmalen Einschnitt in die sonst dicht zusammengedrängten Felsen führte. Auf der anderen Seite lag Valia, eine fremde Welt für die Bewohner von Inniu.

Der Morgen war gerade erst angebrochen, es herrschte eine trübe, müde Stimmung. Nicht einmal eine Krähe regte sich. Gerade erst wich der Frost, und alles troff vor Nässe.

»Fûr Garí«, sagte der Fürst und wies auf das karge, schroffe Gebirge vor sich. »Der kalte Stein, unüberwindlich und abweisend. Nichts wächst hier mehr, wie eine Mauer umgibt er das liebliche Tal, dem ihr nun Lebewohl sagen müsst. Auf der anderen Seite wird manches so sein, wie ihr es kennt, aber nichts mehr vertraut. Ein großes Land erwartet euch, mit vielen Wesen bevölkert, voller Wege und Städte, Gefahren und Schrecken. Ihr müsst erst lernen, Freund von Feind zu unterscheiden, und selbst dann ist noch nicht sicher, wem von beidem ihr vertrauen könnt.

Die Straße hier führt über den Galad-Mur, den *Goldenen Pass*, wie man ihn in Valia nennt. Das heißt so viel wie *Pfad der Erleuchtung*, denn zu einer bestimmten Stunde bei der Sonnenwende ist der Durchgang hell und strahlend erleuchtet, in goldenes Licht getaucht. Es heißt, Lúvenor habe diesen Pass mit einem Schritt erschaffen, als er in der Frühzeit der Welt meditierend dahinwandelte, und sein Licht wurde in diesem zauberischen Moment gebannt. Jeder, der seither zu jenem Zeitpunkt den Pass durchschreitet, sei auf dem Weg zur Erleuchtung, sagt man.«

Noïrun drehte sich im Sattel um. »Wie auch immer, wir haben weder Sonnenwende noch die richtige Zeit. Ihr werdet also keine Erleuchtung erfahren, wenn ihr weiter Richtung Osten geht, sondern eine neue Welt betreten, die euch beeindrucken mag. Und gewiss werdet ihr auch nicht würdevoll dahinschreiten, sondern Blasen an Händen und Füßen haben. Ihr werdet durchfroren sein, und mit viel Glück noch in einem Stück, wenn ihr erst oben angekommen seid. Aber die Strapazen werden sich lohnen, ihr werdet es erleben und in diesem Moment alles vergessen, was ihr auf euch genommen habt.«

Verunsichert, fast besorgt blickten die Rekruten auf ihren Herrn. Was mochte er sich nun wieder ausgedacht haben?

Noïrun wies auf den Weg, der eine Weile schnurgerade bergauf führte, und sich dann in Serpentinen zum Pass hinaufwand, in nebliger und frostiger Höhe. »Dies ist der Weg der Pferde, für mich und Olrig, und die Schar. Ihr aber ...« – und jetzt schwenkte sein Arm auf eine kahle, steile Wand links neben dem Weg, der Ausläufer eines Berges, der weit über den Pass hinausragte – »... werdet über diese Wand hinaufsteigen, den Gipfel passieren und auf der anderen Seite zum Pass hinuntergehen, und schließlich ins Tal. Dort findet ihr dann ganz leicht zum Lager, es ist nicht zu verfehlen.«

Viele waren blass geworden und betrachteten voller Schrecken den steilen Hang. »Klettern?«, flüsterte der eine oder andere.

»Eine gute Übung für die Fingermuskulatur«, erklang Olrigs grollende Stimme. »Und für Trittsicherheit, Standfestigkeit und gutes Gleichgewicht. Danach werdet ihr wissen, wozu jeder einzelne Muskel eures Körpers nutze ist, eure Sehnen und Bänder, und ihr werdet nicht mehr ziellos herumhampeln, sondern eure Gliedmaßen in Zukunft mit Bedacht einsetzen.«

»Und kommt nicht auf die Idee, eine Abkürzung über den Weg zu nehmen«, fügte der Fürst hinzu. »Die Wand ist eure Aufgabe, den Berg müsst ihr bezwingen, um auf die andere Seite zu gelangen. Unser Pfad ist für euch verschlossen, und wer sich darauf wagen sollte, wird es bitter bereuen. Bis zum Einbruch der Dunkelheit erwarten wir euch unten im Lager. Mit Feuer, frischem Wildbret, und heißem Honigbier.« Er trieb seinen Hengst an, und Olrig folgte ihm mit der Schar und den Packpferden.

Einhundertfünfzig Rekruten blieben frierend und voller Angst zurück.

Das Felsgestein war schroff und voller Kanten und Vorsprünge, aber es bot trotzdem kaum Möglichkeit, sich festzukrallen und Halt für die Füße zu finden. Zudem war es nass und eiskalt, teilweise froren die Fingerkuppen fest.

Rowarn hatte längst jedes Gefühl in Fingern und Zehen verloren. Auf Bäume klettern, das konnte er, aber mit Steilwänden hatte er nicht die geringste Erfahrung, so wenig wie irgendein anderer der Rekruten. Niemand, der in Inniu lebte, ging jemals freiwillig ins Gebirge, und das war auch kein Wunder. Rowarns Kleidung war durchweicht, er war nass bis auf die Haut und fror bis in die Knochen. Er konnte gar nicht hinsehen, wie andere barfüßig in der Wand hingen, schon halb blau gefroren.

Weit hinter ihnen, in der Richtung, aus der sie gekommen waren, herrschte fröhliches, helles Frühlingswetter. Doch Fûr Garí war von jedem Licht dieser Welt verlassen, und der Lichte Gott schien seinen Schatten hier zurückgelassen zu haben, als er den Fuß darübersetzte. Hier hielt es wirklich kein Getier mehr aus, die einzige Gesellschaft waren die Krähen, die sie spottend umkreisten. Anscheinend warteten sie darauf, dass einer abstürzte, um die leckersten Happen von ihm zu ergattern, wie beispielsweise Augen und Zunge.

Langsam, Handbreit um Handbreit, schob Rowarn sich nach oben. Doch je weiter er kam, desto schroffer und abweisender wurde der Berg, dessen lichtgekrönter Gipfel hoch über ihm aufragte.

»Nie wieder Sonne«, murmelte jemand unter ihm. »Für immer und ewig in tropfender Fäulnis, Schwamm und Flechte, und die Bäume voll Schimmel.«

Jelim kam in Rowarns Nähe. Er sah sich um, ob jemand zuhörte, aber sie waren alle viel zu sehr mit sich beschäftigt. Von unten mussten sie wie eine Horde Käfer aussehen, die sich unbeholfen über ein Hindernis stemmten, das ihre Kräfte überstieg.

»Wundert mich, dass du dabei bist«, presste er zwischen den Zähnen hervor.

»Ist ’ne gute Übung«, gab sie gut gelaunt zurück. »Außerdem habe ich den seltsamen Ehrgeiz entwickelt, euch alle heil rüberzubringen.«

»Oder eine Wette abgeschlossen«, mutmaßte Rowarn.

»Oder eine Wette abgeschlossen«, gestand sie grinsend ein. »Ich will was wiederhaben von dem Sold, den ich wegen dir verloren habe.«

»Hat tatsächlich einer gewonnen?«, fragte er erstaunt.

Sie nickte. »Olrig.«

Rowarn stockte. Dann brach er in schallendes, fast hysterisches Gelächter aus. »Wie könnt ihr so blöd sein, gegen ihn anzutreten?«

»Aber das war doch schon die zweite Wette«, erwiderte Jelim. »Die erste haben wir alle verloren, und wir mussten in einen Topf einzahlen, der für solche Fälle eingerichtet wurde. Ist inzwischen schon hübsch voll. Bei der zweiten Wette ging es darum, dass der Fürst dich entlässt.«

»Da wart ihr nahe dran«, murmelte Rowarn unglücklich.

»Ich weiß.« Jelim hangelte nach einem Vorsprung und hing für einen Moment frei in der Luft, bevor sie sich weiterschwang. Sie beherrschte das Klettern meisterhaft. »Olrig hatte mitbekommen, das Noïrun es tun wollte, und die Wette ausgerufen. Er hat darauf gesetzt, dass der Fürst dir irgendwann später noch mal eine Chance geben wird, und damit war er näher dran als wir anderen.«

»Noïrun ... hat mich aber doch gar nicht entlassen«, stieß Rowarn hervor.

»Ja. Erstaunlich. Er hat noch nie so abrupt eine Entscheidung umgestoßen, und nicht mal Olrig weiß, was ihn dazu bewogen hat.« Jelim war inzwischen fast außer Reichweite einer normalen Unterhaltung und kletterte munter weiter.

Rowarn folgte ihr, und die so lange eingesperrten Tränen rannen ihm heiß die Wangen hinab. Das machte nichts. Es hatte ohnehin zu regnen angefangen.

Einige führten Seile mit, und so hatten auch die Schwächeren Aussicht, den Gipfel zu erreichen, wenn sie aus Angst oder Schwäche nicht mehr weiterkonnten. Die Rekruten hatten sich in Gruppen aufgeteilt, wobei die Stärksten vorausgingen, um den Weg zu erproben und dann Anweisungen für die Nachfolgenden zu geben und sie mit Seilen zu sichern. Jelim war gleichzeitig überall und achtete darauf, dass keiner einen Fehler machte. Inzwischen hatte auch der Letzte mitbekommen, dass sie in Wirklichkeit zur Schar gehörte, und in diesem Moment waren alle mehr als dankbar dafür, denn sie verströmte Ruhe und Sicherheit. Sie wusste genau, was zu tun war, und zeigte, dass der Berg kein unüberwindbares Hindernis darstellte.

Sie brauchten vier Stunden für die erste Wand, doch das war auch der schlimmste Teil gewesen, wie sich herausstellte. Als Nächstes mussten sie über Geröllhalden, und dann an Lawinenhängen entlang, und zuletzt über eine Ziegenstrecke, was bedeutete, sie mussten nach oben von Felsen zu Felsen springen.

Auch hier gab es nicht die geringste Spur von Leben. Alles war grau und verlassen, nicht einmal Flechten klammerten sich an irgendein Gestein. Die Luft wurde merklich dünner und noch eisiger, und Jelim mahnte, alle zehn Schritte eine Pause einzulegen und ruhig durchzuatmen.

Doch dann waren sie oben, und plötzlich war die Grenze zwischen Licht und Dunkelheit überschritten. Sie fanden in den Tag zurück, genau in die späte Mittagssonne hinein, die ihre durchfrorenen Körper rasch erwärmte und die Kleidung zum Dampfen brachte, obwohl die Füße in ewigem Schnee und Eis standen.

Jubelnd standen sie oben, in mehreren Reihen, dicht gedrängt auf dem schmalen Grat, umarmten sich und schlugen sich gegenseitig auf die Schultern.

»Fennóngar«, sagte Jelim zu Rowarn. Sie war kurzatmig wie alle, aber stolz. »Der König des Fûr Garí, der höchste Gipfel von allen, in Valia weithin sichtbar an klaren Tagen. Hier oben sind wir den Göttern ganz nah.«

Andächtig und ehrfürchtig sahen sie sich um, nachdem sie sich einigermaßen beruhigt hatten.

Jelim hatte Recht, einen erhabeneren Anblick hatte Rowarn nie gesehen. Schwarzblau wölbte sich der Himmel über ihnen, die Sonne schien zum Greifen nah. Nicht weit dahinter lag das Träumende

Universum, ein Reich der Wunder mit vielen Welten, und fast im Zentrum, ein fernes glitzerndes Band, die Sternensee, das größte aller Reiche, an der Grenze zu Regenbogen und Finsternis gelegen. Von dort stammten die unsterblichen Sternenkinder, von deren Geschichten Rowarn als Kind nie genug bekommen und von denen er immer geträumt hatte, als er nachts den Sternenhimmel betrachtete.

»Alles andere verblasst ...«, flüsterte er, und ihm war, als streifte ihn der Atem eines Gottes, als ein sanfter, trockenkalter Wind aufkam.

»Hier oben werden die alltäglichen Probleme winzig klein«, stimmte Jelim zu. »Das ist der höchste Ort, den kurzlebige Sterbliche wie wir erreichen können, um eine Ahnung von der Macht zu erhalten, die uns umgibt. Selbst Mächtige der Finsternis wie Femris, unser Feind, auf den wir uns ganz und gar konzentrieren werden, wenn wir wieder unten sind, kann nicht an dem rütteln, was wir hier oben sehen – die Wahrheit.«

»Ja«, flüsterte Rowarn abwesend. »Meine Muhmen erzählten mir hiervon. Wenn wir ganz genau hinhören, können wir sogar der Weltenmelodie lauschen, oder zumindest einigen Klängen davon. Denn dieses Universum wurde mit Klang geschaffen, und der erste Ton schuf das erste Licht und die erste Welt. All dies wurde geformt vom Ersten Gedanken, als er zu singen begann, als die Melodie aus ihm strömte und alles erfüllte. Dies ist es, was Ishtru ist, sein Ur-Sein, sodass wir alle ein Teil von ihm sind, und von seinem Traum. Einst schwangen wir alle in derselben Harmonie, doch das änderte sich, als aus EINS das GETEILTE wurde, und die Melodie hat nun Dissonanzen. Aber jede Welt hat ihren eigenen Klang, und der von Waldsee, so sagten meine Muhmen, sei besonders rein.«

Die anderen, einschließlich Jelim, starrten ihn sprachlos an, ein wenig ungläubig, jedoch unwillkürlich bewundernd.

Augenblicklich trat atemlose Stille ein, und alle lauschten mit geschlossenen Augen.

Rowarn entspannte sich, wie er es gelernt hatte. Und dann ... hörte er es tatsächlich. Zarte, süße Klänge, die er nicht beschreiben, geschweige denn nachsingen konnte, doch sie waren unbeschreiblich schön und erfüllten ihn mit tiefer Liebe. Vor seinem inneren

Auge formte sich schließlich ein Bild, ein leuchtender Schemen, umgeben von weißen Schleiern. Die anmutige, ätherische Gestalt einer Frau in langen Gewändern, deren helle Haare sie wie ein Umhang umgaben, mit einer perlmuttschimmernden Haut und Augen, tiefer als ein See, blauer als der Himmel. Sie lächelte.

Mutter …

Rowarn, mein Sohn.

Doch abrupt änderte sich das Bild und wurde dunkel. Rote Schleier verhüllten die Gestalt der Frau, und die Klänge, die sie umgaben, wurden dissonant und schrill. Rowarn sah einen riesigen Schatten, der sich über sie beugte, und sie fiel, und er sah Blut, überall Blut, und dann spürte er einen entsetzlichen Schmerz …

Rowarn stieß einen Schrei aus und brach in die Knie. Wimmernd beugte er sich vornüber, krallte die Finger in den Schnee, versank fast mit dem Gesicht darin. »Nein … nein …« Seine Tränen schmolzen winzige Löcher in den Schnee, und er stieß einen weiteren Klagelaut aus und schlug sich an den Kopf. »Nehmt es von mir! Ich will diese Bilder nicht mehr sehen!« Er würgte, aber sein leerer Magen gab nichts her.

Erst als Jelim ihn heftig schüttelte und Rayem ihm einen Schneeball an den Kopf warf, beruhigte Rowarn sich etwas. Er verharrte leise schluchzend, gekrümmt im Schnee.

»Was hat er denn?«, fragte Jelim besorgt.

»Er ist manchmal ein bisschen komisch«, antwortete Rayem.

»Das ist noch milde ausgedrückt«, bemerkte Lohir Sommersprosse. »Wir erleben den großartigsten und erhabensten Moment unseres Daseins, sind fast so weit, Zwiesprache mit den Göttern zu halten, und er dreht durch.«

Rowarn fühlte kräftige Hände zu beiden Seiten, die ihn mit einem Ruck hochzogen. »Kommt, bringen wir ihn runter, bevor er noch abstürzt«, sagte Rayem.

»Es wird ohnehin Zeit«, stimmte Jelim zu. »Wenn wir es bis zur Dämmerung schaffen wollen, müssen wir ordentlich an Tempo zulegen.«

»Kein Problem«, grinste Kalem Schwarzzahn neben ihr. »Abwärts geht's! Und ich habe auch schon einen hervorragenden Weg entdeckt.«

Mit vereinten Kräften schafften sie den willenlosen Rowarn auf der anderen Seite hinunter. Der Weg war hier tatsächlich um einiges leichter, bis sie zu einem Hang kamen.

»Wir sollten den Weg dort hinten nehmen«, schlug Jelim vor.

Kalem schüttelte den Kopf. »Das hier ist ein Gletscher, und nicht mal besonders steil. Wir können ganz einfach hinuntergleiten.«

»Du bist verrückt!«, stieß Jelim hervor. »Wir könnten eine Lawine lostreten und uns sämtliche Knochen brechen!«

Lohir stellte sich an Kalems Seite. »Trittfestigkeit und Gleichgewichtssinn, das hat Olrig doch gesagt, oder? Also ist es ein Teil unserer Ausbildung. Wir schaffen das schon. Und ich glaube nicht, dass es eine Lawine gibt. Hier oben gibt es kaum Schmelze, und noch nicht zu dieser Jahreszeit.«

»Dein Weg ist zwar sicherer, aber der kostet uns mindestens drei Stunden!« Kalem deutete hinüber zum Pass, der schon fast greifbar nahe schien. »Wenn wir hier runtergehen, sind wir in einer halben Stunde dort, und der Rest ist dann ein Spaziergang.«

Rayem packte Rowarns Schultern und schüttelte ihn. »Hast du irgendwas von dem mitbekommen, was wir gerade gesagt haben?«

Rowarn blinzelte und kam langsam wieder zu sich. Er prüfte die Lage, starrte zuerst Jelim, dann Kalem an. »Soll *ich* das etwa entscheiden?«, rief er. »Zuerst erklärt ihr mich für verrückt, und dann wollt ihr mir die Verantwortung aufdrücken?«

»Ich habe eine Wette zu gewinnen«, sagte Jelim. »Und du bist Noïruns Knappe.«

»Na und?« Rowarn seufzte. »Also gut.« Er trat auf den Hang zu, suchte nach geeigneten Möglichkeiten und begann den Abstieg. Überrascht stellte er fest, dass es besser ging als geglaubt. Es war nicht zu steil, und die Eisschicht nicht zu dick und fein verkrustet. Die Schneeschichten darunter wirkten fest miteinander verbacken und trittsicher. Manchmal wurde es zu einer Rutschpartie mit wedelnden Armen oder sogar auf dem Hintern, doch es war machbar. Rowarn kam gut voran.

Kalem und Lohir stießen einen begeisterten Jubelschrei aus und waren schon unterwegs. Nun war die Meute nicht mehr aufzuhalten, und bald darauf rutschten und schlitterten sie johlend und kreischend den Hang hinunter.

Zwei Stunden vor der Dämmerung passierten sie den Galad-Mur, doch sie hielten sich nicht lange damit auf, die erste Aussicht auf das Land Valia zu genießen. Im Tal unter dem Pass stand bereits das Lager mit dem kleinen weißen Zelt des Fürsten, und wie versprochen brannte ein Feuer als Signal bis hierher.

Von neuer Kraft und Zuversicht erfüllt, rannten sie die Passstraße nach unten. Das war tatsächlich nur noch ein gemütlicher Spaziergang nach all den Strapazen, auch wenn es ordentlich auf die Knie und die Oberschenkelmuskeln drückte.

Etwa eine Stunde später sprangen sie von den letzten Felsen auf weichen Grasboden herab, kehrten in das helle, warme Frühlingsreich zurück, und liefen lachend und winkend auf das Lager zu, wo sie mit lauten Rufen und wild wedelnden Armen erwartet wurden.

Jelim kam an Rowarns Seite und packte ihn am Arm. »Wir beide gehen als Erstes Bericht erstatten«, sagte sie. Kurz bevor sie da waren, blieb sie stehen und fing an, Rowarns immer noch feuchte Kleidung abzuklopfen und zu ordnen. »Unmöglich siehst du aus, so kann man doch nicht vor den Fürsten treten«, murmelte sie.

»Na, und du etwa?«, spottete er und half ihr dann gutmütig dabei, sich selbst wenigstens einigermaßen in Ordnung zu bringen.

Noïrun und Olrig erwarteten sie bereits vor dem Zelt, während die anderen wie eine Horde Wilder im Lager einfielen, sich um das Feuer drängten und um Bier bettelten.

»Wie viele?«, fragte der Fürst knapp.

Jelim strahlte und hielt Olrig die Hand mit nach oben gerichteter Fläche hin. »Etwa zweihundert Verletzungen, Hautabschürfungen, Schnittwunden und dringend behandlungsbedürftige Füße, mehrere leichte Knochenbrüche, hauptsächlich Finger, und ein oder zwei Gehirnerschütterungen«, antwortete sie lässig. »Aber keine Verluste.« Sie grinste den Kriegskönig an. »Einhundertfünfzig.«

Olrig brummte und zog einen kleinen Beutel Münzen hervor, den er in ihre Hand legte. Seine Augen allerdings strahlten ebenfalls vor Freude.

Und Rowarn sah Noïrun zum ersten Mal seit dem Aufbruch lächeln, glücklich und erleichtert. »Gut«, sagte er, und das war vermutlich das größte Lob, das man von ihm erwarten konnte.

»Und ich bin aufgeflogen«, gestand Jelim freimütig und machte ein verdutztes Gesicht, als nun Noïrun Olrig die Hand hinhielt, der sich knurrend von einem zweiten Beutel verabschiedete. »Ihr – Ihr wettet auch?«, stammelte sie verwirrt.

»Glaubst du, ihr habt allein das Recht dazu?« Die Augen des Fürsten blitzten wie Smaragde, und seine Augenfältchen hatten sich vertieft. »Gut gemacht.« Er wandte sich ab und winkte Rowarn. »Komm, Junge.«

Rowarn folgte ihm ins Zelt. »Was soll ich tun, Herr?«, fragte er. Im Augenblick fühlte er sich, als könnte er Bäume ausreißen. Die schreckliche Vision auf dem Berggipfel war verblasst, verdrängt, vergessen angesichts des Hochgefühls, Valia auf diesem harten Weg erreicht zu haben; nun war bestimmt auch alles andere zu schaffen.

»Nichts.« Noïrun lehnte sich an den Tisch und musterte ihn prüfend.

Rowarn erschrak zutiefst. »Oh ...«, machte er verstört.

Aber der Fürst winkte ab. »Du hast heute frei, Rowarn. Nimm dir Zeit und schlaf dich vor allem endlich einmal aus. Keine Übungen heute mit Jelim.«

»Ich ...« Rowarn wurde knallrot. »Ihr habt es gewusst?«

»Ich weiß alles, was vor sich geht«, versetzte Noïrun ruhig. »Ich wäre ein schlechter Anführer, wenn mir das entgangen wäre. Sie hat es mir übrigens nicht gesagt, falls du sie verdächtigen solltest.« Er lächelte. »Soldaten können sich noch so spinnefeind sein, gegen ihren Befehlshaber halten sie alle zusammen. Sie würde dich nie verraten, so wie du sie nicht verraten hast.« Er legte den Kopf schräg. »Läuft da etwas zwischen euch?«

Darauf konnte Rowarn antworten, ohne zu erröten. »Nein, Herr, nicht das Geringste.«

»Dann also Rayem«, brummte Noïrun und nickte für sich. »Dachte ich es mir doch.«

»Ihr wisst seinen Namen?«, stieß Rowarn entgeistert hervor. Und dass ausgerechnet Jelim und Rayem ... das war ihm völlig entgangen!

»Natürlich. So schnell werde ich unser Abenteuer in Madin nicht vergessen. Etwas derb, aber ein guter Junge. Wird ein gestandener Soldat.« Noïrun goss eine goldfarbene Flüssigkeit aus einem Krug in zwei Becher und reichte Rowarn einen. »Du wirst anständig essen und darauf achten, dass du alles drinbehältst«, fuhr er fort. »Ich meine es ernst. Morgen brechen wir zum Hauptlager auf.«

Rowarn, der vorsichtig an dem Getränk genippt hatte und sich dann zurückhalten musste, um nicht vor Begeisterung den ganzen Becher auf einmal hinunterzukippen, sah verwundert auf.

»Wir werden bereits erwartet«, erklärte Noïrun. »Aus dem ganzen Westen sind neue Rekruten eingetroffen. Wir werden dort etwa zwölf Tage bleiben, um euch auszubilden, wobei neben der Grundausbildung auch die Spezialausbildungen beginnen. Dann teilen wir uns auf und reiten getrennt nach Ardig Hall. Doch dazu später. Für dich ist erst einmal von Bedeutung, dass du mit der Schwertausbildung weitermachst. Gleichzeitig sollst du das Kämpfen zu Pferde lernen, mit Lanze und Speer. Dein kleiner Wallach wird das entsprechende Rüstzeug erhalten und mit dir zusammen lernen. Ein sehr gutes Pferd übrigens, aber das ist auch kaum verwunderlich. Es werden lange Tage werden, denn wir haben bedauerlich wenig Zeit, aber ich kann es nicht ändern. Wir müssen die Übungen eben auf dem Weg nach Ardig Hall fortsetzen.«

»Und meine Aufgaben als Knappe?«, fragte Rowarn.

»Sprich dich mit deinen Lehrmeistern ab, damit du deine Pflichten nicht vernachlässigst. Du kennst inzwischen meinen Rhythmus und weißt, was ich verlange.« Der Fürst hob den Becher, und Rowarn tat es ihm hastig gleich. »Beweise mir, dass ich die richtige Entscheidung getroffen habe.«

Rowarn schlug die Augen nieder. Der Wein schwappte auffordernd in seinem Gefäß und spiegelte das flackernde Licht der Fackeln. Draußen wurde es allmählich dunkel. Er trank den Becker leer.

»Es ist Rache, nicht wahr?«, sagte der Fürst leise. »Nur Rache kann ein so starker Antrieb sein.«

»Nicht auch Gier?«, murmelte Rowarn ablenkend. »Auch Femris gibt niemals auf.«

»Wer weiß? Niemand von uns kennt ihn. Er tritt nur selten in Erscheinung. Er scheint nur einen einzigen Gedanken zu haben, der in ihm brennt wie ein unauslöschliches Feuer. Doch vielleicht ist es die Finsternis, die ihn dazu treibt, die ihn in ihren Klauen hält als Werkzeug.« Noïrun näherte sich seinem Knappen. »Die Finsternis ist immer nahe, Rowarn«, flüsterte er. »Und in dir ist große Dunkelheit.«

Rowarn wich seinem Blick aus. »Die Finsternis ist mein Feind«, wisperte er.

Noïrun nahm ihm den Becher ab und kehrte zu seinem Tisch zurück. »Genieß den Abend, das ist ein Befehl«, sagte er und machte eine Geste, die Rowarn anzeigte, dass er sich entfernen sollte.

Draußen schnappte Rowarn nach Luft. Sein Hochgefühl war fort, ausgelöscht; eine schwarze Klaue hatte nach seinem Herzen gegriffen und es zusammengedrückt. Der Fürst blickte immer auf den Grund seiner Seele. Alles in ihm drängte danach, sich Noïrun zu offenbaren, ihm die Zusammenhänge zu erklären, um ihm deutlich zu machen, warum er ihn immer wieder enttäuschte. Vielleicht wäre es wirklich das Beste, aus seinen Diensten entlassen zu werden. Aber es gab kein Zurück mehr, für beide, und das wussten sie. Rowarn hätte es niemals übers Herz gebracht, den Fürsten zu verlassen, und diesem schien es nicht anders zu gehen. Ein festes Band bestand zwischen ihnen, das nicht so einfach zerstört werden konnte.

Rowarn schüttelte sich und drängte auch diese Gedanken beiseite. Er hatte den Befehl erhalten, den Abend zu genießen und sich gründlich auszuschlafen, und das würde er auch tun! Immerhin hatte er eine große Aufgabe bewältigt, er hatte mehr ausgehalten, als er je für möglich gehalten hätte, und dabei eine Menge gelernt. Er war seinem Ziel ein ganzes Stück näher gerückt. Und an dem hielt er fest, mehr denn je seit der Vision auf dem Gipfel.

Er ging zu den anderen ans Feuer, bekam einen vollbeladenen Teller und einen hölzernen Humpen in die Hand gedrückt, und dann stießen sie mit ihm an, saßen zusammen und lachten, aßen und tranken.

Irgendwann gesellte sich Olrig zu ihnen und gab mit erstaunlich guter, tragender Stimme ein Lied zum Besten.

»Einstmals ging ich den Weg entlang, den Weg nach Ardig Hall
Da sah eine Maid ich, süß und rein, und sie sang mit weitem Schall,
Heller als die Vögel, und drei Blumen hielt sie in der Hand,
Hielt sie mir entgegen, sprach so: ›Dies ist mein Pfand‹,
›Nimm es an, willst jemals du mich wiedersehen …‹
Sprach ich: ›Der Krieg ist da, so muss ich denn gehen‹,
›Doch nehm ich dein Pfand, will es tragen bei mir immerdar‹,
›Und wenn ich dann lieg auf dem Feld, so weiß ich, es ist wahr:‹
›Solang die Blumen blühn, solang ihr Duft ist rein‹,
›Bist treu du mir, und ewig treu will ich dir sein.‹
Sprach sie: ›Mein tapfrer Kämpfer du, sei unbesorgt, wirst leben‹,
›Wirst heimkehren, solang die Blumen blühn‹
›Und dann, wenn die Feuer auf dem Schlachtfeld verglühn‹,
›Will ich dich lieben, auf ewig dein, und mich dir ganz geben‹.
Dies sprach sie zu mir auf dem Weg nach Ardig Hall
Und so ging ich weiter, und wusste, nun hab ich die Wahl,
Zu kämpfen und zu leben, für meinen Schatz in Ardig Hall.«

Beifall und Pfiffe folgten dem Vortrag, das Bier kreiste. Jemand zog eine Tonflöte hervor, ein anderer eine Laute, und bald wusste jeder ein Lied, bei dem alle mitsingen konnten.

Olrig zwinkerte Rowarn zu und trat in das Zelt des Fürsten. Rowarn wiederum merkte, wie ihm der Kopf rasch schwer wurde. Er war satt und zufrieden, und da er sich endlich einmal entspannte, machte sich mit aller Macht die Überanstrengung der letzten Tage bemerkbar. Er verließ die fröhliche Runde, und da ein ständiges Kommen und Gehen herrschte, fiel es niemandem auf.

Müde stapfte Rowarn durch die Dunkelheit zu den angebundenen Pferden, bei denen hohe Fackelstäbe steckten und sie in ein schemenhaftes, flackerndes Licht tauchten. Windstürmer wieherte ihm leise entgegen, wie immer, und schmauste verzückt das Stück Brot, das Rowarn mitgebracht hatte. Der kleine Falbe hatte sich ordentlich gemacht, wie sein Herr sogar bei dem schlechten Licht feststellen konnte. Sein Kindergesicht war verschwunden, und er hatte Muskeln bekommen; Rowarn bildete sich ein, er sei sogar ein wenig gewachsen. Die Mähne stand prächtig, und der Hals war fast so kräftig wie der des Kupferhengstes.

Eine Weile schmusten die beiden miteinander, dann packte Rowarn seine Decken und ging hinaus ins Land. Der Schein des Feuers reichte immer noch für ein tröstliches Licht und warf schmale Lichtstreifen auf das dunkle Gras. Leises Gelächter und der Klang der Musik begleiteten ihn. Die Blumen waren alle geschlossen, doch Rowarns Augen waren weit offen, als er eine Decke ausbreitete, sich darauf räkelte, die zweite Decke über sich zog und die Arme hinter dem Kopf verschränkte.

Völlig leer an Gedanken blickte er zum Sternenhimmel hoch, sah den Großen Läufer, der fast die Hälfte des Sichtfeldes einnahm, mit der Laterne in der einen und dem Speer in der anderen Hand. Groß leuchtete sein Auge, Ishtrus Träne, das den Himmel beherrschte, solange der Mond nicht aufgegangen war. Ishtrus Träne war der Schutz aller Reisenden zu Lande und zu Wasser, vielleicht selbst in der Luft, denn wer dem Stern folgte, fand immer eine Stadt, einen Brunnen, ein Licht in der Dunkelheit noch im tiefsten Wald.

Rowarn schloss die Augen und schlief ein.

Er erwachte, als ihn jemand am Arm berührte. Rowarn fuhr auf. Der Mond war inzwischen aufgegangen, das Feuer zu einem fernen

Flackern herabgesunken, alle Geräusche verstummt, und er starrte in Morwens Gesicht.

»Was tust du hier?«, flüsterte er erschrocken. »Du weißt, dass das streng verboten ist ...«

»Mach dir keine Gedanken«, wisperte sie. »Mein Vater hat sich heute mehrere Tropfen Ushkany gegönnt und wird längst schnarchen.« Sie wollte ihre Hand unter sein Hemd schieben, aber Rowarn zuckte zurück. Ihm blieb fast das Herz stehen. Entsetzt flüsterte er: »Dein ... dein *Vater?* Du ... sprichst du etwa von – Fürst Noïrun?«

»Klar, was denn sonst?«, sagte sie verwundert.

Rowarn war mit einem Satz aus den Decken. »Bist du denn völlig irre?«, keuchte er heiser, die Augen weit aufgerissen. »Du kannst doch nicht einfach zu mir ... mit mir ... und dann auch noch ... als seine Tochter ...«

Morwen hob die ebenmäßig geschwungenen Brauen. »Rowarn, ich bin fünfundzwanzig«, sagte sie geduldig. »Andere haben in meinem Alter schon drei Kinder. Ich entstamme einer flüchtigen Liebschaft, als mein Vater noch sehr jung war und von *seinem* Vater zur Ausbildung im Kriegshandwerk in die beste Schule Valias geschickt worden war. Meine Mutter hat mir meine Herkunft nie verheimlicht, und als ich alt genug war, bin ich einfach zu ihm gegangen und habe mich um Aufnahme in seine Schar beworben – als Fährtenleserin. Weil mein Talent ihn überzeugte, nahm er mich auf, und er akzeptierte auch, dass ich seine Tochter bin, von der er bis dahin nichts wusste. Das ist alles, mehr gibt es da nicht zwischen uns. Wahrscheinlich bin ich nicht mal sein einziges Kind aus dieser Zeit. Glaub mir, dir bringt er mehr väterliche Gefühle entgegen als mir.«

»Umso schlimmer!«, wimmerte Rowarn in heller Panik. »Er wird mich umbringen! Aufhängen! Strangulieren! Und noch Schrecklicheres ...«

»Solange du dich nicht aufführst wie ein altes Waschweib, dem man die Wäsche fortgenommen hat, wird er es nie erfahren.« Morwen packte ihn am Hemd und zog ihn mit erstaunlicher Kraft, die so gar nicht zu ihrer schmalen Erscheinung passte, zu sich und auf die

Decke. Sie drückte ihn nieder und beugte sich über ihn. »Die Nacht wird nicht länger, und ich habe schon genug Zeit auf der Suche nach dir vergeudet«, murmelte sie an seinen Lippen. »Also halt endlich den Mund und setze lieber deinen prächtigen männlichen Körper dafür ein, wofür er gedacht ist: ein einsames Mädchen wie mich zu erfreuen.«

Dann küsste sie ihn, und sein Widerstand brach umgehend zusammen. Er legte die Arme um sie und fing an, sie ebenfalls zu küssen. Schnell erinnerte er sich, wie das ging, auch wenn es schon Jahre her zu sein schien, dass er zuletzt geküsst hatte. Seine Lebensgeister, die er nach all den Strapazen für immer verloren geglaubt hatte, erwachten ebenfalls. Morwen kicherte leise, als ihre Hand endlich ungehindert auf Wanderschaft gehen durfte und schließlich innehielt. »Wie erfreulich«, wisperte sie.

Er hielt ihre Hand fest. »Runter mit den Sachen«, versetzte er rau. »Ich will dich sehen, nicht nur fühlen.«

Ihre Augen blitzten im fernen Feuerschein auf. Der Mond umrahmte zart die Umrisse ihres schmalen Gesichtes. Flink öffnete sie ihre Kleidung und streifte sie ab. Rowarn richtete sich auf und zog sein Hemd aus, dann verharrte er und betrachtete Morwens blasse, matt beschienene Haut, über die ihre Haare in dichten Wellen fielen.

Vorsichtig zeichnete er die Konturen der kleinen, straffen Brüste nach und küsste andächtig ihre aufgerichteten Spitzen, während er seine Hände über Morwens Körper gleiten ließ. »Wie konnte ich dich je für einen Jungen halten«, raunte er staunend, und ein Leuchten trat in seine Augen, dass Morwen erschrocken sagte: »Schließ die Augen! Dieses Leuchtfeuer könnte jeden Moorläufer anlocken, der nicht blind ist …«

Rowarn lachte leise und ließ sich zurücksinken, die Augen halb geschlossen.

Morwen kauerte sich über ihn und strich sanft über seine glatte Brust. »Du bist ein Wunder, Rowarn«, wisperte sie, »wie eine Perle in der Dunkelheit. Ich habe noch nie jemanden wie dich gesehen …«

»Genug der Worte«, unterbrach er und zog sie an sich.

Kurz vor dem Morgengrauen erwachte Rowarn schlagartig. Für einen Moment lag er wie gelähmt in der verblassenden Dunkelheit und wagte nicht zu atmen.

Dann bemerkte er den warmen, weichen Körper, der an ihn geschmiegt war, in seinem Arm ruhte, sich leicht im Ein- und Ausatmen bewegte. Er stieß den angehaltenen Atem aus und lauschte auf seinen rasenden Herzschlag, der noch eine Weile ziellos galoppierte, bevor er endlich langsamer wurde.

Rowarn drehte sich auf die Seite und betrachtete Morwens stilles, entspanntes Gesicht. Das schwache Licht der schläfrigen Sterne genügte seinen nachtsichtigen Augen, um ihre Konturen zu sehen, und die Linie ihres Körpers, der langen Beine unter der Decke zu erraten. Für ihn besaß der matte Schimmer der Haut in der Dunkelheit sogar einen besonderen Reiz, und er bedauerte unwillkürlich die Menschen, die sich durch ihre Nachtblindheit nie auf diese Weise sehen konnten und dadurch sanfte, reine Schönheit verpassten. Zart strich er Morwen mit den Fingerspitzen übers Gesicht und lächelte, als sie übergangslos die Augen aufschlug und ihn durch die Dunkelheit suchte, aber schnell fand. Sie blieb ruhig und entspannt, und dann lächelte sie zurück.

»Du musst gehen«, sagte er leise. »Bald wachen die Ersten auf.«

»Erst, wenn du mich noch einmal küsst ...«, wisperte sie.

Er kam der Aufforderung gern nach, legte den Mund auf ihre weichen, nachgiebigen Lippen und zog sie enger in seinen Arm, je intensiver der Kuss wurde. Sie schob ihren Schenkel über seine Hüfte und streichelte seinen Rücken.

Nur mit Mühe konnte er sich von ihr lösen. »Das werde ich jetzt nicht fortsetzen«, murmelte er.

»Bist du sicher?«, gurrte sie. »Ich spüre da aber etwas ganz anderes an mir ...«

»Nein.« Er stemmte sich halb hoch. »Wie geht es jetzt weiter?«

Sie hob die Hand zu seinem Gesicht. »Einfach unglaublich ...«, hauchte sie. »Bleib so, bitte. Von diesem Anblick kann ich nicht genug bekommen ...«

Rowarn ergriff ihre Hand, hielt sie an seine Lippen und küsste die Fingerspitzen. »Ich meine es ernst, Morwen.«

Sie seufzte. »Also gut. Wir machen weiter wie bisher, und wenn mich das Verlangen überwältigt, krieche ich nachts unter deine Decke, und wenn nicht, nicht. Kannst du damit leben?«

Er nickte. »Natürlich, aber … es darf nicht zu oft geschehen. Du weißt, dass es verboten ist, und nicht ohne Grund.«

»Ich weiß. Aber wir sind nicht die Einzigen; wart ab, wenn wir morgen das Hauptlager erreichen, wo ein paar Tausend junge, kraftstrotzende Männer und Frauen auf einen Haufen gedrängt sind. Jeder weiß, was nachts geschieht, aber offiziell erlaubt darf es natürlich nicht sein, schon gar nicht innerhalb der – ach, einfach immer. Aber selbst ein gestrenger Mann wie mein Vater weiß, dass sich so etwas auf Dauer nicht vermeiden lässt, und er kümmert sich nicht darum, solange es heimlich geschieht, die Form gewahrt bleibt und jeder unvermindert korrekt seiner Aufgabe nachkommt.«

»Also etwa so wie sein Verhältnis zu dir.«

Sie lachte leise. »Ja. Er hat es nie offiziell gemacht, obwohl es wahrscheinlich so ziemlich jeder weiß, der sich in seiner Nähe aufhält. Das ist ihm egal, aber er will nicht darüber reden. Das ist so seine Art. Er spricht nie über sich. Ich weiß über ihn nicht mehr als du. Ich glaube, nicht einmal Olrig weiß alles.«

Rowarn zog langsam die Decke nach unten, und die morgendliche Frische ließ ihren Körper erschauern, die feinen Haare auf ihrer Haut stellten sich auf, und er strich vergnügt darüber. »Dann habe ich wenigstens die geringe Aussicht, noch ein wenig länger zu leben?« Er neigte den Kopf und küsste ihre Brust, dann ihren Bauch. »Aber nur, wenn du jetzt wirklich gehst …«

»Nur, wenn du damit aufhörst, du Nimmersatt …«

Fast war er geneigt, der Unvernunft und seinem wachsenden Verlangen nachzugeben. Doch diesmal war Morwen die Stärkere, vor allem, weil sie fror. Sie schlüpfte hastig in ihre Sachen und war schon unterwegs. Die Stiefel zog sie im Laufen an, und Rowarn musste sich ein Lachen verbeißen bei dem verrenkten Tanz, den sie dabei aufführte. Dann drehte er sich um, wickelte sich fest in die Decke und war kurz darauf wieder eingeschlafen.

»Sieh es dir an«, sagte Olrig am Morgen, als Rowarn völlig verschlafen als einer der Letzten auftauchte; was nicht weiter schlimm war, denn der Fürst und der Kriegskönig krochen auch soeben erst aus dem Zelt.

Und nun standen die beiden nebeneinander im frühen Morgendunst, der in der aufstrebenden Sonne rasch verging, während überall gelbe, rote und violette Teppiche aufblühten. Es war kein Unterschied zu Inniu zu erkennen – auf kurze Entfernung.

»Wie du siehst, befinden wir uns auf einer Hochebene, und noch nicht wirklich im Talgrund«, fuhr der Kriegskönig fort und führte Rowarn zum Rand. »Und nun öffne deinen Blick und sieh dich um.«

Und Rowarn sah weiter als jemals zuvor, über Hügel, Wälder, Auen, ein weit verzweigtes Straßennetz und rauchende Türme und Mauern in weiter Entfernung, und verstreut Höfe, Marktflecken, Felder und Weiden.

»Wir befinden uns hier im äußersten Westen des Landes Valia«, erklärte Olrig. »In diesem Teil findest du die Zwerge vom Stamm der Ennish, dem größten unseres Volkes, und natürlich Menschen, wie überall. Hauptstadt des ganzen Zwergenvolkes ist Ennishgar, dort Richtung Osten, die vielen Rauchsäulen am Horizont. Wir haben auch einen König, der jedoch nicht in Ennishgar residiert, sondern im Nordwesten.« Er zeigte nach links. »Dort, im zerklüfteten, rauen Gebirgsland, das sich durch den ganzen Norden zieht und viele Namen hat, leben weit verstreut die Gandur, nicht minder rau und zäh wie das Land. Aus diesem Stamm kommt unser gewählter Hochkönig Jokim, ein mächtiger und vermögender Mann dank seiner wunderbaren und allerorts geschätzten Ushkany-Brennerei, die nach ihm benannt ist. So macht man sich unsterblich.« Olrig grinste. Dann fuhr er fort: »In den östlichen Ausläufern des Gebirges gibt es viele verborgene Täler, die von den Dämonen beherrscht werden, wohin weder Mensch noch Zwerg ihren Fuß je setzen.«

»Die Dämonen haben ihr eigenes Reich?«

»Aber ja. Sehr abgeschieden. Gut für uns.« Sein Arm schweifte weiter nach rechts. »Nach Süden hinunter finden sich viele menschliche Provinzen, darunter auch das Fürstentum Lingvern, das sich Noïrun törichterweise hat abjagen lassen, nicht weit von der Landesgrenze Valias entfernt. Dazwischen, überall im Land verteilt, gibt es verwunschene Gegenden, wo sich Angehörige der Alten Völker aufhalten, fabelhafte Wesen und noch andere Geschöpfe, von denen wir nur wenig ahnen.«

»Wo liegt Ardig Hall?«, wollte Rowarn wissen.

Olrig deutete Richtung Osten, ein wenig nach Süden gerichtet. »Ungefähr sechzehn Tage mit einem schnellen Pferd von hier entfernt.«

»Das ist doch nicht das Zentrum von Valia«, meinte Rowarn und spielte damit auf eine Bemerkung Noïruns in Madin an, der genau dies behauptet hatte.

»Räumlich gesehen vielleicht nicht, das stimmt, es liegt eher nahe der westlichen Grenze«, versetzte Olrig. »Aber politisch auf alle Fälle.« Er wies weiterhin Richtung Osten. »Tief im Osten, wo die Schatten länger werden und die Umschließende See donnernd an die Klippen rollt, gibt es einen See, und darin eine Insel, auf der eine Burg steht – Dubhan, die Lichtlose, wie man sie nennt. Sie soll ein schwarzes Leuchten verströmen, heißt es. Ich weiß es nicht, denn ich war nie dort. Dort jedenfalls lebt Femris und sammelt die Splitter des Tabernakels.«

Rowarn hörte aufmerksam zu und spürte sein Herz schneller klopfen. »Ein großes Land ...«

»O ja. Um Valia von einem Ende zum anderen zu durchqueren, brauchst du viele Mondwechsel mit einem schnellen Pferd. Die Berge nicht eingerechnet.« Olrig faltete die Hände zusammen. »Als Erstes reiten wir jetzt Richtung Ennishgar. Das Hauptlager werden wir noch heute erreichen, es liegt in einem weiten und sehr geschichtsträchtigen Tal. Vor langer Zeit fand dort einmal eine große Schlacht statt, in der Altvorderenzeit, doch die Spuren sieht man noch heute. Viele berühmte Helden verloren damals ihr Leben, und so werden sie heute besungen.«

»Worum ging es?«

»Um die Herrschaft über Waldsee, nicht mehr, nicht weniger.

Viele Götter begleiteten damals ihre Völker, darunter auch uns, die Zwerge, und machten den Alten Völkern und den Drachen das Land streitig.« Der Kriegskönig senkte den Kopf. »Es war eine furchtbare Zeit, Rowarn, und keiner von uns kann behaupten, dass dieser Krieg ruhmreich war, auch wenn er heutzutage verklärt wird. Aber ich sage dir, alle Kriege um das Tabernakel zusammengenommen waren nicht so schrecklich wie diese Schlacht damals.«

»Lebt heute noch jemand, der damals dabei war?«

»Da bin ich sicher, denn nicht alle Unsterblichen haben die Lande verlassen. Sicher auch nicht alle von den Alten Völkern. Aber sie sprechen nicht darüber, und das ist besser so. Wir sollten froh sein, dass auf dieses Gemetzel ein langer Frieden folgte. Und wir sollten gut daran tun, ein zweites zu verhindern, indem wir Femris aufhalten und das Tabernakel an seinen ursprünglichen Platz zurückbringen.«

Rowarn blickte Olrig an. »Ihr würdet es nicht zusammensetzen? Benutzen?«

»Benutzen könnte es nur der Zwiegespaltene, wie du weißt, Rowarn. Und: Nein, ich würde es nicht zusammensetzen. Ich weiß nicht, was Erenatar damit beabsichtigt hat, aber er ist so alt wie das Universum, und deshalb ist dieses Artefakt viel zu groß für uns, selbst wenn wir es im Guten einsetzen könnten. Es übersteigt unsere Kräfte und wird Waldsee zerreißen. Das ist meine Meinung.« Der Kriegskönig wandte sich ab. »Die Noïrun übrigens nicht mit mir teilt; einer der wenigen Punkte, in denen wir uns uneins sind. Wie auch immer: Wir brechen auf. Spute dich, Junge, und hilf deinem Fürsten in den Sattel. Er hat heute Morgen einen etwas schweren Kopf.«

Rowarn atmete unwillkürlich auf, als er das hörte. Wie es aussah, war die heimliche Liebesnacht mit Morwen allen verborgen geblieben, und er brauchte sich keine Sorgen mehr zu machen.

10.

Die Blutstätte

»Alle herhören!«, rief Morwen und stemmte die Arme in die Seiten. »Wir werden nicht als verwahrloster Haufen ankommen, sondern in geordneten Reihen, wie wir es in den letzten Tagen gelernt haben. Also bringt eure Kleidung in Ordnung und nehmt diese Stöcke, denn sie sind eure Waffen. Ich will kein Geschlurfe, kein Geschwätz, kein Tanzen aus der Reihe. Ihr seid Soldaten von Ardig Hall, die Elite von Valia!«

»Ay!«, kam es nahezu geschlossen zurück.

Zu Rowarns Überraschung wurde ihm Windstürmer gebracht, und Rayem sein gemütlicher Gaul, der sich allerdings ebenfalls zum Muskelprotz entwickelt hatte und sehr viel lebhafter wirkte. Auch alle anderen, die mit Pferden gekommen waren, erhielten den Vorzug zu reiten. Glücklich schwang Rowarn sich auf den Rücken des Falben, dessen Fell in der Sonne einen leichten Goldschimmer hatte.

Mittags erreichten sie nach einem ruhigen Marsch das »Titanenfeld«, wie Olrig es bezeichnet hatte. Tatsächlich lag eine seltsame Stimmung über dieser steppenartigen Senke, die sich deutlich von dem grünen und blühenden Überfluss ringsum abhob.

Hier gab es nur Dornkraut, raues Steppengras, und trockenen, sandigen Boden. Selbst Tiere mieden das Gebiet, nur selten flog ein Vogel darüber, und sogar Insekten waren kaum zu finden. Nur ein paar Käfer und gelegentliche Mückenschwärme, aber das war auch schon alles. Die Pferde gingen gleich beschwingter, weil es hier keine Versuchung gab, den Kopf zu senken, durch die Gräser zu streifen und die süßesten Stängel zu zupfen.

Rowarn keuchte plötzlich auf und griff sich an die Kehle.

»Was hast du?«, fragte Lohir Sommersprosse, der neben ihm ging, und bohrte selbstvergessen in der Nase.

»Dieser … Ort …«, stieß Rowarn hervor. Er krümmte sich zusammen, sein Gesicht lag fast auf der Mähne. Windstürmer wieherte leise, sein Schritt wurde vorsichtig, als ob er über rohe Eierschalen ginge. »Es greift nach mir … viele eiskalte Finger … und ich sehe …«

Er sah unbeschreibliche Dinge, vor langer Zeit geschehen.

Er sah einen Tag in der Dämmerung einer lange vergangenen Zeit, als Valia noch jung gewesen war. Nichts erinnerte an das Land, wie es jetzt aussah, alles wirkte viel größer und weiter.

Riesen wandelten über eine von Dunkelheit übergossene Ebene, wateten durch knöcheltiefen Blutschlamm. Unbeschreibliche Wesen hieben mit furchtbaren Waffen aufeinander ein – mit Morgensternen, größer als Pferdeschädel, mit Vielklingenschwertern, Wurfscheiben, stachelbewehrten Keulen, mit durch Ketten verbundenen Stöcken, die spitze Enden und Stachelringe besaßen. Sie warfen lange Speere mit einer geraden und einer gekrümmten Spitze, hieben und stachen mit den Doppelspeeren aufeinander ein. Andere schwangen zweischneidige Äxte, so groß und schwer wie ein Amboss.

Die Erde bebte, wo die gepanzerten Titanen zusammentrafen und mit grausamer Wucht aufeinander einschlugen. Dröhnend landeten die Morgensterne in der aufgerissenen Erde und schlugen neue Wunden. Berge von Leichen türmten sich auf, verstümmelte Riesen vergossen Ströme von Blut, während sie fielen. Der Himmel war aschgrau, schwarze Wolken zogen rasch dahin und verdeckten die fahlbleiche, kaum Licht und keine Wärme spendende Sonne. Blitze zuckten am Firmament entlang und schlugen donnernd auf dem Erdboden oder in uralten Bäumen ein, wobei sie tiefe Löcher brannten und flammende Vernichtung auslösten.

Wenn die Auren der Mächtigen aufeinanderprallten, stank die Luft nach Schwefel und Magie. Zauberer schleuderten Kugelblitze aufeinander, versuchten, sich mit Strahlen zu erschießen, erschufen Irrlichter, die den Wahnsinn mit sich brachten, oder errichteten Bannwälle, die von Gegenzaubern eingerissen wurden. Götter kämpften in der

Luft mit fliegenden Heerscharen, und Drachen und Dämonen jagten und zerrissen Fliehende in rasender Blutgier.

»Ich ... ertrage es nicht ...«, wimmerte Rowarn und stürzte von seinem Pferd. Sofort war Morwen bei ihm, und Olrig ließ den Zug anhalten und galoppierte eilig zurück.

»Was hat er?«, fragte er besorgt, während Morwen und Lohir den jungen Nauraka festhielten, der sich mit verdrehten Augen und Schaum vor dem Mund auf dem Boden wälzte.

Lohir war so blass, dass man seine Sommersprossen kaum mehr sehen konnte. »Er hat irgendetwas von diesem Ort gemurmelt«, berichtete er verstört. »Und dass er unvorstellbar grausame Dinge sieht ...«

»Das ist die gefangene, überlieferte Magie dieses Ortes«, brummte der Zwergenkönig. »Bisher war sie uns von Nutzen, die Soldaten schnell und gut auszubilden, aber sie ist offensichtlich nicht für alle gleichermaßen verträglich.« Er kramte in seinen Westentaschen, dann zog er einen kleinen Beutel heraus und streute kleingeschnittene, getrocknete Kräuter auf seine Hand. »Helft mir, ihn aufzusetzen«, sagte er zu Morwen und Lohir. »Morwen, halt seinen Kopf fest, damit ich die Kräuter in seinen Mund bekomme.«

Mit vereinten Kräften schafften sie es. Inzwischen war auch der Fürst eingetroffen und sah mit besorgter Miene von seinem Hengst aus zu.

Kurz darauf wurde Rowarn ruhiger und kam schließlich zu sich. Verstört blickte er Olrig an. »Ich habe es gesehen ...«, flüsterte er. »Die Titanen ... und die Götter ... eine entsetzliche Schlacht ...«

»Das wird nicht noch mal passieren, dafür sorge ich«, versprach Olrig erleichtert. »Du bist bei den Velerii aufgewachsen, so war immer Magie um dich, wahrscheinlich auch in deinem Essen. Das hat dich für derlei Dinge empfänglich gemacht. Wir hätten es uns denken können. Ich werde dir jeden Tag, solange wir hier sind, von den Kräutern geben, dann spürst du es nicht mehr.«

»Macht es meine Sinne stumpf?«

»Nein, dein Verstand bleibt klar und scharf, und der Rest deines Körpers wird auch funktionieren. Geht's wieder?«

Rowarn nickte und stand auf. Verlegen blickte er in die Runde. Doch niemand machte ein vorwurfsvolles Gesicht. Eher betrachteten sie ihn mit einer gewissen respektvollen Neugier. »Ich habe euch aufgehalten. Aber jetzt ist alles in Ordnung.« Noch ein wenig wacklig auf den Beinen kletterte er auf Windstürmer.

»Gut«, sagte der Fürst. »Dann kann es ja weitergehen.« Er wendete den Kupferfuchs und setzte sich wieder an die Spitze.

Morwen blieb mit ihrem Pferd eine Weile neben Rowarn, und ihre Nähe tat ihm gut, auch ihr Schweigen. Es missfiel ihm, dass er stets auf irgendeine Weise auffallen musste, doch er konnte nichts dagegen machen. Noch jetzt spürte er die Magie, die mit kalten Fingern über ihn kroch, aber sie hatte keinen Einfluss mehr auf ihn. *Das ist mit Abstand der scheußlichste Ort, an den wir geführt werden können*, dachte er voller Ekel. *Orte wie dieser sollten für immer vergessen werden.*

Bald darauf hatten sie das Hauptlager erreicht. Die Neuankömmlinge blickten auf ein Heer von Zelten, umzäunte Gatter für Pferde und Vieh, eine Schmiede, Feuerplätze und viele Kampfareale, in denen eifrig geübt wurde. Größtenteils Männer, aber auch einige Frauen. Rowarn schätzte die Anzahl der Kämpfer auf über tausend, aber vermutlich waren es eher doppelt so viele, denn es herrschte ein ständiges Kommen und Gehen.

Hinzu kamen noch über hundert Bedienstete, die Waffen und Rüstungen instand hielten, Essen zubereiteten und ausgaben, Verletzungen versorgten, sich um Pferde und Vieh kümmerten und vieles mehr. Hier überwog der Frauenanteil, und Rowarn beobachtete durchaus angetan ihre rosigen Wangen und die üppigen, in Mieder und Leinen gepressten Formen, ihre fröhlichen Gesichter. Wann immer sie an einem Übungsplatz vorbeikamen, warfen die Frauen den Rekruten schelmische Blicke zu und wiegten die Hüften, ungeachtet der Last schwankender Wasserkrüge oder überladener Körbe.

Fürst Noïrun wurde umgehend umringt und begeistert begrüßt, von den Offizieren des ersten bis sechsten Ranges, die hier als Ausbilder tätig waren und gleichzeitig ihre künftigen Einheiten zusammenstellten. Bald löste sich die Schar einschließlich Olrig von den Rekruten, und es gab allgemeine Umarmungen, Schulterklopfen und Gelächter.

Die neu angekommenen Rekruten verharrten ein wenig verloren auf dem großen Platz, wenngleich wohlgeordnet, und warteten auf Befehle. Rowarn und Rayem standen mit ihren Pferden ganz vorne. Auf dem benachbarten Areal hörten die Kämpfe plötzlich auf, als »die Neuen«, bemerkt und in Augenschein genommen wurden. Schließlich lösten sich fünf junge Männer aus ihrer Einheit und traten mit ihren Schwertern vor die Ankömmlinge aus Inniu.

Einer war der geborene Unruhestifter; ein großer, grobschlächtiger junger Mann Anfang zwanzig, mit starken Muskeln, die er wohl gern zeigte, da er nur spärliche Kleidung trug.

»Sieh da, sieh da«, fing er mit höhnischem Grinsen an. »Nun sind sie ja endlich eingetroffen, die Frischlinge! Und wie nett sie sich herausgeputzt haben, wie sie dastehen in ihrer verlorenen Würde, kaum dass sie aus dem Erdboden hervorgekrochen sind und über die Grassoden schauen können!«

»König Barfuß und Prinzessin Blaugesicht aus dem stolzen Tal Inniu, das so mächtig ist, dass man es auf keiner Landkarte findet«, spottete der junge Mann neben ihm, offenbar die Nummer zwei der Riege. Er deutete nacheinander auf Lohir und Ravia, dem geschlagenen Mädchen, dessen Gesicht allerdings schon fast verheilt war. Als Nächster war Kalem an der Reihe: »Der beste Freund der Barbiere, Herr der schwarzen Zähne!« Dann wies er auf Rayem. »Und der oberste aller Ritter, auf dem treuesten aller fetten Ackergäule!«

»Und der«, fuhr der Rädelsführer fort und wandte sich Rowarn zu, »ist der Meister über alle, ein Edelmann der Schweinekoben, Gebieter über Speck und Ringelschwänze! Zweifelsohne sind sein Zaumzeug und der Sattel das Kostbarste, was er besitzt, denn er hat sie unsichtbar gezaubert!«

Daraufhin setzte erwartungsvolle Stille ein. Rowarn war sich bewusst, dass ihn nicht nur seine vier verspotteten Freunde anstarrten, sondern nahezu jeder, der in der Nähe dieses Platzes war. Er sah auch Noïrun, der Morwen am Arm festhielt, als sie mit verbissenem

Gesicht vorstürmen wollte, und er sah Olrig sich einen guten Platz suchen und seelenruhig seine Pfeife entzünden. Und er betrachtete all die anderen Rekruten, Soldaten und Befehlshaber, die Marketenderinnen, Schmiede und wer sie alle waren, die sich neugierig zusammendrängten.

Er seufzte. »Also gut.« Rowarn schwang das rechte Bein über Windstürmers Hals und rutschte an der linken Seite herunter. Rayem beeilte sich, von seinem Wallach zu kommen. Rowarn wandte sich an die Rekruten, die hinter ihm und den vier anderen in Reih und Glied standen.

»Stillgestanden«, sagte er, was umgehend höhnisches Gelächter und Pfiffe der fünf auslöste.

»Und Befehlshaber ist er auch schon!«

Rowarn fixierte die Rekruten der ersten Reihe und nahm ihnen das stumme Versprechen ab, Haltung zu bewahren und sich nicht zu rühren, bis es ihnen befohlen wurde. Sie nickten unmerklich. Natürlich wollten sie sich keine Blöße geben und als halbwilde Tölpel verachtet werden; sie hatten Stolz entwickelt. Rayem und die anderen hielten ihre Stöcke bereit. Er stellte sich vor sie und wandte sich dem Großmaul zu.

»Was hast du da gesagt?«, fragte er.

Der Rädelsführer öffnete den Mund, guckte dann aber verdutzt und wusste zunächst keine Antwort. Aber er hatte ja seinen Freund. »Das hast du schon verstanden«, schnappte der. »Oder müssen wir es wie für eine taube Nuss noch einmal wiederholen?«

»Ich wollte nur sichergehen«, versetzte Rowarn lächelnd. Er gab seinen Freunden ein Zeichen, näher zu rücken.

Das Großmaul prustete los. »Mit den albernen Stöcken wollt ihr Soldaten sein? Wo sind eure Schwerter?«

Rowarn winkte ab. »Warum sollten wir die unnötig abnutzen? Die Stäbe sind gut genug in den richtigen Händen.«

Rayem und Kalem nahmen rechts, Lohir und Ravia links von ihm Aufstellung. Ihre Augen funkelten erwartungsvoll, während sie sich bereitmachten. Wie ein Pfeil an der gespannten Bogensehne warten sie nur auf den Befehl loszuschnellen.

Der Rädelsführer zeigte auf seine leere Hand. »Und wo ist dein Stock?«

»Ich brauch keinen«, antwortete Rowarn fast heiter. Er spürte die Anspannung um sich herum immer stärker werden. Alles konzentrierte sich nur noch auf ihn.

Sollten sie. Er würde allen zeigen, dass die Leute aus Inniu nicht geringer waren als andere, geschweige denn dümmer, langsamer oder ungebildeter.

Am Rand sah er Jelim stehen und zwinkerte ihr zu. Sie machte halbe Verrenkungen, um ihm zu zeigen, wie er vorgehen sollte, aber das wusste er bereits. Sie brauchte sich keine Sorgen zu machen. Er hatte das Großmaul lange genug beobachtet und wusste genau, wo seine Schwachstellen lagen – überall. Dieser Rekrut war ein brutaler und plumper Schläger, der lediglich Kraft und Masse einsetzte, um mit einem Schlag zu töten, und auf nichts anderes mehr achtete.

»Los«, sagte Rowarn unvermutet.

Die Freunde hatten nur darauf gewartet und reagierten augenblicklich. Bevor die vier Gegner recht begriffen, wie ihnen geschah, wurden sie mit wirbelnden Stöcken zurückgetrieben. Als sie versuchten, die Schwerter einzusetzen, parierten die Stockträger geschickt, wandelten den Angriff um und entwaffneten sie schließlich nahezu gleichzeitig. Sie setzten die Stabspitze jeweils an die Kehle des Unterlegenen.

Der Rädelsführer hatte kaum folgen können, so schnell war es gegangen, doch dann kochte seine Wut hoch. »Du!«, schrie er und ging mit erhobenem Schwert auf Rowarn los. Im nächsten Moment lag er im Staub, in den er rücklings und mit Wucht geprallt war. Rowarn stand über ihm, einen Stiefel quer an die Kehle gesetzt, während er das Schwert lässig in der Linken hielt.

»Upps«, sagte er grinsend. »Scheint, als wärst du gestolpert.« Er trat zurück, wechselte das Schwert in die rechte Hand und ließ es kurz kreisen, prüfte es in zwei, drei Schwüngen, und warf es schließlich neben dem Großmaul auf die Erde. »Nicht gut im Gleichgewicht«, fügte er hinzu. »Genau wie du. Kaum gut genug für mich.«

Damit ging er zu seinen Freunden, die in fröhliches Gelächter ausbrachen, und als er den Blick auf einen bestimmten Mann ganz hinten in der Menge richtete, sah er sehr wohl den Stolz in den Augen des Fürsten.

Auch der Rest der hundertfünfzig jubelte jetzt. Während das Großmaul und seine Kumpane von ihrem Ausbilder eine Rüge wegen unerlaubten Entfernens erhielten, winkte Morwen dem Trupp, ihr zu folgen.

Damit hatte die Truppe aus dem fernen Inniu ihren Platz in den Scharen von Ardig Hall gut verteidigt und wurde im Land Valia willkommen geheißen.

Morwen schien ziemlich froh zu sein, dass die hundertfünfzig dem Fürsten keine Schande bereitet hatten, und auch Jelim gab anerkennend zu, dass sie alle in der kurzen Zeit unglaublich viel gelernt hätten. Und vor allem hatten sie Selbstbewusstsein gewonnen und Vertrauen in ihre Stärke.

Noch am selben Tag wurde jeder Einzelne zur Ausbildung eingeteilt, und somit fand die gerade erst besiegelte Gemeinschaft schon wieder ihr Ende. Aber gewiss würden einige Freundschaften erhalten bleiben.

Rowarn konnte es kaum mehr erwarten, mit der Ausbildung zu beginnen. Den Plan hatte er schon erhalten, und seine Dienstzeiten mit dem Fürsten abgesprochen. Er würde in den nächsten Tagen wahrscheinlich kaum zum Schlafen kommen, wie bisher auch schon, aber das war ihm nicht wichtig, er musste lernen! Er wusste genau, dass er gegen das Großmaul im Ernstfall keinerlei Chance hätte; er hatte lediglich Glück gehabt, weil der andere ihn völlig unterschätzt und nicht ernst genommen hatte. Aber das würde dem Kerl bestimmt kein zweites Mal passieren.

Voller Aufregung nahm Rowarn das Übungsschwert entgegen, als ihm eröffnet wurde, dass schon heute Nachmittag die erste Stunde stattfinden würde.

Natürlich gab es jede Menge Zuschauer am Rand, als die »Frischlinge« dann, darunter Rowarn und Rayem, zum ersten Mal ins

Übungsquadrat traten, mit Schwertern statt Holzstöcken, und in lederner Schutzkleidung. Die Ausbilder erwarteten sie schon und stellten sich der Reihe nach vor. Rowarn sollte als Erster eine Übung mit einem grauhaarigen Haudegen durchführen und machte sich bereit, als ein Zwischenruf erklang: »Einen Augenblick.«

Die Zuschauermenge teilte sich, und dann trat zur Verblüffung aller Fürst Noïrun ins Quadrat, völlig ohne Rüstung, mit einem Übungsschwert bewaffnet. Der Grauhaarige wich sofort mit einer Verbeugung zurück, und der Fürst stellte sich vor Rowarn.

»Tritt gegen mich an«, forderte er ihn auf.

Rowarn durchfuhr es heiß und kalt, und sein Puls raste. Sein sehnlichster Wunsch ging in Erfüllung: Er würde vom Fürsten persönlich ausgebildet werden! Eine größere Ehre konnte es kaum geben, das wusste er bereits, denn Noïrun galt als einer der besten Schwertkämpfer Valias, und er stand unter allen Befehlshabern der Heerschar von Ardig Hall im höchsten Rang. Nur noch der Heermeister, in dessen Auftrag er aufgebrochen war, um Rekruten zu suchen, stand noch über ihm. Sich mit einem Rekruten abzugeben, auch wenn es sich um den eigenen Knappen handelte, war keine alltägliche Sache für einen Mann wie ihn.

Die Menge tuschelte und starrte abwechselnd Rowarn und den Fürsten mit großen Augen an. Aber das war dem jungen Nauraka egal, er hatte nur noch Augen für den großen Ritter und konzentrierte sich einzig auf den Kampf.

Die Tage vergingen rasend schnell, angefüllt mit Arbeit und Übungen. Rowarn erhielt die umfassende Ausbildung eines Ritters, im Schwertkampf, dem Lanzenstechen, Speerwerfen und auch Bogenschießen. Er fand kaum ein paar Stunden Schlaf, aber er war glücklich. Sein Körper gewöhnte sich zusehends an die Herausforderungen, und er fühlte sich jeden Tag besser und stärker. Er lernte unglaublich viel von dem Fürsten, der nicht nur ein Meister seiner Kunst war, sondern auch ein sehr geduldiger Lehrherr, der viel Wissen zu geben hatte. Und die Arbeit mit Windstürmer machte ebenfalls Spaß, denn der kleine Falbe entwickelte sich mit ebenso viel Begeisterung und Ehrgeiz zu einem hervorragenden Kriegspferd.

Natürlich war Rowarns Sonderstellung als Knappe vielen ein Dorn im Auge, vor allem Moneg und Gaddo, den beiden großmäuligen Wortführern, die ihnen bei der Ankunft entgegengetreten waren. Die beiden ließen keine Gelegenheit aus, ihn zu schmähen und schlechte Stimmung zu verbreiten. Doch meistens bekam Rowarn das überhaupt nicht mit. Er war mit viel wichtigeren Dingen beschäftigt, und das Geschwätz anderer über ihn interessierte ihn kaum. Schon gar nicht, wenn er des nachts lustvolle Ablenkung durch Morwens heimliche Besuche fand, die ihn zwar zusätzliche Schlafzeit kosteten, aber sehr viel entspannender und anregender zugleich waren als ein tiefer Schlummer. Sollten die anderen doch neidisch sein, was kümmerte es ihn? Wenn die erst davon gewusst hätten ...

Doch Moneg gab und gab keine Ruhe; die Zeit steigerte seinen Hass eher noch, statt ihn zu schmälern, weil er keinen Angriffspunkt bei Rowarn fand. Eines Nachmittags, als sie in zwei benachbarten Arealen übten, ließ er wiederum eine Reihe spitzer Bemerkungen fallen, doch allmählich hatten es alle um ihn herum satt und forderten ihn auf, es bleiben zu lassen. Was ihn natürlich erst recht aufstachelte. Der Reihe nach beschimpfte er sie alle, sich bei dem nichtsnutzigen Zuckerpüppchen anbiedern zu wollen.

Jeder fragte sich, wie lange Rowarn sich das noch gefallen lassen wollte, aber der zog mit Windstürmer ruhig seine Kreise.

Morwen, die gerade ein paar Übungsstunden gab, war es schließlich, die eingriff. »Moneg, hör endlich auf damit!«, sagte sie streng. »Rowarn ist einer von uns.«

Moneg spuckte aus. »Der ist nicht wie wir!«

Zusehends verlor sie die Geduld. »Das habe ich auch nicht gesagt! Setz dein Ameisengehirn in Gang und höre einmal richtig zu! Und jetzt geh und setze deine Übungen fort.«

Als er aufbegehren wollte, herrschte sie ihn an: »Das ist ein Befehl! Willst du dich gegen eine Gardistin stellen? Willst du das?« Ihre Hand legte sich auf ein langes Messer an ihrem Gürtel. Sie trug nie ein Schwert, aber das brauchte sie auch nicht.

Moneg zögerte, hin- und hergerissen zwischen Wut und Verunsicherung. »Nein«, sagte er schließlich und trollte sich.

»Mach weiter, Rowarn«, forderte Morwen ihn auf. »Und hör auf, ihn dauernd zu provozieren!«

»Ihm genügt mein Anblick«, erwiderte Rowarn ungerührt und trieb Windstürmer zum nächsten Lanzengang, während Moneg und Gaddo in seiner Nähe plump aufeinander eindroschen. Sie waren ausdauernde und zähe Kämpfer, von großer Körperkraft, die ihnen ausreichend Masse verlieh, um sich durch ein Heer zu schieben. Aber sie besaßen nicht die Anmut und Eleganz Fürst Noïruns oder auch nur des Geringsten der Ritter seiner Schar. Für diese war der Schwertkampf eine Kunst, mit der sie Auseinandersetzungen auch unblutig beilegen konnten, indem sie allein durch Schnelligkeit und Geschick, den Gegner entwaffneten. Nur in der Schlacht setzten sie statt der Breitseite die tödlichen Schneiden ein.

Rowarn konzentrierte sich auf die Reitübungen, und Windstürmer arbeitete eifrig mit, bog sich eng um die Stäbe, ohne seine Geschwindigkeit zu verringern, und führte seinen Herrn genau dorthin, wo er nahezu mühelos Treffer landen konnte. Windstürmers geringe Größe und der kurze, stämmige Körper gereichten ihm hier zum Vorteil, sodass er sogar den edlen Kupferfuchs übertraf.

Trotzdem schnappte Rowarn immer wieder Wortfetzen der beiden grobschlächtigen Kerle auf, wenn er in ihre Nähe kam. Gerade wegen ihres Verweises durch Morwen konnten sie es einfach nicht lassen.

»Ist ja erstaunlich, dass er sich von einem Weib verteidigen lässt«, meinte Gaddo.

»Erstaunlich?«, gab Moneg zurück. »Dem bleibt doch nichts anderes übrig! Der taugt gerade mal zum Salonkrieger, wo er sich von Damenhänden verwöhnen lässt und schwülstige Gedichte zum Besten gibt!«

»Fragt sich nur, wie viel dauerhaften Erfolg er damit hat, wenn er dann seine wahren Künste beweisen muss!«, lachte Gaddo und bewegte anstößig die Hüften.

Die anderen ringsum hielten sprachlos inne und blickten unsicher zu dem Nauraka.

Und Rowarn hielt Windstürmer an.

»Da kann er sich noch so als feiner Herr geben und sich etwas darauf einbilden, Liebling des Fürsten zu sein!«, fuhr Moneg höhnisch fort, ungerührt ob der warnenden Blicke der anderen. »Er bleibt trotzdem ein elternloser Bastard, der von stinkenden Hufbeinern erzogen wurde, die sich bevorzugt in der eigenen Pisse suhlen!«

Schlagartig trat völlige Stille ein, als alle ihre Arbeit unterbrachen. Sprachlos starrten sie den Dummkopf an, der weder seine Grenzen noch den Ernst der Lage erkannte. Selbst Gaddo war erschrocken und trat einen Schritt zurück. Dies ging auch ihm endlich zu weit.

Dann erklang kurz Rayems Stimme, der den veränderten, ihm nur zu gut bekannten Ausdruck in Rowarns Augen bemerkte: »Oh«, sagte er unheilverkündend, »nicht gut.« Er stieß Morwen an. »Schnell, hol Olrig!« Sie begriff sofort und lief los, ohne Fragen zu stellen.

In diesem Augenblick explodierte Rowarn. Er hechtete ohne Übergang vom Rücken des Pferdes, sprang mit einem gewaltigen Satz mehrere Speerlängen weit und fiel wie ein rasender Sturm über Moneg her, bevor der überhaupt erstaunt blinzeln konnte. Die Wucht des Aufpralls riss den Burschen um, und er überschlug sich zusammen mit Rowarn, der vor ihm wieder auf den Beinen war und den großen, schweren Mann mühelos hochzerrte, als würde er einen leeren Bierkrug stemmen. Mit aller Gewalt hieb er ihm die geballte Faust ins Gesicht. Damit nicht genug, packte er Monegs Arm und schleuderte ihn herum, warf ihn erneut wuchtig zu Boden, riss ihn wieder hoch und versetzte ihm dann einen Hagel von Schlägen, ohne dass der Mann auch nur ansatzweise einer Verteidigung fähig gewesen wäre.

Alles geschah rasend schnell und völlig lautlos, abgesehen vom Ächzen des Angegriffenen. Rowarns Miene war kalt und starr, seine Augen zu Eisblöcken gefroren.

Wahrscheinlich hätte Rowarn Moneg mit den nächsten Hieben totgeschlagen, wenn Olrig in diesem Moment nicht eingegriffen hätte. Der Zwerg kam mit erstaunlicher Geschwindigkeit angerannt, bekam Rowarn von hinten zu fassen, schlang die Arme um ihn und fixierte ihn. Gewaltsam zerrte er ihn zurück. Trotz seiner Bärenkräfte und seines schweren Körpers hatte Olrig Mühe, den gleichwohl größeren, aber eher schmächtigen jungen Mann zu halten. »Rowarn!«, schrie er. »Hör auf! Komm zu dir!«

Gaddo, Monegs bester Freund, starrte auf die Blutlache, in der Monegs verkrümmter Körper lag. Dann zog er sein Schwert und ging laut schreiend auf Rowarn los, der sich immer noch heftig gegen Olrig wehrte, während der ihn wiederum Schritt für Schritt weiter mit sich zurückzog. Als Gaddo zuschlagen wollte, prallte sein Schwert auf blitzenden Widerstand, und er wurde vom eigenen Schwung zurückgeschleudert. Das Schwert entglitt seinen kraftlosen Fingern, und er stürzte in den Sand. Stöhnend hielt er sich die geprellten Arme.

Fürst Noïrun stand wie aus dem Boden gewachsen zwischen ihm und Rowarn, das Schwert noch in halber Höhe. Er hatte den beidhändig geführten Schlag mit nur einem Arm aufgehalten.

Alle anderen standen wie gelähmt, die Augen voller Entsetzen weit aufgerissen.

»Olrig, bring den Jungen in mein Zelt«, befahl der Fürst mit gewohnt ruhiger Stimme. »*Du*«, und er richtete das Schwert auf Gaddo, »nimm deinen närrischen Freund und schaff ihn ins Lazarett. Wir beide sprechen uns später.«

Gaddo beeilte sich, dem Befehl nachzukommen. Er steckte hastig sein Schwert ein und schulterte den bewusstlosen Moneg, an dem er schwer zu schleppen hatte. Schweigend, jedoch mit deutlich angeekelten Gesichtern, machten die Soldaten ihm Platz. Niemand half ihm, als er mehrmals stolperte und strauchelte.

Der Fürst blickte in die Runde. »Und ihr«, fuhr er fort, »macht weiter. Die Vorführung ist beendet.«

Und dann, als sich immer noch niemand rührte, hörte man den zwar stets gebieterischen, aber normalerweise ausgeglichenen Fürsten zum ersten Mal brüllen. »Na los!«, schrie er, bebend vor Zorn. »Scharführer! Lehrmeister! Habt ihr alle eure Pflicht vergessen? Wisst ihr nicht mehr, wie man Befehle gibt? Muss ich euch allen noch einmal beibringen, was *Disziplin* heißt?«

Erschrocken, bleich, rührten sich die Offiziere endlich, traten in den Kreis und bellten Anweisungen.

Rowarn bekam alles nur wie durch einen Nebel mit. Olrig hatte ihn im Zelt auf einen tiefen Stuhl gedrückt, wo er zitternd saß, unfähig, etwas zu sagen.

Der Fürst kam herein, musterte ihn und sagte: »Olrig, um Himmels willen, gib ihm schnell etwas von deinem Ushkany, sonst bricht er uns zusammen. Er steht kurz vor einem Kollaps.«

»Natürlich, hätte gleich dran denken sollen«, brummte der Zwerg, zog das flache Metallfläschchen aus seinem Wams, öffnete es und hielt es Rowarn an die Lippen. Der erste Schluck rann wieder aus dem Mund, über Rowarns Kinn hinab. »Du musst schlucken, Junge, los, das kannst du schon.« Endlich bewegte sich der Adamsapfel, und Rowarn schluckte gehorsam.

»Herr«, erklang Rayems Stimme vom Zelteingang, und er streckte den rotblonden Schopf herein.

»Keine Störung jetzt!« Der Fürst fuhr zu ihm herum. »Macht denn hier jeder, was er will?«

»N-nein, Herr«, stotterte Rayem eingeschüchtert. »Ich wollte nur sagen ... wegen Rowarn ... Er kann nichts dafür. Wenn es ihn überkommt, ist er nicht mehr bei sich, er hat keine Kontrolle darüber ...«

»Du denkst, das entschuldigt alles?«, schnaubte der Fürst. »Geh zurück zu deinen Übungen!«

»Ja, Herr. Danke, Herr.« Rayems Kopf verschwand auf der Stelle.

Noïrun beugte sich über Rowarn. »Behält er den Ushkany bei sich?«

»Ja«, brummte Olrig. »Will ich auch hoffen, wäre ja ein Jammer um jeden vergeudeten Tropfen.«

Rowarns Augenlider flatterten, verschwommen erkannte er das Gesicht des Fürsten über sich. Abgehackt, immer noch von Krämpfen geschüttelt, stieß er hervor: »Es – es – es – tut mir leid – ich – ich ...«

»Still, still«, sagte Olrig sanft und legte ihm die breite Hand auf die heiße Stirn. Die Berührung tat gut. Rowarn schloss die Augen und wurde ruhiger.

»Kannst du etwas erkennen?«, erkundigte sich Noïrun.

»Es ist dieser Ort«, murmelte Olrig. »Der ist wie Gift für ihn. Meine Blätter wirken nicht mehr. Er muss hier weg, Noïrun.«

»Ich wollte ohnehin morgen aufbrechen.« Noïrun sah auf, als Fabor hereinkam, Monegs Offizier, und runzelte ungehalten die Stirn über die neuerliche Störung.

»Ich komme gerade aus dem Lazarett«, meldete er. »Gebrochener Kiefer, zertrümmerte Nase, ausgerenkte Schulter, eine gebrochene Rippe und ein Bluterguss am Knie. Wird aber wieder.« Er deutete auf Rowarn. »Kann ich den in meine Einheit kriegen?« Er hob die Schultern und grinste, als er Noïruns Gesichtsausdruck sah. »Ich mein ja nur.« Hastig brachte er die Zeltbahnen zwischen sich und den Fürsten.

Noïrun seufzte und rieb sich das bärtige Kinn, während er eine Weile auf und abging. »Das hat uns noch gefehlt, dass sich unsere eigenen Leute gegenseitig an die Kehle gehen.«

»Das ist doch ganz normal bei so einem großen Haufen«, meinte Olrig versöhnlich.

»Aber nicht hinterrücks«, zischte der Fürst. »Der eine ist bestraft genug und vielleicht endlich ein wenig klüger, aber seinen Freund werde ich mir kaufen.«

Olrig half Rowarn, sich aufzusetzen. »Na, geht's wieder?«

Rowarn nickte, griff sich dann aber an den Magen.

»Übergib dich bloß nicht hier!«, warnte Olrig und war nahe dran, ihn mit Schwung aus dem Zelt zu befördern.

»So oft passiert das nun auch wieder nicht«, murmelte Rowarn. Er kämpfte eine Weile mit sich, hatte sich aber in der Gewalt.

»Ach, wirklich?«, spottete der Zwerg. »Bei dir gibt es doch nur zwei Zustände: Entweder du machst Ärger, oder du kotzt.« Olrig hielt ihm das Fläschchen hin. »Trink noch einen Schluck Ushkany, der wird dir guttun und weitere Schäden verhindern.«

Rowarn gehorchte. Sogar unter diesen Umständen konnte er sich an den Geschmack und die wohltuende Wärme gewöhnen. Er wagte es nicht, dem Fürsten in die Augen zu blicken. »Ich hätte es Euch sagen müssen«, sagte er beschämt.

»Allerdings, das hättest du«, stimmte Olrig knurrig zu, nachdem er sich selbst aus dem Fläschchen bedient hatte. »Ich jedenfalls hab's dir schon von Anfang an gesagt, Noïrun!«

»Lass es gut sein, Freund«, sagte der Fürst müde. Er sah Rowarn an. »War das schon immer so?«

Rowarn schüttelte den Kopf. »So ... noch nie. Aber ... es ist, wie Rayem gesagt hat: Manchmal habe ich mich nicht mehr unter Kontrolle. Als ob ein wildes Tier aus mir hervorbricht, während ich wie gelähmt zusehen muss. Ich wollte Moneg zur Rechenschaft ziehen, aber ... nicht so.« Er blickte zu Olrig. »Danke, dass Ihr mich aufgehalten habt.«

Mitleid und Sorge standen in den blauen Augen des Zwergs. Er drückte kurz Rowarns Schulter. »So was kommt eben vor, Junge, und dann ist es gut, wenn Freunde in der Nähe sind. Du warst ohnehin bewundernswert langmütig, ich hätte dem Kerl schon viel früher die Kehle gekitzelt. Das Maß war voll, und du hattest jedes Recht der Welt, ihn zurechtzuweisen.« Er blickte Noïrun auffordernd an. »Ist es nicht so?«

Der Fürst nickte ruhig. »Jedermann hat das Recht, seine Ehre zu verteidigen. Damit soll die Angelegenheit auch beendet sein, denn wir konnten das Schlimmste verhindern. Rowarn könnte natürlich noch eine öffentliche Entschuldigung der beiden verlangen, aber an seiner Stelle würde ich besser darauf verzichten.«

»Das tu ich auch«, sagte Rowarn zerknirscht.

Olrig erhob sich. »Ich gehe dann mal packen. Morgen früh?«

»Eine Stunde nach Sonnenaufgang.«

Olrig nickte und verließ das Zelt.

»Geh jetzt«, sagte der Fürst zu Rowarn. »Bleib in deinem Zelt, bis sich die Gemüter wieder beruhigt haben.«

Rowarn stand unglücklich auf. Er schämte sich zutiefst. »Olrig hat wirklich Recht«, flüsterte er.

»Schon gut«, sagte der Fürst, und zu seiner Verwirrung sah Rowarn ihn kurz lächeln. »Achte auf dich. Morgen verlassen wir diese verfluchte Stätte.«

11.

Ennishgar

In der Nacht wachte Rowarn auf, starrte eine Weile in die Dunkelheit und konnte schließlich nicht mehr einschlafen. Er zog sich an und ging nach draußen. Ein abgemagerter Mond stand tief im Osten, und Ishtrus Träne hatte die Vorherrschaft am Himmel. Dünne Schleierwolken wanden sich wie ein wogendes Band um den Mond und ließen ihn fülliger wirken. Die Luft war frisch, denn am Abend hatte es einen kurzen, kräftigen Schauer gegeben, doch der Boden war bereits wieder staubtrocken. Hier hielt sich keine Feuchtigkeit, die Neues zum Wachsen ermunterte, nur das uralte, trockene Gras, die verdorrten Büsche, einige wenige knorrige Bäume. Alles war wie erstarrt, auf ein Bild gebannt, als Mahnung.

Geräuschlos bewegte Rowarn sich durch das stille Lager.

Die Feuer waren heruntergebrannt, alle hatten sich zurückgezogen. Schon zur Morgendämmerung stand der Aufbruch an. Die Schar und einige wenige auserwählte Rekruten, die nunmehr als Soldaten erachtet wurden, sowie eine Versorgungskolonne würden Fürst Noïrun nach Ennishgar begleiten und von dort aus weiter nach Ardig Hall. Die anderen Einheiten würden ebenfalls dorthin marschieren, aber auf getrennten Wegen. Femris sollte das Eintreffen der Verstärkung nicht vorzeitig bekannt werden, und erst recht nicht die Stärke der Truppen.

Jelim und Rayem mussten sich trennen, denn er war Fabor zugeteilt worden, nachdem Moneg eine Weile ausfallen würde und Gaddo zum letzten Rang degradiert worden war und nur noch ganz hinten in der Nachhut gehen durfte. Rowarn war erstaunt, dass die Beziehung der beiden, die so gar nicht zusammenzupassen schienen, immer noch hielt. Es sah ganz danach aus, als wären sie einander tatsächlich von Herzen zugetan. Fürst Noïrun hatte das Verhältnis der beiden bisher zwar stillschweigend geduldet (was Rowarn ihm hoch anrechnete), da sie äußerst vorsichtig waren und außerhalb des Freundeskreises bisher niemand etwas bemerkt hatte. Aber vielleicht war die Liebelei trotzdem ein Grund für die Trennung der beiden.

Rowarn wanderte an den heruntergebrannten Feuerstellen vorbei und überschritt schließlich den letzten Fackelkreis, hinaus in die fremdartige Nacht. Erst, als die Fackeln nur noch winzige Lichtpunkte in der Dunkelheit waren, blieb er stehen und sah sich um. In seiner Vision der Titanenschlacht war der Tag kaum heller gewesen, und er glaubte wieder das Stampfen und Dröhnen zu hören, das Klirren und Schreien, und die Konturen riesiger Geschöpfe schoben sich an ihm vorbei.

Es war kaum zu glauben, dass die Erinnerung nach so langer Zeit hier immer noch festgebannt war wie ein böser Fluch. Und nichts anderes war es ja im Grunde: ein ewiges Mahnmal des Schreckens, dass dergleichen nie mehr geschehen durfte. Götter und Dämonen, Unsterbliche, Drachen und die Alten Völker ... Rowarn schüttelte es. Kein Wunder, dass Olrig die Erinnerung daran lieber verbannen wollte, denn sein Volk war damals schon dabei gewesen.

Er hatte den Zwerg gefragt, wann die Menschen gekommen wären. »Viel später«, hatte Olrig geantwortet. »Die Menschen Waldsees gehören jedoch zur Ersten Menschheit, sie wurden nicht erschaffen wie die späteren Menschen, sondern begründet, von den großen Helden Eldaron und Eldamar. Die Erste Menschheit gibt es nur hier und auf einer weiteren, etwas jüngeren Welt.« Und Rowarn hatte gemeint: »Dann waren sie tatsächlich einmal nicht beteiligt ...« – »Nein«, hatte Olrig erwidert. »Beim schlimmsten aller Massaker waren sie nicht mit dabei.«

Wie lange war dann diese Schlacht her? Eldaron und Eldamar waren schon vor vielen Jahrtausenden dahingegangen. Und die Erinnerung an die Geschehnisse an diesem Ort war immer noch so wach ...

Rowarn zuckte zusammen, als er ein Geräusch hörte, wie einen schweren, rasselnden Atem, ein Schnüffeln und Schnauben. Etwas bewegte sich über das Feld, scharrend und schwerfällig. Er hielt ganz still und schaute.

Und dann sah er sie. Eine Frau, mindestens einen Kopf größer als er. Ihre Haut war bleich und fast durchsichtig, kaum bedeckt von dünnen Fetzen eines dunklen Gewandes. Sie war barfuß und erschreckend mager, überall standen die Knochen vor. Ihr langes schwarzes Haar hing wirr und in Strähnen an ihr herab, kaum zu unterscheiden von den Kleidungsfetzen. Mit großen, dunklen Augen, in denen kein Weiß mehr zu sehen war, suchte sie den Boden ab. Sie bewegte sich auf eigentümliche Weise über den brachen Grund, wie über ein frisches Schlachtfeld, wich Hindernissen aus, stieg über Tote, und suchte, suchte ... Dabei keuchte sie bei jedem Schritt, ging gekrümmt und schief in der Hüfte. Sie musste uralt sein.

Ein heißer Wind wehte plötzlich von dem Feld herüber, hüllte Rowarn ein und legte sich schwer über seine Brust. Gleichzeitig spürte er, wie die eiskalten Finger der Magie an ihm hochkrochen, und er fühlte die Toten um sich. Zusehends glaubte er sich versetzt, war nicht mehr in der Welt, die er kannte, sondern irgendwo dazwischen, nicht ganz in der Vergangenheit, aber auch nicht mehr im Heute.

Je länger er die Frau beobachtete, desto besser konnte er ihre bizarren Bewegungen nachvollziehen, und er erkannte immer mehr, was in ihrer Vorstellung um sie herum war. Sie durchwühlte hier die Taschen eines Gefallenen, hob dort an den Haaren ein Gesicht zu sich auf, um es zu mustern, öffnete das Visier eines Helmes, in dem ein abgeschlagener Kopf steckte, hob Arme und Beine, schüttelte sie. Dabei schnüffelte und röchelte sie, ließ immer wieder die Blicke über das Feld schweifen, wechselte die Richtung und suchte, suchte.

Und dann verharrte sie, schaute aus blicklosen Augen genau zu Rowarn herüber, und er griff sich an die Brust, als er einen stechenden, eisigen Schmerz in seinem Herzen fühlte. *Sie hatte ihn gesehen.*

Kam langsam auf ihn zu.

Rowarn wollte sich umdrehen und weglaufen, zurück zum Lager, aber sie bannte ihn mit ihrem Blick aus den grausamen leeren Augen, während sie näher hinkte und dabei stets auf Hindernisse achtete, die in Wirklichkeit nicht mehr da waren. *Was will sie von mir?*, dachte Rowarn panisch. Er sah, wie ihre schwarzen Lippen sich plötzlich in die Breite zogen, zu einem zahnlosen, tödlichen Grinsen der Gewissheit, ihn bald gefangen zu haben. Und es schien, als wolle sie zu ihm sprechen …

Doch bevor es so weit kam, war plötzlich jemand bei ihm, warf ihm einen Umhang um die Schultern und schlug ihm die Kapuze über den Kopf. Olrig. »Ganz still, Junge«, wisperte er in ungewohnter Hektik und Furcht. »Reg dich nicht, halte um Himmels willen den Atem an … versuche wegzuschauen, konzentrier dich auf mich …«

Rowarn gehorchte. Unter Aufbietung sämtlicher Kräfte gelang es ihm, den Kopf zur Seite zu drehen und die Augen auf den Zwerg zu richten. Seine Knie schlotterten plötzlich, und ihm klapperten die Zähne, als ihm bewusst wurde, wie knapp er dem Tode entronnen war, und dass es immer noch nicht vorbei war. »Wer ist das?«, wisperte er fast unhörbar.

»Die Eliaha«, antwortete der Kriegskönig leise. »Seit der Schlacht damals geht sie hier um. Es gibt eine Menge Vermutungen darüber, was sie sucht. Die einen halten sie für eine Leichenfledderin, andere meinen, sie wäre eben deswegen verflucht, weil sie den Toten das Kostbarste raubte und es nicht mehr zurückgeben kann, um erlöst zu werden. Romantischere Seelen behaupten, sie sei auf der Suche nach ihrem Liebsten, weil sie nie voneinander Abschied genommen haben. All so Zeugs eben. Die Wahrheit werden wir nie erfahren, außer vielleicht, wenn wir uns von ihr in ihr schauriges Zwischendasein ziehen lassen. Denn es heißt auch, sie fängt, quält und frisst Seelen. Schon so mancher ist hier für immer spurlos verschwunden …«

Die Eliaha verharrte. Suchend ließ sie die Augen schweifen und zog scharf die Luft durch die Nase.

Olrig fuhr fort: »Sie ist ein Totengeist, wie so viele, die man auf den Feldern der Gefallenen findet. Ich weiß nicht, wie du sie auf dich aufmerksam gemacht hast, aber du solltest von vornherein nachts deinen Mantel nicht vergessen. Die Lande hier sind gefährlich, so leer und einsam sie auch aussehen.«

»Ich werde es mir merken«, brummte Rowarn. Er rieb sich die Schläfen, heftige Kopfschmerzen überfielen ihn plötzlich.

Die Eliaha entfernte sich von ihnen und setzte ihre schaurige

Suche an anderer Stelle fort. Olrig stieß Rowarn leicht an. »Komm, gehen wir ein Stück zurück, weg aus ihrem Machtbereich.«

Rowarn hatte nichts dagegen; die Kopfschmerzen wurden unerträglich. Kurz vor der Fackelgrenze blieben sie stehen, und hier war es viel besser. Die Luft roch frisch und rein, die Schleierwolken gaben die Mondsichel frei, und Ishtrus Träne blinkte. »Jetzt habt Ihr mich schon wieder gerettet«, sagte er verlegen.

Olrig lächelte, seine Zähne blitzten durch den wuchernden Bart. »Mich treibt es auch immer wieder hierher«, sagte er. »Die Erinnerungen der Zwerge, du verstehst? Die Menschen können nur die Energien spüren, die es hier gibt, und Kraft daraus schöpfen. Die Eliaha ist für sie unsichtbar. Sie waren nicht dabei.«

»Ich auch nicht«, entgegnete Rowarn erstaunt.

»Vielleicht solltest du darüber nachdenken. Warum hat die Eliaha dich gesehen? So oft ich auch hier war, sie hat mich nie bemerkt.«

»Warum muss das von Bedeutung für mich sein?«, entfuhr es Rowarn heftiger, als er beabsichtigt hatte.

»Schon gut«, beschwichtigte Olrig. »Ich wollte nicht in deine Seele greifen. Es ist deine Sache, was du mit deiner Herkunft anfangen willst.«

Rowarn seufzte. »Ihr habt eine ziemlich unverblümte Art, ehrenwerter Kriegskönig.«

Olrig lachte. »Dies ist die Art der Zwerge, mein junger Freund. Und da wir gerade so offen miteinander sind, möchte ich dich bitten, nicht mehr so förmlich zu sein, das ist bei uns Zwergen nicht üblich. Wir pflegen einen unkomplizierten Umgang miteinander. Du bist jetzt Soldat, und wir sind schon eine Weile zusammen unterwegs. Einverstanden?« Er hielt Rowarn die Hand hin.

Der konnte es zunächst gar nicht fassen, dass er mit dem Kriegskönig plötzlich wie mit einem Gleichgestellten reden durfte.

»So weit kommt's noch«, brummte Olrig und grinste, als Rowarn ihn entgeistert anstarrte. »Deine Gedanken liegen offen auf deinem Gesicht, Baumäffchen, dazu brauche ich keine Magie. Nein. Wir reden als Freunde miteinander, und als Kampfgefährten, die wir nun sind.«

Rowarn ergriff seine Hand, glühend vor Stolz und Freude, und verkniff sich ein jämmerliches Winseln, als Olrigs Pranke ihn fast zerquetschte. »Es ist mir eine Ehre, Freund Olrig«, sagte er strahlend, wenn auch leicht verzerrt.

»Und jetzt sollten wir schleunigst zurückgehen und wenigstens noch zwei oder drei Stunden schlafen, bevor das große Chaos ausbricht. Was denkst du?«

»Ich glaube, das lässt sich jetzt einrichten. Ich danke ... dir ... für alles, Olrig.«

Doch so einfach war es nicht, sich abzuwenden. Von diesem Moment an verfolgten ihn im Traum manchmal die Schlachtszenen der Titanen; nahezu jede Nacht aber die grauenvollen Augen der Eliaha, die nie aufhörte, nach ihm zu suchen.

Zwei Tage später erreichten sie die Stadtmauern von Ennishgar, und Rowarns Herz schlug höher. Die Hauptstadt des Zwergenvolkes war am Fuße eines Hügels erbaut worden und wuchs stetig weiter. Inzwischen reichte sie schon bis zur halben Anhöhe, und auch einige Felder weit in die Ebene. Die ursprüngliche Siedlung hatte an einem Fluss gelegen, der nun jedoch mitten hindurchging. Umgeben war Ennishgar von Ackerland, so weit das Auge reichte, mit vielen Windmühlen, die in dieser Ebene reichlich Antrieb fanden. Die Fluten eines Seitenarms des Goldflusses, der von Norden durch Ennishgar Richtung Osten zog, wurden von Wasserrädern eingefangen. Damit betrieben die Zwerge unter anderem Schmieden und bewässerten Felder, denn Valia war ein eher trockenes Land, auf das nicht häufig Regen fiel.

Ennishgar selbst war eine Stadt aus Stein, mit trutzigen Häusern, jedes nahezu eine kleine Burg für sich, mit Erkern und Türmchen und schmalen Wandelgängen zwischen grünen Dachgärten. Direkt zum Bürgermeisterhaus im Zentrum führte eine breite, mit Statuen und Bäumen gesäumte Prachtstraße. Die teilweise steilen und engen Gassen waren wie die Hauptstraße mit Kopfsteinpflaster befestigt, und große Öllaternen sorgten nachts für strahlende Beleuchtung. Die

Stadtmauer war dick und hoch, mit Scharten in den Wehrgängen für Ölkessel. Wer sich je an der Eroberung der reichen Stadt versucht hatte, hatte bisher nur Niederlagen errungen.

Oberhaupt von Ennishgar war Lomhim, ein hoch angesehener und einflussreicher Ennish, dessen Ahnen vor etwa dreitausend Jahren den Grundstein mitgelegt hatten. Ennishgar war dem König tributpflichtig, ansonsten aber unabhängig. Die Stadt war ein sehr beliebter Anziehungspunkt für den Handel, aber vor allem für Kunst und Kriegshandwerk.

»Ich dachte immer, Zwerge würden unter den Bergen leben«, meinte Rowarn.

»Wozu das denn?«, gab Olrig verdutzt zurück. »Da unten gibt's kein Licht, und es ist kalt und feucht. Wir arbeiten unter Tage, aber wir leben dort doch nicht.« Er schüttelte sich. »Was wäre das für eine Tortur für meine armen Knochen! Mein lieber Junge, du hast keine Ahnung vom Feingeist der Zwerge, die auf magere Bürschlein wie dich grobschlächtig und plump wirken mögen. Aber das täuscht!«

Fürst Noïrun wies die Truppe an, Ennishgar zu umreiten und südlich an einer verabredeten Stelle das Lager aufzuschlagen, bis Olrig und er wieder dazustoßen würden.

»Und Ihr nehmt mich mit in die Stadt?« Rowarn konnte es vor Freude kaum fassen.

Der Fürst seufzte über die anscheinend unsinnige Frage. »Du bist mein Knappe, mein persönlicher Leibknecht, natürlich gehst du mit.«

Die Schar und vor allem die frischgebackenen Soldaten maulten ein wenig, denn auch sie wollten in die Stadt und ihren kargen Sold unter die Leute bringen. Aber Noïrun hielt es für zu gefährlich. »In Ennishgar finden sich viele Augen und Ohren, die Femris vor der Zeit Dinge zutragen könnten, die uns den Vorteil nähmen. Wir haben nur eine kurze Verabredung, werden uns also nicht lange aufhalten, und kommen schon morgen nach.«

Lediglich vom Tross schlossen sich zwei Männer mit einem Fuhrwerk an, die allerlei einkaufen und noch am selben Tag zum Lager zurückkehren sollten. Wenigstens ein kleiner Ausgleich mit besonderen Genüssen für die Soldaten.

Es gab nur einen einzigen Zugang zur Stadt, eine schwere Zugbrücke über einen Graben. Der Zugang wurde von vier gut gerüsteten Zwergen bewacht, jedoch fanden keine strengen Kontrollen statt, sodass der dichte Verkehr ohne zu stocken dahinfloss.

»Das Auge eines Zwerges reicht in der normalen Sicht nicht weit«, bemerkte Olrig, »aber wir können in andere hineinblicken. Das ist besser als die Durchsuchung jedes Wagens. Zölle erheben wir erst bei Verkauf, zusammengefasst den Zehnten.«

»Gibt es da nicht viel Unterschlagung?«, fragte Rowarn erstaunt.

Der Kriegskönig grinste. »Lomhim hat überall Leute, die beobachten und Stichproben machen, und die Strafen sind hoch. Wer auf Dauer in Ennishgar Geschäfte tätigen will, sollte also besser vorsichtig sein. Andererseits muss niemand Steuern oder Zoll zahlen, der keinen Erfolg hat, also können auch ärmere Leute hier ihr Glück versuchen. Bisher läuft es gut.«

Es fand ein steter Austausch in beide Richtungen statt, mit Händlern, Reisenden und Arbeitssuchenden, hauptsächlich Zwerge und Menschen und hin und wieder Angehörige der Alten, oder auch Rowarn unbekannte Wesen ferner Länder.

Von ein paar Flüchen abgesehen, ließen die Leute sich nicht stören, als der Fürst und seine Begleiter sich auf der Hauptstraße zu Pferde durch die Menge schoben. Noïrun und Olrig hatten Rüstung und Wappenhemden abgelegt und trugen unauffällige Reisekleidung mit Umhang, auch die Pferde hatten nur einfaches Zaumzeug und Sättel, sodass niemand auf sie achtete. Rowarn, der sich hinter den beiden einreihte, blickte sich begeistert um.

Immer wieder führten die Straßen auf größere Plätze mit Märkten, aber auch mit Vorführungen, von Akrobaten bis zu kleinen Theatern. Redner balancierten auf Podesten und machten sich wichtig, indem sie über die schrecklichen Zustände in Stadt und Land klagten, die hohen Steuern und Zölle, und wie sie alles viel besser machen würden, wenn man sie nur ließe. Reiche Handelshäuser zeigten ihre Waren in großen Auslagen, die teilweise durch Fenster, immer aber durch Wachen geschützt wurden; sie warben mit großen, bunten, fröhlich flatternden Fahnen darum, bei ihnen zu kaufen. Über engen Seitengassen waren Wäscheleinen gespannt, an denen bunte Stoffe hingen, Blumen schmückten die Fenstervorsprünge.

Olrig, der die Führung übernommen hatte, lenkte den Schimmel zielsicher durch das Gewirr von Gassen, wohingegen Rowarn bald den Überblick verlor. Ennishgar war mindestens fünfmal so groß wie Madin und überaus verwinkelt. Sich hier zurechtzufinden, musste eine Lebensaufgabe sein. In jedem Wald hätte Rowarn leichter die Übersicht behalten.

Die Hufe der Pferde klapperten auf dem Kopfsteinpflaster, und Windstürmer rutschte einige Male aus. Dieses Gelände war er nicht gewohnt, und er schnaubte erstaunt. Seine Ohren gingen ständig vor und zurück, und neugierig, mit lebhaften Augen, schaute er umher. Der Schimmel und der Kupferfuchs gingen völlig gleichmütig, für sie war dies nichts Neues.

Olrig überquerte einen kleinen Platz mit einem Brunnen und einem Puppentheater, wo einer Schar aufgeregter Kinder gerade ein spannendes Märchen dargeboten wurde, und hielt vor einem Eckhaus, dessen ausladendes Metallschild das Zeichen der Waffenschmiede führte. Ein etwa sechsjähriger Junge kam umgehend aus einem Seiteneingang herbeigelaufen.

»Für nur einen Vierteldrachen versorge und bewache ich Eure Pferde, edle Herren!«, bot er eifrig an und wies auf einen offenen Stall in der Gasse.

»Das nehmen wir gerne an«, sagte Olrig. »Und ich gebe dir noch einen Vierteldrachen dazu, denn wir werden uns bis morgen hier aufhalten und holen dann erst die Pferde wieder ab.« Er warf dem Jungen einen halben Silberling zu, den dieser geschickt und mit leuchtenden Augen auffing.

»Danke, Herr! Ihr werdet keinen Grund zur Klage haben!«

»Kann man darauf vertrauen?«, wisperte Rowarn dem Zwerg zu, als er absaß und sein weniges Gepäck schulterte.

»An diesem Ort, ja«, antwortete Olrig. »Der kleine Lümmel ist Lokib, der jüngste Sohn meiner Schwester, die dieses Geschäft betreibt. Er erinnert sich nicht an mich, weil er noch ein rotznasiger Knirps war, als ich zuletzt hierherkam.«

Rowarn freute sich, ein wenig mehr über Olrig zu erfahren. »Du hast eine Schwester?«

»Zwei«, brummte Olrig. »Und drei Brüder. Schrecklich große Familie, musst du wissen. Meine Schwester Kala hat hier geheiratet und die Kúpir verlassen, um bei den Ennish zu leben.«

Sie betraten das Haus durch den Vordereingang, und Rowarn betrachtete staunend die vielen Rüstungen, Helme, Waffen und Kleidungsstücke, mit denen der Raum vollgestopft war. Aus der hinteren Kammer kam eine Frau auf sie zu. Sie besaß den typischen kräftigen Körperbau der Zwerge, doch mit wohlgefälligen weiblichen Formen. Ihr langes, bereits ergrauendes Haar war zu einer kunstvollen Zopffrisur geflochten. Sie hatte ein breites, gutmütiges Gesicht mit rosigen Wangen und Augen, die noch strahlendblauer waren als Olrigs und wie lupenreine Saphire glänzten. Ein Lächeln glitt über ihr Gesicht, als sie ihren Bruder erkannte, und sie umarmte ihn voll Herzlichkeit.

»Olrig! Lieber Bruder, dich einmal wiederzusehen, was für eine Überraschung! Warum hast du dich nicht angemeldet? Ich hätte gern etwas vorbereitet!«

»Nicht zu diesen Zeiten, meine Liebe, und dies ist auch kein richtiger Besuch«, erwiderte Olrig und küsste sie zärtlich auf beide Wangen. »Prächtig siehst du aus!«

»Das kann ich zurückgeben, mein Lieber, du hast unter den Menschen noch nicht vergessen, ein Zwerg zu sein. – Oh, ich bitte um Verzeihung, Fürst Noïrun, wie unhöflich von mir, Euch jetzt erst zu bemerken! Welche Ehre, Euch wieder in meinem bescheidenen Geschäft begrüßen zu dürfen.« Sie schüttelte dem Fürsten kräftig die Hand, der den Gruß lächelnd erwiderte. Dann schlug sie klatschend in die Hände. »Aber wie du sagtest, Olrig, dies ist kein Höflichkeitsbesuch, also womit kann ich dienen?«

»Mit Eurer wohlfeilen Wehr, wie es in ganz Valia keine bessere gibt«, antwortete Noïrun und wies auf Rowarn. »Wir brauchen eine anständige Ausrüstung für meinen Knappen.«

Rowarn blieb für einen Moment die Luft weg, und er starrte seinen Herrn fast zweifelnd an.

Kala richtete sofort ihre ganze Aufmerksamkeit auf ihn. »Oh! Ich bin entzückt! Und so ein hübscher Bursche noch dazu, es wird mir eine Freude sein!« Sie schritt um ihn herum und musterte ihn, vor sich hinmurmelnd, von oben bis unten. Dann winkte sie ab. »Keine Schwierigkeit! Ich denke, ich habe das Passende da, vielleicht mit einer kleinen Änderung hier und dort. Aber er hat eine tadellose Figur, wenngleich für meinen Geschmack ein wenig zu schmal.« Sie zwinkerte schelmisch. »Ich ziehe eine stattliche Erscheinung vor, wie etwa die Eure, mein Fürst!«

Noïrun beugte sich lächelnd über ihre Hand und führte sie an seine Lippen. »Werte Dame, Euer Kompliment ehrt mich. Doch fürchte ich um mein Wohlbefinden, wenn Euer Gemahl dahinterkommt!«

Sie lachte mit ebenso dröhnender Stimme wie ihr Bruder. »Ein artiger Mann noch dazu! Aber nun, genug der Schäkerei – wartet einen Moment, ich veranlasse alles Notwendige für die Anprobe.«

Sie verschwand hinter den Auslagen, und Rowarn sagte entgeistert: »Aber Herr …«

»Als mein Knappe hast du Anspruch auf eine anständige Ausstattung«, schnitt der Fürst ihm das Wort ab. »Die anderen erhalten ihre Ausrüstung im Lager von Ardig Hall, aber für dich ist das nicht bestimmt. Olrigs Schwester führt das beste Haus in dieser Hinsicht, mit hervorragender Arbeit aus Zwergenhand, die sich nun einmal am besten darauf verstehen. Man würde mich für einen armen Mann halten, wenn ich meinen Knappen nackt wie einen Bettler neben mir laufen ließe, und mich bemitleiden und fortan meiden.«

Olrig prustete vergnügt. »Allerdings, mein Lieber, oder schlimmer noch: Man könnte dich für einen Geizhals halten! Wer würde einem solchen Mann schon folgen? Oder ihm Unterstützung gewähren und ihn an edlen Festtafeln Platz nehmen lassen?«

Rowarn schwieg verdutzt. Das leuchtete ihm tatsächlich ein. Und dann wurde er vermessen und musste eine Menge Sachen ausprobieren, bis schließlich alle gleichermaßen zufrieden wirkten. Eine dunkle Lederrüstung wurde ausgesucht, dazu ein Waffengürtel, ein langes Messer und zuletzt ein Schwert, das Rowarn fast ehrfürchtig hielt. Kein Vergleich zu der Übungsklinge, die er bisher benutzt hatte. Diese Waffe war wie für ihn geschaffen, lag leicht und ausgewogen in seiner Hand. *Wie ein Ritter*, dachte er stolz bei sich und konnte es immer noch kaum glauben.

»Morgen früh könnt ihr alles abholen«, versprach Kala.

»Das passt uns sehr gut«, bemerkte der Fürst erfreut.

Zu Fuß gingen sie dann weiter durch die Stadt, und Rowarn stellte fest, dass viele Geschäfte und Marktstände von Frauen betrieben wurden. »Ja«, erklärte Olrig, »tatsächlich haben die Frauen bei uns den guten Geschäftssinn, wohingegen die Männer mehr die Handwerker und Künstler sind.«

Noïrun deutete auf ein mehrstöckiges Gebäude, das durch seine Größe unschwer als Herberge und Schänke erkennbar war, mit den angrenzenden Ställen und dem stolzen Schild an der Ecke, das einen schwarzen Ritter auf steigendem Ross zeigte – und *Schwarzer Ritter* lautete auch der Name des gastlichen Hauses. »Hier werden wir übernachten.«

Inzwischen ging es ohnehin schon auf die trägen Stunden kurz vor der Dämmerung zu, wenn das Tagewerk getan war, die Bewegungen langsamer wurden und vom morgendlichen Schwung nicht viel übrig blieb. Zeit, in den Häusern das erste Licht zu entflammen, das Hauptgericht in aller Ruhe zu sich zu nehmen und eine entspannende Pfeife zu rauchen, während man den Berichten des Tages lauschte und Pläne für den nächsten Morgen schmiedete.

»Eine hervorragende Wahl!«, freute sich Olrig.

»Es sollte doch alles in der Familie bleiben«, grinste Noïrun.

Rowarn beobachtete seinen Herrn voller Staunen. Selten hatte er ihn derart aufgeräumt und ... ja, *menschlich* erlebt. Überhaupt nicht mehr der gestrenge Befehlshaber, der ständige Disziplin forderte, ernst und kühl und unnahbar war. »Noch mehr Verwandte, Olrig?«, fragte er neugierig.

Der Zwerg gluckste. »Eine einzigartige Gevatterin, fürwahr, die diesem Hause vorsteht, die muntere Witwe eines seligen Neffen meines Vaters, der dummerweise in der Mühle ertrank, als er versuchte, einen Handstand auf der Speiche zu machen, sobald sie den Zenit erreichte.«

»So starb er?«, rief Rowarn.

»War ein eitler Kerl, ein Juwelenschmied, behangen mit Unmengen von Ketten. Verhedderte sich, konnte sich nicht befreien, wurde untergetaucht und ersoff, als das Rad stecken blieb, denn dick war er auch noch.« Olrig kicherte. »Aber die Wette mit dem Ushkany hat er trotzdem gewonnen!«

»Stimmt«, bestätigte der Fürst. »Keiner hat jemals so viel in einer halben Stunde geschafft wie er. Bloß den Handstand hätte er besser vorher geübt.«

Rowarn schüttelte den Kopf, als die beiden Männer schallend lachten; sie fanden diesen schrecklichen Unfall offenbar äußerst belustigend. »Aber die arme Frau!«

»Wie arm sie ist, wirst du gleich sehen.« Olrig öffnete die riesige, schwere Eichentür, trat an den Empfangstresen und hämmerte mit der Faust auf die Platte. Innen war alles reich mit Holz ausgestattet, und Kerzen standen in allen Winkeln, die die Sonne nicht erreichte. Die Strahlen fielen durch bunte Gläser und verbreiteten ein freundliches, schummriges Licht. »Heda! Ist dies hier ein Gasthaus oder ein Friedhof? Hier sind einige hungrige, zahlungswillige Gäste!«

»Nur für anständige Leute!«, kam es schallend zurück, und dann erschien eine Zwergin, und Rowarn blieb der Mund offen stehen. In Madin hatten so manche Leute behauptet, allerlei über die Zwerge zu wissen, vor allem über die Zwergenfrauen, die wegen ihrer Hässlichkeit allerorts bekannt seien. Kala und viele andere Zwergenfrauen auf den Straßen Ennishgars hatten ihn bereits eines Besseren belehrt, aber diese Frau raubte ihm den Atem.

Natürlich war sie ihrer Art entsprechend klein und stämmig, aber von unglaublich attraktiver Erscheinung, die sie durch entsprechende Kleidung sehr wohl zu präsentieren und hervorzuheben verstand. Wie die meisten Zwergenfrauen trug sie ihr fast bodenlanges, dichtes Haar zu einer kunstvollen, nach stundenlanger Arbeit aussehenden Frisur gesteckt, ihre Hände und der anmutige Hals mit dem entzückenden Grübchen vorn zwischen den Schlüsselbeinen waren mit Ringen und Ketten behängt. Kostbares Geschmeide zierte die lieblich geschwungenen Ohren, selbst den Taillengürtel und die zierlichen Sandalen, in denen bloße Füße steckten. Ihr Gesicht war samtig und rosig wie ein Pfirsich in voller Reife, und die humorvollen und gewitzt funkelnden Augen groß und grünbraun. Sie verströmte eine unglaubliche Weiblichkeit, blühend wie eine gefüllte, betörend duftende Prachtrose.

»Olrig!«, rief sie mit rauchiger Altstimme und schloss den Zwerg in ihre weichen Arme, die Rowarn ebenfalls gern um sich gefühlt hätte.

»Liebste Larinda«, dröhnte der Zwerg und hob sie halb hoch. »Schöner denn je! Der einzige Grund, warum die Leute hierher kommen und dir freiwillig all ihr Geld geben – doch sag, rieche ich von dort hinten aus der Küche etwa wunderbaren Wasserhirschbraten und Malzbier?«

»Als hätte ich es geahnt!«, antwortete sie. »Alles zu deinem Wohlgefallen, mein prächtiger Feinschmecker, der du glücklicherweise deinen Bauch ordentlich pflegst. Ganz der Stolz der Familie!«

Noïrun breitete seine Arme aus. »Und ich, bekomme ich keinen Kuss von der schönsten Wirtsfrau diesseits des Goldflusses, der großen Liebe meines Lebens?«

Rowarn glaubte, sich verhört zu haben. Sein Herr hatte noch nie mit einer Frau geschäkert. Gleichzeitig sah er Larindas Augen plötzlich in jenem ganz besonderen Licht funkeln, das Frauen, wie er wohl wusste, nur bei bestimmten Gelegenheiten zeigten. Das erstaunte ihn noch mehr. Als sie sich dem Fürsten zuwandte und sich von ihm umarmen ließ, gaffte er nur noch, während die beiden sich völlig ungeniert in aller Öffentlichkeit wenig geschwisterlich küssten. Rowarn wusste nicht so recht, was er davon halten sollte. Er musste seine bisherige Meinung über den Fürsten wohl überdenken. Und etwas wie Neid kitzelte ihn überall.

»Von mir bekommst du alles, du Traum meiner schlaflosen Nächte, wie du sehr wohl weißt«, sagte Larinda mit schnurrender Stimme und küsste ihn nochmals zart auf den Mund, doch dann, als

Olrig sich geräuschvoll räusperte und mit den Füßen auf und ab wippte, verwandelte sie sich wieder in die tüchtige Gastwirtin. »Nun denn, wie viele Zimmer braucht ihr?«

»Du hast Einzelzimmer?«, fragte Olrig überrascht.

»Unter anderem. Kaum mehr als Kammern, aber man ist doch ein wenig mehr für sich, mein Lieber, und die Gäste nehmen es gern in Anspruch.« Sie schmunzelte in blitzendem Schalk. »Ich kann euch zusammenhängende Räume geben, und ich werde euch auch einen anständigen Preis berechnen, das versteht sich von selbst.«

»Dann nehmen wir also drei«, antwortete Noïrun und deutete auf Rowarn. »Mein Knappe Rowarn, er gehört zu uns.«

»Ah, sieh mal an, ein Gast aus fernen Landen«, sagte sie und nahm Rowarn genau in Augenschein. Er hatte plötzlich das Gefühl, als könne sie tief in ihn hineinblicken, und hinter der Oberfläche ihrer Augen sah er ... Weisheit. Die Ruhe reicher Erfahrung und Wissen. Obwohl auch Hallim in Madin als klug gegolten hatte, zeigte sich nun ganz deutlich ein unübersehbarer Unterschied zwischen Mensch und Zwerg. Zwerge waren Wesen von großer Tiefe, selbst wenn sie Gastwirte waren.

Larinda lächelte. »Eine gute Wahl, Noïrun.« Sie wies auf die große Tür links, durch die gedämpft der übliche geschwätzige Lärm, Gesang und Musikklänge einer Gaststube klangen. »Sucht euch eine ruhige Nische, ihr werdet bestimmt hungrig sein. Ich lasse euch gleich alles bringen, was Küche und Keller bieten.«

»Ist Pyrfinn da?«, fragte Olrig.

»Ja, ihr habt Glück, er ist gestern eingetroffen. Ich schicke ihn nachher zu euch.«

Bald darauf lehnte Rowarn sich satt und zufrieden zurück. So gut und ausgiebig hatte er schon lange nicht mehr gegessen, und das Malzbier belebte ihn zusehends. Olrig hatte inzwischen zwei kichernde Schankmaiden auf den Knien, denen er Schwänke erzählte, teils haarsträubendes Garn, was ihnen jedoch sichtlich Vergnügen bereitete. Sie kraulten seinen Bart und konnten gar nicht genug bekommen. Der Fürst verhielt sich still und zurückhaltend. Er hatte seinen Platz neben dem Fenster bezogen und beobachtete aufmerksam das Treiben in der Gaststube.

Als es draußen dunkler wurde und drinnen Tischkerzen und Kandelaber ein warmes Licht verbreiteten, trat ein überraschend schmaler, junger Zwerg mit kurzem braunem Bart und in strenge, kurze Zöpfe gelegtes Haupthaar an ihren Tisch. In seinen Ohrläppchen steckten goldene Stäbe, an den Handgelenken hingen viele schmale Lederbänder mit Glaubensknoten und türkisfarbenen Meditationsperlen.

»Pyrfinn!«, sagte Noïrun erfreut, und Olrig warf die beiden Mädchen beinahe zu Boden, als er aufsprang und den kleineren Zwerg an seiner mächtigen Brust fast zerquetschte.

»Meine Hübschen, wir setzen unsere Unterhaltung nachher fort«, sagte Olrig und schickte die Mädchen mit einem letzten Tätscheln ihrer üppigen Hinterteile weg.

Pyrfinn musterte Rowarn misstrauisch aus hellbraunen Augen, während er sich setzte. »Es ist gut, euch zu treffen«, sagte er schließlich mit Tenorstimme. »Es wird Zeit, nach Ardig Hall zurückzukehren. Der Heermeister von Femris hat euren Heermeister beinahe erwischt. Hat ein kleines Scharmützel provoziert und Meuchler ausgeschickt. Ging gerade noch gut.«

»Dann sammelt er seine Kräfte für den Durchbruch«, stellte Olrig fest.

Pyrfinn nickte. »Ay, so sieht es aus. Scheint sich fast wieder auf der Höhe zu befinden. Einer will ihn sogar gesehen haben, wie er bis dicht an die Grenze kam und sie abschritt, vor sich hinmurmelnd.«

Noïrun machte ein besorgtes Gesicht. »Sein Heermeister ...«

»Nicht der, den du kennst, als ihr abgereist seid. Ein neuer. Wird dir nicht gefallen.« Pyrfinn zog die feinen Brauen zusammen. »Ein Bepheron.«

Olrig verschluckte sich an seinem Bier und hustete röhrend. »Das ist nicht dein Ernst!«, rief er, mäßigte aber augenblicklich seine Stimme, als einige Menschen von anderen Tischen neugierig hersahen.

Noïruns Miene versteinerte zusehends. »Wo hat er den aufgetrieben?«

Pyrfinn hob die Schultern. »Es gibt einige Vermutungen, aber die wahrscheinlichste weist auf die östlichen Grenzgebirge, kurz vor oder bereits in den Dämonenlanden. Und er … macht euch Schwierigkeiten, um es vorsichtig auszudrücken.«

Noïrun rieb sich düster den Bart. »Dann sind wir keinen Moment zu früh, aber hoffentlich noch nicht zu spät.«

»Die Stellung wird gehalten, wie von dir geplant«, gab Pyrfinn Auskunft. »Femris ist noch nicht im Vollbesitz seiner Kräfte, und der Bepheron unternimmt zunächst nur vorsichtige Versuche, bis er euch besser einschätzen kann. Sie nennen ihn übrigens den Bluttrinker.«

»Bah, Namen sind Schall und Rauch«, brummte der Kriegskönig. »Die Blütezeit der Bepheron ist längst vorüber, auch wenn ich mich davor fürchten mag, nur einem von ihnen jemals wahrhaftig zu begegnen.«

»Ein Bepheron?«, begann Rowarn, jedoch Olrig winkte ab.

»Das erfährst du früh genug, Rowarn. Sei froh, wenn du es jetzt noch nicht weißt, und wir werden es auch niemandem sonst sagen. Vergiss das am besten gleich wieder.«

Pyrfinn betrachtete Rowarn fast mitleidig, dann fuhr er fort: »Ich will euch keine Sorgen machen, aber zusätzlich ist ein Heer von Dubhan aufgebrochen und wird in den nächsten Wochen eintreffen. Mindestens fünftausend Mann.« Er blickte Olrig an. »Ich soll dir Grüße von Hochkönig Jokim und Vizekönig Alwick überbringen. Sie haben deine Botschaft erhalten: Alwick hat für die Kúpir eineinhalbtausend Mann losgeschickt, und die Gandur sind in derselben Stärke ebenfalls unterwegs, wie Jokim mitteilte. Sie werden aber nicht wie ursprünglich geplant auf direktem Weg nach Ardig Hall gehen, sondern versuchen, die Dubhani aufzuhalten. Das kann euch zumindest Zeit verschaffen. Andererseits wird deswegen entgegen der Vereinbarung von den Zwergen keine weitere Verstärkung nach Ardig Hall kommen können.«

»Du setzt nicht viel Vertrauen in die Kampfkraft deines Volkes,

Pyrfinn«, bemerkte Noïrun. »Ich bin zufrieden, wenn sie die fünftausend zerschlagen, mit dem Rest um Femris können wir mit unserer eigenen Verstärkung in Ardig Hall fertig werden.«

Eine Weile verharrten sie schweigend, jeder eigenen Grübeleien über die Zukunft von Ardig Hall nachhängend. Dann meinte Pyrfinn: »Wenn nur der Visionenritter endlich käme! Dann sähe alles viel besser aus.«

»Wer ist das nun wieder?«, fragte Rowarn dazwischen und fing sich einen nunmehr ungläubigen Blick des jungen Zwerges ein.

»Ich spreche natürlich von Angmor, auch genannt der Waldlöwe«, antwortete Pyrfinn, als wäre damit alles erklärt. »Aber jeder von den anderen Visionenrittern wäre nicht minder willkommen.«

Der Fürst stieß einen trockenen Laut aus. »Sei kein Narr, Pyrfinn! Angmor war seit über hundert Jahren der Letzte, der in Erscheinung getreten ist, und auch ihn hat seit achtzig Jahren keiner mehr gesehen. Nach der letzten Schlacht verschwand er spurlos, soweit ich weiß. Wahrscheinlich ist er schon lange tot und der Orden ausgelöscht.«

Nun ereiferte sich Olrig: »Das glaube ich nicht! Beraube mich nicht einer so großen Hoffnung durch deine unangebrachten Zweifel, Freund!« Er wandte sich an Rowarn. »Du musst wissen, der Orden der Visionenritter ist eine geheimnisvolle Bruderschaft, die seit langer Zeit für Ardig Hall eintritt. Die Visionenritter sind die besten Krieger der Welt, und sie verfügen über eine besondere, einzigartige magische Gabe, die Femris über die Jahrhunderte schon mehr als einmal an den Rand des Abgrunds brachte. Nur ein einziger Visionenritter wiegt hundert Elitekrieger der Garde des Heermeisters auf. Es gab nie viele von ihnen, und ich habe überhaupt nur einen persönlich kennengelernt, nämlich Angmor den Waldlöwen.«

Pyrfinn warf ein: »Man sagt, er stamme nicht aus Valia, und sein Gesicht sei auf grausame Weise entstellt, weswegen er stets eine Maske trägt. Lange Zeit habe er verborgen wie ein Löwe im Wald gelebt, was ihm diesen Beinamen einbrachte, bis er als Visionenritter hervortrat.«

Olrig übernahm das Wort wieder: »Den Sieg vor achtzig Jahren haben wir ihm zu verdanken, aber leider ist er seither verschwunden.« Er hob den Zeigefinger und wedelte damit vor Noïruns Gesicht. »Und ich sage dir: Er lebt noch, und er wird kommen! Er wird uns nicht im Stich lassen, wenn er erfährt, in welcher Lage wir uns befinden, noch dazu, wenn er das mit dem Bepheron hört. Er hat uns nie im Stich gelassen! Ich glaube so lange und beharrlich daran, dass er im letzten Moment kommt, bis sich mein Wunsch erfüllen wird, und dann ist eine Entschuldigung fällig, mein Herr!«

»Die ich dir dann sehr gern geben werde«, meinte Noïrun besänftigend. »Ich wollte nicht mutlos erscheinen und auch nicht an dir zweifeln, Freund.«

Pyrfinn versprach: »Ich werde Augen und Ohren offen halten und behutsame Botschaften ausschicken. Wer weiß, vielleicht erreichen sie eines Tages einen Visionenritter. Wir kennen ihre Aufenthaltsorte nicht und auch nicht ihre Tätigkeiten in Friedenszeiten.«

Noïrun nickte. »Es wird spät, und wir müssen andere Dinge bedenken, die weniger auf Hoffnung als vielmehr auf tatsächlichen Gegebenheiten fußen«, schwenkte er dann um. »Pyrfinn, ich möchte deshalb noch ein paar weitere Angelegenheiten mit dir besprechen, die ich dringend geklärt haben muss.«

Olrigs Augen leuchteten sofort auf. »Dann entschuldigst du mich bitte. Ich habe da nämlich noch eine Verabredung: Der Abend ist jung, und mein Körper voll neuer Energie, die ich ausnutzen möchte, solange ich mich so prächtig fühle.« Ohne eine Antwort abzuwarten, stand er auf und ging zu den Musikanten, denen er eine Melodie auftrug. Er begann ein Trinklied, in das rasch einige Gäste mit einfielen. Er musste nicht lange warten. Die beiden Schankmaiden von vorhin kamen kichernd zu ihm, und er nahm sie links und rechts in den Arm und verschwand mit ihnen nach der letzten schmetternden Strophe.

Rowarn hatte ebenfalls verstanden und erhob sich. »Ich würde mich gern noch ein wenig umsehen, wenn Ihr gestattet, Herr. Wer weiß, wann ich wieder in eine so großartige Stadt komme. Wann brechen wir morgen auf?«

»Ich lasse dich wecken«, sagte der Fürst. »Viel Spaß, Rowarn.«

Rowarn war froh, als er draußen frische Luft schnappen konnte. Ihm schwirrte der Kopf von den vielen Namen, die gerade gefallen waren, und er nahm an, dass die Weiterreise nach Ardig Hall ohne Verzögerung und Umwege vor sich gehen würde.

Ebenso froh war er, in einer Stadt zu sein, wo er fröhlich die ganze Nacht herumbringen konnte, denn er fürchtete sich davor, zu Bett zu gehen und erneut die Augen der Eliaha auf sich gerichtet zu sehen.

In Ennishgar herrschte nach wie vor lebhafter Betrieb, aber nun auf eine geruhsamere, entspannendere Weise, ohne die hektische Geschäftigkeit des Tages. Nachthändler boten Kitsch und billigen Tand feil, und überall waren Artisten zugange, die unter Musikbegleitung kleine Kunststücke vorführten. Rowarn hörte Beifall und sah gerade noch die Feuerlanze eines Feuerschluckers verglühen, bevor dieser sich verbeugte und mit einem Hut die Münzen auffing, die ihm hingeworfen wurden. Paare und Familien gingen Arm in Arm, und Freunde untergehakt, in launige Unterhaltung vertieft. Rowarn merkte gar nicht, wie die Zeit verging, während er einfach dastand und dem bunten Treiben zusah.

Eigentlich hatte er sich die Beine vertreten wollen, aber einerseits war er im letzten Mondwechsel lange genug unterwegs gewesen, und zum zweiten befürchtete er, sich zu verirren und nie mehr in den *Schwarzen Ritter* zurückzufinden. Von hier aus wollte er sich zuerst einen ausreichenden Überblick verschaffen, ehe er sich ins Getümmel stürzte. Die Luft war frühsommerlich mild, der Himmel voller Sterne und die Stadt hell erleuchtet. Es war ganz anders als in Madin, und es gefiel ihm sehr.

Rowarn blickte zur Seite, als er eine Berührung am Arm spürte, und sah sich einer der hübschen Schankmaiden gegenüber, die heute Abend an ihrem Tisch bedient hatten. Sie lächelte kokett, nahm ihn an der Hand und führte ihn ein Stück abseits in die Nebengasse, in Richtung der Ställe.

»Schon einmal ein Zwergenmädchen geküsst?«, wisperte sie und stellte sich auf die Zehenspitzen, während sie ihre warmen Hände auf seine Brust legte.

»Nein«, musste Rowarn zugeben, und als er die Arme um sie legte, spürte er mit Wohlgefallen ihre weichen Formen. Sie schmiegte sich an ihn und knabberte spielerisch an seinem Ohr, bevor sie ihm ihre vollen Lippen darbot. Und er musste anerkennen, es war in der Tat etwas völlig anderes, ein Zwergenmädchen zu küssen, auch nur im Arm zu halten. Seine Hand vergnügte sich an ihrem üppig wogenden Busen, während er sie küssend langsam Richtung Stall drängte.

Plötzlich jedoch unterbrach er den Kuss, blickte sich für einen Moment alarmiert um und bedeutete dann hastig dem Mädchen, sich still zu verhalten. Er schob sie tiefer in die dunkle Nische zwischen Gasthaus und Stall und hoffte, dass das genügte. Angestrengt lauschte er in die Dunkelheit. Und wirklich, da waren zwei wispernde Stimmen gleich nebenan, die wie Fledermäuse flatternd heraushuschten, um sich rasch zu verlieren.

»Ich habe mich nicht getäuscht«, zischte eine heisere Stimme. »Es *ist* der Fürst, ich habe ihn sicher erkannt.«

»Aber wieso ist er hier?«, antwortete eine zweite, fistelnde Stimme.

»Ich hörte schon in Kahlenberg, dass er angeblich persönlich nach militärischer Unterstützung sucht. Natürlich habe ich zu dem Zeitpunkt noch nicht viel darauf gegeben, aber meine Augen stets offen gehalten. Deswegen bin ich sicher, schon wie er hereinkam zur Tür, er ist eindeutig ein Befehlshaber, und er trägt außerdem einen Siegelring. Also zumindest ist der Mann, den ich gesehen habe, ein Adliger, der sich mit dem Läufer unterhalten hat. Und ich frage dich, was hat ein adliger Mensch mit dem Läufer der Zwerge zu tun?«

»Was für ein Narr! Wie kann er so dumm sein, den Schutz von Ardig Hall zu verlassen …«

»Was soll ich tun?«

»Reite noch in dieser Stunde los. Soll der Bluttrinker sich weiter am Heermeister versuchen, wir werden uns um diesen Mann kümmern und herausfinden, wer er ist. Die Beschreibung des Fürsten ist sehr ungenau, und ich bin noch im Zweifel. Doch sollte es stimmen, wird es den Herrn des Tabernakels erfreuen und uns reichhaltige Belohnung bescheren.«

Die beiden Stimmen entfernten sich, und bald war es wieder friedlich und harmlos wie zuvor. Nur noch das gelegentliche Scharren, Kauen und Schnauben der Pferde war zu hören.

Rowarn löste sich von dem Mädchen. »Ich muss zurück«, sagte er.

»Wirklich?«, sagte sie enttäuscht, aber sie unternahm keinen Versuch, ihn zurückzuhalten. Sie hatte schnell begriffen, dass es ihm ernst war. »Du solltest besser nicht denselben Weg gehen, du könntest zu sehr auffallen«, überlegte sie und zeigte ihm einen nahe gelegenen Nebeneingang für Dienstboten. Dann verabschiedete sie sich mit einem neckischen Klaps auf seine Kehrseite. »Ein Jammer für mich, und du wiederum ahnst nicht, was du versäumst«, gurrte sie und verschwand mit kokettem Hüftschwung.

Rowarn kehrte in die Gaststube zurück, in der die Luft inzwischen zum Schneiden dick war und die Gäste zusehends betrunken zu grölenden Liedern übergingen. Er fand den Fürsten allein am Tisch, mit einem Pokal Rotwein vor sich und einer Pfeife im Mund. Atemlos berichtete er, was er soeben gehört hatte. »Sie werden versuchen, Euch zu kriegen«, schloss er. »Vielleicht sollten wir …«

»Keine Hast, Junge«, unterbrach Noïrun ruhig. »Es braucht eine Weile, bis Femris das erfahren wird, und so schnell werden sie auch nichts unternehmen. Wir brechen ohnehin morgen auf, aber wir müssen zuerst deine Sachen abholen.«

»Ich werde heute Nacht vor Eurer Tür Wache halten«, entschied Rowarn. »Ich kann sowieso kein Auge zutun.«

Noïrun lächelte, sagte jedoch nichts. Immerhin entfernte er sich aus der Gaststube, um nicht unnötig weitere Leute auf sich aufmerksam zu machen, und zog sich auf sein Zimmer zurück.

Rowarn hielt Wache, wie er es versprochen hatte. Erst kurz vor der Kalten Stunde nickte er endlich ein.

12.

Die Abtrünnigen

Das Lager war bereits abgebrochen und die Versorgungswagen schon unterwegs, als der Fürst und seine Begleiter eintrafen. Alle Soldaten waren gerüstet und zum Marsch bereit. »Rüstung anlegen«, befahl Noïrun Rowarn, während er und Olrig sich ihre eigenen Sachen reichen ließen. »Je näher wir Ardig Hall kommen, desto mehr müssen wir auf alles gefasst sein.« Er zeigte sich zufrieden über die Aufstellung, die Morwen vorgenommen hatte.

Rowarn wartete, bis Noïrun sich mit dem Kupferhengst an die Spitze gesetzt hatte, und passte dann Olrig ab, der sich noch im Mittelfeld aufhielt. Die berittene Schar flankierte die Fußsoldaten, die eifrig ausschritten. Die meisten von ihnen gehörten zu den Hundertfünfzig aus Inniu, doch es war keiner von Rowarns Freunden dabei. »Hat er es dir gesagt?«

»Was gesagt?« Der Kriegskönig hatte die Zügel seines Schimmels am Knauf befestigt und beschäftigte sich damit, liebevoll sein Messer zu polieren.

»Was ich gestern gehört habe. Dass er erkannt wurde.«

Olrig ließ die Hand sinken und blickte zu Rowarn. »Erzähl mal genauer.«

Rowarn berichtete alles, und das Gesicht des Zwerges verfinsterte sich. »Nein, natürlich hat er mir nichts davon gesagt. Das sieht ihm ähnlich«, brummte er. »Wahrscheinlich hat es sich schon wie ein Lauffeuer herumgesprochen, und jetzt bläst das ganze Land zur Jagd.«

»So ernst ist es?« Rowarn wurde blass.

Olrig seufzte. »Femris hat schon vor einem Jahr ein Kopfgeld auf Noïrun ausgesetzt. Er hat ihm damals in der Schlacht einen Speer in die Schulter gejagt. So nah wie unser Freund ist dem Unsterblichen noch keiner gekommen, mit Ausnahme vielleicht von Angmor, von dem ich dir gestern erzählte.«

Rowarns Bewunderung für den Fürsten stieg fast ins Grenzenlose. »So gut ist er …«

»Er ist der Beste von uns allen, junger Freund.« Olrig schlug mit der flachen Hand auf den Sattel. »Ich habe ihm gesagt, er soll nicht nach Ennishgar gehen, sich in überhaupt keiner Stadt blicken lassen! Aber er nimmt die Warnungen einfach nicht ernst. Ein Glück nur, dass es nicht mehr weit ist!« Seine buschigen Augenbrauen zogen sich zusammen. »Vor Strauchdieben sind wir mit diesem Aufgebot immerhin sicher. Denn du kannst gewiss sein, Rowarn, dass jeder Taugenichts diesseits und jenseits des Goldflusses versuchen wird, sich diese Belohnung zu verdienen, gleichgültig, zu welcher Seite er gehört.«

»Ich lasse den Fürsten keinen Moment mehr aus den Augen«, versprach Rowarn. »Ich habe vergangene Nacht schon Wache gehalten.«

Olrig kratzte sich grübelnd den Bart. »Aber niemand weiß, wer bereits unterwegs ist. Ich hörte gestern von marodierenden Truppen, die Femris umherschickt, um Unsicherheit zu verbreiten.« Er hob sich im Sattel und blickte sich um. »Hol Morwen«, befahl er dann.

Rowarn machte sich auf den Weg und kehrte bald darauf mit Morwen zurück, der er unterwegs alles erzählt hatte.

»Dieser verrückte alte Mann, einfach so zu tun, als wäre nichts«, stieß sie hervor, als sie bei Olrig eintrafen. »Was soll ich tun, Olrig?«

»Geh mit deinen Schützlingen Fährtenlesen üben«, sagte der Kriegskönig. »Stell eine Vorhut Späher zusammen, und während der Rast heute Mittag brecht ihr auf. Rowarn und ich übernehmen dann die Nachhut. Fünf Mann von der Schar begleiten den Tross. Bis zur Rast bleibt ihr beide in seiner Nähe.«

»Zu Befehl«, sagte Morwen und trieb ihr Pferd an. Rowarn folgte ihr, und eine Weile trabten sie schweigend nebeneinander, den Fürsten immer in Sichtweite.

»Nette Rüstung«, sagte Morwen schließlich. »Mein Vater hat sich nicht lumpen lassen. Steht dir wirklich gut.«

»Danke«, sagte er verlegen. »Ich fühle mich noch nicht ganz wohl damit. Ich glaube, sie ist mir etwas zu groß.«

Sie lächelte. »Du wirst sie dir bald verdient haben, Rowarn. Selbst der beste Krieger braucht eine gute Rüstung, um geschützt zu sein, und erst recht der schlechteste.« Sie warf ihm einen undeutbaren Seitenblick zu. »Gefällt dir Ennishgar?«

»Ich war noch nie in einer so großen Stadt«, antwortete Rowarn. »Sehr beeindruckend, mit diesen gewaltigen Häusern aus Stein, aber merkwürdigerweise nicht bedrückend.«

»Und beherrscht von Zwergenfrauen«, meinte Morwen leichthin, aber Rowarn merkte deutlich, dass er jetzt auf gefährliches Pflaster kam. »Eine ganz neue Erfahrung, stimmt's?«

»Die Lebensweise der Zwerge ist sehr verschieden von unserer, und interessant«, äußerte er vorsichtig.

»Gefallen sie dir?«

»Wer?«

»Die Steine. Dummkopf! Die Zwergenfrauen natürlich.«

Jetzt musste er jedes Wort mit Bedacht wählen. »Sie ... sind sehr hübsch, auf ihre zwergische Art, und ihre Kunstfertigkeit, das Haar zu tragen ... ganz anders als die Menschen eben, wie ich schon sagte.«

Morwen schwieg eine Weile, und Rowarn hütete sich, den Mund aufzumachen. Dann sagte sie leise lachend: »Zu schade, dass du meinen Vater die ganze Nacht bewacht hast. Du hast dich um ein einzigartiges Vergnügen gebracht.«

»Ich ... äh ... wie ...«, stotterte er und suchte fieberhaft die Umgebung mit den Augen ab. Wenn jetzt ein Ungeheuer in der Größe und Stärke eines Grimwari gekommen wäre, um ihn zu fressen, er hätte es als Freund begrüßt.

Morwen lachte lauter. »Frag mal Olrig.« Sie erklärte es genauer: »Die Zwergenfrauen mögen zwar nicht die schönsten dieser Welt sein, aber sie beherrschen, wie mir nicht nur von einer Seite berichtet wurde, eine einzigartige Technik beim ... du weißt schon.« Sie deutete auf ihren Vater, der ruhig an der Spitze ritt. Der Kupferfuchs wiegte sich in kurzen Piaffeschritten, seine Ohren waren gespitzt und der Schweif hochgetragen. »Das einzige Mal, dass er je ins Schwärmen geriet, als Olrig und er sich nach einigen Ushkany Männergeschichten erzählten und vergaßen, dass ich dabei war. Sie sprachen über eine Frau, die irgendwie mit Olrig verwandt sein muss …«

»Ich kann mir denken, über wen sie geredet haben«, platzte Rowarn heraus.

Morwen schien ihm das nicht zu glauben, denn sie ging nicht darauf ein. »Ich habe die Augen meines Vaters noch nie so leuchten gesehen, und er wirkte fast glücklich. Also muss was dran sein, bei einem sonst so trockenen Mann, meinst du nicht?«

Rowarn dachte an die Art, wie Noïrun Larinda, die Wirtin des *Schwarzen Ritters*, geküsst hatte, und wurde rot.

»Du hast es also tatsächlich verpasst«, prustete Morwen. »Dir ist wirklich nicht zu helfen.« Sie drängte ihr Pferd dicht an seine Seite und legte ihm in einer mitleidigen Geste den Arm auf die Schulter. Unerwartet ernst sagte sie: »Nicht mal mein gestrenger, um nicht zu sagen verknöcherter Vater war in deinem Alter so tiefgründig wie du. Wie man an mir sieht.«

»Ich hab immerhin ein Zwergenmädchen geküsst«, murmelte er zu seiner Verteidigung und konnte sich nur wundern über diese groteske Unterhaltung, die mit einer anderen Frau, Anini beispielsweise, ganz anders abgelaufen wäre. Und verknöchert, fand er, war der Fürst keineswegs. Er zeigte diese menschliche Seite nur nie vor seinen Leuten.

»Also besteht wenigstens Hoffnung.« Sie drückte seine Schulter, dann trabte sie schneller.

»Du bist eine großartige Frau, weißt du das?«, rief er ihr nach.

»Ja«, lachte sie zurück. »Ich bin einfach gut!«

Als sie den Tross eingeholt hatten, ordnete Noïrun eine Rast an. Morwen suchte unter dem Vorwand einer Übung einige Leute zusammen und trieb sie bald vorwärts. Olrig schickte die langsamen Versorgungswagen mit fünf von der Schar zur Begleitung bereits wieder los, noch bevor alle das knappe Mahl eingenommen hatten.

»Hältst du mich eigentlich für dumm?«, fragte der Fürst später, während er nachgurtete und die Lage des Sattels überprüfte.

»Manchmal schon, ja«, brummte Olrig.

»Na schön.« Noïrun saß auf und gab dem Hengst die Sporen.

»Das ist schließlich auch unsere Aufgabe, oder?«, rief Olrig ihm nach. »Aufzupassen! Zu schützen! Eine gute Übung ist es allemal!«

Der Fürst hob lediglich die Hand und galoppierte weiter.

»Denkst du, er ist sehr böse auf mich?«, fragte Rowarn und stieg auf Windstürmer.

»Ach, Unsinn. Im Grunde seines Herzens ist er froh, dass wir die Sache ernst nehmen. Er mag es nur einfach nicht, gewissermaßen bevormundet oder übergangen zu werden, da ist er ganz eigen. Stolz und stur, eine schwierige Kombination. Genau das hat Femris damals unterschätzt, das hat jeder unterschätzt an ihm.« Olrig tätschelte dem Schimmel den Hals. »Ich könnte es mir niemals verzeihen, wenn ihm etwas zustieße«, murmelte er.

Der Weg führte weiter Richtung Südosten, durch blühendes Land, auf gut ausgebauten Straßen, denen sie jedoch nur selten folgten, weil dort häufiger Karawanen und Reisende langzogen. Rowarn verstand nun besser, warum die Rekruten in mehrere Einheiten aufgeteilt worden waren, um Ardig Hall auf unterschiedlichen Wegen und in unterschiedlicher Geschwindigkeit zu erreichen. Das von Dubhan aufgebrochene Heer würde zumindest für eine Weile aufgehalten werden; der Verstärkung von Ardig Hall konnte das nicht passieren, und die Kunde von einer durch die Lande ziehenden Soldatenschar konnte sich auf diese Weise auch nicht so schnell verbreiten.

In der Nacht fiel der von den Bauern schon sehnsüchtig erwartete Regen in leisem, aber stetigem Rauschen. Der ausgetrocknete Boden konnte das Wasser nicht so schnell aufnehmen, und bald bildeten sich in Senken kleine Seen, und viele schmale Bäche flossen von den Hängen herab.

Menschen und Tiere unter freiem Himmel waren natürlich nicht allzu begeistert davon, und so drängte sich alles in den Zelten und auf den Wagen zusammen und verbrachte eine unruhige Nacht. Am Morgen allerdings war es schon wieder vorbei, und das Wasser lief rasch ab und sickerte in den durstigen Boden ein. Dafür war alles in dicken Nebel gehüllt, sodass die Sicht kaum ein paar Schritte weit reichte.

Es gab es nur ein kurzes, kaltes Morgenmahl in fröstelnder Eile, dann ging es weiter. Nun waren sie dankbar für Morwens Spähtrupp, denn es war ausgesprochen schwer, sich zu orientieren. Das trübe Licht kam von überall, und sie befanden sich abseits aller Wege. Den Pferden war es völlig egal, wohin es ging, sie hatten überhaupt keine Lust, auch nur einen Schritt zu laufen und taten immer wieder ihren Unmut kund.

»Verliert euch nicht im Nebel, bleibt zusammen«, mahnte der Fürst, der in regelmäßigen Abständen die ganze Truppe abritt und genau abzählte, ob noch alle mithielten. Die Versorgungswagen waren schon etwas zurückgefallen, aber sie hatten Lampen angezündet, und die zur Begleitung eingeteilten Ritter trugen ebenfalls Laternen.

»Gibt es solchen Nebel auch in Inniu?«, fragte Olrig.

»O ja«, antwortete Rowarn. »Dann bleibt man zu Hause und wärmt sich die Füße am Herd.«

So verlief der Tag. Weil sie ohnehin nur sehr langsam vorankamen, machten sie keine Pause, sondern kauten unterwegs mürrisch ein wenig hartes Zehrbrot vom Vorabend. Die Pferde ließen sich auch nicht mit Rosinen bestechen. Mit hängenden Köpfen zockelten sie in immer gleicher Geschwindigkeit dahin und waren kaum zu lenken.

»Was ist, wenn Morwen sich verirrt?«, wagte Rowarn am Nachmittag zu fragen, als sie schon eine ganze Weile verschwunden war.

»Sie verirrt sich nicht«, erwiderte Noïrun. Vor ihm ging ein Fährtenleser und führte den Tross anhand der von Morwen hinterlassenen Zeichen. »Völlig unmöglich.«

»Wie schafft sie das nur?«

»Sie hat eben das Talent.«

»Ja, scheint mir auch so«, murmelte Rowarn und beobachtete fasziniert den Fährtenleser. Er hätte nicht ein einziges Zeichen von Morwen gefunden, obwohl er bei diesem trüben Licht besser sehen konnte als die Menschen. Er überlegte, wo sie sich wiederfanden, wenn sich der Nebel endlich lichtete.

Eine Stunde später schien es endlich so weit zu sein. Zumindest hob sich der Dunst, sodass die Sicht zwei Speerwürfe weit reichte, wobei es hinter ihnen schneller aufklarte als vor ihnen, wo die nächste dicke Wand auf sie wartete.

Der Fürst spannte sich plötzlich und lauschte. Dann sagte er in ungewohnter Hast und Eindringlichkeit: »Rowarn, komm«, und zu Olrig nach hinten: »Mir nach, Olrig, zehn Pferdelängen Abstand!«

Rowarn brauchte Windstürmer nichts zu sagen. Der kleine Falbe hatte bereits begriffen, dass Gefahr drohte, und spurtete gemeinsam mit dem Kupferhengst los, die Nüstern weit gebläht.

Olrig folgte ihnen auf Abstand im langsamen Galopp, und die Truppe hinter ihm erhöhte ebenfalls das Tempo.

Plötzlich sah Rowarn einen dünnen Schatten vor sich, und dann schoss Morwen auch schon wie von Furien gehetzt aus dem Nebel heraus. »Schnell!«, schrie sie. »Bringt den Fürsten in …« Dann wurde sie von einem Sirren und einem dumpfen Schlag unterbrochen. Morwen stieß einen ächzenden Laut aus und sackte zu Boden.

»Ein Angriff!«, brüllte Olrig und zog die Axt aus der Halterung neben dem Sattel. »Zu den Waffen!« Er drehte den Schimmel im Kreis, während er weitere Befehle donnerte. Berittene wie Fußsoldaten schwärmten aus und machten sich in Windeseile sowohl für den Angriff wie zur Verteidigung bereit.

»Morwen!«, rief Noïrun. Er sprang von seinem Hengst und rannte zu ihr; Rowarn trieb gleichzeitig Windstürmer an. Dennoch war der Fürst schneller, er kniete schon bei Morwen nieder und drehte sie vorsichtig zu sich.

Rowarn verharrte dicht bei den beiden. Mit zugeschnürter Kehle sah er, wie Morwen flatternd die Lider öffnete. In der linken Schulter, nahe der Achsel, steckte ein Pfeil. Ein dünnes rotes Rinnsal kam aus der Wunde.

»Papa«, flüsterte sie.

»Still«, sagte er rau. »Die Wunde ist tief, aber nicht tödlich. Du schaffst das. Beiß die Zähne zusammen, Soldat.«

Vorsichtig hob er sie hoch. Sie presste fest die Lippen aufeinander, dennoch drang ein unterdrücktes Wimmern hervor. »Rowarn, bring sie zum Wagen des Heilers«, befahl der Fürst und trat an Windstürmer heran. »Lass den Tross anhalten und ein Lazarett aufbauen, es werden bald weitere Verwundete folgen.«

Rowarn hörte Kriegsrufe durch den Nebel dringen, und dann brachen die ersten waffenschwingenden Gestalten hervor. Olrig stürmte mit einigen Rittern an ihnen vorbei, nicht minder laut schreiend und mit erhobenen Waffen. »Herr, Ihr solltet Morwen zurückbringen, und ich ...«

»Das ist ein Befehl!«, unterbrach Noïrun, der kaum noch Kontrolle über seine Stimme hatte. »Wenn sie im Kampf verwundet wird, ist das etwas anderes, dann fällt sie als Soldatin. Aber *jetzt*«, stieß er bebend hervor, und er war leichenblass vor Zorn geworden, »bei diesem feigen Hinterhalt, ist sie meine Tochter, und du wirst sie in Sicherheit bringen und alles veranlassen, damit der Tross gut abgesichert und vorbereitet ist! Das hier ist meine Angelegenheit.«

Rowarn wusste, es hatte keinen Sinn, an die Vernunft zu appellieren. Er veranlasste Windstürmer, sich auf die Vordergelenke zu kauern, und übernahm Morwen.

Noïrun pfiff nach seinem Hengst und zog das Schwert. »Das werden sie bitter bereuen«, knurrte er mit tiefer Stimme, während er sich auf den Kupferfuchs schwang. Sein Gesicht zeigte einen Ausdruck, den Rowarn noch nie bei ihm gesehen hatte, beinahe grausam, als er den Hengst antrieb und Olrig in den Kampf folgte.

»Los, mein Kleiner, sei geschwind und weich wie eine Wolke«, flüsterte Rowarn dem kleinen Falben zu, der losschnellte, aber mit flachen Bewegungen, damit es Morwen nicht zu sehr schüttelte.

Während hinter ihm das Chaos ausbrach, galoppierte Rowarn eilig dem Tross entgegen. Kurz darauf sah er, dass die Wagen bereits angehalten und hastig mit dem Aufbau des Lazarettzeltes begonnen hatten. Der Begleitschutz war zur Verteidigung bereit.

Morwen regte sich in seinen Armen und stöhnte.

»Wir sind gleich da«, sagte Rowarn, aber mehr, um sich selbst zu beruhigen.

»Er ist sehr wütend, ich hab's gesehen«, murmelte sie. »Weil ich mich einfach abschießen ließ ...«

Rowarn glaubte, sich verhört zu haben. »Was für ein Unsinn!«, unterbrach er aufgebracht. »Dein Vater liebt dich! Er ist nicht wütend auf dich, sondern auf diese hinterhältigen Schweine, und wahrscheinlich auch auf sich selbst, weil er das zugelassen hat, obwohl er es natürlich nicht verhindern konnte. Ich weiß nicht, was passiert wäre, wenn du umgekommen wärst. Ich habe ihn noch nie so außer sich erlebt, und ich hoffe, dass er nicht blindlings vorstürmt.«

»Was ist los?«, rief der Anführer des Begleitschutzes.

»Ein Hinterhalt!«, antwortete Rowarn. »Mitten in der dicken Nebelwand vorn, ich weiß nicht, wer und wie viele. Richtet euch auf einen harten Kampf ein!«

Er hielt Windstürmer vor dem Wagen des Heilers an und rutschte mit Morwen zusammen herunter. »Schnell, ich brauche sofort Hilfe!«

Der Heiler streckte kurz den Kopf durch die Planen heraus, erkannte die Situation und winkte ihm. »Das Zelt ist noch nicht fertig, bring sie herein.« Gleichzeitig befahl er seiner Frau, sofort Wasser abzukochen.

Rowarn kletterte mit Morwen auf den Armen auf den Wagen und legte sie vorsichtig auf einem rasch ausgebreiteten Lager ab. Der Heiler wollte ihn hinauswerfen, doch er ließ sich nicht davon abbringen, bei der Untersuchung dabei zu sein. »Der Fürst hat mich für ihr Leben verantwortlich gemacht«, sagte er störrisch.

»Also gut, bis ich die Untersuchung beendet habe«, brummte der Heiler. »Aber wenn es dann an die Operation geht, wirst du verschwinden.«

Morwen kam wieder zu sich und starrte Rowarn überrascht an. »Was machst du denn noch hier?«

»Was ...«, begann er.

Sie schlug die Hand des Heilers beiseite, der sie daran hindern wollte, und richtete sich mit schmerzverzerrtem Gesicht halb auf. Ihr Gesicht war schweißüberströmt. »Rowarn, du hast selbst gesagt, dass er außer sich war! Also hau endlich ab und pass auf meinen Vater auf, was deine Aufgabe als sein Knappe ist, sonst werde *ich* blindlings vorstürmen und dir gnadenlos abschneiden, was dir lieb und teuer ist!«

»Das solltest du besser ernst nehmen«, meinte die Heilerin, die gerade mit heißem Wasser hereinkam, und grinste. »Wäre ja ein Jammer! Also verschwinde einfach.«

»Und dann können wir vielleicht endlich anfangen«, knurrte der Heiler. »Falls ihr es nicht bemerkt habt: Morwen ist schwer verletzt, und wenn ich den Pfeil rausziehe, wird sie jeden einzelnen Moment ihres Lebens verfluchen, und alle, die darin eine Rolle spielen.«

Rowarn machte, dass er wegkam.

Mit gezücktem Schwert galoppierte Rowarn in die Schlacht zurück und versuchte, irgendwie einen Überblick zu bekommen. Von Noïrun keine Spur, aber er entdeckte den von zwei Angreifern bedrängten Olrig und stürmte zu ihm. Sein erster Schlag schlug einem der Angreifer den Helm vom Schädel, und Rowarn stockte für einen Herzschlag.

»Aber das ... aber das sind ...«

Der Gegner hob den Arm, aber nicht schnell genug. Rowarn schlug noch einmal zu, ohne nachzudenken. Ihm fiel in diesem Moment nicht einmal auf, dass er zum ersten Mal in seinem Leben tötete. Ohne einen Laut fiel das große, gedrungene Wesen.

»Nein, sind sie nicht!«, schrie der Kriegskönig und zerschmetterte seinem Feind die Brust mit der Axt. Er wandte sich Rowarn zu. »Es sind Warinen, verstehst du? Einst waren sie Zwerge«, er spuckte aus, »aber dann gingen sie einen Blutsbund mit den Dämonen ein, sie wurden größer und stärker und härter als je ein Zwerg gewesen war, und sie sind Femris treu ergeben! Sie sind seit Jahrhunderten ein eigenes Volk und haben nichts mehr mit uns gemein.« Er trieb den Schimmel an.

»Wo ist der Herr?«, rief Rowarn. »Ich muss ihn finden!«

»Wo schon!«, schnaubte Olrig und streckte fluchend den nächsten Warinen nieder. »Ganz vorn, im größten Tumult!«

Das genügte Rowarn, und er schlug die Hacken in Windstürmers Bauch, der einen wütenden Schrei ausstieß und mit angezogenem Kopf losdonnerte, rücksichtslos durch die Kämpfenden hindurch, ohne zu zögern oder zu weichen.

Der Nebel dämpfte alle Geräusche und vervielfachte sie zugleich, ringsum wurde Mann gegen Mann gekämpft, doch zu erkennen waren kaum mehr als zuckende, hin und her wogende Schemen. Es war nicht ersichtlich, wie viele es waren, und wer die Oberhand gewinnen würde. In weiter Ferne ging die Sonne unter und fraß glühend rote Löcher in den Nebel, der dem Schein erbitterten Widerstand leistete.

Olrig hatte Recht gehabt, Noïrun war mit dem Kupferhengst an vorderster Front. Um ihn herum türmten sich die Leichen, und sein Schwertarm schien noch nicht im Geringsten müde zu sein.

Doch da stürmten sie von allen Seiten auf ihn ein. Ein Speer flog durch den Nebel und bohrte sich in die Seite des Hengstes. Der bäumte sich mit schrillem Wiehern auf, und der Fürst stürzte aus dem Sattel und landete unglücklich auf dem rechten Fuß. Rowarn sah ihn einknicken und fallen, und das Schwert flog dem Fürsten aus der Hand.

Der ebenfalls gestürzte Kupferhengst rappelte sich auf, der Speer war aus der Wunde geglitten, die heftig blutete, aber nicht tödlich war. Grell wiehernd stellte er sich vor seinen Herrn.

»Jetzt haben wir ihn!«, schrie einer der Warinen triumphierend und hob den Säbel.

In diesem Moment geschah es. Rowarn spürte ein leises Ziehen und einen kurzen Ruck in seinem Kopf. Dann veränderten sich seine Augen und wurden fast weiß, eiskalt und klirrend. »Noch nicht«, sagte er mit fremder Stimme.

Windstürmer tänzelte nach vorn und wieherte laut. Die Warinen hielten überrascht inne, als sie Rowarn entdeckten, der durch den Nebel auf sie zukam.

»Noch nicht!«, schrie Rowarn, und dann schoss Windstürmer los. Wie ein Unwetter donnerten die beiden durch die heranrückenden Warinen, das Pferd auskeilend, schlagend, beißend; jeder Schwerthieb des Reiters schlug schwere oder tödliche Wunden. Als er eine Bresche um den Fürsten freigelegt hatte, sprang Rowarn den am nächsten stehenden Warinen an, trieb das Schwert bis zum Heft in dessen Bauch und schleuderte ihn mit einem Fußtritt von sich. Ohne

Pferd war er ein noch schrecklicherer Gegner, er raste mit wirbelnder Klinge wie ein Orkan durch die Reihen der Gegner und streckte einen nach dem anderen nieder. Es geschah so schnell, dass sie kaum Gelegenheit zur Gegenwehr fanden. Doch allmählich begriffen die Warinen, dass selbst ihre Überzahl hier nichts ausrichtete, solange ihr Feind sich in derartiger Raserei befand. Er hielt ein furchtbares Blutgericht unter ihnen, wie es wahrscheinlich zehn Mann auf einmal nicht vermocht hätten.

»Ein Rithari!«, schrie einer von ihnen, bevor er erschlagen wurde, und allein dieses Wort ließ die Warinen zurückweichen.

Rowarn stand still, vom Blut seiner Feinde überströmt, hell strahlend in der beginnenden Dämmerung, das Gesicht jedoch in Dunkelheit gehüllt, abgesehen von den schrecklichen Augen.

Dann schossen plötzlich Pfeile und Speere durch den Dunst – und trafen die Warinen. Nun ergriffen sie endgültig die Flucht, und zwar allesamt, in den Nebel hinein. Rowarn, der langsam wieder zu sich kam, hörte vor sich ein tiefes Grollen und verzweifelte Schreie. Kurz darauf wurde es still.

Doch Rowarn traute der Ruhe nicht so schnell und verharrte, obwohl ihn alles danach drängte, endlich nach Noïrun zu sehen. Und er tat gut daran! Plötzlich schob sich ein monströser Schemen durch den blutenden Nebel, mit kalt glühenden Augen, gewaltigen Hörnern und den stämmigen, zu aufrechtem Gang fähigen Hinterbeinen eines Stieres. Er trug ein geflammtes Schwert, länger als ein Zwerg, einen stachelbewehrten Panzer, und seine Haut war leuchtend rot. Dampf quoll aus seiner breiten, flachen Nase, und er fletschte die Zähne in einem tiefen Grollen.

Ein Dämon.

Rowarn wusste, dass nun alles vergebens gewesen war. Aber er würde den Tod des Fürsten Ohneland bitter rächen, und seinen eigenen noch dazu, bevor er starb. Er stieß einen wilden Schrei aus und hob das Schwert, doch bevor er sich auf das gewaltige Wesen stürzen konnte, das fast doppelt so groß war wie er, keuchte der Fürst hinter ihm: »Halt ein, Rowarn! Schone deine Kräfte. Dieser da gehört zu uns.«

Rowarn verharrte und drehte sich halb zu dem Fürsten. »Was?«

Der Dämon stampfte heran und scheuchte den mutigen Kupferhengst beiseite, um zu Noïrun zu gelangen. »So ist es, kleiner Held«, sagte er mit dröhnender Stimme. Das gehörnte Wesen streckte dem Fürsten die Hand hin, groß wie eine Schaufel, und mit langen Krallen bewehrt.

Noïrun ergriff sie und ließ sich hochziehen. »Fashirh, ich bin erfreut, dich zu sehen«, sagte der Fürst und versuchte, auf eigenen Füßen zu stehen.

Rowarn verharrte wie gelähmt, das Schwert immer noch erhoben. Seine Blicke irrten zwischen dem Fürsten und dem Dämon hin und her. Verzweifelt versuchte er zu begreifen.

»Alles in Ordnung, Junge?«, fragte Fashirh und wollte ihm die Hand reichen, aber Rowarn wich zurück.

»Fass mich nicht an!«, zischte er. »Mir ist es gleich, auf wessen Seite du stehst. Du bist ein Dämon und damit *mein* Feind!« Aufgebracht wandte er sich ab, seinen Fürsten hatte er anscheinend völlig vergessen, und rief nach Windstürmer. Er saß auf und ritt zurück zu den anderen.

Fashirh schaute den Fürsten erstaunt an. »Welch tiefer Hass in einem so jungen Herzen …«

»Er spricht nicht darüber«, erklärte Noïrun. »Und ich fürchte seinen Zorn, der ihn zur Raserei treibt.«

»*Du* fürchtest etwas? Das ist bedenklich.«

»Ja.« Der Fürst versuchte aufzutreten und stieß einen Schmerzensschrei aus, seine Hand tastete in der Luft nach einem Halt. »Fashirh, hilf mir, dieses Bein lässt mich im Stich.«

Der Dämon stützte ihn behutsam und half ihm auf den Kupferhengst, der den roten Riesen wütend anprustete. Als Fashirh mit feurigem Dampf aus den Nüstern zurückschnaubte, gab der Hengst klein bei, aber er wich keinen Hufbreit und beäugte den Dämon während des ganzen Weges bis zum inzwischen errichteten Lazarettzelt misstrauisch.

»Das hast du gewusst, oder?«, brüllte Olrig ihnen entgegen, mit einer Mischung aus Wut, Freude und Erleichterung. »Die ganze Zeit hast du darauf gewartet, dass Fashirh zu uns stößt, und warst deshalb so entspannt!«

Der Fürst lächelte fein, enthielt sich aber einer Antwort.

»Hätten wir warten sollen, bis Olrig seine sechsunddreißigste Heldentat vollbracht hat?«, röhrte Fashirh und lachte, dass der Boden bebte.

»Nein, man hätte Olrig etwas darüber sagen können, denn Olrig ist der Stellvertreter des Fürsten und ziemlich aufgebracht darüber, wenn er bei derartigen Dingen übergangen wird!« Der Kriegskönig wedelte wütend mit einer Hand und stampfte davon.

»Warum wundert mich das wieder einmal nicht?«, meinte der Dämon zu Noïrun.

»Es ist alles, wie es sein soll«, sagte der Fürst. »Seine Schuld, wenn er sich nicht daran gewöhnt.«

Fashirh fletschte die Zähne in einem breiten Grinsen. »Manchmal, mein lieber Bündnispartner, frage ich mich schon, warum überhaupt noch einer mit dir redet. Und ich bin ein Dämon, wenn du verstehst, was ich meine.«

Noïrun zuckte gleichmütig die Achseln.

Am Abend saß Rowarn allein und abseits vom Feuer und starrte in die Dunkelheit hinaus. Drei weitere Dämonen waren inzwischen eingetroffen, nicht minder bizarre Geschöpfe wie Fashirh, auch wenn sie vier Gliedmaßen wie ein Mensch besaßen, aber das war auch die einzige Ähnlichkeit. Trotz ihres unterschiedlichen Aussehens und der Größe war ihnen allen eines eigen: diese klugen, aber gefühllosen Augen, in denen ein unheilvolles Feuer brannte, dessen Glut kälter war als ein Gletscher. Sie wurden mit Freude begrüßt, weil sie mächtige Verbündete waren, aber Rowarn entging nicht, dass die meisten, auch Olrig, allzu große Nähe zu ihnen scheuten und keine Scherze mit ihnen tauschten. Das tröstete ihn ein wenig, weil so nicht nur er wegen seines Hasses auf den Mörder seiner Mutter eine so tiefe Abneigung gegen die Dämonen hegte.

Er regte sich nicht, als der Fürst an seine Seite kam, schwer hinkend, auf einen Stab gestützt. Ächzend ließ er sich neben ihm nieder.

»Abtrünnige Zwerge, abtrünnige Dämonen«, murmelte Rowarn nach einer Weile, als ihm das Schweigen zu unangenehm wurde. Es gehörte sich zwar nicht, wenn er als Jüngerer, noch dazu so tief im Rang Stehender das Wort ergriff; aber er hatte das Gefühl, als habe der Fürst genau dies beabsichtigt: Rowarn sollte reden, wenn er es wollte. »Diese Welt steht kopf, und ich verstehe sie nicht mehr.«

»Nun siehst du, dass es nicht so einfach ist, zwischen Regenbogen und Finsternis zu trennen«, sagte der Fürst langsam. »Jeder von uns hat die Wahl der Entscheidung, und jeder von uns hat Gründe, warum er so und nicht anders wählt. Es ist leicht, die ›Dämonen an sich‹ zu hassen, weil du damit den Feind deutlich vor Augen hast. Gewiss, sie sind Furcht erregende Geschöpfe, kalt und grausam und für uns von zumeist schauerlichem Äußeren. Aber eben nicht alle stehen auf der Seite der Finsternis. Einige haben sich dafür entschieden, die Seite zu wechseln. Die Gründe sind für uns nicht immer verständlich und vielleicht auch nicht zu rechtfertigen. Aber es ist gut, sie auf unserer Seite zu haben, und wir werden ihre Hilfe nicht ablehnen.«

»Und wenn sie uns verraten?«

»Sie sind genauso oder genauso wenig vertrauenswürdig wie jeder von uns, Rowarn. Wie ich schon sagte: Es ist nicht so leicht. Auch wenn sie nun das GETEILTE sind, so waren Finsternis und Regenbogen doch einst die EINHEIT, und sie gleichen einander ebenso, wie sie sich voneinander unterscheiden.«

»Wollt Ihr mir sagen, dass ich meine Rache aufgeben soll?« Rowarn biss sich auf die Lippe, weil er nun unbedacht die einst geäußerte Vermutung des Fürsten bestätigt hatte.

»Nein. Das ist deine Entscheidung. Ich will dir nur sagen, du darfst deine Rache nicht auf ein ganzes Volk ausweiten. Wäge sorgfältig ab, wen du hassen willst.« Der Fürst bedachte ihn mit einem langen, möglicherweise wohlwollenden Blick. »Falls du überhaupt hassen musst.«

Rowarn erwiderte den Blick kühl. »Tut Ihr das denn nicht?«

»Manchmal. Aber ich möchte es lieber nicht, Rowarn. Ich will aufbauen, nicht zerstören.« Der Fürst rieb sich den Bart. »Wir treiben dem Untergang entgegen, wenn wir so weitermachen«, fügte er leise hinzu.

Rowarn schwieg. Er wusste nicht, was er dazu sagen sollte. Schließlich murmelte er: »Ich bin kein guter Knappe, nicht wahr?«

Der Fürst lachte unerwartet. »Du wirst nicht mehr lange genug Knappe sein, um darüber nachzugrübeln«, versetzte er. »Nach all dem, was du heute geleistet hast, werde ich dich in den Status eines Ritters erheben, und das bereits morgen früh.«

Rowarn blinzelte entgeistert. »Aber ... meine Ausbildung ...«

»Ich werde sie weiterführen und beenden, wie vereinbart. Aber du hast dich als vertrauenswürdig und entscheidungsfreudig gezeigt. Du hast gehandelt, wo es angebracht war, und dich nicht einfach auf Befehle verlassen. Du bist erwachsen, Rowarn, in dir steckt eine Menge. Vor allem aber eine gute Seele, daran solltest du festhalten.« Der Fürst legte eine Hand auf seinen Arm. »Ich weiß nicht, was dich quält, und du musst auch nicht darüber sprechen. Aber du darfst dich nicht selbst bestrafen. Fange an, dir selbst zu vertrauen. Du bist viel zu jung, um derart in Schuldgefühle verstrickt zu sein.«

Rowarn fühlte einen Kloß im Hals. »Sie ... die Warinen haben gesagt, ich bin ein Rithari ...«

»Nein, das bist du nicht«, widersprach der Fürst unerwartet heftig. Sein Blick ging in weite Fernen, und ein kurzer Schmerz huschte über sein Gesicht. »Glaub mir, ich weiß das«, sprach er sehr leise.

Nachdem der Schrecken überwunden war, die Nacht sich herabsenkte und der Nebel endgültig wich, kam zaghaft Freude auf. Und schließlich beglückwünschten sich die frischgebackenen Soldaten zu ihrem ersten Sieg. Keiner von ihnen war gewichen, alle hatten sie tapfer und gut gekämpft. Wer im Lazarett lag, würde weiterleben und bald wieder einsatzbereit sein.

Der wiedererstarkende Mond tauchte das Lager in silbernes, mildes Licht, auch wenn es ziemlich kühl war. Aber der große Hof um Ishtrus Träne versprach einen sonnigen neuen Tag, an dem man sich schnell aufwärmen würde.

Und bis dahin leisteten die Feuer gute Dienste. Knechte und Mägde waren eifrig dabei, Essen und Trinken zu verteilen, das Feuer in Gang zu halten und die Verwundeten zu versorgen.

Nun hatten alle zum ersten Mal getötet und sich bewährt. Sie wussten jetzt annähernd, was sie in Ardig Hall erwartete, und waren mehr denn je dazu entschlossen, ihren Beitrag zu leisten.

Fashirh wandte den gehörnten Kopf, als Rowarn sich ihm näherte. »Kann ich ... mit dir sprechen?«, fragte der junge Mann zögernd.

»Natürlich«, antwortete der Dämon. »Es macht mir nichts aus, mich mit deinesgleichen zu unterhalten.«

Rowarns Blick glitt zu den anderen drei Dämonen, die außerhalb des Feuerkreises lagerten, matt glühende Schemen in der Dunkelheit. »Diesen schon?«

»Ja«, antwortete Fashirh mit grollender Stimme. »Glaube nicht, dass deine Art das ausschließliche Privileg besitzt Andersartige zu verachten.«

»Trotzdem stehen sie auf unserer Seite?«

»Auf der des Regenbogens, Kind. Sie würden bedenkenlos diese Truppe opfern, wenn dies dem harmonischen Reich einen Sieg einbringen würde.«

So seltsam es auch sein mochte, das beruhigte Rowarn, weil es sich nicht zu weit von seiner Einschätzung entfernte. »Und du?«

Fashirh betrachtete seine Hände, deren Haut bei diesem Licht einen leichten Grauschimmer zeigte. »Ich neige mich schon dem Alter zu. Ich bin auch anders als die. Sie sind nur Söldner.«

»Besteht dann nicht die Gefahr, dass sie plötzlich die Seite wechseln, wenn sie von Femris besser bezahlt werden?«, stellte Rowarn eine ähnliche Frage wie zuvor dem Fürsten.

»Besteht diese Gefahr nicht immer?«, gab auch Fashirh ganz ähnlich Antwort. »Aber: nein, törichtes Kind. Diese Dämonen werden ihrer gewählten Seite treu bleiben, sonst hätten sie nicht so entschieden. Ihr wisst nicht viel über uns. Aber auch im Reich der Finsternis und ihrer Kinder gelten Ehre und Pflicht etwas.«

Rowarn wagte es, die Frage zu stellen, die ihn am meisten beschäftigte: »Warum hast du dich für den Regenbogen entschieden?«

Der Dämon lächelte finster. »Im Gegensatz zu meinen drei Artgenossen stamme ich von Xhy, der Hauptwelt der Dämonen. Eines Tages erschien der Nichtige bei uns, Tar'meso, den man heute den Herrn des Flammenthrons nennt. Er ist ein Annatai, doch er gehört der Finsternis an.«

»Das verstehe ich nicht«, warf Rowarn ratlos ein. »Ist das nicht normalerweise auch die Seite der Dämonen? Vor allem eure Hauptwelt liegt sicher dort ...«

»Der Nichtige hat meine Welt in Schutt und Asche gelegt, Rowarn.«

»Oh ...« Rowarn versuchte, sich vorzustellen, was das für ein Geschöpf sein mochte, das dazu fähig war, ganz allein die Hauptwelt der Dämonen zu zerstören. Dann entschied er, besser nicht darüber nachzudenken.

Fashirh fuhr fort: »Offenbar gefiel es ihm nicht, dass der Düstere Vanna, Herr von Xhy, ihm den Flammenthron streitig machen wollte. Es gab einen großen Kampf, und Tar'meso rang den Düsteren Vanna nieder. Doch damit war er nicht zufrieden. Er verwüstete die ganze Welt. Sie blutet noch heute an vielen Stellen und hat sich kaum erholt.«

Rowarn schüttelte es. »Und das schaffte ein einzelner Mann?«

»Ein Annatai. Dieses Volk gehört zu den Mächtigsten des Universums, die Heimatwelt ist Annata, die Erenatar selbst dem auserwählten Volk einst schenkte. Als Zauberer und Lehrmeister bereisen die Annatai das ganze Universum. Der Name des Nichtigen wird inzwischen an vielen Orten voller Furcht genannt. Nach der Verwüstung von Xhy entschied ich, dass die Finsternis mit einem Mächtigen wie ihm niemals den Sieg erringen darf, denn selbst für Dämonen wird dies dann ein Universum des Schreckens. Deshalb unterstütze ich in Treue den Regenbogen.«

Rowarns helle Haut wurde fast durchsichtig, so bleich war er geworden. »Das ist eine große Geschichte ...«, flüsterte er.

»Allerdings«, nickte der Dämon. »Manchmal zu groß, Junge. Doch wir haben keine Wahl, wir sind in den Ewigen Krieg hineingezogen worden, und nun müssen wir unseren Beitrag leisten. Bald wird sich niemand mehr heraushalten können.«

»Und was ist, wenn ... dieser Nichtige hierherkommt?«

»Die Götter mögen uns davor bewahren, da wir schon mit Femris nicht fertig werden. Aber nein, ich befürchte es nicht, wenn es dich beruhigt. Die Finsternis hat viele Hände und ist an vielen Orten tätig. So wie der Regenbogen auch.«

Rowarn nickte. »Ja, wie man an dir sieht. Und wenn ich bedenke, was aus Zwergen werden kann, und dass selbst Dämonen Furcht vor einem einzigen Zauberer aus den eigenen Reihen haben, sollte jeder von uns versuchen, seinen Beitrag für den Frieden zu leisten, denn anscheinend haben beide GETEILTEN ihre Licht- und Schattenseiten.«

»Weiser kleiner Mann.« Fashirh zeigte die Zähne, doch dann wusste er noch etwas draufzusetzen, als er wohl merkte, wie sehr der Bericht über den Annatai Rowarn erschreckte. »Übrigens ist bereits ein Abkömmling der Annatai auf Waldsee, geboren auf Erytrien, einer von hier weit entfernten, abgeschiedenen Insel, die viele Legenden birgt. Man nennt ihn Halrid Falkon, und er ist seit vielen Jahren mit seinem Drachen Fylang unterwegs in allen Landen.«

»Oh!«, rief Rowarn. »Genug damit! Besteht diese Welt nur aus Mächtigen und furchteinflößenden Wesen?«

Da lachte der Dämon. »Nun, dann reden wir doch über etwas, das alle Männer stets beschäftigt, egal ob sie Mächtige sind oder nicht, Dämon oder Mensch: *Frauen.*«

Rowarn, der natürlich wusste, dass dies als Scherz gemeint war, hakte sofort nach: »Dämonenfrauen?«

Fashirh schnaubte Feuer vor Vergnügen. »Aber natürlich, unschuldiges Kind, schließlich müssen auch wir für Nachkommen sorgen. Unsere Frauen, das sind die mit den Flügeln.«

»Die mit den Flügeln?«

»Aber ja. Unwiderstehlich, sage ich dir. Machen aus jedem Dämon einen sabbernden Idioten, wenn sie es darauf anlegen. Lieben es, andere um den Verstand zu bringen. Sie sind ganz anders als wir, sprechen eine andere Sprache, und sie leben auch nicht mit uns zusammen.«

Rowarn war halbwegs fassungslos und gierig nach mehr. Solche Geschichten hatten ihn schon immer fasziniert, und er wollte es sich nicht noch einmal sagen lassen, dass er zu viele Vorurteile gegen Dämonen hegte. »Und ... was tun sie so?«

»Manchmal kommen sie zu uns und suchen sich einen Partner«, antwortete Fashirh. »Dann verschwinden sie wieder. Stell dir vor, es ist tabu für uns, ihr Reich aufzusuchen. Sie ziehen unsere Kinder auf und bilden sie aus, bevor sie die männlichen Nachkommen zu uns schicken. Sie sind verführerisch ...«

»Gefährlich ...«

»Aber ja. Sie bestehen nahezu aus purer Magie. Sie greifen niemals zu Waffen, aber das brauchen sie auch nicht. Und sie mischen sich selten in weltliche Belange ein. Sie suchen Menschen und andere Völker, wenn überhaupt, nur zur Abwechslung und zum Vergnügen auf. Wir, der männliche Teil unseres Volkes, kennen ihre Gedanken nicht. Wir wissen nicht einmal, wem sie dienen.«

»Vielleicht keiner Seite«, murmelte Rowarn. »Und jeder ...«

»Ja, mag sein.« Fashirh rieb sich den langen dünnen Spitzbart, der jedoch nicht aus Haaren, sondern aus Haut und Sehnen bestand, die beweglich waren. »Auch wenn es nur noch das GETEILTE gibt, so sind wir doch irgendwie immer noch alle eins, oder? Ich habe Dinge gesehen, die Anhänger des Regenbogens taten, welche selbst einem Dämon das Blut gefrieren lassen. Der Schwarze Annatai, den ich vorhin erwähnte, und den man nicht ohne Grund den Nichtigen nennt, hat mir beigebracht, was Furcht ist. *Mir*, einem Dämon von Xhy! Mich etwas gelehrt, das unmöglich bei uns scheint! Soll ich dir etwas sagen?« Er richtete seine kohleglimmenden Augen auf Rowarn. »Ich weiß nicht einmal, ob es das Richtige ist, was ich tue. Denn ich glaube, dass wir, egal was wir tun, unweigerlich auf den Untergang zusteuern und die Schlafende Schlange erwecken.«

Rowarn fand diese Äußerung nicht gerade aufbauend. »So etwas wie Hoffnung kennt ihr wohl auch nicht?«

»Nutzlos, wie die meisten Gefühle.« Fashirh musterte Rowarn von der Seite. »Raus damit.«

»Was meinst du?«, gab sich der junge Nauraka harmlos, machte jedoch ein ertapptes Gesicht.

»Du bist aus einem ganz bestimmten Grund zu mir gekommen, wegen einer Frage, die dir am meisten auf der Zunge brennt. Stelle sie, und dann mag es genug sein für heute.«

»Also gut.« Rowarn fasste sich ein Herz. »Was weißt du über den Dämon Nachtfeuer?«

Täuschte er sich, oder zuckte Fashirh zusammen? Er zischte den jungen Nauraka mit entblößten Reißzähnen an: »Bist du von Sinnen, diesen Namen so offen und frei zu sprechen, ganz ohne Schutz um dich?«

»Bist du nicht Schutz genug?«, fragte Rowarn verdattert.

»Ich? Gewiss nicht, ahnungsloser Tölpel. Ich bin ihm nur ein einziges Mal begegnet, und damals war ich noch jung. Ich lege keinen Wert darauf, ihm je wieder gegenüberzustehen, erst recht nicht, da wir nunmehr auf verschiedenen Seiten kämpfen. Er ist sehr mächtig, Rowarn. Niemand hat ihn je besiegt. Wenn er entschieden hat, dich zu töten, wird er es auch tun. Du wirst nie erfahren, wann und wie es geschieht.« Der Dämon schüttelte das gehörnte Haupt. »Warum stellt ein zerbrechlicher Wicht wie du Nachforschungen über einen Mächtigen wie ihn an?«

»Es heißt, er habe Königin Ylwa getötet.«

»Ja, das habe ich auch gehört. Und ich glaube es, denn auch die Königin war eine Mächtige, und nur einem wie Nachtfeuer hätte es gelingen können, unbemerkt in ihr Schloss einzudringen und sie zu töten.« Fashirh schnippte Rowarns Arm mit dem Finger an, und der junge Mann kippte seitlich weg, als wäre er nur ein Staubfussel auf Kleidung gewesen. »Jetzt pack dich und schlaf, Kind, keine Fragen mehr, und keine Antworten.« Er stand auf und stampfte davon.

Rowarn ging aber nicht zu seinem Zelt, sondern zum Lazarett, um vor dem Schlafengehen noch einmal nach Morwen zu sehen. Er stockte und erstarrte, als er Fürst Noïrun begegnete, der gerade heraushinkte. Unwillkürlich errötete er. »Ich … äh … wollte nur …«

»Schon gut.« Der Fürst winkte ab. »Ich bin nicht blind, Rowarn, und ich habe auch nicht alles vergessen, was mit Vergnügen zusammenhängt. Ich weiß längst, was ihr beiden hin und wieder nachts treibt, genau wie Jelim und Rayem und all die anderen, aber das geht mich nichts an, solange ihr diskret seid.«

»Ihr seid Morwens Vater …«

»Ich habe sie gezeugt, aber ich habe sie nicht aufwachsen gesehen und nicht erzogen. Ich fange jetzt gewiss nicht damit an. Sie ist seit drei Jahren in meinen Diensten, und ich habe mich nie eingemischt, weil sie schon als erwachsene und selbstständige Frau zu mir gekommen ist.« Er richtete seinen Blick auf Rowarn. »Natürlich ist sie mir ans Herz gewachsen«, gab er zu. »Und sie ist mir sehr wichtig. Aber meine Pflicht geht vor, und das weiß sie. Sie erwartet es auch nicht anders, sie ist selbst Soldatin.«

Eindringlich fügte er hinzu: »Als ich meinen Eid leistete, habe ich mich gleichzeitig verpflichtet, niemals meine Gefühle über meine Verantwortung und Aufgabe zu stellen. Dafür ist das, was ich tue, zu wichtig. Daran halte ich unverbrüchlich fest, denn nur so kann ich es auch von allen anderen verlangen.« Er deutete zum Zelteingang. »Geh jetzt besser rein, es ist spät, und wir alle brauchen Schlaf. Sei morgen ausgeruht und pünktlich.« Leise vor sich hinfluchend humpelte er zu seinem Zelt.

Morwen war noch wach, als Rowarn sich zu ihr an den Rand des Feldbettes setzte. »Wie fühlst du dich?« Er strich eine Strähne aus ihrer Stirn. Sie war blass, aber die Augen waren klar und ohne Fieber.

»Ziemlich müde, aber die Schmerzen halten sich in Grenzen«, antwortete sie. »Es ist nur eine harmlose Fleischwunde, wahrscheinlich wird sie sich nicht mal entzünden. Da ich so schnell hier war und behandelt werden konnte …« Sie bewegte den gesunden Arm und tastete nach seiner Hand. Drückte sie. »Du hast ihn gerettet«, sagte sie leise. »Danke.«

Eine Weile sahen sie einander still in die Augen. Dann fuhr Morwen in seltsam ernstem, fast feierlichem Tonfall fort: »Rowarn, eines musst du mir hier und jetzt schwören: Sollten wir je in die Situation kommen, dass du zwischen ihm und mir entscheiden musst, wirst du ihn wählen.«

»Morwen, das kann ich ni...«, wollte er erschrocken abwehren. Aber sie drückte seine Hand fest, und er spürte, wie die Nägel sich schmerzhaft in seine Haut bohrten.

»Rowarn, du verstehst nicht«, unterbrach sie ihn. »Ich sage das nicht aus Edelmut oder Pathos, oder weil ich gerade in rührseliger Stimmung wegen meiner wundersamen Errettung bin. Es ist mir bitterernst. Mein Vater ist ein großes Vorbild, und Ardig Hall braucht ihn. Die Königin ist tot, das Schloss eine Ruine. Er ist einer von denen, die alles zusammenhalten und dem Kampf überhaupt noch einen Sinn geben, glaub mir!

So grausam es klingen mag, Ardig Hall konnte nichts Besseres passieren, als dass er von seinem Land vertrieben wurde, weil er sich von ganzem Herzen dafür einsetzt und daran glaubt, was er tut. Er hat sonst nichts mehr, aber gleichzeitig gibt er damit den Soldaten alles. Erhalte ihm das, und erhalte ihn dadurch uns.

Er lebt dafür, für Ardig Hall zu kämpfen und Femris daran zu hindern, das Tabernakel vollständig in seine Hände zu bekommen. Ich weiß, du verfolgst andere Ziele. Aber du und Olrig, ihr beide seid die Einzigen, die er nahe an sich heranlässt, und er braucht euch – beide, das weiß er genau. Mehr als mich, ich bin ihm sogar eher hinderlich als seine Tochter. So, wie er die Soldaten anfeuert, braucht er eure Unterstützung.«

»Er würde mir das nie verzeihen«, wandte Rowarn trotzdem ein, auch wenn ihm einleuchtete, was sie sagte.

»Das ist dann eben eine Bürde mehr, die du tragen musst«, erwiderte sie. »Und ich weiß, du kannst es, Rowarn. In dir ruht eine machtvolle Größe. Ich weiß nicht, wer du bist, aber du bist nicht wie wir. Allein dein Aussehen ... nein, sag es nicht!« Sie hob unwillkürlich die verletzte Hand, als er ansetzte, etwas zu sagen, und zuckte voller Schmerz und Wut zusammen. »Ich will es nicht wissen,

Rowarn, was du verbirgst, was dich quält. Vor allem nicht jetzt.« Dann seufzte sie. »Das ist der Moment, wo du deinen Schwur leisten solltest und dann gehen.«

»Ich schwöre es«, sagte er langsam.

»Sei dir bewusst, dass du daran gebunden bist, auf Gedeih und Verderb. Wenn du diesen Schwur brichst, verlierst du mehr als nur deine Ehre.«

»Ich schwöre es«, wiederholte er.

»Und schwöre auch nicht deshalb, weil du glaubst, dass du nie in diese Lage kommen wirst. Wir wollen hoffen, dass es so ist. Aber wenn es dazu kommt, darfst du nicht zögern. Du bist gebunden.«

»Ich schwöre es«, wiederholte er zum dritten Mal.

DRITTER TEIL

Kampf um Ardig Hall

13.

Der zweite Pfad

Der Morgen schenkte den Kriegern viel Sonne. Der Nebel hatte sich verzogen, und ein warmer Tag erwartete die Frühaufsteher, die mit steifen und geschundenen Gliedern aus den Zelten krochen.

Nicht weit vom Lager entfernt lag das Schlachtfeld, dessen Ausmaß erst jetzt bei klarer Sicht erkenntlich war. Nicht weniger als achtzig Warinen waren gefallen; ob welche entkommen waren, konnten auch die Dämonen nicht sagen. Fürst Noïrun ließ die Leichen auf einen Haufen zusammentragen und verbrennen. Die Waffen ließ er allerdings einsammeln und zu einem Wagen bringen. Die eigenen Verluste waren dank der Dämonen gering geblieben.

»Eine vernichtende Niederlage für diese Unwesen. Recht so«, bemerkte Olrig, als er Rowarn abholte. Kritisch musterte er den jungen Nauraka, dessen Kleidung noch in der Nacht gründlich gereinigt und getrocknet worden war. Er inspizierte auch den ordentlichen Sitz der neuen Rüstung, die sich bereits bewährt hatte. »Du bist ganz grün im Gesicht«, stellte er fest.

Rowarn wollte nicht zugeben, dass er nichts hatte zu sich nehmen können. Die ganze Nacht hatten ihn die grauenhaften Augen der Eliaha heimgesucht, und ihre Schreie und das schauerliche Gelächter schrillten ihm jetzt noch in den Ohren. »Habe ich den Ritterschlag wirklich verdient?«, fragte er leise.

»Was für eine dusslige Frage«, brummte der Kriegskönig. »Du bist ein außergewöhnliches Talent, besitzt großen Mut und hast dich hervorragend bewährt, indem du deine Kräfte genau dort eingesetzt hast, wo sie am dringendsten gebraucht wurden. Damit hast du Noïrun gestern das Leben gerettet. Ohne dich wäre es für uns vielleicht nicht so gut ausgegangen, trotz Fashirhs Eingreifen. Ich habe Noïruns Entscheidung begrüßt, dich vorzeitig zum Ritter zu schlagen. Es steht dir zu, Rowarn.«

Der junge Nauraka sagte nichts dazu und schob alle weiteren Gedanken von sich. Es war entschieden, also würde es schon seine Richtigkeit haben.

Die Schar wartete bereits in zeremonieller Aufstellung, als Olrig ihn zum Feuer führte, und dort stand auch Fashirh, der Rote Dämon, bei Tageslicht nicht weniger Furcht erregend und riesenhaft. Die Fäden seines Kinnbartes bewegten sich sacht. In einiger Entfernung beobachteten die anderen drei Dämonen Rowarns Ankunft. Ihre Gesichter waren ebenso wie die Körper knorrig und tierhaft, wie aus verschiedenen Teilen mächtiger Raubtiere und vielleicht auch Echsen zusammengesetzt, mit großen, zähnestarrenden Schnauzen. Doch in den kalten, geschlitzten Augen leuchtete Intelligenz und Wissen. Rowarn war sicher, dass sie Menschen und Zwergen bei weitem überlegen waren.

Der Fürst erwartete ihn bereits, und Rowarns Knie wurden weich. »Was muss ich denn überhaupt tun?«, wisperte er Olrig hektisch zu.

»Leg ihm dein Schwert vor die Füße. Geh vor ihm auf das linke Knie nieder und senke deinen Kopf«, gab der Kriegskönig leise zurück. »Sag: ›Ich weihe diese Klinge dem edlen Rittertum und bitte meinen Herrn, mich aus seinem Dienst als Knappe zu entlassen, um mich in allen Ehren als Ritter seiner Schar aufzunehmen. Ich gelobe …‹«

»Bist du verrückt? Das kann ich mir unmöglich merken!« Rowarn geriet fast in Panik. Am liebsten wäre er davongerannt.

»Sag einfach irgendwas«, winkte Olrig ab und grinste breit. »Es findet keine großartige Zeremonie statt, sondern eine schnelle Ernennung mitten auf dem Schlachtfeld. Du wirst dich schon nicht blamieren, Baumäffchen.«

Wenn Rowarn das nur glauben könnte. Er bemühte sich, seinen Atem ruhig zu halten, und schritt allein auf den Fürsten zu. Er zog das Schwert und legte es vor ihn hin, wie Olrig es gesagt hatte. Dann ließ er sich auf das linke Knie sinken und neigte den Kopf. »Ich lege diese Klinge meinem Herrn zu Füßen«, floss es aus ihm hervor, mit klarer und kräftiger Stimme, ohne dass er darüber nachdachte. »Ich gelobe, ihm aufrichtig und in Ehre zu dienen, bis er mich von meiner Pflicht entbindet.« Er hob den Blick zu Noïrun. »Ich gelobe, meinem Herrn, dem Fürsten Noïrun, allzeit in Liebe und Treue zur Seite zu stehen und niemals zu weichen, solange er mich braucht und sich meines Schwertarms bedienen will.«

Er hörte, wie Olrig hinter ihm gerührt schniefte. Auch die strengen Züge des Fürsten wurden weicher, bevor er das Schwert mit beiden Händen aufnahm. »Ich nehme dein Schwert und dein Gelöbnis an«, sagte er mit gewohnt beherrschter Stimme. Dann schloss sich seine rechte Hand um den Griff des Schwertes, und er hielt die Spitze über Rowarns Kopf. »Und hiermit, in Anerkennung deiner Dienste auf dem Schlachtfeld, deiner großen Kriegskunst, deines unerschütterlichen und mutigen Einsatzes, und als Dank für meine Rettung, als du dich allein gegen eine Übermacht der Feinde gestellt hast, ernenne ich dich zum Ritter von Ardig Hall. Du sollst dich treu an die Gebote des Ritterstandes halten, Ehre und Pflicht hochhalten, stets Schwächeren zur Seite stehen und zuerst zu schlichten versuchen, bevor du zur Waffe greifst. Ein Ritter zu sein, bringt hohe Verantwortung mit sich, verlangt Weitsicht und klares Denken.« Er nickte Rowarn zu und gab ihm ein kurzes, unauffälliges Zeichen, sich zu erheben, bevor er einen halben Schritt zurückwich.

Nun trat Olrig an Noïruns linke Seite und hielt Rowarn ein Stück blaues Tuch hin. »Dies ist das Wappenhemd von Ardig Hall«, sagte er feierlich, als er es in Rowarns Hände legte. »Du bist dazu berechtigt, es jederzeit über deinem Harnisch zu tragen. Halte es in Ehren.«

Und dann … Rowarn blinzelte, als überraschend Morwen an Noïruns rechte Seite trat. Sie trug den linken Arm in einer Schlinge, sah dünn und blass aus, mit tiefen Schatten unter den Augen. Aber die Augen selbst funkelten klar und voller Leben, als sie eine Rückenstange hochhob, an der die Fahne mit dem Seedrachen wehte.

»Außerdem bist du als Ritter berechtigt, zu Pferde diese Fahne zu tragen, als Ehrenzeichen.« Sie hielt ihm die Stange hin. Leise fügte sie hinzu: »Eigentlich müsste ich sie an deinem Rücken befestigen, aber das schaffe ich nicht.« Hastig trat sie dann einen Schritt hinter ihren Vater zurück, während Olrig sich direkt neben ihn stellte.

Rowarn wusste nicht, was er tun oder sagen sollte. Der Fürst trat mit einem kurzen schmerzlichen Zucken auf ihn zu, ergriff seine Schultern und küsste ihn nacheinander auf beide Wangen. »Willkommen in meiner Schar, Ritter Rowarn«, sagte er lächelnd. Er wandte den Kopf leicht zu Olrig und flüsterte: »Rühren.«

»Rühren!«, brüllte der Kriegskönig, und daraufhin zerfiel die geordnete Stellung der Schar. Alle, einschließlich der Soldaten, brachen in Jubel aus und applaudierten begeistert. Sie umringten Rowarn und zogen ihn mit sich.

Noïrun legte Morwen, die vor Erschöpfung eine weiße Nase bekommen hatte, stützend den Arm um die Taille. »Es hat wohl kaum Sinn zu sagen, dass du unvernünftig bist«, sagte er. »Jetzt leg dich aber wieder hin, wir werden bald aufbrechen.«

»Zu Befehl, mein humpelnder Herr«, sagte sie stolz und ging dann mit unsicheren Schritten zurück zum Lazarett.

Fashirh stampfte auf den Fürsten zu. »Nett«, sagte er. »Ähnliches Brimborium gibt es bei uns auch. Ziemlich durchschaubare Strategie, spornt sie trotzdem an. Aber sollten wir jetzt nicht aufbrechen?«

»Lass ihnen noch ein wenig Zeit«, erwiderte Noïrun. »Sie haben gestern ihr erstes Blut vergossen und ihre erste Schlacht gemeistert, ohne fortzulaufen. Damit müssen sie erst noch fertig werden, denn trotz allen Siegestaumels werden viele Schuldgefühle wegen des Tötens haben. Auch deshalb habe ich Rowarn in den Ritterstand erhoben und diese Zeremonie abgehalten, um ihnen zu zeigen, dass etwas Gutes daraus erwachsen kann, und dass es von Bedeutung ist, was sie tun. Und dass ihnen dafür gedankt wird.«

»Ah, ihr Warmblüter, immer so gefühlvoll! Wie schafft ihr es überhaupt, Reiche zu erobern, bei diesen ständigen Schuldgefühlen?« Den Roten Dämon schüttelte es.

»Ist euer Blut denn kalt und euer Herz aus Stein?«, brummte Olrig.

Fashirh fletschte die Zähne. »Wir haben gar kein Blut, grimmiger

Freund, und besitzen demzufolge auch kein Herz. Unsere sterbliche Hülle wird von reiner Lebensessenz durchströmt.«

Olrig schloss kurz die Augen. »Das also haben die Warinen von euch erhalten.«

»Ja«, bestätigte Fashirh. »Keine dumme Idee, wie?«

»Dann könnt ihr niemals fühlen? Lieben?«, fragte Noïrun langsam.

»Eine seltsame Unterhaltung führen wir hier«, stellte der Rote Dämon fest. »In den Jahren zuvor hat euch das nie interessiert. Liegt es an dem Jungen? Aber ja, gewiss liegt es an ihm. Auch er stellte mir gestern Fragen, die wir nur selten hören.« Er richtete seine kohleglimmenden Augen auf den Fürsten. »Natürlich können wir lieben, wenn wir es wollen und zulassen«, gab er eine Antwort. »Dieses Universum wurde mit Liebe erschaffen, und die Finsternis ist ein Teil davon, so wie wir ein Teil der Finsternis sind. Die Liebe eines Dämons ist sogar einzigartig.«

Der Fürst winkte ab. »Du hast Recht, das führt zu weit. Fashirh, ich sehe, deine Artgenossen werden unruhig. Ich schlage vor, ihr macht euch auf den direkten Weg nach Ardig Hall, es sei denn, ihr trefft unterwegs noch ein paar marodierende Truppen. Dann habt ihr die Erlaubnis, innezuhalten und sie auszulöschen, ehe ihr weiterlauft. Wir treffen uns im Lager am Fuße des Schlosshügels.«

»Eine sehr kluge Entscheidung, immerhin«, lobte der Rote Dämon. »Eine gute Reise euch allen. Wir halten die Stellung, wie gehabt, bis ihr kommt.«

Noïrun fügte hinzu: »Seht euch vor dem Bepheron vor.«

»Dem Bepheron? Wovon sprichst du?«

»Femris' neuer Heermeister. Haltet euch fern von ihm, das ist ein Befehl.«

»Oh! Wirklich! Ein Bepheron!« Fashirh lachte dröhnend. »Was für eine Freude! Ich kann es kaum erwarten. Noïrun, es ist mir wie stets ein Vergnügen.« Er gab den anderen drei Dämonen einen Wink, und kurz darauf waren sie bereits unterwegs, mit schnellen, raumgreifenden Schritten. Fashirhs gewaltiger Körper war noch lange zu sehen.

Noïrun blickte Olrig an. »Ist der Herr geneigt, wieder mit mir zu reden?«

»Mhmm«, brummte der Zwerg finster.

»Das fasse ich als Ja auf.« Noïrun gestattete sich, seinen Schmerz zu zeigen. »Ich kann kaum mehr stehen, alter Freund. Ich glaube, mein Knöchel hat inzwischen den Umfang eines Hexenkessels und dampft und kocht auch so. Hilf mir doch, bitte, und ich würde auch sehr gern etwas von deinen Kräutern in Anspruch nehmen, und vielleicht einen kühlenden Verband ...«

»Hör schon auf!«, rief Olrig, legte sich den Arm des Freundes um die Schultern und stützte ihn. »Du meinst, weil du deinen Knappen entlassen hast, muss ich wieder für alles herhalten? Also schließen wir einen Handel: Ich versorge deinen Fuß, und du hörst dir alle meine Vorwürfe an, von Anfang bis Ende, ohne mich zu unterbrechen.«

»Also gut«, gab Noïrun seufzend nach. »Ich habe ja wohl keine Wahl.« Seine Schmerzen waren so groß, dass er auf alles einging.

Mittags brachen sie schließlich auf. Als der Fürst ein Ersatzpferd satteln wollte, wieherte der Kupferhengst empört und blies Dampfwolken aus den Nüstern. Die Wunde an seiner Schulter war mit Kräutern und dickem Ton verklebt, und er empfand sich offensichtlich als stark genug, um seinen Herrn trotzdem tragen zu können.

»Ihr passt zusammen!«, knurrte Olrig, der kurz zuvor eine heftige Auseinandersetzung mit dem Fürsten gehabt hatte, weil es seiner Ansicht nach Gift für den Fuß war, zu reiten, anstatt mit hochgelagertem Bein auf einem Wagen mitzufahren. Er nahm Noïrun den Sattel weg und knallte ihn unsanft auf den Rücken des Hengstes, der mit dem Kopf hochruckte und die Ohren anlegte. »So!«, schimpfte er. »Und sieh zu, wie du allein raufkommst!« Wütend stampfte er zu seinem Schimmel.

Sie kamen nur langsam voran, denn Noïrun wollte die Wagenkolonne, auf der die Verletzten notdürftig untergebracht waren, nicht ohne Bedeckung lassen. Der Kupferfuchs schritt heute ebenfalls nicht so eifrig aus wie sonst und lahmte leicht wegen seiner Verletzung. Auch der Fürst hatte deutliche Probleme, sich im Sattel zu halten, aber weder Ross noch Reiter gaben auf.

Wahrscheinlich, dachte sich Rowarn, *wäre es besser gewesen, die Dämonen beim Tross zu behalten, denn momentan sind wir nicht allzu schlagkräftig.* Sobald die Niederlage der Warinen sich verbreitete, würden die Bemühungen, den Fürsten zu finden, bestimmt verdoppelt.

Olrig schien diese Ansicht wohl zu teilen, denn Rowarn sah die beiden schon wieder streiten, wobei eigentlich nur der Zwerg stritt und der Fürst wie immer alles von sich abprallen ließ und hauptsächlich durch Gesten antwortete.

Der restliche Tag verging ruhig. Vielleicht wäre es besser gewesen, eine Rast einzulegen, andererseits waren sie so wieder ein Stück weitergekommen, und der Fürst ließ noch vor der Dämmerung anhalten und das Lager aufbauen. Den Rest des Tages und am Abend sah man ihn nicht mehr, er hatte sich in sein Zelt zurückgezogen, um dort für sich zu leiden.

Rowarn ließ es sich nicht nehmen, ihm eine Abendmahlzeit und einen Krug Rotwein zu bringen. Ushkany gab es keinen mehr, wie Olrig beteuerte. Vielleicht war er zu wütend auf seinen adligen Freund und wollte ihm nichts geben, vielleicht aber stimmte es auch. Durch den frühzeitigen Aufbruch aus Ennishgar hatte der Zwerg keinen Nachschub mehr besorgen können. Die Reise näherte sich dem Ende, es war jedenfalls ein Wunder, dass der kostbare Schnaps überhaupt so lange gehalten hatte.

Noïrun allerdings ging es wirklich nicht gut, sein Knöchel war stark geschwollen und blaurot verfärbt. Mit vereinten Kräften hatten sie den Stiefel ausziehen müssen, und beim Rest half Rowarn ihm ebenfalls und ganz selbstverständlich, denn Noïruns verletzte Schulter machte durch die ständige Anspannung während des Rittes ebenfalls Schwierigkeiten, was kaum ein Wunder war. Selbst als junger Mensch konnte man solche Strapazen nicht einfach so wegstecken, wie Rowarn und die Hundertfünfzig auf dem Weg nach Valia erfahren hatten. Noïrun besaß zwar mehr Ausdauer und war zäh, aber eben auch mehr als doppelt so alt wie die Rekruten.

Genau so, dachte Rowarn voller Freude, *würde ich meinen eigenen*

Vater versorgen. Und Noïrun schien sogar dankbar für die Fürsorge zu sein, denn er nahm sie widerspruchslos hin. Also ging Rowarn noch einen Schritt weiter und schickte anschließend einen Heiler zu ihm. Sicherheitshalber hielt er sich danach allerdings vom Zelt fern. Er nahm selbst eine Kleinigkeit zu sich, die sein Magen erfreut begrüßte, und kroch zufrieden in sein winziges Zelt.

Er war gerade eingeschlafen, als Morwen unter seine Decke schlüpfte. Rowarn nahm sie in die Arme und schmiegte sich an sie, wobei er auf ihre Schulter achtete. Noch etwas, das sie nunmehr mit ihrem Vater gemeinsam hatte. »Du hast dich schnell erholt.«

»Es tut genauso weh, wenn ich still liege«, sagte sie. »Ich bin ein ungeduldiger Mensch, ich kann nicht zusehen, wie Stümper meine Arbeit verrichten.«

Er lachte leise. »Dir kann es keiner recht machen, stimmt's?«

»Ich werde nicht tatenlos zusehen, wenn es wieder zu einem Angriff kommt.«

»Mhm. Aber übertreib es nicht.«

Eine Weile lagen sie ruhig da. Er glaubte schon, dass sie eingeschlafen war, bis sie sagte: »Ich gratuliere dir zum Ritterschlag. Das war eine gute Entscheidung meines Vaters. Du hast es dir mehr als verdient.«

»Da bin ich mir nicht so sicher«, murmelte er. »Morwen, ich habe wieder völlig die Beherrschung verloren. Ich weiß nicht mehr, was ich tat. Und ich habe lange noch nicht genug gelernt.«

»Du solltest Noïrun vertrauen. Er handelt niemals voreilig oder leichtfertig. Wenn er der Ansicht ist, du bist so weit, dann bist du 's.« Sie berührte sein Gesicht. »Hast du Angst vor dem Unbekannten in dir?«

Er nickte. »Sicher. Ich weiß fast nichts über mich, und von dem, was ich weiß, zu wenig. Und ich … glaube, ich habe deswegen die Kontrolle verloren, weil ich zu sehr von meinen Gefühlen geleitet wurde. Von meinem Rachedurst …«

»Das tut mir leid.« Sie schmiegte sich enger an ihn. »Für dich gilt dasselbe wie für mich: Übertreib's nicht. Wir dürfen nicht vergessen, dass wir fehlbar sind. Ich wünsche dir, dass du deine Rache eines

Tages aufgeben kannst. Sie ist ein starker, aber ein schlechter Antrieb. Wer weiß, ob du überhaupt für Ardig Hall kämpfen willst, wenn wir dort sind, oder nicht einen anderen Weg einschlägst.«

Das wusste er auch nicht, musste Rowarn vor sich selbst zugeben. Doch er war Noïrun gegenüber eine Verpflichtung eingegangen; zumindest eine Weile würde er für das Schloss kämpfen, für das Tabernakel.

Arm in Arm schliefen sie ein. Zwischen ihnen hatte sich etwas verändert, seitdem Morwen Rowarn den Schwur abgenommen hatte, das Leben ihres Vaters über das ihre zu stellen. Fast, als wären sie nun Bruder und Schwester.

Zwei Tage später blickte Rowarn von einem Hügel herab auf eine ausgedehnte Ebene. In der Ferne wand sich ein großer, breiter Strom träge durch die Landschaft – der Goldene Fluss, so benannt wegen der reichhaltigen Goldvorkommen, die er einst mit sich geführt hatte. Heute brachte er nur noch Schlamm und Sedimente aus den Bergen mit, die er viele Tagesreisen weit transportierte. Der Goldfluss galt als Grenze von Valias Westen, auf der anderen Seite begann offiziell der Osten des ehemaligen Reiches. Wobei der Osten nicht weniger in unabhängige Städte, Baronien, Fürstentümer und sonstige kleine Reiche zersplittert war als der Westen. Doch von jeher stellte der gewaltige Strom eine natürliche Trennlinie dar, die es von Norden nach Süden nicht gab.

Einen schlechten Ruf hatte der Osten erst erhalten, seit Femris dort seine Burg Dubhan errichtet hatte. Doch hatte man erst einmal den Fluss überquert, erwarteten den Reisenden genau dieselben Leute, dieselbe Lebensweise und dieselben Landschaften wie im Westen auch. Der schwarze Schatten der Burg fiel nur auf die Herzen der Sterblichen, nicht auf das Land.

Die waldreiche Ebene war von vielen Wasseradern durchzogen, die zumeist in Seen mündeten. Zahlreiche Burgen fanden sich hier, auf Erhebungen, an oder auf Seen, manchmal von kleinen Dörfern umgeben.

Schnurgerade, wie auf einer Karte gezogen, verlief mitten durch die Ebene eine breite, auf die Entfernung erstaunlich schimmernde Straße von Norden nach Süden. Rowarn fragte sich, was das weithin sichtbare Bauwerk wohl zu bedeuten hatte. Vielleicht ein Pfad Lúvenors, so wie am Galad-Mur?

Sie holperten mit der Wagenkolonne gerade in die Ebene hinunter, als Rowarn im Norden, hoch am Himmel, eine seltsame dunkle Wolke ausmachte, die an den Rändern merkwürdig zerfaserte und rasch näher kam. Er trieb Windstürmer an, um zu dem Fürsten aufzuschließen, doch da schlug Morwen bereits Alarm. »Wir werden angegriffen!«

»Von wem?«, rief Olrig und zückte die Axt. »Wo sind sie? Lasst sie mir!« Mit seinen Zwergenaugen konnte er nicht so weit blicken, doch auch Morwen musste gestehen: »Ich weiß es nicht, aber es kommt eine dunkle Wolke von Norden auf uns zu. Vielleicht nur ein Schwarm Vögel, aber vielleicht auch nicht!«

Niemand glaubte, dass es nur ein Schwarm Vögel war. Dafür hielt die Wolke zu schnell und zielstrebig genau auf den Tross zu.

Rowarn griff nach dem Bogen, der an seinem Sattel hing, und legte einen Pfeil an die Sehne, während er Windstürmer die Zügel ließ.

»Rowarn, was siehst du?«, rief Morwen. »Beschreib es mir!«

Der junge Ritter strengte seine Augen an. Zum Glück war es ein etwas trüber, von Schleierwolken durchsetzter Tag, sonst wäre es für ihn nicht möglich gewesen, direkt zum Himmel zu blicken. Dann musste er schlucken. »Keine Vögel«, gab er Auskunft. »Obwohl sie bunte, schillernde Federn tragen. Sie sind lang und dünn und haben keine Beine, und ihre Köpfe ...« Ihm schauderte. Es waren die Köpfe von Schlangen, kantig und breit, mit einem ausgestellten gezackten Hautkragen. Doch das brauchte er nicht mehr zu erklären, Morwen hatte bereits verstanden.

»Chalumi!«, schrie sie.

»Die Wagen zusammen, Kreis bilden!«, befahl Olrig daraufhin. »Alle Ritter und Soldaten sofort in den Kreis! Holt die Zelte und breitet sie über euren Köpfe aus, schnell!«

Der Fürst hatte bereits umgedreht, und in fliegender Hast zogen sich alle mit den Pferden in den inneren Kreis der Wagenburg zurück, die sich blitzschnell um sie geschlossen hatte. Sie zerrten die Zelttücher hervor, um sie gemeinsam über sich zu spannen. Bald darauf waren die Federschlangen heran und griffen mit schrillen Pfiffen an. Sie schlugen die Köpfe in die Planen, und Rowarn sah riesige Giftzähne durch den Stoff stechen, aus denen eine gelbe, stinkende Flüssigkeit tropfte. Klatschend, prasselnd wie ein schwerer Hagel trommelten die Chalumi auf die Tücher ein, versuchten, sie zu durchschlagen, sich durchzubeißen. Sie zischten und geiferten und schnappten hektisch. Die Pferde machten sich ganz klein und zitterten, aber sie verharrten brav, obwohl das völlig gegen ihre Natur war. Die Menschen verhielten sich ebenfalls still, verständigten sich höchstens durch Augenkontakt und Körpergesten. Jeder hoffte, dass es bald vorübergehen würde, wenn die Schlangen merkten, dass sie nirgends auf warmes Fleisch trafen, und abzogen, um anderswo Beute zu suchen.

Und dann bemerkte Rowarn den Riss im Tuch, und ausgerechnet in Noïruns Nähe. Das stumpfe Maul einer Chalumi bohrte sich bereits hindurch.

Es blieb keine Zeit mehr für eine Warnung; das würde die Reptilien womöglich erst recht aufmerksam machen. Rücksichtslos drängte Rowarn sich durch die Menge. Er ging das Risiko ein, dass dadurch anderswo Lücken und Risse entstanden. Noïrun machte ein verdutztes Gesicht, als Rowarn direkt auf ihn zusteuerte. Kurz vor dem Zusammenstoß sprang Rowarn hoch und packte mit der Hand zu, genau in dem Moment, als der Federschlange der Durchbruch gelang. Der junge Ritter blickte in wilde rubinrote Augen mit schwarz geschlitzten Pupillen, einen aufgerissenen, zähnestarrenden Rachen und eine lange, gespaltene Zunge, die sich ihm zischend entgegenringelte. Doch da fanden seine Finger den richtigen Halt hinter dem aufgeblähten Kragen und schlossen sich fest um den Reptilienhals.

Buntschillernde Federn flogen durch die Luft, als er die Schlange ins Innere zog. Die Chalumi zischte und fauchte und wand sich mit unglaublicher Kraft in seiner Hand. So sehr, dass er den Griff für einen Moment lockern musste, und das genügte dem Reptil. Zischend schlug es die Giftzähne in seinen Handrücken. Rowarn durchzuckte ein kurzer, heftiger Schmerz, und Wut ergriff ihn. Er riss mit der freien Hand die Zähne aus seiner Haut und schleuderte die Chalumi zu Boden. Dann zerschmetterte er mit dem Stiefelabsatz den Schlangenschädel, weil er gerade keine Waffe greifbar hatte,

Alles war so schnell gegangen, dass die anderen immer noch im Moment des Schreckens gefangen waren. Rowarn öffnete den Mund, doch dann spürte er eine Erschütterung in seinen Ohren, ein so hohes, grausames Pfeifen, dass er die Hände hochriss und schreiend in die Knie brach.

Im selben Moment endete der Angriff der Chalumi, das Prasseln und Trommeln, und sie verschwanden. Es wurde ruhig.

Rowarn war froh, als das entsetzliche Pfeifen endlich aufhörte und der Schmerz in seinen Ohren verklang. Aber ihm war schwindlig, und er sah nur noch verschwommen. Er bekam kaum mit, wie Noïrun neben ihm niederkniete, seinen Mund auf die verwundete, blutende Hand presste und heftig zu saugen begann. Dann spuckte er aus, saugte wieder, das tat er dreimal, bis kein Blut mehr kam.

»Es ... es geht schon ...«, murmelte Rowarn benommen.

Er hörte die Stimme des Fürsten wie aus weiter Ferne, seine Augen nahmen nur noch verzerrte Abbilder wahr. »Olrig, lass sofort wieder anspannen, und dann geht es weiter, und zwar in Höchstgeschwindigkeit!«

»Und wohin?«

»Ihr müsst die Freie Straße erreichen, dort seid ihr sicher. Wenn ihr euch beeilt, könnt ihr es noch heute Nacht schaffen! Lauft ohne Pause, auch in der Dunkelheit, bis ihr dort seid!«

»Aber ... das schafft Rowarn nicht!«, wandte der Zwerg ein.

»Natürlich schafft er es nicht«, versetzte Noïrun. »Aber wir haben Glück im Unglück. In der Nähe kenne ich jemanden, der uns helfen kann.«

»Du ... du willst dich von uns trennen?«

»Olrig, denk nach! Rowarn hat nicht wegen des Bisses geschrien, sondern wegen eines furchtbaren Geräusches, das ich ganz entfernt auch wahrnehmen konnte. Und gleich darauf sind die Chalumi verschwunden! Das bedeutet, es sind abgerichtete Schlangen, und sie werden wiederkommen. Nimm den Kupferhengst und Windstürmer, damit der Feind glaubt, wir wären noch bei euch. Ich brauche nur ein Pferd, denn Rowarn kann sowieso nicht mehr allein reiten. Ich bringe ihn so schnell es geht zu heilenden Händen.«

Rowarn hätte gern etwas dazu gesagt, aber seine Zunge war angeschwollen und drückte schwer gegen den Gaumen. Er nahm einen Duft nach Tannen und Honig neben sich wahr und erkannte daran Morwen.

»Vater …«, sagte sie besorgt. »Ich kann das tun.«

»Nein, Kind«, lehnte er ab. »Das kann ich besser, glaube mir. Gleichzeitig bin ich vorerst in Sicherheit – und das wolltet ihr doch, nicht wahr? Keine langen Reden mehr, sonst ist es für Rowarn zu spät. Die nächsten Stunden sind entscheidend, und zwar für uns alle.«

»Du hast Recht«, erklang Olrigs Bass. »Wo treffen wir uns?«

»Am Freien Haus.«

»Verstehe. Die anderen direkt weiter nach Ardig Hall, ja?«

»Genau, alter Freund. Passt auf euch auf.«

Rowarn merkte, wie jemand ihn hochhob, und dann saß er auf einem Pferd. Hinter ihm schwang sich Noïrun hinauf und hielt ihn fest wie ein Kind. Rowarn war völlig schlaff, seine Muskeln gehorchten ihm nicht mehr, er konnte kaum noch die Lider offen halten, und sein Kopf pendelte hin und her. Ein wenig wunderte er sich, wie früh es heute dunkel wurde, aber das interessierte ihn nicht mehr sonderlich.

»Es wird alles gut«, hörte er Noïruns Stimme dicht an seinem Ohr. »Wir schaffen es rechtzeitig, ich verspreche es dir.«

Und dann galoppierten sie los.

Etwa zwei Stunden später erreichte Noïrun auf einem schäumenden Pferd einen See mit einer Wassermühle und einem Wohnhaus ein paar Speerlängen weiter, auf das er zuhielt.

»Heda!«, rief er schon von weitem. »Ich brauche dringend Hilfe!«

Die Tür wurde aufgerissen. Eine kleine, anmutige Frau, deren schwarze Haare von einem hauchfeinen Netz feiner Süßwasserperlen bedeckt waren, stieß mit weicher Stimme hervor: »Noïrun!«

»Wir brauchen deine Heilkunst, Isa«, sagte der Fürst eilig. »Chalumi-Gift, in dem Jungen hier.« Er schaffte es irgendwie, sich und Rowarn von dem Pferd herunterzubekommen, ohne sich den Hals zu brechen, aber er konnte sich ein schmerzliches Stöhnen nicht verkneifen, als er dabei den verstauchten Fuß zu stark belastete.

»Und was fehlt dir?«, fragte die Frau.

»Ein neuer Fuß«, brummte er. »Wenn du den Jungen versorgt hast, kannst du gern bei mir weitermachen.«

Gemeinsam schafften sie Rowarn, der inzwischen von Schüttelfrost gequält wurde, ins Haus. Isa bereitete ein Felllager neben dem Kamin, auf das sie den jungen Ritter legten, der sich zähneklappernd hin und her warf.

»Das sieht böse aus«, stellte Isa fest, als sie seine Hand untersuchte. Obwohl Rowarn halb bewusstlos war, schrie er bei jeder Berührung auf. »Wie lange ist es her?«

»Zwei, höchstens drei Stunden«, antwortete Noïrun. »Kannst du die Hand retten?«

»Will froh sein, wenn ich *ihn* retten kann.« Sie legte Rowarn einen ersten, schmerzlindernden und giftziehenden Verband um; dann suchte sie mit geübten Handgriffen Kräuter, Salben und Öle zusammen und setzte heißes Wasser auf.

»Ich habe das Gift gleich ausgesaugt«, erklärte Noïrun.

»Ja, sonst wäre er schon tot. Die Chalumi sind verdammte Giftspritzer, eine Plage in diesem Gebiet. Alle zehn Tage muss ich mindestens einen Biss behandeln.« Sie legte eine Hand auf die glühende Stirn des Verwundeten.

»Er wird es schaffen«, stellte Noïrun entschieden fest. »Dieser Junge hält mehr aus als wir alle zusammen.«

»Ich bin fast geneigt, dir zu glauben. Sieh mal, der Schüttelfrost lässt schon nach. Erstaunlich. Also gut, machen wir weiter. Erzähl mir zwischendurch, wie kommst du in diese Gegend?«

»Bin unterwegs nach Ardig Hall.«

»Ja, das hörte ich. Und ebenso, dass halb Valia hinter dir her ist. Die einen behaupten, sie hätten dich gefangen, die anderen, dich getötet, und die dritten haben eines von beidem noch vor. Früher warst du nicht so unvorsichtig.«

»Früher trieb mich die Verzweiflung nicht so an.«

Sie hielt für einen Moment inne. »So schlimm?«

Er nickte. »Eine Verstärkung Dubhani ist unterwegs, und Femris hat einen neuen Heermeister. Er wird durchbrechen, Isa, und das schon bald.«

Sie beugte sich über Rowarn und schüttelte ihn leicht. »Komm zu dir, junger Mann, sonst hast du gar nichts von dem Schmerz, den ich dir gleich bereiten werde.«

Rowarn lallte etwas, aber immerhin schaffte er es, sie einigermaßen zu fixieren.

Sie zeigte ihm ein Messer, das sie gerade aus dem Feuer gezogen hatte. »Damit verunstalte ich jetzt deine Hand, aber das wird jede Entzündung ausbrennen, und jedes böse Ding, das sich noch daran klammern mag. Wegen des Giftes in deinem Körper kann ich dich nicht betäuben. Es ist wichtig, dass du das bei vollem Bewusstsein miterlebst und wach bleibst, hast du verstanden?«

»Ja ...«, brachte er mühsam hervor.

Isa nickte Noïrun zu. »Halt ihn fest.«

Sie setzten Rowarn auf, fesselten den linken Arm an seinen Körper, und Noïrun lehnte ihn an sich, griff unter seinen Achseln hindurch und schloss beide Hände um das Gelenk der verwundeten Hand.

»Fertig?«

»Ja. Mach schnell.«

Kurz darauf brüllte Rowarn sich die Seele aus dem Leib. Sein Körper bäumte sich auf, aber Noïrun war ein starker Mann, sein Griff unerbittlich. Es dauerte nur wenige Herzschläge, dann warf Isa das Messer beiseite und drückte sofort eine schon vorbereitete Paste auf die geschundene Hand, dazu einige Kräuter und Blätter. Schließlich umwickelte sie alles mit einem festen Verband. Rowarns Brust hob und senkte sich hektisch, er war schweißgebadet, aber es war zu erkennen, dass der Schmerz bereits nachließ. Zuletzt flößte Isa ihm ein fürchterlich stinkendes, grünes Gebräu ein, dann durfte Noïrun ihn loslassen, und sie bettete Rowarn liebevoll auf die Felle und deckte ihn zu. »In einer Stunde bist du wieder munter, Schätzchen«, versprach sie und streichelte seine Wange. »Augen zu und ... weg.«

Sie nickte zufrieden, als Rowarns Kopf zur Seite kippte. Bald darauf atmete er ganz ruhig. »Derweil kümmere ich mich um deinen Fuß, du ungeschickter Tölpel«, bemerkte sie zu Noïrun und deutete auf die deutlich sichtbare Schwellung an seinem Bein.

»Wen nennst du hier Tölpel?«, brummte er.

Eine Stunde später kam Rowarn mit einem heftigen Ruck wieder zu sich und erkannte Noïrun, der mit frisch verbundenem Fuß bei ihm saß und ihn beobachtete.

»Was ist passiert?«, fragte er verdutzt. Seine Augen waren klar und fieberfrei.

»Wie fühlst du dich?«, erkundigte sich der Fürst lächelnd.

»Schon viel besser ... au!« Er grinste schmerzlich. »Bis auf die Hand ...«

»Die wird wieder«, versicherte Noïrun, »Vielleicht bleibt eine kleine Narbe, von den Löchern, die dir die Dolchzähne geschlagen haben. Aber Isa versteht sich auf ihr Handwerk.«

»Isa?« Verdutzt richtete sich Rowarn auf. »Wo sind wir hier überhaupt?«

»Bei einer Wassermühle, an einem lieblichen See gelegen, wo Bäume milden Schatten spenden und Fische im Mondschein tanzen«, antwortete der Fürst seltsam launig. »Hier wird der beste Kräuterlikör gebraut, den du dir vorstellen kannst, denn Isa ist nicht nur ein höchst talentiertes Kräuterweib, sie versteht sich auch auf gute Rezepte und noch mehr auf ein gutes Geschäft.«

»Schmeichler!«, erklang eine weiche Stimme aus dem Hintergrund, und Rowarn erkannte die kleine, in bunte Gewänder gekleidete Frau mit den schwarzen Haaren und den Perlen wieder. Sie beugte sich über ihn und musterte ihn mit dunklen Augen. »Na, mein kleiner Schatz? Geht's wieder?«

»Ja ... kaum zu glauben ...«

»Keine Hexerei, sondern schlichte Heilkunde«, lächelte sie. »Ist das Gift erst mal draußen, kommt man schnell wieder zu Kräften. Morgen wirst du nichts mehr spüren, außer der Brandwunde an deiner Hand, die aber mit meinen Salben schnell verheilen sollte.« Sie ordnete mit den Fingern sein helles, inzwischen mehr als schulterlanges Haar. »Hübscher Bursche, übrigens. Deiner?«, wollte sie von Noïrun wissen.

»Nein«, antwortete der Fürst.

»Sicher?«

»Ja. Diesmal: ja.«

Sie lachte.

Bald darauf bekam Rowarn ein weiteres bitteres Getränk verabreicht, das ihm wie Feuer die Kehle hinunterrann. Er hustete und keuchte und glaubte zu ersticken. »Na, ich danke«, stieß er krächzend hervor. »Wenn das der vielgerühmte Likör ist ...«

Isa lachte herzlich. »Den gebe ich euch mit für unterwegs, Süßer, jetzt brauchst du erst mal was Kräftigeres.« Sie schob ihm ein Blatt in den Mund, das er bis zum nächsten Morgen unter die Zunge legen musste. »Alles, was du jetzt noch benötigst, ist Ruhe.« Ihre Augen glitzerten plötzlich, während sie das sagte, und vor allem das letzte Wort betonte.

Rowarn empfand zuerst Verwunderung und dann Verlegenheit, als er den Ausdruck in den Augen des Fürsten bemerkte. Sie waren ganz dunkel geworden, und ein weiches, warmes Licht leuchtete in ihnen. Die Art, wie er Isa anblickte, ließ keinen Zweifel offen, was er vorhatte, und zeigte vor allem, dass die beiden bereits ziemlich vertraut miteinander waren. Zum zweiten Mal seit Ennishgar zeigte sich, dass Noïrun keineswegs vergessen hatte, was es bedeutete, ein Mann zu sein. Mit gelöster, entspannter Miene wirkte er plötzlich sehr viel jünger. Wie ein Mensch ohne Verpflichtung, ohne ständigen Kampf, ohne bedeutungsvolle Aufgabe. Für einen Augenblick lastete das Schicksal der Welt nicht mehr auf seinen breiten Schultern.

Also schöpfte selbst Noïrun ab und zu neue Kräfte und legte für ein paar Augenblicke alle Strenge und Verantwortung ab. Ein tröstlicher Gedanke, wie Rowarn schließlich feststellte, als er seine schockierte Verlegenheit überwand und zur Vernunft kam. Seine Zuneigung zu dem Fürsten vertiefte sich in diesem Moment noch mehr.

Rowarn suchte eine Möglichkeit, sich zurückzuziehen, damit der Fürst auch Gelegenheit bekam, einmal nur Mensch zu sein. »Ich bin auch sehr müde«, murmelte er. »Ich sollte mich schlafen legen.« Draußen war es inzwischen dunkel geworden, es war also durchaus angemessen.

»Ja«, sagte Noïrun mit abwesender Stimme, ohne den Blick von Isa zu lösen.

»Willst du nichts essen?«, fragte Isa höflich, aber Rowarn sah ihr an, dass sie es kaum erwarten konnte, ihn los zu sein. Er fühlte ein Lachen in sich aufsteigen, gleichzeitig wurde ihm im Gesicht heiß, weil die beiden so offenkundig zeigten, was sie wollten. Damit wurde er noch nicht so schnell fertig.

»Das verschiebe ich auf morgen«, sagte er. »Ich danke sehr für die Fürsorge, aber ich kann die Augen nicht mehr offen halten.« Das stimmte sogar. Er fühlte sich innerlich immer schwerer, wie betäubt, und er hatte auch tatsächlich keinen Hunger.

Isa wirkte erleichtert. »Komm, ich zeige dir deinen Schlafplatz, wo du völlig ungestört bist. Vor allem wird die Luft darin dir zusätzliche Kräfte verleihen und die Heilung beschleunigen.«

Noïrun half ihm auf, und Rowarn konnte gut genug auf eigenen Füßen stehen und fühlte nur ein heftiges Ziehen in der Hand. Das Gehen tat ihm sogar gut, richtete die Welt wieder gerade und beendete das Schwanken in seinem Inneren. Isa öffnete eine schmale Tür neben der Feuerstelle, und Rowarn stolperte in eine nach Kräutern würzig duftende Kammer mit einem kleinen Fenster, in der neben einigen Fässern und Gefäßen voller getrockneter Blüten und Blätter ein gemütlich aussehendes Felllager errichtet war. Er seufzte, als er sich umgehend darauf niederließ und sich wohlig ausstreckte, bevor er sich wieder aufrichtete und Krug und Schale zum Waschen in Empfang nahm.

»Erhol dich gut, Liebes«, sagte die Kräuterfrau lächelnd. Während die Tür hinter ihr langsam ins Schloss fiel, sah er gerade noch, wie Noïrun Isa ungeduldig in seine Arme zog und sich über sie beugte.

Im frühen Morgengrauen wurde Rowarn unsanft geweckt, als Isa in seine Kammer stürmte und ihm die Decke wegzog. »Auf, junger Mann! Ich habe dir ein Bad gerichtet, und anschließend werdet ihr essen und verschwinden, es ist höchste Zeit!«

Noch im Halbschlaf versuchte Rowarn die Felldecke festzuhalten, was der Frau ein heiteres Lachen entlockte. »Ich bin Kräuterfrau, die nicht nur Magenkranke behandelt, und ich habe gewiss schon alles gesehen! Wenngleich nicht unbedingt oft derart Hübsches, das sich weder verstecken muss noch sollte«, schnurrte sie und drehte sich kokett um, als sie sah, wie verlegen er war. Sie verließ den Raum, aber die Tür blieb offen. »Noïrun, dein junger Schützling ist reichlich schüchtern den reifen Damen gegenüber!«, hörte er ihre Stimme hereinschallen. »Bestimmt verhält es sich mit jungen Mädchen ganz anders. Trotzdem glaube ich dir endlich, dass er nicht der Spross deiner tatkräftigen Lenden ist.«

Rowarn hörte sie danach unterdrückt kichern, und er machte, dass er durch den Hauptraum nach nebenan in den Ausbau kam, der als Bad und Lager zugleich diente. Er schaute weder links noch rechts, damit er nicht vielleicht noch Augenzeuge unerhörter Dinge wurde. Allerdings hörte Rowarn ein leises Gurren aus einem anderen Zimmer, das neben seinem lag, und er konnte nicht umhin, sich vorzustellen, auf welche Weise Noïrun Isa diese Laute entlockte. Es schien ihr äußerstes Wohlgefallen zu bereiten, und vielleicht hätte er auch dabei noch etwas von seinem Lehrmeister lernen können …

Er streckte sich wohlig im heißen Wasser des großen Holzzubers und schloss die Augen. Der Schmerz in seiner verbundenen Hand pochte, klopfte und hämmerte, aber er biss die Zähne zusammen und schwieg.

Nach einer Weile kam Noïrun herein, mit frisch gepflegtem Bart und Haaren, wünschte Rowarn einen guten Morgen und erkundigte sich nach seinem Befinden. Er wirkte ausgeglichen und erholt, hinkte kaum mehr und setzte sich lässig auf eines der vielen umstehenden Fässer voller Kräuterlikör.

»Wie lange kennt Ihr sie?«, fragte Rowarn, der seine Neugier nicht mehr länger im Zaum halten konnte.

Der Fürst grinste beinahe jungenhaft. Seine Augen leuchteten wie ein in Sonne getauchtes Birkenblatt, das sich im lauen Wind wiegte. »Eine Weile«, meinte er vergnügt.

Rowarn musste ebenfalls grinsen. »Ihr scheint herumgekommen zu sein.«

»Man tut, was man kann. Und es ist wichtig, überall Freunde zu haben, vor allem solche, die sich auf Gift spezialisiert haben.« Noïrun zwinkerte. »Glaube nicht, dass das Leben eines Fürstensohnes leicht ist, bei all den Neidern und Thronräubern ringsum. Mein Vater hat mich nicht umsonst zur Ausbildung in die Fremde geschickt.«

»Lebt er noch?«, wollte Rowarn wissen.

Der Fürst nuschelte etwas Unverständliches und schien erleichtert, als Isa hinzukam, mit Schwamm und Duftölen. »Eine Rasur ist wohl kaum vonnöten«, meinte sie schmunzelnd und wies auf Rowarns glattes Kinn.

Er schüttelte den Kopf. Nur zu gut erinnerte er sich an die Zeit, als bei den Burschen in Madin der erste Bartflaum gesprossen war und sein eigenes Kinn völlig glatt und haarlos blieb. Jahrelang hatte er darunter gelitten, und die anderen hatten natürlich keine Gelegenheit ausgelassen, ihn deswegen zu schmähen. »Mir wächst kein Bart«, sagte er. Er vermutete nunmehr, dass dies ein Erbe seiner Mutter war, und tröstete sich inzwischen mit diesem Gedanken, wenn sich heute noch Rayem oder ein anderer in der Schar über ihn amüsierten. Wenigstens war der Spott inzwischen gutmütig und nicht mehr boshaft wie einst.

Bevor Isa weitermachen konnte, streckte er nachdrücklich die gesunde Hand aus. »Bei allem Respekt, werte Dame, aber ich werde mich selber waschen. Das schaffe ich auch mit einer Hand.«

Isa lachte heiter. »Wie der junge Herr wünscht.« Sie stellte die

Sachen neben dem Fass ab. »Doch dann musst du auch auf die muskelstärkende Massage verzichten, die ...«

Noïrun umschlang sie von hinten und zog sie an sich. »Genug der Scherze, Weib, wir überlassen den jungen Ritter jetzt sich selbst und bereiten derweil alles für den Aufbruch vor, einschließlich eines stärkenden Morgenmahls.«

»Wie lange brauchen wir noch nach Ardig Hall?«, fragte Rowarn.

»Nicht mehr lange. Eine Rast noch unterwegs, dann sind wir schon da.« Noïrun erhob sich von dem Fass und zog Isa mit sich hinaus.

Hand und Fuß frisch verbunden, erholt und mit einem Schlauch Kräuterlikör und mit Ersatzsalben und Kräutern versorgt, stiegen sie zu zweit auf das brave Pferd. Isa winkte ihnen nach, als sie losritten. Rowarn saß diesmal hinter dem Fürsten, und so seltsam es auch sein mochte, er war glücklich. Glücklich, am Leben zu sein, nicht zu spät gehandelt zu haben und für einen kurzen Moment auch einmal die menschliche Seite seines Herrn erlebt haben zu dürfen. Den Vorzug, mit Noïrun allein unterwegs zu sein, hatte sonst nur Olrig. Rowarn war überzeugt, dass sie nun allen weiteren Gefahren würden ausweichen können, falls es überhaupt noch Hindernisse gab auf dem kurzen Weg nach Ardig Hall. Eine Rast noch, hatte der Fürst gesagt, womöglich waren sie also heute Abend schon da!

Unterwegs sagte Noïrun plötzlich: »Das bleibt unter uns, nicht wahr?«

»Selbstverständlich, Herr«, versicherte Rowarn, fast mit empörtem Unterton.

Der Fürst hielt das Pferd an, und Rowarn erstarrte verdutzt. Hatte er etwas Falsches gesagt? »Da ist noch eine Sache«, fuhr Noïrun fort, halb zu ihm gedreht. »Keine Förmlichkeiten mehr, kein ›Ja, Herr‹ oder ›Nein, Herr‹, es sei denn, es geht um die Bestätigung eines Befehls. Haben wir uns verstanden?«

»Äh ... nein, ehrlich gesagt ...«, stammelte Rowarn verwirrt.

»Rede mich an wie Olrig. Wir sind beide Ritter. Abgesehen von der Befehlsgewalt bin ich dein Kampfgefährte. Und … Freund. So oft, wie du mir schon das Leben gerettet hast, und so lange, wie wir zusammen reisen, und auch noch zu zweit auf einem Pferd, ist diese Distanz einfach nicht mehr angebracht.«

Rowarn überlief es heiß und kalt, und er wusste vor Freude und Verlegenheit nicht, was er sagen sollte. Er nickte strahlend, und sie setzten den Weg fort.

Der Fürst mied die Wege. Zumeist ritten sie durch helle, sonnendurchflutete Laubwälder, die sich säuselnd im stetigen Wind wiegten. Trockenes Laub raschelte unter den Pferdehufen, und Veilchen, Maiglöckchen und Buschwindröschen bildeten violettweiße, weithin verstreute Blütenteppiche, die betörend dufteten. Vielstimmig erschallten Vogelstimmen, zart und lieblich, die Herzen erfüllend.

»Hier sollte man mit seiner Liebsten wandeln«, bemerkte Noïrun. »Sie sollte tanzen zu Vogelliedern und zum Gesang, den man ihr darbietet, und Worte sollten die einzige Waffe sein, die man noch tragen muss, Poesie und Kunst der Liebe.« Er strich gedankenverloren durch die Mähne des Pferdes. Leise fügte er hinzu: »Wie lange ist es her, dass ich dies zuletzt tat …«

Zum ersten Mal seit dem Aufbruch durchzuckte Rowarn Heimweh nach Weideling. Sogleich pochte seine Hand wieder stärker, und er presste sie an seine Brust und biss die Zähne zusammen.

»Sehr schlimm?«, fragte Noïrun nach hinten, dem wohl nie etwas entging, nicht einmal, wenn er schwermütig seiner Vergangenheit nachhing, über die er nie sprach.

»Nur Schmerz, der vergehen wird«, antwortete Rowarn gedämpft. »Nichts von Bedeutung.«

Sie waren ganz allein, abgesehen von Vögeln begegnete ihnen auch kaum ein Tier. Das Pferd trabte unermüdlich und stetig dahin, und sie kamen gut voran. Schließlich erreichten sie Grasland, so weit das Auge reichte; die schimmernde Straße, die Rowarn gestern von dem Hügel aus gesehen hatte, bevor die Chalumi angegriffen hatten, lag nicht mehr weit entfernt.

Aus der Nähe wirkte sie noch eindrucksvoller. Schwere, über die Grassoden hinausragende Quadersteine waren fugenlos aneinandergereiht und bildeten ein festes, planes Pflaster. Die Steine hatten den Schimmer von mattem Gold; kein Wunder, dass sie weithin sichtbar waren. Von Horizont zu Horizont zog sich die Straße schnurgerade wie ein endloses Band, in der Breite konnte sie mindestens vier große Karren nebeneinander aufnehmen.

»Was ist das?«, fragte Rowarn staunend und ehrfürchtig.

»Eine Freie Straße«, antwortete Noïrun. »Valia war einst Teil der Vier Königreiche, die in der Frühzeit der Welt entstanden und erst nach der Titanenschlacht untergingen. Eine der vier Reichsstraßen, die die Königreiche miteinander verbanden, führt mitten hindurch. Die Besonderheit dieser Straßen besteht darin, dass sie als frei gelten. Das bedeutet, sie sind neutral. Jeder, der sich auf einer Freien Straße befindet, reist in Frieden. Hier gibt es keine Bedrohung, keine Verfolgung, keine Zugehörigkeit zu Regenbogen oder Finsternis.«

»Bedrohung nicht einmal durch Tiere, wie die Chalumi?«

»Nein, erst recht keine Tiere oder Bestien. Sie können die Straße lediglich überqueren oder überfliegen, aber nicht verweilen. Deshalb finden bedeutende und schwierige Friedensverhandlungen nicht selten auf einer Freien Straße statt, weil nicht die Gefahr eines heimtückischen Anschlags oder auch nur Missverständnisses besteht. Jeder achtet darauf, sich daran zu halten, in eigenem Interesse. Selbst der Verschlagenste würde es niemals wagen, die Freie Straße zu besudeln.«

Rowarn begriff. »Deshalb also sollte Olrig sich gestern beeilen, die Freie Straße zu erreichen.«

Noïrun nickte. »Wenn sie es rechtzeitig geschafft haben, konnten sie in Sicherheit reisen, bis fast vor die Tore Ardig Halls, so wie wir beide es jetzt tun werden. Ich sagte ja, es ist nicht mehr weit. Und da wir beide angeschlagen sind, ist diese Straße genau richtig für uns, um jedem Ärger aus dem Weg zu gehen.«

»Allerdings«, lachte Rowarn.

Das Pferd stieg auf die Freie Straße hinauf, und von hier aus wirkte sie sogar noch größer und mächtiger.

»Jetzt geht es flugs dahin«, meinte der Fürst heiter, und das Pferd beschleunigte schon von selbst.

Die Landschaft sauste an Rowarn vorbei. Er konnte kaum mehr einzelne Konturen ausmachen, alles wirkte verwischt, und er staunte nur so. »Magie, richtig?«, rief er.

»Wie vieles auf Waldsee«, antwortete Noïrun.

Als die Sonne ein gutes Stück in den Westen vorgerückt war und ihren Rücken beschien, wurde das Pferd langsamer. Rowarn erblickte auf der linken Seite ein gewaltiges Gebäude, mit mindestens fünf Stockwerken, was bei der verwinkelten Bauweise allerdings schwer zu erkennen war. Erker, Türmchen, Vorsprünge, Wandelgänge, Balkone und Stützstreben hoben sich davon ab, und es gab viele Ecken und Winkel. Das Dach glänzte wie reiner Schiefer, die Platten waren fein wie Schlangenschuppen angeordnet.

Das Haus selbst war kunstvolles Fachwerk aus weiß gekalktem Stein und Holz, mit Sprossenfenstern und Butzenscheiben. Um die genaue Größe zu erkennen, hätte man wahrscheinlich einmal ganz herumgehen müssen und es zusätzlich wie ein Vogel überfliegen. Kein Metallschild zeigte ein Bild oder einen Namen an; durch die gewaltige, kunstvoll geschnitzte Eingangstür hätten Rowarns Muhmen und auch Fashirh erhobenen Hauptes schreiten können.

Rowarn wunderte sich nicht, als der Fürst das Pferd dorthin lenkte. »Hier werden wir rasten und essen«, bestimmte er.

»Ein namenloses Gasthaus mitten im Niemandsland«, meinte Rowarn. »Und nicht einmal eine Wegkreuzung ist da.« Zu sehen war niemand, auch keine Kutschen oder angebundene Pferde, und kein Laut drang aus dem Inneren. Rowarn hoffte, dass das Haus nicht geschlossen war.

»Es ist ein Freies Haus«, erklärte Noïrun prompt. »Hier ist jeder willkommen. Und es gibt eine gute Küche, die man sich keinesfalls entgehen lassen sollte, wenn man schon in der Gegend ist.«

Rowarn rutschte über die Kruppe ab und half Noïrun mit einer Hand aus dem Sattel. Der Fürst konnte sich zwar schon viel besser bewegen, musste aber noch vorsichtig auftreten. Er reichte einem plötzlich von irgendwoher geschäftig herbeieilenden Stallknecht die Zügel.

»Benötigt Ihr das Pferd noch, Herr?«, fragte der Bursche.

»Nein, auch Sattel und Zaumzeug nicht«, antwortete Noïrun zu Rowarns Überraschung.

»Sehr wohl. Geht einfach hinein, Ihr werdet alles erhalten, was Ihr wünscht. Willkommen im Freien Haus.«

»Was tust du da?«, wisperte Rowarn, während Noïrun die große Tür ansteuerte.

»Ich habe ziemlichen Hunger, du auch? Was hältst du von einem Krustenbraten mit Mandel-Pflaumenfüllung, Schwarzbier und Süßgemüse in dunkler Soße, dazu eingelegte scharfsüße Früchte mit hauchdünnem Knusperbrot?«, erhielt Rowarn zur Antwort, und obwohl er nochmals nachhaken wollte, übertönte sein knurrender Magen die Neugier, und der augenblickliche Speichelfluss im Mund schwemmte sie endgültig davon. Er beeilte sich hinterherzukommen.

Rowarn stand gleich mitten in der Gaststube, die sich unter Treppen und Übergängen auf der ganzen Fläche des Erdgeschosses ausbreitete. Am hinteren Ende befand sich der Ausschank vor der angrenzenden Küche, mit gewaltigen Fässern, von der Decke hängenden Würsten und Schinken, getrockneten Kräuterbünden, Zwiebel- und Knoblauchketten; dort herrschte rege Betriebsamkeit.

Das Gasthaus war voll, zumindest hier unten. Die meisten Leute schienen Bauern, Händler und Tagelöhner aus der näheren Umgebung zu sein, wie Rowarn ihrer Kleidung und den Gesprächsfetzen entnahm.

Die Einrichtung bestand vollständig aus grob bearbeitetem Holz, auch der Boden war mit Brettern ausgelegt. Große Kamine spendeten Licht und Wärme, wobei es für Rowarns Geschmack fast zu warm war. Trotz der vielen Gäste war es nicht laut, die Unterhaltungen wurden eher gedämpft geführt, und niemand schien auf die Idee zu kommen, die eifrig hin und her eilenden Schankmaiden unschicklich zu behandeln, wie es so oft in anderen Gasthäusern der Fall war.

Ein grauhaariger Mann mit Halbschürze kam auf sie zu und wies einladend weiter nach innen. »Bitte sehr, hier entlang, meine Herren, es ist schon alles gerichtet.«

Noïrun folgte dem Mann ohne weitere Umstände, und Rowarn stapfte mit offenem Mund hinterdrein. Sie wurden über einige Stufen, durch Nebenräume und über weitere Treppen schließlich in eine andere große Gaststube geführt. In einer Turmausbuchtung befanden sich zahlreiche kleine Nischen, wo man zu zweit, höchstens zu viert unter sich saß, ohne unerbetene Mitlauscher.

Das Staunen nahm noch lange kein Ende, als Rowarn auf dem ihnen zugewiesenen Tisch bereits zwei volle Bierkrüge mit perfekter Schaumhaube und eingelegte Früchte samt Knusperbrot vorfand. Noïrun rieb sich begeistert die Hände, seine Augen leuchteten. »Das kann ich jetzt wirklich vertragen«, meinte er vergnügt und stieß an Rowarns Humpen.

Kurz darauf stand auch der Braten auf dem Tisch, und Rowarn entschied sich, zuerst zu essen und dann Fragen zu stellen. Sie ließen sich ausgiebig Zeit, und es war wirklich ein Genuss, der selbst Schneemonds Künste in Weideling übertraf. Nach der Hauptmahlzeit wurden ihnen kleine Schüsseln mit Nüssen und frischen Früchten gereicht, und auch eine Schale Tabak, aus der sich Noïrun gern bediente und sich eine Pfeife anzündete.

Rowarn sah sich um. Hier oben hielten sich nicht nur Menschen auf, sondern auch Zwerge und andere, vielgestaltige Wesen, die er noch nie in seinem Leben gesehen hatte, oder auch nur von ihnen gehört. Und zu seiner Überraschung auch Warinen und Dämonen; Noïrun hatte also Recht gehabt mit seiner Behauptung, dass jeder willkommen war. Wenn es jemals eine Erinnerung an jenes träumende Wunderreich vor dem Bruch der EINHEIT gab, so war sie hier zu finden, wo friedlich Freund und Feind nebeneinandersaßen, vielleicht sogar am selben Tisch.

Zahlreiche offene, hölzerne Galerie- und Wendeltreppen führten weiter in die oberen Etagen.

»Das reinste Labyrinth«, bemerkte Rowarn. »Und so viele Türen … wo mögen die nur alle hinführen …«

Noïrun zwinkerte. »Nur zu. Sieh dich um«, forderte er ihn auf.

»Müssen wir denn nicht weiter?«

»Wir haben so viel Zeit, wie du brauchst. Geh nur, ich rauche hier gern eine Weile für mich allein und ergehe mich in romantischen Träumereien.«

Rowarn entschied sich, künftig keine Fragen mehr zu stellen, weil jede Antwort nur noch mehr Verwirrung statt Aufklärung brachte. Dann machte er sich tatsächlich auf, um durch das Gasthaus zu schweifen. Niemand schien sich daran zu stören, Schankmaiden und Knechte wichen ihm lächelnd aus oder gaben ihm Hinweise, wo es interessant für ihn werden könnte. Weiter oben, erfuhr er, seien die Gästezimmer. Wenn er sich für eine Stunde hinlegen wolle, nur zu, er brauche sich nur ein freies Bett zu suchen. Es werde ohnehin bald dunkel, sagte man ihm, draußen neige der Tag sich schon dem Ende zu.

Also würden sie heute sowieso nicht mehr weiterreisen, und Rowarn brauchte sich keine Gedanken zu machen, wenn er noch ein wenig herumtrödelte.

Als er sich gerade nach einer weiteren Treppe umsah, prallte er mit einem Mann in schmutzverkrustetem Reisegewand zusammen und stieß sich dabei die verletzte Hand an einem Balken.

»Ich bitte vielmals um Verzeihung«, brummte der Mann. Seltsam, wie nass sein Umhang war, auch der Hut. »Es ist einfach zu eng hier.« Er tippte kurz an seinen Hut zum Gruß und eilte weiter.

Rowarn blieb stehen und hielt sich die Hand. Für einen Augenblick konnte er nicht einmal atmen, während der Schmerz durch seinen Körper tobte. Ihm war, als könne er genau hier und jetzt den Schritt der Eliaha hören, die sich langsam, schlurfend, patschend mit nackten Füßen auf Holz näherte. Angst stieg in ihm auf, und er versuchte, innerlich den Blick abzuwenden, damit er ihren grauenvollen Augen nicht begegnete. Am ganzen Körper zitternd rang er um Fassung, während er immer noch reglos verharrte, blind für alles um sich herum.

Da drang eine Stimme durch seinen aufgewühlten, von Schmerzgewittern durchzuckten Verstand, tief und volltönend, wie er noch nie einen ähnlichen Klang vernommen hatte: »Hierher, Junge.«

Er blinzelte, rieb sich mit zitternden Fingern den kalten Schweiß von der Stirn, während er die verwundete Hand an sich presste. Er sah einen Mann in einer Nische sitzen, von der aus der ganze Raum bis nahezu in den letzten Winkel überblickt werden konnte.

Für einen Moment stand Rowarn wie vom Donner gerührt, und sein Herz hämmerte gegen die Rippen. Der Schmerz verlor augenblicklich die Herrschaft über ihn. Selbst im Sitzen sah der Mann groß aus, mit gewaltigen Schultern, und die Ärmel seines schwarzen Hemdes spannten sich über den Muskeln. Dichtes, schwarzes Haar fiel bis auf seine Brust herab, die Haut war von einem samtigen Olivbraun, und das bärtige Gesicht, das an einer Wange ein Mal ähnlich einer Falkenklaue trug, von auffallender männlicher Schönheit.

Aber das Außergewöhnlichste waren die Augen, tiefschwarz wie das Universum weit draußen, und sie strahlten in einem schwarzen Licht, das Rowarns Blick einsog wie ein Wasserstrudel einen Ertrinkenden. Er sah die gewaltige Macht und das ungeheure Wissen darin, die alles übertrafen, was er bisher geschaut hatte. Nicht einmal Fashirh, dessen Stofflichkeit nahezu vollständig aus Magie gewebt war, strahlte eine solche Macht aus. Eine fast greifbare Aura umgab den dunklen Mann, die die anderen Gäste scheu, wenn auch unbewusst mieden, denn die Nischen links wie rechts neben ihm waren unbesetzt, obwohl einige mit einem Bierkrug in der Hand herumstanden und auf einen frei werdenden Platz warteten.

Zögernd kam Rowarn näher; in der Stimme des Mannes lag etwas, das keinen Widerspruch zuließ, aber auch Vertrauen einflößte. Und nicht zu vergessen: Er befand sich in einem Freien Haus ...

Er hatte kaum Platz genommen, als eine Schankmaid ihm schon einen Krug Schwarzbier brachte und den leeren Weinpokal des Mannes gegen einen vollen tauschte. Dazu stellte sie eine Schale Tabak vor ihn.

»Ich kann das ni ...«, setzte Rowarn wegen des Bieres an, aber das Mädchen winkte ab und rannte weiter.

»Das Pferd deines Herrn«, setzte der Mann zu einer Erklärung an, mit jener unglaublich tiefen Stimme, die noch in Rowarns Innerstem melodisch nachklang: »Damit ist alles bezahlt. Du kannst zu dir nehmen, was du willst.« Er streckte seinen Arm aus. »Gib mir deine Hand.«

Rowarn gehorchte und machte sich auf neuerlichen, furchtbaren Schmerz gefasst, der den gerade erst abklingenden noch übertreffen würde. Ängstlich sah er zu, wie der Mann behutsam den Verband öffnete, und starrte dann voller Schrecken auf seinen übel zugerichteten, schwarz verbrannten Handrücken.

»Sehr gute Arbeit«, stellte der dunkle Mann jedoch fest. »Es sieht schlimmer aus, als es ist. Das wird wieder wie neu. Aber es muss entsetzlich schmerzen.«

»Ja«, krächzte Rowarn.

»Dagegen kann ich etwas tun. Halt für einen Moment still.« Er legte die Hand über die Wunde, nur ganz sacht, und schloss kurz die Augen.

Staunend merkte Rowarn, wie etwas von dem Mann auf ihn überfloss, ein warmer, kribbelnder Strom, und dann wich der Schmerz und war schließlich ganz verschwunden.

»Sobald sich die Haut erneuert hat, ist alles wieder in Ordnung. Sie heilt jetzt gut und schnell. Du wirst bald wieder eine Waffe halten können, aber du solltest einen schützenden Handschuh tragen, solange die Haut heilt.« Der Mann schloss den Verband wieder, ließ Rowarns Hand los und widmete sich dem Stopfen seiner Pfeife.

Ehrfürchtig blickte Rowarn ihn an. Er erinnerte sich an die Unterhaltung mit Fashirh nach der Schlacht gegen die Warinen, und an den Klang in der Stimme des Roten Dämons, als er über einen Mann von ganz besonderer Art berichtet hatte. »Ihr ... seid der Annatai ... nicht wahr?«, flüsterte er.

So etwas wie Anerkennung blitzte in den Augen des Mannes auf. »Du weißt sehr viel für dein Alter. Aber das ist auch kein Wunder.« Er nickte bestätigend. »Ich bin Halrid Falkon von Erytrien.«

»Ich bin Rowarn aus Inniu«, stellte der junge Ritter sich vor. »... Weideling«, verbesserte er sich.

Der Zauberer hob die schwarzen Brauen. »Die Velerii haben dich aufgezogen?«

»Ja, Herr.«

»Nun, so ist es noch weniger verwunderlich.« Er zündete die Pfeife an. »Und wonach ist Rowarn von Weideling auf der Suche?«

Rowarn errötete. »Ich ... ich weiß noch nicht genau ...«, stammelte er. »Ich folge meinem Herrn nach Ardig Hall, um gegen Femris zu kämpfen. Wegen des ... Tabernakels.«

»Ja. Eine große und ehrenvolle Aufgabe.« Versonnen blickte der Annatai in die Ferne. »Ich dagegen war nur auf der Suche nach dem Glück ...« Ein seltsames Lächeln umspielte seine Lippen. Dann setzte er zu einer Erzählung an: »Man sagt, in den Außenlanden gäbe es einen sehr hohen Berg, auf dem ein Baum seit dem Beginn des Lebens steht. Hundert Männer können ihn nicht umfassen, und sein Wipfel ist die Heimat vieler Sterne. In früheren Zeiten, so heißt es, stiegen Mächtige dort hinauf, um ihre Geheimnisse darin zu verbergen, wenn sie vergessen wollten. Sie schnitzten ein Loch in die Rinde, sprachen ihr Geheimnis hinein und verschlossen die Lücke dann wieder. Danach gingen sie ohne Macht und Erinnerung und in Frieden von dannen.«

Rowarn hörte still zu. Als Halrid Falkon eine Pause machte und mehrmals an seiner Pfeife sog, verharrte er reglos, denn er wollte die Magie dieses Augenblicks nicht durch kindliche Fragen zerstören. Der Tabak knisterte und glühte auf, spiegelte sich in den schwarzen Augen des Zauberers.

Schließlich fuhr der dunkle Mann fort: »Einer aber stieg einst hinauf, um all die Geheimnisse aus dem Baum zu lösen, weil er glaubte, er würde dadurch der Mächtigste im Universum werden, mächtiger als Regenbogen und Finsternis zusammen. Seine Absichten waren ursprünglich gut, denn er wollte dadurch den Ewigen Krieg beenden und dauerhaften Frieden bringen.«

Nach einer Weile, als Rowarn merkte, dass die Geschichte beendet war, fragte er: »Was wurde aus ihm?«

»Wer weiß?« Halrid Falkon lächelte. »Man hörte nie mehr von ihm. Und falls jemand sein Schicksal kennt, so hat er dieses Geheimnis vielleicht im Baum verborgen.«

Rowarn fühlte ein kaltes Kribbeln den Rücken entlanglaufen, wie frisch geschlüpfte Spinnen, die ihr Nest gerade verließen. Was konnte aus jemandem werden, der alle Geheimnisse aufdeckte? Oder hatte er es am Ende doch nicht gewagt? »Dann gibt es den Berg und den Baum noch immer?«

»So sagt man, junger Rowarn. Genauso wie den Ewigen Krieg.« Falkon leerte seinen Becher in einem Zug.

»Gibt es dann überhaupt je Hoffnung, dass er beendet werden könnte?«, flüsterte der junge Nauraka.

»Es gibt immer eine Hoffnung, Rowarn von Weideling. Es gab selbst dann noch eine, als die Schlafende Schlange das erste Mal erwachte.«

»Sie ... erwachte schon einmal?«

Halrid Falkon nickte. »Allerdings. Als aus der EINHEIT das GETEILTE wurde und das Gefüge aus dem Gleichgewicht geriet. Der Untergang konnte damals abgewendet werden. Wenn man einer sehr alten Legende glauben will, wird die Schlange erneut erwachen, aber der Untergang könnte ein weiteres Mal abgewendet werden. Und wenn man all die Artefakte betrachtet, die man überall seit einigen Jahrtausenden findet, wird es wohl so sein. Alles bereitet sich darauf vor.«

Rowarn rieb sich das Kinn und fasste sich ein Herz. »Vielleicht ... kann ich Euch überreden, mit uns nach Ardig Hall zu reiten?«, fragte er mutig, denn es war ziemlich überheblich, so etwas zu glauben. »Selbst Dämonen haben sich uns inzwischen angeschlossen, um Femris aufzuhalten. Es geht um das Schicksal von ganz Waldsee, so viel habe ich inzwischen begriffen.«

Er zuckte zusammen, als Halrid Falkon plötzlich seinen Arm packte und Rowarn zwang, den Blick mit ihm zu kreuzen. Seine Augen flammten wie schwarze Sonnen, als er seine Macht unverhüllt hervorbrechen ließ, und Rowarn konnte sich ihnen nicht entziehen. Hilflos ertrank er in den Untiefen dieses Blicks, getaucht in das schwarze Licht. Er *wusste* in diesem Moment, dass der Annatai ihn völlig durchschaute, nicht nur auf den Grund seiner Seele blickte, sondern viel, viel weiter. Er sah alles, seine Herkunft, sein Erbe und seine Bestimmung. Er sah sehr viel mehr, als Rowarn bisher selbst über sich wusste – und wahrscheinlich je erfahren würde.

»Du brauchst meine Hilfe nicht, Junge«, sagte er mit einem Nachhall in der Stimme, der ihn noch fremder und größer erscheinen ließ. Die Umgebung um sie herum schien zu einem bedeutungslosen kleinen Nichts zu schrumpfen, wie das ersterbende Licht einer heruntergebrannten Kerze. »Dies ist deine Aufgabe, nicht meine, und du wirst sie erfüllen.«

Rowarn gab immer noch nicht auf, obwohl ihm der Schweiß ausgebrochen war. Er erkannte, wie ernst es Halrid Falkon war, und wie viel der Zauberer in ihm sehen musste, aber nicht offenbaren wollte. »Und … was ist mit dem *Nichtigen?*«, flüsterte er. Das war der letzte Rettungsanker, der ihm einfiel, und er war froh, dass Fashirh ihm bereitwillig so viel gesagt hatte. »Er ist von Eurem Volk und dient der Finsternis …«

»Ich hörte von ihm.« Endlich entließ Falkon Rowarn aus seinem Blick und zog seine Hand zurück. Normalität kehrte wieder ein, alles war an seinem Platz, und das gedämpfte Gemurmel schwang beruhigend im Hintergrund.

»Ist er wirklich so mächtig?«

»Noch viel mächtiger.«

Rowarn spürte, wie ihm die Brust eng wurde. Er begriff, dass eine Entscheidung vor ihm lag. Die Geschichte, in die er geraten war, war weitaus größer, als er bisher wahrhaben wollte. Und er konnte sich nicht abwenden, denn das Blut der Nauraka floss in ihm. Er war der Letzte jener Sippe, die einst das Unglück heraufbeschworen hatte. Es gab immer noch eine Schuld abzutragen, und es lag nunmehr an ihm, bis zum Ende zu gehen, auch wenn es so nie geplant gewesen sein mochte. Aber letztendlich hatte er keine Wahl. »Kennt … Ihr das Geheimnis des Tabernakels?«

»Nein. Ich kann nur Vermutungen anstellen, wie jeder andere. Erenatar hat das Geheimnis gut verborgen.« Der Zauberer blies Rauchwölkchen in die Luft zwischen ihnen. »Vielleicht ist es ja genau der Zweck des Tabernakels, zu verhindern, dass der Nichtige sein finsteres Auge auf diese Welt richtet. Es braucht schon ein gewaltiges Machtmittel, um ihn am Betreten zu hindern. In Femris' Händen würde es folglich das Gegenteil bedeuten, und dann wäre Waldsee tatsächlich dem Untergang geweiht. Nicht auszudenken, was für eine Erschütterung im Gleichgewicht das hervorrufen würde ... ein Beben, das an der Schlafenden Schlange rüttelt, darauf möchte ich wetten.«

»Ihr wärt umso mehr ein bedeutender und mächtiger Verbündeter«, murmelte Rowarn.

Halrid Falkon lächelte und entblößte dabei perfekte weiße Zähne. »Ardig Hall hat viele mächtige Verbündete. Mehr, als du ahnst«, sagte er freundlich, doch unterschwellig war seine Ablehnung deutlich herauszuhören. »Und ich leiste meinen Beitrag ohnehin, indem ich euch meinen Vater vom Hals halte. Das kostet Kraft genug. Den Rest muss ich dafür aufwenden, um meine Insel aus der Ferne zu schützen.«

Rowarn schwieg. Er sah ein, dass der Zauberer seine Meinung nicht ändern würde. Nach einer Weile setzte er scheu an: »Eine ... Frage habe ich noch, wenn Ihr erlaubt. Es ist unbedeutend, denn es betrifft nur mich selbst, aber es ... beschäftigt mich.«

Der Zauberer wandte ihm das Haupt zu, und Rowarn las in seinen tiefschwarzen Augen, dass er die Frage bereits kannte. »Sie hat dich *gesehen*, Junge«, antwortete er. »Sie wird niemals aufhören, dich zu suchen. Das ist leider mit den Totengeistern so. Auch ich kann dir nicht dabei helfen, so gern ich es möchte.«

Niedergeschlagen nickte Rowarn. »Dann wird sie also jede Nacht meinen Schlaf heimsuchen?«

»Nein«, sagte Halrid Falkon sanft. »Du kannst es nicht verhindern, dass sie nach dir sucht. Aber du kannst aufhören, *sie* zu sehen. In *dieser* Welt, Rowarn, kann sie dich niemals finden, auch nicht in deinen Träumen. Du müsstest dich von neuem in das einsame Zwischenreich der Eliaha begeben, damit sie deiner habhaft werden könnte. Kehre also den Spieß um und verbanne sie aus deinem Geist, sobald ihr Bild sich formt. Du wirst sehen, dass es geht. Sei geduldig und gib nicht nach. Lass dich nicht von ihr beherrschen. Eines Tages ist sie dann einfach fort aus deinen Gedanken.« Er klopfte die Pfeife aus und erhob sich. Falkon war wirklich der größte wie ein Mensch aussehende Mann, den Rowarn je gesehen hatte. »Komm mit, Rowarn. Ich möchte dir noch etwas zeigen.«

Er führte den jungen Ritter über eine verwirrende Vielzahl von Gängen, Übergängen und Stufen, bis er in einen schmalen, halbdunklen Korridor trat, an dessen Ende eine Tür lag. Als er sie öffnete, strahlte ein weißgoldenes Licht heraus, das Rowarn blendete, und er hob schützend die Hand vor Augen.

»Geh unbesorgt hinein«, forderte der Zauberer ihn auf.

Rowarn betrat etwas ... nein, keinen Raum, sondern eine riesige Halle, die sich unmöglich im Freien Haus befinden konnte, es sei denn, dies war ein nach hinten gelegener Anbau. Dann stockte ihm der Atem, das Herz rutschte ihm in die Knie, und der Unterkiefer klappte herunter.

In dieser Halle kauerte ein Drache, ein gewaltiges Geschöpf in Weiß und Gold, wie ein Stern mit Zacken und Strahlen und irisierenden Rubinaugen.

»Das ... das ...«, stotterte Rowarn fassungslos. Natürlich gab es viele Geschichten über Drachen, die seine Muhmen ihm erzählt hatten, und einige dieser einzigartigen Geschöpfe lebten auch noch verstreut auf Waldsee, aber sehr zurückgezogen und verborgen. Er wusste ebenso von Fashirh, dass Halrid Falkon mit einem Drachen durch die Lande zog, aber einmal leibhaftig einem so unglaublichen, gewaltigen Wesen gegenüberzustehen, hätte er nie für möglich gehalten.

Der Annatai lächelte.

»Fylang grüßt dich, Junge«, schnarrte der Drache und wackelte mit den zierlichen Hautflügeln. »Ich hoffe, mein grimmiger Freund hat dir keine Schauergeschichten erzählt. Das ist nämlich seine liebste Beschäftigung, wie ein Prophet des Untergangs aufzutreten und andere zu Tode zu erschrecken.«

Rowarn blinzelte verblüfft, und Fylang lachte krächzend.

»Habe ich soeben einen erhabenen Moment zerstört? Ich bedaure. Ich bin nicht das, was man allgemein als *Furcht erregenden, aber ehrwürdigen Drachen* bezeichnet.«

»Er ist ziemlich jung«, fügte Halrid Falkon an. »Er hat seine vorlaute Jugendzeit noch nicht hinter sich.«

Der Drache kicherte. »Er ist nur neidisch, weil er nie eine unbeschwerte Jugendzeit hatte. Und dennoch«, er richtete die glühenden

Augen auf Rowarn, »bin ich weise durch meine bewahrten Erinnerungen, junger Freund, und ich erkenne den Nauraka in dir, dessen du dir selbst bewusst bist. Und ich sehe noch viel mehr, was du noch nicht erfahren hast. Ich könnte dir eine Menge sagen über dich, ebenso wie Halrid. Aber du musst es selbst herausfinden, verstehst du? Alles, was ich dir sagen kann, ist Folgendes: Vertrau dir. Und vertraue den Mächten in dir. Du bist auf einem großen Weg, und im Grunde sind es die anderen, die dich begleiten, nicht umgekehrt.«

»Ginge es nicht einfach mal weniger kryptisch?«, murmelte Rowarn.

Nun lachte selbst der dunkle Zauberer. »Willkommen in der Welt der Mächtigen«, sagte er freundlich. »Die uneinsichtigen, ihr Glück verweigernden Menschen glauben immer, dass Macht sie befreit, und beschreiten deswegen schreckliche Wege unter großen Opfern und Kriegen. Dabei ist es umgekehrt: Die Macht ist es, die uns gefangen nimmt. Wir müssen Regeln befolgen, Rowarn, sonst gerät das Gleichgewicht aus den Fugen. Und die Regeln sind sehr streng. Macht hält unser Universum zusammen, aber das ist ein sehr fragiles Gebilde.«

Rowarn sah ein, dass er dies noch lernen musste. Der Zeitpunkt der Entscheidung rückte näher. »Ich danke Euch«, sagte er leise. Er wandte sich zum Gehen, dann drehte er sich noch einmal um. »Werde ich Euch wiedersehen?«

»Valia ist ein schönes Land«, gurrte der Drache, und Halrid Falkon lächelte. »Alles ist möglich.«

Rowarn hob die Hand zum Gruß, dann drehte er um und kehrte in die große Schankstube zurück, die er zu seiner Überraschung ohne weitere Umwege und Suche fand. Er entdeckte Noïrun am selben Platz, wo er ruhig dasaß, rauchte und ab und zu aus seinem Krug trank. Er lauschte weder den Geschichten der anderen, noch beteiligte er sich an einem der beliebten Würfelspiele.

Der Fürst wandte den Kopf, als Rowarn sich zu ihm setzte.

»War es das?«, fragte Rowarn.

Noïrun nickte. Er hob die Hand, bevor Rowarn weitersprechen konnte. »Dies ist deine Geschichte, Rowarn. Nur für dich.« Er wies um sich. »Jeder hier war eines Tages zum ersten Mal in einem Freien Haus, aus den unterschiedlichsten Gründen. Manchmal erscheint es wie ein normales Gasthaus, in dem man zusammensitzt, isst und trinkt und Neuigkeiten tauscht. Aber manchmal führen die Türen auch woandershin, und das wollte ich dir zeigen.«

»Warum tust du das alles?«, fragte Rowarn leise. »Ich meine, du hast mich als deinen Knappen angenommen, was mich von Anfang an über die anderen gestellt hat, aber das hier ...«

Der Fürst lächelte. »Was denkst du, wie ich zu dem wurde, der ich bin? Oder Olrig? Wir haben besondere Talente, Rowarn, und eines Tages hat sie jemand erkannt, der uns ausbildete und schließlich hierher führte. Jeder, der nicht so ist wie die anderen, der sich durch etwas Besonderes auszeichnet, durchschreitet irgendwann die Tür eines Freien Hauses, die nicht der einfache Eingang ist. Ich habe dir lediglich den Weg hierher gewiesen, alles andere oblag dir.« Er erhob sich. »Und dies war also der Abschluss, mein junger Freund. Jetzt reiten wir nach Ardig Hall und fegen Femris von dem heiligen Boden der Stätte des Friedens.«

Rowarn verharrte für einen Moment verwirrt, dann folgte er dem Fürsten hastig. »Was meinst du mit Abschluss, Noïrun? Ich meine, ich bin zwar zum Ritter geschlagen, aber ...«

»Deine Ausbildung ist beendet.« Der Fürst wandte sich ihm zu. »Mehr kann ich dir nicht beibringen. Nun kannst du alles durch Übungen und Ernsthaftigkeit vertiefen und vervollkommnen, doch dies ist allein dir überlassen.«

»So schnell?«, sagte Rowarn verblüfft.

»So schnell«, sagte Noïrun ruhig.

Er strebte auf eine Tür zu, die allerdings nicht jene war, durch die sie hereingekommen waren. Aber Rowarn lag es inzwischen fern, den Fürsten auf derlei hinzuweisen.

Er war daher kaum überrascht, als sie in das erstrahlende Licht eines gerade angebrochenen Morgens traten und Olrig sie erwartete, mit Windstürmer und dem Kupferfuchs zusammen neben seinem Schimmel am Zügel. Der Zwerg – überglücklich, Rowarn so munter und weitgehend unversehrt wiederzusehen – umarmte ihn und klopfte ihm auf die Schulter. Rowarn schwang sich dann auf Windstürmers Rücken, der zärtlich schnaubte.

»Jetzt ist es nur noch ein Tagesritt«, sagte der Fürst. »Heute Abend schon wirst du die Ruinen von Ardig Hall in der Ferne leuchten sehen.«

»Die anderen dürften inzwischen angekommen sein«, berichtete der Kriegskönig, während sie die Pferde antrieben. »Wir haben die Freie Straße unbehelligt erreicht, und ich konnte sie beruhigt unter Morwens Führung weiterschicken.«

»Gut«, brummte der Fürst Ohneland zufrieden und lenkte den Kupferhengst von der Freien Straße ab quer über einen Hügel, wo er ihm die Zügel freigab.

14.
Der Heermeister

In der Ferne erblickte der junge Ritter eine Kette fünf etwa gleich hoher Hügel, über denen ein eigenartiges Schimmern lag. Schemenhaft erhoben sich darin schroffe, unregelmäßig gezackte Gebilde, die sich über drei Hügel zogen. Der erste Blick auf eine legendäre, machtvolle Stätte, doch immer noch diffus und nicht greifbar, selbst für Nauraka-Augen nicht zu durchdringen.

»All das hier«, erklärte Olrig und wies um sich, »ist bereits der Boden von Ardig Hall. Du wirst hier keinen Hof, kein Ackerland finden, aber nachts, wenn sich der Mond auf taunassen Gräsern spiegelt und früher Dunst sich aus der Erde erhebt, kannst du das Meer sehen, wie es sich sacht wiegt in der steigenden Flut, wie die Wellen des Grases hier im Wind. Dann erheben sich die Schatten der Nauraka und flüstern ihr Lied über ihre verlorene Heimat, und die unstillbare Sehnsucht nach den kühlen Tiefen der See.«

Rowarn schloss die Augen und sah es, *fühlte* es, und das Bild seiner Mutter stieg vor seinem inneren Auge auf. Umweht von weißen Schleiern streckte sie lächelnd die Arme nach ihm aus. Doch während er versuchte, ihr näher zu kommen, entfernte sie sich von ihm, entschwand durch ein Fenster mit weit geöffneten Flügeln in den dunklen Himmel. »Woher weißt du das so gut und kannst es so ausdrücken?«, flüsterte er.

»Oh, sagte ich das nicht bereits zu Beginn unserer ersten Begegnung? Olrig ist ein Poet«, antwortete Noïrun. »Das war kein Scherz.«

Rowarn blickte den Kriegskönig an.

»Ja«, sagte Olrig. »Manchmal zwingen die Umstände einen zu merkwürdigen Entscheidungen, auch wenn man eigentlich andere Ziele verfolgt.«

»Das habe ich auch schon gelernt.« Rowarn senkte den Kopf und betrachtete die Mähne des Falben, die mit dem Wind spielte, sich von ihm kitzeln und flausen ließ.

Ein Schmetterling stieg von einer weißgelben Orchideenrispe auf, ließ sich vom Wind emportragen, schöner als eine Blume in Grün und Blau. Er landete auf Rowarns ausgestreckter Hand und entrollte seinen Saugrüssel, während er die zarten Flügel leicht auf- und zuklappte. Rowarn bewunderte den anmutigen Schwung seiner Fühler, die großen dunklen Augen, die zart befiederten Beine.

Ein Wiesenschnäpperpaar erlaubte der Brut zum ersten Mal, sich in die Lüfte zu erheben. Taumelnd und ungeschickt flatternd folgte die Jungschar den Eltern und versuchte, dabei ebenso süß zu zirpen. Grashüpfer machten sich eine Kornblume streitig, um dort mit einem rhythmischen Streichkonzert Partnerinnen anzulocken. Die Pferde grasten friedlich, schnaubten flüchtende Ameisen und Käfer weg.

Mit leicht rauer Stimme trug Olrig vor:

»In den grauen Tagen, als ich das Meer verließ,
flog eine weiße Krähe vor mir, die den Weg mir wies,
hierher nach Ardig Hall.
Sah ich so schon das große Schloss, leuchtend und rein,
baute allein es, schlug und schichtete Stein um Stein
alles für Ardig Hall.«

Und dann fiel Noïrun in den Refrain mit ein:

»Und in meiner Erinn'rung, wenn die Nacht ist klar,
spür ich die See, tauch ein in die Fluten und schwimm mit der Schar.
Oh! Kannst du sie sehn, die große Stadt aus Koralle und Stein?
Leuchtend und wiegend Blumentier, Anemon', Diamantenstern,
so steh ich und sehn mich, ewig klagend, die See ist so fern,
Darf niemals hoffen, je wieder dort zu sein.«

Olrig fuhr allein fort:

»Silbern ging der Mond einst auf in jener Nacht,
als auf dem Turm ich stand und hielt die erste Wacht
hier in Ardig Hall.
Wind umfing mich, bot tröstend Salz mir dar
das Salz der See, ich kann es riechen, scharf und klar
auch in Ardig Hall.«

Und zweistimmig sangen sie:

»Und in meiner Erinn'rung, wenn die Nacht ist klar,
spür ich die See, tauch ein in die Fluten und schwimm mit der Schar.
Oh! Kannst du sie sehn, die große Stadt aus Koralle und Stein?
Leuchtend und wiegend Blumentier, Anemon', Diamantenstern,
so steh ich und sehn mich, ewig klagend, die See ist so fern,
Darf niemals hoffen, je wieder dort zu sein.«

Dann wieder Olrig:

»Perlmond bin ich, ein Friedensherrscher wollt ich sein, in Pflicht
und Ehr, doch das Meer tobt dunkel mit schäumender Gischt
hier in Ardig Hall.
Grimm'ger Heerschar tret ich entgegen, in Rüstung und Schwert,
auf dass einstmals wieder Licht und Frieden einkehrt
für immer in Ardig Hall.«

Und ein letztes Mal gemeinsam:

»Und in meiner Erinn'rung, wenn die Nacht ist klar,
spür ich die See, tauch ein in die Fluten und schwimm mit der Schar.
Oh! Kannst du sie sehn, die große Stadt aus Koralle und Stein?
Leuchtend und wiegend Blumentier, Anemon', Diamantenstern,
so steh ich und sehn mich, ewig klagend, die See ist so fern,
Darf niemals hoffen, je wieder dort zu sein.«

Ihre weithin schallenden Stimmen verklangen langsam, die letzten Töne sanken hernieder und versickerten im Gras, und die andächtig lauschenden Vögel fingen an, sich zu putzen, zum nächsten jubilierenden Flug bereit. Der dunkle Schatten einer Wolke zog an der Sonne vorüber.

Die beiden Männer schwiegen und warteten.

Rowarn merkte nicht, dass die Tränen über seine Wangen rannen. Er *spürte* es, das Meer rauschte mit wogender Gischt durch sein Inneres, und er fühlte die Salzluft auf seinem Gesicht, und tauchte ein in die kühle Dämmerung, die sich auf seiner Nauraka-Haut nicht nass, sondern rau und samtig zugleich anfühlte, ihn zärtlich umhüllend wie einst der Leib seiner Mutter.

Dieses Lied war die Wahrheit. Auch nach Jahrhunderten war er immer noch ein Verbannter, von unstillbarer Sehnsucht nach der See getrieben, obwohl seine Sippe die Heimat schon vor so langer Zeit verlassen und gelernt hatte, auf dem Land zu leben.

Zwanzig Jahre lang war er in Unwissenheit aufgewachsen, doch nun, da er wusste, erwachte nach und nach das Erbe in ihm und machte ihm deutlich, dass er sich ihm nicht entziehen konnte. Er war durch den Eid seiner Vorfahren an das Tabernakel gebunden.

Alles in ihm schrie danach, sich endlich zu offenbaren, die Wahrheit hinauszurufen, dass es noch einen Hüter von Ardig Hall gab, dass der wahrhaftig Letzte der Nauraka, die das Meer verließen, immer noch am Leben war und damit die Geschichte noch lange nicht beendet. Die Heerschar von Ardig Hall sollte erfahren, dass sie nicht für eine Ruine kämpfte, weil man es ihr befahl oder sie dafür bezahlte, nur um den Untergang nicht gleich zu besiegeln. Es war noch nicht alles vergebens, der Splitter nicht ganz verloren. Die Treue derjenigen, die seit einem Jahr die Stellung hielten, sollte belohnt werden, und sie sollten einen Ansporn erhalten.

Wenn es an der Zeit ist, hatte Schattenläufer gesagt. Wann, wenn nicht jetzt? Rowarn stand nun bereits auf dem Boden seiner Sippe, kurz vor den Toren des Schlosses. Die entscheidende Schlacht stand bevor.

Zitternd kämpfte und rang er mit sich, versuchte, den Schmerz zu verdrängen, und die Trauer, und erkannte … da war immer noch die dunkle Seite in ihm. Jenes unbekannte väterliche Erbe, das ihn zweifeln ließ, ob er stets nur im Guten handelte. Diese unkontrollierbare Wut konnte sich eines Tages gegen ihn und seine Freunde richten, seinen Willen vielleicht ganz übernehmen und möglicherweise zu einem Anhänger von Femris werden lassen. Wer wusste, was passierte, wenn der Unsterbliche von ihm erfuhr? Wenn er versuchte, ihn lebend in die Hände zu kriegen?

Nein. Es ist noch nicht so weit.

Rowarn hob den Blick und atmete einmal tief durch. Dann trieb er Windstürmer an, denn nun konnte er den Weg von alleine finden.

Olrig und Noïrun blieben hinter Rowarn und ließen ihm Zeit.

»War alles ein bisschen viel auf einmal«, bemerkte der Kriegskönig, während sie ihre Pferde gemütlich dahinzockeln ließen. »Wenn man bedenkt, was alles auf ihn eingestürmt ist, seit wir das erste Mal bei ihm auftauchten.«

»Ja, er muss eine Menge verdauen«, stimmte der Fürst zu. »Seine ganze Welt steht kopf, und das in so jungen Jahren. Bei uns brauchte es immerhin etwas länger, bis alles zusammenbrach.«

»Bei dir vielleicht, du Landvertriebener, bei mir ist nichts zusammengebrochen, darauf möchte ich in aller Entschiedenheit hinweisen.«

»Bis auf die Tatsache, dass du dich zum Kriegskönig hast wählen lassen, weil …«

»Das ist unerheblich!« Olrig fuchtelte mit dem Zeigefinger in der Luft herum. »Ich habe nur meine Pflicht angenommen, so wie du!«

Noïrun grinste. »Schwindler. Da kommt schon noch ein bisschen mehr zusammen.«

»Und du?« Olrig starrte ihn finster an. »Bei dir etwa nicht?«

Noïrun wandte den Blick ab. »Jede Menge«, murmelte er.

Langsam rückte die Hügelkette näher. Immer wieder verschwand sie aus dem Blick, denn im Gelände gab es Höhenunterschiede. Es ging in Senken hinunter und langsam ansteigend wieder hinauf, aber immer nur so unmerklich, dass es selbst auf kurze Entfernung kaum erkennbar war.

Das Land wurde rauer, Steppengras herrschte nun vor, dazu Magerwiesen mit einem Überfluss an blühenden Kräutern und Orchideen. Baum- und Buschgruppen boten Abwechslung und Orientierungspunkte in dieser sonst sehr gleichförmigen Landschaft. In einigen Senken sammelte sich das Wasser und bildete Sumpf mit Schilf, großen Palmwedeln und mannshohen Gräsern mit wolligen, speerlangen Blütenständen. Wilde Schweine, Büffel und Riesenzahner vergnügten sich in selbst gegrabenen Schlammlöchern und ließen sich nicht im Geringsten von vorüberziehenden Reitern stören. Herden von Antilopen wanderten über die Steppe, begleitet von Wildpferden.

»Ein gutes Jagdgebiet«, stellte Rowarn fest.

»Nur die Jäger von Ardig Hall dürfen dem Wild nachstellen, deswegen ist es zahlreich und nicht scheu«, gab Olrig Auskunft. »Dies ist lediglich ein kleiner Ausschnitt von der Vielfalt, die sich hier findet.«

Obwohl die Hügel nun schon nahe waren, höchstens drei Wegstunden entfernt, konnte Rowarn immer noch kein deutliches Bild erfassen. »Stimmt etwas mit meinen Augen nicht?«, fragte er. »Ich kann kaum etwas erkennen.«

»Das sind noch die Reste der alten Magie«, antwortete Noïrun. »Auch früher zeigte sich Ardig Hall erst aus unmittelbarer Nähe in aller Pracht. Diese Verschleierung hielt jeden Fernzauber ab, und noch mehr. Aus der Luft kann die Festung nicht angegriffen werden. – Konnte nicht«, verbesserte er sich. »Zerstört wurde sie allerdings vom Boden aus.«

»Laufen wir nicht Gefahr, angegriffen zu werden?«

»Nein. Eine Truppe von Ardig Hall wäre schon unterwegs. Selbst marodierende Horden wagen sich hier kaum übers Land. Wie gesagt, dies ist der Boden von Ardig Hall. Es ist eine unsichtbare Grenze, die überschritten wird, aber jeder Anhänger der Finsternis kann sie spüren.«

Rowarn stutzte plötzlich und beschattete die Augen. »Da kommt jemand«, sagte er. »Ein Reiter.«

»Ah!«, rief Olrig. »Ein Freund, gewiss. Welcher mag es sein?«

»Das werden wir gleich wissen«, meinte der Fürst und zügelte den Kupferhengst.

Rowarn blieb bei ihm, auf alles gefasst. Er wusste, er wäre keine große Hilfe, denn seine rechte Hand war noch nicht zu gebrauchen. Aber das würde sich bald ändern; fast von Stunde zu Stunde wurde es besser, nicht zuletzt dank magischer Hilfe, die ihm zumindest die schrecklichen Schmerzen genommen hatte.

Der Kriegskönig trabte langsam voraus, während der Reiter Bodenwelle um Bodenwelle näher kam.

»Freund!«, rief Rowarn hinter ihm. »Ein Ritter! Er trägt die Fahne am Rücken!«

Der sich nähernde Mann hob den Arm und winkte. Sein Pferd galoppierte jetzt fleißig.

»Ho! Ragon, alter Haudegen!«, rief Olrig und winkte ebenfalls. »Welch eine Freude, dein hässliches Gesicht als Erstes begrüßen zu dürfen!«

Schnaubend und prustend kam das Pferd bei ihm an, und der Reiter zügelte es neben dem Schimmel und schlug seinen Arm an Olrigs. »Und mich freut es, dass Olrig nichts von seinem zierenden Speck und der offenherzigen Zunge verloren hat!«

Rowarn erblickte einen Mann Ende dreißig, dessen rechte Gesichtshälfte durch eine Schwertnarbe fast zweigeteilt war. Das rechte Auge war unter einer Klappe verborgen.

Er ließ Olrigs Arm los und trabte auf den Fürsten zu, vor dem er sich im Sattel tief verbeugte. »Willkommen in Ardig Hall, Herr. Ihr werdet schon sehnsüchtig erwartet, und ich bin glücklich, Euch wohlbehalten zu sehen. Wir hatten uns auf das Schlimmste gefasst gemacht, als Ihr länger als verabredet ausgeblieben seid.«

»Ich hatte anderweitig noch einiges zu tun«, versetzte Noïrun und wies auf Rowarn. »Ritter Rowarn von Weideling, aus dem fernen, aber lieblichen Tal Inniu. Wir haben die Entfernung unterschätzt, und auch die Sturheit mancher Barone, um deren Unterstützung wir vorsprachen.«

Ragon verneigte sich auch leicht vor ihm. »Inniu!«, sagte er. »Nun, kein Wunder, dass die Hundertfünfzig eine derart verschworene und zugleich schlagkräftige Gemeinschaft sind, wenn sie von einem solchen Ritter geführt werden.«

Rowarn öffnete den Mund, aber Noïrun kam ihm zuvor: »Dann sind sie alle ebenfalls wohlbehalten eingetroffen?« Er hörte Freude in der Stimme des Fürsten. Ihm schien wirklich jeder einzelne Rekrut ans Herz gewachsen zu sein.

Ragon nickte. »O ja, seit zehn Tagen trifft von überall her Verstärkung ein, wie an einer Schnur aufgezogen. Morgen wird der Heermeister viele Eide abnehmen müssen. Eure Schar ist übrigens gestern Mittag angekommen.«

»Wie geht es Morwen?«, platzte Rowarn heraus; wie er seinen Herrn kannte, würde der ohnehin nicht nach seiner Tochter fragen, weil es eine Gefühlsoffenbarung wäre, die einem Befehlshaber nicht gut anstand. Aber andererseits, was sollte es, ab jetzt hatte ohnehin der Heermeister das Sagen, und der Fürst konnte sich ein wenig erholen und zugänglicher sein.

»Sie musste behandelt werden, doch es geht ihr gut«, antwortete Ragon und musterte ihn jetzt mit deutlicher Neugier.

Rowarn, der Noïrun inzwischen recht gut kannte, bemerkte ein kurzes Zucken seines Wangenmuskels, eine nahezu unmerkliche Regung. Aber dem jungen Nauraka sagte sie alles: Noïrun war eindeutig erleichtert. Und sicher froh, dass Rowarn an seiner Stelle nach Morwens Befinden gefragt hatte.

»Wie viele sind insgesamt eingetroffen?«, erkundigte sich der Fürst.

»Etwa fünftausend«, gab Ragon Auskunft.

Noïrun rieb sich den Bart. »Mehr, als ich glaubte, und weniger, als ich hoffte«, murmelte er.

»Es kommen bestimmt noch welche nach«, warf Olrig ein. »Das ist nicht das Ende, Noïrun, du wirst es sehen.«

Ritter Ragon grinste. »Deine unerschütterliche Zuversicht ist auch dieselbe geblieben.«

»Und ich habe Recht, wie immer, ihr werdet noch daran denken.« Der Kriegskönig nickte bekräftigend und klopfte an den Stiel seiner Axt. »Darauf würde ich sogar diese Axt verwetten.«

Noïrun war ernst und kühl wie immer, wenn es um Kriegsangelegenheiten ging. Der Mann, den Rowarn in den letzten zwei Tagen kennengelernt hatte, war völlig verschwunden. Dementsprechend war sein Gesicht auch wieder voller strenger Linien. »Kurze Einführung: Wie sieht es aus?«

»Wir halten wie gehabt die Stellung«, antwortete Ragon und fügte fast spöttisch hinzu: »Verrückt, nicht wahr? *Wir* belagern Ardig Hall. Unser eigenes Schloss. Es heißt, Verstärkung für Femris sei ebenfalls unterwegs. Dass er einen neuen Heermeister hat, ist Euch sicherlich schon zu Ohren gekommen.«

»Der wird ihm nichts nützen«, versetzte Noïrun ruhig. »Seine Schulter wird ein besseres Ziel für meine Lanze sein als die seines Herrn.«

Für einen kurzen Moment setzte Schweigen ein. Keiner der anderen, dessen war sich Rowarn sicher, zweifelte an Noïruns Worten. Und es war deutlich zu hören, dass er ebenfalls weit davon entfernt war, aufzugeben oder zu zögern. Er sah dem bevorstehenden Ende des Kampfes um den Splitter zuversichtlich und gelassen entgegen.

»Ah! Ja, natürlich! Verzeiht, Herr, ich hätte es beinahe vergessen zu erwähnen: Fashirh und die anderen drei verbündeten Dämonen sind eingetroffen, und die Dämonen im feindlichen Lager haben nicht gerade erfreut darauf reagiert, als sie sich ihnen präsentiert haben.«

»Ach, tatsächlich? Nun, dann sind wir ja im richtigen Moment zurückgekehrt. So werden wir nichts davon versäumen, wenn die sich gegenseitig an die monströsen Kehlen gehen.« Olrig wandte sich Noïrun zu. »Alter Freund, gestattest du uns wohl den Vortritt?«

»Natürlich.« Der Fürst nickte Ragon zu, woraufhin der zusammen mit Olrig davonstürmte.

»Helm auf«, sagte Noïrun zu Rowarn. »Das Visier kannst du geöffnet lassen, aber korrigiere den Sitz deiner Waffen und deiner Kleidung. Ein großes Heer erwartet uns, und von den Männern an meiner Seite erwartet man perfektes Aussehen. Zeige, dass du ein Ritter bist!« Er selbst hatte den Helm bereits aufgesetzt und das Visier geöffnet, dann seine Handschuhe angezogen.

Rowarn gehorchte verblüfft. Dies war wieder einmal eine ganz neue Seite des Fürsten, und er war gespannt, was sich daraus noch entwickeln mochte. Bei dem Wappenhemd half ihm Noïrun, und er befestigte ihm auch die Rückenfahne – zum ersten Mal, und Rowarn hörte aufgeregt das Flattern hinter sich.

»Du trägst keine?«, meinte er.

Der Fürst lächelte. »Ich biete auch so ein gutes Ziel.«

Sie durchquerten im langsamen Galopp die weite Senke, und schließlich ging es unmerklich wieder bergauf, Bodenwelle um Bodenwelle, und dann erblickte Rowarn zum ersten Mal Ardig Hall, vom roten Schein der Nachmittagssonne beleuchtet.

Schlagartig waren die fünf Hügel ganz nahe gerückt, und vor ihnen, in der großen Ebene, breitete sich ein riesiges Heerlager aus, das Rowarn sprachlos machte. Tausende verschieden großer Zelte in Weiß und Blau, und alle trugen entweder eine Fahne auf dem Dach, oder das Wappen von Ardig Hall war auf die Zeltbahnen gestickt. Sie bildeten eine Stadt, größer als Ennishgar, die hier seit über einem Jahr entstand, wenngleich mit nur wenigen festen Behausungen – wie etwa den drei Schmieden, die sich neben gegrabenen Brunnen befanden, handwerkliche Stätten und dergleichen mehr. Tausende Pferde, Schafe und Rinder tummelten sich in Umzäunungen, in Vierecken wurde eifrig geübt, alles ganz ähnlich wie beim Titanenfeld, nur viel größer. Rowarn gaffte beeindruckt.

Und dann erst, er hatte es lange genug vor sich hergeschoben, richtete er den Blick auf das Schloss – vielmehr, auf die Ruine davon, die sich immer noch gewaltig über dem Heerlager auftürmte. Weiße, leuchtende Steine, die sich über drei Hügel erstreckten. Vom mittleren Hügel aus führte eine Allee zum Haupteingang. Unten hatte sich ein großer, marmorner Torbogen befunden, der nunmehr zerstört war. Der zweite Bogen, von dem aus die gewaltige Mauer rund um die drei Hügel führte, lag am Ende der Allee, genau über dem ersten, und auch er war zerstört, als habe ein Riese mit seinem Hammer zugeschlagen.

Dahinter gab es einen freien Platz, der großzügig in Wege innerhalb der Mauer auslief. Am Ende des Platzes, genau zum Tor gelegen, stand eine unversehrte, riesige Portaltreppe mit annähernd einhundert Stufen, die zum Schlosseingang führte. Früher mussten dort Säulen, Statuen, Bäume gestanden haben, doch das war alles zerstört, teilweise den Hügel hinabgeworfen. Auch die hohen, aus mit Intarsien besetztem Holz bestehenden Torflügel waren aus der Verankerung gerissen, und ein schwarzes Loch klaffte wie eine Wunde im weißen Gestein, in das rund um den Torbogen Tausende von Juwelen eingelassen gewesen waren, dazu feinste Fresken mit mystischen Szenen. Nur noch vereinzelte Stücke und wenige intakte Figuren zeugten von der einstigen Pracht.

Das mehrstöckige Schlossgebäude selbst war noch einigermaßen intakt, das Dach jedoch völlig eingestürzt, und auch die vier großen Eck- und die drei Rundtürme waren zur Hälfte eingerissen. Aber es bestand Hoffnung, dass vom inneren Gebäude noch etwas übrig war. Die Wehrtürme an der Außenmauer waren allesamt zusammengestürzt. Auch die Mauer selbst – eine Mannslänge dick und sechs Mannslängen hoch – hatte schwere Schäden davongetragen. Es war von hier aus kaum einzuschätzen, wie viel von den zahlreichen, teilweise miteinander verbundenen Nebengebäuden noch übrig war. Verkohlte, viele Speerwürfe hohe Bäume, deren entlaubte Leichen anklagend ihre verstümmelten Äste gen Himmel reckten, zeigten an, dass es auch weitläufige Parkanlagen gegeben haben musste.

Auf bizarre Weise strahlten die Ruinen immer noch Würde und weißes Licht aus; doch zwischen den Trümmern wanden sich zahlreiche Rauchsäulen zum Himmel empor.

»Es brennt noch immer ...«, flüsterte Rowarn.

»Seit nunmehr über einem Jahr.« Noïrun lenkte den Kupferhengst an seine Seite. »Zum ersten Mal seit seiner Errichtung wurde Ardig

Hall überrannt. In dem Moment, als Königin Ylwa starb. Wir bekamen es in den frühen Morgenstunden mit, als sich der Weiße Falke klagend erhob und lange über dem Schloss kreiste. Gleichzeitig begann auch der Feind mit dem Sturm, setzte Wurfgeschosse und Leitern und Belagerungstürme ein, und alles begann zu brennen und einzustürzen. Es war ein unglaubliches Chaos.

Olrig und ich rannten die Treppe hinauf, während überall wild gekämpft wurde. Es war das erste Mal überhaupt, dass einer von uns das Schloss betrat, also hinter die Mauer kam, doch wir hatten keine Zeit, darüber nachzugrübeln. Warinen und andere Dubhan-Söldner waren bereits dabei, widerliche Schändung zu betreiben, an all den kostbaren, uralten Dingen.« Ihn schauderte es bei der Erinnerung. Rowarn konnte nachfühlen, was er empfand. »Die Dienerschaft war größtenteils geflohen, der Rest lag überall tot herum.« Noïrun musste kurz innehalten. »Unsere Leute drehten durch, als sie die Verwüstung sahen. Sie fielen über den zahlreich überlegenen Feind her wie die wilden Bestien und schlachteten die Eindringlinge ab. Olrig und ich rannten durch die Räume und suchten Femris, doch er war bereits geflohen. Und da ... lag die Königin. Und so viel Blut ...«

Rowarn schluckte, doch er riss sich zusammen, er musste sich das bis zum bitteren Ende anhören.

»Ihre Leibdienerin war noch am Leben«, fuhr Noïrun fort. »Ich weiß nicht, wo sie sich versteckt gehalten hatte, aber sie war entkommen und verwehrte uns den Zugang zum Leichnam der Königin. Sie sagte, niemand außer ihr dürfe sie anrühren, so sei es gewesen, seit sie ihr diente, und sie würde die Königin bestatten, doch wie und wo, wollte sie uns nicht sagen. Aber sie war zu allem entschlossen und bedrohte uns sogar mit dem Schwert. Wir mussten nachgeben, weil wir in der Schlacht gebraucht wurden und uns nicht zu lange aufhalten durften. Also teilte sie uns mit, dass Femris den Splitter habe. Und sie gab mir den versiegelten Brief mit Ylwas letztem Willen, mit den Anweisungen der Königin an mich. Eine davon war, nach Weideling zu gehen und die Nachricht den Velerii zu bringen.

Wir kehrten in die Schlacht zurück und warfen den Feind aus Ardig Hall, während der Rest von uns draußen den Ring zuzog, um

Femris an der Flucht zu hindern.« Er atmete tief ein. »Am Ende dieses furchtbaren, dem dunkelsten aller Tage von Ardig Hall, gingen Olrig und ich noch einmal in das Schloss und suchten nach der Königin und der Dienerin, aber beide waren verschwunden. Wir konnten es nicht wagen, das ganze Gelände abzusuchen, denn immer noch barsten Gebäudeteile auseinander oder stürzten ein, und es brannte überall. Danach war es uns nicht mehr möglich.

Wir waren die Letzten, die gingen, und hinter uns errichtete sich eine magische Barriere, die jedes weitere Betreten unmöglich machte – für jeden. Ardig Hall versiegelte sich selbst, um nicht noch weiter geschändet zu werden. Seither liegt es in Agonie, ein ewiges Mahnmal unseres Versagens.«

Rowarns schaute wieder auf die riesige Ruine, verloren im Stolz der Erinnerung. Kein Wunder, dass sich um Ardig Hall Legenden rankten.

Sein Blick glitt langsam die Hügel hinunter, und nun sah er endlich den Feind. Eine gewaltige, dunkle Masse im Schatten des Schlosses gelegen, unterhalb seines Lichtscheins, am Fuße der Hügel. Nicht einmal die tiefstehende Westsonne konnte diesen wimmelnden Haufen erhellen. Größer als das Heerlager von Ardig Hall. Viel größer. Und hoch über allem flatterte die Fahne von Femris. Rowarn brauchte kaum zu raten, worum es sich handelte: Um das geborstene Tabernakel, dessen Splitter nahe zusammenrückten, in Rot und Gold, auf schwarzem Grund. Rowarn erschauderte unwillkürlich; die Feinde waren selbst für seine scharfen Augen zu weit weg, um Einzelheiten ausmachen zu können, aber ihm genügte allein schon die Erinnerung an die Warinen.

Dann stutzte er. »Was ist das für eine Nebelwand?«, fragte Rowarn und deutete auf einen fast durchsichtigen, weißlichen Ring, der zwischen den eigenen und Femris' Truppen um Ardig Hall lag.

Noïrun bedachte ihn mit einem nachdenklichen Blick. Dann erklärte er: »Eine weitere magische Mauer, die sich errichtete, als Königin Ylwa starb und der Splitter in Femris' Hände fiel. Eine letzte Schutzvorrichtung der Nauraka. Das ist der wahre Grund, weswegen er immer noch nicht durch unsere Reihen gebrochen ist und seit einem Jahr festsitzt. Wir nutzen das aus, indem wir ihn halten und versuchen, ihm den Splitter wieder abzunehmen.«

»Aber wie beschafft er sich Vorräte?«, fragte Rowarn verblüfft.

»Genauso wie die Ersatztruppen. Das Reinkommen ist nicht das Problem. *Er kann nicht hinaus*, und genauso wenig seine Soldaten. Wir können ungestraft hin und her wechseln. Aber er selbst ist ein Gefangener, und jeder seiner Anhänger, der die Barriere überschreitet, auch.«

»Dann sind wir es also, die immer wieder angreifen? Und er hat trotzdem eine Übermacht?«

»Einfach gesagt: Ja.«

Rowarn schüttelte den Kopf. »Ich glaube, das kann man nur verstehen, wenn man von Anfang an dabei war.«

Der Fürst seufzte. »Der Bann lässt allmählich nach. Ich schätze, Femris hat einen magischen Weg gefunden, der sehr zeitaufwändig und kräfteraubend ist. Aber früher oder später wird er den magischen Wall brechen, und dann können wir ihn nicht mehr aufhalten. Deswegen werden wir genau jetzt alles aufbieten, was wir haben, um ihn vorher zu erledigen. Belagerung, Aushungern, Scharmützel, Zermürben, große Schlachten – nichts hat etwas gebracht, außer hohen Verlusten auf beiden Seiten.«

Er stieß den Atem aus und winkte ab. »Genug der düsteren Worte und Gedanken! Wir haben Grund genug zur Hoffnung, und deshalb werden wir jetzt endlich zum Lager hinunterreiten. Sicher werden wir schon ungeduldig erwartet, und wir wollen doch niemanden enttäuschen, oder? Außerdem geht die Sonne gerade unter, man sieht uns also selbst vom feindlichen Lager aus prächtig die ganze Zeit hier herumstehen, und ...« Plötzlich hielt er inne, und ein staunender Ausdruck huschte über sein Gesicht, dann ein grimmiges Lächeln. »Genau. Ein guter Moment. Pass auf, was ich jetzt mache. Ist sonst nicht meine Art. Aber eine solche Gelegenheit lasse ich nicht einfach verstreichen ...«

Rowarn sah gespannt zu, wie er den Kupferfuchs einige Schritte seitlich lenkte und sich so stellte, dass er beiden Lagern die Breitseite bot. Von der Westsonne beschienen, glänzte und schimmerte der

Hengst weithin sichtbar wie flüssiges Kupfer, und Rowarn sah die silbernen Metallteile an der Rüstung des Fürsten aufblitzen, als er sich nochmals mit dem Pferd drehte. Dann veranlasste Noïrun den Hengst, hochzusteigen. Gleichzeitig zog er sein Schwert und hielt es mit dem Arm hoch, als wolle er mit der Spitze ein Loch in den Himmel treiben. Der Kupferfuchs, genau für solche Vorführungen geschaffen, wieherte donnernd und schlug mit den Vorderhufen, während er auf den Hinterbeinen tänzelte.

Noïrun winkte Rowarn, während er das Schwert einsteckte. »Komm, jetzt ist es Zeit, zu galoppieren.«

Rowarn brauchte Windstürmer, der nicht minder gegafft hatte wie er, keinen Befehl mehr zu geben. Dieser raste los, um sich neben den Hengst zu setzen, mit angelegten Ohren und wütendem Prusten. Mehr wagte er allerdings nicht, wohingegen der Hengst ihn schlicht übersah.

»Eine tolle Vorstellung«, bemerkte Rowarn unterwegs, während die beiden Pferde sich zusehends in ein Wettrennen steigerten. »Aber, wenn du mir diese Unverblümtheit gestattest, mein Herr: Du bist verrückt geworden. Selbst Femris persönlich kann das nicht entgangen sein.«

»Genau das war auch meine Absicht«, versetzte der Fürst mit grimmigem Lächeln. »Jetzt weiß er, dass ich ihm durch die Fänge geschlüpft und zurückgekehrt bin. Und er wird sich an die Schulter greifen und erneut den Schmerz des Stiches meines Speeres spüren, und seine Gedanken werden sich verdunkeln vor Wut und Hass. Das wird ihn zu Fehlern verleiten.« Er warf Rowarn einen Seitenblick zu. »Jeder Feind ist nur so lange unangreifbar, wie du keine Schwachstelle bei ihm gefunden hast. Ich bin seine.«

Rowarn war aufgeregt, als sie bald darauf das ersehnte Ziel der Reise erreichten. Morgen schon würde er dem Heermeister gegenüberstehen und seinen Eid leisten. Was würde er wohl für ein Mann sein?

Distanziert, aber für seine Leute da, wie der Fürst? Oder hart und unnachgiebig, was wahrscheinlicher war bei dieser Position? Ob Rowarn noch Gelegenheit haben würde, weiterhin mit Noïrun und Olrig zusammenzusein, oder würde er ganz woanders eingeteilt? Würde der Heermeister überhaupt Noïruns Ansicht teilen, dass er bereits die Ritterwürde verdient hatte?

Als sie sich dem Lager näherten, sah Rowarn, wie die Leute, Menschen wie Zwerge, hastig zusammenliefen und Aufstellung nahmen. Er bekam plötzlich eine trockene Kehle, und immer wieder blickte er zum Fürsten, der den Hengst zum Schritt durchparierte. Der Kupferfuchs war in seinem Element und wusste, was zu tun war. In versammelter Aufrichtung piaffierte er stolz den ausgetretenen Pfad in der Ebene entlang, die gespitzten Ohren ausschließlich nach vorn gerichtet.

Bald erreichten sie das erste Spalier links und rechts des Weges, und kaum hatten sie die ersten Soldaten der Reihe passiert, als jemand in begeisterte Rufe ausbrach. Die Worte wurden rasch aufgenommen und fortgesetzt, rollten wie die gischtenden Wogen eines Meeres an die Gestade fort, bis es weithin schallte, gefolgt von aufbrandendem Jubel:

»Der Heermeister! Der Heermeister!«

Rowarns Herz blieb für einen Moment stehen, und er merkte, wie alles Blut aus seinem Gesicht wich. Er starrte zu Noïrun, der ihn fast verschwörerisch angrinste und kurz zwinkerte.

»Du …«, stieß er krächzend hervor.

»Ich«, antwortete der Fürst heiter.

15.

Der Unsterbliche

Der Fürst lenkte den Hengst abwechselnd nach links oder rechts, neigte sich leicht im Sattel und berührte im Vorbeireiten die vielen ausgestreckten Hände.

Rowarn hatte das Visier seines Helmes nach unten geklappt, damit keiner sein Gesicht sehen konnte, denn er war völlig außer sich. Er folgte dem Fürsten auf eine Pferdelänge Abstand, in aufrechter Haltung. Auch Windstürmer schritt stolz einher; er begriff, worum es ging und wollte sich ebenso wenig wie sein Herr eine Blöße geben. Der erste Eindruck, das wusste Rowarn, war immer der wichtigste, selbst wenn er kaum bewusst wahrgenommen wurde. Doch etwas blieb haften und hatte Auswirkungen auf jede zukünftige Begegnung.

Sie brauchten eine ganze Weile bis zum Zentrum des Heerlagers, wo neben einigen weiteren Zelten das größte von allen aufgeschlagen war. An allen Seiten prangte das Wappen von Ardig Hall, und zusätzlich wehte die Fahne an einer hohen Stange über dem Dach. Rowarn öffnete das Helmvisier wieder, um eine bessere Sicht zu bekommen.

»Dort drin schmieden wir alle Pläne«, erklärte der Fürst. »Daneben residieren ich, Olrig und die übrigen Befehlshaber und Offiziere höchsten Ranges.«

Noïrun hielt vor dem großen Zelt an, saß ab und ging – hinkte leicht – auf einen Mann zu, der fast genau denselben Helm und dieselbe Rüstung trug wie er. Olrig und Ragon hielten sich bereits bei ihm auf.

»Felhir!«, rief Noïrun und drückte seinen Arm. »Wie es aussieht, hast du mich prächtig vertreten, denn hier steht ja noch alles, und die Rekruten sind bisher nicht weggelaufen.«

»Alles, was recht ist, du hast dir ordentlich Zeit gelassen!«, gab der andere zurück und riss sich den Helm vom Kopf. Er mochte etwa Anfang fünfzig sein, und auf den ersten Blick, vor allem aus der Entfernung, bestand sogar eine Ähnlichkeit zwischen den Männern. »Bin ich froh, das verdammte Ding endlich absetzen zu können!«

»Das ist der Preis des Heermeisters. Vielleicht sollte ich es mir noch einmal überlegen«, lachte der Fürst. »Habt ihr das oben gesehen, vor Ardig Hall? Wird unserem Feind nicht sehr gefallen haben.«

»Darauf möcht ich wetten«, brummte Olrig. »Schade, dass du dir nicht noch eine Zielscheibe auf deine Brust gemalt hast, er hätte dir bestimmt gern einen Willkommensgruß geschickt und dich zu seiner Festtafel eingeladen ... als Hauptgang.«

Noïrun klopfte ihm grinsend auf die Schulter. Dann bat er: »Tut mir einen Gefallen, lasst mich einen Augenblick allein und haltet mir alles vom Leib, ich muss mich erst einmal sammeln.«

»Ich habe damit gerechnet und ein wenig Speis und Trank im Besprechungszelt bereitstellen lassen«, sagte Felhir. »Nenn uns nur deine Wünsche.«

»Danke, vorerst genügt das.« Noïrun drehte sich mit suchendem Blick um und entdeckte Rowarn. »Was sitzt du auf dem Pferd wie eine gemeißelte Statue? Komm endlich runter und folge mir.« Ohne auf eine Antwort zu warten, verschwand er im Innern des Zeltes.

Rowarn stellte fest, dass ihm immer noch der Mund offen stand. Er saß in aller Eile ab und hielt dem Kriegskönig die Zügel hin. »Olrig, kann ich ...«

»Ich kümmere mich schon um den Kleinen, geh nur«, sagte der Zwerg. »Lass den Heermeister nicht warten, das hat er nicht gern. Aber inzwischen dürftest du das selbst herausgefunden haben.«

Rowarn trat zögernd ein und blieb unschlüssig beim Eingang stehen.

»Verschließ das Zelt«, forderte Noïrun ihn auf, während er seinen Waffengürtel, das Hemd, die Rüstung und das Wams auf einer Truhe ablegte. Das geräumige Zelt war mit vielen Teppichen, einem großen Tisch und jeder Menge Sitzgelegenheiten ausgestattet. Aufatmend ließ der Fürst sich in einen bequem aussehenden Stuhl fallen, legte die Beine auf den Tisch und griff nach einigen Beerenfrüchten, die in einer Schale bereitlagen.

»Gieß uns Wein ein und setz dich, Rowarn.« Er wies auf einen freien Stuhl in seiner Nähe, während er sich zurücklehnte ein paar der Früchte verzehrte.

Rowarn gehorchte und trank zuerst einige Schlucke, bevor er sich genug gefasst hatte, um zu fragen: »Bin ich der einzige Tölpel, der nichts bemerkt?«

Noïrun schüttelte lächelnd den Kopf. »Nur die Garde, die du als Schar kennst und die mich begleitet hat, wusste während der Reise Bescheid. Morwen hat sich zwar als Gardistin verraten, aber du konntest natürlich noch nicht die Zusammenhänge erkennen. Selbst innerhalb dieses Lagers ist es nur wenigen bekannt, dass Noïrun und der Heermeister identisch sind. Ich ließ den Heermeister bisher nur ab und zu in der Schlacht auftreten, stets mit Helm und geschlossenem Visier. Aber jetzt soll Femris es ruhig wissen.« Er hob den Becher und trank ihn in einem Zug leer. »Ich bin froh, dass wir diese Reise so gut und erfolgreich überstanden haben und endlich hier sind. Es ist wie eine Heimkehr für mich.«

Rowarn schenkte ihm nach. »Aber … warum bist du selbst auf Rekrutensuche gegangen?«

»Auf die Gefahr hin, mich zu wiederholen: Wir sind in einer verzweifelten Lage, Rowarn«, antwortete der Fürst. »Mein Wort verleiht einer Bitte um Unterstützung mehr Gewicht. Und durch Königin Ylwas letzten Willen war ich ohnehin verpflichtet, nach Inniu zu gehen. Nun haben wir Verstärkung, und das gerade rechtzeitig. Wenn wir Glück haben, können wir Femris den Splitter abnehmen, bevor seine eigene Verstärkung eingetroffen ist. Hoffen wir, dass die Zwerge sie unterwegs wenigstens aufhalten und dezimieren konnten. Jedenfalls durfte natürlich niemand wissen, dass der Heermeister während der letzten Zeit überhaupt nicht anwesend war. Weder unsere Seite noch die des Feindes.«

Rowarn schüttelte den Kopf und lehnte sich zurück. »Ich bin … immer noch wie erschlagen.«

Noïrun warf sich einige weitere Beeren in den Mund. »Ich dachte, es freut dich, so gut mit dem Heermeister zu stehen. Damit dürften alle Befürchtungen auf einen Schlag wie weggeblasen sein.«

Da musste Rowarn doch lachen, und Noïrun stimmte in sein Gelächter ein.

Gleich darauf wurde der Fürst wieder ernst. »Uns wird nur eine kurze Ruhepause gegönnt. Wir müssen bald handeln.« Er nahm die Beine vom Tisch und beugte sich vor. »Kommen wir gleich zu einer Sache, die ich nicht aufschieben will, Rowarn. Ich möchte dir gern ein Kommando geben.«

Rowarn war platt. »Mir? Jetzt schon?«

»Ja. Eine Einheit von hundert Mann, die du dir selbst zusammenstellst. Reiterei. Bilde sie für spezielle Einsätze aus.« Der Fürst schenkte sich selbst den dritten Pokal ein und Rowarn den zweiten. Dann belud Noïrun einen Teller mit diversen Kleinigkeiten und griff zu.

So weit war Rowarn noch nicht, obwohl ihm der Magen knurrte. Aber zuerst musste er über eine Menge Dinge nachdenken. »Danke für das Vertrauen«, sagte er leise.

»Dachtest du, ich hätte keinen Hintergedanken, als ich dir meine ganze Aufmerksamkeit in einer besonderen Ausbildung widmete?« Der Fürst nagte einen kalten Hühnerschenkel ab und spülte mit Wein nach. »Sei nicht naiv, Rowarn. Du bist bei den Velerii aufgewachsen, in dir musste mehr stecken als in anderen, das war mir von Anfang an klar. Und du hast dich als äußerst talentiert und vor allem sehr anpassungsfähig erwiesen. Nicht zuletzt verdanken Morwen und auch ich dir unser Leben. Dabei bist du noch nicht mal einundzwanzig. So gut war nicht mal ich in dem Alter, obwohl ich es inzwischen immerhin bis zum Heermeister gebracht habe.« Er grinste ein wenig schief. »Offensichtlich bin ich ein besserer Krieger als Herrscher, denn als Fürst habe ich ziemlich versagt, wenn man es genau nimmt.« Er stieß einen kurzen, trockenen Laut aus. »Fürst Ohneland, fürwahr, ein edler Titel.«

Rowarn war nicht nach Scherzen zumute, auch wenn sie auf Noïruns Kosten gingen. Er war völlig durcheinander. Aber er wusste auch, dass der Fürst eine Entscheidung erwartete, und zwar sofort. »Wenn ich offen sprechen darf ...«

Noïrun hob die Brauen. »Natürlich.«

»Ich möchte kein Kommando«, sagte Rowarn. Er hatte sich diesen Satz vorher genau überlegt und war fest entschlossen, ihn ruhig und gelassen vorzubringen. »Jetzt noch nicht. Stattdessen möchte ich ... einen Platz in deiner Garde.«

Nun war es an Noïrun, erstaunt zu sein.

Rowarn fuhr fort: »Der Ehrenplatz an deiner linken Seite gebührt Olrig. So vermessen würde ich niemals sein, darum zu bitten. Aber ich bitte um die rechte Seite.«

»*Neben* mir«, sagte Noïrun.

»Ja«, antwortete Rowarn.

»Wo nicht einmal Morwen steht, die hart um ihren eigenen Platz kämpfen musste und ihn erst vor einem Jahr erhielt.«

»Ja«, wiederholte Rowarn.

Der Fürst ließ die Hände neben den Teller sinken und starrte Rowarn einen Augenblick lang schweigend an. Schließlich meinte er: »Hat es Sinn, nach dem Warum zu fragen?«

Rowarn hielt seinem Blick stand. »Das ist mein Platz.«

»Hm.« Noïrun wischte die Hände an einem feuchten Tuch aus einer angewärmten Schale ab, nahm den Pokal und lehnte sich zurück. Nachdenklich stützte er das Kinn auf die andere Hand. »Morwen wird dich umbringen, das ist dir doch klar?«

»Wahrscheinlich«, gab Rowarn zu. »Aber das soll dann meine Sorge sein.«

Noïruns Stirn legte sich in grüblerische, vielleicht auch kritische Falten. »Nun gut«, entschied er schließlich und nahm die Hand vom Kinn. »Ich werde Morwen das Kommando geben. Wenn sie dich am Leben lässt, kannst du sie unterstützen.«

Für einen Moment saß Rowarn wie erstarrt. Er konnte nicht glauben, dass es so schnell gegangen war. Was er da gewagt hatte, würde ihm sicher erst später so richtig zu Bewusstsein kommen. Aber es gab viele Gründe dafür. Hauptsächlich wollte er in Noïruns Nähe bleiben, um ihn zu schützen, aber auch, um weiterhin zu lernen. Und ...

auf diese Weise konnte er mehr herausfinden, was seiner Rache dienlich war, dem eigentlichen Ziel seiner Anwesenheit. Natürlich würde er für Ardig Hall einstehen, er würde den Eid leisten und alles tun, um den Splitter zurückzuerobern. Aber im Vordergrund stand immer die Rache. Solange Nachtfeuer lebte, war Rowarns Aufgabe nicht erfüllt. Und damit würde er auch Ardig Hall einen Dienst erweisen, indem er Femris eines mächtigen Verbündeten beraubte. Dann erst konnte er bereit sein – *durfte* er es sein –, das Amt als Friedenshüter anzunehmen und den Splitter zu bewahren.

Dies alles konnte er Noïrun jedoch nicht offenbaren, ohne gleichzeitig preisgeben zu müssen, dass Königin Ylwa seine Mutter gewesen war. Und so weit war er immer noch nicht, schließlich war er gerade erst angekommen. Da Noïrun ebenfalls seine Identität als Heermeister verborgen gehalten hatte, war es umso wichtiger, den richtigen Moment abzuwarten, bevor die Welt erfahren durfte, dass es noch einen Erben der Nauraka gab.

Vor allem … weil Rowarn noch immer keine Ahnung hatte, ob er das Erbe überhaupt antreten *konnte*. Er wusste viel zu wenig über sich. Er durfte alles erst der Reihe nach angehen, Stück für Stück.

Natürlich hatte er Schuldgefühle, weil er Noïrun dies alles vorenthielt, dem Mann, dem er bedingungslos vertraute, und den er wie einen Vater liebte und sich manchmal wünschte, er wäre es. Er hatte ihm so viel zu verdanken …

»Geh jetzt«, unterbrach der Fürst seine Gedanken. »Beichte Olrig, was du mir gerade abgerungen hast, und lass dir ein Zelt von ihm anweisen. Ich werde mich inzwischen mit Morwen auseinandersetzen.« Er seufzte. »O Freude.«

Rowarn sprang auf. »Ich danke für die große Ehre«, stieß er hervor. »Und damit du weißt, wie ernst es mir ist, möchte ich, dass du mir sobald wie möglich den Eid abnimmst.«

»Du kannst es wohl gar nicht mehr erwarten?« Noïrun lächelte seltsam hintergründig.

Rowarn, der das nicht bemerkte, richtete seinen Blick auf die Zeltbahnen, hinter denen die Ruinen von Ardig Hall lagen. »Es ist, wie du sagtest«, murmelte er. »Fast ein Zuhause …«

»Du bist ein Romantiker, Rowarn«, brummte der Fürst. »Kein Wunder, bei deiner Jugend und deinen Muhmen. Also geh schon.« Rowarn war fast draußen, als Noïrun ihm noch etwas nachrief: »Übrigens kann ich dir keinen Eid abnehmen. Du hast mir dein Schwert schon gegeben, an ein Gelöbnis gebunden, und ich habe es angenommen. Du gehörst mir bereits, und damit auch dem Heermeister, und zwar auf Gedeih und Verderb. – Nein, kein Wort mehr, raus mit dir!«

Draußen setzte bereits die Abenddämmerung ein, und Rowarn blinzelte in die letzten roten Strahlen, die das Lager überfluteten.

Olrig winkte ihm. »Komm, ich zeige dir deine Unterkunft.« Er führte Rowarn an den Rand der Behausungen für die Befehlshaber und wies auf ein kleines Zelt. »Dein neues Zuhause.«

»Und Windstürmer?«

»Wird gerade versorgt. Er steht dort hinten.« Olrig wies Richtung Süden. »Du wirst ihn morgen schon finden. Heute kümmerst du dich erst mal um dich selbst. Iss etwas und sieh dich im Lager um.«

Rowarn nickte. »Das werde ich machen. Und ich soll dir ausrichten ...«

»Ja?«

»Ich ... ich werde ...«

»Raus damit!«

Rowarn kratzte sich die Nase. Allmählich wurde ihm bewusst, was er getan hatte. »Ich bleibe an seiner Seite«, gestand er ausweichend und hoffte, das würde dem Kriegskönig genügen.

Doch der hob eine Braue, legte den Kopf leicht schief und fragte lauernd: »In übertragenem Sinne, oder rangmäßig?«

Rowarn wand sich. »Gewissermaßen ... beides ... an der ... äh ... rechten ... Seite.«

»Wo genau?«

»... neben ihm.«

Olrig riss die Augen auf. Man konnte den erfahrenen Zwerg tatsächlich einmal überraschen. Dann meinte er trocken: »Sie wird dich umbringen.« Kopfschüttelnd ließ er Rowarn stehen.

Rowarn atmete ein wenig auf. Olrig hatte es recht gut aufgenommen. Die erste Hürde hatte er also hinter sich gebracht. Die zweite würde er auch noch schaffen. Morwen war schließlich eine kluge Frau.

Also erkundete Rowarn im letzten Licht des Tages die nähere Umgebung des Lagers und blieb stehen, als er eine vertraute Stimme von einer Gruppe Zelte hörte, in deren Mitte gerade ein Feuer entfacht worden war. »Rowarn!«

Er wandte den Kopf und winkte. »Rayem!«

Der Wirtssohn kam zu ihm, und sie umarmten sich, ohne sich bewusst zu sein, dass sie seit den Kindertagen Feinde gewesen waren.

»Du siehst wohlauf aus!«, stellte Rowarn fest. Rayem war neu eingekleidet und wirkte gesund und kräftiger denn je.

»Das kann ich zurückgeben.« Rayem wies auf die eingebundene Hand. »Wir hörten natürlich davon und waren schon voller Sorge, als die Schar ohne dich, Olrig und den Fürsten eintraf.« Er forderte Rowarn mit einer Geste auf, ihm zu folgen. »Du musst uns alles erzählen! Wir haben frischen Hasen-Eintopf, Nussbrot und kandierte Früchte, und außerdem Bier.«

Das ließ Rowarn sich nicht zweimal sagen; ihm knurrte der Magen gehörig, und er freute sich, seine Freunde wiederzusehen: Da waren Lohir Sommersprosse, Kalem Schwarzzahn, Ravia die Blaue und einige andere vertraute Gesichter, die ihn alle gleichermaßen willkommen hießen. Sogar Jelim war mit dabei, und einige Zwerge, mit denen sie bereits Freundschaft geschlossen hatten.

So saßen sie fröhlich bis in die Nacht beisammen, erzählten sich gegenseitig ihre Abenteuer und aßen und tranken, bis nichts mehr da war. Schließlich erhob Rowarn sich. »Ich sollte jetzt besser schlafen gehen. Und ihr auch, denn ich denke, wir werden allesamt viel zu tun bekommen.«

Sie ließen ihn ungern gehen, wandten sich dann aber wieder dem Feuer zu und fingen an zu singen, während er sich auf den Rückweg zu seinem Quartier machte. Zum Glück stach das große, erleuchtete Versammlungszelt gut sichtbar aus der Masse hervor, sonst hätte

Rowarn sich wahrscheinlich verirrt. In der Nacht sah alles ganz anders aus.

Sein Zelt war mit einer Liege, einem Stuhl, einer Wäschetruhe, Halterung für Rüstung und Waffen und einigen Teppichen ausgestattet, matt beleuchtet von einer Öllampe. Es war sein eigenes kleines Reich, und das Bett sah sehr einladend aus. Die Reise war anstrengend gewesen, die eigentlichen Strapazen würden aber erst beginnen. Es war an der Zeit, sich wenigstens für eine Nacht auszuschlafen und zu erholen.

Noch wusste Rowarn nicht, mit welchen Aufgaben Noïrun ihn betrauen würde. Eine Weile schwankte er, ob er die Waffen ablegen und sich entkleiden sollte, dann musste er über sich selbst schmunzeln. Lächerlich, solche Gedanken. Er warf alles von sich und streckte sich behaglich. Die Nacht war mild, der Sommer nicht mehr fern. Das Beste, was man tun konnte, um sich von einem anstrengenden Tag zu erholen: alles abzulegen, einschließlich der Gedanken, und Körper und Geist ein wenig Luft zu gönnen.

Er wickelte die Hand aus dem Verband und betrachtete sie. Dumpf pochte der Schmerz, aber erträglich, nur noch dann spürbar, wenn er daran dachte. Außerdem sah die Wunde tatsächlich schon besser aus. Hie und da platzte bereits schwarz verkohlter Schorf ab und machte rosiger Haut darunter Platz.

Rowarn strich die Salbe auf den Handrücken, die Isa ihm mitgegeben hatte, dazu einige Kräuter, und wickelte die Hand mit einem neuen Tuch ein. Vorsichtig bewegte er die Finger, schloss sie probeweise um das Heft seines Schwertes. Ja, bald war sie in Ordnung, und er konnte sie wieder benutzen. Erleichtert löschte Rowarn das Licht und legte sich hin.

Eine Weile lag er wach und lauschte beunruhigt in die Dunkelheit. Die Lagergeräusche verklangen zusehends, je weiter die Nacht voranschritt. Hie und da muhte einmal eine Kuh, schläfrige Stimmen wünschten sich eine Gute Nacht, aber bald regte sich nichts mehr. Rowarn schlummerte ein.

Er erwachte schlagartig, als er jemanden in seiner Nähe spürte, genauer gesagt, *über* sich. Morwen.

Sie hielt ihm ein Messer so nachdrücklich an die Kehle, dass er sich gar nicht erst rührte. Mit den Knien drückte sie seine Arme nach unten, ihr Körpergewicht presste seinen Brustkorb tief in die Liege.

»Was hast du dir dabei gedacht?«, zischte sie.

»K-kann nicht ...«, krächzte er. »K-keine Luft ...«

»Keine Ausrede!« Sie drückte noch ein bisschen fester zu. Erst, als er ernsthaft nach Luft rang und seine Bewegungen fahriger wurden, nahm sie den Druck etwas von ihm, doch dafür spürte er jetzt die scharfe Schneide an seiner Haut.

»Ich schulde ihm so viel«, stieß Rowarn keuchend hervor. »Ich war so lange mit ihm unterwegs, ich will bei ihm bleiben und weiter lernen. Und du hast mir den Schwur abgenommen ...«

»Scheißkerl«, fauchte sie. »Komm mir nicht so!«

»Ich will dich nicht verdrängen«, fuhr er fort und versuchte zu schlucken, aber sein Adamsapfel blieb unter der Schneide hängen, und er schnappte wie ein Fisch auf dem Trockenen nach Luft. »Aber das ist der Platz, an den ich gehöre. Und du bist doch viel lieber unmittelbar im Einsatz. Du bist zwar kein Hauptbefehlshaber wie Olrig, der sich als Noïruns Stellvertreter nicht nur um seine Zwerge, sondern um das gesamte Heer kümmern muss. Aber du hast alle Qualitäten, ein guter Befehlshaber einer Einheit zu sein, die direkt deine Befehle ausführt und schnell handelt. Hundert Mann unter deinem Kommando ... überleg doch mal ...«

Sie stutzte und verharrte. »Verdammt, du hast Recht«, entfuhr es ihr verblüfft. »Worüber rege ich mich auf? Da wird er nicht mehr mich schikanieren, sondern dich, und stattdessen werde *ich* den anderen befehlen!«

»Und ... und in der Garde bleibst du schließlich auch ...«, fügte er hinzu. »Du hast nach wie vor denselben Platz ... außerdem bist du immer noch ... seine Tochter ...«

»Noch keine Frau hat so eine große Einheit kommandiert«, überlegte Morwen und nahm endlich das Messer von Rowarns Kehle. Er rang nach Luft und schluckte hektisch. »Deine oder seine Idee?«, wollte sie wissen.

»Seine.«

»Aber nur, weil du ihn darauf gebracht hast. Du bist ein Fuchs, Rowarn«, flüsterte sie. In ihre Augen trat ein Glitzern, das ihn fast noch mehr beunruhigte als das Messer. »Du solltest dich in Grund und Boden schämen.«

Bevor er etwas sagen konnte, rammte sie das Messer auf den Stuhl neben seinem Bett und presste die Lippen auf seinen Mund. Er wurde völlig erschlagen von der Leidenschaft und saugenden Gier, mit der sie ihn küsste. Als sie anfing, ihm das Nachthemd und die Leibhose vom Leib zu fetzen, erwachte sein Feuer und entfesselte ihn rasch, und er zerrte ihr nicht minder ungeduldig die Kleidung herunter. Wie Kämpfende ineinander verschlungen, fielen sie von der Pritsche und rollten über den mit Teppichen ausgelegten Boden, alle Verletzungen völlig außer Acht lassend, bis Morwen wieder obenauf kam und ihn festhielt. Rowarn war ihr völlig ausgeliefert und gab sich ihr stöhnend hin, bis die Lust sie ebenfalls überwältigte. Sie sank auf ihn herab, in seine Arme, und sie rollten wieder über den Boden, ineinander verschmolzen, den Höhepunkt verzögernd und ausdehnend, immer wieder neu beginnend, bis an die Grenze der Erschöpfung, ehe sie sich endlich gegenseitig Erfüllung spendeten.

Ein letztes Mal spürte er dann ihre weichen Lippen auf seinem Mund, als sie wisperte: »Dies oder dein Tod, einen anderen Ausweg gab es nicht, denn irgendwie musste ich mich abreagieren.« Ihr Atem war immer noch heiß und schnell, und er sah ihr glühendes Gesicht über sich.

»Ein Glück für mich, dass es so ausging«, murmelte er und strich ihr eine verschwitzte Strähne aus der Stirn.

»Ja, wäre bedauerlich gewesen, dich aufzuschlitzen«, schnurrte sie. Sie knabberte an seinem Ohr, ihre Hände glitten über seinen schweißglänzenden Körper. »Ich habe dies vermisst, und ich werde es für immer vermissen. Aber es war das letzte Mal, sei dir dessen bewusst, Rowarn. Ich als Befehlshaberin einer Einheit, und du an Noïruns rechter Seite, können – dürfen – uns dieses Vergnügen nie mehr leisten.«

»Ich weiß«, sagte er leise.

Sie stand auf und fing an, sich anzuziehen. Er sah ihr schweigend dabei zu. Sie sprachen kein Wort mehr, bis sie schließlich in die Dunkelheit hinausschlüpfte.

Rowarn war nun schon fast daran gewöhnt, seine ritterliche Kleidung zu tragen, und in seiner neuen Position war es auch von Bedeutung, dass er darauf achtete. Als er zu den Koppeln ging, wo er Windstürmer vermutete, überquerte er dabei zur Abkürzung ein Übungsviereck – und fand dort Moneg und Gaddo. Moneg fing gerade mühsam an, seinen zerschlagenen Körper zu bewegen, und Gaddo war natürlich wie stets an seiner Seite. Monegs Gesicht schillerte noch grünblau verschwollen, sein gebrochener Kiefer war eingebunden, und die zertrümmerte Nase sah aus wie eine Knollenwurzel.

Rowarn war sich der Blicke bewusst, die ihm rundum zugeworfen wurden. Es kam schließlich nicht alle Tage vor, dass ein namenloser junger Mann aus irgendeinem unbedeutenden Tal so schnell die Ritterwürde erhielt – *und* den Platz an der Seite des Heermeisters. Er zweifelte nicht daran, dass es sich wie ein Lauffeuer herumgesprochen hatte, und er wusste, dass er seinen Rang deutlich machen musste, damit er auch respektiert wurde. Dies musste sehr schnell und unmissverständlich geschehen. Daher kamen ihm diese beiden gerade recht.

Zielstrebig schritt er auf Moneg und Gaddo zu, obwohl ringsum genug Platz war, und fühlte Dutzende Augenpaare auf sich gerichtet. Die beiden hielten inne und musterten ihn misstrauisch, als er vor ihnen stehen blieb. »Geht mir aus dem Weg«, sagte er. Er legte die linke Hand lässig an den Knauf seines Schwertes. Über die aufkeimende Wut und den glühenden Hass in den Augen der beiden blickte er kühl hinweg und machte durch seine Haltung deutlich, dass er keinesfalls nachgeben würde. Viel Zeit würde er ihnen auch nicht mehr gewähren. Das machte er deutlich, indem er spielerisch mit der linken Hand ein wenig am Schwertgriff ruckelte.

Schweigend, die Augen zu Boden gerichtet, traten sie beiseite.

Rowarn setzte vergnügt den Weg fort.

Der Schmied nahm Windstürmer gerade in Augenschein und eröffnete Rowarn, dass er den Falben beschlagen würde. »In der Schlacht sind Eisen unerlässlich«, machte er auf Rowarns Protest hin deutlich.

»Aber das kennt er nicht ...«

»Er wird sich daran gewöhnen.«

Der Schmied kannte sich mit seiner Arbeit aus, und mit Pferden. Das musste Rowarn anerkennen, während er kritisch zusah.

Windstürmer war so verdutzt, was da mit ihm geschah, dass er brav alles mit sich machen ließ. Anschließend stakste er zuerst ein wenig unsicher und hob die Beine übertrieben an, aber bald hatte er sich daran gewöhnt, und Rowarn konnte mit den Übungen beginnen.

Und da begegnete er Tamron.

»Setz die Lanze höher an und nimm sie direkt vorn am Handschutz, sonst brichst du dir bei dem Stoß, den du vorhast, den Arm«, erklang eine Stimme hinter Rowarn. Der hielt Windstürmer augenblicklich an und drehte sich um. Die Stimme, die er gehört hatte, klang angenehm und weich, fast wie ein Gesang. Sie berührte ihn tief und ließ ihn an einen Zwielichttag im Wald denken, kurz vor der Sonnenwende, wenn die alten Mächte zwischen den Bäumen wandelten. Diese Stimme war alt und weise, voll gelassener Harmonie.

Ein Mann warf seinen Schatten auf den staubigen Boden des Areals, groß und schlank, schmal wie Rowarn selbst. Seine Haut war bleich und von nichtmenschlichem Glanz, die fast hüftlangen Haare silbrigweiß. Seine Augen leuchteten im Blau des Himmels kurz vor der Abenddämmerung, und das strahlende Licht Lúvenors lag in ihnen.

Rowarn beeilte sich, von seinem Pferd herunterzukommen, und er verneigte sich vor dem Mann, der ihn um einen halben Kopf überragte. »Ihr ... seid ein Unsterblicher, nicht wahr?«, flüsterte er.

Der Mann lächelte. »Ich bin Tamron«, stellte er sich vor. »Und gerade im rechten Moment eingetroffen, wie mir scheint.«

»Tamron!« Rowarns Gesicht zeigte Staunen. »Meine Muhmen

erzählten mir von Euch. Ihr seid ein großer Held, doch galtet Ihr lange Zeit als verschwunden …«

»Du schmeichelst mir, junger Ritter Rowarn«, wehrte der Unsterbliche ab. »Viele mächtige Helden gelten inzwischen als verschwunden, doch sind die meisten Gerüchte übertrieben, und man sollte nichts auf sie geben. Ich hätte daher gehofft, man würde mich nicht mehr an meinen vergangenen Taten messen, die so groß nicht gewesen sein können, wenn wir uns immer noch im Krieg befinden.«

Rowarn dachte an die Worte von Halrid Falkon im Freien Haus: *Du hast viele mächtige Verbündete, mehr als du ahnst …*

»Und Ihr seid gekommen, um uns zu helfen …«

»Sicherlich. Wie so viele bin auch ich an das Tabernakel gebunden. Ich habe nur leider lange bis hierher gebraucht, da ich mich in fernen Gefilden aufhielt. Ein Glück, dass ich nicht zu spät bin.« Tamron hielt Rowarn seine Hand hin, in der ein Paar neue Handschuhe lag. »Diese hier soll ich dir von Fürst Noïrun überbringen, wegen deiner verletzten Hand, und gleichzeitig soll ich dich tadeln, weil du keinen ausreichenden Schutz trägst.«

»Wie kann er denn …« Rowarn brach ab. »Ich gewöhne mich nicht daran, dass er immer alles weiß.« Er nahm die Schafthandschuhe in Empfang und streifte sie über. Sie passten hervorragend, und tatsächlich konnte er mit der rechten Hand nun nahezu schmerzfrei greifen.

»Vielleicht kennt er dich einfach nur gut.« Der Unsterbliche lächelte breit. »Und wenn ich bitten darf, junger Ritter: keine Förmlichkeiten. Genau genommen müsste ich mich vor dir verneigen, da ich nur den Rang eines freien Soldaten habe. Nicht mal den eines Söldners, denn ich lasse mich nicht bezahlen.«

»Einverstanden«, sagte Rowarn verdutzt. »Auch wenn es mir nicht leichtfällt.«

»Nun, dasselbe gilt für mich! Es kommt schließlich nicht alle Tage vor, dass ein Jüngling wie du zum Ritter geschlagen wird. Doch nach allem, was ich über dich hörte, wundert es mich nicht.« Tamron wies auf Windstürmer. »Ich habe euch außerdem beobachtet. Du und dein

Pferd, ihr bildet eine Einheit. Ihr seid beide hochtalentiert und in der Kriegskunst weit gereift. Das findet man nicht oft. Noïrun muss sich glücklich schätzen, einen Helden wie dich gefunden zu haben.«

Rowarn war peinlich berührt. »So ist es ganz und gar nicht. Ich bin weit davon entfernt, ein Held zu sein«

»Höchstens einen halben Schritt.« Tamron musterte ihn neugierig. »Offen gestanden, könnte man dich für einen von uns halten«, meinte er. »Zu welchem Volk gehörst du?«

»Ich kenne meine Herkunft nicht«, murmelte Rowarn. »Ich wurde in Weideling aufgezogen, im fernen Inniu.«

Der Unsterbliche horchte auf. »Von den Velerii? Schneemond und Schattenläufer haben diese Gestade gar nicht verlassen, wie es heißt?«

Rowarn schüttelte den Kopf, unwillkürlich musste er grinsen. »Wie es scheint, befassen sich auch Unsterbliche mit Gerüchten. Meine Muhmen sind wohlauf und gedenken nicht, Weideling so schnell aufzugeben.«

»Darüber musst du mir unbedingt mehr erzählen, junger Rowarn, denn Geschichten von alten Gefährten zu hören interessiert mich natürlich sehr.«

»Ihr kennt euch?«

Tamron nickte. »Ja, aus fernen Tagen. Schon ... ah, gewiss über tausend Jahre. Doch fast ebenso lange haben wir uns auch aus den Augen verloren.«

Rowarn starrte ihn fasziniert an. Es war immer eine besondere Sache, Angehörige der Alten Völker zu treffen, und die Begegnung mit dem Annatai würde er sein Leben lang nicht vergessen. Aber ein Unsterblicher, das war im wahrsten Sinne des Wortes unbeschreiblich. Diese Ausstrahlung, das Licht in seinen Augen ... Es war deutlich zu spüren, dass er kein normaler Sterblicher war, aber auch keiner der Alten. Die Unsterblichkeit umgab ihn mit einer besonderen, einzigartigen Aura, die mit nichts zu vergleichen war. Tamron war zudem einer seiner Lieblingshelden der Kindheit, und Rowarn hätte niemals geglaubt, dass er ihm jemals leibhaftig begegnen würde. Und dann so ... unkonventionell, als wären sie Gleichgestellte.

»Wir sollten besser weitermachen«, sagte Tamron. »Der Heermeister ist ein strenger, fordernder Mann, und das zu Recht. Um gegen einen Feind wie Femris zu bestehen, müssen wir doppelt so gut sein wie er. Schwatzen können wir heute Abend.«

»*Wir?*« Rowarn war überrascht, zugleich beschleunigte sich sein Puls.

Der Unsterbliche nickte lächelnd. »Noïrun hat mich gebeten, dich im Umgang mit dem Schwert zu unterstützen, und mir kann etwas Übung auch nicht schaden.«

Und so bekam Rowarn einen neuen Lehrmeister, und er lernte viel in jenen Tagen, während seine Hand weiter heilte. Obwohl ihm oft alle Muskeln und Gelenke wehtaten, war er unermüdlich und voller Begeisterung dabei.

Tamron zeigte sich trickreich mit dem Schwert. Er kämpfte ganz anders als Noïrun, wobei Rowarn nicht hätte sagen können, wer von beiden besser war. Der junge Ritter lernte ganz neue Facetten des Kampfes zu Pferde, aber auch Mann gegen Mann kennen. Nicht ein einziges Mal gelang es ihm, dem Unsterblichen das Schwert aus der Hand zu schlagen, oder ihn auch nur zu bedrohen.

»Wenn ich in den vergangenen Jahrhunderten nichts gelernt hätte und leicht zu überwältigen wäre, hätte ich kaum so lange überlebt«, lachte Tamron, als Rowarn sich wieder einmal geschlagen geben musste und daraufhin wütend das Schwert auf den Boden schleuderte.

»Ich sollte meine Ritterfahne abgeben«, brummte der junge Nauraka und ließ sich neben die Waffe fallen. Der Schweiß rann in Strömen, und er keuchte.

»Ich weiß nicht, was du willst.« Tamron hielt ihm versöhnlich die Hand hin, und als Rowarn sie ergriff, zog er ihn hoch. »Du bist vielseitig. Du kannst mit der Lanze umgehen, Speere werfen und selbst deine Pfeile treffen ins Ziel.«

»Wenn es so groß ist wie eine Scheunenwand ...«

»Sei nicht so ungeduldig. Ich weiß nicht, was dich antreibt, so verbissen wie du bist. Aber du scheinst nicht zu erkennen, dass du schon bald auf einer Stufe mit Noïrun stehen wirst, und der ist der begabteste Kämpfer, den ich kenne.«

»Nicht du?« Rowarn rieb sich den Schweiß von der Stirn.

Tamron schüttelte den Kopf. »Ich habe ihm Erfahrung voraus, nicht aber Talent. Auf eine Probe mit dem Schwert würde ich es nicht ankommen lassen wollen.« Er klopfte den Staub von Rowarns Schultern. »Und ich verstehe mich nur aufs Schwert, auf keine anderen Kriegskünste. Also hast du mir bereits eine Menge voraus, Rowarn. Selbstkritik ist gut, dann wirst du weiterhin vorsichtig und nicht übermütig sein. Aber übertreib's nicht.«

»Jawohl, Meister.« Rowarn hatte sich wieder einigermaßen gefangen und grinste jetzt. Er massierte und lockerte die Schultern und griff nach seinem Schwert. »So schnell gebe ich nicht auf.«

Der Unsterbliche schmunzelte und ging in Stellung.

Auch abends waren sie oft noch zusammen. Tamron schien Gefallen an seiner Gesellschaft zu finden, weil Rowarn bei den Velerii aufgewachsen war, und sie hatten sich gegenseitig viel zu erzählen. So viel hatte Rowarn noch nie in seinem Leben gelacht. Manchmal waren sie unter sich, manchmal aber nahm Tamron eine ganze Zuhörerschaft gefangen, vor allem, wenn er zu singen anfing. Sicherlich gab es keine wundervollere Stimme in ganz Valia, und trinkfest war er außerdem. Innerhalb kürzester Zeit hob sich die Stimmung im Lager bis zum letzten Fußsoldaten, und alle waren voller Ansporn, Hoffnung und Ehrgeiz, den Sieg zu erringen. Irgendwann gesellte sich Olrig dazu, und so wechselten sie sich mit Liedern und stimmungsvollen Gedichten ab. Rowarn staunte nicht schlecht, als er irgendwann den Fürsten im Hintergrund entdeckte, auch seine Miene war gelöster als sonst, wenngleich er sich nicht unmittelbar beteiligte.

Einmal, kurz bevor sie zu vorgerückter Stunde zu den Zelten gingen, kam die Rede auf Königin Ylwa. Tamron hatte eine Geschichte aus einem früheren Kampf gegen Femris erzählt, der wie jetzt auch vor den Toren Ardig Halls stattgefunden hatte. Doch damals hatte das Schloss noch gestanden, und die Hüterin des Tabernakels war am Leben gewesen. »Ja, ich hatte den Vorzug, Königin Ylwa begegnen zu dürfen«, antwortete der Unsterbliche auf Rowarns Frage. »Nicht viele kannten sie, es war eine besondere Vergünstigung.«

»Wie war sie?«, wollte Rowarn wissen. Er wusste, dass auch Olrig die Hüterin gekannt hatte. Der Kriegskönig hatte allerdings nicht viel dazu sagen wollen, aber seine Augen hatten einen ganz besonderen Glanz angenommen.

»Eine außergewöhnliche Frau«, sagte Tamron, und auch in seine Augen trat ein Leuchten. »Sehr willensstark, dabei aber voller Sanftmut. Und Humor, sie lachte gern und viel. Sie sprühte vor Energie, war klug und gebildet, und ihr Witz besaß einen kräftigen Biss.« Er lächelte versonnen. »Und sie war schön, Rowarn. Wie ein Stern in der Nacht, so unerreichbar und anbetungswürdig. Ich glaube, es gab keinen Mann, der sich nicht im Augenblick der Begegnung in sie verliebte.«

Rowarns Herz klopfte laut. So viel, so Wundervolles über seine Mutter zu erfahren machte ihn glücklich, und zugleich schmerzte es. »Du auch?«

»Natürlich.« Tamron blickte zum Himmel. »Ich glaube, sie war die einzige Frau, die ich je wirklich geliebt habe.« Er winkte ab. »Genug der vergangenen Romantik, mein junger Freund, es ist spät, und wir brauchen beide Schlaf.«

Schlaf fand Rowarn in dieser Nacht allerdings kaum, zu viel wirbelte ihm durch den Kopf. Tamrons Worte gingen ihm nicht mehr aus dem Sinn. Sollte es möglich sein ... Die Art, wie er über Ylwa gesprochen hatte, das Strahlen in seinen Augen ... Es wäre möglich, dass Tamron, ohne dass jemand davon erfahren hätte, in den vergangenen Jahrzehnten hin und wieder in Ardig Hall gewesen war. Vielleicht war er in der Friedenszeit zu Ylwa zurückgekehrt, und sie hatte ihn nicht abgewiesen ...

Er hat sie geliebt, dachte Rowarn. *Und er ist ein Unsterblicher, er hatte viel Zeit für seine Werbung. Er ist dadurch geduldiger als jeder andere Mann. Vielleicht hat seine Hartnäckigkeit meine Mutter eines Tages überzeugt. Meinen Muhmen zufolge war Ylwa eine junge Frau, sie wollte sicherlich nicht immer allein leben. Solange der Frieden herrschte, hatte sie Zeit, sich einmal auf sich selbst zu besinnen, an sich zu denken. Und wenn Tamron in diesem Moment da war ... er ist ein gutaussehender Mann, und er versteht es, andere zu bezaubern. Warum sollte es unmöglich sein?*

In der nächsten Zeit fing Rowarn an, Tamron genau zu beobachten. Dieser hatte zu Beginn festgestellt, der junge Ritter würde beinahe so aussehen wie ein Unsterblicher. Und es stimmte, irgendwie sahen sie sich ähnlich. Die hohe, schmale Gestalt, die helle Haut. Und nun, da er darauf achtete, entdeckte Rowarn immer mehr Gemeinsamkeiten und Vorlieben, sogar Gesten, die ihm vertraut waren.

Bald ließ es ihm keine Ruhe mehr. Die zuerst nur vage Vermutung, in Tamron seinen Vater gefunden zu haben, wurde immer wahrscheinlicher. Es passte so viel zusammen, auch dass der Unsterbliche jetzt hierher zurückgekehrt war. Natürlich musste er noch einmal für Ardig Hall kämpfen, nachdem die Königin und ihr Schloss gefallen waren!

Wer weiß, was damals geschehen war, weshalb Königin Ylwa Tamron nichts von der Schwangerschaft gesagt hatte. Vielleicht hatten sie einen Streit gehabt, vielleicht hatte er sie auch schon verlassen, bevor sie von dem neuen Leben in sich gewusst hatte. Es gab viele Möglichkeiten.

Aber wenn es so war, wenn Tamron tatsächlich Rowarns Vater war, dann musste er es erfahren. Und Rowarn musste ebenfalls Gewissheit erhalten, sonst würde er keinen Frieden finden und innerlich noch zerrissener werden, als er es ohnehin schon war.

Weitere Tage quälte Rowarn sich mit der Unentschlossenheit. War es wirklich richtig, sich zu offenbaren? Wie würde Tamron reagieren? Oder ... was wäre, wenn Rowarn sich täuschte? Wenn er sich zu sehr in Wunschdenken verloren hatte?

Nein. Er *konnte* sich nicht irren! Es konnte kein Zufall sein, daran glaubte er niemals. Da waren zu viele Übereinstimmungen, und Rowarn fühlte sich auf eine Weise zu Tamron hingezogen, die anders war als seine Zuneigung zum Fürsten. Der junge Mann spürte ein Band zwischen ihnen, eine starke Verbindung, die über normale Freundschaft hinausging. Und die der Unsterbliche zu teilen schien, denn warum sonst sollte er sich so viel mit Rowarn abgeben, außerhalb der Unterrichtszeit lange Unterhaltungen mit ihm führen? Spürte er, dass zwischen ihnen Blutsbande bestanden? *Wusste* er es vielleicht sogar bereits und bemühte sich deswegen so sehr um Rowarn?

Nun, Rowarn konnte sich winden, wie er wollte, sich im Kreis drehen und die Sterne um Rat fragen – es lief immer aufs Selbe hinaus: Er musste es zur Sprache bringen, sonst fand er keine Ruhe mehr.

Eines Abends daher, als sie sich etwas zu essen holten, fragte Rowarn: »Tamron, kann ich dich ... vertraulich sprechen?«

»Aber natürlich«, antwortete der Unsterbliche freundlich. »Wir sind bekannt dafür, Geheimnisse hüten zu können.«

»Oh, ein richtiges Geheimnis ist es nicht«, meinte Rowarn, während sie sich einen Platz abseits des Treibens suchten. »Eher sind es Fragen, auf die ich Antworten brauche, und weil du ... ich meine, als Unsterblicher ... du weißt sehr viel.«

»Also dann«, sagte Tamron auffordernd, nachdem sie ihre Teller geleert hatten, »reden wir.«

Rowarn nahm den Faden dankbar auf und fing ohne Umschweife an, sonst hätte er es sich vielleicht doch anders überlegt: »Wann hast du Königin Ylwa zuletzt gesehen?«

»Darüber müsste ich nachdenken«, sagte Tamron. »Es muss eine Weile her sein. Warum interessiert dich das?«

Rowarn schluckte. »Ich kannte sie nicht«, sagte er leise. »Aber es ist so ... ich ... ich bin ihr Sohn.«

Tamron ließ fast den Teller fallen, und zum ersten Mal erlebte Rowarn ihn überrascht, fast ... schockiert. »Sag das noch mal.«

»Es ist wahr.« Rowarn nickte bekräftigend. »Sie hat mich in Weideling geboren, und die Velerii zogen mich auf. Ihr Weißer Falke ...«

»Ich kann es einfach nicht glauben«, stieß Tamron hervor und schüttelte den Kopf. »Jetzt brauche ich was zu trinken.« Er stellte den Teller ab und griff nach dem Bierkrug. »Wenn Olrig noch etwas von seinem Ushkany hätte, würde ich den mit Dankbarkeit annehmen.«

Rowarn schob den Teller beiseite, nur um irgendetwas zu tun, rührte sein Bier aber nicht an. Er spürte das wütende Aufbäumen seines Magens.

»Verzeih.« Der Unsterbliche legte ihm eine Hand auf die Schulter. »Ich hätte mich nicht so gehen lassen dürfen. Aber seit Jahrhunderten galt Ylwa als jungfräuliche Königin, die nur unter ganz bestimmten Umständen einem Mann erlaubte, die Schwelle von Ardig Hall zu überschreiten.« Er musterte Rowarn, und seine Miene fiel endgültig auseinander, als er den verzweifelten Ausdruck auf dem jungen Antlitz bemerkte. »Oh. Nun tut es mir zweifach leid, Rowarn. Ich ... ich habe jetzt wohl eine verborgene Hoffnung auf sehr rüde Weise zerstört.«

»Das ist ja nicht deine Schuld«, murmelte Rowarn brüchig. »Es gibt keinen Grund, sich zu entschuldigen. Ich habe geglaubt, aus vielen Einzelteilen ein Bild zusammenzusetzen ...«

Tamron rieb sich das Gesicht, er wirkte jetzt ziemlich erschüttert. »Welche Ehre für mich«, sagte er leise. »Und verstehe dies nicht als billigen Trost: Ich wäre sehr gern dein Vater. Du weißt nicht, wie oft ich ... Manchmal, wenn ich allein unter dem Sternenhimmel wanderte, hatte ich ... ganz ähnliche Gedanken wie du. Eine Familie zu haben, anstatt immer einsam und ruhelos umherzuziehen. Und natürlich dachte ich dabei oft an Ylwa. Ich wünschte deshalb für uns beide, es wäre anders. Denn du hast Recht, wir werden beide von etwas in unserem Innern getrieben, das uns zerreißt. Es hätte alles verändern können. Aber ... wer auch immer das Herz deiner Mutter erobern konnte, mir ist es nicht gelungen.«

Rowarn blickte ihn an. Tiefes Leid umwölkte den Glanz in seinen Augen, der dem Leuchten des Unsterblichen so ähnlich war. Wie sie beide so niedergeschmettert dasaßen, schmal und hellhaarig, hätte man sie in diesem Moment wirklich für Vater und Sohn halten können. »Verrate es niemandem, bitte.«

»Natürlich nicht. Kein Wort, Rowarn. Es ist gut, dass du bisher geschwiegen hast, denn zum gegenwärtigen Zeitpunkt wäre es eine Katastrophe, wenn Femris davon erführe.«

»Kennst du ... ihn?«

»Niemand kennt ihn wirklich, ich glaube, nicht einmal sein eigener Heermeister. Er zeigt sich nur selten. Ich kämpfte schon Mann gegen Mann mit ihm, doch wir hatten beide unsere Visiere geschlossen, sodass ich zumindest sagen kann, dass er mich ebenso wenig kennt.«

Rowarn rieb sich unbewusst den Verband an seiner Hand, unter dem es seit einiger Zeit ziemlich juckte. »Und was ist mit Nachtfeuer?«

»Der Dämon? Was hat der …« Über Tamrons Gesicht zuckte plötzliche Erkenntnis. »Verstehe. Deswegen also bist du hierhergekommen: Um Rache zu nehmen.«

Rowarn nickte still und sah zu Boden.

Eine Weile schwieg auch der Unsterbliche. Dann sagte er: »Lass uns einen Handel schließen, Rowarn: Wir wollen Seite an Seite kämpfen, wenn die Schlacht beginnt. Wir werden Femris den Splitter entreißen; ich weiß, zusammen können wir es schaffen. Und dann, wenn dies erledigt ist, werde ich dir helfen, Nachtfeuer ausfindig machen, ihn zu stellen und seiner gerechten Strafe zuzuführen. Dies soll ein Bund innerhalb dieses Bündnisses ein, der uns gegenseitig Kraft und Mut geben wird, und den Willen, nicht aufzugeben, bis wir unser Ziel erreicht haben.«

Rowarn sah auf, und zum ersten Mal, seit er die Wahrheit über seine Mutter erfahren hatte, war nahezu alle Qual aus seinen Augen verschwunden, und Hoffnung strahlte aus ihnen. Er hielt Tamron die Hand hin. »Einverstanden. Dieser Bund bindet uns aneinander und verpflichtet uns, einer für den anderen einzustehen. So lange, bis der Splitter nach Ardig Hall zurückgekehrt und Nachtfeuer ausgelöscht ist.«

»So möge es sein«, stimmte Tamron zu und drückte seine Hand.

16.

Tag des Zorns

»Wir werden angreifen, und zwar morgen bei Tagesanbruch.« Fürst Noïrun hatte alle im Besprechungszelt zusammengerufen: Fashirh von den Dämonen, Kriegskönig Olrig von den Zwergen, Tamron, Fabor, Ragon, Felhir und einige weitere Befehlshaber ersten Ranges, ferner Morwen und Rowarn.

Der Fürst entrollte einen Plan, der Ardig Hall und die beiden verfeindeten Heerlager zeigte. Er platzierte einige farbige Steine – Blau für Ardig Hall, Rot für Dubhan; und dazu farbliche Markierungen für einfache Soldaten, die Befehlshaber, freie Verbündete wie die Zwerge und den Heermeister. »Die Verbindungen nach außen sind abgebrochen«, fuhr er fort. »Ich habe keine Nachricht von den Gandur und den Kúpir. In den letzten Tagen ist noch einmal Verstärkung für uns eingetroffen, doch mehr können wir nicht erwarten. Wir sind jetzt insgesamt zehntausend Mann. Femris hat fünfzehntausend. Aber er ist ebenso abgeschnitten wie wir. In letzter Zeit konnten wir jeden Versorgungstross, der zu ihm wollte, aufhalten. Die wenigen, die uns durchgeschlüpft sein mögen, können keinesfalls dieses gewaltige Heer ausreichend versorgen. Das bedeutet, er ist unruhig, und seine Leute sind es noch mehr. Ihre Wut wird sich steigern. Das verleitet sie zu Fehlern im Kampf, zu unüberlegtem Vorstürmen, um uns niederzumachen. Wenn wir kühl bleiben, können wir einen Vorteil erringen. *Morgen.*«

Der Rote Dämon nickte und sprach mit gedämpfter Stimme, die die Zeltplanen dennoch um Erbeben brachte: »Dem stimme ich zu. Wir sollten geballt zuschlagen und bis zum Äußersten gehen.«

»Ganz recht, Fashirh. Du und deine Dämonen, ihr werdet euch um die Dämonen in Femris' Heer kümmern. Der Rest von euch wird sich folgendermaßen platzieren …«

Rowarn sah sehr aufmerksam zu und merkte sich jedes Wort. Er war fasziniert, wie genau Noïrun jedes Detail einplante; mochte es auch noch so viele Hindernisse und unvorsehbare Zwischenfälle geben – er schien an alles gedacht zu haben.

Die Beratung dauerte viele Stunden, immer wieder gab es Einwände und Fragen, und der Fürst wusste auf alles Antwort. Dies also hatte er in all den Tagen getan, in denen man ihn kaum erblickt hatte: Sehr genau die Stellungen des Feindes beobachtet, sein Verhalten, seine Stärke studiert, und abgeschätzt, wann der beste Zeitpunkt zum Zuschlagen war. Nicht einmal der um Jahrtausende ältere, erfahrene Unsterbliche hatte diesen Überblick, diese Ideen zur Strategie, die klare Einschätzung der eigenen Stärke.

»Morwen«, sagte Noïrun und blickte seine Tochter an, »wie weit ist deine Einheit?«

»Für alles gerüstet, Herr«, sagte sie förmlich und in aufrechter Haltung. Ihr Gesicht zeigte Stolz. »Es sind die Besten, ausgebildet zu Pferde und zu Boden, in Schwert, Bogen, Armbrust und Speer. Und einige Zwerge mit der Axt, von Olrig persönlich unterrichtet.« Sie griff in eine Schale, in der viele weitere bunte Steine lagen, und ordnete sie neben der Karte an. »So ist meine Aufteilung: Die Speere vorn, die Bogen an den Seiten, in der Mitte, flankiert von der Axt, das Schwert, und dann die Armbrust. Die Axt- und Schwertkämpfer werden nicht beritten kämpfen, damit bieten sie während des Voranschreitens zunächst kein Ziel.«

Der Fürst machte ein zufriedenes Gesicht. »Fabor, deine Bogenschützen werden den Fußsoldaten den Weg ebnen. Diese stürmen als Erste vor. Fashirh, du greifst von hier an«, er setzte einen Symbolstein auf die Karte, »und du, Morwen, gehst rein, sobald die Unseren aufgehalten werden und kommst von dieser Seite. Olrig, Tamron und Rowarn, ihr geht mit mir zusammen beritten durch die Schneise, die Morwen schlägt. Wir arbeiten uns so schnell wie möglich zu dem Heermeister und Femris vor; einen von beiden *müssen* wir morgen erwischen. Noch eins: Das Heer von Femris besteht hauptsächlich aus Warinen, der Rest wird von menschlichen Söldnern gestellt, hinzu kommen einige Dämonen und Bestien. Ich kann ihre Anzahl nicht nennen, und auch nicht, welcher Art sie sind, denn Femris hält sie verborgen, so wie sich selbst. Allerdings sollte auch Nachtfeuer dabei sein, der Mörder unserer Königin, denn er konnte Ardig Halls Boden nach Ylwas Tod ebenso wenig verlassen wie Femris selbst. Auch seine Macht als Zwielichtgänger kann ihm da nicht helfen. Den lege ich dir also besonders ans Herz, Fashirh.«

Tamron warf Rowarn einen kurzen, warnenden Blick zu, und der junge Ritter nickte beruhigend. Dem Ziel so nahe, wollte er jetzt nicht mehr den Kopf verlieren.

Schließlich war alles gesagt, und die Befehlshaber verließen das Zelt, um ihre Leute einzuweisen und alles für den morgigen Tag vorzubereiten. Die Aufstellung würde zwei Stunden vor Sonnenaufgang beginnen, es musste schnell und so still wie möglich geschehen, um den Feind möglichst lange im Ungewissen zu lassen.

Tamron entschuldigte sich ebenfalls, um die Ausrüstung zu überprüfen, und Olrig wollte sich mit seinem Volk absprechen. Rowarn blieb noch im Zelt.

»Du solltest nicht reingehen und kämpfen«, sagte er fast flehend zu Noïrun, der die Steine zurück in die Schale warf und die Pläne zusammenrollte. »Du bist unser Heermeister, der wichtigste Mann von Ardig Hall. Mit dir steht und fällt alles. Wir können jeden einzelnen Mann entbehren, niemals aber dich.«

»Seit Tagen redet Olrig auf mich ein«, meinte Noïrun lächelnd, während er alles in der Truhe verstaute. »Was sage ich da: seit Jahren. Hat es ihm etwas genützt?«

Rowarn machte ein verzweifeltes Gesicht. »Aber warum tust du das? Keiner von uns hätte so eine Schlacht vorbereiten können wie du! Es ist doch nicht notwendig, dass du dich in Gefahr bringst! Uns allen würde der Kampf leichterfallen, wenn wir dich in Sicherheit wüssten.«

»Ich weiß«, sagte der Fürst. »Und ihr habt Recht in allem, auch das weiß ich.« Er ging zu Rowarn und legte ihm eine Hand auf die Schulter. »Aber es ist meine Art, zu kämpfen. Ich bin als Krieger ausgebildet, in vielen Jahren harten Studiums. Ich kann nicht danebenstehen und zusehen. Und ich will diesem verdammten Mistkerl Femris auch noch die andere Schulter durchbohren, für all das Leid, das er uns beschert hat. Für das, was er meiner Königin angetan hat, die das Sinnbild des Friedens war. Es war mir nie vergönnt, sie kennenzulernen, doch es ist mir, als wäre ich ihr nahe gewesen. Ich werde nicht tatenlos dastehen und zusehen, wie gute Frauen und Männer erschlagen werden, weil sie dem Feind unterlegen sind. Ich werde nicht verlieren, Rowarn. *Diesmal* nicht.«

»So hat jeder auf seine Weise einen besonderen Grund, für Ardig Hall einzutreten, nicht wahr?«, fragte Rowarn leise.

»O ja, selbst Tamron.« Noïrun ließ seine Schulter los. »Jeder von uns. Und deshalb habt ihr genauso auch Unrecht: Denn jeder ist ersetzbar, solange nur einer bereit ist, die Verantwortung zu übernehmen.« Er machte sich auf den Weg zum Ausgang. »Ich habe euch übrigens beobachtet, dich und Tamron. Ihr ergänzt euch perfekt: Zusammen seid ihr unschlagbar. Die meiste Hoffnung setze ich daher in euch. Das ist mein Ernst.« Er winkte Rowarn. »Komm jetzt, verschließen wir das Zelt und bereiten uns auf morgen vor.«

Als Rowarn neben ihm war, schien es, als wolle er noch etwas sagen. Aber stattdessen ging er hinaus, den jungen Mann vor sich herschiebend, und verschloss das Zelt von außen. Ohne seinen ehemaligen Knappen weiter zu beachten, betrat der Fürst seine Unterkunft.

In aller Frühe, noch vor Sonnenaufgang, begannen sie mit der Aufstellung. Das war nicht einfach, denn in der Nacht hatte sich der Himmel zugezogen, und es war entsprechend finster. Die Luft roch nach Regen, und ein Wind kam von Westen auf.

Die Pferde waren still, nachdem Rowarn einige eindringlich »ins Gebet« genommen hatte, wie er flüsternd erklärte. Er wollte sich allerdings nicht dazu herablassen, Genaueres zu erklären. Er gab lediglich Auskunft, dass er diesen Trick von seinen Muhmen gelernt habe.

Im Schutz der späten Dunkelheit, um die zweite Kalte Stunde, rückten sie langsam gegen die magische Mauer vor. Auf der Seite des Feindes war alles still, aber das musste nichts besagen. Möglicherweise wurde das Heer von Ardig Hall schon erwartet.

Rowarn hörte sein Herz in der Kehle klopfen, als er auf Windstürmer stieg, voll gerüstet mit Lanze, Bogen und Schwert. Olrig und er nahmen den Fürsten in die Mitte, hinter ihnen reihte sich Tamron ein. Er ritt einen isabellfarbenen Wallach, der in den vergangenen Tagen im Lager seinem Herrn auf Schritt und Tritt gefolgt war und es jetzt anscheinend kaum erwarten konnte, so temperamentvoll schritt er aus.

Als sie auf den weißlich schimmernden Wall zuritten, zeigte sich das erste fahle Licht am Himmel, ein Schattenriss geballter Wolken, die vom Wind gejagt immer schneller dahinzogen, ab und zu Blitze verschießend. War dies nun ein gutes oder ein schlechtes Zeichen? Seit langem hatte es nicht mehr geregnet, und ausgerechnet heute würde es wohl dazu kommen. Rowarn erinnerte sich, dass es bei der Schlacht mit den Warinen ganz ähnlich gewesen war – zuerst Regen, dann Nebel. Als ob Lúvenor selbst die Sonne schützend verdeckte, damit sie dem Blutbad nicht zusehen musste.

»Sie sind bereit«, flüsterte Tamron hinter ihnen, der noch schärfere und ebenso nachtsichtige Augen hatte wie Rowarn. »Eine dunkle, leicht schwankende Woge, die sich nicht entscheiden kann, ob sie Flut oder Ebbe ist.«

Fürst Noïrun, Heermeister von Ardig Hall, gab das erste Zeichen, und das Heer schwärmte an den Flanken aus, zerfloss wie Butter in der Sonne, nicht mehr als eine formlose Masse im anbrechenden Tag.

Allmählich schälten sich für Rowarns Augen erkennbar finstere Gestalten aus der weichenden Dunkelheit. Der Wind von Westen nahm zu und zauste Windstürmers Mähne, bevor er weiter zum Feind blies. Nun konnten die Dubhani ihre heranrückenden Gegner zusätzlich wittern, und bestimmt gab es den einen oder anderen empfindlichen Geruchssinn, der genau herausfiltern konnte, wie viel Angst in so mancher Rüstung verdunstete.

Rowarn war allerdings nicht undankbar, dass der Wind mit ihm kam, denn er wollte den Gestank der Feinde nicht noch einmal aufnehmen; er hatte noch vom letzten Mal genug, als er die Grenze erkundet hatte. Femris führte einige Bestien in seinem Heer, die schlimmer als brünstige Raubtiere rochen. Und da die Dubhani bereitstanden und Ardig Halls Truppen erwarteten, war ohnehin kein Überraschungsangriff mehr möglich, der ein Anschleichen gegen den Wind erforderlich gemacht hätte.

Auf beiden Seiten fiel kein einziges Wort, die Befehle wurden stumm, mit Gesten und Zeichen gegeben. Vor dem Heermeister von Ardig Hall ritt ein Träger mit hochgehaltener, stolz wehender Fahne. Rowarn sah Fashirh und die drei Söldner-Dämonen ganz vorne, schon kurz vor dem Wall.

Das Heer hielt an. Die Sicht wurde immer besser, je weiter der Morgen voranschritt. In der Ferne war ein dumpfes Gewittergrollen zu hören.

Über die magische Grenze hinweg musterten sich die Krieger und Söldner, Getreuen und Soldaten. Rowarn war so aufgeregt, dass er nicht wusste, ob er Angst empfand, und ob er sich des möglicherweise nahenden Todes bewusst war; ob er überhaupt irgendetwas dachte. Er starrte mit brennenden Augen auf die anderen drüben, jenseits des Milchschleiers, in ihren schweren Rüstungen, mit geschlossenen Visieren, fantasievollen Helmen und erstaunlichen Waffen. Zum ersten Mal war er dem Feind so unmittelbar nahe. Er versuchte, das Heer zu überschauen, irgendwo einen Blick auf den legendären Unsterblichen zu erhaschen, der nach der Macht des Tabernakels gierte und dafür seit Jahrhunderten Tausende von Lebewesen opferte. Auf beiden Seiten.

Er entdeckte Menschen, ein paar Zwerge, einige unbekannte Geschöpfe und vor allem Warinen, und plötzlich sprudelte sein Verstand über vor Gedanken, die sich gegenseitig an Wichtigkeit zu verdrängen suchten.

Die Warinen waren größer als Zwerge und grobschlächtig, mit überlangen Armen. Sie bevorzugten Morgensterne und doppelschneidige Äxte als Waffen, sowie schwere Säbel. Ihre Rüstungen waren besonders auffällig gestaltet, teilweise mit Menschen- oder Zwergenhaar und getrockneten Daumen erschlagener Gegner verziert. Sie waren ein Kriegervolk, das keine anderen Interessen außer dem Kampf kannte. Nur deshalb waren die Warinen überhaupt entstanden, dafür hatte eine große Zwergensippe den Bund mit den Dämonen geschlossen und »Dämonenblut«, die Lebensessenz, erhalten. Sie hatten sich für diesen Weg als den einzig wahren entschieden und waren ihn konsequent bis zum Ende gegangen. Im Lauf der Zeit hatten sich weitere Zwerge verschiedener Stämme angeschlossen, und so entstand schließlich das Volk der Warinen. Und die Frauen, hieß es, waren nicht weniger kriegerisch und von nahezu derselben Gestalt und Stärke wie die Männer, sodass sie in der Rüstung nicht voneinander zu unterscheiden waren.

Sie lebten in der Nähe des Dämonenreiches und standen ihren »Blutsbrüdern« zur Seite, wann immer sie zum Dienst gerufen wurden. In den Bergen des Ostens, bis zum Norden, gab es immer noch viele Gefahren aus der Altvorderenzeit, denen sich auch Dämonen nicht so leicht stellen konnten.

Als besondere Delikatesse bei den Warinen sollten die Augen der gefallenen Gegner gelten, aber das konnte auch ein Schauermärchen für Kinder sein. Rowarn fragte sich dennoch, was diese Wesen wohl für Gedanken hatten. Gab es noch irgendetwas in ihrem Bewusstsein, das zwergischem Denken ähnelte? Besaßen sie Gefühle? Dachte der eine oder andere von ihnen an die Familie, die er zurückgelassen hatte? Unterstützten sie Femris wegen des Tabernakels, oder weil sie dafür Sold erhielten? Das fand Rowarn besonders wichtig, denn davon hing es ab, wie weit sie gehen würden. Im Glauben an eine Sache ergaben sich die einen keinem Feind, höchstens dem Tod. Aber wenn es nur um die Bezahlung ging, achteten die anderen sicherlich darauf, so lange wie möglich am Leben zu bleiben. Wie entschlossen würden sie also sein?

Plötzlich einsetzender Platzregen rauschte in Rowarns Gedanken und spülte sie fort. *O nein, nicht jetzt*, dachte er. *Es wird eine Schlammschlacht geben, die keinem zum Vorteil gereicht, und dann endet wieder alles unentschieden.* So langsam konnte er verstehen, weshalb dieser Krieg nun schon über ein Jahr dauerte.

Die zuvor stolz wehende Fahne hing schwer und nass herunter, nicht einmal der kräftige Wind konnte sie mehr hochhalten. Die Sicht wurde wieder schlechter, alles verschwand hinter grauen

Schleiern. Im Nu weichte der Boden auf, und die Pferde stampften unwillig.

Alles wartete.

Der Heermeister öffnete schließlich den Mund und sprach nur ein einziges Wort, das vom Wind aufgenommen und fortgerissen wurde, herumgewirbelt und zerfetzt. Doch es erreichte zuvor den Fahnenträger, und nur für ihn war es bestimmt: »Jetzt.«

Die Fahne ging nach unten.

»Angriff«, flüsterte Rowarn, und er hatte das Gefühl, er müsse gleich in tausend Stücke zerspringen.

In diesem Augenblick donnerten die Ritter an vorderster Front mit lautem Kriegsgeschrei voran, gefolgt von den Fußleuten, die sich den Schreien anschlossen, und dann fegten die Dämonen los, und Morwens hundertköpfige Einheit, und dann war es auch für Rowarn so weit, und er hatte keine Zeit mehr, nachzudenken oder gar aufgeregt zu sein.

Der Kupferhengst hatte den Fahnenträger längst überholt, selbst durch den strömenden Regen konnte man die Anspannung seiner mächtigen Muskeln sehen, als er mit schmetterndem Gewieher auf die Feinde zustürmte.

Tamron war der Nächste, der an Rowarn und Olrig vorbeischoss, und sie schlossen sich ihm an. Den Pferden war klar, dass es kein Zögern geben durfte, und sie flogen über den Boden, um den Kupferhengst einzuholen. Die Schlacht war bereits in vollem Gange, Schreie und Klirren, Befehle und tierische Laute vermischten sich zur unverwechselbaren Melodie.

Rowarn zog an dem Fürsten vorbei, die Lanze stoßbereit, und nahm den ersten Reiter, der ihnen entgegenkam, zum Ziel. Mit dem heruntergelassenen Visier konnte er nur schlecht sehen, und der Regen machte das Zielen noch schwieriger, aber Windstürmer wusste, wie er seinen Herrn in die richtige Position bringen musste. Der feindliche Reiter hatte noch kaum beschleunigt, geschweige denn die Lanze richtig angesetzt, da fegte Rowarn ihn bereits vom Ross. Er stürzte mit einem lauten Schrei, blieb jedoch im Steigbügel hängen und wurde von dem durchgehenden Pferd mitgeschleift.

Rowarn hatte gerade noch Zeit, seine intakte Lanze erneut hochzunehmen, als er schon den Nächsten entdeckte, der den Kupferhengst ansteuerte.

Der Fürst, Tamron und Olrig ließen bereits Schwerter und Äxte kreisen, und Regen mischte sich mit Blut. Rowarn jagte quer an ihnen vorbei, rammte dem heranstürmenden Reiter die Lanze durch das geschlossene Visier ins Auge und war bereits in der Wendung, noch ehe der tödlich Verwundete aus dem Sattel stürzte. Wieder quer zurück, mitten hinein in eine ankommende Gruppe von fünf Warinen, die soeben Speere werfen wollten, doch nie mehr dazu kamen. Die Lanze in der rechten, das Schwert in der linken Hand, ließ Rowarn Windstürmer direkt in sie hineinrasen. Das Pferd brachte schon zwei durch seine Körpermasse zu Fall und zertrampelte sie unter den mit schweren und scharfen Eisen beschlagenen Hufen. Die anderen drei fielen innerhalb weniger Augenblicke durch das Schwert.

Rowarn wunderte sich, wie schnell und stark er war. Wie es aussah, befand er sich in seiner gefürchteten Raserei – aber diesmal blieb er bei Sinnen und wütete nicht blind. Er wusste nicht, woher diese Stärke in ihm kam, sie durchströmte ihn wie ein brennender Fluss. Aber auch Windstürmer schien davon befallen zu sein, denn er bewegte sich schnell wie ein Pfeil, seine Wendungen und Biegungen glichen einem Tanz.

Rowarn schob die Lanze in die seitliche Halterung; sie hatten beide, Pferd und Reiter, gelernt, dieses Ungleichgewicht zu tragen, ohne in der Bewegung beeinträchtigt zu werden. Dann griff der junge Nauraka zum Bogen, lenkte Windstürmer direkt vor den vorstürmenden Fürsten, ließ ihn auf wenige Pferdelängen Abstand vor ihm Kreise ziehen und schickte den gefährlichsten Angreifern gezielt tödliche Pfeile entgegen. Als der Köcher leer war, holte Rowarn sich von einem Gefallenen ein zweites Schwert und stürmte in die feindlichen Reihen hinein.

Obwohl er sich zuvor einen Überblick verschaffen wollte, oder wenigstens eine kurze Absprache mit dem Fürsten halten, konnte Rowarn sich nicht bremsen. Die Raserei trieb ihn an. Er schlug eine

Bresche in die Reihen der Warinen und nahm erst nach einer Weile wahr, dass Tamron neben ihm auftauchte.

»Mir nach!«, schrie der Unsterbliche. »Der Weg ist fast frei, jetzt stürmen wir den Hügel!«

Von Hügel zu sprechen, war ein wenig übertrieben. Es war nicht mehr als eine Anhöhe, auf der die Befehlshaber der Dubhani standen. Trotzdem war genau das ihr Ziel, denn irgendwo dort musste sich auch Femris befinden. Fashirh war bereits ganz nahe, er und die drei Söldner-Dämonen schlugen eine gewaltige Schlacht gegen die Dubhani-Dämonen. War Nachtfeuer unter ihnen? Für Rowarn sahen sie alle gleich riesig und unbesiegbar aus.

»Was ist mit …«, begann Rowarn, aber Tamron winkte ab.

»Der Heermeister hat uns den Befehl erteilt, und wir müssen ihn befolgen! Komm schon, wir schaffen es, du und ich!«

Ja, das glaubte Rowarn auch. Obwohl Tamron nicht in Raserei geriet, kämpfte er nicht weniger schnell und mächtig wie der junge Ritter. Sie hatten eine lebende Mauer von mindestens vierhundert Warinen, Bestien und Menschen vor sich. Von »der Weg ist fast frei« zu sprechen, war daher äußerst kühn. Doch irgendwie gab es keinen Zweifel, dass sie genau jetzt, in diesem heiligen Moment, den Durchbruch schaffen würden. Sie waren eine Einheit, jeder wusste genau, was der andere im nächsten Moment tun würde.

Auch die Pferde bewegten sich im selben Takt. Der Regen wusch Schweiß und Schaumflocken ab, und sie liefen unvermindert kraftvoll. Kopf an Kopf brachen sie sich ihre Bahn durch die Feinde, Tamron schlug nach links, Rowarn nach rechts.

»Bereite dich darauf vor, die Lanze im rechten Moment einzusetzen!«, brüllte Tamron. »Näher wirst du nicht an ihn herankommen. Ich werde dir Deckung geben!«

»Aber wie erkenne ich ihn?«, rief Rowarn zurück.

»Du wirst es wissen! Andernfalls zeige ich ihn dir.«

Die Anhöhe rückte immer näher. Auch Fashirh stand kurz vor dem Durchbruch. Und da, genau wie von Noïrun geplant, kam Morwen mit ihren Rittern angaloppiert, während der Rest der Einheit ihr Deckung gab.

»Wir ... wir schaffen es ...«, stammelte Rowarn. Dann brüllte er: »Wir schaffen es! Wir brechen durch! Wir werden es beenden, hier und jetzt!«

Dass er vor Nässe triefte, dass nicht einmal mehr seine Füße trocken waren, dass der Regen ihm ins Gesicht peitschte, weil er mit dem geschlossenen Visier nicht mehr genug sehen und atmen konnte, dass Windstürmer schon bis zu den Fesseln im Schlamm versank und sich mühsam die normalerweise leichte Steigung hinaufkämpfen musste – all das nahm er nicht mehr wahr. Seine Augen brannten, er sah nur noch das Ziel vor sich, während er um sich schlug. Kein Feind konnte ihm auch nur annähernd nahe genug kommen, um gefährlich zu werden. Rowarns Arm- und Beinschienen, auch der Harnisch hatten ihn bisher vor Verletzungen bewahrt. An der Wange hatte er einen Kratzer von einem vorbeisausenden Pfeil erhalten, aber ansonsten war er unversehrt, was an sich schon ein Wunder darstellte.

Er grinste Tamron zu, fletschte dabei mehr die Zähne, als dass er wirklich lächelte, und erhielt eine ähnliche Grimasse als Antwort.

Noïrun hatte gewusst, wovon er sprach. Er hatte genau dies vorausgesehen. Der Unsterbliche und der Nauraka waren nicht aufzuhalten. Rowarn befand sich im Rausch, sein Körper handelte schon, noch bevor es ihm bewusst wurde.

Nun waren sie fast vereint, Morwen befand sich bereits in Rufweite. Fashirh hatte einen Dämon zu Boden geschlagen und riss ihm soeben die Brust auf, aus der grell leuchtend die Lebensessenz hervorströmte, funkensprühend aufstieg und schließlich zerbarst. Der Leib des Toten wurde schwarz und sank in sich zusammen.

Die Dubhani befanden sich nahezu in Auflösung. Die einen versuchten, sich zum Heermeister von Ardig Hall durchzuschlagen. Die anderen wandten sich der Anhöhe zu, um sie zu verteidigen, doch zu spät, wie es schien. Obwohl sie gerüstet gewesen waren und in Ruhe den Angriff abgewartet hatten, hatten sie mit diesem Vorstoß nicht gerechnet. Zumindest diese Überraschung war den Getreuen von Ardig Hall gelungen.

Rowarn sah Rayem, der sich das Pferd eines Feindes geschnappt hatte und schwertschwingend an Morwens Seite kam, als sie in Bedrängnis durch einige Warinen und Menschen geriet. Bald war der Weg wieder frei.

»Die Dubhani schaffen es nicht!«, rief er. »Sie können uns nicht aufhalten! Wir haben das Heer bereits hinter uns gelassen! Diese wenigen hier können uns nicht abwehren, und die anderen kehren zu spät um!«

»Ja«, sagte Tamron grimmig. »Ja, mein Sohn, diesmal haben wir sie. Und das verdanken wir nur einem Heermeister, wie Ardig Hall nie zuvor einen hatte! Vor achthundert Jahren hätten wir ihn gebraucht, als das Schloss zum ersten Mal gestürmt wurde, dann würde es immer noch stehen in stolzer Pracht und nicht versinken im Schmerz der Feuersglut.«

»Jetzt ist auch noch Zeit genug«, gab Rowarn zurück. »Wir können das Schloss wieder aufbauen, wenn die Zeit des Schreckens geendet hat!« Angestrengt hielt er Ausschau nach Femris. Dessen Befehlshaber waren völlig außer sich, verließen ihre Posten oder brüllten die Soldaten an, griffen gar zur Peitsche, um sie voranzutreiben. Die Anhöhe war fast leer, und doch ... Rowarn hatte das Gefühl, einen sich bewegenden Schatten zu sehen, schmal und groß, und ... das Aufblitzen eines Augenpaars, das ihn ähnlich zutiefst erschreckte wie der Blick der Eliaha. Nein, der noch tiefer ging, bis auf den Grund seiner Seele. In sie hineinblickte und die Hand ausstreckte, um in seine Seele zu greifen, herauszuholen, was ...

»Nein!«, schrie Rowarn auf.

Sein Schrei ging in einem donnernden Gebrüll unter, das alle, Verteidiger wie Angreifer, zutiefst erschauern ließ und für einen Augenblick den Kampf unterbrach. Selbst die Krieger im Kampf Mann gegen Mann fuhren auseinander und erstarrten.

Windstürmer rammte die Hufe in den Boden, grub zwei tiefe Furchen und stoppte abrupt.

Geisterhafte Stille legte sich plötzlich über die Heere, die völlig erstarrt waren. Selbst der Regen schien für einen Moment innezuhalten.

Über die Anhöhe, mit wenigen Schritten hinab, kam ein riesiges

Geschöpf, doppelt so groß wie Fashirh, wenn nicht mehr. Ein langer, in einem Dorn endender Peitschenschwanz schlug um starke Bocksfüße. Der haarlose Rumpf war einem menschlichen Mann ähnlich, ebenso die langen, mit gewaltigen Muskeln besetzten Arme, und die Hände, groß wie Fässer, mit handspannenlangen Krallen. Auf einem nackten menschlichen Hals saß der gewaltige Schädel eines Widders, mit mehreren Speerlängen großen, leicht gebogenen Bockshörnern. Aus den Nüstern schlugen Flammen, das zähnestarrende Maul war das eines Raubtiers, und die Augen mit der länglichen Ziegenpupille glühten erbarmungslos in wilder Mordlust. Speichel troff von den Lefzen herab, und seine Nase legte sich in Falten, als er seinen schrecklichen Blick über die Heere schweifen ließ.

»Was ...«, flüsterte Rowarn.

»Das«, erklärte Tamron, und selbst er war bleich geworden, »ist der Bepheron. Der Schrecken der Alten Welt.«

In seiner linken Hand trug der Heermeister von Dubhan, der Bluttrinker, eine goldglänzende, mit Stacheln besetzte Keule, die mehr als eine Pferdelänge maß. In der Rechten lag ein Speer.

»Lúvenor stehe uns bei!«, stieß der Unsterbliche in panischem Schrecken hervor. »Das ist Noïruns Speer!«

Noch immer herrschten Stille und Reglosigkeit, als der Bepheron den vergleichsweise winzigen Speer in seiner Hand wog und dann warf, scheinbar ungezielt, denn seine glühenden Augen hatten keinen bestimmten Punkt fixiert. Unwillkürlich folgte jedermann dem Flug des Speeres.

Und für Rowarn versank alles um ihn herum. Er sah Tamron nicht mehr, nicht den Feind, sah nur noch einen einzigen Punkt in der Ferne, einen Mann auf einem Pferd, der gerade sein Schwert aus einem fallenden Gegner zog und dem die Stille jetzt erst aufzufallen schien (obwohl sie bisher ohnehin nicht länger als zehn Herzschläge andauern konnte). Dann blickte er nach oben. Genau zu dem Speer, der mit scharfer Spitze auf ihn zuflog.

Rowarn öffnete den Mund.

Alles hielt den Atem an.

Der Fürst blickte erstaunt, doch ohne Furcht, verharrte reglos.

Der Speer hatte den Bogen vollendet und senkte sich auf seinen ehemaligen Herrn herab, der ihn einst gegen Femris geführt hatte.

»N ...«, fing Rowarn an.

Der Kupferhengst stieg, stieß sich mit den Hinterbeinen ab und flog dem Speer entgegen.

»... ei ...«

Der Speer bohrte sich tief in die Brust des Pferdes, bis über die Metallspitze hinaus. Der Hengst riss das Maul auf, Schaum spritzte heraus, und der erste Ton seines schrillen Schmerzensschreis erklang.

»... n ...«, vollendete Rowarn.

Das schmetternde Wiehern des Kupferhengstes übertönte die gelähmte Stille. Noch im Sturz, im Sterben versuchte er, seinen Herrn zu beschützen. Er wollte auf den Beinen landen, um den Reiter nicht zu gefährden. Doch die Wucht war zu stark, der Körper zu schwer. Er knickte ein, fiel um und begrub den Heermeister unter sich.

Dann geschah alles gleichzeitig.

Rowarn sah, wie Olrig zu dem gestürzten Pferd rannte, und er hörte Morwens gellenden Schrei: »Tod dem Bluttrinker!«

Ihr Schrei wurde schallend aufgenommen, und in Wut und Hass stürmten die Truppen Ardig Halls auf den Bepheron zu, schleuderten Speere und verschossen Pfeile und achteten nicht darauf, dass er alles mit gleichgültigen Gesten wegwischte, ebenso die Kämpfer, die ihm zu nahe kamen.

Morwen donnerte heran. »Rowarn!«, schrie sie. »Was stehst du hier herum, beschütze meinen Vater!«

»Ich ... ich kann nicht«, stieß er hervor. »Ich muss dir helfen, wenn du den Bepheron angreifst! Aber was du vorhast, ist Wahnsinn!«

»Du bist an deinen Eid gebunden!«, brüllte sie ihn an. Ihre Augen loderten wie unkontrollierte Brände, die langen, nassen Haare umpeitschten ihr Gesicht. »Geh, oder ich töte dich!« Sie hob das Schwert, und er sah ihr an, dass es ihr ernst war.

»Geh!«, sagte auch Tamron. »Vielleicht lebt er noch, dann bring ihn in Sicherheit! Er ist wichtiger als alles andere! Selbst als der Splitter in diesem Moment, denn der ist uns jetzt ferner denn je! Rowarn, geh! Ich werde doppelt kämpfen, für uns beide, denn auch unser Bund gilt! Ich schwöre dir, noch bevor sich der Tag dem Ende zuneigt, ist der Bepheron vernichtet!«

»Wir töten ihn, Rowarn! Für meinen Vater, für dich, für uns alle!« Morwen hob ihr Schwert und schrie aus Leibeskräften. »Ardig Hall! Ardig Hall!«

Von allen Seiten strömten die Krieger auf sie zu, und die letzten Ritter schlossen sich zusammen und folgten ihr, wobei sie riefen: »Morwen! Für den Sieg! Für den Heermeister! Für Ardig Hall! Tod dem Bluttrinker!«

Rowarn sah, wie sie zu Rayem aufschlossen, der bereits auf den Bluttrinker zusteuerte. Der junge Ritter riss Windstürmer herum und galoppierte schluchzend zurück. Seine Tränen vermischten sich mit dem Regen, der soeben wieder strömend einsetzte.

Obwohl der Heermeister von Ardig Hall gefallen schien, verloren wohl eher die Truppen von Femris den Mut, denn die nunmehr zu allem entschlossenen, rasend gewordenen Soldaten Ardig Halls drängten sie mehr und mehr zurück. Rowarn hatte bald freien Durchlass zu dem toten Kupferhengst, der in einer riesigen Blutlache im Schlamm lag. Um ihn herum hatten Ritter und Soldaten einen schützenden Ring gebildet. Olrig lag im Schlamm, stützte sich mit den Armen ab und stemmte die Füße gegen den schweren Pferdeleib, um ihn wegzuschieben. Rowarn sprang von seinem Pferd, noch bevor es anhielt, und rannte zum Kriegskönig.

»Er lebt!«, schrie Olrig. »Aber er ist bewusstlos.«

Gemeinsam gelang es ihnen, den Kadaver ein Stück zu verschieben, und sie zogen den Fürsten darunter hervor. Olrig öffnete den Harnisch und tastete Noïrun hastig ab. »Ein Wunder«, keuchte er. »Der Schlamm hat nachgegeben, das hat die Wucht des Aufpralls gedämpft. Er hat nichts gebrochen, soweit ich jetzt feststellen kann.«

»Auf mein Pferd!«, sagte Rowarn. »Wir müssen schnell hinter die Grenze.«

Olrig hob den Fürsten auf und legte ihn mit Rowarns Hilfe auf Windstürmer. Dann hielten sie inne. Der Kampf gegen den Bepheron war in vollem Gange, und der Lärm übertönte alles. Das riesige Geschöpf hielt ein furchtbares Blutgericht, doch inzwischen blutete es selbst aus zahlreichen Wunden. Rowarn stockte der Atem, als er Morwen erkannte, die den Bepheron ansprang und ihm das Schwert bis zum Heft in die Seite trieb. Tamron und Rayem waren an ihrer Seite.

»Lugdurs Kraft sei mit ihnen«, stieß Olrig entsetzt hervor, als der Bepheron mit der Keule ausholte. Rowarn schloss die Augen, als er zuschlug. »Morwen …«, hörte er Olrig heiser krächzen, mit tiefem Grauen in der Stimme. Rowarn schluckte den Aufschrei hinunter und drehte sich um. Er schwang sich hinter den Fürsten auf Windstürmers Kruppe, hielt den Bewusstlosen fest und trieb den Falben an.

Die Schlacht befand sich auf dem Höhepunkt, als der gewaltige Bepheron schließlich fiel und dröhnend aufschlug, dass der Boden noch im Lager von Ardig Hall bebte. Als der Bluttrinker endlich lag, waren die überlebenden Soldaten sogleich über ihm und schlugen und hackten auf ihn ein, bis er sich nicht mehr regte.

Olrig und Rowarn erreichten das Lager und brachten Noïrun in sein Zelt, wo sie ihm die Rüstung auszogen. Der eilig herbeigerufene Heiler untersuchte ihn, und drückte ihm dann einen mit Kräuteressenz getränkten Schwamm an die Lippen.

Kurz darauf schlug der Fürst die Augen auf. »Was … was ist passiert?«

Rowarn und Olrig weinten vor Trauer und Erleichterung. Sie gaben sich Mühe, brachten aber kaum ein verständliches Wort heraus. Erst nach und nach erfuhr Noïrun, was geschehen war.

»Morwen?«, fragte er.

Rowarn schlug die Augen nieder. Olrig schüttelte langsam den Kopf. »Ich … hege wenig Hoffnung …«

Noïrun tastete sich ab. »Ich … ich bin nicht verwundet«, stieß er hervor. Dann packte er Rowarn am Harnisch und schrie ihn an: »Was hast du getan? Warum hast du deinen Platz verlassen? Warum hast du Morwen nicht aufgehalten? Das war Irrsinn! Ihr hättet euch sofort zurückziehen müssen, seid ihr denn alle wahnsinnig geworden?«

Vom Zelteingang her meldete Olrig: »Die Schlacht ist ja beendet, Noïrun. Es kommen gerade alle zurück.«

»Die noch da sind!«, schrie der Fürst weiter. »Wie viele sind es? Wie viele Soldaten haben wir verloren? Wie viele Ritter haben wir noch?«

»Gedulde dich einen Moment.« Der Kriegskönig hastete nach draußen.

Noïrun schüttelte Rowarn und schlug ihm ins Gesicht. Der ließ alles willenlos mit sich geschehen. Er hätte sich auch nicht gewehrt, wenn der Fürst das Messer gezogen hätte, um ihn zu töten. »Du hast meine ... Morwen im Stich gelassen!« Vor Anstrengung und Fassungslosigkeit klang seine Stimme heiser.

Er stieß Rowarn von sich, der wie ein Sack Erdknollen zu Boden plumpste. In sich zusammengesunken blieb er sitzen. »Das habe ich nicht«, sagte er leise. »Sie hat mir den Eid abgenommen, dass ich mich niemals für sie entscheiden darf. Sie hat von mir verlangt, dich zurückzubringen.« Gequält blickte er zu dem Fürsten auf. »Sie hat die Verantwortung an deiner Stelle übernommen und den Befehl erteilt! Hätte ich ihn nicht befolgt, hätte sie mich getötet.«

»*Ich* sollte dich dafür töten«, murmelte Noïrun, der wie erschlagen dasaß, sich aber langsam zu fassen schien. Zumindest schrie er nicht mehr, und er griff Rowarn auch nicht wieder an.

»Ich weiß, dass du mir das nie verzeihen wirst«, fuhr Rowarn fort. »Aber du selbst hast einst zu mir gesagt, dass man die Gefühle nie über die Pflicht stellen darf, und daran habe ich mich gehalten.«

»Lass den Jungen in Ruhe«, erklang Olrigs Stimme vom Eingang. Er war soeben zurückgekehrt und stellte sich neben den jungen Ritter. »Er hat das Richtige getan. Wir können auf jeden verzichten, aber nicht auf dich. Deine Strategie ist aufgegangen, bis zu dem Punkt, an dem der Bepheron eingriff. Wir konnten nicht damit rechnen, dass er nur auf dich zielen würde, und das auf die Entfernung. Ohne diesen verdammten Schafsbock hätten wir es tatsächlich geschafft, sie waren alle schon fast auf der Anhöhe. Aber in diesem schwarzen Moment hat sich dein Pferd für dich geopfert und Ardig Hall gerettet! Und Morwen hat die Schlacht für dich gewonnen! Soll das umsonst sein? Es wäre sowieso alles gekommen, wie es jetzt ist, aber mit dem Unterschied: *Du* bist am Leben, der Bepheron nicht! Und soweit ich abschätzen kann, hat Femris gut dreitausend Leute verloren, und wir weniger als zweitausend.« Er kämpfte erneut mit den Tränen. »Leider sind Morwen, Rayem und wahrscheinlich auch Tamron darunter«, sagte er leise. »Fashirh ist gerade eingetroffen und hat mir berichtet.«

Für einen Moment herrschte Stille im Zelt.

»Lasst mich jetzt allein«, sagte Noïrun schließlich beherrscht, stand auf und setzte sich an den Tisch. Er griff nach Feder und Tintenfass. »Ich muss an Morwens Mutter und Rayems Eltern eine Nachricht schicken. Die Liste ist lang, aber die beiden haben Vorrang, denn immerhin habe ich sie ... gekannt.«

»Natürlich«, sagte Olrig. »Brauchst du sonst noch etwas?«

Noïrun schüttelte den Kopf. »Nichts. Ich will nur allein sein. *Bitte.*«

Olrig ging voraus. Als Rowarn von außen die Zeltbahnen schloss, sah er Noïrun über den Tisch gebeugt sitzen, das Gesicht in den Händen vergraben, und mit zuckenden Schultern leise schluchzen.

»Was habe ich getan ...«, flüsterte Rowarn. Die Tränen liefen ihm über die Wangen.

»Das Richtige«, wiederholte Olrig. Seine blauen Augen schwammen ebenfalls. Er klopfte Rowarn auf die Schulter, wollte noch etwas sagen, wandte sich dann jedoch schweigend ab und steuerte sein Zelt an.

Rowarn hastete zu seinem eigenen Zelt, wo er fast mit Jelim zusammenstieß, die auf ihn gewartet hatte. »Jelim ...«, stieß er hervor. »Ach, Jelim ...«

Schluchzend warf sie sich an seine Brust, und lange Zeit standen sie da, sich gegenseitig umklammernd, verloren in Schmerz und

Trauer. Und während draußen der Regen aufhörte und die Heiler all die vielen Verwundeten versorgten, und Knechte die Toten holten, und die Überlebenden der Schlacht verloren beieinandersaßen und dem Ende des Tages entgegendämmerten, hielten sich Rowarn und Jelim gegenseitig fest im Arm, jeder Trost suchend in der Wärme des anderen.

17.

Der Waldlöwe

Am Morgen war es trocken, wenngleich immer noch bewölkt, und ein frischer Wind wehte von Osten.

Im Lager wurde verbreitet, dass der Heermeister eine Ansprache halten würde. Fast das gesamte Heer hatte nur wenig später Aufstellung genommen, in einem großen Kreis, mit den Rufern dazwischen, die Fürst Noïruns Worte weitergeben würden, bis zum letzten Mann.

Auch die Garde stand bereit, als er erschien, flankiert von Olrig an seiner linken und Rowarn an seiner rechten Seite.

Rowarn empfand unerwartet Trost, als er Noïrun so stark, ruhig und ausgeglichen wie immer sah. Der Fürst hatte seine volle Rüstung angelegt, mit Umhang und Schwert; nur den Helm trug er unter dem Arm. Der Wind fächelte seine leicht ergrauenden blonden Haare und wehte durch seinen Umhang, als Noïrun in die Mitte des Kreises trat, mit dem Rücken zur Garde. In der ersten Reihe standen die befehlshabenden Offiziere, und so ging es in der Rangfolge immer weiter nach hinten. Fashirh und die anderen Dämonen hielten sich abseits.

Es war erschreckend still, nicht einmal ein Räuspern war zu hören.

Fürst Noïrun, Heermeister von Ardig Hall, hatte den Kopf erhoben und ließ seinen Blick in die Runde schweifen, von Reihe zu Reihe. Dann begann er mit klarer, fester, dennoch feierlicher Stimme zu sprechen:

»Wir haben verloren.

Tamron den Unsterblichen, einen großen Mann, Meister des Schwertes, dessen Name in vielen Liedern genannt wird. Eine Legende, die sich entschieden hat, für unsere Seite einzustehen.

Morwen, meine Tochter, Beste aller Fährtenleser, eine gute Soldatin und Ritterin, und eine noch bessere Befehlshaberin ihrer hundertköpfigen Einheit, mit der sie das Leben vieler gerettet hat, sonst wären die Verluste noch höher gewesen.

Und Rayem aus Madin, ein einfacher Wirtssohn, der sich für unsere Sache begeisterte und sich aus ganzem Herzen dafür einsetzte, mit Ehrgeiz und großer Ausdauer, und Morwen bis zuletzt treu zur Seite stand, auch als sie schon wussten, dass es keine Rückkehr für sie gab.

Diese drei stehen für die unersetzlichen Verluste, die wir in jeder Schlacht erleiden, wenn wir wieder und wieder gegen einen unüberwindlich scheinenden Feind anrennen.

Diese drei stehen aber vor allem für die Verluste, die wir gestern erlitten haben, während eines langen blutigen Tages.

Jedes Opfer, das wir beklagen müssen, ist zu hoch.

Und doch ist jedes Opfer auch gering, wenn wir bedenken, wofür wir kämpfen.

Tamron, Morwen und Rayem haben ihr Leben für Ardig Hall eingesetzt, für den kommenden Frieden, der einstmals länger andauern soll als der Ewige Krieg.

Ihr gemeinsames Opfer steht für den Stolz, die Tapferkeit und die Treue, mit der sie den Regenbogen verteidigt haben, und für einen unbeugsamen Willen, niemals zu verzagen und alles zu geben, wenn dafür etwas Besseres gewonnen wird.«

Er machte eine Pause. Rowarn sah, wie einige die Gelegenheit nutzten, um verstohlen Tränen abzuwischen. Er hatte selbst nasse Wangen, aber er rührte sich nicht, sondern hielt die Augen starr nach vorn gerichtet. Pflicht und Ehre, wenn es sonst schon nichts zu tun gab für ihn. Er würde ein Vorbild geben an des Fürsten Seite, niemals zu wanken und zu weichen, niemals aufzugeben und sich ohne zu zögern für eine höhere Sache einzusetzen.

Noïruns Stimme erklang wieder. »Jeder von uns hat gestern einen Freund, Geliebten, Blutsverwandten verloren. Einen verlässlichen Kameraden, mit dem man lachte und weinte, trank und sang.

Jeder einzelne Kämpfer für Ardig Hall starb in Ehren, und in dem Bewusstsein, dass sein Opfer nicht umsonst war, sondern unseren Kampf einen Schritt weiter nach vorn brachte.

Die Verluste sind groß, doch die Wunden werden heilen, auch wenn sich die Lücken niemals gänzlich schließen werden, und mögen wir noch so viel Verstärkung bekommen.

Ja, wir haben verloren. Doch einen Sieger gibt es trotzdem nicht, denn auch der Feind hat große Verluste davongetragen, und einer trifft ihn besonders schmerzlich: Sein Heermeister, der bedeutendste Anführer, über den er verfügte, und der uns Angst und Schrecken einjagte und als unüberwindlich galt. Ihn zu ersetzen, dürfte Femris kaum möglich sein. Nun wird er selbst eingreifen müssen, um seinem Geschick noch eine günstige Wendung geben zu können.

Und trotzdem haben wir verloren.«

Nochmals machte Noïrun eine kurze Pause, und ein Glanz trat in seine Augen, der noch bis weit in die hinteren Reihen zu sehen war. Dann hob er leicht den Arm, ballte die Faust und führte den Satz mit starker Stimme, die nicht mehr weitergetragen werden musste, zu Ende:

»Aber nicht die Hoffnung!«

Der Fürst schüttelte nachdrücklich die Faust. »Nein, die Hoffnung haben wir nicht verloren, das werden wir auch niemals!

Ein Jahr schon halten wir unsere Stellung, ein Jahr lang ist es dem Feind nicht gelungen durchzubrechen! Und gestern standen wir kurz davor, Femris zu überwinden! Wir mussten im Unentschieden voneinander weichen, und der Feind mag dies vielleicht als Sieg für sich werten, aber er wird keine Gelegenheit bekommen, ihn zu feiern. Seht doch selbst, wie verzweifelt er inzwischen sein muss, wenn er bis jetzt noch nicht einmal Aufstellung genommen hat! Wir werden den Moment nutzen! Wir werden vollenden, was Tamron, Morwen und Rayem gestern beinahe gelungen wäre: den Durchbruch durch die feindlichen Linien. Und wir werden Femris vor die Füße spucken, bevor wir ihm den Splitter abnehmen und ihn dann in einen finsteren Abgrund stürzen, dessen glatte Wände er niemals mehr erklimmen soll!«

»Alay!«, brüllte daraufhin die zusammengeschrumpfte Garde, und dann donnerte das gesamte Heer: »ALAY!«

Noïrun hob die Hand, und es wurde wieder ruhig. Er drehte sich kurz um und gab jemandem hinter Rowarn ein Zeichen. Kurz darauf traten mehrere Soldaten mit Musikinstrumenten vor – Flöte, Geige, Laute und Armharfe, und zu Rowarns Erstaunen hielt auch Olrig plötzlich ein Zupfinstrument in Händen. Auf einen Fingerzeig fingen sie gemeinsam an zu spielen. Noïrun setzte den Helm ohne Visier auf, und dann sang er im unerwartet weichen Bariton, begleitet von der Musik und bald auch von vielen Stimmen, den Großen Totengesang, den einst Lichtsänger, der große Held der Velerii, am Ende der Titanenschlacht um Waldsee vorgetragen hatte, als es nur noch Tote und Trauer gab und niemand mehr zu kämpfen vermochte.

»Die Sonne brennt am Himmel, hoch und groß und weit
Wolkenscharen zieh'n geballt vorbei
in Wald und Wiese träumen tausend Bienen, frei wie Adler zu sein
und Adler ziehen einsam, wollen Bienen sein.

Und so brennt die Sonne, ich kann sie nicht erreichen
und ich träume fern, ein Stern zu sein.

Doch da steigt die Sonne in den Westen hinab
alt und schwer und rot von Blut
Elfen des Zwielichts bereiten ihr Bett
mit tausend Blumen, und Glocken dazu
doch tief ist das Meer, kein Licht hat der Grund.

Und so brennt die Sonne, ich kann sie nicht erreichen
und ich träume fern, ein Stern zu sein.

Und Verliebte wandeln Hand in Hand, wartend auf die Nacht,
und da sinkt sie schon nieder, geleitet Kinder zu Schlaf und Traum
mit sterbend zarten Fingern, rosaweich und warm.

Hoch oben erstrahlt Ishtrus Träne
tief unten verblasst eine Blume

Könnt ich einmal noch ihr nahe sein
ich wollte träumen nimmermehr …

Nun legt die Sonne sich zur Ruh
Gebettet in Wolken, Moos und Erde
Tod kommt herbei im blendenden Blitz
löscht aus das Licht, es ist vorbei.

Könnt ich einmal noch ihr nahe sein
ich wollte leiden nimmermehr …

Fort ist die Sonne, mit ihr das Licht
alles ist dunkel.
Gebunden in Furcht, Angst und Trauer
die Sterblichen sind, die Erschaffnen und die Gebornen
versinken in Leid und Not.

Könnt ich einmal noch ihr nahe sein
ich wollte singen und lieben immerdar …

Dunkel ist es, und still ruhen die Waffen
Tod hält uns umfangen, schweigend darben wir im Nichts

Bis der neue Morgen kommt, die Sonne erwacht,
und das Licht kehrt zurück.

Und so brennt die Sonne, ich kann sie nicht erreichen
und ich träume fern, ein Stern zu sein.«

Als der letzte Ton verklungen war, löste sich die Menge langsam und schweigend auf, um die Totenfeier zu begehen.

Noïrun wandte sich an Rowarn. »Wir haben Morwen und Rayem geborgen«, sagte er und wies Richtung Westen, wohin die Krieger in feierlicher Prozession gingen. Die meisten hielten eine Blume in der Hand. »Am Rand dort draußen haben wir einen großen Scheiterhaufen errichtet, der nun entzündet wird. Du kannst wie die anderen vorbeigehen und ihnen die letzte Ehre erweisen – wenn du es willst. Jeder geht anders mit seiner Trauer und dem Abschied um.«

»Ich werde mit dir gehen«, sagte Rowarn. Er hatte geglaubt, seine Stimme würde brüchig klingen, aber Noïruns ausgeglichene Ruhe ging wohl auch auf ihn über. Die Ausstrahlung des Fürsten war heute stärker denn je, und Rowarn bewunderte und liebte ihn dafür und war dankbar, dass er lebte und weiterhin die Verantwortung trug. Nun konnte Rowarn sich selbst vergeben, dass er sich hatte entscheiden müssen. »Ich lasse dich jetzt nicht allein.«

In Noïruns Mundwinkel zuckte ein kurzes Lächeln. Dann schweifte sein Blick ab. Er ging auf Jelim zu, die allein und verloren dastand, und zog zwei versiegelte Briefe aus der Tasche. »Bring diesen zuerst zu Morwens Mutter und den anderen anschließend nach Madin, zu Rayems Eltern«, sagte er.

»Danke für die Ehre«, erwiderte sie leise.

»Reite los, sobald du so weit bist, Mädchen. Wenn du einen Grund hast, in Madin zu bleiben, dann sei es so. Verstehst du mich? Lass mir eine kurze Nachricht zukommen.« Er ergriff ihre Schultern und drückte ihr einen Kuss auf die Stirn. »Achte auf dich. Leb wohl.«

Jelim nickte. Dann umarmte sie Rowarn ein letztes Mal, bevor sie ging. »Ich nehme Rayems Pferd mit«, rief sie zuletzt über die Schulter.

»Sie ist schwanger«, sagte Noïrun zu Rowarn, als er zu ihm zurückkehrte. »Sie hat es mir natürlich nicht gesagt, aber ich sehe es ihr an. So geht das Leben weiter, nicht wahr? Und Hoffnung wächst auf den Trümmern des Leids.«

Rowarn nickte. »Ja. Das wird auch Rayems Eltern ein Trost sein. Ich bin sicher, sie werden Jelim mit offenen Armen empfangen.« Er lächelte schwach. »Und sie wird bald ganz Madin im Griff haben. Bestimmt wird sie Bürgermeisterin.«

Seite an Seite folgten sie nun der Prozession und gingen zu dem Scheiterhaufen, der bereits in Flammen stand, die hoch loderten und den bewölkten Tag heller machten. Hier und da rissen die Wolken auf und ließen ein Stück Himmel hindurch.

Still wanderten die Soldaten an dem mächtigen Feuer vorbei, warfen Blumen und noch andere kleine Dinge hinein. Manche verharrten in kurzer Andacht oder zum Gebet, andere sangen leise.

Es war seltsam, aber die Stimmung war nicht niedergedrückt und voller Trauer, sondern gelöst und zuversichtlich. Ein Abschied auf besondere Weise.

»Du hast großartig gesungen«, bemerkte Rowarn. »Ich wusste gar nicht, dass deine Reibeisenstimme so gut klingen kann.«

Noïrun lächelte. Er legte Rowarn den Arm um die Schultern, und sie nahmen jeder aus einer bereitgestellten Schale Blumen und warfen sie in die Flammen, während sie an der großen, brennenden Totenstätte vorbeigingen, durch die wallenden Hitzeschleier hindurch. Es war wie eine Reinigung.

»Was ist mit Tamron?«, fragte Rowarn. Der Fürst hatte nur Morwen und Rayem erwähnt.

»Wir haben ihn nicht gefunden«, antwortete Noïrun.

Rowarn war überrascht und plötzlich aufgeregt. »Aber das könnte bedeuten ...«

»Dass er noch lebt, ja. Aber wer weiß, ob der Tod für ihn nicht besser gewesen wäre.« Noïrun zog den Arm zurück und sah Rowarn ernst an. »Wenn er noch lebt, hat Femris ihn.«

Rowarn ballte die Faust. »Besteht denn überhaupt noch Hoffnung?«, flüsterte er.

»Mehr denn je«, sprach der Fürst. »Glaube mir. Wir waren noch nie so nah an Femris dran. Ganz gewiss werden wir jetzt nicht lockerlassen.«

Am Vormittag, als die letzten Wolken sich verzogen hatten, marschierte das Heer wieder auf die Ruinen von Ardig Hall zu. Sie hatten sich Zeit genommen, um sich in aller Ruhe vorzubereiten und gefasst in den neuerlichen Kampf zu gehen. Dementsprechend war auch der Feind wieder bereit. Wenn das überhaupt möglich war, war es stiller als gestern.

Gewiss musste es Femris überraschen, dass der Heermeister von

Ardig Hall sich schon nach wenigen Stunden zum nächsten Angriff bereit machte, denn inzwischen dürfte er die normalerweise Tage dauernden, aufwändigen Bestattungszeremonien der Menschen kennen. Und sicherlich verfluchte er den Bepheron, seinen Heermeister, der mit seinem Speerwurf den Fürsten verfehlt hatte und dann auch noch gefallen war, wohingegen Ardig Halls Heermeister immer noch aufrecht stand.

Noïruns Züge entgleisten kurz, als er auf das Pferd zuschritt, das er heute reiten würde. »Dieser verrückte Hengst«, murmelte er. »Schon in Lingvern hat er mich begleitet. Er fehlt mir, verflucht noch mal, und allein dafür werde ich dem verdammten Mistkerl Femris den nächsten Speer in seinen ungewaschenen Hals jagen!«

Rowarn, der neben ihm Windstürmer sattelte, bemerkte vorsichtig: »Du solltest nicht gehen.«

Noïrun stieß einen trockenen Laut aus. »Rowarn, nichts und niemand auf der Welt kann mich daran hindern, wieder in die Schlacht zu ziehen. Aber ich verspreche dir, ich werde nicht direkt eingreifen ... zumindest nicht so schnell, sondern zunächst als Heermeister aus dem Hintergrund meine Befehle geben, bis ich gesehen habe, wie sich alles entwickelt. Eine neue Strategie habe ich nicht, ich muss also ganz genau beobachten und spontan entscheiden. Daher *kann* ich zunächst gar nicht kämpfen. Und du wirst an meiner Seite bleiben, um mich zu beschützen.«

Darauf fiel der junge Ritter nicht herein. »Damit willst du wohl eher auf mich aufpassen, damit ich keine Dummheiten mache.«

»So ist der Handel«, sagte Noïrun ruhig. »Entweder wir halten uns beide raus, oder keiner von uns.«

Rowarn schwang sich in den Sattel und sah sich unwillkürlich nach Morwen um, bis ihm einfiel, dass sie nie mehr dabei sein würde. Er war wütend, weil er sie vermisste. Sie hatte ihren Weg gewählt und war auf die Weise gestorben, die sie sich gewünscht hatte. Und der Erfolg der Schlacht gestern war allein ihr zu verdanken, sie hatte das Heer angeführt, nachdem der Fürst das Bewusstsein verloren hatte. Ganz die Tochter ihres Vaters. Er hatte jeden Grund, auf sie stolz zu sein, und sie bekam gewiss einen Ehrenplatz in der

Halle der Krieger. Ein großer Tod, der ganz sicher nicht umsonst war.

Beide Heere bezogen an der magischen Grenze Stellung und musterten sich, heute sehr viel eindringlicher und keineswegs mehr so selbstbewusst wie gestern. Es hatte sich gezeigt, dass Ardig Halls Truppen an Zahl zwar geringer waren, aber keinesfalls schwächer. Sie glichen den Nachteil durch strategische Vorgehensweise und perfektes Miteinander aus.

Inzwischen schien die Sonne mit voller Kraft, der Wind hatte sich gelegt, und die Luft erwärmte sich rasch. Aber der Boden war immer noch feucht, eine Matschgrube aus Braun und Rot, die schreckliche Spuren der Verwüstung zeigte. Nachdem alle Gefallenen von beiden Seiten geholt worden waren, erinnerte dies alles Rowarn stark an seine Vision auf dem Titanenfeld, und fast erwartete er, die Eliaha zu sehen. Doch hier konnte sie ihn nicht erreichen; er lernte langsam, ihr zu entgehen.

Länger als gestern verharrten die feindlichen Heere voreinander. Ardig Hall musste den ersten Schritt tun, die anderen konnten die Schwelle nicht überschreiten. Und genau das schien der Fürst zu genießen, der ein gutes Stück hinter dem Heer, in der Nähe des Lagers, Stellung bezogen hatte. »Ich habe Zeit«, bemerkte er. »Sollen sie unruhig werden. Wir haben sie gestern fast geschlagen, und sie wissen nicht, ob wir noch etwas in der Hinterhand haben.« Plötzlich hob er den Kopf und lauschte. »Hörst du das auch?«, fragte er Rowarn.

Rowarn tat es ihm gleich und nickte. »Es donnert ...«

Ein fernes, düsteres Grollen, obwohl der Himmel wolkenlos war, so weit das Auge reichte. Dann donnerte es lauter, und es wetterleuchtete am nordöstlichen Horizont. Rowarn überlief ein eiskalter Schauer, als er hohe, schrille Schreie hörte. Sehr fern, doch markerschütternd. Er hatte noch nie so schreckliche Schreie gehört, die durch Mark und Bein gingen und die Knochen eiskalt werden ließen.

Der Fürst wurde blass. »Donnervögel ...«, flüsterte er.

Olrig, der neben ihm gerade seine Axt mit einem Schleifstein behandelte, hielt inne. »Was?« Seine Augen suchten den Himmel ab, und tatsächlich: In weiter Ferne und großer Höhe wurden lange, dünne Striche sichtbar, die durch das Wetterleuchten flogen – oder es mit sich brachten, zusammen mit dem Donner. Und sie kamen rasend schnell näher. Der Zwerg stieß einen Schrei aus, allerdings in großem Jubel. Rowarn fuhr zusammen und sah ihn völlig verblüfft an.

»Das ist Angmor!«, brüllte der Kriegskönig.

Als der Name fiel, war es wie ein magisches Lauffeuer. Vor allem unter den Zwergen wurde der Ruf innerhalb eines Lidschlags aufgenommen und pflanzte sich in rasender Geschwindigkeit durch das ganze Heer fort.

Rowarn stutzte, auch er hatte den Namen schon einmal gehört. Wo war das doch gleich gewesen? Dann erinnerte er sich: In Ennishgar, als sie Pyrfinn, den Läufer der Zwerge, getroffen hatten. Er und Olrig hatten über ihre Hoffnung gesprochen, dass Angmor der Waldlöwe nach Ardig Hall kommen würde. Der Visionenritter, ein ähnlich legendärer Held wie Tamron.

»*Angmor!*«, brüllte Olrig und hob die Axt.

»ANGMOR!«, donnerte es weithin schallend vom Heer, als die riesigen, Luft aufwirbelnden, federlosen Vögel bereits heran waren und schneller als Pfeile über die beiden Heere hinwegflogen. Und für einen Moment schien die Welt in Wetterleuchten und Gewittergrollen unterzugehen, als sich der Himmel verfinsterte und schwarz geballte Wolken dahinrasten. In diesem Augenblick erschien auf der nordöstlichen Hügelkuppe ein gewaltiges Pferd mit einem Mann in Rüstung. Daneben lief eine große, kurzschwänzige Katze mit langen Pinselohren.

Für Olrig gab es keinen Zweifel. »Er ist es! Der Waldlöwe ist zurückgekehrt! Angmor! Angmor!« Strahlend schrie er Noïrun an: »Habe ich es dir nicht gesagt, damals in Ennishgar? Er wird uns nicht im Stich lassen, habe ich gesagt, und er wird kommen, habe ich gesagt, *und nun ist er hier!*« Dann setzte er in rhythmischer Euphorie fort: »Ang-mor! Ang-mor! Ang-mor!«

Seine Begeisterung riss die Kämpfer mit, und erneut fielen sie in seinen weithin schallenden Ruf ein, der sich an den Bäumen der umliegenden Wälder brach und tausendfach zurückgeworfen wurde, während der Feind sich umwandte, stockte und nun ebenfalls den Namen raunte, aber keineswegs in freudiger Erwartung.

»Was ist das für ein Tier?«, fragte Rowarn und deutete auf die Riesenkatze.

»Graum, der Schattenluchs«, antwortete Fürst Noïrun anstelle von Olrig, der momentan für die Beantwortung von Fragen keine Zeit hatte. »Obwohl ich dem Visionenritter nie begegnet bin, weiß ich, dass er von diesem Tier begleitet wird – ein untrügliches Zeichen, dass er es tatsächlich ist.« Inzwischen hatte auch ihn die Begeisterung angesteckt; er konnte davon nicht unberührt bleiben. Bewegt schlug er sein Schwert an den Schild. »Kaum zu fassen, dass er noch lebt – und gekommen ist! Olrig, ich werde nie mehr an dir zweifeln!«

Das schmetternde Wiehern des mächtigen Rosses erscholl bis hierher, und dann fegte es in gestrecktem Galopp den Hügel hinunter, was den Boden bis unter Windstürmers Hufe erzittern ließ, der daraufhin nervös trippelte. Der Schattenluchs hielt mühelos mit dem Pferd mit.

Ein Aufschrei ging nun durch die Reihen der Feinde, und das Heer wogte hin und her, unschlüssig, was es tun sollte, und zerfaserte bereits an einigen Rändern.

»Sollten wir nicht ...«, begann Rowarn, aber Olrig winkte grinsend ab.

»Lass ihn nur machen, Junge.«

Der Fürst, der sein Pferd gerade antreiben wollte, verhielt ebenfalls. »Wir sollen nicht angreifen?«

»Ganz recht, Freund. Schone deine Soldaten, ihre Stunde wird kommen. Das hier ist wichtig, um die Gegenseite zu demoralisieren. Vertrau mir.«

In diesem Moment hatte der Visionenritter die magische Barriere durchbrochen und erreichte schon die vorderste Front der Dubhani. Ein gewaltiges Durcheinander entstand, als er, ohne das Tempo zu verringern, mit einem geflammten, gleißenden Langschwert nach allen Richtungen hieb und sich mit gewaltigen Schlägen die Bahn freimachte. Der Schattenluchs ließ ein heiseres Gebrüll erklingen, sprang mit offenem Rachen und ausgefahrenen Krallen die Feinde an, die es törichterweise wagten, sich ihm in den Weg zu stellen, und streckte sie innerhalb weniger Herzschläge einen nach dem anderen mit fetzenden Prankenhieben und kraftvollen Bissen nieder; auch er verlor dabei kaum an Geschwindigkeit.

Schon nach wenigen Augenblicken fiel die Ordnung des feindlichen Heeres endgültig in sich zusammen. Wie Wasser aus einem zertrümmerten Behälter zerfloss es, schwappte auseinander und strömte in alle Richtungen davon – nur weg von Angmor, dem Waldlöwen, dem Visionenritter.

In heller Panik ergriff schließlich das gesamte Heer von Femris die Flucht, floh vor einem einzigen Reiter, der immer weiter vordrang. Bald war Angmor kein Hindernis mehr im Weg. Er galoppierte direkt auf den Heermeister von Ardig Hall zu, verschwand in einer Bodenwelle und war beim nächsten Auftauchen schon fast greifbar nah. Neben ihm lief unermüdlich der Schattenluchs. Kurz darauf durchquerte der Visionenritter die Bannmauer ungehindert ein zweites Mal.

Rowarn stand der Mund offen, als das dampfende Ross dann wenige Schritte vor ihnen anhielt. Atemnebel wallte aus den rotgeblähten Nüstern, seine Augen leuchteten wie dunkle Granate. Der Schattenluchs setzte sich neben den schnaubenden, abwechselnd mit den Hufen aufstampfenden Hengst und begann, sich in aller Ruhe zu putzen.

Der Ritter stieg ab, und Rowarn sah, dass er vielleicht nicht ganz so groß war wie Tamron, aber sehr viel muskulöser. Das Visier seines mit gebogenen Hörnern verzierten Helms war wie ein männliches Gesicht geformt, mit schmalen Augenschlitzen, Nasenlöchern und einer kleinen Mundöffnung. Er trug einen Eisenharnisch mit dem Wappen von Ardig Hall, dem Seedrachen, als Punzierung auf der Brust, darunter ein dicht gewebtes, dunkles Hemd, Armschienen, einen langen dunklen Umhang mit Kapuze und kniehohe Stiefel aus

Leder mit Eisenverstärkungen. In seinem breiten Gürtel steckten Krummdolch und Messer, an der linken Seite waren die beiden Riemen für die gewaltige Schwertscheide befestigt.

Eine mächtige Aura ging von ihm aus, die Rowarn gegen das Sonnenlicht wie einen dünnen Schleier um ihn ausmachen konnte. Diese Ausstrahlung war mit nichts zu vergleichen, was er jemals erlebt hatte, und trotzdem auf eine merkwürdige Weise vertraut, die er sich nicht erklären konnte. Er vermutete, dass es unter anderem die Macht seiner Gabe war, die allen Visionenrittern des Ordens eigen war.

Die Soldaten begrüßten ihn aus gebührlicher Entfernung mit großem Jubel. Abwechselnd wurde »Angmor!«, »Der Waldlöwe!« und sogar »Graum!« gerufen. Der Schattenluchs hielt kurz inne, als er seinen Namen hörte, die langen Pinselohren drehten sich aufmerksam in alle Richtungen; dann putzte er sich in aller Ruhe weiter.

Olrig sprang vom Pferd, nahm den Helm ab und ging rasch mit strahlendem Gesicht auf den großen Mann zu, der den völlig geschlossenen Helm nicht ablegte; das Visier konnte nicht geöffnet werden. »Angmor, welche Freude!« Er streckte den rechten Arm aus. Der Visionenritter legte den Unterarm an den des Zwerges, und beide drückten kräftig zu.

»Olrig, mein alter Freund«, sprach der Visionenritter mit tiefer, wohlklingender Stimme. »Es tut gut, dich nach all den Jahren wohlauf zu sehen.« Er schlug mit der Linken an die Schulter des Kriegskönigs. »Grau wirst du, so wie ich. In unseren herbstlichen Tagen sollten wir angenehmeren Dingen frönen, als uns ständig mit diesem unsterblichen Halsabschneider herumschlagen zu müssen.«

»Ein wahres Wort! Ich dachte ja schon, du hättest deine Waffen für immer abgelegt«, lachte Olrig. »Du ahnst nicht, wie nötig wir deine Hilfe brauchen!«

»Deswegen bin ich hier«, erklärte Angmor. Er wandte sich dem Fürsten zu, der ebenfalls abgestiegen war und langsam hinzutrat. Olrig übernahm die Vorstellung.

»Das ist Heermeister Fürst Noïrun Ohneland, der bisher die Stellung gehalten hat.«

Noïrun neigte leicht den Kopf. »Es ist mir eine große Ehre, einer Legende wie Euch zu begegnen.«

»Die Ehre ist vielmehr auf meiner Seite«, versetzte Angmor. »Ihr seid ein großartiger Heermeister, von dem man in ganz Valia spricht. Der Beste, den Ardig Hall je hatte, was ich ohne Schmeichelei bestätigen kann.« Er drückte die Hand des Fürsten. »Welch Glück für den Regenbogen, einen Kämpfer wie Euch zu haben.«

»Doch leider haben wir unser Ziel, den Splitter zurückzuerobern, nicht erreicht«, versetzte Noïrun.

»Noch ist es nicht entschieden.« Angmor hob die Hand, als Noïrun wieder in den Sattel steigen wollte. »Wartet, mein Fürst. Für den Angriff ist es noch zu früh.«

»Für mich sieht der Augenblick günstig aus, solange das feindliche Heer in Auflösung ist«, bemerkte Noïrun erstaunt.

»Genau das könnte Euer Verderben sein. Es war ein Glück, dass ich gerade jetzt eingetroffen bin, denn Femris hatte eine Strategie geplant, die Euer Heer heute vernichtet hätte. Ich konnte es beim Durchqueren erkennen. Mein Eintreffen hat diesen Plan vorerst zunichtegemacht, und Femris muss das Heer neu formieren, doch wir müssen vorsichtig sein. Es ist noch nicht überstanden. Ich habe bereits eine gute Sicht auf die Dinge und werde Euch sagen, wie wir vorgehen.«

»Dann besprechen wir uns in meinem Zelt«, schlug der Fürst vor und winkte Rowarn, sich ihnen anzuschließen.

Rowarn, der dies trotz seiner Position an Noïruns Seite nicht erwartet hätte, beeilte sich, von seinem Pferd zu kommen, und folgte ihnen erfreut. Er zuckte leicht zusammen, als der Schattenluchs plötzlich samtpfötig an seiner Seite auftauchte. Er reichte Rowarn mit der Schulter fast bis an die Hüfte. Sein Fell war rotbraun, mit schwarzen, unterschiedlich großen Tupfern; vorn an der Brust bis hinunter zum Bauch seidig, lang und weiß. Seine großen Katzenaugen schillerten orangefarben, schwarze Linien umrandeten sie und bildeten eine Verlängerung bis zu den Ohren. Auch seine helle, mit langem Fell geformte, weiß umrahmte Gesichtsmaske war gestreift. Die Pinsel an den hochstehenden, spitzen, mit dünnen Haaren gefütterten Ohren waren schwarz. Sein seltsam stummelig anmutender Schwanz trug Streifen, mit schwarzer Abrundung. Es war nicht schwer zu erraten, weswegen er »Schattenluchs« hieß: Er verschmolz durch seine vielfältige Färbung und Fellzeichnung mühelos mit der Umgebung, außer vielleicht auf grünem Gras. Er war kräftig und muskulös gebaut, dennoch hochbeinig und daher in den Bewegungen elegant.

Während Rowarn überlegte, ob er es wagen durfte, dieses ungewöhnliche Tier zu berühren, rieb der Luchs plötzlich den Kopf schnurrend an seinem Bein, ganz nach Katzenart, um dann vor ihm das Zelt zu betreten. Offensichtlich wich er seinem Herrn nie von der Seite.

Als Rowarn eintrat, wandte Angmor ihm den Kopf zu und schien ihn zu mustern, machte jedoch keine Bemerkung. Er beugte sich gleich wieder über den Tisch, auf dem Pläne ausgerollt lagen und ein großer Krug und mehrere Becher bereitstanden, dazu eine Schale mit Trockenfleisch und geröstetem Brot, und eine mit frischen Früchten. Angmor legte den Umhang, den Eisenharnisch und die Armschienen ab und zog die Handschuhe aus, und Rowarn sah schmale, sehnige Hände mit langen Fingern. Die Haut war hell, aber das war auch kein Wunder; wahrscheinlich kam so gut wie nie Sonne daran. Rowarn fragte sich, wann und wie Angmor Flüssigkeit und Nahrung zu sich nahm, mit der Gesichtsmaske war das unmöglich.

Da weder Olrig noch Noïrun oder irgendein anderer der anwesenden Befehlshaber es für nötig befand, Rowarn vorzustellen, sagte er auch nichts und nahm seinen Platz rechter Hand in der Nähe des Fürsten ein, ein wenig nach hinten gerückt. Graum saß am Rand des Zeltes, hinter seinem Herrn.

Der Visionenritter erläuterte, was er beim Durchqueren der feindlichen Linien gesehen hatte, und machte Vorschläge, wie sie vorgehen sollten. Fürst Noïrun gab ohne Einwände seine Zustimmung.

»Mehr als ein kurzes Scharmützel können wir heute nicht wagen«, erklärte Angmor. »Wir werden den Dubhani Angst und Schrecken einjagen und ihnen verdeutlichen, dass meine Verstärkung für sie den Untergang bringt. Ich selbst will eine ausgesuchte Schar führen.

In erster Linie möchte ich die Truppen reduzieren, denn es sind immer noch zu viele, um an Femris selbst heranzukommen. Das heißt für heute: töten um jeden Preis, aber keinesfalls nachrücken. Deshalb werden wir auch nicht das gesamte Heer einsetzen. Dies ist die Vorbereitung für den tatsächlichen Endkampf, der uns danach bevorsteht.«

»Sie sollen demoralisiert werden und anfangen zu zweifeln, das macht sie schwach und zögerlich«, dröhnte Olrig begeistert. »Endlich sind wir so weit! Die letzte Schlacht wird uns dann den Sieg einbringen.«

»So ist es geplant. Ich muss selbst erst die Lage genauer einschätzen. Ein Glück für uns ist natürlich, dass ihr gestern den Bepheron beseitigt habt.« In Angmors Stimme klang fast so etwas wie Bewunderung. »Die Geißel der Alten Welt zu besiegen, ist eine wahrhafte Höchstleistung und lässt mich dem Volk der Menschen höchsten Respekt zollen.«

»Wir haben einen hohen Preis gezahlt«, sagte Fabor leise, und Rowarn fiel zum ersten Mal auf, dass er tatsächlich Zuneigung für Morwen empfunden hatte. Einige Begebenheiten, auf die er früher nie geachtet hatte, setzten sich nun zusammen und ergaben ein klares Bild.

»Der Preis ist immer hoch«, sagte der Visionenritter ruhig. »Jeder von uns verliert im Krieg jemanden, den er liebt. Ich bedaure, dass ich nicht schon gestern eingetroffen bin, dann wäre Euch vielleicht Leid und Trauer erspart geblieben.«

»Zeit für Trauer wird sich finden, doch nicht jetzt«, bemerkte der Fürst. »Halten wir uns nicht auf, handeln wir und bringen den heutigen Kampf zu Ende. Wir brauchen noch ein wenig Erholung vor der letzten Schlacht, die wir schon morgen schlagen wollen.«

Angmor nickte. »Eben deswegen möchte ich Euch und Olrig darum bitten, an diesem Kampf nicht teilzunehmen, sondern mir alles zu überlassen. Seht zu, wie ich kämpfe, prägt Euch meine Vorgehensweise ein, dann werden wir morgen alle zusammen wie ein einziger Mann zuschlagen. Ich weiß, ich verlange viel, aber …«

»In Ordnung!«, unterbrach Noïrun. »So soll es geschehen.«

»Ich danke Euch für Euer Vertrauen«, sprach der Visionenritter.

Noïrun lächelte. »Ihr habt Euch hinreichend auf dem kurzen Weg durch das Heer des Feindes hierher bewiesen. Es wird mir eine Ehre sein, Euch nun unter dem Einsatz Eurer Gabe zu sehen, und ich vertraue Euch meine Leute ohne Bedenken an.«

Damit löste er die Versammlung auf. Rowarn war erleichtert, dass weder Olrig noch Noïrun in den Kampf gehen würden. Beim Hinausgehen hielt der Fürst Rowarn kurz auf: »Du wirst ebenfalls nicht in den Kampf gehen«, befahl er. »Du bleibst an meiner Seite, siehst zu und lernst.«

»Nun, was sagst du zu Angmor, Rowarn?«, fragte Olrig launig, als sie zu den Pferden gingen.

»Ich spüre große Stärke und Macht in ihm«, antwortete Rowarn. »Stimmt das mit seinem deformierten Gesicht? Er nimmt den Helm nicht ab.«

Der Zwerg nickte. »Er hat mir mal erzählt, dass sein Gesicht durch Narben völlig entstellt sei. Er war gerade erst ein junges Mitglied des Ordens der Visionenritter und musste schon seinen ersten Kampf gegen Femris bestreiten. Seither hat er neben allen anderen auch persönliche Gründe, Femris zu töten. Ich bin vor etwa achtzig Jahren in einigen Schlachten mit ihm geritten, und ich habe ihn nie ohne Helm oder wenigstens Kapuze gesehen. Ich weiß aber, dass einmal eine junge Maid ihre Neugier nicht im Zaum halten konnte und sich zu ihm schlich, als er schlief. Ihren Schrei höre ich heute noch in mir schallen, denn ich schlief im Zelt nebenan. Tagelang war sie völlig verstört und hat kein Wort mehr gesprochen. Als er eines Nachts während eines gemeinsamen Spaziergangs eine Kapuze trug, fiel kurzzeitig das Licht einer Fackel auf sein Kinn, und ich sah, dass er nicht gelogen hatte – es war deformiert und von Narben überwuchert. Allein dieser scheußliche Anblick hat mir ein für alle Mal jegliche Neugier genommen, den Rest seines Gesichtes zu sehen.«

Rowarn schauderte es. »Der arme Mann.«

»Ja, er trägt ein schweres Schicksal. Es ist schon Bürde genug, ein

Visionenritter zu sein, aber noch dazu eine solche Entstellung, und das bereits als junger Mann ... Es ist ein Wunder, dass er nicht vollends verbittert ist.«

»Weil er vom heiligen Feuer erfüllt ist, die Bestimmung seines Ordens zu erfüllen«, erklang Noïruns Stimme hinter ihnen, und er schloss zu ihnen auf. »Olrig, du sagst, dass du vor achtzig Jahren an seiner Seite gekämpft hast. Er ist also kein Mensch?«

»Ich habe keine Ahnung«, musste Olrig zugeben. »Er spricht nicht über seine Vergangenheit, denn er ist dem Orden wohl schon sehr früh beigetreten. Er sagte mir allerdings, dass der Empfang der Gabe gleichzeitig das Leben um einiges verlängert, und wenn einer der Ritter im Kampf stirbt, überträgt sich ein Teil seiner Kraft auf die überlebenden. Da er vermutlich der Letzte ist, ist nicht auszuschließen, dass er mindestens so alt wie ein Zwerg wird ... oder schon ist. Er war damals schon kein junger Mann mehr, auch wenn er heute erst den Scherz über die grauen Haare machte. Wobei ich bezweifle, dass er auf dem Haupt noch ein einziges Haar hat. Dauernd den Helm aufzuhaben, da muss man doch eine Glatze kriegen.«

Auf dem Weg verharrte Rowarn und betrachtete neugierig das mächtige Ross des Visionenritters. Sein Fell hatte die Farbe dunkler Asche, sein Behang war schwarz und wallte lang und dicht am Hals bis zum Widerrist hinunter. Schweif und Fesselhaare waren ebenso voll.

Als er darauf zugehen wollte, vertrat ihm Fashirh den Weg. »Komm dem bloß nicht zu nahe!«, warnte er. »Aschteufel ist die bösartigste Bestie, die ich je gesehen habe.«

Rowarn lachte. »Wenn das ein Dämon sagt ...«

»Ich meine es ernst. Er schlägt, beißt und tritt und hat ständig schlechte Laune.«

»Aber ich bin mit Pferden aufgewachsen und ...«, setzte Rowarn an und zuckte zusammen, als Angmors tiefe Stimme hinter ihm erklang.

»Hör besser auf Fashirh. Aschteufel ist nicht wirklich gezähmt, er hat lediglich einen Narren an mir gefressen, deswegen tut er alles für mich.«

Olrig bemerkte aus dem Hintergrund: »Schönheit mit miesem Charakter. Genau wie meine zweite Frau.«

»War sie auch so anhänglich?«, fragte Angmor.

»Zum Glück nicht«, antwortete Olrig und löste damit brüllendes Gelächter aus.

»Du warst verheiratet?«, fragte Rowarn, als sie sich ihren Pferden zuwandten, während die anderen sich kichernd zerstreuten.

»Bin's noch«, brummte Olrig. Er schien in Gedanken zu zählen, nahm dann die Hände zu Hilfe und hob schließlich sechs Finger hoch. »Was glaubst du, wieso ich das Amt des Kriegskönigs annahm?«

Rowarn war fassungslos. »Zum sechsten Mal? Wieso tust du das?«

»Weiß nicht«, antwortete der Zwerg. »Muss wohl eine Schwäche für Frauen haben, aber einen ziemlich schlechten Geschmack. Genau wie mein Freund Noïrun übrigens, das war das Erste, was uns zusammenschweißte.«

»Der ist auch verheiratet?«, stieß Rowarn entgeistert hervor.

»Wie man's nimmt.« Olrig sah sich um und wisperte dann vertraulich: »Sie ist mit einem anderen abgehauen. Sprich ihn bloß nicht drauf an, darin versteht er überhaupt keinen Spaß.« Er stieß Rowarn an, als der Fürst sich zu Pferde näherte. Um abzulenken, wandte er sich Angmor zu, der seinem Hengst gerade mit der Faust drohte, als der ihm mit angelegten Ohren die gebleckten Zähne zeigte. »Sag mal, alter Freund, der Gaul sieht genauso aus wie der, den du vor achtzig Jahren geritten hast, und er heißt auch so.«

»Einmal Aschteufel, immer Aschteufel«, brummte der Visionenritter. »Mein Geschmack scheint nicht besser zu sein als deiner, Freund Olrig.«

Olrig lachte dröhnend, während er aufsaß. »Wir sind wohl beide nicht zu beneiden – aber er lässt dich immerhin aufsitzen und tut wenigstens ab und zu, was er soll!«

Rowarn schloss sich der allgemeinen Heiterkeit ringsum nicht an, sondern sah genau zu, wie Angmor aufstieg. Erstaunt beobachtete er, wie das wilde Pferd augenblicklich gehorsam verharrte und sich an den Zügel stellte. Beeindruckt tätschelte er Windstürmer den

Hals, der erwartungsvoll schnaubte, und schwang sich auf seinen Rücken.

Fürst Noïrun gab das Zeichen, und sie ritten los. Angmor trennte sich bald von der Schar und lenkte Aschteufel an die äußere linke Flanke des unverändert ausharrenden Heeres von Ardig Hall. Kurz darauf kam Graum, der Schattenluchs, in weiten Sätzen herangefegt und schloss sich seinem Herrn an. Aschteufel legte nun richtig los, und bald waren sie dem Heer weit voraus. Angmor zog sein Schwert, das im schrägen Licht der Nachmittagssonne aufblitzte, und fiel wie ein wütender Sturm über den Feind her.

Das Heer von Ardig Hall, mit Fashirh und den Dämonen an der Spitze, setzte sich in Bewegung.

Der Fürst schloss zu Olrig auf und kam an Rowarns Seite. »Pass gut auf, Rowarn«, forderte er ihn auf. »Beobachte genau, was Angmor tut, damit du verstehst, weshalb er eine Legende ist. Ich bin ebenfalls gespannt, nach allem, was Olrig mir berichtete.«

Sie bezogen Position auf einer kleinen Anhöhe, die eine gute Übersicht bot. Rowarn tat, wie ihm geheißen, indem er den Visionenritter scharf beobachtete, und war bald voller Staunen.

Ein Teil des Heeres verharrte an der magischen Barriere, der andere hatte sich nunmehr dahinter verteilt und war dabei, die Dubhani einzukreisen, während Angmor sich bereits mittendrin auf Feindesboden befand. Er hatte eine breite Bresche in die Dubhani-Stellungen geschlagen und verhielt nun. Aschteufel stieg und teilte tödliche Hufschläge aus, während er sich langsam im Kreis drehte. Er zeigte sich als hervorragend ausgebildetes Kriegspferd und wusste genau, was er zu tun hatte, ohne Zügel oder sonstige ersichtliche Einwirkung.

Fashirh und die anderen Dämonen hatten sich inzwischen zu ihm durchgeschlagen und hielten sich dicht an den Visionenritter, im Gefolge eine ausgewählte Truppe Bogenschützen und Speerwerfer. Der Schattenluchs wütete unter den Soldaten, die es wagten, sich Angmor zu nähern. Er entfernte sich dabei nie weit von ihm. Mit traumwandlerischer Sicherheit entging er jedem Pfeilhagel.

Der Visionenritter gab den Dämonen Befehle, und sie stürmten in geschlossener Formation los. Auch die Bogenschützen und Speerwerfer erhielten Anweisungen, denn plötzlich sirrten Pfeile und Speere durch die Luft – allerdings scheinbar völlig ziellos irgendwohin.

Und dann erfuhr Rowarn, was die besondere Gabe des Ritters war, und wieso sein Orden diesen Namen trug. Denn während die Pfeile und die Speere scheinbar ziellos unterwegs waren, *rannten* die feindlichen Soldaten plötzlich *hinein*, ohne ausweichen zu können! Nicht ein einziger Pfeil oder Speer verfehlte sein Ziel, und reihenweise stürzten die Krieger wie gefällte Bäume, jeder ohne Ausnahme zu Tode getroffen.

Wie ist das möglich?, fragte sich Rowarn staunend. *Magie? Anders kann ich es mir nicht erklären.*

Wie wenige Stunden zuvor schon brach erneut Panik in Femris' Heer aus. Angmor gab weiter seine Befehle, und wieder sah es so aus, als liefen die Verteidiger von Ardig Hall ziellos irgendwohin, schleuderten Speere oder hoben Lanzen, hieben mit den Schwertern um sich – und kurz darauf fielen ihre Gegner, ohne auch nur die Gelegenheit zur Abwehr zu bekommen oder ihre Strategie ändern zu können.

Jetzt begriff Rowarn. »*Er sieht es voraus*«, flüsterte er fassungslos. »Er weiß, was geschieht ... was sie als Nächstes tun werden ... und positioniert rechtzeitig unsere Soldaten ...«

Olrig nickte. »Das ist das Geheimnis seines Ordens. Angmor ist der absolute Meister darin, es gab wohl keinen, der jemals unfehlbarer war als er.«

Rowarn wandte schaudernd den Blick. »Dies ist wirklich eine Schlacht ... ein grausames Gemetzel, aber nur für eine Seite. Obwohl ich mich freuen sollte, kann ich es kaum mit ansehen.«

»Krieg ist nie ein schöner Anblick, Rowarn«, bemerkte der Fürst. »Aber zum ersten Mal wendet sich das Blatt eindeutig zu unseren Gunsten, und wir gewinnen gewissermaßen Boden, anstatt ihn nur zu verteidigen.«

Das Heer von Femris befand sich inzwischen in völliger Auflösung. Die Sonne machte sich gerade auf den Weg in den tiefen Westen, als die Dubhani scharenweise die Flucht ergriffen, aber nun zeigte sich erst wirklich Angmors Können. Denn die Einkreisung des Feindes war nach einem bestimmten Muster vor sich gegangen. Rowarn hatte sich bereits darüber gewundert, wie viele Lücken es zwischen den Truppen von Ardig Hall gab. Nun wusste er es. Die Feinde sahen in ihrer kopflosen Panik genau diese Lücken und steuerten unwillkürlich darauf zu. Die Falle schnappte zu, als die Truppen von Ardig Hall erneut auseinanderwichen und bereits vor den Fliehenden die Lücken schlossen. Sie hatten vorher die Befehle erhalten, wo sie sich verteilen mussten.

Noch vor der Abenddämmerung verlor Femris in der Schlacht nochmals über zweitausend Mann, bevor Angmor den Befehl zum Rückzug gab. Ardig Hall hatte nur achtzig Männer eingebüßt, und nicht mehr als hundertfünfzig waren verwundet.

Zum ersten Mal seit Beginn des Krieges war das Verhältnis ausgeglichen.

An diesem Abend war die Stimmung gelöst, überall brannten Freudenfeuer, und es wurde gelacht, gesungen und getanzt. Nach und nach trafen die müden, aber stolzen Kämpfer ein, und jeder wurde unter großem Hallo willkommen geheißen.

Graum schlich heran, als der letzte Soldat schon lange unter Jubelrufen zum Feuer geleitet worden war, wo man ihm einen dampfenden Becher Würzwein in die Hand drückte. Die Nacht war hereingebrochen, und der Katzenkörper schälte sich erst spät aus der Dunkelheit in den Kreis der Fackeln am Lagerrand.

Der Schattenluchs war blutbesudelt, aber es schien nicht sein eigenes zu sein. Müde trottete er dahin, hob aber den Kopf, als er den jungen Ritter entdeckte, der immer noch geduldig wartete. Er maunzte leise und rieb seine Stirn an Rowarns Hüfte. Zum ersten Mal wagte Rowarn es, ihn zu berühren; das Fell am Hals war dick und weich, und hingebungsvoll streichelte er den Luchs, der nichts dagegen zu haben schien. Beide hoben den Kopf, als leises Hufklappern ertönte.

Angmor traf endlich ein.

Rowarn hatte nicht verstehen können, warum niemand auf den

Visionenritter warten wollte, aber Olrig hatte gebrummt, dass Angmor einen feierlichen Empfang nicht besonders schätzte.

Aschteufel war schweißnass und zockelte mit hängendem Kopf dahin. Bei Rowarn und Graum angekommen, hielt er an. Die mächtige Gestalt im Sattel regte sich nicht.

Rowarn hatte plötzlich ein ungutes Gefühl. »Herr Angmor …«, begann er scheu.

»Hilf mir aus dem Sattel, Junge«, erklang Angmors tiefe Stimme wie von Ferne, mit einem seltsamen Hall.

Rowarn beeilte sich, an Aschteufels linke Seite zu kommen, und ächzte auf, als er das Gewicht des Mannes zu spüren bekam, der halb aus dem Sattel stürzte. Er stützte sich schwer auf das Sattelhorn und schwankte leicht.

»Ihr seid verletzt! Ich hole sofort einen Heiler, und …«, begann Rowarn, aber Angmor winkte ab.

»Mir fehlt nichts, junger Rowarn. Nur Kraft.« Er hielt sich am Sattel fest und ließ sich von Aschteufel weiterziehen.

»Ihr zahlt einen hohen Preis«, sagte Rowarn langsam.

»Die Magie fordert immer ihren Preis«, versetzte Angmor. »Eines Tages mehr, als man geben kann. Zumindest, wenn man eine Gabe wie die meine verliehen bekommt, anstatt mit ihr geboren zu werden.«

»Das tut mir leid.« Rowarn erinnerte sich an das, was Halrid Falkon ihm im Freien Haus über die Magie gesagt hatte.

»Warum bist du nicht bei den anderen?«, wollte der Visionenritter mit strengem Unterton wissen. »Hat Olrig dir nicht gesagt, dass ich keinen Empfang, keine Begleitung wünsche?«

»Ich habe nicht auf ihn gehört«, murmelte Rowarn beschämt.

Angmor war geduldig und nachsichtig. »Natürlich nicht. Du bist jung und lernst das Leben erst kennen, genauso wie diese Welt. Ich sehe es in deinen Augen, du bist behütet und abgeschieden aufgewachsen.«

»Ja, Herr. Ich wurde von Velerii aufgezogen.« Rowarn versuchte ein scheues Grinsen.

»Velerii!« Angmor klang aufrichtig erstaunt. »Ich habe schon sehr lange keine Pferdmenschen mehr gesehen. Und sie haben dich nicht den nötigen Respekt gelehrt?«

Rowarn wünschte sich, im Erdboden versinken zu können. »Ich bitte um Vergebung, Herr. Ich habe gestern viele Freunde verloren, die nicht aus der Schlacht zurückkehrten. Einer von ihnen lebt vielleicht noch, denn er ist verschwunden. Ich … musste einfach auf Euch warten, um ganz sicherzugehen, dass Euch nichts geschehen ist.«

Angmor verharrte, und Aschteufel blieb stehen. Nach einer Weile sagte er: »Verstehe.« Er wandte sich dem jungen Nauraka zu. Der Feuerschein spiegelte sich flackernd auf seinem metallischen Gesicht und warf Schatten, die es fast lebendig machten. »Wonach bist du auf der Suche, junger Rowarn?«

»Nach dem Mörder meiner Mutter«, flüsterte Rowarn. Diesem Mann konnte er nichts vorenthalten oder vormachen. Die Wahrheit rutschte aus ihm heraus, noch bevor er nachgedacht hatte.

»Rache also.« Angmor wies um sich. »Diese große Geschichte hier interessiert dich gar nicht, ja? Du glaubst, dass andere sich darum kümmern sollen? Jemand wie – ich?«

Rowarn wich aus. Er blickte zu den Zelten, den Feuern, um die Menschen tanzten, andere herumstanden und lachten, sangen oder tranken. »Ich bin nicht von Bedeutung«, sagte er leise.

Graum blickte zu ihm hoch, seine orangefarbenen Augen glühten in der Dunkelheit.

»Du irrst dich«, sagte Angmor langsam. Er schien allmählich wieder zu Kräften zu kommen, denn er stand frei, ohne sich aufzustützen. »Jeder ist von Bedeutung. Du bist jetzt hier. Wenn du nicht für Ardig Hall stehst, und auch nicht für Femris kämpfen willst, solltest du gehen. Ansonsten stehe zu deiner Entscheidung! Auch du hast bisher verhindert, dass Ardig Hall fällt. Du hast noch weitere Freunde, nicht wahr? Sie bedeuten dir etwas. Also bedeutest auch du ihnen etwas. Ich kann mir nicht vorstellen, dass du das alles nur für dich tust. Damit machst du dir etwas vor und tust anderen unnötig weh.«

Rowarn hatte das Gefühl, dass ihm die Entschuldigungen ausgingen. Er fühlte sich elend, und das an diesem Abend des Sieges.

Aber auch Angmor schien nicht feiern zu wollen, und der Sieg war wohl zweitrangig.

Als hätte er seine Gedanken gelesen, sagte der Visionenritter: »Es ist noch nicht vorbei.«

Rowarn nickte. Umso wichtiger erschien es ihm, jetzt hier zu sein. Gerade weil der Visionenritter geschwächt wirkte. »Gibt es nichts, was ich für Euch tun kann?«

»Doch«, sagte Angmor überraschend. »Sprich nicht hierüber ... über meine Schwäche. Und damit genug für heute. Ich gehe jetzt zu meinem Lager.« Er wies auf ein neues, schwarzes Zelt am Rande. »Du wirst mich nicht weiter begleiten und keine Fragen mehr stellen.«

»Eine ... hab ich aber noch«, sagte Rowarn hastig, bevor er seinen törichten Mut und sein schlechtes Benehmen bereuen konnte. »Warum mag Graum mich? Er nähert sich sonst keinem.«

Da lachte Angmor, rau und leise. »Deine unschuldige Jugend, die an dir haftet wie der süße Duft einer rolligen Katze«, antwortete er. »Derselbe Grund, weswegen ich mich mit dir abgebe, junger Rowarn, denn es ist sehr lange her, dass ich jemanden traf wie dich, von so reinem Herzen, ungeduldig und ruhelos, auf einer Suche, deren Ziel du nicht kennst ... und nicht einmal den Inhalt. Du bist ein Beispiel dafür, warum wir immer noch um Ardig Hall kämpfen, warum wir Femris den Splitter nicht überlassen können. Das Licht des Regenbogens umgibt dich mit leuchtender Aura.« Er nickte Rowarn zu. »Und damit endgültig genug für heute. Geh nun zu den anderen, feiere und freue dich, und behalte dieses Geheimnis zwischen uns ebenso für dich, wie ich niemandem etwas über deine Offenbarung sagen werde. Morgen gibt es einen neuen Kampf.«

Er wandte sich ab, nahm Aschteufel am Zügel und war bald darauf zusammen mit dem Schattenluchs in der Dunkelheit verschwunden.

18.

Die letzte Schlacht

Noch vor Mitternacht wurde es still im Lager. Die Feuer brannten herunter. Nichts regte sich mehr; auch die erschöpften Pferde hatten sich hingelegt.

Rowarn hielt es allein in seinem Zelt nicht aus. Morwen und Rayem waren tot, Tamron verschwunden, Jelim fort, Lohir, Ravia und Kalem verwundet. Von den hundertfünfzig aus Inniu waren dreißig gefallen. Auch die Garde des Heermeisters hatte Ritter verloren. Wer wusste, was ihnen noch bevorstand ... Dies waren Gedanken, die Rowarn nicht die ganze Nacht wälzen wollte. Da war es besser, aufzustehen und vielleicht die Sterne zu betrachten, herumzugehen, irgendetwas zu tun.

Die Luft war mild, der Frühsommer stand vor der Tür. Es war die Zeit, da die Jungtiere ihre ersten Ausflüge in die Welt unternahmen, bereit, sich allen Gefahren zu stellen. Rowarns Muhmen würden alle Hände voll zu tun haben mit den neugeborenen und halbwüchsigen Fohlen. Ob sie an ihn dachten? Ihn vermissten? Ein halbes Leben schien es bereits her zu sein, dass er Abschied genommen hatte von dem lieblichen, abgeschiedenen Tal. Er sah den glühenden Eisgipfel des Fennóngar und darunter den Galad-Mur, erhaben und ewig, und doch klein und zerbrechlich aus der Warte eines Gottes, hoch oben in den Sphären, wo die Weltenmelodie sich mit der Urmelodie verband.

Rowarn fragte sich, ob Lúvenor, wenn er noch hier war, beobachtete, was auf seiner Welt vor sich ging. Ob es für ihn von Bedeutung war ... ja, gewiss, das Tabernakel *war* von Bedeutung, von Erenatar selbst erschaffen. Wahrscheinlich wusste nicht einmal der Lichte Gott, welchem Zweck es dienen sollte. Als Schöpfer durfte er nicht eingreifen; und wer weiß, vielleicht hatte Erenatar dafür gesorgt, dass kein Gott seine Hand an das Artefakt legen durfte. Wahrscheinlich hatte es schon seit der Entstehung von Waldsee in seinem Schrein geruht. Vielleicht sollte die Welt sogar ursprünglich als schützendes Behältnis dienen, um es vor den Augen der Mächtigen zu verbergen.

Von den anderen Göttern wusste Rowarn nicht viel. Olrig erzählte gern von Lugdur, dem Schöpfer der Zwerge, aber da gab es so viele mehr. Nur die Menschen hatten keinen Gott, wohingegen die Warinen sich dem Gott der Dämonen von Waldsee zugewandt hatten. Seinen göttlichen Namen hatte Rowarn nicht in Erfahrung bringen können, denn Fashirh stammte von Xhy und hatte auf den »lächerlichen Knirps« gespuckt, was Rowarn einigermaßen schockiert hatte. Die anderen Dämonen hatten es bis heute nicht zugelassen, dass Rowarn sich ihnen näherte. Obwohl sie sich mit aller Kraft für Ardig Hall einsetzten und bisher hart gekämpft hatten, war nach wie vor kein Gespräch mit ihnen möglich, und sie hielten immer mindestens einen Speerwurf Abstand. Sie befolgten ausschließlich Fashirhs Befehle, die er von Noïrun weitergab.

Die Fackeln vor dem Zelt des Fürsten brannten noch, und zu seiner Überraschung sah Rowarn Olrig und Noïrun davor sitzen, mit einem Becher Wein und einer Pfeife in der Hand. Rowarn wusste nicht so recht, ob er sich zu ihnen gesellen durfte. Er näherte sich scheu.

»Hol dir einen Stuhl, Junge«, erklang die Stimme des Kriegskönigs, und er winkte. »Setz dich zu uns.«

Kurz darauf hielt auch Rowarn einen Becher Kräuterwein in der Hand, der ihm wohltat, sein Innerstes wärmte und seinen Magen beruhigte.

»Eine schöne Nacht«, sprach Olrig weiter und wies zum sternenübersäten Himmel, an dem Ishtrus Träne wie ein gleißendes Juwel hervorstach. »Zu schade zum schlafen. Wer weiß, so mancher schläft ab morgen für immer. So lassen sich wenigstens diese Stunden noch ein wenig nutzen.« Er klopfte auf Rowarns Arm. »Nun, es war ein weiter Weg für unser Baumäffchen, nicht wahr?«

Noïrun nickte schweigend. Er sog an seiner Pfeife und betrachtete den Himmel. Ab und zu hob er den Becher an die Lippen.

Olrig lächelte. »Du hast dich prächtig gemacht, Rowarn. Du

machst dem Rittertum alle Ehre. Aber ich habe nie daran gezweifelt. Jemand, der bei den Velerii aufgewachsen ist, muss etwas Besonderes sein.« Er unterbrach sich und winkte ab. »Verzeih, ich werde sentimental. Diese Nacht lädt einfach dazu ein.«

»Du könntest uns ein kleines Lied vortragen«, schlug Noïrun mit ungewohnt sanfter Stimme vor. »Kein Heldenepos, nichts Großartiges, sondern etwas Leises, von dir selbst komponiert.«

»Alles, was mein Heermeister wünscht«, schmunzelte der Zwerg. »Also zarte Poesie, und nicht einmal gereimt.« Leise sang er:

»Schritt für Schritt, Reihe für Reihe
Harke für Harke, Spaten für Spaten
bereite ich den Garten vor.
Ich brauch nicht viel, nur Rechen und Erde,
und die Kraft meiner Hände.
Zupf das Unkraut, pick die Steine,
zieh die Furchen, säh aus den Samen.
Wachsen sollst du, o mein Garten,
in Sommersonne und Frühlingsregen,
gedeihen sollen Frucht und Korn, wie meine Kinder.
Dies ist, was ich erschaffe.
Gemacht sind wir aus Traum und Knochen,
oft in Fesseln, suchen wir den Weg
zu Glück und Heil.
Doch ich bleib hier und lass es wachsen,
und die hungrige Krähe schaut mir zu.
Ich werf ein Korn ihr in den Schnabel,
denn in meinem Garten bin ich frei.«

Und so verbrachten sie in stiller Gemeinsamkeit den Rest der Nacht.

Angeführt von Angmor überschritten die Truppen von Ardig Hall im frühen Morgengrauen die magische Grenze, wo sie bereits erwartet wurden; wahrscheinlich schon seit Anbruch der Nacht. Diesmal kam es Rowarn so vor, als könne *er* die Angst des Feindes riechen, und er glaubte trotz der Rüstungen die Unsicherheit in der Haltung seiner Gegner zu erkennen, die herabhängenden oder gar eingezogenen Schultern. *Diesmal werden wir es schaffen*, dachte er. *Für Morwen, für Rayem, für Tamron, wo immer er sein mag. Und für meine Mutter, wo sie auch ruhen mag. Sie soll wissen, dass das Erbe der Nauraka nicht gänzlich verloren ist, dass die Ehre der Sippe, die das Meer verlassen musste, wiederhergestellt wird. Der Bepheron ist nicht mehr, die meisten Dämonen vernichtet, auch die Bestien. Wir haben den mächtigsten Krieger der Welt an unserer Seite, und wir sind weiter gekommen als jemals zuvor. Nun entscheidet es sich. Nun werden wir siegen.*

Graum wütete bereits unter den Feinden, zusammen mit Fashirh und den drei Söldner-Dämonen, während Angmor schnelle Befehle gab und jeden einzelnen Soldaten an seinen Platz zu dirigieren schien. In unglaublicher Schnelligkeit schlugen sie sich durch das Heer aus Dubhan. Es schien, als würde sich die Magie des Visionenritters auf sie alle übertragen. Nein ... es *war* so. Rowarn, der sich gefragt hatte, wie Angmor das große Heer in Einheit anleiten wollte, *spürte* plötzlich, was sein Gegner im nächsten Moment tun würde, und kam ihm zuvor. Er *wusste*, dass er nahezu unangreifbar geworden war – solange ihn niemand hinterrücks angriff. Die Magie wirkte nur auf das, worauf er seine Augen richtete.

»Wie macht Ihr das?«, rief er fassungslos, als er einmal in Angmors Nähe kam.

»Es ist ... sehr anstrengend«, hörte er es gedämpft unter der Maske hervordringen. »Denk nicht so viel nach, Junge, kämpfe!«

Graum sauste fauchend an ihnen vorüber und sprang das Pferd eines feindlichen Menschenkriegers an, der es gerade im vollen Galopp in sie hineinlenken wollte.

Als es auf Mittag zuging, fingen die Dubhani an, zurückzuweichen. Ihre Stärke hatte sich so sehr dezimiert, dass sie inzwischen zahlenmäßig weit unterlegen waren, wohingegen Ardig Hall kaum Verluste zu verzeichnen hatte; zumeist an den äußeren Flanken, wohin Angmors Kräfte nicht mehr reichten.

Zum zweiten Mal sah Rowarn die Anhöhe vor sich, auf der die Befehlshaber panisch umherliefen und ihre Peitschen knallen ließen. Hornbläser schmetterten in alle Richtungen Befehle, und Noïrun ließ auf ihrer Seite entsprechend antworten, um die Feinde noch mehr durcheinanderzubringen.

Und dann sah er ihn.

Femris.

Ein großer, schlanker Mann erschien plötzlich auf der Anhöhe, in leichter Lederrüstung, ohne Helm. Er besaß langes, grauschwarzes Haar, seine Haut war hell, und das weithin leuchtende Kristallgrün seiner Augen kälter als Eis. Eine nicht minder eiskalte, bläulich leuchtende Aura umgab ihn, und wenn er sich bewegte, schien es, als verwischte sich alles, als würde ihm sein eigener Schatten folgen. Seine dünnen Lippen verzogen sich zu einem spöttischen, überlegenen Lächeln. Langsam hob er die Hand, und Rowarn erkannte das erdfarbene Bruchstück einer Tonscheibe, unscheinbar, und doch – das begriff er sofort – Gegenstand dieses Krieges. Er zeigte es ihnen und lachte dazu, hart und grausam. Er führte sie vor.

Tamron hatte Recht gehabt. Man erkannte den Unsterblichen sofort.

»Dort ist Femris!«, rief Angmor mit donnernder Stimme. »Vorwärts, Aschteufel, jetzt kann er uns nicht mehr entkommen!«

»Wir geben dir Deckung!«, rief Olrig. »Noïrun, Rowarn, folgt mir! Jetzt oder nie!«

Sie stürmten dem riesigen Hengst hinterher, und Rowarn verschoss in schneller Folge seine Pfeile, um den Weg für den Visionenritter freizumachen. Die Lanze hatte er längst verloren, und als auch der Köcher leer war, hängte Rowarn sich seitlich an den Sattel und sammelte unterwegs Speere auf, so viele er erwischen konnte, und schleuderte sie auf jeden erreichbaren Feind.

Femris hob die Hand und rief mit weithin schallender Stimme ein Wort.

Der Visionenritter hatte die Anhöhe erreicht – da wurde Aschteufel im vollen Lauf gestoppt, als wäre er gegen eine Mauer gerannt. Das Pferd konnte sich gerade noch fangen, bevor es stürzte, dann stieg es und tänzelte wiehernd. Angmor hielt sich eben noch im Sattel und kämpfte um sein Gleichgewicht.

Rowarn hätte es selbst fast vom Pferd gehoben, als ihn der Ausläufer des magischen Banns mit Wucht traf, wie die Bugwellen eines großen Schiffes auf See, das die Bahn eines kleinen kreuzt. Er hörte Olrig und Noïrun ächzen, doch sie hielten sich und wendeten dann, der Kriegskönig zur Seite und der Fürst nach hinten, um Angmor den Rücken freizuhalten. Rowarn übernahm die andere Seite und beobachtete das Duell zwischen den beiden Mächtigen, die mit aller Gewalt aufeinanderprallten.

Angmor hatte seinen Sitz wiedergefunden, hob nun ebenfalls die Hand und kämpfte gegen den Bann an. Rowarn konnte die Macht, die aus ihm strömte, deutlich spüren. Sie war anders, weniger schmerzhaft als die Magie von Femris, die immer wieder in Wellen bis zu ihm vordrang.

Schritt für Schritt kämpfte Aschteufel sich die Anhöhe hinauf, mit vor Anstrengung zitternden Flanken, von weißen Schaumflocken bedeckt. Ein unnatürlicher Wind kam auf, während der Unsterbliche und der Visionenritter ihre Kräfte maßen, umbrauste sie, zerrte an ihnen, riss ihnen fast die Umhänge von den Schultern, und dann fing die Luft zwischen ihnen an zu knistern und schlug Funken.

Femris hatte beide Arme erhoben, seine Gestalt leuchtete in einem unheimlichen Licht. Rowarn glaubte, ihn höhnisch lachen zu hören.

»Angmor braucht unsere Hilfe«, stieß Rowarn hervor, als er den Visionenritter im Sattel schwanken sah. »Er hat schon zu viel von seiner Kraft an uns verschwendet. Los, Windstürmer!«

Obwohl der kleine Falbe vor Furcht zitterte, mit den Augen rollte und unablässig prustete und schnaubte, trabte er tapfer auf die Anhöhe zu. Doch auch für ihn wurde das Vorankommen immer schwerer. Der magische Sturm raubte Rowarn fast den Atem, und die Haare stellten sich ihm auf, als er in die knisternde Atmosphäre gelangte. Glühend heiße Fünkchen sprangen über seine Handschuhe und brannten winzige Löcher hinein.

Der Unsterbliche richtete die ausgestreckten Finger auf Angmor, und weiße Blitzstrahlen lösten sich von ihnen, prallten jedoch von einem unsichtbaren Schild ab, den der Visionenritter rechtzeitig errichtete. Aber er konnte nichts mehr gegen die nächste magische Welle ausrichten, die Femris gleichzeitig gegen ihn schleuderte.

Angmor stürzte aus dem Sattel, und Aschteufel fegte mit kreischendem Wiehern davon, ließ seinen Herrn schmählich im Stich. Rowarn konnte ihm keinen Vorwurf machen, er selbst schaffte es nur noch mit äußerster Kraft, Windstürmer im Zaum zu halten, der kopfschlagend bockte und sich aufbäumte.

Der Sturm, den Femris nun heraufbeschwor, wirbelte Sand und Erde auf und löste eine gewaltige Windhose aus, die sich wie eine kreisende Wand zwischen Rowarn und den Visionenritter schob.

Fashirh stampfte in weiten Sätzen heran, den gehörnten Kopf halb gesenkt. »Ich übernehme das!« Selbst er musste gegen die dröhnenden Orkangewalten anbrüllen. »Hol du Angmor und bring ihn hier raus! Olrig und Noïrun halten euch den Rücken frei! Geh schon!« Der Rote Dämon warf sich mitten in die Windhose hinein und verschwand hinter den dichten Schleiern.

Rowarn brachte Windstürmer endlich vorwärts und galoppierte die Anhöhe ein Stück hinauf, wo Angmors mächtiger Körper reglos lag, und sprang dicht bei ihm ab.

In diesem Moment hatte Femris seine Kräfte verbraucht. Er schwankte, versuchte ein paar Schritte und brach dann ebenfalls zusammen.

Der Kampf zwischen den beiden Mächtigen war beendet, nicht aber der Sturm. Femris hatte die Kontrolle verloren, und die entfesselten Gewalten tobten ungehindert weiter.

Als Rowarn den Unsterblichen stürzen sah, geriet er augenblicklich ins Schwanken. Sollte er nicht besser diesen Augenblick der Schwäche nutzen? Es waren höchstens noch fünfzig Schritte bis zu Femris, und kein Dubhani war weit und breit zu sehen, um seinen Herrn zu schützen.

Angmor war nicht in unmittelbarer Gefahr, Olrig und Noïrun hielten die Stellung.

Rowarn stand frei, und Femris war ganz nahe. Sogar der Splitter, den er eben noch so stolz gezeigt hatte. Der Krieg könnte in wenigen Augenblicken beendet sein!

Entschlossen setzte der junge Ritter sich in Bewegung, auf den Unsterblichen zu. Da sah er plötzlich von der anderen Seite, durch den rauen Sturm, einen Schemen auf Femris zukommen, der in dem dämmrigen Licht keine festen Konturen annahm und wie ein Schatten hindurchging.

Rowarn stockte und begriff. *Der Zwielichtgänger.*

»Nachtfeuer«, flüsterte Rowarn, und alles in ihm krampfte sich zusammen. Sein Puls raste.

Da waren sie alle beide, und so nahe! Der junge Ritter zog das Schwert und spurtete los, doch er kam nur wenige Schritte weit, dann schlug ihm der magische Wirbelsturm mit voller Wucht entgegen. Rowarn stieß einen Schrei aus, als er wie von einer Steinmauer abprallte, das Gleichgewicht verlor und auf den Rücken fiel. Der Sturmwind drückte ihn flach zu Boden, presste ihm die Luft aus den Lungen. Mühsam drehte er sich auf den Bauch, raffte das Schwert an sich und versuchte, auf allen vieren weiterzukriechen.

Er kam einige Speerlängen weit, dann ging es nicht mehr. Der Sturm stemmte sich ihm entgegen, donnerte in seinen Ohren, raubte ihm fast die Besinnung. Es gab kein Weiterkommen, wie sehr er sich auch anstrengte. Rowarn spürte, wie Blut aus Ohren und Nase lief, der Kopf dröhnte ihm vor Schmerz. Alles in ihm vibrierte, und er erkannte, dass es seinen Tod bedeutete, wenn er weiter versuchen würde, gegen die Magie ankämpfte.

Es war ohnehin zu spät. Rowarn sah, wie der Schemen sich über Femris beugte und ihn hochhob, mit sich in seine Zwielichtwelt nahm. Gleich darauf waren beide verschwunden.

Der junge Mann fluchte, vor Bitterkeit schossen ihm die Tränen in die Augen und verschleierten seine Sicht. Verzweifelt machte er kehrt und kroch ein Stück zurück, bis er wieder auf die Beine kam. Er stolperte zu Windstürmer, der trotz seiner Angst immer noch bei

Angmor ausharrte, und packte ihn am Zügel. »Knie dich!«, schrie er das verstörte Pferd an. »Los, *Verbeugung!* Ich schaffe es nicht ohne deine Hilfe.«

Der kleine Falbe gehorchte schlotternd, so hatte er seinen Herrn gewiss noch nicht erlebt. Er war schweißnass vor Furcht, seine Flanken flogen. Doch er überwand seine natürlichen Instinkte, stand treu zu seinem Reiter.

Zitternd vor Wut und Enttäuschung zog Rowarn den bewusstlosen Visionenritter über den Sattel und saß hinter ihm auf.

Windstürmer keuchte über das schwere Gewicht des Ritters, obwohl er die Kraft eines Kaltbluts besaß. Dann raste er los; er brauchte keinen Befehl dazu, wollte nur weg, fort von diesem Grauen. Die Angst beflügelte ihn und ließ ihn die schwere Last vergessen. In gestrecktem Galopp ging es zurück.

Bald ließen sie die entfesselte Zone hinter sich, und Rowarn sah im Vorbeirasen, wie Olrig und Noïrun die weichenden Warinen angriffen. Graum jagte mit aufgerissenem Rachen fliehenden Dubhani nach, und soeben tauchte Fashirh aus der zusammenbrechenden Windhose auf. Dann war Windstürmer schon an der magischen Barriere, die seltsam flackerte. Rowarn bemerkte am Rande, dass er beim Durchqueren nicht das gewohnte Kribbeln spürte, achtete aber nicht darauf.

Im Lager herrschte nicht weniger Chaos als auf dem Schlachtfeld. Ständig trafen Verwundete ein, die wiederum verletzte, getötete oder unterwegs gestorbene Kameraden mit sich schleppten. Rowarn wusste, dass er das Lazarett nicht aufzusuchen brauchte, das hoffnungslos überlastet war, und er schleppte den Visionenritter mit letzter Kraft in dessen Zelt und legte ihn auf die Liege.

Windstürmer blieb mit hängendem Kopf und fliegenden Flanken davor stehen, der Schweiß tropfte an ihm herunter, und sein keuchender Atem war bis ins Zelt zu hören.

Rowarn wusste nicht, was er tun sollte. Vielleicht brauchte Angmor Wasser, aber er konnte den verschlossenen Helm weder öffnen noch anheben.

Der Körper des Visionenritters wurde von einem Krampf geschüttelt. Er stöhnte schmerzerfüllt, als er zu sich kam und leicht die Hand hob. »Was … wo …«, stieß er rau hervor.

»Ihr seid in Eurem Zelt«, erklärte Rowarn. »Die Schlacht draußen ist fast beendet, und es sieht so aus, als hätten wir das gesamte Heer von Femris aufgerieben. Aber er selbst ist entkommen …«

Angmor stieß einen Fluch aus. »So nah dran …«, seufzte er. »Es war zu viel, meine Kräfte haben mich verlassen.« Sein Atem ging schwer und rasselnd.

»Wenn es Euch tröstet, Femris erging es nicht besser«, sagte Rowarn. »Er war bewusstlos, als er fortgebracht wurde.«

»Ja, so endet es jedes Mal zwischen uns … verdammt, und diesmal dachte ich wirklich, ich hätte ihn …«, murmelte Angmor kraftlos.

»Wenn Ihr den Helm abnehmt, könnt Ihr sicher besser atmen, und ich könnte Euch Wasser geben«, schlug der junge Ritter mit klopfendem Herzen vor.

»Das geht nicht«, lehnte der Visionenritter ab. Allmählich atmete er ruhiger. »Du könntest meinen Anblick nicht ertragen, glaub mir. Das Gerücht über mein Gesicht stimmt. Ich habe keines mehr.«

»Was hat Euch das Gesicht so zerfetzt?«, wagte Rowarn zu fragen.

»Ein scharfes Schwert. Den Rest erledigte eine Öllampe, die Femris auf mich warf. Ich habe wochenlang mit dem Tod gerungen. Dank Königin Ylwas großer Heilkunst überlebte ich, wenngleich entstellt.«

»Ihr … Ihr habt sie gekannt?« Rowarns Stimme geriet unwillkürlich ins Zittern.

»Natürlich. Der Orden der Visionenritter steht in den Diensten von Ardig Hall. Wir waren Verbündete gegen Femris, aber wir wurden auch Freunde.« Angmor richtete die Augenschlitze auf Rowarn. »Was liegt dir auf dem Herzen, Junge? Ich werde dir antworten, denn vorher werde ich ja doch nicht die Ruhe bekommen, die ich so dringend nötig hätte.«

Rowarn war unwillkürlich verlegen, aber nachdem er heute schon einmal ein Ziel aufgeben musste, war er einem anderen vielleicht nahe, und das wollte er nicht auch noch verlieren. »Ich … ich wollte Euch fragen, ob … es eine Möglichkeit gibt, durch Eure Gabe … eine Spur von Tamron zu finden.«

»Tamron? Der Unsterbliche? Was hast du mit dem zu schaffen?«

»Er ist mein Freund.«

»Dein … Freund?« Der Visionenritter richtete sich halb auf. »Du bist ein unerfahrener namenloser Grünschnabel! Wie kommst du darauf, dass ausgerechnet ein großer Unsterblicher wie Tamron dein Freund ist?«

»Ihr sprecht doch auch mit mir«, erwiderte Rowarn tapfer.

»Nur, weil ich zu schwach bin, um zu fliehen, oder dich wenigstens zu fesseln und zu knebeln.« Angmor ließ sich ächzend zurücksinken, und Rowarn befürchtete einen neuen Anfall. Doch der Visionenritter blieb ruhig liegen. »Und so nebenbei verdanke ich dir wohl mein Leben. Also sprich weiter und erkläre dich mir.«

Rowarn schlug die Augen nieder. »Tamron verschwand in der Schlacht, bevor Ihr eingetroffen seid. Ich habe Euch davon erzählt …«

»Ja. Ich erinnere mich.« Angmor seufzte. »Im Augenblick kann ich nicht einmal vorhersehen, ob ich diese Anstrengung überlebe, Rowarn. Ich kann dir nicht helfen. Aber Tamron kann gut auf sich selbst aufpassen. Du solltest dich nicht um ihn sorgen, sondern mehr um dich.«

Rowarn rieb sich das Gesicht. »Er hat versprochen, mir zu helfen …«, flüsterte er.

»Wobei? Bei deiner Rache etwa? Das sieht ihm ähnlich. Ja, langsam setzt sich das Bild zusammen. Er hat eine Schwäche für verlorene Knaben wie dich.« Angmor ergriff Rowarns Arm. »Raus damit, Junge. Weswegen bist du wirklich in Ardig Hall? Suchst du hier nach deiner Rache?«

Rowarn gab zu: »Zum Teil. Ich hoffte aber auch, eine Spur meines Vaters zu finden. Für einen törichten Moment hatte ich sogar gehofft, es wäre Tamron.«

Er unterbrach sich, als Angmor einen langgezogenen Laut ausstieß, der ihn zutiefst erschreckte.

Der Visionenritter ließ Rowarns Arm los, seine Hände fuhren an den Helm, und er stieß einen zweiten, diesmal schmerzerfüllten Laut aus. »Kein Wort mehr, ich kann es sehen«, keuchte er heiser. »Ich Narr, ich hätte dich nicht berühren dürfen, nun kommt es über mich. Große Götter, nehmt diesen Fluch von mir, der keine Gabe ist, wenn ich *solche* Dinge sehen muss!«

Rowarn wusste nicht, was er tun oder sagen sollte. Es verstörte ihn, den großen Mann so außer sich zu sehen. Schuldgefühle plagten ihn, und er kaute nervös auf der Unterlippe. Er verfluchte sich selbst für seine Aufdringlichkeit, seine Sturheit, und schämte sich zutiefst. »Was habe ich Euch angetan ...«, stieß er schließlich hervor.

»Dafür ist es zu spät. Sie war deine Mutter, richtig?«, sagte Angmor leise. »Königin Ylwa, die man die Jungfrau von Ardig Hall nannte, sie hat dich geboren. Ich kann es ganz deutlich sehen. Ich Tor, dazu hätte ich keine Vision gebraucht, wenn ich dich zuvor genauer angeschaut hätte! Aber ich habe nicht darauf geachtet, denn wie hätte ich jemals ahnen können, dass die Königin ...«

»Meine Muhmen haben es mir erzählt«, murmelte Rowarn. »Weil der Weiße Falke dieses Jahr ausblieb ... und als sie erfuhren, dass Königin Ylwa ermordet worden war, von dem Dämon Nachtfeuer ...«

»Still, lass es mich *sehen*. Nachtfeuer ... ja. Ja, so sieht er aus. Welche Ironie. Oder ... nein, Zorn ist es. Wahrscheinlich fand er es heraus ...«

Rowarn hatte plötzlich das Gefühl, als würde der Boden unter ihm nachgeben. Ihm wurde schwindlig, und er ahnte, dass er bei weitem nicht ganz unten angekommen war, dass immer noch genug von seinem Leben übrig geblieben war, das zertrümmert werden konnte. »Nachtfeuer? Was fand er heraus?«, flüsterte er. Es blieb ihm nichts anderes übrig, jetzt musste er sich der Wahrheit stellen.

»Es gibt keinen Zweifel«, murmelte Angmor. »Ich kann es ganz deutlich sehen, trotz meiner Schwäche. Du hast das ausgelöst, und ich kann nichts dagegen tun. Das Bild ist da, und ich kann nicht die Augen davor verschließen.«

»Bitte ...«, flehte Rowarn. Er zitterte am ganzen Leib vor Angst.

Angmor seufzte schwer. »Warum nur bist du zu mir gekommen, du junger Narr! Warum konntest du deine Mutter nicht in Frieden ruhen lassen? Anstatt auf eine Rache zu sinnen, die du niemals erfüllen kannst, nicht bei einem Dämon wie Nachtfeuer, selbst wenn du mich und Tamron an deiner Seite hättest!« Er stockte und hustete, sein Atem ging schwerer. Die neuerliche Anstrengung hatte ihn wiederum Kräfte gekostet. »Kannst du nicht begreifen, was du dir selbst damit antust?«

»Was habt Ihr gesehen?«, rief Rowarn. »Bitte sagt es mir!«

»Ich sage es dir, auch wenn ich ahne, dass es dich ins Unglück stürzen wird. Und das ist nicht, wofür ich kämpfe, wofür ich meine Kräfte aufbrauche! Aber ich habe keine Wahl, das ist mir ebenso bewusst, und du hast ein Anrecht darauf, es zu erfahren, du armes, bemitleidenswertes Kind.« Angmor richtete sich leicht auf und drehte sich zu ihm, und Rowarn hatte das Gefühl, als würde er von einem Paar glühender Augen durchbohrt, ein Blick voll ohnmächtigen Zorns und Pein.

Der Visionenritter musste etwas so Schreckliches gesehen haben, dass es selbst ihn bis in die Tiefen seines Seins erschütterte. Nach Rowarns Herzen griff eine eiskalte Hand. Er ahnte, dass es besser gewesen wäre, dieses Geheimnis ruhen zu lassen. Doch es gab kein Zurück mehr. »Verzeiht mir den Schmerz, den ich Euch zufüge«, flüsterte er. »Das wollte ich nicht ...«

»Wie ich bereits sagte: Zu spät – für dich, Junge, und es tut mir sehr leid um deine Seele. Doch die Wahrheit zu verschweigen macht sie nicht ungeschehen. Ich wünschte nur, du hättest einen anderen gefragt, zu einem anderen Zeitpunkt, an einem anderen Ort.« Angmor stöhnte. Seine Stimme schwankte, er hatte kaum mehr die Kraft zu sprechen. Dann stieß er hervor:

»Nachtfeuer – *er* ist dein Vater, Rowarn!«

»Wa...« Rowarn versagte die Stimme. Sein Mund schnappte tonlos auf und zu.

Für einen Moment war er wie gelähmt, versuchte, die Ungeheuerlichkeit zu begreifen, die ihm soeben entgegengeschleudert worden war.

Angmor hustete und sank dann in sich zusammen, sein Arm fiel schlaff herab, sein Atem ging nur noch flach. Er hatte erneut das Bewusstsein verloren, seine letzten Kräfte waren in diesem Ausbruch aufgezehrt worden.

Rowarn, dem endlich dämmerte, was der Visionenritter ihm offenbart hatte, wurde von einer Springflut abgrundtiefen Entsetzens überspült. Er hatte das Gefühl, als würde sein Innerstes nach außen gestülpt. Er rannte aus dem Zelt, brach draußen in die Knie, schlang die Arme um seinen Leib und krümmte sich mit einem laut klagenden Schrei. Schluchzend übergab er sich, spie Ekel und Grauen aus sich, in der Hoffnung, er würde damit auch das Leid und vor allem das Wissen los, die Wahrheit, nach der er stets auf der Suche gewesen war, die letztendlich aber nur noch mehr Schmerz mit sich brachte.

Noch während er halb von Sinnen und völlig außer Fassung mit leerem Magen würgte, hörte er plötzlich ein Pfeifen und Schwirren und dumpfe Einschläge, und dann die Schreie von Menschen und Tieren, und er sah Flammen auflodern, und Rauch aufsteigen; und dann griffen sie an.

»Alarm!«, erscholl es im Lager. »Zu den Waffen, wer noch Hände hat! Die Gandur und die Kúpir wurden am Steinernen Horn geschlagen! Die Verstärkung für Femris ist eingetroffen, sie sind dabei, uns anzugreifen!«

Gleichzeitig galoppierte der Fahnenträger von Ardig Hall mit wehendem Banner heran und schrie mit sich überschlagender Stimme: »Der Bann ist gebrochen! Die Mauer ist gefallen! Femris ist frei!« Er raste bis zur Mitte des Lagers, wiederholte die Meldung. Dann stockte er, denn er sah, genau wie Rowarn, wie ein großes Heer einer Springflut gleich über die Hügel herabfloss, dessen erste Welle soeben eintraf. Nicht mehr als eine Hundertschaft Waffenfähiger und die Verletzten konnten sich ihnen hier im Lager entgegenstellen. Der Fahnenträger wendete hastig und stürmte, die Hacken in die Seiten des

Pferdes schlagend, Richtung Ardig Hall zurück. »Diese Fahne wird niemals fallen! Tod den Anhängern der Finsternis!«, brüllte er und war damit verschwunden.

Rowarn blinzelte und rieb sich die Augen. Alles geschah so rasend schnell um ihn herum, und seine eigenen Bewegungen schienen verlangsamt. In seinem Inneren brannte ein Feuer, das ihm beinahe die Besinnung raubte; er hatte das Gefühl, entzweigerissen zu werden, als die beiden durch den Schock nunmehr erwachten Mächte in ihm kämpften. Er sah mit trübem Blick Soldaten, Verwundete, Ritter, auch die Knechte durcheinanderrennen und nach allem greifen, was nur irgendwie als Waffe taugen mochte; gleichzeitig sah er die Truppen von Ardig Hall zurückströmen, um dem Lager zu Hilfe zu eilen, doch sie waren noch viel zu weit entfernt. Sie würden nicht mehr rechtzeitig eintreffen und befanden sich zudem in der Mitte von Femris' Truppen, zwischen denjenigen, die von Ardig Hall heranrückten und der Verstärkung, die zusammen eine gewaltige Übermacht bildeten.

»Nein«, stieß er kraftlos hervor. Sein Verstand hatte sich in eine zähe, trübe Masse verwandelt, die alle Gedanken einsog und nicht mehr freilassen wollte. »Nein, nicht das alles …«

Rowarn rappelte sich in einer letzten, gewaltigen Willensanstrengung auf und stolperte zurück ins Zelt. »Angmor!«, schrie er und rüttelte den Visionenritter, der wie tot dalag. »Wacht auf, wir werden angegriffen! Kommt zu Euch, wir müssen weg, schnell!«

Doch es war zu spät. Das Lager wurde soeben überrannt, und er hörte die Kriegsschreie, gefolgt von Schmerzensrufen und Klagen, das Bersten und Knallen brechender Pfähle, das Gebrüll der Tiere, und zwei Warinen stürmten schon ins Zelt und richteten ihre Speere auf Rowarn, der herumfuhr, sich schützend vor Angmors Liege stellte und sein Schwert zog.

»Sinnlos«, erklang eine raue Stimme, und dann trat ein feindlicher Offizier hinzu, ein Mann in grauer Rüstung, mit geschlossenem Visier. »Setz dein Leben nicht unnötig aufs Spiel, junger Ritter. Es ist vorbei.«

»Ich ergebe mich nicht«, knurrte Rowarn heiser. »Eher sterbe ich!«

Die beiden Warinen schienen das als Aufforderung zu verstehen, aber erneut wurden sie durch ein Handzeichen aufgehalten. Fünf weitere Dubhani kamen ins Zelt, und Rowarn sah ein, dass er in diesem engen Raum nur einen oder zwei von ihnen mitnehmen könnte, bevor er starb. Und jetzt zu sterben, wäre in der Tat sinnlos gewesen. Es gab nichts mehr zu gewinnen, da brauchte er sich nichts vorzumachen. Kein Tod in Ehre, sondern Dummheit, wenn er nicht nachgab. Vor allem konnte er so Angmor nicht retten. Es musste einen anderen Weg geben, für sie beide. Er durfte den Visionenritter nicht im Stich lassen.

Es wunderte ihn, dass man ihn gefangen nehmen wollte, doch er stellte keine Fragen. Wortlos ließ er das Schwert fallen, und zwei Soldaten fesselten ihm die Hände auf den Rücken, während die anderen ächzend den bewusstlosen Visionenritter aus dem Zelt trugen.

»Endlich, nach so vielen Jahren«, sagte der Mann in der grauen Rüstung mit einem zufriedenen Klang in der Stimme. Ohne Rowarn noch eines Blickes zu würdigen, verließ er das Zelt.

Als Rowarn nach draußen geschleppt wurde, brannte bereits das ganze Lager, und die Kämpfer waren gefangen oder auf der Flucht.

Dies war also das Ende. Anders, als sie es jemals gedacht hätten, selbst in ihren niedergeschlagensten Momenten nicht. So kurz vor dem Sieg hatten sie die letzte Schlacht verloren, und nicht nur das, Femris war es endlich gelungen, den Bann zu brechen. Er konnte nicht mehr aufgehalten werden. Der Splitter war verloren.

Rowarn sah, wie sie Windstürmer und andere Pferde aneinanderbanden und mitnahmen, wie sie aus dem ganzen Lager Gefangene zusammentrieben und für den Abtransport vorbereiteten. Und er sah, wenigstens ein kleiner Lichtblick, draußen in der Ebene Graum in weiten Sprüngen Richtung Norden hetzen. Kein Speer, kein Pfeil konnte ihn mehr erreichen. Bald verschmolz der Schattenluchs mit dem Land.

Von Fashirh, Olrig oder Noïrun entdeckte Rowarn keine Spur, und er ließ einen zaghaften Funken Hoffnung zu. Er wünschte sich, dass sie die Aussichtslosigkeit des Kampfes rechtzeitig eingesehen und die Flucht ergriffen hatten. Sie *mussten* entkommen, damit nicht alles verloren und Ardig Hall für immer gefallen war!

»Darauf habe ich lange gewartet«, erklang unerwartet eine heisere Stimme, und Rowarn blickte überrascht in Monegs verunstaltetes Gesicht. Der Mann grinste hässlich und holte mit der Faust aus.

Dann wurde es dunkel.

ANHANG

Das Träumende Universum

So will ich dir heute Abend eine Geschichte erzählen, mein Sohn, wie alles entstand, und was daraus wurde. Ich werde manches singen, denn verwoben ist alles in Melodie, und ich bin der Barde des Traums. Du, mein Sohn, wirst dereinst mein Nachfolger sein. Alle Lieder will ich dich lehren, damit das Wissen nicht verloren geht. Eine große und ernste Aufgabe harrt deiner. Begegne ihr deshalb angemessen ehrfürchtig.

Nun komm her in meinen Arm und lausche …

(Aus der Legende des Grünen Sängers, vom Sohn des Barden selbst erzählt, aufgezeichnet von Schlangenherz, Große Bibliothek von Darkal, 3. Ausgabe der Chroniken über den Meister der Mächte)

Ishtru ist DER TRÄUMER, der Schöpfer unseres Universums.

Als der Traum einst begann, war noch nichts da außer Leere und Dunkelheit, doch bald entstanden die Ersten:

Die ERSTEN GEDANKEN – *Erenatar*, der Lebensbringer, und *Ishtrus Feueratem*, Schöpfer der Sonnen und Vulkane.

Nur wenig später entstand die EINHEIT, Harmonie und Gleichgewicht.

Dann folgten die Mächtigen: Drachen, Götter, das Erste Volk der Sterblichen, die Sternenkinder, die Unsterblichen und die Gründer der Ersten Menschheit.

Und schließlich, als das All bewohnbar war, entstand das gesamte weltliche Leben durch göttliche Schöpfung und Verbreitung des Lebenssamens: Die Zweite Menschheit, die Zwerge, vielfältige Völker, Pflanzen und Tiere.

Eine lange Zeit hindurch war der Traum beherrscht von Frieden und Harmonie. Durch das ganze All drang wundervoller Gesang, und die Weltenmelodien befanden sich im Einklang. Dies waren Töne, mein Sohn, die wir nur noch in schwacher Erinnerung hervorbringen können. Kein Vergleich zu damals, doch wir müssen uns deswegen nicht schämen, denn selbst eine schwache Erinnerung bewahrt vor dem Vergessen.

Immer neue Welten entstanden und wurden belebt, und die ersten Sternenkinder gingen auf Reisen. Die Weltentore der bewohnten Welten waren dauerhaft geöffnet und konnten jederzeit von jedem durchschritten werden.

Erenatar überwachte als gütige Macht die Entwicklung des Lebens. Ishtrus Feueratem aber wandelte sich in seiner wahren Bestimmung zur Schlafenden Schlange, zum Wächter über den Traum.

Alles war Eins, mein Sohn, und zwar wahrhaftig. Bis zu dem unvorstellbaren Moment, an dem die EINHEIT zerbrach. Es wurde getrennt, was man für untrennbar hielt! Die GETEILTEN waren verzweifelt und wollten wieder zusammenkommen. Jeder fühlte sich ohne den anderen leer, verlassen, ängstlich. Doch als sie einander zum ersten Mal von Angesicht zu Angesicht erblickten, erlitten sie einen Schock, weil sie überhaupt nicht so waren, wie sie sich bisher gegenseitig *empfunden* hatten. Sie waren sich fremd und konnten einander nicht mehr verstehen. Voneinander abgestoßen entfernten sie sich immer weiter. Aus Harmonie wurde Regenbogen, Finsternis aus Gleichgewicht, zwei mächtige Wolkenmeere hinter der Sternensee, nahezu im Zentrum des Träumenden Universums.

Diese gewaltige Erschütterung im Gefüge schuf Dissonanzen in der Großen Melodie. Sie zerfiel in Millionen Fragmente. Die Weltenverbindungen brachen zusammen, manche Tore schlossen sich gar für immer. Von nun an konnten nur noch Mächtige die verbliebenen Tore öffnen. Die vorher so eng miteinander verbundenen Welten waren für alle Zeit voneinander abgeschnitten, und nur noch die Erinnerung blieb ihnen.

Und da regte sich die Schlafende Schlange zum ersten Mal, und einige wenige der Ersten begriffen, dass das Fortbestehen des *Traums an sich* gefährdet war. Sie suchten nach einem Ausweg, die Schlange aufzuhalten und den Traum zu bewahren.

Gleichzeitig wollten die übrigen Mächtigen das Gleichgewicht wiederherstellen. Die einen Mächte stellten sich auf die Seite des Regenbogens, die anderen auf die der Finsternis. Dies noch in bester Absicht, um ein Gleichgewicht bei den Verhandlungen zu bewahren und, auf beide Seiten gerecht aufgeteilt, nach Auswegen zu suchen, aus dem GETEILTEN wieder die EINHEIT zu machen.

Doch bald traten die ersten Uneinigkeiten auf. Alle wollten dasselbe, aber auf unterschiedliche Weise erreichen.

Manche Anhänger der Finsternis wandelten sich zu Dämonen und deren Schutzgötter und begannen mit einem eigenen Schöpfungswerk, um Bastionen zu schaffen, sollten die Meinungsverschiedenheiten unüberwindlich werden. Misstrauen entstand und breitete sich schnell aus. Es war die erste Seuche, die das Leben befiel, und sie konnte nie überwunden werden.

Und so begann der Ewige Krieg. Ein gewaltiger Sturm fegte durch das Träumende Universum und beschleunigte das Erwachen der Schlafenden Schlange. Das Ende schien unausweichlich.

Doch einige der Ersten, die noch nicht miteinander verfeindet waren, fanden eine Möglichkeit, ihre Kräfte zu bündeln und den Untergang abzuwenden. Der Wächter versank wieder im Schlaf.

Ja, es war knapp, mein Sohn. Doch dies ist eine andere Geschichte, die ich dir erzählen werde, wenn du älter bist. Hör zu, wie es weiterging.

Der Traum bestand weiter, doch der Preis war hoch. Einige der Ersten und Mächtigen, vor allem Götter, wurden für immer ihrer Existenz beraubt. Manche Welten, wichtige Bastionen von Regenbogen und Finsternis, waren verschwunden. Die einstmals Große Melodie hatte viele Töne verloren. An einigen Orten herrscht bis heute Schweigen.

Die Erinnerungen an den Ersten Traum und den gerade noch abgewendeten Untergang verblassten nach dem Willen der Überlebenden, nur wenige wissen heute noch davon.

Aber der Ewige Krieg dauert immer noch an. Es gibt eine Weissagung, dass der Zweite Traum sich deshalb seinem Ende nähert.

Mögen wir alle rechtzeitig erkennen, wenn das Ende der Zeit naht, und den Traum bewahren.

Schlaf gut, mein Kind, und träume.

Glossar

Annata, Annatai	Annata gehört wie Waldsee zu den ältesten Welten, von Erenatar geformt, Heimat der mächtigen Annatai, langlebige sterbliche Zauberer/innen. Annatai wandern als Lehrmeister durch das Träumende Universum und sind überall bekannt, geehrt, aber noch mehr gefürchtet. Alle Annatai zeichnen sich durch ihre imponierende Körpergröße und außergewöhnliche Schönheit aus, wobei sie alle schwarzhaarig und schwarzäugig sind und daher schon äußerlich leicht zu erkennen
Ardig Hall	(eigtl. Håll für »große Halle«); Schloss des Friedens der Nauraka
Chalumi	fliegende Federschlangen, buntschillernd und giftig, etwa so lang wie ein Speer. Können in Gefangenschaft gehalten, gezüchtet und abgerichtet werden
Donnervögel	Kreaturen der Altvorderenzeit, ohne Federn oder Fell, werden oft als Unglücksboten bezeichnet, denn sie bringen Blitz und Donner mit sich, und geballte schwarze Wolken. Sie ziehen ewig rastlos über die Welt, ohne je zu landen. Sie gelten auch als Vorboten großer Ereignisse und waren oft Begleiter der Visionenritter

Dubhan	»Die Lichtlose«, Burg von Femris
Eliaha	weiblicher Geist der Altvorderenzeit, der suchend zwischen den Toten eines Schlachtfeldes herumstreicht. Es gibt verschiedene Legenden über den Grund der ewigen Suche
Ennishgar	zwergische Hauptstadt; die Ennish bilden den größten Stamm. -gar aus Garí = Fels, Stein
Erenatar	ERSTER GEDANKE des Träumers Ishtru, Schöpfer der Welten zu Anbeginn des Universums, Fürsorger und Wächter. Schöpfer auch von Waldsee, die er Lúvenor zum Geschenk machte
Erste Menschheit	Die Menschen Waldsees sind Nachkommen der Gründer der Ersten Menschheit, Eldaron, der *Zorn der Götter*, und Eldamar, der *Held aus Eisen*. Die Menschen rufen daher gewöhnlich in Gebeten denjenigen Gott an, den sie für diesen Moment angemessen halten. Ein weiteres Volk der Ersten Menschheit lebt auf der Welt Lerranee, »Sternwolke«
Fennóngar	»Leuchtturm«, -gar = Garí; Fels, Stein Höchster Berg des Westens von Valia, dessen ewig schneegekrönte Spitze an klaren Tagen viele Wegstunden weit erkennbar ist, brennend wie Feuer
Freies Haus/Straße	Valia war einst Teil der Vier Königreiche. Eine der vier Reichsstraßen führt hindurch; sie gilt als frei, sprich neutral. Freie Häuser entstammen noch aus der Frühzeit und wirken auf den ersten

	Blick wie normale Gasthäuser, doch sie sind bedeutende magische Orte
Fûr Garí	»Kalter Fels«; Gebirge, das das Tal Inniu umschließt
Galad-Mur	»Goldener Pass«, Gebirgspass zwischen Valia und Inniu, aber auch symbolisch für »Pfad der Erleuchtung«, den eine bestimmte Anhängerschaft Lúvenors anstrebt, um Teil der göttlichen Sphären zu werden
Gandur	Zwergenstamm im Nordwesten Valias, im rauen Gebirge lebend. Dort residiert auch Hochkönig Jokim als Herrscher über das ganze Zwergenvolk, ein vermögender Mann dank seiner unvergleichlichen Brennereikünste für Ushkany
Halrid Falkon	Die Geschichte des Göttersohns und Halb-Annatai wird in dem Helden-Epos um den »Stern der Götter«, berichtet
Inniu	»Heute«, ein abgeschiedenes Tal, das stets im Hier und Heute lebt, auf ewig grün und blühend
Ishtru	Der Träumer, Schöpfer des Träumenden Universums. Solange er träumt, hat das Universum Bestand
Ishtrus Feueratem	gleichzeitig wie Erenatar als ERSTER GEDANKE zu Beginn des Traums entstanden; Schöpfer der Sonnen und Vulkane. Wandelte sich nach Beendigung der Formung zur Schlafenden Schlange, dem Wächter über das Gleichgewicht des Traums. Wird das Gleichgewicht zerstört, erwacht die Schlange und zerstört das Universum. Am Ende

erwacht der Träumer, und der Traum ist vergangen, als wäre er nie gewesen

Kúpir — »Kupfermeister«, großer Zwergenstamm in Valia, bekannt für seine kunstvolle Metallbearbeitung. Oberhaupt ist Vizekönig Alwick

Lugdur — »Der Listenreiche«, Gott der Zwerge von Waldsee

Lúvenor — »Der Lichte«, Schöpfergott von Waldsee, zu dem die Alten Völker, langlebig oder unsterblich, gehören. Eine sehr alte, zurückgezogene Macht, die zu den Ersten gehört

Madin — »(Der) Morgen«, wenn das Leben im Zentrum Innius erwacht, Markt und Handel beginnt

Mondwandler — Eine nächtliche Form des Zwielichtgängers

Muhme(n) — (m, w) Ziehelter(n), auch Stiefelter(n)

Nauraka — »Das Volk vom Meer«, menschenähnliche Langlebige, die in der Umschließenden See leben. Viel ist nicht über sie bekannt

Rithari — »tollwütiger Rasender«
1. Manche Söldner versetzen sich durch Rauschkräuter in eine Art Trance, die ihre Schnelligkeit und Kraft vervielfacht. Diese Kampfwut kann so weit führen, dass sie sprichwörtlich schäumen und den Verstand verlieren.
Schon zwei oder drei Rithari können über den Ausgang einer Schlacht entscheiden.
2. Angeborene Krankheit, die zu unkontrollier-

	ten Gewalttätigkeiten und Wutausbrüchen führt. Führt schließlich zu dumpfem Dahinvegetieren und frühem Tod
Schlafende Schlange	→ Ishtrus Feueratem
tain	»Ursprung«, Sprache von Annata
Tar'meso	»Der Nichtige« (Annata); von *tain* tar' = leer, »absolut dunkel«; meso = Meister Der Annatai ist ein selbst in den eigenen Reihen gefürchteter Anhänger der Finsternis. Nicht wenige Mächtige von Waldsee tragen Sorge, dass er eines Tages kommen könnte. Eine Weissagung besagt, dass er den Ewigen Krieg entscheiden könnte und damit den Untergang des Traums verursachen wird
Titanenfeld	Schauplatz der Schlacht um Waldsee in Valia. Kampf der Götter und Dämonen um Platz und Reiche, Verdrängung der Alten Völker. Die Schlacht endete als Massaker, was auf allen Seiten einen so tiefen Schock hinterließ, dass es daraufhin zur Einigung kam
Ushkany	Auch »Lebenswasser« genannt, von wahren Braumeistern der Zwerge aus Malz, frischem Quellwasser und Korn gebrannt und in Fässern zur Reife gelangt, die früher vielleicht einmal für Wein oder Honigbier benutzt wurden. Die rauen Zwerge der nördlichen Berge, die Gandur, schätzen ein besonders kräftiges Aroma und lagern die Fässer in der Nähe von Torffeuer. Umso länger die Lagerung, desto kostbarer der Tropfen, was an der tiefgoldenen bis bräunlichen Färbung erkennbar ist

Velerii »Schnell wie der Wind« – Die Pferdmenschen gehören zu den ältesten und mächtigsten Völkern Waldsees. Sie sind sterblich, aber langlebig. Ihr Schöpfergott ist Lúvenor, der erste Gott Waldsees; der bekannteste Held ist Lichtsänger, der am Ende der Titanenschlacht den Großen Totengesang komponierte. Die bekanntesten Velerii sind Schneemond und Schattenläufer, die Hüter von Weideling. Die übrigen Pferdmenschen leben weit verstreut und zurückgezogen

Waldsee Die zweitälteste und größte Welt des Träumenden Universums, heutzutage Heimat von vielen Völkern mit ihren Schutzgöttern. Regenbogen und Finsternis haben schon lange ihr Augenmerk auf die magische Welt gerichtet, denn Waldsee als Bastion für eine Seite zu gewinnen, könnte den Ewigen Krieg entscheiden. Ihren Namen verdankt die Welt dem riesigen Meer, der Umschließenden See, und dem überwiegenden Anteil an heute noch nicht gänzlich erforschten und besiedelten Wäldern der beiden Kontinente und vielen Inseln

Xhy Hauptwelt der Dämonen im Reich der Finsternis. Erschaffen von dem aus der Finsternis entstandenen Dämonengott Xhyla, beherrscht vom Düsteren Vanna

Zeitzählung Waldsee ist zu groß, mit zu vielen Völkern besetzt, um eine einheitliche Datumsregelung zu haben. Valia selbst führt wie die meisten Länder keinen besonderen Kalender, da kein sonderlicher Wert auf Zeitmessung gelegt wird. Ein neues Jahr beginnt im Frühling, dementsprechend zählt man die Jahre anhand seines eigenen Lebensalters zurück, bzw. anhand besonderer Ereignisse. Die Tage sind in Morgen, Mittag, Dämmerung, Abend und Nacht unterteilt, manche Stunden haben Bezeichnungen. Mondwechsel werden anhand des Neumonds gezählt. Wichtige Eckpunkte sind die beiden Sonnenwenden; und dann entsprechend Aussaat, Hochreife, Ernte, aber dies umfasst stets mehrere Tage. Das Leben in Valia ist eher gemächlich, es kommt nicht auf den genauen Tag eines Treffpunktes an, sondern nur auf das Ergebnis: ein Wiedersehen, ein gutes Essen, eine Feier oder ein glücklicher Handel

Zwielichtgänger — Wandelt wie ein Hauch durch die Schatten während der Dämmerung und wird dadurch nicht gesehen; dämonische Gabe